C.S.路易斯

天赋奇才,勉为先知

C. S. LEWIS—A LIFE:ECCENTRIC GENIUS RELUCTANT PROPHET

麦格拉思 (Alister McGrath) 著

苏欲晓、傅燕晖 译

上海三联书店

C. S. LEWIS—A Life
Eccentric Genius Reluctant Prophet

C. S. 路易斯

天赋奇才,勉为先知

阿利斯特·麦格拉思让我们对 C. S. 路易斯独一无二的一生有了新的理解。

——埃里克·梅塔萨斯(Eric Metaxas)
《纽约时报》畅销书《朋霍费尔:牧师、殉道者、先知、间谍》作者

阿利斯特·麦格拉思的新作《C. S. 路易斯》卓越出众。传记取材以广泛的研究为基础,又极具可读性。此书不仅对路易斯本人的成长道路与性格给予极大关注,对路易斯所著的主要文学作品也做出了深刻且平衡的分析。20 世纪 60 年代晚期与 70 年代早期,我作为一个刚刚悔改归信的美国福音派基督徒,曾如饥似渴地阅读路易斯的作品。他对我的影响是深邃而持久的。今天仍有许许多多基督信仰者和基督徒领袖发出与我同样的心声。麦格拉思博士清晰地解释了个中缘由。

——提摩太·凯勒(Timothy Keller)
美国救赎主长老会牧师,畅销书《为何是他》作者

我们中有许多人认为对 C. S. 路易斯已经知根知底。阿利斯特·麦格拉思的新著传记利用档案和其他材料,对基督教最出色护教家之一路易斯在诸多方面给予了澄清、深化及进一步的阐释。这项研究富于洞见与启发。

——N.T. 赖特(N. T. Wright)
畅销书《拨云见日》作者

阿利斯特·麦格拉思调查细致,洞察深邃,公正而诚实地记录了一位引人注目的人物的一生。该作尤为出众的一个特点是,它将路易斯放置在个人职业与社会语境中,同时又令人折服地论述了路易

斯基督教思想的发展脉络，令人佩服。对于路易斯迷和研究路易斯的学者而言，这将是不可或缺的资源。

——阿兰·雅克布斯（Alan Jacobs）
畅销书《纳尼亚人》作者

有人可能会感到纳闷，我们怎么会还需要一部 C. S. 路易斯的传记。麦格拉思这部传记文风简洁，洞见不凡，对这位闻名于世的牛津基督徒的刻画有时颇有创意。这本书将会改变人们的想法。

——莱尔·W. 多塞特（Lyle W. Dorsett）
《C. S. 路易斯作品精选》编者

有关路易斯的传记文学喜添新作。该作涵盖多重新视角，颇为可贵。麦格拉思的书将在路易斯研究中占据恒久地位，因其重新界定了路易斯归信有神论的日期，此举十分出色，在我看来无可辩驳。我们众人对这一事实竟然忽略如此之久，令人惊讶。

——迈克尔·沃德（Michael Ward）
《纳尼亚星球》作者

对于世界是否真正需要另一部 C. S. 路易斯传记这个问题，麦格拉思以对这位基督教捍卫者明晰而实事求是的刻画，给出了一个响亮的肯定回答。2013 年是路易斯逝世五十周年，时代在变化，如今福音派的感受力已经成熟。麦格拉思这本传记以深入的研究为基础，重新审视了这位复杂人物的复杂人生，不时有震撼人心之处。

——《出版人周刊》

目 录
CONTENTS

插图列表

(斜体页码为英文原著页码)

序　言
FOREWORD

C. S. 路易斯(C. S. Lewis，1898～1963)是谁？对许多人，更可能对大多数人而言，路易斯就是那个神奇的纳尼亚世界的缔造者，创作了 20世纪最广为人知、最广受热议的一些儿童读物。这些读物至今仍吸引着读者大众的热情，销量达数百万册。尽管过了半个世纪，路易斯依然是我们这个时代最具影响力的畅销书作家之一。《指环王》(*The Lord of the Rings*)的作者 J. R. R. 托尔金(J. R. R. Tolkien，1892～1973)是路易斯在牛津时的同事、友人，两人名气相当，一并被广泛视作文学与文化上的里程碑。文学与电影世界深深铸刻下了这两位牛津作家的烙印。然而，倘若没有路易斯，《指环王》也许永远不可能写就。路易斯也许是创作出了自己最为畅销的作品，但也是他催产了托尔金的成名之作；有鉴于托尔金的这部史诗般的巨作，路易斯甚至还提名托尔金为1961 年的诺贝尔文学奖候选人。单凭这些理由，C. S. 路易斯的故事已是值得讲述。

然而，C. S. 路易斯的故事远不止这些。路易斯的老朋友欧文·巴菲尔德(Owen Barfield，1898～1997)曾言及"三位 C. S. 路易斯"的存在。作为畅销书作家的路易斯自然是其中一位，还有另外一位是不那么为人熟识的人物：身为基督教作家与护教家的路易斯，致力于传达、分享他对于基督信仰的丰富洞见：此信仰所蕴含的智性力量与强大的想象力——他在生命中期发现了基督信仰，亦发现其在理性与灵性上都深具魅力，让人无从抗拒。路易斯的《纯粹基督教》(*Mere Christianity*)*如今常被引以为 20 世纪最具影响力的宗教作品，这也让有些人颇感

---

* 中译本翻译为《返璞归真》。——编者注

恼怒。

　　或许是由于路易斯对基督教十分公开的委身,他成为一位一直存有争议的人物。那些与他同在基督信仰中寻得喜乐的同道中人会有人对他偏爱有加,仰慕不已;而非同道中人,则不乏对他冷嘲热讽、鄙夷不屑者。然而,不管人们认为基督教或好或歹,基督教显然很重要——路易斯本人或许正是他所力倡的"纯粹的基督教"的最为可信、也最具大众影响力的代表。

　　不过,路易斯还有着第三重身份,也许是他的仰慕者和批评家们最不熟悉的:他是一位出色的牛津大学教师与文学批评家;他的讲堂场场座无虚席,他不带讲稿,侃侃而谈对于英国文学的见解和思考;他后来成为剑桥大学中世纪与文艺复兴文学教席的首任教授。现今也许少有人去品读他的《〈失乐园〉序》(*Preface to "Paradise Lost"*, 1942),殊不知此文当年以其明晰与洞见,树立了一套新式批评标准。

　　路易斯的职业使命是跻身"学术丛林"(groves of Academe)。他于1955年7月当选英国国家科学院会员,向公众展示了他极高的学术声誉。然而,学术界的某些人紧盯着他的商业畅销式的成功不放,认为这与他的严肃学者身份格格不入。由于他写了那些更为大众化的作品,尤其是对大榔头(Screwtape)的魔鬼世界所做的轻松逗乐式思考,从1942年起,路易斯更是要费力维护自己的学术声誉。

　　那么,这"三位路易斯"又是如何彼此联系的? 他们是他生活里的独立"隔间",抑或某种意义上是互为关联的? 他们各自又是如何成长发展的? 本书以路易斯的作品为关注点,旨在讲述路易斯的思想如何成形和诉诸笔端的故事。本书并不以记录路易斯生活的方方面面为己业,只意在探寻路易斯的外在世界与内在世界之间复杂而又极其有趣的关联。本书因而围绕着路易斯居于其中的真实与想象世界展开——主要是牛津、剑桥与纳尼亚。那么,他的思想与想象力的发展是如何与他所居住的全部物质世界相互映射? 又是谁帮助他形成关于现实的智性与想象性洞见?

我们在讨论中将会探查路易斯如何成名以及成名背后的一些因素。不过，路易斯成名一时是一回事，身后半个世纪依然声名远播又是另一回事。20世纪60年代许多评论家认为，路易斯不过是名噪一时。当时许多人相信，他坠入沉寂将无可避免，不过是时间问题——至多不过十年。正因为这个缘故，本书的最后一章不仅试图理清路易斯缘何成为一位有影响力的权威人物，而且意欲揭示他因何至今仍声名依旧。

一些更为重要的早期传记，是由那些亲身认识路易斯的人所作。这些传记是一笔无价珍宝，除了提供关于他品格的一些重要评判，同时也描述了路易斯身为普通人的模样。然而，上世纪最后二十年间的浩瀚学术研究已经理清了一些具有历史意义的重要问题（诸如路易斯在一战中扮演的角色），对路易斯智性成长的各个方面皆有所研究，对其主要作品亦做出了批判性的解读。本传记则力求串联这些线索，在扎根早期研究的同时，又有所超越，目的是更为深入地理解路易斯。

任何人若是要谈及路易斯如何声名鹊起，定是不得不正视路易斯对于担当公众角色是心怀疑虑的。路易斯确实是他所身处时代及其身后时代的先知；然而，他又是个**不情愿的**先知。甚至他本身的归信之所以发生，似乎也超越了他更为明智的判断所能料及。归信基督教之后，路易斯为基督信仰主旨发声辩护，主要也是因为他眼见某些原比他更适合公开探讨宗教、神学问题的人士缄默不语，或者尽是说些晦涩难懂的话。

路易斯还被视作怪异之人，此"怪异"（eccentric）实为从该词本源而言——背离了业已认可的、传统的、已定立的规范、典范，或是远离了中心之地。路易斯与摩尔太太的关系惹人好奇，本书也略作探讨，这段关系也使得他游离于20世纪20年代的英国社会规范之外。路易斯的许多牛津学界同仁大概从1940年起就开始视其为局外之人，既因他那些公开坦率的基督教观念之故，也因他书写通俗小说与护教之作不似学者所为。众所周知，路易斯于1954年在剑桥大学的就任演讲中把自己譬喻为"恐龙"，借此言明自己与当时盛行的学术潮流保持相当的距离。

这种游离于中心的感觉在路易斯的宗教信仰生活中也是显见的。虽然路易斯成为了英国基督教一位相当有影响力的人物,但他却是站在边缘之地发声,而非身居中心位置,他亦无暇培养与宗教机构领袖的关系。有些媒体之人急切地想在主流教派的权力结构之外寻找本真的信仰观点,路易斯大概因为自己身上具备这种特点,故深受青睐。

本书之意不在褒扬抑或谴责路易斯,乃意在试图**理解**他——尤其是他的思想以及他如何将这些思想付诸文字。也因为现今针对路易斯作品与思想的批评性学术文献已积累了相当数量,且路易斯的所余书作几乎已全部出版,本书达成上述目的也容易了许多。

如今,事关路易斯以及他所身处的圈子的传记、学术材料汗牛充栋,读者稍不小心便会淹没于一堆堆细节之中。有些人试着想要了解路易斯,结果发现他们好似遭遇了美国诗人埃德娜·圣文森特·米莱所言的"流星雨般的事实"从天而降。[1] 她曾问究,这些事实何以齐力揭晓意义,而非沦为纯粹的信息堆砌?本书正是着意于为已经广为人知的路易斯生平增添新的东西,同时也尽力对其做出阐释。如何把这些事实串联起来,好让它们显露出某种样式?本书所作路易斯传,不是去复述那些浩瀚的生平事实与人物,而是试图找寻出他生平的深层主题、关注焦点,并且衡量其意义所在。本书意不在提纲摘要,乃在做出深入的分析。

C. S. 路易斯书信集的出版,对于路易斯研究具有里程碑式的重要意义。此书信集是由沃尔特·胡珀(Walter Hooper)在 2000～2006 年间详细注释并设立相互参照条目。书信集约有三千五百页,使得人们对路易斯具有了更深刻的洞见,这也是早前时代的路易斯传记作家们不能得见的。也许最为重要的是,这些书信集为完整地展现路易斯的生平提供了一个连贯的叙事支撑。正因如此,比起其他的资料,本传记通篇对此书信集的引用也最为频繁。这些书信也迫使我们对路易斯生活中一些已被广为接受的日期加以复查,乃至修正。

本书是一本批评性传记,不时检验现今存有的预设与方法的依据,并在必要之处着手纠正。在多数时候,纠正工作简单而含蓄,我觉得不必大张旗鼓地提醒读者留意修改之处。另一方面,读者也有权从一开始就知晓,在这个根据文献资料进行核对的既辛苦又必要的过程中,我得出了一个特别的结论,而这一结论却使我陷入某种困境:它不但与我所知的所有路易斯学者意见相左,甚至也有悖于路易斯本人。我所指的是路易斯"归信"的日期,或者恢复对上帝的信仰的日期。路易斯在他的作品《惊悦》(*Surprised by Joy*,1955)中提及的时间是"1929 年的三一学期"(大概介于 1929 年 4 月 28 日至 6 月 22 日期间)。[2]

新近出版的所有重要的路易斯研究,皆如实地重复提到这一日期。但是,我仔细阅读了纪实性材料,得出的却是不容置疑的晚些时候的一个日期,大概不会早于 1930 年 3 月,但更有可能是在那一年的三一学期。在这个问题上,我的论断在全体路易斯研究者中是无人支持的。读者有权知道我在此问题上完全是孤立无援的。

* * *　* * *

从上文的陈述可以清楚地看到,在纪念路易斯逝世五十周年之际写就一本新传,实在不需要为此罗列理由。不过,或许我还须为自己身为路易斯的传记作者稍作一辩。路易斯的一些早期传记作者如乔治·赛尔(George Sayer,1914~2005)以及罗杰·兰思林·格林(Roger Lancelyn Green,1918~1987)都是他的老友。我与他们不同,并不亲身认识路易斯。我是在二十来岁时借由他的作品发现他的,这时他已离世十年之久。此后二十年间,虽然我时时不免好奇,也常常思虑良多,但他仍逐渐赢得了我的敬意与仰慕。我未能呈献富有启发性的回忆,未能有独家揭秘,也未能有私密的材料可以援引。本传记中所采用的每个资料,均是早已对公众开放,或者可供公众核查检阅的。

这本传记是由一个通过路易斯的书而发现了他的人所写,也是为那些凭由同样的方式而认识了他的人而作。我所逐渐认识的路易斯,透过他的字句来与我交流,无任何私人交情。其他的传记作家在他们的传记中称路易斯为"杰克",我却通篇以"路易斯"之名相称。我觉得这于我才是得当之举，亦是为了强调我与他保持着个人的以及批判性的距离。我相信，路易斯会希望后人是如此看待他的。

缘由何在？有如路易斯在 20 世纪 30 年代反复强调的，关于作者，最为重要的是他们所写出的文本。真正重要的是那些文本本身说了什么。作者本身不应成为一道"景致"；更确切地说，他们是"一副视镜"，透过它，我们身为读者看到了我们自身、这个世界以及我们都作为其中一份子的那个更为伟大的计划。因此，令人不无讶异的是，路易斯对伟大的英国诗人约翰·弥尔顿（John Milton，1608～1674）的个人历史或是他创作的政治社会背景并无多大兴趣；真正重要的是弥尔顿的著作——他的思想。路易斯相信我们应当以这样的方式对待弥尔顿，因而我们也应当以同样的方式对待路易斯。在本书中，我会尽可能地深入探讨他的著述，挖掘它们说了什么，并评判其意义所在。

虽然我并不亲身认识路易斯，我却可以很好地——也许比大多数作者都更具优势地——至少与路易斯世界中的某些方面发生关联。与路易斯一样，我的童年也在爱尔兰度过，主要是在道恩郡的首府道恩派崔克。路易斯了解、深爱，也描述过此地美丽的"绵长、温柔的小山"。我走过他走过的地方，在他逗留过的地方停留过，惊叹于他所惊叹的事物。我也从童年的家中望向遥远的蓝色的墨尔山脉，也感受到胸中翻腾的阵阵渴望。我也和路易斯的母亲芙罗拉（Flora）一样，曾是贝尔法斯特（Belfast）循道中学的学生。

我也深知路易斯的牛津，因为我在那里求学七年，在路易斯的另外一所大学——剑桥大学短居之后，回到牛津教书写作，度过了二十五年的时光，最终成为牛津大学的历史神学教授，以及牛津人所称的"一家之长"（Head of House）。* 与路易斯一样，我在年青一些的时候是无神论者，后来转而发现了基督信仰的丰沃智性宝藏。与路易斯一样，我选

---

* "Head of House"为牛津大学对各学院院长及一些独立研究中心主任的称呼。作者曾为牛津大学威克里夫学院院长（1995～2005）。——译者注

择以英国国教的特定方式传达与奉行基督信仰。最后,我也时常蒙受感召,在基督信仰的批评者们面前为信仰做公开辩护,此间我也发现自己欣赏的同时也在借用路易斯的思想与方法,这些思想和方法有许多——但不是全部——在我看来似乎仍然保有它们的火花与力量。

* * *　* * *

临末了,就写作这部传记所用的方法稍加说明。本传记的核心研究部分是严格按照路易斯创作的时间顺序,详细解读他现已出版的全部著作(包括他的信件),以便读者可以体悟路易斯的思想发展以及写作风格的演进。《天路回程》(*The Pilgrim's Regress*)因而并不按照1933 年 5 月的出版时间编排,而是根据其创作时间,被安排在了 1932年 8 月。这本传记耗时十五个月,穷尽一手资料,紧接着又阅读了相当分量的二手文献,关涉路易斯、他的朋友圈子以及这些朋友生活、思考与写作的思想与文化语境。最后,我还查阅了未出版的档案材料,其中许多就存放在牛津,这使我们得以进一步了解路易斯的思想形成过程,以及他所身处的思想与体制背景。

在最初阶段,似乎有必要进行更为学术化的研究,来探讨从本书的细致研究中引申出的部分学术问题。然而,这本传记避免了枝节性的学术探讨,也只保留了最基本的注释与参考书目。我写作这本书,不为解决那些不时有点神秘又常是细节化的学术争辩,而意在讲述一个故事。不过,读者也有可能会乐意知道,不久之后会有一部更为学术化的书作出版,从学术角度探讨与证明这本传记中的一些论断及结论。[3]

以上所言,或是辩解,或是开场白,均已足矣。我们的故事在一个许久以前的偏远世界拉开了序幕——19 世纪 90 年代的爱尔兰的贝尔法斯特市。

阿利斯特·E. 麦格拉思

伦　敦

第一部分　序曲

第 *1* 章
唐郡的温柔山乡：
爱尔兰的童年时光

【1898～1908】

"我是 1898 年冬天在贝尔法斯特出生的。父亲是位事务律师，母亲是牧师的女儿。"[1]1898 年 11 月 29 日，克莱夫·斯特普尔斯·路易斯 (Clives Staples Lewis) 来到了这个世界。当时的社会充斥着政治仇恨，要求变化的呼声此起彼伏。此时距爱尔兰分裂为北爱尔兰和爱尔兰共和国，还有二十年之久。然而，紧张的局势已经显现，最终导致了爱尔兰人为的政治分裂。正是在爱尔兰新教建制（"新教当权"，the "Ascendancy"）的核心地带，恰逢爱尔兰政治、社会、宗教和文化的动荡之秋，路易斯出生了。

16 至 17 世纪的爱尔兰处在英格兰与苏格兰殖民者统治之下。失去产业的土著爱尔兰人在政治和社会生活中都对外来者深怀憎恨。新教殖民者的语言和宗教信仰都有别于当地的爱尔兰天主教徒。在 17 世纪奥利弗·克伦威尔执政时期，"新教种植园"发展了起来，犹如一座座英国新教岛屿置身于爱尔兰天主教的大海之中。土著的爱尔兰当地统治阶级很快就被一个新的新教权力结构取而代之。《1800 年联合法案》颁布后，爱尔兰成为联合王国的一部分，直属伦敦管辖。新教主要活跃于北部的唐郡和安特里姆郡，其中包括工业城市贝尔法斯特。尽管属少数派，新教却掌控着爱尔兰的文化、经济与政治生活。

然而，一切行将改变。19 世纪 80 年代，查尔斯·斯图尔特·帕涅尔等人推动了爱尔兰的"自治法案"。19 世纪 90 年代，爱尔兰民族主义运动如火如荼，催生了爱尔兰人的文化认同，为自治法案运动注入了新活力。这场运动深受天主教影响，极力抵制英国在爱尔兰所有形式的影响，其中包括英式橄榄球和板球等体育运动。更为关键的是，它还开始视英语为文化压迫的手段。1893 年盖尔语联盟（*Conradh na Gaeilge*）的建立，便是为了宣扬学习和使用爱尔兰语。爱尔兰人再一次重申了自己的身份，反对日益被视为异己的英国文化规范。

随着爱尔兰要求自治的呼声日益强劲，并有可能成功，许多新教徒感受到了威胁，害怕特权被削弱，也担心国内可能陷入内战。20 世纪初期贝尔法斯特的新教团体因而相当孤立，尽可能避免与周围的天主教信徒有社交和职业上的接触，这或许也就不足为奇了。（路易斯的兄长沃伦[Warren]，又叫沃尼[Warnie]，后来回忆，他在 1914 年进入桑赫斯特皇家军事学院之前，从来不曾与自己社会背景里的天主教徒说过话。）[2] 天主教是"他者"——怪异、不可理喻，最重要的是极具**威胁性**。路易斯不仅从母亲那里吮吸了乳汁，还吸收了对天主教的敌意以及与天主教的隔绝。年幼的路易斯在被训练上厕所时，他那信奉新教的保姆就常称他的大便为"小小教皇"。时至今日，许多人仍然认为，路易斯一直与真正的爱尔兰文化身份格格不入，而这大概是因为他深深扎根于阿尔斯特（Ulster）的新教。

路易斯一家

爱尔兰 1901 年的人口普查记录了 1901 年 3 月 31 日那个星期日的晚上，在东贝尔法斯特的路易斯家中"休息或是居住"的人员姓名。这次普查收集了大量个人信息，包括亲属关系、宗教信仰、受教育程度、年龄、性别、阶层或职业，以及出生地。多数传记提到路易斯一家当时是住在"邓德拉（Dundela）大道 47 号"，此记录却显示他们当时住在维多利亚唐郡的"邓德尔拉（Dundella）大道 21 号"。路易斯家的条目，有助于我们准确了解 20 世纪初路易斯一家的状况：

阿尔伯特·詹姆斯·路易斯（Albert James Lewis），户主，爱尔兰圣公会，能读写，三十七岁，男，事务律师，已婚，科克市

弗洛伦斯·奥古斯塔·路易斯（Florence Augusta Lewis），妻子，爱尔兰圣公会，能读写，三十八岁，女，已婚，科克郡

沃伦·汉密尔顿·路易斯（Warren Hamilton Lewis），儿子，爱尔兰圣公会，具阅读能力，五岁，男，学生，贝尔法斯特市

克莱夫·斯特普尔斯·路易斯（Clive Staples Lewis），儿子，爱尔兰圣公会，不具阅读能力，两岁，男，贝尔法斯特市

玛莎·巴伯（Martha Barber），仆人，长老会，能读写，二十八岁，女，保姆——家佣，未婚，莫纳亨郡

莎拉·安妮·康龙（Sarah Ann Conlon），仆人，罗马天主教，能读写，二十二岁，女，厨师——家佣，未婚，唐郡[3]

此次人口普查的记录显示，路易斯的父亲阿尔伯特·詹姆斯·路易斯（1863～1929）出生于爱尔兰南部的科克郡科克市。路易斯的祖父理查德·路易斯（Richard Lewis）是威尔士的锅炉制造工，在 19 世纪 50 年代带着利物浦籍的妻子迁居到科克。儿子阿尔伯特出生后不久，他们全家迁往北部的贝尔法斯特工业城。这样一来，路易斯的祖父理查德便得以和约翰·H. 迈克维恩合作，组建"迈克维恩与路易斯公司"；他们经营的这家轮机工程与铁船制造厂相当成功。或许，这家小规模船厂造出的最出色的轮船，莫过于泰坦尼克号的雏形——一艘造于 1888 年的小型钢制货运汽船，仅重一千六百零八吨。[4]

不过，贝尔法斯特的造船工业在 19 世纪 80 年代也发生了变化。哈兰德与沃尔夫、沃克曼·克拉克这些大规模的造船厂主导着市场。那些小船厂日渐难以为继。1894 年，沃克曼·克拉克公司收购了迈克维恩与路易斯公司。现今那艘更为人知的泰坦尼克号亦是在贝尔法斯特建造的，于 1911 年从哈兰德与沃尔夫造船厂起航，它重达二万六千

吨。这艘哈兰德与沃尔夫的邮轮在 1912 年首航时沉没,轰动世界。然而,"迈克维恩与路易斯公司"的小型船却另取他名,航行于南美洲海域,直至 1928 年。

1.1 1897 年的皇家大道,贝尔法斯特市的商业中心之一。阿尔伯特·路易斯于 1884 年在皇家大道 83 号开办了自己的律师事务所,在那些办公室里工作直至 1929 年病逝。

阿尔伯特对造船业兴致不高,也早已跟父母表明心迹,言明自己意在从事法律行业。理查德·路易斯听闻由威廉·汤普森·科派崔克(William Thompson Kirkpatrick,1848～1921)担任校长的卢根学院久负盛名,决定把阿尔伯特送往那里寄宿学习。[5] 阿尔伯特求学期间,科派崔克的教学技巧让他难以忘怀。阿尔伯特在 1880 年毕业后搬往爱尔兰首都都柏林,在"麦克林、波义尔与麦克林公司"工作了五年。阿尔伯特在累积了"事务律师"所需的必要经验并获得专业认可之后,于 1884 年回到贝尔法斯特,在贝尔法斯特最著名的皇家大道上开办了自己的律师事务所。

爱尔兰最高法院 1877 年法案遵循的是英国的传统,清晰规定了"事务律师"(solicitor)与"出庭律师"(barrister)所担任的不同法定职责。

因此,有所抱负的爱尔兰律师须对自己的职业定位早做决定。阿尔伯特·路易斯选择了事务律师,职责包括直接在初等法院代表当事人。在高等法院,事务律师可以聘请专事法庭辩护的出庭律师来代表当事人。[6]

路易斯的母亲弗洛伦斯(芙罗拉)·奥古斯塔·路易斯(1862~1908)出生于科克郡的昆斯敦(现今的考福)。路易斯的外祖父托马斯·汉密尔顿(Thomas Hamilton,1826~1905)是爱尔兰圣公会的牧师,称得上新教当权派的典型代表。20世纪早期爱尔兰民族主义日益成为一股重要的文化力量,新教当权派深受威胁。至少在爱尔兰二十六个郡的二十二个郡中,圣公会的会众都属少数派。但即便如此,爱尔兰圣公会却一直都是爱尔兰境内的国教会。芙罗拉八岁时,父亲接受了罗马圣三一教堂的牧师任职,一家人于1870至1874年间在罗马居住。

1874年,托马斯·汉密尔顿回到爱尔兰,接受了邓德拉教堂的临时代理牧师职务。教堂地处东贝尔法斯特的百利哈克莫尔地区。那幢临时建筑在周日时作教堂使用,工作日则当作学校使用。但是,人们很快意识到,他们需要一个更为固定的地点作教堂。著名的英国教会建筑师威廉·巴特菲尔德设计了全新的教堂,工程很快开始了。1879年5月,汉密尔顿就任邓德拉新建的圣马可教区教堂的教区长。

爱尔兰历史学家如今通常把芙罗拉·汉密尔顿推举为范例,认为她展示了19世纪最后二十五年间爱尔兰学术与文化生活中女性扮演着日益重要的角色。[7]芙罗拉成为了贝尔法斯特循道中学的走读生。这是间男校,创建于1865年。"女士课堂"于1869年应需而设。[8]1881年,芙罗拉在那里修读完一个学期之后,紧接着到贝尔法斯特的爱尔兰皇家大学(现今的贝尔法斯特女王大学)就读。她在1886年获得了逻辑学甲等荣誉学位和数学乙等荣誉学位。[9](路易斯显然丝毫没有继承母亲的数学天赋。)

阿尔伯特·路易斯开始上邓德拉的圣马可教堂做礼拜时,他的眼光为牧师的女儿所吸引。芙罗拉显然也被阿尔伯特吸引,她回应虽迟,却也是确定无疑的。阿尔伯特热爱文学,这显然发挥了一定的作用。

阿尔伯特在 1881 年加入贝尔蒙特文学协会,很快即被视为最佳演说者之一。阿尔伯特爱好文学的名声一生伴其左右。1921 年,阿尔伯特·路易斯的事务律师生涯到达顶峰时,《爱尔兰周六之夜》的漫画上刊有他的特写。他身着那一时代的事务律师出庭服,一手端着方帽,一手捧着一卷英国文学集。数年后,《贝尔法斯特电讯报》上刊登的讣闻中写道,阿尔伯特·路易斯是位"饱学之士",以在法庭陈述时旁征博引文学著称,此人"发现自己在法庭之外的主要消遣在于阅读"。[10]

阿尔伯特和芙罗拉的恋爱中规中矩,持续时日不短。两人于 1894 年 8 月 29 日在邓德拉的圣马可教堂成婚。长子沃伦·汉密尔顿·路易斯于 1895 年 6 月 16 日在东贝尔法斯特的"邓德拉小苑"(Dundela Villas)家中出生。芙罗拉生下次子克莱夫后再未生育。根据 1901 年的人口普查报告记载,路易斯家当时有家仆两名。路易斯家雇用了一名天主教女佣莎拉·安妮·康龙,这在新教家庭中非同寻常。路易斯长期以来对宗派主义憎恶有加,这显见于他的"纯粹的基督教"的信念中,大概也是受童年记忆的影响。

从一开始,路易斯与哥哥沃伦的关系就极为亲密。他们给对方起的绰号即是明证。克莱夫·斯特普尔斯·路易斯绰号"小猪屁"(Smallpigiebotham,简称 SPB),沃尼是"大猪屁"(Archpigiebotham,简称 APB)。他们儿时的保姆常常(假模假样地)威胁道,两人若是不能规规矩矩,他们的"猪屁股"可就免不了要挨一顿痛揍。兄弟俩得到启发,给对方起了这绰号。他们还给父亲起了个别名,叫做"扑打塔鸟"(Pudaitabird)或者"扑打塔"(P'dayta),皆因他念英语单词"potato"时带着贝尔法斯特口音。20 世纪 20 年代兄弟俩再次联系、重建亲密关系的时候,这些儿时的绰号立刻显得重要无比。[11]

路易斯在家人朋友中被称为"杰克"(Jack)。据沃尼回忆,路易斯是在 1903 或 1904 年的暑假时拒绝被称为克莱夫(Clive)的。那时,他突然宣称希望自己被称作"杰克西"(Jacksie)。后来又渐渐缩略成"杰克斯"(Jacks),及至最后变成了"杰克"(Jack)。[12] 选择此名的缘由至今不明。虽然有些研究认为"杰克西"可能是路易斯家中一条狗的名字,它死于一场事故,但没有文件记载能够证实这一点。

P9

矛盾的爱尔兰人: 爱尔兰文化身份之谜

　　路易斯是爱尔兰人——即便有些爱尔兰人知道此事,似乎也已忘却。我本人是在 20 世纪 60 年代的北爱尔兰长大的。我记得人们提到路易斯时,都会说他是位"英国"作家。但是路易斯从未忘记他的根在爱尔兰。爱尔兰故土的风景、芳香、声响等——但总的说来,不是那里的人——让路易斯一直念念不忘,成就了他那些生动的描述性散文。这种影响很微妙,却是无孔不入。在 1915 年的一封信中,路易斯谈起他记忆中的贝尔法斯特时深情地说:"造船厂在远处低声吟唱,贝尔法斯特湾波涛四起,卡夫山、小峡谷、草地、小山,环抱着贝尔法斯特城。"[13]

　　然而,路易斯的爱尔兰拥有的不仅仅是如此的"温柔山乡"。沉迷于讲故事是爱尔兰的文化特色,从神话、历史叙事和对语言的挚爱中都清晰可见。不过,路易斯却也从不把他的爱尔兰根脉奉若神明。它们不过是他自我身份的一部分,并不是对他起决定作用的特质。及至 20 世纪 50 年代,路易斯还常把爱尔兰称为"家""我的祖国",甚至在 1958 年 4 月还和乔伊·戴维曼(Joy Davidman)在那里度过了迟来的蜜月。路易斯吸入了故乡的温润气息,并且从未忘记故乡的自然美。

　　熟悉唐郡的人,不会认不出那些蒙上了面纱的爱尔兰原物。也许正是它们启发路易斯描绘出了美妙精致的文学景观。在《天渊之别》(The Great Divorce)中,路易斯笔下的天堂是一片"祖母绿"的土地,让人不禁想起他的故乡。唐郡的列格南尼的巨石碑、贝尔法斯特的卡夫山、巨人之路,似乎都可在纳尼亚中找到对应之物。或许它们会比原物更为温柔透亮,但仍都带有原物的印记。

　　路易斯常称爱尔兰是他的文学灵感之源,常提到这片土地如何强烈激发了他的想象。路易斯厌恶爱尔兰的政治生活,更愿意想象一个田园式的爱尔兰,那里只有温柔山乡、暮霭、海湾和树林。他曾在日记

北爱尔兰

大西洋

多尼戈尔

德里

安特里姆

泰伦

贝尔法斯特

弗马纳

阿尔马

唐

莫纳亨

斯莱戈

利特里姆

卡范

芬斯

爱尔兰海

梅奥

罗斯康芒

朗福德

米斯

韦斯特米斯

都伯林

戈尔韦

奥法利

基尔代尔

威克洛

莱伊什

克莱尔

格鲁

蒂珀雷里

基尔肯尼

韦克斯福德

利墨里克

凯里

沃特福德

科克

爱尔兰共和国

1.2　C. S. 路易斯的爱尔兰。

中倾吐道，阿尔斯特"美极了，若是我能将阿尔斯特人驱逐出境，在这片土地上填满我选中的子民，那么，我肯定不会再寻他处居住了"。[14]（在某种意义上，纳尼亚就是被涂抹了理想化色调的阿尔斯特，那里住的是路易斯想象中的族类，不是阿尔斯特人。）

在这里，有必要对"阿尔斯特"一词做进一步的解释。正如英国的约克郡被划分为三大部分（三"瑞丁"[Ridings]，来自古代斯堪的纳维亚语 thrithjungr，意为"第三部分"），爱尔兰岛最初也被分为五大行政区域（盖尔语 cúigí，出自 cóiced，意为"第五部分"）。在 1066 年的"诺曼征服"之后，五大区域被削减为四个：康诺特、伦斯特、芒斯特和阿尔斯特。比起盖尔语的 cúige，人们现在更喜欢用 province 一词。爱尔兰的新教少数派集中在北部省份阿尔斯特，这里由九个郡组成。爱尔兰被一分为二的时候，这九个郡中的六个郡组成了北爱尔兰的新政治实体。"阿尔斯特"一词，今日经常被等同于北爱尔兰。虽非一贯如此，但人们倾向于用"阿尔斯特人"来指代"北爱尔兰的新教居民"。然而，最初的阿尔斯特行政区其实还包括如今属于爱尔兰共和国的卡范、多尼戈尔和莫纳亨。

除却战乱期间和患病期间，路易斯有生之年几乎年年返乡。他必去的地方是安特里姆、德里、唐郡（他的最爱）和多尼戈尔郡。这些地方在传统意义上都属于阿尔斯特省。路易斯甚至曾打算在唐郡的克劳基长久租下一栋村舍，[15]做每年徒步旅行度假之用——那时，他还常常费力攀爬墨尔山脉。（后来他觉得财力不足，负担不起这样的奢侈。）路易斯虽然在英格兰工作，他的心却深深扎根爱尔兰的北部各郡，唐郡最让他不舍。他曾对他的爱尔兰学生大卫·布里克利说，"天堂就是牛津被拔起，随后被安放在唐郡的心脏之地。"[16]

有些爱尔兰作家从爱尔兰寻求民族独立的相关政治与文化议题上寻找文学灵感，路易斯却不然。他的灵感主要得自爱尔兰这片土地。他说，这片土地曾激发了他之前的许多文豪写出散文和诗歌佳作，其中最重要的大概要数埃德蒙·斯宾塞（Edmund Spenser）的经典之作《仙后》（The Faerie Queene）。路易斯在牛津和剑桥的讲堂上，常常对这部伊丽莎白时代的作品加以阐释。对路易斯而言，这部经典作品刻画了

P12

010

"探寻、游荡和扑不灭的热望"，清晰地再现了斯宾塞在爱尔兰度过的那些岁月。谁能不去留心爱尔兰的"孤寂、温湿空气、层层叠叠的小山"或是"惹人忧伤的日落"？路易斯骨子里当自己是个"爱尔兰人"。在他看来，斯宾塞后来迁居英国，想象力也随之丧失。"斯宾塞在爱尔兰居住多年，写下了他最为出色的诗歌，而他那些不太重要的诗歌则是在英国的那些年写下的。"[17]

路易斯的语言也呼应了他的爱尔兰根脉。在书信中，路易斯习惯性地使用源自盖尔语的盎格鲁-爱尔兰习语或俚语，并不多加翻译或解释。例如，英语中"make a poor mouth"来自盖尔语 *an béal bocht*，意为"哭穷"；"whisht, now!"的意思是"安静点"，出自盖尔语 *bí i do thost*。有些习语反映的不过是当地习俗，并非出自盖尔语系。例如，"和卢根的铁铲一样长"，意思是"看着阴郁"或"拉长着脸"，这实在有些奇怪。[18] 虽然 20 世纪 40 年代路易斯在他的"广播讲话"中的语音属于当时典型的牛津学术文化，他在说 *friend*、*hour* 和 *again* 等词时，却暴露了从贝尔法斯特而来的微妙影响。

P13

那么，路易斯为何未被纳入爱尔兰最伟大作家之列？为什么多达一千四百七十二页、被公认为权威的《爱尔兰文学词典》（*Dictionary of Irish Literature*，1996）中没有"Lewis, C. S."这一词条？真正的原因在于路易斯不能适应——事实上，甚至可以说部分是由于他选择不去适应——20 世纪晚期爱尔兰身份的主导模板。在某种意义上，路易斯所代表的力量和影响正是模式化的爱尔兰文学身份的倡导者所希望拒斥的。在 20 世纪早期，都柏林力主复兴爱尔兰文化，是呼吁自治的中心之地，而路易斯的家乡贝尔法斯特则是反对自治的心脏之地。

爱尔兰之所以选择遗忘路易斯，缘由之一在于他是不合惯例的爱尔兰人。1917 年的路易斯显然认为自己是同情"新爱尔兰学派"的，考虑把自己的诗集送到莫塞尔与罗伯茨出版社。[19] 这家都柏林的出版社与爱尔兰民族主义有紧密关联，那一年还出版了伟大的民族主义作家派崔克·珀尔斯的作品集。路易斯承认这家出版社只算是"二流的出版社"，他希望此举会让他们认真对待他做出的让步。[20]

然而，一年以后，路易斯的看法明显有变。在给老朋友亚瑟·格雷

C. S. LEWIS
—A LIFE: ECCENTRIC GENIUS RELUCTANT PROPHET

C.S.路易斯
天赋奇才, 勉为先知

C. S. 路易斯

P14

夫斯(Arthur Greeves，1895～1966)的信中，路易斯表达了他的担忧。他担心，新爱尔兰学派最终会走入"知识界的狭隘小道，偏离大道"。路易斯现在认识到了坚持走"思想的宽阔正道"的重要性，因为写作是为范围广大的读者，而非为某种特定文学和政治议程下的某类读者。路易斯说，如果他的诗集经由莫塞尔出版社出版，这无异于把自己和某个"膜拜团体"联系了起来，仅此而已。路易斯的爱尔兰身份并非源自爱尔兰的政治历史，而是爱尔兰的风景浸润，日后要在主流文学而非"岔道"中发声。[21]或许，路易斯已经选择了超越爱尔兰文学的地域性。即便如此，他仍一直是爱尔兰文学最为闪亮的卓越代表之一。

遨游书海： 文学使命的隐示

爱尔兰的自然风光无疑是孕育路易斯丰富想象的一脉源泉。但是，还有另一脉源泉也开拓了他儿时的眼界。这就是文学本身。对路易斯来说，童年最为恒久的记忆莫过于那个书海包围的家了。阿尔伯特·路易斯虽以担任警方的事务律师为业，但文学阅读才是他心之所向。

1905 年 4 月，路易斯一家搬进了更为宽敞的新居，这处新居位于贝尔法斯特市的郊区，邻近斯特兰德陶恩的环回公路，名叫"郦柏拉苑"(Leeborough House)，俗称"小郦苑"(Little Lea)或"郦柏萝"(Leaboro)。路易斯兄弟终于可以在宽敞的大房子里自在玩耍，任凭想象的翅膀翱翔，把这栋房子幻化成神秘王国、奇幻土地。兄弟俩都住进了想象的世界，开始了涂鸦之作。路易斯的"动物王国"住进了能说会道的动物，沃尼写的则是"印度"(后来变成了"伯克森王国"的一部分，和"动物王国"一样富于想象力)。

路易斯后来回忆道，不论他把目光投向这栋房子的哪个角落，他看到的尽是一摞摞、一堆堆、一柜子又一柜子的书。[22]多少个雨天里，他啃读着这些书，在文学的想象之地自由驰骋，寻得安慰和陪伴。在这栋"新房"中，书四处摆放，其中不乏浪漫故事和神话，为年幼的路易斯打开了想象世界的窗户。唐郡的风貌透过文学的透镜为他所观察，成为通往异域的门户。沃伦·路易斯曾回想起那多雨的天气，以及内心对那种更能满足人心的事物的渴望，认为正是它们开启了兄弟俩的想象力。[23]他弟弟那驰骋的想象力是不是也是这样催生出来的：童年时，在那灰暗的苍穹下，透过大雨，"把目光投向那遥不可及的山岭"？

1.3　1905 年路易斯一家人在小郇苑。后排（从左至右）：艾格尼丝·路易斯（姑妈），两位女佣，芙罗拉·路易斯（母亲）。前排（从左至右）：沃尼，C. S. 路易斯，李奥纳德·路易斯（堂亲），艾琳·路易斯（堂亲），阿尔伯特·路易斯（父亲），尼禄（父亲怀中的狗）。

爱尔兰常年雨水丰沛，雾气充足，泥土湿润，草木葱郁，因而名为"祖母绿之岛"。路易斯后来自然而然地把雨天受困的感觉移转到了四个孩子身上。他们被困在老教授的家中，欲探索屋外的世界而不能，只因为"雨不断下落，密集得很，你往窗外望去，不见山脉，不见森林，甚至看不到花园中的水流"。[24]《狮子、女巫和魔衣橱》（*The Lion, the Witch and the Wardrobe*）中，教授的房子莫非就是以郇柏拉苑为原型？

从小郦苑望去，年幼的路易斯可以望见远处的卡斯尔雷山脉，这些山仿佛在向他诉说着伤悲，可望而不可即，惹人心急。它们象征着某个入口，象征着即将转向一种新的、更为深沉的、也更令人心满意足的思维和生活方式。每念及此，一种强烈的渴望在他心中油然而生，却难以描述。他也说不出自己真正渴望的是什么，只是内心里空荡得很。神秘的山脉仿佛强化了这种感觉，却无法填满此中的空虚。在《天路回程》中，卡斯尔雷山脉再度出现，成为内心未知欲念的象征。但是，倘若那时的路易斯站在一个神奇的、令人心动的世界的入口，那么他又是怎样走入这一方神秘地域？又是谁打开了门，让他走了进去？路易斯后来思考人生的深层问题时，门的意象变得越发意义重大，这也许就不足为怪了。

卡斯尔雷山脉的绿线又低又矮，虽然实际上相当近，却成为某种遥不可及的事物的象征。对路易斯而言，这些山就是欲望的遥远的对象，标记着他已知世界的边界。那里尚可听到"精灵世界的号角"传来的低语，一遍紧接着一遍。"它们教会了我渴望——*Sehnsucht*；催我向善或是引我从恶，在我还不到六岁时，让我成为了蓝花（the Blue Flower）的崇拜者。"[25]

在此，我们须稍作停留。路易斯提到的 *Sehnsucht* 指的是什么？这个德语词汇饱含情感和想象的联想，被诗人马修·阿诺德（Matthew Arnold）描述为"一种感伤的、婉转动人、催人泪下的渴望"，这是人尽皆知的。而"蓝花"呢？德国浪漫主义作家的领军人物，如诺瓦里斯和约瑟夫·冯·艾兴多尔夫，用"蓝花"来象征灵魂的游荡与渴望，尤其是当这种未能得到满足的渴望是受自然界的激发而生时。

路易斯从幼时起已开始探索、质疑他所处世界的界限。这个世界的范围之外是怎样的世界？这些渴望在他幼小的心灵中萌生，令人振奋；不过，路易斯也无法回答这些渴望为何萌生的问题。它们指向的到底是什么？是不是有着一个入口？如果有，在哪里可以找到？这又会将人引向何方？接下来的二十五年间，路易斯一心寻找的就是这个问题的答案。

形单影只： 沃尼去了英格兰

据我们所知,1905 年左右的路易斯孤独、内向,几乎没有任何朋友,一个人独自阅读,自得其乐。为什么如此形单影只? 阿尔伯特·路易斯在给家人买下新居之后,把注意力转移到了确保儿子们将来的前途上。作为贝尔法斯特新教机构中的重要人物,阿尔伯特认定把儿子送往英国的寄宿学校最能确保他们的前途。阿尔伯特的兄弟威廉早已把儿子送到英国的学校,相信这不失为提升社会地位之道。阿尔伯特也做出同样的决定,并听从专家建议,把儿子送往最合自己心意的学校。

伦敦的教育代理机构"盖比塔斯与思瑞宁"(Gabbitas & Thring)创建于 1873 年,为英国名校招募理想的校长人选,也为想给子女最优质教育的家长提供咨询。在他们的帮助下,不少人找到了合适的校长职位,其中有些后来还成了名人,如 W. H. 奥登(W. H. Auden)、约翰·贝杰曼(John Betjeman)、爱德华·埃尔加(Edward Elgar)、伊夫林·沃(Evelyn Waugh)和 H. G. 威尔斯(H. G. Wells)。当然,这些人现在倒也不是因担任过校长而闻名。1923 年,此机构成立五十周年时,已成功引荐了多达十二万个教职,给超过五万名家长提供了咨询。阿尔伯特·路易斯就是其中一员,他曾为大儿子沃伦到哪里就读而前去咨询。

阿尔伯特采纳了此机构的提议,结果却糟糕得很,实在出人预料。像阿尔伯特这等身份的人,本应考虑周全再做决定的。但是,1905 年 5 月,阿尔伯特轻易就将九岁的沃伦打发到了温亚德中学(Wynyard School),这所学校地处伦敦北部的沃特福德(Watford)。路易斯在处理与儿子们的关系上犯下许多错误,这或许是第一次。

杰克斯——路易斯此时更喜欢被这样称呼——和哥哥沃尼曾一起在小郦苑住过一个月。两人当时住在这栋七弯八拐的房子的顶层,那间屋子叫"尽头小屋",兄弟俩把那里视为天堂。现在两人被分开了。

路易斯留在家中,由母亲和家庭教师安妮·哈珀单独辅导。不过,他最好的老师大概是那一堆一堆的书,他可以随心所欲地啃读。

两年间,小郦苑嘎吱作响的长廊和宽敞的阁楼里不时晃动着路易斯漫步的身影。成堆的书籍是他的好伙伴。路易斯的内心世界开始成形。同龄的男孩子在贝尔法斯特的街上或是乡间玩耍游戏时,路易斯却已在搭建、充实和探索自己的私密世界。他被迫变成一个孤独的旅人,而这无疑催化了他的想象世界。没有沃尼做伴,他找不到精神伴侣来分享他的梦想和渴望。学校假期变得极为重要。沃尼会在这些时候回家来。

初逢"喜悦"

大约是在这时候,路易斯本已绚烂的想象世界发生了新的转折。据他后来回忆,早年的三次经历,促成了他生命中重要关注点的形成。第一次经历发生在小郦苑的花园里。那时"醋栗藤花开",香飘四处,触动了路易斯对"老房子"——邓德拉小苑的记忆。这房子是阿尔伯特·路易斯那时从一位亲戚那里租下来的。[26] 路易斯提及他感受到一种片刻、愉悦的渴望,将自己淹没。他还没弄清楚发生了什么,这种体验却已消逝,留给他对"刚刚消逝的渴望的渴望"。这似乎对路易斯重要至极。"相比之下,曾经发生在我身上的任何事情都显得微不足道了。"但是,这意味着什么?

第二次体验发生的时候,路易斯正在阅读比阿特丽丝·波特(Beatrix Potter)的《松鼠纳特金的故事》(*Squirrel Nutkin*, 1903)。虽然此时路易斯大抵敬重波特的作品,这本书中的某样东西却激发了他对某种事物的强烈渴望,这种事物就是他显然竭力想要描述的"秋的观念"(the Idea of Autumn)。[27] 路易斯再一次经历了那种"强烈的渴求",这让他心醉。

第三次体验来临之时,路易斯正在读瑞典诗人伊萨阿斯·特格纳尔(Esaias Tegnér，1782～1846)[28]的诗行。这几行诗是由亨利·沃兹沃思·朗费罗翻译的：

> 我听见一个声音在哭泣，
> 美丽的巴德尔
> 已死，已死——

路易斯发现这些语词极具摧毁力量。他以前并不知晓其存在的一扇门，仿佛随之开启，他看到了自身经验之外的另一个崭新世界。他渴望走进，渴望占有。在那一刻，别的都不重要了。他回忆道，"我对巴德尔一无所知，但我瞬间飞升进了北方苍穹的辽阔世界，我渴望某种不知如何描述的东西(只知道那是寒冷、宽阔、剧烈、暗淡、遥远的)，渴望之强烈几近骇人。"[29]然而，路易斯还未意识到发生了什么，这种感觉已然消逝，只让他久久地渴望再度进入。

回顾这三次经历，路易斯认为，它们可被看做是某样事物的多个方面或是多种表征："某种未得满足的欲望，这比任何的心满意足都更加让人渴望。我称之为'喜悦'(Joy)。"[30]对"喜悦"的追寻将成为路易斯生活和写作的中心主题。

对喜悦的体验塑造了路易斯的精神世界，在他的成长中扮演着十分重要的角色。那么，我们该如何解释这些体验呢？也许，我们可以参照《宗教经验种种》(*The Varieties of Religious Experience*，1902)的经典研究。许多宗教思想家的生命中都有过复杂而强烈的体验，而此书中，哈佛心理学家威廉·詹姆斯(William James，1842～1910)试图探究的正是这类体验。詹姆斯从已出版作品和个人见证中广泛取材，从中识别出此类体验的四种典型特征。[31]首先，这些体验是"不可言喻的"。它们拒绝言语表达，因为言语无法达意。

其次，詹姆斯提出，有过切身经历的人获得"洞见，得见真理之深邃，而这远非理性思维所能企及"。换言之，这种体验是"启迪、启示，意义非凡，重要无比"。它们引发了一种"对内在权威和启示的极为强烈的感受"，改变了亲历者的理解力，常常唤起一种"这是对真理之新内涵的启示"的深刻意识。这些主题显然构成了路易斯早期对"喜悦"进行描绘的基础。他曾有言,"相比之下,发生在我身上的其他事情都变得那么微不足道。"

再次,詹姆斯接着强调,这些体验稍纵即逝,"无法持续很久"。持续时间通常从几秒到几分钟不等。如若再次发生,这种体验可被辨认出,但它们的特质却无法被准确铭记。"体验消退后,可被复制到记忆中,但稍有瑕疵。"詹姆斯的宗教经验类型学所述及的这一特征,可在路易斯的散文里找到清晰的印记。

最后,詹姆斯提出,有类似体验的人会觉得他们仿佛是"被某种更强大的力量牵掣、掌控"。这种体验并非由积极的主体创造出来,而是不期而至地发生在人身上的,力量强大,不可抗拒。

路易斯对"喜悦"体验的清晰描述,显然符合詹姆斯的界定。路易斯的经验意义深远。另一世界的大门被打开,但又旋即关上了。路易斯为之振奋不已,渴望再度经历。这些体验好比转瞬即逝的顿悟,此时事物突然集结并汇聚成为焦点,光亮随后散去,异象消退,只留下一段记忆、一份渴望。

路易斯在经历了这些之后,心中茫然若失,甚至生出遭背叛的感觉。然而,尽管这些经历让人沮丧、困惑,路易斯却从中领悟到,可见的世界也许只是一帘薄雾,背后隐藏着广袤无垠的、神秘的海洋和岛屿。这样的念头,一旦种下,便不会失去其想象的魅力,抑或情感的力量。不过,路易斯很快就相信这不过是幻觉,只是童年的梦,这个梦经受不住成年阶段的理性分析,只会是令人痛苦的错觉。设想有个超验王国或是有个上帝存在,这或许是"银笛吹奏出的谎言",[32]无论如何,它们终究只是谎言。

芙罗拉·路易斯离世

1901 年维多利亚女王过世之后,爱德华七世即位,在位九年。爱德华时代常被视为一段黄金时期，让人想起悠长的夏日午后、雅致的花园宴会。但是，1914～1918 年间的世界大战，粉碎了这份美好情怀。人们对爱德华时代怀有浪漫想象，大体上折射出 20 世纪 20 年代的战后怀旧心态。当时许多人都认为那是个稳固安定的时代。不过，不安的因素正在生成——尤其是德国的军事和工业力量以及美国的经济实力，发展势头强劲。在有些人看来，这已经对大英帝国的利益造成重大威胁了。不过，当时的主流心态仍相信大英帝国稳固强大，帝国贸易正由史上最强大的海军保驾护航。

　　这种安定的感觉，在路易斯的幼年时代是很明显的。1907 年 5 月，路易斯在写给沃尼的信中说，他们打算在法国度过部分假期，并基本已经定下来了。对路易斯一家来说，海外旅游的经历非比寻常，每逢夏日，他们通常会在北爱尔兰度假胜地——比如卡斯尔罗克或波特拉什——待上六个星期。而他们的父亲因忙于工作，常常只是偶尔出现一下。不出所料，这一次他根本没能和家人在法国会合。

　　路易斯和母亲、兄长度过了宁静的假日，亲密无间。1907 年 8 月 20 日，芙罗拉·路易斯带着两个儿子到小瓦隆，这是一家位于诺曼底小

1.4　法国加来海峡的贝尔讷瓦勒勒格朗的小瓦隆家庭旅馆。1905 年左右的明信片。

镇贝尔讷瓦勒勒格朗的家庭小旅馆，离迪耶普不远。他们在那里一直待到了 9 月 18 日。20 世纪早期的一张明信片可能有助于我们理解芙罗拉的决定：照片上，爱德华时代的一家人在草坪上放松玩乐，"可讲英语"的字样很显眼，令人心安。路易斯发现住客都是英国人，他想学点法语的愿望也随即落空。

此时，爱德华时代已进入尾声，而夏日里，田园静谧，未有任何恐怖将至的征兆。一战期间，路易斯住进了法国医院，就在贝尔讷瓦勒勒格朗以东十八英里（二十九公里）处，他怀念那些已逝的宝贵黄金时光，不无感伤。[33]没有人预见战争会爆发，也没有人能预料到战争会带来如此毁灭性的破坏，而路易斯一家也没有人料到这会是他们一起度过的最后一个假期。一年后，芙罗拉·路易斯去世了。

1908 年初，芙罗拉显然病得很重。她的腹部患上了某种癌症。阿尔伯特的父亲理查德几个月以来一直住在小郇苑。这时阿尔伯特请求父亲搬走，好腾出地方让护士住进来照料芙罗拉。理查德似乎难以承受。他在 3 月底患上中风，并于一个月后离世。

芙罗拉的病情显然已到了晚期，每况愈下。这时沃尼从英国的学校被召回家中，陪伴母亲度过最后数周。母亲病入膏肓，路易斯兄弟的关系更近了。在这一时期最感人的一张照片上，沃尼和路易斯推着各自的自行车，站在离小郇苑很近的格伦玛查苑外。那是 1908 年 8 月初，路易斯的世界即将发生改变，变化巨大且不可逆转。

芙罗拉于 1908 年 8 月 23 日在家中病逝，其时恰逢丈夫阿尔伯特的四十五岁生日。那一日，芙罗拉卧室的日历页上的引语，出自莎士比亚的《李尔王》："人们必须忍受他们从此的离去。"这语句哀戚肃穆，正适合葬礼。沃尼后来发现，在阿尔伯特的余生里，日历一直都停在那一页。[34]

按照当时的习俗，路易斯被迫要观看躺在棺材里的母亲的尸体。路易斯看到，那可怕的病症在母亲身上留下的印迹过于清晰。这成了他创伤性的经历。"母亲一过世，所有安定的幸福、所有宁静与稳固，旋即从我的生活里消失了。"[35]

在《魔法师的外甥》(The Magician's Nephew)中，小说对迪格雷·

1.5　1908 年 8 月，在伊瓦特家的格林玛查苑前，C. S. 路易斯与沃尼各自推着自行车。

柯克的母亲临终前的描绘充满爱意，这不免让人想到，芙罗拉一直是活在路易斯的记忆里："她躺在那里。有许多次，他看她都是这样躺着，斜靠着枕头，脸庞瘦削、面容苍白，让人一见就想掉眼泪。"[36] 这段话将路易斯在母亲过世时的痛苦表露无遗，尤其当他亲眼看见母亲干瘦的尸体躺在开口棺材里时。路易斯让纳尼亚的魔法苹果治愈了迪格雷母亲的不治之症，似乎也是在用想象的香膏来治愈自己情感上深深的伤口，借由想象可能发生之事来应对已然发生的事。

　　母亲的过世显然让路易斯深感痛苦，但这段黑暗时期给他留下的记忆却更常集中在此事件对整个家庭的影响上。阿尔伯特在努力面对妻子病重的现实时，似乎未能感知到两个儿子的深层需要。在路易斯的笔下，这段时期预示着家庭生活的终结，而关系疏离的种子也已经种下。阿尔伯特失去妻子之后，也面临着失去儿子的危险。[37] 芙罗拉过世后两周，阿尔伯特的兄长约瑟夫也离开了人世。路易斯家似乎危机四伏，父子各自为战。"如今只剩下大海和岛屿了；大陆已经像亚特兰蒂斯一样沉没了。"[38]

P24

　　这本不失为一个契机,可以重新唤起父慈子孝的亲情。但是,什么也没有发生。很明显,阿尔伯特在关键时刻判断失误。儿子们年幼的生命遭遇了危机,阿尔伯特却在此时决定把儿子们送走。母亲过世仅两周,创伤远未平复,路易斯发现自己和沃尼站在了贝尔法斯特码头,准备坐夜班船到兰开夏的弗利特伍德港。一个情感不够细腻的父亲,对着需要他关爱的儿子,草草作别。曾经给予年幼的路易斯安全感、身份感的一切,似乎都在消逝。路易斯被送离爱尔兰,远离他的家庭,远离他的书籍,到了一个陌生的地方。在那里,他要住在陌生人中间,身边只有哥哥沃尼做伴。他被送往温亚德中学,亦即《惊悦》中的"贝尔森"(Belsen)。

第**2**章

丑陋的英国乡村：
学生时代

【1908～1917】

    1962年，纽约一位女学生弗莱赛·史密斯莱写信给路易斯，表达对纳尼亚系列的喜爱，也问起他学生时代的事情。路易斯回信说，他曾在三所寄宿学校上过学，"其中的两所可怕得很"。[1] 他接着说，事实上，他"从未这么憎恨过什么，那甚至比一战时的前线战壕更可恨"。读完《惊悦》，即便是最漫不经心的读者，也能深切感受到路易斯对他所就读的英国学校的深恶痛绝。至于路易斯觉得这学校比一战时到处弥漫着死亡气息的战壕更可恨，读者恐怕会觉得难以置信。

    路易斯与兄长在20世纪50年代晚期关系变得紧张，其中一个重要的根源是，沃尼认为路易斯在《惊悦》中对他在莫尔文中学（Malvern College）求学的描述明显失真。乔治·赛尔是路易斯的密友，他所作的路易斯传记最具启发意义，也最具洞察力。据他回忆，路易斯后来承认自己所描述的莫尔文时光尽是些"谎言"，而这也反映出当时路易斯的身份中有两缕支脉错综交杂。[2] 赛尔的回忆引得《惊悦》的读者不禁好奇，路易斯在多大程度上重构了自己的过去？他的动机又是什么？

    路易斯在这里的判断，或许是受到了英格兰留给他的最初印象的深刻影响。那是种过分消极的印象，很自然地渗透到了他的求学经历中。正如他后来所说，他"内心怀着对英格兰的憎恨，许多年后才得以治愈"。[3] 他不喜欢英格兰学校，但在更深处是对当时英格兰本身怀有一种文化上的厌恶。这在书信中表现得尤为明显。1914 年 6 月，路易斯就曾抱怨"被囚禁在这炎热且丑陋的英格兰乡村里"，而他本可以在唐郡那绿意盎然的凉爽乡间尽享漫步情趣的。[4]

这显然藏着说不清道不明的深层原因。路易斯似乎就是无法融入爱德华时代的公学文化。一般人会认为，即便偶尔不合心意，融入也是必要的，毕竟要为应对严酷的现实世界做好准备。可是，路易斯对此不无鄙夷，甚至将学校贬称为"集中营"。路易斯的父亲希望借此将路易斯培养为成功人士，实际上却几乎毁了他。

路易斯在母亲过世后，就读于英国的学校，他的履历可归结如下：

温亚德中学，沃特福德（"贝尔森"）：1908 年 9 月至 1910 年 6 月

坎贝尔中学（Campbell College），贝尔法斯特：1910 年 9 月至 12 月

瑟堡中学（Cherbourg School），莫尔文（"沙特尔"，Chartres）：1911 年 1 月至 1913 年 6 月

莫尔文中学（"威维尔"，Wyvern）：1913 年 9 月至 1914 年 6 月

大布克汉姆（Great Bookham）的私人辅导：1914 年 9 月至 1917 年 6 月

路易斯后来可能还用化名暗指他心存反感的三所英格兰学校：温亚德中学、瑟堡中学和莫尔文中学。我们将会看到，他对大布克汉姆的记忆正面得多，也认为这段经历对塑造自己的思维起到了积极作用。

沃特福德的温亚德中学：1908～1910

路易斯在英国就读的第一所学校是温亚德中学。它坐落在沃特福德的朗格里路，是两栋改建的黄砖房，看上去阴郁沉闷。这所私立寄宿学校是由罗伯特·"奥蒂"·卡普隆于 1881 年创建的，规模很小，早年

似乎小有名气。不过到了路易斯入学的时代，学校已开始没落，只招到八九个住宿生，"走读生"大概也就是这个数。路易斯的兄长那时已入学两年，应付严酷的学制已经问题不大。路易斯却不然，他对日子平静安稳的小邸苑之外的世界缺乏经验，他显然惊讶于卡普隆的残酷。后来，路易斯给这所学校取了个外号，名叫"贝尔森"，用的是臭名昭著的纳粹集中营的名字。

路易斯起先希望会有所好转，但很快就对温亚德百般厌恶，认为在那里完全是虚度光阴。沃尼在 1909 年夏天离开温亚德，前往莫尔文中学，留下弟弟孤零零面对一个已是穷途末路的体制。在路易斯的记忆中，温亚德只有填鸭式的教育，死记硬背"一堆日期、战役、进出口额等等，边学边忘，记住了也毫无用处"。[5] 对此，沃尼也表示赞同："我不记得在温亚德学到了任何有用的东西。"[6] 那里也没有图书馆来滋养路易斯的想象世界。学校最终在 1910 年夏天关闭，卡普隆也被确诊为精神失常。

阿尔伯特此刻不得不重新审视为小儿子安排的教育之路。于是，沃尼继续在莫尔文就读，路易斯则被送往贝尔法斯特市的坎贝尔中学。这所寄宿学校离小邸苑仅一英里路。路易斯后来曾这样写道，坎贝尔的建立是为了让"阿尔斯特的男孩子不用跨越爱尔兰海峡便可享受到公学教育的优势"。[7] 路易斯的父亲是否打算将此作为长久之计，我们无从知晓。在坎贝尔的时候，路易斯染上了严重的呼吸道疾病。路易斯的父亲把他接回家中，心里却是不大情愿。但对路易斯而言，这也并非一段不快乐的时光。事实上，路易斯似乎很希望这种情形能持续下去。然而，阿尔伯特另有打算。不幸的是，那些安排最终也不大理想。

P28

莫尔文的瑟堡中学：　1911～1913

在进一步咨询了"盖比塔斯与思瑞宁"教育代理机构之后，阿尔伯特将路易斯送往瑟堡中学（《惊悦》中的"沙特尔"），这所学校地处维多利亚时代的温泉小镇大莫尔文。[8] 莫尔文在 19 世纪以温泉水疗闻名，但温泉旅游业从 19 世纪末开始滑坡，许多旅馆、别墅被改装成了小型寄宿学校，瑟堡就是其中之一。路易斯入学时，这所小型的预科学校中大概共有二十个八到十二岁的男孩。瑟堡紧挨着沃尼就读的莫尔文中学。兄弟俩至少又能见面了。

路易斯在瑟堡的最大收获，是获得了莫尔文中学的奖学金。据路易斯回忆，他的精神世界此间发生了一些转变，但瑟堡的经历既非原因也非促因，不过是背景而已。其中最重要之一是，路易斯发现了他称之为"北方性"（Northernness）的东西，这发生在他"刚刚"入读瑟堡的时期。路易斯认为这一发现改变了一切，很是绚丽多彩，好似寂静贫瘠的北极冰山变成了"一片绿地，报春花和果园繁花似锦，鸟儿的歌声响彻天际，流水叮咚，到处都是欢腾的景象"。[9]

路易斯的这段回忆与想象吻合，却在时间顺序上有些模糊。"我可以抓住这个时刻；我从未对一样事物如此了解，虽然我不能确定具体是什么时间。"[10] 起因是一本被放在教室某个角落的"文学刊物"。那是 1911 年 12 月出刊的《布克曼》（*The Bookman*）圣诞特辑。杂志里附有一本彩色增刊，翻印了亚瑟·雷克汉姆（Arthur Rackham）的三十幅系列插画中的几幅。那些插画是为玛格丽特·阿尔蒙（Margaret Armour）英译的理查德·瓦格纳的《齐格弗里德》和《诸神的黄昏》所作，而瓦格纳的原作发表于当年的早些时候。[11]

雷克汉姆的插画强烈激发了路易斯的想象力，一种渴望的感觉吞没了他。路易斯被这种"纯粹的'北方性'"所淹没——"仿佛看见，在北方夏日里无尽的暮色中，一方巨大而清澈的天空悬挂在大西洋之上"。[12] 路易斯原以为他永远不可能再有这种体验了，如今却又再次经历，不禁激动不已。这绝非"幻想或是愿望的满足"；[13] 这是仿佛站立在另一世界的门槛上，向内窥探。路易斯希望能再次捕捉到如此奇妙的感觉，于是纵容自己日渐沉迷于瓦格纳，把零花钱都用来购买瓦格纳的歌剧唱片。路易斯甚至还买到了一本原作，雷克汉姆的插画即选自其中。

路易斯在莫尔文时期所写的书信可能透露了很多，但也隐藏了许多。不过，它们倒是隐含了一些主题，反复出现在他的职业生涯中。其中之一就是，路易斯自觉是个流亡异乡的爱尔兰人。路易斯不单失去了他的天堂，他从伊甸园中被驱赶了出来。路易斯虽生活在英格兰，却不把自己当成英格兰人。早在离开瑟堡前的那段日子里，路易斯就已越来越意识到自己"来自一个有着丰厚文学情感、精通本族语言的民族"。[14]20 世纪 30 年代，路易斯发现，爱尔兰故乡的自然地理激发了他的文学想象，在其他人——诸如埃德蒙·斯宾塞——身上也是如此。在路易斯 1913 年的信中，已能看到这一主题的萌芽。

路易斯认为，这一时期他的基督教信仰消失殆尽，这恰恰成就了他的智性发展。路易斯在《惊悦》中记录了他的信仰最终是如何消散的。鉴于信仰在路易斯后来的人生中占据了相当重要的位置，这段记录似乎不尽如人意。不过，路易斯虽不能给自己的"缓慢弃教""一个精准的年表"，却能分辨出促使他走向放弃信仰的一些因素。

从对其日后创作产生的持久影响来看，最为重要的可能是阅读维吉尔(Virgil)和其他古典作家的作品。路易斯注意到，这些作家的宗教观念都被学者和教师们视为"十足的幻想"。那么，今日的宗教观念又是什么？难道它们不是现代的幻想，不是古代祖先观念的当代翻版吗？路易斯开始认定，宗教虽是"完全虚幻的"，却也是自然而然的衍生物，是"人性易犯的荒谬通病"。[15]许多宗教都声言自己是真实的，而基督教不过是其中之一。那么，为什么他应该相信只此一种宗教是正确的，其他的都是错误的呢？

P30

1913 年春，路易斯已经定下了从瑟堡毕业后的去处。这一年 6 月，路易斯在给父亲的一封信中提到自己在瑟堡的日子，虽然最初如同"坠入黑暗"，后来却是"喜有所成"。[16]他喜欢有小镇风味的大莫尔文，也很愿意升入"学院"(the Coll)——莫尔文中学。这样他就可以和沃尼相伴了。5 月下旬，沃尼宣布他意欲从军，所以秋天会待在莫尔文中学，备考桑赫斯特皇家军事学院的入学考试。

然而，世事难料。路易斯因为生病不得不在瑟堡的病房里参加考试。不过，他还是在 6 月获得了 9 月起生效的莫尔文中学的奖学金。但是，沃尼却不会在那里了。他在学校里抽烟被当场抓住，校长勒令其离校。（他们兄弟俩终身不离的抽烟习惯就是在此期间养成的。）阿尔伯特·路易斯现在面临着为沃尼准备桑赫斯特入学考试的难题,却不能向莫尔文中学的教师寻求帮助。他想到了出路,堪称绝招,一年以后对小儿子也产生了重大积极的影响。

阿尔伯特在1877~1879年间曾是卢根中学的学生,那所学校地处爱尔兰的阿玛郡。在校期间,阿尔伯特对校长威廉·汤普森·科派崔克深怀敬意。[17]科派崔克于1876年进入卢根中学,当时学校仅有十六个学生,十年之间却发展成爱尔兰名列前茅的学校之一。科派崔克于1899年退休后,携妻子搬到莎斯顿苑,在柴郡的诺森登。科派崔克夫妇的儿子乔治当时正效力于布罗威特与林德利公司,该公司是引擎制造商,位于曼彻斯特的派崔克劳福特。这样夫妇俩能离儿子近一些。不过,科派崔克的妻子似乎对工业化的英格兰西北部兴趣不大,于是科派崔克夫妇不久又搬到了大布克汉姆,住在萨里郡的"富人聚居区"。科派崔克在那里当起了私人教师。

阿尔伯特曾是科派崔克的事务律师,两人曾有书信往来,探讨如何应对那些不愿缴付学费的家长们。阿尔伯特过去也曾就儿子的教育问题向科派崔克咨询过。现在,他有私事相求:科派崔克是否愿意指导沃尼准备桑赫斯特的入学考试?两人达成一致意见。于是,1913年9月10日,沃尼开始了在大布克汉姆的学习。八天之后,路易斯开始了在莫尔文中学——即《惊悦》中的"威维尔"——的生活。此时没有了既当导师又当朋友的兄长做伴,路易斯只得依靠自己。

莫尔文中学: 1913~1914

路易斯把莫尔文中学的生活描述成大灾难。《惊悦》共有十五章,路易斯花了三章的篇幅来控诉他在"学院"的经历,逐条批判。但是,路易斯堆砌这些鲜活、痛苦的记忆,却显然未能推动《惊悦》的叙事。为什么花费大量时间来复述如此痛苦的主观记忆?了解这所中学的人(包

2.1 1920 年,威廉·汤普森·科派崔克(1848~1921)在大布克汉姆家中。沃尼·路易斯当时在英国陆军部队服役,在休假时前往探望,拍下了这张照片。这是我们所能找到的科派崔克的唯一照片。

括沃尼）无不指责这些记忆歪曲事实、不具代表意义。路易斯在《惊悦》中描写的伤痛记忆有些累赘，或许，他把此举当作是在练习精神宣泄，意在消除自己的痛苦回忆。然而，即便是能体恤此番用意的读者，也会觉得关于莫尔文的三章节奏松散，故事琐碎，模糊了情节的清晰性。[18]

路易斯声称，他是"学长制"（the "fagging" system）的牺牲品。低年级生须替高年级生（"吸血鬼"，the "Bloods"）跑腿。一个人越是被同年级或高年级学生讨厌，就越会被盯上、被欺负，这在当时的英国公学中是司空见惯的。大多数男生也以此为传统成人礼的一部分。不过，路易斯却认定这是强迫性的劳动。他暗示说，传闻（但从未证实）低年级男生被迫向高年级男生提供的服务中包括了性服务——路易斯觉得这实在是可怕至极。

可能更重要的是，路易斯发现自己被排除在莫尔文的价值体系之外。此体系深受当时英国公学体制的主导教育理念——竞技崇拜（athleticism）的影响。[19]到了爱德华时代晚期，"竞技崇拜"在英国公学教育中稳居中心地位，几乎无可动摇。"竞技崇拜"作为一种意识形态，不乏较为阴暗的一面。不擅运动的男生会被同伴嘲笑，受到威胁。"竞技崇拜"也贬低了培养学生在智力和艺术方面造诣的重要性，把许多学校几乎变成了体能训练营。然而，对"男性气概"的培养也被认为是"性格"发展中不可或缺的一部分——这是当时英国文化中主流教育理念的基本主张。[20]莫尔文从各个方面看都是爱德华时代的典型产物。学校提供了自认为是必要的教育，而这显然也是家长们想要的。

但这并不是**路易斯**想要的。他"生性笨拙"，部分原因可能是他的拇指仅有一个关节，因而绝不可能在任何体育运动中成为佼佼者。[21]路易斯似乎也不大尝试去融入学校文化。他拒绝顺从，不免让人觉得他是个离群索居、学业上又十分傲慢的家伙。路易斯在一封信中对此不无挖苦。他说道，莫尔文帮他明白了他自己**不想**成为哪类人："如果我未曾亲眼见到这些粗俗、没脑子的英国男生掀起的可怕场景，那就危险了，我可能冷不防也会变成那样的人"。[22]很多人会认为这话傲慢无礼，带着屈尊俯就的意味。不过，路易斯心里明白，虽然莫尔文让他受益不多，但其中有一样，就是让他意识到他**当时**有多傲慢。[23]在以后的岁月里，他要直面性格中的这一面。

路易斯常在学校图书馆寻求庇护，在书海中获取安慰。他还跟古典学老师哈里·维克利·史密斯（Harry Wakelyn Smith；"Smewgy"，"史密维吉"）结下了友谊。史密斯指导路易斯学习拉丁语，又帮他在希腊语上入门。或许更为重要的是，他教导路易斯如何正确分析诗歌，学会欣赏诗歌中的审美意趣。而且，在他的帮助下，路易斯意识到诗歌是用来吟读的，如此方能感受到诗歌的韵律和音律。路易斯后来在一首诗中表达了他的感激之情，说史密斯———一位"老者，有着甜美的嗓音"———如何教会他去爱古典诗歌中的"地中海诗韵律"（Mediterranean Metres）。[24]

虽然如此种种对路易斯日后学术与批评能力的发展重要无比，但那时却不过是智性娱乐，好让路易斯不去专注他感到难以忍受的学校文化氛围。沃尼认为，路易斯就是一块"圆洞里的四方木桩"，与公学体制格格不入，根本就不应该被送往公学。当然，这话也是"后见之明"。路易斯缺乏运动天分，又热烈追求智性发展，也无异于给自己贴上了标签，成了"失败者、异端以及奉行标准化和集体思维的公学体系所怀疑的对象"。[25]但是在当时，沃尼断然认定，倘若有错，那么错在路易斯，不在学校。

路易斯在《惊悦》中因何大费周章描述他在莫尔文的时光，个中缘由至今仍不明晰。1929年他确实受邀成为莫尔文中学的董事会成员，此事还给他带来了些许乐趣。[26]不过，路易斯在校期间对自身处境很是绝望，这是毫无疑问的。他迫切想劝服父亲，把自己送到一个更为亲和的地方去。他在1914年3月的信中这样向父亲祈求道，"请尽快带我离开这个地方吧"。这时学校放假，他正准备回贝尔法斯特度假。[27]

阿尔伯特终于意识到，对他的小儿子而言，事情并不如预期的那样进展顺利。他和沃尼商讨了一番。沃尼当时作为一名英国军官，已在桑赫斯特接受了一个多月的训练。沃尼认定，弟弟应该对自己日渐恶化的境况负主要责任。他告诉父亲，他本来希望莫尔文也能给予弟弟同样的"快乐时光、回忆和友谊，这些都是他想带进坟墓的东西"。但结果远不如意。路易斯已让莫尔文变得"太过滚烫，容不下他"。[28] 路易斯家有必要彻底反思。既然沃尼从科派崔克的私人教导中受益匪浅，路易斯也应该试试。路易斯曾告诉父亲"在老科［科派崔克］的鼻子底下，他可以引爆他那廉价的、所剩无几的智性火花，自娱自乐"。[29] 不难想象，沃尼听闻此话定是万分恼怒。

阿尔伯特接着写信向科派崔克咨询。科派崔克最初建议路易斯继续在坎贝尔中学就读。不过，两人一路商讨，想出了另一个方案。阿尔伯特说服科派崔克从 1914 年 9 月开始来当路易斯的私人教师。科派崔克承认，他被这样的赞誉吸引住了："曾经教过父子三人，这样的经历定是独一无二的。"但这个决定仍然很冒险。沃尼喜欢莫尔文，路易斯却讨厌它。沃尼对科派崔克赞不绝口，路易斯又会怎样评价科派崔克呢？经过科派崔克的指导，在竞争相当激烈的入学考试中，沃尼在两百多名成绩优秀考生中位列第 22 名。沃尼的军校记录显示，他在 1914 年 2 月 4 日是以"军校学员"的名号考进桑赫斯特的，并获得了"军校学员优秀奖学金"。沃尼的军官生涯前程似锦。

与此同时，路易斯回到贝尔法斯特家中度假。1914 年 4 月中旬，在即将返回莫尔文中学完成最后一学期课程的时候，路易斯收到了一条简讯。亚瑟·格雷夫斯病后初愈，很期待他的到访。格雷夫斯与沃尼同龄，是约瑟夫·格雷夫斯最小的儿子。格雷夫斯家是贝尔法斯特最富有的亚麻纺织商之一，他们住在名为"伯纳赫"（Bernagh）的大房子里，正对着小邸苑。

路易斯在《惊悦》中回忆，格雷夫斯已有一段时间尝试着要和他建立友谊，但两人从未见过面。[30] 不过有证据显示，路易斯的记忆不一定完全准确。路易斯早年的信留下的不多，在 1907 年 5 月的一封信中，他告诉沃尼，小邸苑刚安装了电话。他用这新奇玩意给格雷夫斯打过电话，但没能跟他说上话。[31] 这暗示两人的友谊在童年时代已经开始了。倘使路易斯和格雷夫斯在这段期间已经成为了朋友，那么路易斯被迫离开贝尔法斯特去英格兰求学，可能导致两人的友谊逐渐淡化。

路易斯答应去看望格雷夫斯，但有些不情愿。他看见格雷夫斯坐

2.2　1910 年夏，在伊瓦特家的格林玛查苑举行了一次网球聚会，那里距离小邮苑很近。亚瑟·格雷夫斯站在最左边，C. S. 路易斯站在最右边。前排右二是亚瑟·格雷夫斯的姐姐莉莉·格雷夫斯。

在床上，身旁放着一本书，是 H. M. A. 古尔伯（H. M. A. Guerber）的《北欧人的神话》（*Myths of the Norsemen*，1908）。路易斯原本就已对"北方性"着迷，现在更是一发不可收拾。他惊讶地盯着书，问道："你喜欢吗？"格雷夫斯激动不已地回答说："是。"[32]路易斯终于找到了灵魂伴侣。两人长期保持着联系，直至路易斯在大概五十年之后过世。

　　在莫尔文中学的最后一学期即将结束时，路易斯第一次给格雷夫斯写信，约定一起去徒步旅行。虽然他被"困"在"炎热、丑陋的英格兰乡村"，他们还是可以一起看太阳在霍利伍德山升起，俯瞰贝尔法斯特湾和卡夫山。[33]然而，一个月后，路易斯对英格兰的看法却有所转变。"史密维吉"邀请他和另一个男孩开车去乡村，把"莫尔文那些呆板、平淡、丑陋的山脉"抛在身后。路易斯发现"绵延不绝的山峰和峡谷"中藏有一片"魔幻之地"，布满"神秘的森林和麦田"。[34]也许，英格兰并不那么糟糕；也许，他还是会在那里待下去。

P37

2.3 "你的国家需要你!"这是英国宣布参战后不久,《伦敦舆论》杂志 1914 年 9 月 5 日的封面。基奇纳勋爵的形象是由艺术家阿尔弗雷德·里特(Alfred Leete, 1882~1933)设计的,它迅速获得了某种标志性的意义,在 1915 年之后英国军队招募运动中扮演了重要角色。

大布克汉姆和"大棒槌"： 1914～1917

　　1914 年 9 月 19 日,路易斯来到大布克汉姆,师从科派崔克——"大棒槌"(Great Knock)。然而,从路易斯离开莫尔文的那一刻起,他周围的世界已经发生了不可逆转的变化。6 月 28 日,奥地利的弗朗士·费迪南大公在萨拉热窝被枪杀,紧张不安的局势不断升级。大同盟形成。只要一国参战,其他国家随即加入。一个月后,也就是 7 月 28 日,奥地利对塞尔维亚宣战。德国立刻发动对法国的战争。英国不可避免地也将卷入战争之中。8 月 4 日,英国终于对德国和奥匈帝国宣战。

　　沃尼所受的影响最大。他的训练期由十八个月缩减为九个月,此举是为了让像他一样的学员尽快上战场。他于 1914 年 9 月 29 日被任命为英国皇家陆军勤务部队的少尉,11 月 4 日加入了在法国的英国远征军。基奇纳勋爵时任陆军大臣,开始组织英国史上最大规模的志愿军招募。他的招募海报闻名海外,上面写着"你的国家需要你!",战时家喻户晓。路易斯不可能没有感受到应征入伍的压力。

　　虽然尚未准备周全,英国还是勉强迈进了战争之中。此时,路易斯在大布克汉姆的"盖斯顿斯"(科派崔克的家)安顿了下来。他与父亲、兄长的关系当时已有几分紧张和疏远,因而此时他与科派崔克的关系显得十分重要。路易斯从贝尔法斯特坐汽船到利物浦,又转乘火车到伦敦,然后在滑铁卢火车站乘坐开往大布克汉姆的火车。科派崔克在终点站等着他。二人从火车站走回家时,为了打破初次见面的尴尬,路易斯随口说道,萨里的风景比他预想的荒凉得多。

　　路易斯本来只想随便聊聊,科派崔克却不失时机地开启了一番激烈的讨论,展示了苏格拉底反诘法的长处。科派崔克要求路易斯停下,说说"荒凉"指的是什么? 为什么他未曾预料到? 他研究过这个地区的地图吗? 他阅读过相关的书籍吗? 他见过此地的风景照片吗? 路易斯

P39

2.4 1924 年，大布克汉姆的火车站路。C. S. 路易斯与科派崔克两人从火车站走回科派崔克的家盖斯顿斯时，会经过这条路。

承认这些他都没做过。他的看法没有任何依据。科派崔克适时点醒他，他无权对此妄下断言。

有些人会觉得这样的方法有些吓人；有些人会觉得这有失风范、缺乏牧者的关怀。但路易斯很快就意识到，他是在被迫培养批判性思维能力，以论据和理性为基础进行思考，而不是仅靠个人直觉。他把这种方法比作"牛肉和烈性啤酒"。[35]路易斯在这种批判性思维食谱的喂养下，苗壮成才。

科派崔克是个很出色的人。他帮助路易斯在智性上获得了发展，尤其培养了路易斯对观念与原始资料的批判性思维方式。[36]科派崔克在贝尔法斯特女王学院求学时成绩出众，1868 年 7 月毕业时获英语、历史、形而上学三个学科的甲等荣誉学位。[37]他在女王学院的最后一个学年，还获得了英语散文奖，笔名帖木儿（Tamerlaine）。他还获得了爱尔兰皇家大学颁发的双项金奖，是当年唯一获此殊荣的学生。1873 年卢根中学成立时，他曾应聘校长一职，但未有结果。卢根中学校长一职炙手可热，当时有二十二人前去应聘。学校董事会最终决定在科派崔克和来自都柏林的 E. 沃·博尔杰之间做出选择。他们最终选择了博尔杰。

　　科派崔克并未就此放弃，转战他处继续求职。他几乎获聘，成为科克的大学学院英语教授。然而，直到1875年底，他的机会才到来。那时博尔杰被聘为科克的大学学院的希腊语教授。科派崔克再次应聘卢根中学校长一职，并于1876年1月正式上任。他擅长鼓舞和激励学生，堪称传奇。阿尔伯特在为小儿子遴选英国学校的问题上可能犯过不少错误。但这一次他不再听从"盖比塔斯与思瑞宁"专业机构的糟糕建议了，而是凭着自己的判断来做这一最重大的决定。这一决定后来被证实是他做过的最佳决定。

　　路易斯对他人生中最重要的导师曾做过如此评价，相当凝练："史密维吉教会我语法和修辞，科克（Kirk）教会我辩证法。"[38] 路易斯逐渐掌握了如何运用语言、如何展开论证。不过，科派崔克的影响并不限于此。不管是仍在使用的语言，还是废弃不用的语言，这位老校长都逼着路易斯学。方法很简便，就是迫使路易斯应用这些语言。路易斯才来两天，科派崔克已翻开希腊语版荷马的《伊利亚特》，让路易斯坐下来一起学习了。他带着贝尔法斯特口音（即便是荷马，大概也会听得云里雾里）朗诵了前二十行，给出了译文，接下来让路易斯依样跟着做。不久之后，路易斯已能自信地用希腊语流畅朗诵。科派崔克沿用此法，先让路易斯学拉丁语，然后是仍在使用的语言，包括德语和意大利语。

　　在有些人看来，这样的教学方法显得十分古旧，甚至荒谬可笑。许多学生也会以失败收场，乃至信心全失，饱受羞辱。然而，路易斯却只当是挑战，开拓眼界，提升技巧。也正是这种方法，于他才算因材施教。他最著名的布道中有一篇，名为《荣耀的重负》（The Weight of Glory, 1941）*。路易斯在文中让我们去想象一个小男孩为了体验研读索福克勒斯的快乐，选择学习希腊语。路易斯就是那个小男孩，科派崔克就是他的老师。1917年2月，路易斯抱着无比激动的心情给父亲写信，告知他已能阅读意大利语版但丁的《地狱》的前两百行，且"颇为成功"。[39]

　　然而，科派崔克的理性主义在路易斯那里还产生了其他结果，这是

P41

———————

*　中译本《荣耀之重》收入了此篇，并作为书名。——编者注

路易斯不大热衷跟父亲分享的。其一就是他越发认同无神论。路易斯很清楚，在来到大布克汉姆之前，他的无神论信仰就已经"完全成形"，而科派崔克的功劳在于为路易斯的立场增添了额外的论据。1914年12月，路易斯在邓德拉的圣马可教堂接受坚信礼。1899年1月他就是在这里接受洗礼的。路易斯既然已经不再相信上帝，也就不想经历这个仪式。但他与父亲关系紧张，他说不出口。路易斯后来把科派崔克作为麦克费依的原型，写进了《黑暗之劫》(*That Hideous Strength*)里。此人是苏格兰-爱尔兰裔，能说会道、聪慧敏锐，但也固执己见，在宗教信仰问题上持相当怀疑的态度。

那么，路易斯在宗教问题上是否同意科派崔克的看法？在宗教信仰问题上，唯一能让路易斯敞开心扉、畅所欲言的似乎只有亚瑟·格雷夫斯。他此时已经完全取代了沃尼的位置，成为路易斯的心灵伴侣和知己密友。1916年10月，路易斯在信中向格雷夫斯详细陈述了自己的（缺乏）宗教信仰。"我不相信宗教。"他写道，所有的宗教不过是人类创造出来的神话，通常是对自然事件或人类的情感需要做出的回应。他声称，这"是对宗教之产生所做出的科学阐释，已被认可"。宗教与道德问题无关。[40]

这封信引发了路易斯与格雷夫斯的激烈争论。后者在当时是个极为虔诚又有思想的基督徒。就此话题，他们在不到一个月的时间内至少有六封通信，但最后不得不承认两人的观点相去甚远，继续讨论的意义不大。路易斯后来回忆道，他是"用一个十七岁的理性主义者单薄的大炮去轰炸[格雷夫斯]"[41]——但效果微弱。对路易斯而言，根本没有什么信仰上帝的好理由。任何一个聪慧的人都不会愿意去相信"一个会永永远远折磨我的上帝"。[42]路易斯认为，为宗教寻求理性论证的支撑，完全没有出路。

不过，路易斯发现，他的想象与理性正把他往截然相反的方向拉扯。他不断发现自己能感受到强烈的渴望，他称其为"喜悦"。最重要的一次发生在1916年3月初。他当时碰巧拿起了一本书，是乔治·麦克唐纳(George MacDonald)的奇幻小说《幻想家》(*Phantastes*)。[43]路易斯读着读着，不知不觉被带着越过了想象的边界。读完这本书之后，一切都改变了。他发现了一样"新的东西"，一片"明晃晃的影子"，仿佛有个声音从地极传来，呼唤着他。"那一夜，我的想象力在某种意义上接受了洗礼。"[44]他生命里开始萌生出一个新的维度。"在买《幻想家》时，我丝毫没意识到这会把我带进怎样的世界。"路易斯在麦克唐纳的基督教与自己的想象性作品之间构建联系，那还是很久以后的事情。不过，种子已经播下，生根发芽只待时日恩泽。

征兵的威胁

阴影开始笼罩许许多多人的生活，也正向路易斯的生活袭来。一战爆发的第一年，破坏极大，这也意味着英国陆军需要征募更多的士兵，而志愿兵役制已不能满足需要。1915 年 5 月，路易斯写信给父亲，概述了他如何看待自己的处境。他只能期待战事在他年满十八岁时就结束，或者在被迫参军之前他自愿入伍。[45]随着时间的推移，路易斯渐渐意识到他很可能要上战场了。这只不过是时间问题。战争没有迅速得胜的迹象，而路易斯的十八岁生日正很快临近。

1916 年 1 月 27 日，《兵役法》开始施行，结束了志愿兵役制。所有十八到四十一岁的男性从 1916 年 3 月 2 日起自动被征召入伍，随时待命参战。但是，此法案不适用于爱尔兰，且包括了一项重要的例外：符合入伍年龄段的男性，如若"居住在英格兰，但仅是出于教育目的"，则无须履行此条款。然而，路易斯意识到，豁免兵役可能仅是暂时的。从他的书信中可以看出，他已明白，他不可避免地是要服兵役的。

3 月份的最后期限刚刚过去，路易斯在给格雷夫斯写的信中，借取了莎士比亚《亨利五世》开场白中的意象："11 月，我的十八岁生日即将到来，参军的年龄，法国的'辽阔战场'，我却没有志向去面对。"[46]7 月份，路易斯收到唐纳德·哈德曼的来信。路易斯在莫尔文中学时曾与此人共用一间书屋。哈德曼告诉路易斯，他在圣诞节时将被征召入伍。他问路易斯的去向，路易斯回答说他还不知道。不过，1916 年 5 月，在写给科派崔克的信中，阿尔伯特称路易斯已决定自愿入伍——但他想先考入牛津。[47]

但爱尔兰的事态为路易斯开启了新的可能。1916 年 4 月，"复活节起义"的消息震撼了爱尔兰。这是爱尔兰共和国兄弟会的军事委员会在都柏林组织的一次起义，目标是结束英国在爱尔兰的统治并建立独立的爱尔兰共和国。"复活节起义"从 4 月 24 日持续到 4 月 30 日。经过七天的抗争之后，起义被英国军队镇压，组织者也被送交军事法庭审判，后被处死。为了维护秩序，英国显然需要派遣更多的军队进驻爱尔兰。如果路易斯应征入伍，或许他不会被派往法国，而会被派往爱尔兰？

与此同时，科派崔克也一直在反复思量路易斯的未来。他很重视自己作为路易斯导师的身份，琢磨路易斯的性格与能力。他写信给阿尔伯特，表达了自己的看法。他认为路易斯天生有着"文学气质"，文学判断力极为成熟。他显然注定是要有过人作为的。然而，路易斯在理科或数学方面能力欠佳，因此他要考入桑赫斯特会有些难度。科派崔克建议路易斯应选择律师行业。但是，路易斯并无心追随父亲的脚步。牛津才是他心之所向。他想争取进入牛津大学的新学院（New College），学习古典学。

路易斯申请牛津大学

为什么是牛津大学，为什么偏偏是新学院，路易斯的动机不甚了然。无论是科派崔克还是路易斯家，都与牛津或是新学院没有任何关系。路易斯此时对于征兵的事已不那么焦虑，这事不再盘踞他心头。路易斯听从科派崔克的建议，就《兵役法》的复杂情形咨询了一位事务律师。律师建议他给吉尔德福当地的征兵负责人写信。12 月 1 日，路易斯在信中告知父亲，他已正式被排除在此法案之外，不过前提是他须即刻注册入学。路易斯立即争分夺秒，按照要求准备了起来。

1916 年 12 月 4 日，征兵一事解决，路易斯前往牛津参加学院的入学考试。各种路标指示把他弄糊涂了，结果他在火车站走错了出口，最后走到了牛津的博特利郊外。直到眼前尽是乡野绿地，他才回头，望见那"一簇簇传说中的塔尖和塔楼"。[48]（在生活中走错方向的意象将伴随他一生。）他走回火车站，坐上汉萨姆马车，来到了位于曼斯菲尔德路 1 号由伊瑟里奇夫人经营的家庭旅馆，而街对面就是新学院。在那里，他与另一位同样踌躇满志的考生共居一室。

第二天早晨，下雪了。入学考试在奥里尔学院的餐厅里举行。即便是白天，奥里尔的餐厅也是清冷得很。路易斯和其他考生裹上了厚厚的大衣外套和围巾，有些人甚至在做题时还戴着手套。路易斯一心惦记着备考，结果忘了告诉父亲考试的具体时间。各种考试过半，路易斯才挤出时间给父亲写信，述说他在牛津的快乐："我最为狂野的梦都不及此：我从未见过如此美好的景致，尤其是在这严寒月夜。"[49]考试过后，路易斯于 12 月 11 日回到贝尔法斯特。他告诉父亲，他觉得自己通不过考试。

路易斯的预感很准——但并不完全对。他没有被新学院录取。但他的试卷给另一学院的老师留下了深刻印象。两日之后，路易斯收到大学学院（University College）院长雷金纳德·马坎（Reginald Macan，1848～1941）的来信。院长在信中说，新学院未录取他，但大学学院愿意给他奖学金。他是否愿意回复以确定诸事宜？路易斯此刻真是快乐无边了。

不过，天边又聚拢了一片乌云。不久之后，马坎又写信给路易斯，声称依据当下关于征兵的新规定，任何十八岁以上的健康男性在牛津求学都是"道德不允许"的。任何符合征兵条件的人都应入伍。阿尔伯特很是焦虑。如果他的小儿子不自愿入伍，他也许会被征召入伍——这意味着他只能当列兵，不能做军官。怎么办？

1917 年 1 月，路易斯返回牛津，与马坎进一步商讨形势。之后，他写信给父亲。他们似乎找到了出路。路易斯若想在英国陆军中获任军官，最佳出路就是加入牛津大学军官训练团，在受训之后申请军官资格。[50]军官训练团于 1908 年在牛津及其他主要的英国大学中成立，目标是提供"标准化的初级军事训练，培养可委任的军人"，为英国陆军效命。路易斯若是一进牛津就加入军官训练团，便是踏上了成为军官的快车道。

然而，只有进入牛津大学才可加入大学军官训练团。当时的入学程序分两大步骤。首先，候选人必须被牛津的某个学院录取。路易斯虽未被新学院录取，却获得了大学学院的奖学金，其一条件已经满足。但是，被牛津大学的某个学院录取并不等同于被牛津大学录取。为确保各学院达到统一的高标准水平，牛津大学规定新生必须参加一场额外的考试——名为"初试"（Responsions）——以保证新生达到基本水平。[51]不幸的是，"初试"包括基础数学考试，而路易斯在这门学科上几乎毫无天分可言。

阿尔伯特再一次寄希望于科派崔克的丰富经验。如果科派崔克能指导路易斯研习希腊语，他无疑也能教会他初等数学。因此，路易斯回到大布克汉姆接受指导。3 月 20 日，路易斯返回牛津，参加这场额外的考试，期望自己不久后将开始军旅生涯。不久，他收到了大学学院的来信，通知他于 4 月 26 日入学。牛津的大门已经打开。不过，还只是半掩半开着。

在完成牛津的学业之前，路易斯必须先亲历战场。

第 **3** 章
法国的辽阔战场：
战争
【1917～1918】

　　法国皇帝拿破仑·波拿巴说得妙，了解一个人的最佳方法是找出此人二十岁时世界发生了什么。1918 年 11 月 29 日——路易斯二十岁生日——几周之前，一战终于结束。许多人幸存了下来，却深感愧疚，因为他们的同伴在战争中倒下了。参加过堑壕战的士兵亲历暴力、毁灭和恐怖，永远背负上了这些印记。路易斯在生命里的第二十个年头，亲身经历了武装冲突，深受影响。他在十九岁生日的时候来到位于法国西北部靠近阿拉斯的战壕，到了二十岁时仍未从战争的创伤中恢复过来。

竟然是一场无足轻重的战争

　　如果拿破仑的话是对的，那么路易斯的思想和经验世界都会深受战争、创伤及损失的影响，一切无可挽回也不可逆转。我们也许有理由认定，路易斯在战场上与死神擦肩而过，他的精神世界必然深受这段经历的掌控。路易斯却矢口否认。他告诉我们，他的战时经历"在某种意义上是无关紧要的"。比起在法国战壕里的岁月，他似乎认为在英国寄宿学校的经历才更让人不愉快。[1]

路易斯在 1917～1918 年间参加了法国的战事，亲历了现代战争的惨状，但是《惊悦》对此却着墨甚少。路易斯显然认为，他在莫尔文中学的经历远比整个战时遭遇重要得多。而且，即使谈及战争，他似乎也更乐意把叙事聚焦在他当时读过的书、遇到的人。周遭世界充斥着不可言说的痛苦和惨状，但都被滤掉了。按路易斯的说法，其他人已经描述得足够多，他没什么可再添补的了。[2] 他后来虽然著述颇丰，却很少提及这场战争。

有些读者会感觉到失衡。为什么路易斯在《惊悦》中用了三章的篇幅来详述他在莫尔文中学时那相对轻微的痛苦，却不大关注一战中更为深重的暴力、创伤和惨状？通读路易斯的作品之后，这种不均衡感更加明显，因为一战几乎被忽略不计——即使被提及，也仿佛是发生在别人身上的事。路易斯似乎在试着与他的战时记忆保持距离，或是抽身而出。这是为什么？

最简单的解释也是最可靠的：路易斯无法承受战时记忆的创伤，因为这些经历缺乏理性，引发了他对宇宙整体意义以及自身个体存在意义的怀疑。关于一战及其后果的文学作品都强调，这场战争给当时士兵的身心都带来了伤害，无论是在战时还是在士兵们返乡之后。许多学生从战场返回牛津大学之后难以适应正常的生活，时常出现精神崩溃。路易斯为了保持心智健全，似乎把生活"分割"或"隔间"了。他的那些创伤性回忆本来都极具摧毁力，但因他谨慎控制，对生活其他方面的影响便也降到了最低。文学——尤其是诗歌——是路易斯的防火墙，把混乱、无意义的外在世界拦截在安全的距离之外。因此，其他人遭受毁灭性打击之时，他却能幸免。

《惊悦》中刻画了上述的情形，我们可以看到路易斯尽力在让自己远离战争的景象。他对未来可能发生残酷战争的看法，似乎也映射出他日后对待历史的态度。

我把战争放在一旁。有些人会觉得这很可耻，有些人会觉得这令人生疑，还有一些人会称之为逃离现实。我坚持认为这是与现实立约定界。[3]

路易斯做好了心理准备，要将自己的身躯奉献给祖国——但并不献出自己的灵魂。他的内心已划定疆界，布置了巡逻哨岗，严禁某些扰人的思想越界。路易斯不会逃离现实。相反，他与现实签订了"条约"，去驯服、改写、限定现实。"边界"之内，有些思想是不允许渗入的。

这种"与现实立约"的方式在路易斯的成长中发挥了关键性的作用，在往后的章节中有必要进一步探讨。路易斯脑中勾勒出的现实，与一战的创伤实难相容。爱德华时代的许多人都遵循一套既定的方式看待世界。和这些人一样，路易斯发现这种方式已经被至今最为残酷的毁灭性战争给摧毁了。路易斯在战争刚结束的几年里，总是在寻觅某种意义——不仅是寻求自我实现和稳定感，也在试图理解内在和外在世界，好让自己焦躁不安、寻根究底的头脑得到满足。

抵达牛津：1917 年 4 月

P52

若要了解路易斯对一战的态度，首先要看看他是怎样被卷进战争的。1917 年初，路易斯在大布克汉努力学习数学（结果不是很理想）。路易斯 4 月 29 日进入牛津的大学学院学习。历史上，查理一世曾于 1643 年在牛津城内设立军事总部。自英国内战之后，牛津再度成为军营。牛津的大学公园变成了新兵训练地和阅兵场。许多年轻的教师和校工都上了战场。即便开课，听讲者也寥寥无几。以前，《牛津大学公报》是用来发布讲座和大学任命通知的，现在上面却是长串的阵亡名单，让人沮丧万分。黑框名单不祥地诉说着战争大屠杀的场面。

到了 1917 年，牛津实际上已经没有学生了，各学院必须寻找对策，应对收入剧减。大学学院通常是熙熙攘攘的，如今住宿生也所剩不多。[4]1914 年，学院曾自豪地宣称自己有一百四十八名住宿生，而到 1917

年则人数剧减，只剩下七名。在一张摄于 1917 年三一学期的罕见合影上，整个学院只有十人。根据 1915 年 5 月施行的紧急法令，大学学院的九名指导教师中有七名被解除了职务，因为他们实在无事可做。

大学学院面临学生数量骤减的问题，急需资助。它的内部收入从 1913 年的八千七百五十五英镑降至 1918 年的九百二十五英镑。[5] 和许多学院一样，大学学院转而依赖战时机关获取资金来源，出租学院的房间及设备，作为军队营房和军事医院之用。其他的学院则收容饱受战争摧残的欧洲难民，尤其是来自比利时和塞尔维亚的难民。

这一时期，大学学院的许多地方都腾出来做军事医院。路易斯被安排在拉德克利夫方庭 12 号楼 5 号房间。他虽然住进了牛津的学院，却不能算是真正开始接受牛津的教育。这时的牛津几乎没有导师，大学里的讲座也极少。路易斯对学院的早年印象是"广袤的孤独"。[6] 1917 年 7 月的某个晚上，他独自徘徊于静寂的楼梯，漫步在空荡的楼道里，惊讶于那"奇异的诗意"。[7]

路易斯在 1917 年夏季住进了牛津，主要目的是加入牛津大学军

3.1 1917 年三一学期，大学学院的本科生们。C. S. 路易斯站在后排右边。坐在中间的是学院的教师约翰·彼恩，他在 1909～1918 年间任"斯托维尔法学教员"。此人"在这段紧急时期一直未遭解聘"。

官训练团。[8] 他在抵达牛津之前，已于 4 月 25 日递交了申请。[9] 五天之后，他的申请顺利通过，且得到了积极的回应，可能是因为他在莫尔文中学时即已在为高年级学生所设的军官联合部队里受训过。[10] 学院主任拒绝为路易斯安排任何学业指导，理由是军官训练团的训练会占用他全部的时间。不过，路易斯并不气馁。他私下已有了安排，即跟随赫特福德学院的约翰·爱德华·坎贝尔学习算数，对方拒绝收取任何指导费用。[11]

通常来说，数学与研究古典世界的生活、思想并不相关，为什么路易斯突然希望掌握数学？一部分原因是路易斯想通过"初试"，但更主要的原因在于，阿尔伯特认定儿子若能成为炮兵军官，他在战争中活下来的几率会更大。[12] 阿尔伯特的想法基本上是正确的。当时的堑壕战已夺去无数人的生命，杀伤力极强，相比之下，在后方轰炸德军显然安全许多。但是，皇家炮兵队要求下级军官掌握一定的数学知识，尤其是三角学，而路易斯在这方面是一片空白。不过他很快意识到，自己永远也无法掌握这个领域的知识。他为此感到难过，沮丧地告诉父亲自己"成为炮兵的机会"很低，因为他们只招募那些"掌握了某些特定数学知识"的军人。[13]

路易斯在大学学院时日不长，那段日子却给他留下了深刻印象。他跟格雷夫斯分享过自己的一些情感和经历，但跟父亲和兄长的交流却少之又少。他在信中跟格雷夫斯讲述游泳的快乐，"但又无需遵守游泳那些令人厌烦的规矩"，他又谈到牛津联合协会那气氛十足的图书馆。"我的生活从未这么快乐过"。[14] 他编造了另一些事情哄父亲，急切想要掩饰自己越发坚定的无神论信仰。他在给父亲的信中提到自己经常去做礼拜，但实际上他并没有去。

路易斯自知，此时受训的目标就是参加堑壕战。他在军官训练团的日子将近尾声时，常写信给父亲，提到参加法国战事的预备训练，描述了战壕的模型，还提到了"防空洞、弹痕以及——坟墓"。[15] 时任牛津大学军官训练团副官的 G. H. 克莱珀尔中尉在评定路易斯的表现时写道，路易斯"有潜力成为一名能干的军官，但因训练不足，在 6 月底之前尚不能进入军官训练组。他被安排在**步兵队**。路易斯的命运已定。他会被派往步兵队——几乎不可避免地要去法国参加堑壕战了。

基布尔学院的军官兵团

一战夺去了人们的生命，摧毁了人们的梦想，迫使许多人为祖国舍弃了自己的未来。路易斯就是个典型的心不甘情不愿的士兵——一个年轻人心系文学，充满学术理想，却发现自己的人生被外力扭转了方向，最终自己却无力抵抗。大学学院共有七百七十名学生参加一战，阵亡人员达一百七十五名。1917 年夏，虽然路易斯在大学学院度过的时间不长，他也能感觉到有多少大学生前往战场，一去不返。维尼弗雷德·玛丽·雷茨[16] 于 1916 年创作了《牛津的塔尖》（The Spires of Oxford）一诗，忧郁的诗行捕捉到了许多人的命运：

> 我望见牛津的塔尖
> 　当我正要经过的时候，
> 牛津的灰色塔尖
> 　顶着珍珠灰的天穹；
> 我的心跟牛津人在一起
> 　一道离开祖国，去了死亡之地。

路易斯和许多有理想有抱负的年青人一道接受训练。这些年青人把战时的强制服役看做是为祖国"做点事"，盼望一旦战争结束，生活就能重新开始。限于篇幅，我们仅看一例——牛津大学军官训练团的副官，也就是那位提起命运之笔，推荐路易斯加入步兵队的中尉。

格纳德·亨利·克莱珀尔是皇家第五步枪团的中尉。[17]他因健康问题在 1919 年 2 月 8 日辞去了职务。他酷爱英国文学，最终在 1941 年当上了地处谢菲尔德的国王爱德华七世中学的高级英语教师。他在 1958 年退休，1961 年 1 月去世。校刊的讣闻上如此赞誉他的坚定信念，"文学是用以被体验、被享用的，不应成为理论化与争辩的对象"——路易斯本人后来也发展并提倡这一信念。[18]克莱珀尔极有可能读过路易斯的一些作品，尤其是他为《失乐园》(*Paradise Lost*)所作的序。克莱珀尔是否意识到他在路易斯日后的人生转折中起到了重大作用？我们无从得知。

我们所知的是，1917 年 5 月 7 日，路易斯开始了他在英国军队的训练，成为预备步兵军官。他无可避免地要去服役了。不过，算是命运眷宠，路易斯无须离开牛津，无须转移到其他遍布英国各地的训练营中受训。路易斯只是从牛津大学军官训练团，转入驻扎在牛津基布尔学院(Keble College)的第四军官学员营 E 连。[19]

1915 年 1 月，为培养牛津学生成为预备军官而设的"指导学校"成立。大概有三千名学员完成了训练课程。[20]1916 年 2 月，考虑到战争需要，英国陆军更改了相关规定。预备军官须在军官学员营受训。申请资格如下：年满十八岁半，已当兵或参加过军官训练兵团的训练。即便路易斯在军官训练团中只受过几周的训练，他也已够格进入军官学员营，接受培养训练。

当时有两个营驻扎在牛津：第四军官学员营和第六军官学员营。两个营都保持了七百五十人的常规数量，安扎在牛津空荡的学院里。第四军官学员营下设五个连，从 A 到 E。路易斯被分配到了 E 连，住在基布尔学院。能继续待在牛津，路易斯稍微松了口气。然而，被迫住到基布尔学院，这又另当别论了。

基布尔是牛津新成立的学院之一。[21]学院以推崇英国国教高教会派教义以及清苦的居住条件扬名。基布尔学院的资助者于 1870 年创立该学院，旨在让那些"希望节省开支的绅士们"也能接受牛津的教育。因此，即便是在最好的光景，学院的住宿也是很简陋和艰苦的。如今又逢战争的非常时期，学院能供给的也只有最基本的设施。可怜了那些住在这里的人。

路易斯被迫离开大学学院相当舒适的屋子，搬进"基布尔连地毯都未铺设、只有两张床（没有床单和枕头）的小单间"。[22]路易斯和爱德

3.2 牛津的基布尔学院，亨利·W.托德摄于 1907 年。学院典型的砖结构清晰可见，与这一时期牛津其他学院形成强烈对比。

华·弗朗西斯·科特尼（"帕蒂"）·摩尔一起住进了这间条件恶劣的屋子里。摩尔也是军官学员，与路易斯年龄相仿。[23]他也被分到了第四军官学员营 E 连，也是在 1917 年 5 月 7 日正式加入的，和路易斯同一天。在牛津修完训练课程的军官学员，大多不是来自牛津大学。一些来自剑桥，另外一些——比如摩尔——几乎没有或者根本没有高等教育背景。摩尔虽是从布里斯托来到牛津，他却是在都柏林郡的金斯敦（现今的邓莱里）出生。路易斯在英格兰期间更愿意接近有着爱尔兰血统的人——比如西奥博尔德·巴特勒（Theobold Butler）和内维尔·科格希尔（Nevill Coghill，1899～1980），这就是早期的实例。

摩尔之外，路易斯在 E 连时还和另外四位年青人建立了友谊：托马斯·柯瑞森·达威、丹尼斯·霍华德·德·帕斯、马丁·埃斯沃斯·索摩维尔和亚历山大·高登·苏顿。路易斯当时并不知道，十八个月后他会缅怀这些同伴。"我记得在基布尔时我们共有五人，而我是唯一的幸存者。"[24]

从当时的通信来看,路易斯最初与索摩维尔走得较近,而不是跟室友摩尔。加入步兵队数日后,路易斯在给父亲的信中写道,索摩维尔是他"主要的朋友",此人虽然安静,却也是"非常有书生气、很有趣",而摩尔"显得太过幼稚,做不了真正的伙伴"。[25]不过,此时的路易斯也没有多少时间可以用来读书。日复一日地挖战壕、行军,读书已不可能。他只在周末才有空闲回到大学学院,补写一些信件。

然而,路易斯和摩尔的友谊似乎与日俱增、越来越深厚。路易斯和这一小帮朋友常去附近帕蒂的母亲简·金·摩尔太太(Mrs. Jane King Moore)的住处。摩尔太太来自爱尔兰的劳斯郡,已与在都柏林当土木工程师的丈夫分居,带着二十二岁的女儿摩琳(Maureen)从布里斯托搬来牛津暂住,为的是离帕蒂近一些。当时她在惠灵顿广场租下了屋子,离基布尔学院不远。路易斯第一次见到摩尔太太时,对方正好四十五岁——与路易斯的母亲芙罗拉在 1908 年过世时的年岁相近。

从路易斯和摩尔太太的通信来看,两人明显都觉得对方很有魅力。

P59

3.3 1917 年夏,C. S. 路易斯(左)与帕蒂·摩尔(右)在牛津。照片后排的人物身份不详。

C.S.
路易斯
天赋奇才,勉为先知

C.S. LEWIS
—A LIFE: ECCENTRIC GENIUS RELUCTANT PROPHET

P60

路易斯在 6 月 18 日给父亲的信中第一次提到这位"爱尔兰女士"。[26]摩尔太太后来在那一年的 10 月份给阿尔伯特去信,称赞他的儿子"很有趣,也很可爱,跟他接触过的人都对他抱有好感"。[27]

第四军官学员营的战时军令由 J. G. 斯特宁上校掌管,存留至今,现在成了一堆发黄的双联式大页纸。[28]这些文件记录了 1916~1918 年间此营队学员的身份和活动,但并不完整。学员名单不全,有些人名也有输入错误。例如,帕蒂·摩尔最初注册时写的名字是"E. M. C. 摩尔"——一周后被更正为"E. F. C. 摩尔"。[29]不过,这些记录尽管残缺不全,也不乏错误之处,却很好地呈现了当时路易斯接受的训练——如何使用"路易斯机枪"(Lewis gun,广为人知的路易斯自动机关枪)、如何在毒气战中存活下来、周日强制的教堂阅兵、与平民百姓讨论军事话题的规定、学院之间板球赛的安排以及体能训练。还有一些资料记录了路易斯在使用武器、尤其是步枪时所接受的训练。[30]

这些记录还显示,1917 年夏有两个 C. S. 路易斯在基布尔学院受训。这着实让人吃惊。我们关注的主角路易斯在 1917 年 5 月 7 日加入了 E 连。[31]1917 年 7 月 5 日,另一位 C. S. 路易斯也被分到了牛津和白金汉郡的轻步兵队,进了 C 连。[32]三个月后,这位路易斯"受命服役"于第六米德尔塞克斯郡兵团。[33]

路易斯在 1917 年 7 月的信件中说,他本人知道当时在基布尔学院还有另外一位 C. S. 路易斯也在受训。他多次强调,写给他的信上一定要注明"E 连",才不会被误送到在 C 连的路易斯那里。[34]那么,另一位 C. S. 路易斯又是谁? 我们运气不错,在这些文件里找到了答案。

战争结束不久,第四军官学员营 C 连的 F. W. 马瑟森队长制作了一份 C 连全体学员名单,把这份名单与 1918 年 12 月英国陆军的官方名单对照核实了一番。马瑟森当时给连队里的每位学员去信,接到回复后就公布他们最新的地址。这份由基布尔学院在 1920 年私下出版的珍贵文件中包含了如下说明:[35]

C. S. 路易斯,少尉,第六米德尔塞克斯郡兵团。

亚伯拉昂,潘塔拉,布莱纳威尔。

这条注释明显表明，马瑟森在战后与 C 连的路易斯取得了联系，确认了其住处——南威尔士。也许是因为一个营队里有两个同名同姓的路易斯，造成了混淆，当时的战时机关漏发了路易斯的部分工资。[36]

路易斯在牛津的战时经历

1922 年 10 月 24 日，路易斯回到大学学院参加岩燕社团（the Martlets）的会议。岩燕社团是战后重建的文学社团，路易斯是骨干。他发现，那天聚会的处所正是他在 1917 年生活过的地方。1922 年的那一天，路易斯在日记扉页上写下颇有意思的一段话，提到了过去五年中对他意义重大的三段回忆：

> 在这里我第一次被醉着领回来；在这里我写下了《被缚的精灵》（*Spirits in Bondage*）中的几首诗。D 来过这间屋子。[37]

每一段回忆都提醒我们留意 1917 年夏路易斯在牛津时个人成长的关键方面。当中只有一段回忆与文学相关。

第一段回忆涉及 1917 年 6 月的某场晚宴。那一次路易斯喝得"酩酊大醉"。他记得晚宴设在埃克塞特学院，但有记录显示，晚宴实际上可能是在附近的布雷齐诺斯学院举行的。路易斯的记忆如此混乱，可见当晚醉得实在不轻。大量饮酒过后，路易斯显然不能自持，随口透露了自己对施虐受虐越来越有兴趣。这实在有点愚蠢。其实他私下已跟格雷夫斯透露过，自己也感到有些羞耻。[38]路易斯还记得他挨个恳求，求他们让他"抽，抽一鞭给一先令"。[39]路易斯宿醉之后没记下多少事，只记得第二天早上醒来时发现自己躺在大学学院宿舍的地板上。

年青时的路易斯性格中藏着如此令人好奇的癖性，似乎在那一年早些时候已有所显露。他去探究萨德侯爵的情色作品。他还翻阅让-

雅克·卢梭的《忏悔录》(1770),深以为乐,尤其关注书中对鞭打的快感的描写,并把自己与威廉·莫里斯相提并论,说他们都是"棍杖的特别拥戴者"。他有一次跟格雷夫斯道歉,因自己当时是"跪着"写信,结果发现"跪着"这个短语引发了情色联想,顿时浮想联翩:

> "跪着"自然让人想起挨鞭子的姿势;或者准确说,不是挨鞭子(你不能做任何挥舞的动作),而是忍受荆条抽打的折磨。这个姿势让人想起幼年时期,对受折磨的人而言带点既亲密又十分屈辱的意味,甚是美妙。[40]

路易斯的鞭笞幻想对象总体而言都是些美丽的女子(可能还包括了格雷夫斯的姐姐莉莉),[41]不过,从他在牛津时写的信来看,他还准备把对象扩展至年青男子。

路易斯在 1917 年初写给亚瑟·格雷夫斯的三封信中都以希腊语"爱鞭笞者"落款。[42]他虽然知道格雷夫斯并不认同也不会原谅这种行为,还是在信中尝试着解释自己为何对"虐待带来的感官享受"日趋着迷。路易斯承认,"只有少之又少的人受到了这种奇怪方式的影响"[43]——格雷夫斯显然不在其中。大约从 1915 年春到 1918 年夏,路易斯给格雷夫斯取了个绰号"加拉哈德"(Galahad)。这绰号指的是格雷夫斯为人纯洁,能抵挡诱惑,但路易斯显然被各种诱惑深深吸引。

路易斯打趣格雷夫斯是有缘故的。格雷夫斯在这一时期的私人日记中确实明显流露出对自身纯洁性深感焦虑,尤其是 1917 年 6 月 10 日他在爱尔兰圣公会接受了坚信礼之后。这场教会仪式标志着格雷夫斯在宗教信仰上走向了成熟。格雷夫斯显然认为,这是自己灵性上的一个里程碑。但路易斯也许并不知道,他的好友此时正深陷危机。格雷夫斯在日记中祈祷自己能"保持心灵的纯洁"[44],也对生命的无意义心存焦虑。"这是多么可怕的人生!这人生是为什么而活?信靠他"。[45]日记中映现出一个孤独的年青人。对他而言,与路易斯的友谊以及对上帝的信仰如同恒星,悬挂于晦暗、阴晴不定的苍穹。

第二段回忆关乎路易斯与日俱增的抱负,他想以诗人的身份留名于世。此时，"战时诗人"已日渐得到认可，其中包括西格夫里·萨松、罗伯特·格雷夫斯、鲁伯特·布鲁克。鲁伯特·布鲁克《士兵》(The Soldier)一诗中的三行诗还为他赢得了极高声誉：

> 如果我死了，只需这样想念我：
> 在异域的土地上，某个角落里
> 那里有着永远的英格兰。

布鲁克在去往加利波利战役的途中，被蚊虫咬伤染上了脓毒病，于1915年4月23日病逝。他被安葬在"异域土地上的某个角落里"，在希腊斯基罗斯岛的橄榄树丛中。

路易斯深受这些战时诗人的鼓舞，在牛津备战训练期间也开始写起了战争诗作。1919年3月，路易斯化名"克莱夫·汉密尔顿"(Clive Hamilton)(汉密尔顿是路易斯母亲婚前的姓氏)，出版了这些诗。不过，诗集并未引起重视，也绝少再版。路易斯最初给诗集取名《被囚的精灵：抒情组诗》(Spirits in Prison：A Cycle of Lyrical Poems)。但博览群书却深藏不露的父亲告诉他，罗伯特·希钦斯(Robert Hitchens)在1908年发表的一部小说就是以此为名。路易斯心领神会，把诗集改名为《被缚的精灵》(Spirits in Bondage)。[46]

不过，《被缚的精灵》能否被归类为战争诗，恐怕是有疑问的。据我估算，当中过半诗作都是路易斯前往法国战场之前写下的。这些早年的诗歌在某种程度上是对战争的智性反思，是站在安全的范围之内反观战争，未受法国战场上的残酷、绝望和剧烈情感的丝毫侵染。这些诗常常在知性上不失趣味，但未能保有萨松或是布鲁克的诗意想象。

那么，这本诗集呈现了一个怎样的路易斯？毕竟这是他的处女作，个人风格的成熟尚需时日。[47]不过，路易斯这一时期的诗作也饶有意味，见证了他那坚定的无神论信仰。诗集中最为有趣的是对沉默的、冷漠的天堂的抗议。《新年颂》(Ode for New Year's Day)是1918年1月在法国阿拉斯镇附近的战火中写下的。诗中宣称，人为虚构的上帝最终死去。有人深信"血色上帝"可能会"倾听"人类悲苦的哭嚎，但这些信念受到置疑，遭到抛弃，一个可耻的"权势先将美好残杀，后弃置一旁"。[48]

这些诗很重要，映现了当时盘踞在路易斯心头的两大主题：他对上帝鄙夷不已，不相信他的存在，但又有意把周围世界发生的大屠杀和大毁灭归咎于他；他深切渴望往昔的安稳太平——他显然相信往昔已永远被摧毁了。深爱的往昔已不再，让人渴望却不可求得，这一主题在路易斯后来的作品中反复出现。

《被缚的精灵》传达给我们的最重要信息也许是，路易斯其实深怀抱负——他希望自己以诗人的身份留名于世，也相信自己生而有天分，能够回应这一使命的召唤。虽然路易斯今日在世人心目中是位文学评论家、护教家、小说家，可这些却都不是他年青时的梦想与愿望。路易斯作为诗人并不成功，后来转而在其他领域实现了卓越。不过有人也会说，路易斯写诗不成功，但散文却写得很出色——他的散文饱含一个天生诗人所具备的节奏有力、辞藻优美。

那么，第三段回忆呢？谁是"D"？[49] 为什么路易斯如此看重 1917 年 D 到他的寝室探访一事？后来的日记清晰显示，来访者是摩尔太太，当时两人正是住在同一屋檐下。两人的关系，始于路易斯作为军官学员在基布尔学院受训期间。最初可能是帕蒂·摩尔引见两人相识，但两人关系发展迅速，却与帕蒂无关。关于两人的复杂关系，我们还会适时做更深入的探讨。

毋庸置疑，路易斯与帕蒂·摩尔走得很近。事实上，多数传记作者都未意识到他们的关系有多么密切。两人在基布尔学院时是室友，在相处中似乎也建立了友谊。我们不妨看看路易斯即将效命的英国部队的编组，对两人的关系稍作梳理。1917 年 9 月 26 日，路易斯接到临时任命，以少尉的身份加入第三萨默塞特轻装步兵队。前往南德文郡进行强化训练之前，路易斯会有一个月的假期。[50] 帕蒂·摩尔则被分派到索姆河，效命于步枪队。

路易斯一家在萨默塞特郡并无任何亲戚，为什么路易斯加入的是萨默塞特轻装步兵队？多数传记都未能体察出个中意味。路易斯当然有其他选择。最方便的一处是以牛津为基地的牛津与白金汉郡轻装步兵队。第四军官学员营的许多学员都被分派到了那里。路易斯来自贝尔法斯特,这意味着他还可以选择爱尔兰的某个营队。那么,他为什么最后被委派到了萨默塞特轻装步兵队?

也许,在第四军官学员营的营队军令中,我们可以找出重要线索,找到答案。这些文件中一旦提及某位学员,通常会以他入伍时被临时派往的兵团作为标识。学员们一般会在原营队服役,但根据受训时展示出的技能水平,也可能被派往他处。先看一例。据营队军令显示,"另一位"C. S. 路易斯最早被分派到牛津与白金汉郡轻装步兵队,但最后却效命于第六米德尔塞克斯郡兵团。军令还记载,帕蒂·摩尔是在1917 年 5 月 7 日抵达的,记录如下:[51]

37072　E. M. C. 摩尔　萨默塞特轻装步兵队　7. 5. 17

所以,路易斯选择萨默塞特,主要是因为摩尔被分派到了萨默塞特轻装步兵队。这种解释合情合理,因为摩尔家住在位于布里斯托市郊的雷德兰,为了征兵之便,此地区暂时被划入萨默塞特郡。营队军令的相应条目显示,路易斯最初被分派到御用苏格兰边民团。

P66

路易斯很可能是自己**要求**分派到萨默塞特轻装步兵队的,因为这样他就可以和密友帕蒂·摩尔并肩作战。我们应当重视此事。试想,两人之间是否有某种约定,在战争中互相照料? 1917 年 10 月 17 日,简·摩尔写给阿尔伯特的信证实了我们的猜测不是无由之说。简·摩尔在信中提到,帕蒂·摩尔因不能和路易斯在萨默塞特并肩奋战,深感难过。[52]两人若原本希望一同被分派到萨默塞特轻装步兵队,一同面对战争的挑战,那么这封信流露出忧伤的语气,也是再自然不过了。

结果,路易斯先接到萨默塞特轻装步兵队的任命,而摩尔在数日之后接到通知,他被临时派到了步枪队。假使我们的猜测无误,路易斯在得知不能和密友并肩作战之后,必然很受打击。没有好友从旁支持,他将不得不独自参战。

摩琳·摩尔正是在这次的布里斯托之行中,偶然听说她的哥哥和路易斯立下了约定:倘使两人中有一人阵亡,另一人便要照料死者的父母。至于这个约定是在摩尔得知他被分派到步枪队之前还是之后定下的,我们无从知晓。两人先是在牛津认识,后来关系日益亲密,此约定就是明证。

这一时期,路易斯与家人的关系走入了死胡同。阿尔伯特希望路易斯会在贝尔法斯特的小邸苑家中度过假期。路易斯却与摩尔一家在布里斯托一起待了三个星期,只是在前往部队所在地克劳希尔——普利茅斯附近的一座"木棚陋室环绕的小村庄"——报到前才勉为其难回了趟家,从 10 月 12 日逗留至 18 日,草草敷衍了事。[53]路易斯在布里斯托给家里写信,顾左右而言他,对阿尔伯特袒露一半隐藏一半。[54]路易斯在信上说自己得了"感冒",摩尔太太让他在床上养病。

一切显然在进展中。路易斯一回到克劳希尔,立即给格雷夫斯写了一封信,要他忘记自己之前对"某个人"妄下的断言。[55]虽然从种种迹象来看,此处指的是他与摩尔太太日益亲密的关系,我们却也不能十分确定。这里难免藏着欺骗和密谋。路易斯千方百计要瞒着父亲,不让他知晓这段有问题但又很特别的关系。路易斯相当清醒地意识到,他与父亲的关系早已紧张万分,如今父亲若是得知真相,他们的关系也许会完全决裂。路易斯在 1917 年 12 月 14 日写给格雷夫斯的信中明确说明,格雷夫斯和摩尔太太是"……这世界上对他而言最为重要的两个人"。[56]倘使路易斯的父亲看到了这封信,他们父子的关系又当如何?

开赴法国: 1917 年 11 月

帕蒂·摩尔随他所在的步枪队于 10 月开赴法国。路易斯和父亲一样,担心自己也会被派遣到法国参战。然而,世事难料。路易斯在 11 月 5 日的信中"激动万分"地告诉父亲,他刚听说他所在的营队将被派往爱尔兰![57]爱尔兰当时的政治局势相当紧张,一部分是因为"复活节起义"的余热正在升温。虽说被派遣到爱尔兰未必就没有危险,但阿尔伯特不可能不知道爱尔兰比法国前线安全得多。最终,第三萨默塞特轻装步兵队于 1917 年 11 月奔赴爱尔兰的伦敦德里市，并于 1918 年 4 月移师贝尔法斯特。

然而，路易斯根本就没有和部队一同前往。他被调去了萨默塞特第一兵团，[58]这支作战队伍自 1914 年 8 月以来一直驻扎在法国。[59]当时的新兵在参战前须接受大量的强化训练。但事态再次突变。11 月 15 日，一个星期四的傍晚，路易斯匆忙给父亲发电报。他在赴法前须前往南安普敦报到，而在此之前有四十八小时的短假。他此时在布里斯托，和摩尔太太在一起。父亲能来看看他吗?[60]阿尔伯特回电说，他不明白路易斯的意思，能写信解释一下吗?

11 月 16 日，也就是周五上午，路易斯发疯一般再度给父亲发电报。他接到赴法的军令，次日下午将要启程。他很希望父亲能在他出发前来见他一面。然而，如同路易斯在诗中抗议的那个沉默不语的天堂一般，阿尔伯特没能给予任何回复。路易斯到最后也没能跟父亲说声再见，就奔赴法国前线了。当时新手军官的死亡率相当高，骇人听闻。路易斯可能再也回不来了。阿尔伯特未能充分体会到这一时刻是多么的重要，在改善父子的紧张关系上也无所作为。有些人会说，两人的关系已完全破裂。

11 月 17 日，路易斯从南安普敦启程，前往诺曼底的勒阿弗尔，与部队会合。十九岁生日之际，他被调往蒙希勒普勒的战壕，孤身一人。战壕位于法国的阿拉斯城以东，临近比利时边界。阿尔伯特再次试着促使路易斯调往炮兵队。然而，有人告诉他，只有路易斯本人才可要求调遣，还须得到路易斯的指挥官的书面同意。[61]路易斯从"后方某个破败不堪的小镇"写来了一封信，拒绝了父亲的提议。[62]他还是愿意和他的步兵队共进退。

虽说路易斯在 12 月 13 日的信中表明他人在后方，安全得很，事实却并非如此。路易斯当时已经在战壕里了，但直至 1918 年 1 月 4 日，他在跟父亲的通信中都隐瞒了此事，或许是为了让父亲免于担忧。即使那时候，路易斯对自己的危险处境也是轻描淡写。他提到自己仅有一次遇上了危险——一颗炮弹落在他身后，当时他正在上厕所。[63]

路易斯很少提及堑壕战的恐怖，反倒证实了它的客观存在（"几乎被炸了个粉碎的士兵还像没了半条命的甲壳虫那样爬着,到处是尸体,坐着的、站着的,这片土地上连一片草叶的影子都没有"),也表明他主观上有意识地跟这段经历保持距离(它"极少出现在记忆里,模模糊糊地","跟我的其他经历断联了")。[64]这大概是路易斯"与现实立约"最为显著的特征了。他筑起一道防线,划出一条边界,保护自己不受那些骇人意象的困扰,不去想起那些"几乎被炸了个粉碎的士兵",如此方得以继续生活,好像这些不过是发生在别人身上的可怕遭遇。路易斯织茧裹住自己,让思想远离那些正在腐烂的尸体和带来毁灭的技术。他不让这个世界逼近自己,最好的方法莫过于阅读,用他人的言语和思想来保护自己,远离周遭正在发生的事件。

路易斯亲历了这场技术最高端又最惨无人道的战争现场,但是这种体验被文学的棱镜过滤和弱化了。对路易斯而言,书籍既留存——感伤、夸张地说——已逝往昔的快乐,又好似膏油,能治愈当下的创伤与绝望。书籍连接了往昔与当下。几个月后,他在给亚瑟·格雷夫斯的信中写道,他渴望回到过去快乐的日子,那时他可以拥抱那"小小的书房,翻阅一本一本的书"。[65]他不无忧伤地怀念那一切。但是,那些日子已逝去。

克莱蒙特·艾德礼是大学学院的本科毕业生,后来荣任英国首相。他置身一战的炮弹硝烟中,却想象自己是在牛津穿行,好让自己的神经镇定下来。[66]路易斯更喜欢的方式则是读书。不过,路易斯在法参战期间所做的不只是读书——虽然他如饥似渴地啃读。他还写诗。他的《被缚的精灵》是组诗,明显是在对亲历的战争做出回应,比如《法国夜曲(蒙希-勒-普勒)》。路易斯发现,除了读书,把情感汇聚成自己的语言也能应对周围的环境,让自己平静下来。最初因情感而生发思绪,但在遣词造句的过程中,头脑逐渐控制、驯服了情感。他也曾跟格雷夫斯如此建议,"无论你何时厌倦了生活,开始写作吧:墨水是治愈人类所有恶疾的良药,这是我许久以前就发现了的。"[67]

1918年2月,路易斯在英国红十字会第十医院度过了这个月的大部分时间。医院地处勒特雷波尔,离法国海岸的迪耶普不远。同许多人一样,路易斯染上了"战壕热"。此病俗称 P. O. U.("发热病因不明"），通常认为是虱子传播病菌所致。路易斯写信回家，回忆起和母亲、兄长在迪耶普附近的贝尔讷瓦勒勒格朗度过的美好时光。那是1907年，度假的地点距离医院仅十八英里。[68]那时，他在给格雷夫斯的信中常提到他正在阅读或是打算阅读的书——例如本韦努托·切利尼（Benvenuto Cellini）的自传。他写道，如果众神对他是仁慈的，他的病也许会复发，可以在医院再住上一阵子。但是，他不无挖苦地说道，众神是恨他的。不过，他既然对他们心怀怨恨，又怎能怪他们恨他呢？[69]一周过后，路易斯出院了。他所在的连队被调离战区，前往旺凯丹接受强化训练。他们在那里要练习"分区突袭"，备战正在酝酿的大突袭，然后在3月19日返回阿拉斯附近的方普前线。

战争中受伤： 里耶杜维纳日突袭，1918 年 4 月

　　亚瑟·格雷夫斯在这年3月和4月的日记中时常提到自己很孤单，还提到他为路易斯担心。"我向上帝祷告，保佑我的伙伴。我真不知道要是没有了他，我该怎么办。"[70]1918年4月11日，格雷夫斯记录了他刚收到的一封信的内容，是摩尔太太寄来的：她"亲爱的儿子"已经"阵亡"。[71]格雷夫斯为帕蒂·摩尔感到难过，也开始担忧自己最亲密的朋友的安危。两日之后，他吐露了对路易斯怀抱的希望："要是杰克能受伤就好了。他现在是在上帝的手里，我相信上帝会保佑他的安全。"[72]格雷夫斯最希望的莫过于路易斯身受重伤，最后被带离前线，或者被送回英国。结果如愿以偿。

　　4月14日傍晚六点半，萨默塞特轻装步兵队发动了对德军占领的小村庄里耶杜维纳日的突袭。英国的重型大炮在后方布下火力网，步兵队向前挺进。[73]不过，火力网不敌德军的反击，前进中的步兵队难挡机关枪的猛烈扫射。劳伦斯·约翰逊少尉也在突袭战中受伤，第二天早晨身亡。约翰逊是牛津大学女王学院的一名学者，于1917年4月17日

P71

入伍。路易斯在军中的朋友寥寥无几，约翰逊是其中一位。[74]

不过，路易斯随所在的连队安全抵达了里耶杜维纳日。"我'拿下了'约六十名囚犯——这群身着野战服的家伙不知从哪里突然冒了出来，但都举着手，让我松了一口气。"[75]到了晚上七点十五分，战役结束。萨默塞特轻装步兵队攻下了里耶杜维纳日。

德军立刻发动了反攻，先是炮轰村庄，后是步兵队突袭，均遭到英军回击。德军发射的一枚炮弹在路易斯旁边爆炸。路易斯仅是受伤而已，但当时站在他身边的哈里·艾尔斯中士却不幸身亡。[76]路易斯被送往埃塔普勒附近的英国红十字会第六医院。阿尔伯特很快收到一封信，得知儿子"受了轻伤"。这封信据说是某位护士写的。英国战时机关也随即发出了类似电报："萨默塞特轻装步兵队的 C. S. 路易斯少尉在 4 月 15 日受伤。"[77]

然而，阿尔伯特似乎认定儿子受了**重伤**，十分难过地写信告知当时已升任上尉的沃尼。[78]沃尼担心受了重伤的弟弟也许支撑不了太久，立即前往探视。但如何前往呢？两人当时相隔五十英里（八十公里）之远。

沃尼的军事档案告诉了我们接下来发生的事情。沃尼的升迁资格是由某位审查官负责评定的。此人在那时断定沃尼"不是骑马好手"，但却是"敏捷的摩托车手"。沃尼的行动出其不意，却也合情合理。他借了一辆摩托车，一路颠簸，日夜兼程赶到战地医院看望弟弟。看到弟弟没有危险，他才心安。[79]

事实上，路易斯当时被弹片击中，伤势也算严重，也够条件被送回英国。但这伤毕竟不危及生命——当时军队里的人称此为"需遣送回国治疗的伤"（Blighty wound）。跟别人相比，路易斯受的算是轻伤。此后不久，他听闻了帕蒂·摩尔的消息，说他是失踪，据信阵亡了。

也正是在这时候，格雷夫斯写信给路易斯，倾吐了内心的秘密。格雷夫斯说他意识到自己可能是同性恋，不过这一点路易斯多半也猜到了。[80]路易斯对格雷夫斯的坦白表现出让人惊讶的宽容，同时还流露出对传统道德价值的怀疑："祝贺你，老兄。你能有道德勇气，坚持自己的观点〈独立地〉，有勇气藐视古老的禁忌，我真为你感到高兴。"[81]格雷夫斯看到他和路易斯的友谊并未因此破裂，不免松了一口气。但他在日记中也承认，收到路易斯的回信后他"很难过"。[82]格雷夫斯很有可能在详细读完回信之后，意识到了路易斯已微妙暗示，他们的性取向是不同的。

那么，格雷夫斯是否希望路易斯也有同样的性取向？我们不能错过这样一个细节。格雷夫斯在这一时期的日记里流露出自己在情感上对路易斯深切的依赖，这在他一生中仅此一次。从格雷夫斯的日记来看，即使他们大部分时间都不在一处，却也没有任何人——无论男女——在他的生活中扮演过如此重要的角色。路易斯没有写信给格雷夫斯的时候，格雷夫斯会陷入绝望。"跟杰克有关的事让我这么的不快乐，他是不是厌烦我了？没收到他的只言片语。"[83]格雷夫斯在 1918 年的最后一篇日记尤其表露良多："要是没有 J[杰克]，我该怎么办？"[84]虽不能证实，但这也表明了格雷夫斯的主要爱恋对象就是路易斯。

对这两个年青人而言，这轻易就会演变成严重的问题。不过，格雷夫斯似乎最终接受了现实。两人若是感觉到有些尴尬，似乎也很快就烟消云散了。两人也没有在这个问题上争论不休。[85]路易斯依然把格雷夫斯当成最亲密的朋友，倾吐心中秘密，直到 1963 年过世前还一直保持联系。然而，路易斯与格雷夫斯的复杂关系，显然影响了路易斯对友谊的重心与界限的思考。读者在阅读《四种爱》(*The Four Loves*, 1960)时，体会路易斯的用心很是重要。除却其他话题，路易斯在那本书里很关注**男性**关系中亲密、友爱和尊重的界限。

与此同时，路易斯回到了英国，在 1918 年 5 月 25 日住进了恩丝莱皇宫军官医院。医院本是一家伦敦的酒店，后被战时机关征用，为从法国返乡的伤兵提供医疗服务。路易斯渐渐康复，已能去看歌剧（他告诉格雷夫斯，观看瓦格纳的《瓦尔基里》是多么快乐），还去大布克汉姆看望了"大棒槌"。路易斯给父亲写了一封长长的充满爱意的信，描述此次"朝圣之旅"，也恳请父亲来伦敦看望他。[86]但是，路易斯养伤期间，阿尔伯特从未前去探望过儿子。[87]倒是摩尔太太出现了。事实上，摩尔太太已经搬离了布里斯托，和路易斯在一起了。

路易斯与摩尔太太： 关系萌生

那么,路易斯与摩尔太太之间到底发生了什么? 我们在整理思路时,需要考虑以下几点。首先,我们没有任何文件,比如个人见证,能够让我们得出可信的结论。摩尔太太晚年还销毁了路易斯给她的信件。若还有什么人能让路易斯对其坦诚相告,那就只有亚瑟·格雷夫斯了。但是格雷夫斯那里也没有任何清晰明了的证据。

不过,我们还是了解到一些关于这段关系的点滴背景。我们知道,路易斯当时已丧母。因此,在生活遭遇困难、远离家庭和朋友的时候,他很需要母爱的关怀与理解。而且,他正准备参战,可能会战死沙场。关于一战的研究指出,这场战争对当时的英国社会习俗与道德传统起到了颠覆性影响。即将奔赴前线的年青人成了老少女性同情的对象,常常会催生激情满满但又稍纵即逝的关系。路易斯给格雷夫斯的信也表明,他是个对性充满好奇的年青人。我们完全有理由揣测,1917 年摩尔太太在路易斯的大学学院宿舍里做了什么。从 1922 年路易斯的日记中也看得出,他显然很珍视这份回忆。

一方面,摩尔太太身上可能融合了路易斯理想化的女性形象,像个充满爱心、和蔼可亲,又有主见的母亲,另一方面她又是激荡人心的情人。路易斯的诗歌中最迷人的,首推这首写于 20 世纪 20 年代早期的十四行诗《理性》(Reason)。这首诗也常让我如被击中。路易斯在诗中将"理性"(由雅典娜[Athene],即诗中的"少女"代表)的明晰与力量和"想象力"(德墨忒尔[Demeter],大地母亲)的温暖阴暗与创造力进行比较。对路易斯而言,问题是:在他的生命里,有没有这样一人"既是少女又是母亲"?[88]

谁能真正化解这极端冲突的矛盾,带来和谐? 在智性层面上,路易斯是在寻求理性与想象的融合,这是他年青的生命里一直抓握不住的。

他的精神生活似乎分裂为两个半球，互不相连。"一端是诗歌与神话的海洋，四周岛屿环绕；另一端是油腔滑调而又肤浅的'理性主义'。"[89]路易斯后来对基督教信仰的新认识，为他提供了理性与想象结合的范本，直到生命终结时，他都信其可行，感其真诚。

不管是有意为之还是无心插柳，路易斯此处所用的意象、词语是否蕴含更深刻的意义？这是否暗示，路易斯渴望有位女性能同时滋养他的精神与肉体？摩尔太太是否就是路易斯早已失去了的那位"母亲"，又是他一直渴慕的"少女"？

我们大致可以肯定地说，当时的一些细节表明，1917 年夏天，路易斯与摩尔太太开始了一段复杂的关系。乔治·赛尔是路易斯的密友，他所作的路易斯传记被公认为最富洞见。赛尔最初认定两人关系甚是复杂，但终究应是柏拉图式的。早前的研究对路易斯报以更多同情——其中包括赛尔后期出版的重要研究著作《杰克》（*Jack*，1988）——他们认真考虑过，但是排除了路易斯和摩尔太太是情人的可能性。然而，舆论已有所转变。赛尔本人揭示了正在转变的共识。他在 1996 年《杰克》一书的再版序中稍作修改，声称他现在"相当肯定"路易斯和摩尔太太曾是情人关系，而且他还认为，考虑到路易斯当时的深切情感需要未得满足，情感冲突也未得解决，两人的关系进展也就"并不让人惊讶"了。[90]不过，若论这段关系的核心和界限，却也不能将其断定为纯粹的"性"关系。母性情愫和浪漫因素合力，牢固地锻造了两人的关系。

这段关系萌生的时间刚好是路易斯行将奔赴前线，可能一去不复返的时候，这并不难理解。难解的是，为何这段关系在此之后能维持这么久。多数战时恋情都是短暂的（常是因为士兵阵亡），通常因同情而生，也属一时冲动，并不以坚不可摧的爱恋和信任为基础。路易斯和帕蒂·摩尔之间的"约定"，对理解路易斯和摩尔太太之间关系的性质似乎也很关键。因为有约在先，两人的关系在局外人看来也变得合情合理，或许也使路易斯能够在道德上为自己辩解。此时的路易斯并不信仰基督教，也明显认为自己有自由确立一些自己认可的价值观念，并付诸实践。下一章中我们会继续探讨这个问题。

1918 年 6 月 25 日，路易斯转入阿什顿庭院。这是布里斯托的克里夫顿的一家康复医院，离摩尔太太的家很近。路易斯写信给父亲，解释说他试着在爱尔兰找一家合适的医院，但都满员了。[91] 也正是在这里，路易斯第一次知道麦克米伦公司已拒绝出版他的《被囚的精灵》（当时书是这么命名的）。这本书后来转由海涅曼公司出版。这时，路易斯建议以"克莱夫·斯特普尔斯"（Clive Staples）为笔名出版。11月18日，他把笔名改为"克莱夫·汉密尔顿"（Clive Hamilton），这是借用母亲的婚前姓氏来隐藏自己的身份。[92] 此书后来于1919年3月出版。

与此同时，10月4日，路易斯被转移到萨里斯堡平原伯汉姆丘陵的军营。摩尔太太照例跟随，在附近的村庄里租了间屋子。路易斯享受了非同寻常的"奢侈"，自己独享一个房间。11月11日，一战终于结束。路易斯再次被转移——这一次是到了萨塞克斯的伊斯特本的一个军官疗养所。摩尔太太再一次紧随其后。路易斯把摩尔太太的事告知父亲——他不再把此事当成秘密——也提到他从1月10日到22日间放假，届时可以回贝尔法斯特一趟。沃尼在法国从军，也有假期，于1918年12月23日回到贝尔法斯特，刚好赶上和父亲一起过圣诞节。

接下来事态的发展却让人始料不及。路易斯出院后，于12月24日退伍。未能事先通知家人，他就起程返回贝尔法斯特。沃尼在12月27日的日记中写下了这件事：[93]

今天真是个好日子。早上十一点左右，我们都坐在书房里。这时我们看到一辆出租车开上了大道。是杰克斯！他退役了……我们一起吃了午饭，三个人一起去散步。这四年的噩梦仿佛已消逝，我们还停留在1915年。

1919年1月13日，路易斯回到牛津大学，被一战残酷中断了的学业方得继续。接下来的三十五年，路易斯都会在那里。

第二部分 牛津

第4章
蒙蔽与开启：
一位牛津教师的成长
【1919～1927】

　　随着第一次世界大战的结束，大批新生涌入牛津大学。超过一千八百名退役军人在大战结束后的第一年，或开始、或继续他们的学习生活。C. S. 路易斯就是其中一员。路易斯在 1919 年 1 月 13 日回到牛津，开始了在大学学院的学习。令他惊讶的是，学院的门卫——无疑就是那具传奇色彩的弗雷德·毕克顿（Fred Bickerton）[1]——一眼就认出他来，将他径直领回到 1917 年夏天他离开时的那间宿舍，宿舍位于拉德克利夫方庭。为回应战后这股返校浪潮，牛津大学在入学要求上对这些在军队或舰队服过役的学生做出了意义重大的让步。由于路易斯当过现役军官，在战前曾是必不可少的"初试"，现在幸得豁免了。[2] 这样，他在基础数学技能方面的短板便不再构成妨碍，拦阻他通往牛津学位的求学之路了。

　　此时的路易斯已经爱上了牛津，不仅因它那令人倾倒的建筑，也因它丰厚的知性传统。这是一座建基于文化与学识之上的城市，并非依赖大英帝国的殖民掠夺，也不以工业化对当地环境的破坏为基础。路易斯在诗集《被缚的精灵》中写道，牛津是少有的几座伟大城市之一：

　　她的建成不为攫取粗俗的物质利益，
　　不为强权贪欲，
　　不为铺张帝国豪奢的盛宴。

对于本科生路易斯来说——对日后的路易斯依然如此——牛津这座美丽的城市能激发并确证思想王国的存在。她是

一座干净、甜美的城市,古老的河流为她浅吟低唱,

一个异象满目的所在、锁链松落的地方,

一处精英的庇护所,梦想的塔楼。[3]

对路易斯来说,滋养、培育那些异象和梦想的最佳方式便是回到西方文明的本源——古代希腊与罗马文化。作为"拓展思想"进程的一个步骤,路易斯将自己完全浸没在古典时期的语言与文学中。

就读古典学专业：大学学院，1919 年

此时,路易斯已经做出一个极其重要的决定：他要在牛津追求学术生涯。[4] 除此之外,他事实上已心无旁骛了。路易斯清楚知道自己要做什么,也明白这份职业选择对自己会有什么样的要求。他选择修习古典语言和文学,这在牛津被称为"人文学科"(*Literae Humaniores*)。这是维多利亚时期牛津学术王冠上的钻石,1920 年以前"人文学科"一直被视为牛津最具知识水准的本科学位。

1912 年,牛津大学新学院的院长、著名的古典学者威廉·阿奇博得·斯彭纳——路易斯当初可能正是冲他的名声而去申请新学院的——将"人文学科"的目标归结为"接受古代世界文明与思想的浸润"。常见的"人文学科"的缩写为"*Lit. Hum.*",该拉丁词颇难翻成对应的英文,字面上可译为"更为人道的学问",隐指文艺复兴时期人文主义者所怀的一种愿景,即透过与过去丰富的知识与文化传统的直接参与,从而让教育起到进一步拓展视野,教化心灵的作用。

虽然"人文学科"的发起可追溯至 1800 年,它的社会根源却是深植

P81

4.1　大学学院的拉德克利夫方庭,亨利・W. 唐特(Henry W. Taunt,1860~1922)摄于1917年夏。C. S. 路易斯在1917年4月进入大学学院时,被分到这四方院里的一套居室里,1919年1月又回到原处。

于更早的18世纪,源自当时人们所关切的一些事务。当时的英国刚刚从17世纪的内战和革命烽火中抬头,整个国家伤痕累累,但还不至于残毁不堪。人们全力以赴,试图通过对理性、自然、规则等价值的强调,在民族内部重建稳定的社会秩序。古典时代因而被这一时期的人们视为一份富饶的智慧资源,能促进英国人民巩固政治和社会安定,激励人们重建共享的文化准则与规范。

在牛津修习"人文学科"的本科生,都必须通过原文直接进入古典时期的文学、哲学与历史的富藏——并非仅作为感兴趣的学科来学习,而是要将它视为确保英国生存与繁荣的途径。"人文学科"因而被当作进入智慧的门户,而非仅仅知识的积累。它是为现实生活作道德与文化上的装备,而非仅仅为获取事实材料。如果说其他学科的学习目的只为**填充**本科生的头脑,这门学科的出发点则在于**塑造**他们的思想。

由于对学生有很高的语言要求,按照规定,"人文学科"的学制是四年(十二个学期),其他专业仅为三年。该专业分为两个阶段。在修完五个学期后，学生要参加第一阶段的考试，称为"Honours Moderations"（通常也简称为"Mods"，即古典学方面的中期荣誉等级考试）。学生如果过了关，就会获准将余下的课程修完。学生通常称余下的课程为"Greats"（即古代人文经典），修完七个学期后，最后参加一次终考。这两次考试都是"分级考"，因为学生通过考试后会按照一、二、三、四等级来划分。[5] 成绩突出的学生可能会因此被冠以"人文学科双一等"的称号，意思就是，他们在第一阶段的考试和终期大考中都位列一等。这并非意味着学生会获得两个学位，只是表明他们在这单一学位的课程学习中，两次测评总分都达到了现有的最高等级。

路易斯到达牛津时，1918～1919 学年已经开始了。他错过了第一学期的学习。牛津将一学年分作三个八周的教学学期：圣米迦勒学期（Michaelmas，通常从 10 月到 12 月上旬），希拉里学期（Hilary，1 月到 3 月），以及三一学期（Trinity，4 月到 6 月）。不过，因为路易斯早在 1917 年的三一学期已经在大学学院注册入学了，所以他还是被算为第二学期的正式学生。他本来把有关《荷马》的课程落下了，但很快便追上了其他同学。

完整的学期正式开始于 1919 年 1 月 19 日，这是个星期天[6]。新学期各门课程开课前的介绍则从第二天开始。路易斯显然是兴致勃勃地迎接他的学习生活。一周的学习过去了，路易斯着手设他的日程表。在给亚瑟·格雷夫斯的一封信中，他写道：

> 七点半被叫醒，沐浴，礼拜，早餐……早餐过后自习（到图书馆或教室，两处都很暖和），或者听课，至中午一点。然后，骑自行车离开学校，到摩尔太太处……午饭后学习直到下午茶时间，然后再学习直到晚饭时分。晚饭后再学习一小会儿，聊聊天，歇一歇，有时打打桥牌，然后骑自行车回学院。晚十一点回到屋里，把火生起来，再学习或阅读到十二点，然后熄灯睡觉，睡个像模像样的好觉。[7]

路易斯必须住在学院里，因为牛津大学有这种要求；早餐缺席会被视为可疑表现，往往招致追查，其结果可能相当尴尬。

可是，是谁在七点半"叫醒"路易斯呢？关于这点，需要提一提牛津大学的"校监"（scouts）。路易斯在信件中把这些人称为"校役"（servants），大概是为了避免向父亲或亚瑟·格雷夫斯解释这一牛津术语的麻烦。在大学学院，校监——一律男性——每天的工作时间特别长。[8] 他们每人被分配管理一个或一组楼道，负责照管其中的房间及学生。校监一般每天早晨六点上班，大约六点四十五分开始叫学生（这些学生总是被称为"绅士"）起床，为他们在餐厅或房间里准备早餐，清理房间，又在餐厅把晚餐备好。学期结束，大多数校监都会到英国海边的旅馆找些差事干。路易斯本人在信件或日记里很少提到这些校监，但其他学生会跟他们的校监建立很亲密的关系，而且会一直保持联系。

这就是路易斯在牛津当学生的日子，围着两个轴心转：自己的学业和摩尔太太——与后者是偷偷摸摸的。上午的课业结束后，路易斯就骑车穿过莫德林桥，上黑丁顿山，进到黑丁顿村里。[9] 摩尔太太在沃尼福德 28 号寻得一处住宅，房东是安妮·阿尔玛·费舍斯通小姐。路易斯下午和晚上都和摩尔太太在一起，直到很晚才回学院过夜。这种生活安排对牛津的本科生来说非同寻常，路易斯除了让他的心腹密友亚瑟·格雷夫斯知情外，对其他任何人显然都守口如瓶（当路易斯对格雷夫斯说起"家人"的时候，他指的是摩尔太太和摩琳）。[10] 从 1919 年 7 月开始，路易斯在给格雷夫斯的信中用"那颗明妥薄荷糖"（the Minto）（注意他特指"那颗"）这个词来指称摩尔太太，但从未解释过这奇怪的绰号的由来。[11] 有可能该绰号是摩琳对她母亲的昵称"明妮"（Minnie）的变体；不过也有可能跟当时备受人们喜爱的一种叫"明妥"（the Minto）的硬糖有某种关联，这种硬糖是 1912 年由唐卡斯特的甜食商威廉·纳塔尔发明的。[12]

关于自己这两面性的生活，路易斯一直用精心策划的障眼法把自己的父亲蒙在鼓里。比如，在路易斯难得探望父亲的那些日子，摩尔太太每天都给路易斯写信，信都寄往亚瑟·格雷夫斯的地址，他就住在附近。这就给路易斯添了个理由，让他可以在回贝尔法斯特期间常去看望自己的老朋友。

阿尔伯特·路易斯与儿子： 拳拳父爱

　　路易斯在牛津过着这种双重生活的时候,阿尔伯特·路易斯则自行开始与战时机关展开斡旋。他坚持说,他儿子有权获得战争受伤补偿金。战时机关被阿尔伯特的锲而不舍和滔滔雄辩——可以猜想主要是后者——磨得没有办法,终于妥协了。他们很不情愿地赏给路易斯一笔小额的"伤残补助金",共一百四十五镑十六先令八便士。这胜利让路易斯的父亲既得意又振奋,于是他继续施加压力;他们最终又妥协了,心不甘情不愿地又给了他一笔"追加伤残补助金",共一百零四镑三先令四便士。

　　然而,父子俩的关系并不好,反而日渐恶化。阿尔伯特越来越担心儿子与爱尔兰家乡之间的文化隔阂,担忧他在《被缚的精灵》中表达的无神论思想。或许最严重的是,儿子对自己明显缺乏感情,这一点令他忧心忡忡。路易斯跟父亲间的通信屈指可数,每逢假期都不愿跟父亲一起过,对父亲的健康状况也几乎不闻不问。他在 1919 年 6 月给格雷夫斯的信中这样结尾,说他"颇有一段时间"没有从"可敬的父亲"那里收到只言片语了,他怀疑父亲是否"已经自杀了"。[13]

　　不过,除了上述这些忧虑外,这段时间阿尔伯特·路易斯对小儿子最感焦心的,显然还是他与摩尔太太之间那不明不白的关系。起初,他还倾向于把心中这份怀疑归结于自己过于活跃的想象,但阿尔伯特·路易斯逐渐(也是很不情愿地)意识到,有某件非同小可的事情正在发生。"杰克事件"到底在经济上意味着什么?[14]这段时间,路易斯经济上的需要都是阿尔伯特提供的,但他开始注意到,他支持的并非只是自己的儿子。摩尔太太那位缺席的丈夫(摩尔太太称他为"那畜生")给她的钱总是有一搭没一搭的,所以弄清楚她的主要收入来源并不是一件难事——摩尔太太的直接经济来源当然是路易斯,但间接来源则是阿尔伯特·路易斯本人。

摊牌已不可避免。路易斯 1919 年 7 月 28 日回到贝尔法斯特，此前一周他在英格兰跟哥哥沃尼一起度假。在一次气氛紧张的会面中，阿尔伯特·路易斯要求小儿子对自己的财务状况作出解释。路易斯回答说他的账上大约还有十五英镑。他跟不少退役军官一样，也在伦敦的查令十字街科克斯银行开户。这家银行始建于拿破仑战争时期，既支付士兵薪水，也充当兵团代理商角色。阿尔伯特·路易斯发现了一封科克斯银行寄给路易斯的信，信已经拆封了，银行通知他欠了十二英镑。阿尔伯特为此事质问路易斯，后者只得承认对父亲谎报了自己的财务状况。

接下来的交流显然勉强又难堪。路易斯告诉自己的父亲，他对他既无敬意，也不关心。阿尔伯特·路易斯后来在日记中坦承，路易斯"欺骗了我，对我出言放肆，说的话带着侮辱和轻蔑"。这是"我一生中最难过的一段日子"。[15] 阿尔伯特·路易斯从未见过儿子早前写给亚瑟·格雷夫斯的信，这对阿尔伯特来说或许是桩幸事，因为路易斯在信中明说自己"习惯性地撒谎"，还婉言责备格雷夫斯居然那么天真，"满腔热情"地将他的"谎话照单全收"。[16]

话说回来，不管路易斯对父亲如何反感，他还是没办法自给自足，无论如何他还不能在经济上宣告独立。尽管父子之间的关系甚为疏远，阿尔伯特·路易斯还是继续供应儿子，同时也很清楚儿子会将这笔津贴的大部分挪作何用。路易斯这段时间给父亲的信还算礼貌，但为时不久，他们的关系又回到从前。

1919～1920 整整一个学年，路易斯都住在学院外面，就是摩尔太太在黑丁顿的温德米尔路新找到的寓所。牛津的本科生在学院过完第一个年头后，有些往往会选择住在"寓所"内，于是，此时的路易斯就可以很容易地维持这个假象：摩尔太太是他的女房东。第二个学年他很忙，主要是准备即将到来的第一阶段考试——荣誉中期考试（Honors Moderations）。考试定于 3 月份，这将是对路易斯学术实力的第一次标志性检验。最终，路易斯被列为三十一位一等荣誉生之一。他写信告知父亲这一好消息，顺便提到他正在跟"一位男生"一起度假，因为这位男生"早就请求"要跟他"一起四处'走走'"。[17]事实上，路易斯仍是在欺瞒父亲。他是跟摩尔太太和摩琳小姐一起度假的。

学业成就： 校长论文奖，1921 年

在 1920 年的三一学期，路易斯开始用功准备终期大考，同时听乔治·H. 史蒂芬森的历史课与埃德加·F. 加瑞特的哲学课。他在家信中抱怨书本太贵。但是过不多久，路易斯就开始关注新的目标了。他"被推荐去参加校长论文奖"比赛，赛期定于 1921 年 4 月。比赛是为了评选出本科生所写的最优论文——此次赛事的命题是"乐观主义"。路易斯跟父亲说，如果能胜出的话，这将是一次"极好的广告"，但也承认，竞争将"十分激烈"。[18]

最终，路易斯写出了一篇约一万一千字的手稿。他向父亲大大抱怨打字费用的昂贵，而且终稿上还出现不少打印错误。比赛结果迟迟

4.2　1922 年的谢尔登尼安剧院，牛津大学颁授学位典礼的场地。该剧院于 1668 年竣工，设计者是克里斯多弗·雷恩爵士。

不公布，路易斯等得神经要崩溃了。5月24日，终于公布结果了，路易斯获奖。他被邀请到谢尔登尼安剧院，在一年一度的荣誉学位授予庆典上朗诵其中一个选段，该选段由诗歌教授和校方发言人选定。这次庆典邀请的嘉宾，包括1917～1920年担任法国首相的乔治·克列孟梭。路易斯的朗诵用了整整两分钟，他后来写信告诉父亲自己是多么兴奋，因为能够在那么宏伟的建筑内让人们听到自己的声音。[19]

牛津出版商兼书商巴希尔·布莱克维尔立刻联系路易斯，提出要见他，商讨出版那篇论文的事宜。不过，那篇论文始终没有出版，而且手稿现已遗失。不管怎样，路易斯似乎对那篇作品的文学价值并无多大信心。他对父亲表示：该文将"很快被忘记"。真正重要的是获奖的事实，而不是论文本身。[20]我们只能希望路易斯是对的。路易斯的家庭文件中没有保留这份文稿的副本，牛津大学的档案中也没有。[21]我们无从知晓路易斯有关"乐观主义"都说了些什么，也不知道他是怎么说的。我们所知道的就是，该文给全体评委留下了好印象，并且促成了这么一个看法：路易斯正成为牛津夜空上一颗冉冉升起的新星。

路易斯学术生涯的卓越前景，或许就此崭露头角，但他与父亲的关系却一直疏远而紧张。两人关于摩尔太太的种种分歧逐渐白热化，到了1921年7月已是一触即发。这时的阿尔伯特·路易斯写信通知儿子，他要到英格兰旅行一趟，并有意走访牛津，看看路易斯和他的大学寓所。路易斯一想到父亲可能遇见摩尔太太便相当惊恐，于是杜撰出一位"朋友"，好让这场探访泡汤。他称自己已经"搬出学院"，目前正与一位男生同住一个房间，这位男生"学业忙得焦头烂额"，憎恶任何访客的搅扰。[22]

路易斯在这场戏剧性的骗局中大张旗鼓，急匆匆将摩尔太太房子的里屋改造一番，让它看起来像"一个本科生的寓所"。然后，他又想办法说服了一位叫罗德尼·帕斯里的同学与他一起搬进这个房间，让他在父亲来访的尴尬期间住在这里，佯装那位劳作过度又不爱交际的室友。不过到了最后，他父亲在牛津玉米市场街的克拉伦登宾馆享用了一顿丰盛的午餐之后，便心满意足了，再没表示过要去参观路易斯的房间或学院。[23]

成功与失败：求学有成，求职无果

　　路易斯最后一年(1921～1922)在大学学院修习古典学课程,他关心的目标只有两个:在 6 月份的终期大考中取得优异成绩;找到工作。他在这段时期的日记里呈现出一份异乎寻常的记录:阅读的书目,完成的家务琐事,一起聊天的摩尔太太的朋友和家人,搜寻过的可能的工作机会,还有因学术职业前景而渐生渐长的焦虑,以及为克服此焦虑所做的种种不成功的努力。

　　4.3　1922 年的玉米市场街,牛津最热闹的一处商业区,克拉伦登宾馆在街道左边清晰可见。

　　求职上的疑虑到了 1922 年 5 月几乎被具体证实了,而这时距离终期大考只有不到一个月的时间。他的大学哲学导师埃德加·加瑞特明确告诉他,近期之内不会有学术性的工作可寻。他建议路易斯说,若果真定意走学术道路的话,只有一个现实可行的选择:他必须再留一年,

"再拿一个学位"。[24]加瑞特的意思是，路易斯应该让自己拥有尽可能多的受聘资历，而修习第二门最终荣誉学位考试课程不失为一个途径。路易斯要把专业资格领域从古典学拓展开来，去学习英国文学。

大学学院的院长雷金纳德·马坎在当月下旬与路易斯见面时，也给了他类似的建议。当时马坎正好有位美国同事请他推荐一名有前途的年青学者到纽约康奈尔大学学习，享受一年的学生奖学金。路易斯是他优先推荐的第一人选。然而奖学金偏少，支付路易斯的路费尚嫌不足，同时这对他的私人生活也会带来毁灭性的影响。路易斯选择前一个理由而非后一个理由，委婉谢绝了院长的推荐。

马坎问路易斯下一步怎么打算。路易斯表示，希望能在牛津谋得一份教师的职位。马坎试图向他解释说，时代已经变了。战前，学业特别突出的学生在终期大考之后，会立刻得到校方提供的教师职位，但这样的日子一去不复返了。1919 年 11 月成立的牛津与剑桥皇家委员会——通常也称为"阿斯奎斯委员会"——提出让牛津现代化以适应战后时代之需的几项建议。大学学院也别无选择，只得实行这些改革措施，包括取消某些类型的大学教职。[25]这些新情况，路易斯也必须适应。所以，他需要修习第二门荣誉学位考试课程，以证明自己的能力，还要努力再拿一份大学奖学金。马坎示意他，如果选择走这一步，学院会继续颁给他奖学金，他就不必操心付学费的事了。

路易斯写信给父亲，说明了校长给他出的这个主意，以及弦外之音。在这封措辞冷静的信中，路易斯试图向父亲解释，战后的世界发生了怎样的变化。古典语言与文学，乃至哲学，已经日显古怪，这些领域的专家在当今的世界不再容易找到位置了。倘若在牛津找不到一个学术职位，他未来唯一可行的职业便是"中小学校长"——而这实在是没有办法的办法，路易斯对此丝毫没有热情。不管怎样，路易斯知道在英国的公立学校，他不会被视为特别有吸引力的人选。他"在竞技方面的无能"——就是这点使他在莫尔文学院的日子苦不堪言——会注定他的落败。唯一严肃的选择还是成为一名牛津学者，因为在这个位置上，没有人会期望他擅长运动。可是，他也越来越清楚地看到，要让自己在大学这方天地里谋得一席，除了在古典学方面名列前茅以外，他还需要再具备某一独特领域的专业知识。那么，这门额外的学科应该是什么，路易斯对此倒是心知肚明。当时在牛津刚好产生一门"'新兴'学科"，那就是英国文学。[26]

路易斯暂时将此事搁下，不再做进一步考虑了，因为他现在要分秒必争，准备 6 月 8 至 14 日的期末考试。他要面临的试题涵盖罗马史、逻辑、一篇从未见过的斐罗斯特拉图（Philostratus）作品的希腊译文，一篇从未见过的西塞罗（Cicero）作品的拉丁译文。尽管路易斯清楚自己肯定能通过这场考试，但究竟会考得怎样，心里却没底。

考试结束后，在等候发榜的过程中，为了努力平静心情，路易斯又为自己的长诗《戴默》（Dymer）添了几个诗章。该诗是作为一部史诗来构思的，依循荷马、弥尔顿、丁尼生的传统。路易斯在大布克汉姆的时候开始起草这部诗作，但从严格意义上来说，它开始于 1922 年。他在1922～1924 年的日记中，常常有诸如"下午在琢磨《戴默》"之类简短的记述。我们稍后会回到这部 1926 年出版的诗作。

在等候考试结果揭晓的同时，路易斯也试图为他有点捉襟见肘的经济状况做些补救工作。为了增加经济来源，他在一份当地的报纸《牛津时报》上登了一则小广告，表示 8 月和 9 月这两个月份可以为中学男生或本科生补习古典知识。他这时候正在争取雷丁大学一个古典学讲师的空缺，牛津到雷丁大学有三十分钟的火车车程。可是面试的时候，路易斯被明确告知，如果要获得那个席位，必须搬到雷丁去住。根据路易斯当时家里的状况，那是不可能的事。摩琳喜欢在黑丁顿学校上学，路易斯也不想中断她在那里的教育或社交生活。他于是撤回了那份求职申请。可想而知，对于这件事，他给父亲的是一个完全不同的解释。他说自己并非雷丁真正要找的"纯粹"的古典学者。[27]

P92

这时，又有一个可能的机会出现了：莫德林学院正在招聘一名古典学教师。路易斯立即提出申请，但这么做更多是出于责任感，而非真的抱有获聘的希望，因为之前已经有人提醒他，申请很可能会落空。申请结果取决于 9 月举行的一场竞聘考试，但在此之前，路易斯并不可能做点什么来提高成功几率。

不管怎样，路易斯还有别的事要操心。7 月 28 日，他来到牛津高街的考试学院，准备参加口试。他回忆说，那场口试不超过五分钟，他被叫到考官面前，为他在考卷上写的几句陈述进行答辩，其中包括一句可能有点不明智的说法："可怜的老柏拉图"。几天之后，摩尔太太又搬家了，她在黑丁顿西街 2 号找到一处新家（叫"西斯波罗"）[28]过夏天，那里不用付租金。摩尔太太对他们经济状况的焦虑一点不亚于路易斯本人，她设法把沃尼福德路的住处转租给了罗德尼·帕斯利夫妇，又给西街的住处招了一个房客挣点房租。他们能省就省，每一先令都精打细算。摩尔太太还做针线活，好多挣点钱。到了 11 月，路易斯在日记中坦承，摩尔太太已经超负荷了。[29]他们那举步维艰的经济状况所造成的压力，已经越来越难以承受了。

8 月 4 日，路易斯搭公交车去牛津看期末考试的结果何时发榜。出乎意料的是，结果已经公布了。他欣慰地看到，自己列在获得一等荣誉的十九名学生之中。那么，下一步该怎么做呢？

最终，路易斯将所有希望和努力都押在了获取莫德林学院古典学教师职位这件事上。[30]该职位是莫德林学院当年提供的三个位置之一，通过公开竞争来决定人选，竞争形式是追加一场书面考试。9 月 29 日，路易斯与另外十位有望获聘的候选人一同到莫德林参加第一场考试。[31]他在见识了几位候选人的才干后，颇有点泄气，这些人中包括未来的学术泰斗如 A. C. 尤因和 E. R. 多兹（多兹后来成为 1936 年牛津大学的钦定希腊文教授）。当意识到机会何等渺茫时，路易斯在日记中吐露，他的"行动"要"权当自己没有得到这份职位"，做好去英语学部学习的准备。[32]一直到了 10 月 12 日，路易斯才最终得知莫德林的这个职位已经授予另外一位候选人了。[33]不过那时路易斯也已经听了导师的劝告，全身心投入英语课程的学习了。

莫德林学院的院长赫伯特·沃伦爵士在 11 月亲笔给路易斯去了一封私人信件，告知他这次古典学研究员职位资格申请落选的消息，还给了他一些意见反馈。莫德林那阵子选拔了三位新研究员，沃伦解释说，路易斯近乎当选。可最后的事实却是，学院把古典学研究员职位给了另外一位候选人：

　　我担心你是没有充分发挥出你最大的潜能，不管其中的原因是什么，当然你也相当接近了，成为学院六个特别提名人之一，这六人都达到了研究员资格水平，都足以入选，只是你没有进入最后获得推荐的前三之列。[34]

　　沃伦的信，肯定与批评各占一半。但机灵的读者很快能从信中觉察出，其言外之意最终还是肯定的。才气已经摆在那儿了，只是时机未到。可能还有机会。

　　路易斯在 1920～1922 年间的日记和通信证明，他对前途既有个人方面的担忧，也有一些规划，当中必然包括求职前景。倘若谋不到一份古典学方面的学术职位，那么哲学方向是否有可能？他的本科学习使他对该学科有扎实的掌握。然而，由于路易斯对自己的前途过于关注，其他事务他似乎都视而不见了，其中最明显的是家乡爱尔兰严峻紧张的局势。1920～1923 年间，爱尔兰政治动荡，风波迭起，发生了许多重大事件，但路易斯却令人惊奇地对此鲜有提及。爱尔兰独立的政治斗争借着第一次世界大战的煽风点火，到了 1919 年爆发为暴力事件。英国人对爱尔兰农村地带开始失去控制，而这些地区逐渐由爱尔兰共和军（IRA）控制。在 1920 年 9 月 21 日的"血腥星期天"，爱尔兰共和军射杀了十四名在都柏林的英国情报部侦探和线人。当天晚些时候，英国官方在克罗克公园回击，也杀死了十四人。暴力蔓延到北部城市伦敦德里和贝尔法斯特。新教团体已感觉到来自共和军枪手的威胁。

　　1920 年，英国政府为爱尔兰提供了有限度的地方自治。但这是不够的。爱尔兰人要的是政治和民族独立，并非某种权力下放的政府形式。暴力仍在继续。1921 年 7 月 11 日，双方宣布休战。可是，贝尔法斯特的暴力行动并没有因此停止。终于，在 1922 年 12 月 6 日，英国政府同意成立爱尔兰自由邦。从这一天算起的一个月时间之内，北部六个主要信奉新教的郡可以决定，他们到底是希望留在爱尔兰自由邦，还是想重新加入联合王国。北部爱尔兰议会一天之后就提出请求，希望被允许成为联合王国中的一员。爱尔兰于是一分为二。

　　稀奇的是，虽然这些事件对于他在爱尔兰的家人和朋友意义重大，

P94

但是路易斯却始终不闻不问,置身其外。根据他在 1922 年 12 月 6 日这个关键日子所记下的日记条目来看,他心中的重大问题不是爱尔兰的独立,不是贝尔法斯特的政治前景,也不是父亲的安危,而是对"早餐"这个词的理解——究竟是"八点的一杯茶还是十一点的一块烤牛排"。[35]

那么,对于这场在他有生之年发生在爱尔兰的最重大的政治和社会剧变,路易斯为什么会表现出如此令人讶异的漠不关心呢? 或许最浅显的答案也是最有说服力的:路易斯不再视爱尔兰为自己的归属了。他的家,他真正意义上的家,他的心,都在牛津了;他家庭生活的指路之星是摩尔太太,而非阿尔伯特·路易斯。

摩尔太太: 路易斯的生活支柱

现在,我们有必要更具体地探究路易斯和摩尔太太的关系了。路易斯那不同寻常的家庭组合,在牛津并不太为人所知。20 世纪 30 年代,熟人多半对他都是这种印象:路易斯是一个典型的单身大学教师,跟他的"老母亲"生活在黑丁顿。几乎无人知道他的亲生母亲早在他童年时代就已去世,而目前这个所谓的"妈妈"在路易斯生活中扮演着十分复杂的角色。

许多关于路易斯私生活的记述都附从沃尼所频频表达出的对摩尔太太的厌恶,这导致这些记述都从相当负面的角度来刻画路易斯和摩尔太太之间的关系。她被描绘成一个强势、自私又刻薄的女人,时常把路易斯当仆人或跑腿的来使唤,对于激发路易斯的智性几乎没起到任何作用。

这种评价对于理解他们在 40 年代末期的生活有一定帮助,因为那时候摩尔太太的健康状况开始滑坡,随着老年痴呆症的发作,她变得越来越难以相处。不过,路易斯那段时期之所以生活艰难,除了病中的摩尔太太喜怒无常难以满足之外,另一个同样重要的原因很可能是沃尼的酗酒。但这些是二十年之后的事，我们不能把它置入早期岁月中。此时摩尔太太尚年轻，为路易斯提供了他所需的情感支持和安慰，这是他自己的家庭成员不能也不愿提供给他的——在他奔赴法国战场之际（他父亲当时不在场，这对路易斯伤害尤深），在他负伤康复的过程中，在他想方设法要在牛津学术圈谋得一席之地时。有证据表明，摩尔太太的确为战后回来的路易斯创造了一个相对成形和稳定的环境，使他能平缓地过渡到学术生活中。

我们要记得，路易斯先是经历与母亲的生离死别，后又与家人分离，而后者是由于他父亲那即便出于好意却也十分欠考虑的决定——将他送去英格兰的寄宿学校。1951 年，英国心理学家约翰·波尔比针对因战争而无家可归的儿童的心理问题，为世界卫生组织撰写了一份研究报告。他得出的主要结论是，儿童时代人际关系的体验对他们的心理发展会造成至关重要的影响。[36]波尔比接着阐发了一个叫"安全基础"（secure base）的概念，儿童正是立足于这个基础才能够学习如何应对挑战，培养独立，并在情感上走向成熟。只可惜波尔比的研究来得太迟，未及影响阿尔伯特·路易斯的决定。路易斯在幼年时期显然拥有这么一个"安全基础"，然而，母亲的亡故和被迫上寄宿学校的经历将这个基础彻底摧毁了。

路易斯在《惊悦》中描绘了母亲去世给他造成的冲击，值得我们留意："如今只剩下大海和岛屿了；大陆已经像亚特兰蒂斯一样沉没了。"[37]路易斯以其丰富的语言，借用地理意象，描绘了情感上丧失的那份稳定与安全，而这也无可避免地给他带来了恢复那份稳定与安全的渴望。他像一个命定要在海上漂泊的人，找不着安全、恒久的港湾。路易斯在 20 年代写下的东西充分证明，摩尔太太的大家庭为他提供了那个"安全基础"。在他探寻各种职业选择时，摩尔太太在情感上支持和鼓励他，也与他一同面对早期求职无果的失落。当然，她绝非知识分子，不可能起到学术上灵魂伴侣的作用——这一点也有助于我们理解路易斯后来为什么会为聪明的、写严肃作品的女性所吸引。然而，证据表明，摩尔太太确实在路易斯学术生涯的形成阶段，为他提供了他所需要的那些最关键的环境因素。

最显而易见的是，摩尔太太为路易斯提供了一个现成的家庭。从他在 1922~1925 年间的日记可以看出，路易斯已经过上了一份安定、稳妥的家庭生活——一种他以为自从母亲在小邸苑去世之后就一去不返的生活。摩琳成了他的妹妹，他成了她的兄长。在路易斯的成长中，摩琳往往被轻易忽略了。路易斯在日记中常以赞赏的口吻提起她，但许多人并没有意识到这一点。

4.4 "一家人"：C.S. 路易斯、摩琳及摩尔太太，在康沃尔圣阿格尼丝湾一家茶馆的阳台上，摄于 1927 年。

无疑，路易斯包揽了所有仆役要干的家务活——跑到街角的小店买罐黄油，帮摩尔太太到公交站取回她落下的钱包，摩尔太太卧室的窗帘轨道突然掉了，他立马就处理。因他是家中唯一的男人，为确保一切正常，他似乎也做得心甘情愿。既然这些事非要有人做不可，路易斯也就做了。不管怎样，他将这类差事看作"典雅爱情"传统的具体体现，称"典雅爱情"传统为一种高贵、荣耀的行为准则，按这准则，一位年青男子可以"随时听候调遣"，"只要夫人下令，赴汤蹈火亦在所不辞"。[38] 路易斯或许已经能够将尊严和意义赋予这样的家庭琐事，将它们看作"典雅爱情"那令人高贵的表达形式。

摩尔太太也拓宽了路易斯的社交圈子。她好客有些过了头，时不时就邀请亲朋好友来家里吃饭。路易斯发现自己与人交往的技巧和情商倒是从中得到了培养，而倘若他始终与世隔绝地待在大学的院墙之内，这些技能或许永远也学不到。正如路易斯自己先承认的，他自己的朋友圈子有点窄。他曾跟父亲这么说，"我倾向于认为，我自己的圈子——大多由搞文学的男士组成——具有排他性、规范性和代表性。"[39]路易斯在读古典学课程期间较少结交朋友；事实上，他似乎还得了个诨号，叫"闷葫芦路易斯"（Heavy Lewis），[40]因为在其他学生眼中，他是个"闷声闷气"的人。（这一不乏贬损的绰号，很可能是用一战期间的"路易斯轻机枪"[Lewis Light Machine Gun]来打趣路易斯。）路易斯与人交往的能力可能是后来才培养起来的，更多是靠着摩尔太太的朋友圈而不是他自己的朋友圈。

　　摩尔一家还时常接待摩琳在黑丁顿学校的朋友。其中一位叫玛丽·维布林，她在路易斯 20 年代早期的日记中占具显要地位。维布林（他们亲切地称她为"小斑"）是摩琳的音乐老师。路易斯教她拉丁文，以此代替她教摩琳音乐的学费。这段时间有迹象表明，她和路易斯之间可能发生过恋情，不过没有任何发展，这很可能是由于路易斯和摩尔太太之间复杂的关系。

就读英语语言文学专业，1922～1923

　　牛津比较迟才意识到英国文学作为一门学科的重要性，认识到需要对它进行严肃的学术研究。伦敦的大学学院和国王学院从 19 世纪 30 年代开始，就开设了该学科的本科生课程。这门学科变得日趋重要是有原因的。维多利亚女王漫长的执政期，有助于产生一种强烈的英国民族身份感。与此同时，许多精明的政治家认识到，强调英国如何享有一份丰富的文学传统有着非同小可的意义。牛津在 1882 年设立了英语语言与文学教席，是标志这一发展趋势的里程碑。不过，英语学部

C.S.
路易斯
天赋奇才 勉为先知

C. S. LEWIS
—A LIFE: ECCENTRIC GENIUS RELUCTANT PROPHET

P99

直到 1894 年才设立,[41]尽管从发展趋势看这一需求已日益紧迫。

真实的理由很简单:牛津抵制任何诸如此类的势头。事实上,1894年成立英语学部这件事一度深陷困境,争执与怨愤之声四起。有人嘲笑说,此举一兴,无异于给平庸的学生开方便之门,学些既容易又没用的东西;另有人忧心忡忡,认为新设立的学位难免会沦为人们心目中的二流学位。古典学课程是货真价实、掷地有声的;而英语学科除了对小说和诗歌做些主观性的反思之外,还能有什么呢? 如何能做到以学术上的严谨对待"有关雪莱的几句闲言碎语"呢?[42]它是印象式的、浅薄的——牛津大学着实不希望鼓励这样的事情。

然而,对英国文学展开学术层面研究的压力却越来越大。[43]当时牛津的许多传统主义者仍将英国文学视为门槛低的学科,适合那些注定要去英国公立学校当校长的能力欠佳的男学生——当然,也适合女生。许多女性由于被牛津的理科与人文学科拒之门外,就将英国文学看作向她们开放的寥寥无几的进入教育行当的途径之一。从 1892 年开始,牛津的"妇女高等教育促进协会"为他们的学生组织了一系列讲座和课程,其中英国文学居显要地位。

在维多利亚晚期,英国文学还对另外一群人有重大意义,就是公务员。印度民政部门渴望能确保录用并提拔最好的人选,于是从 1855 年起设立英语测试。牛津的本科生中有望成为未来帝国公务员的学生注意到这股风向,便开始学习英国文学,意在规划未来的职业前途。但牛津大学更看重的显然是**英语**而不是**文学**。随着英国的帝国扩张在维多利亚晚期和爱德华时期的兴盛,英国文学开始被视为确证和维护英国文化优越性的渠道,用来教训自命不凡的美国人和试图反叛的殖民地居民。

在 1914~1918 年的第一次世界大战中,英国终于战胜了德国,这激发了一波小范围的爱国浪潮,为英国文学的学习增添了一份爱国主义动机。不过,英国文学在牛津之所以发展,其原因倒不在于这新兴的民族主义。对善于思考的人而言,面对战争带来的创伤与毁灭,文学提供了一种应对方式,使他们得以用新的方法构思他们的问题,从更深处寻找灵魂的出路,而这些仅靠体制性的沙文主义是远远达不到的。

"战争诗人"的兴起或许是这些发展变化中最重要的一个现象。许多人从他们的诗作中寻得安慰，用新的、有益的方式来看待这场战争梦魇。还有些人看到，这些诗人对战争的暴力和无意义均表达了合法的愤怒，又设法将这样的愤怒导向对政治和社会有建设性的渠道上去。在一战刚刚结束的那段时期，学习英国文学的动机可能比较复杂。不过，这些动机都是真实的，也让人们对这个曾经被认为在文化上、智性上低于古典学的领域产生了新的学术兴趣。

到了 20 世纪 20 年代，牛津的英语语言与文学学部已在扩展，且不断从战后人们对该学科的新生兴趣中获益。出于上面提到的历史原因，学部一开始还是以女性及有志于在印度民政部门服务的人士为主导。随着该学部在牛津的扩大，各学院也开始注意到这股潮流，英语语言与文学的导师职位也随之设立。近乎可以肯定的是，路易斯一定意识到了这一发展形势。若在古典学或哲学领域谋不到职位，现在他便有了另一种选择的可能。

1922 年 10 月 13 日，路易斯开始了他在英语语言与文学专业的学习；与此同时，他在大学学院遇到了 A. S. L. 法夸尔森，与后者谈到自己的学习计划。法夸尔森建议他去德国学德语。在法夸尔森看来，未来属于欧洲文学，工作的前景也在欧洲。出于显而易见的原因，路易斯决定不采纳这建议。不管是摩尔太太还是摩琳都不愿去曾经的敌国看望他，也不乐意他长期离家，家中里外有那么多事需要他照料。

路易斯感到英语专业的学习有点让他疲于奔命了。他不仅要全身心投入大量的文学阅读，还要习得必要的语言技能，以便阅读一些古代文本。但真正的问题不止于此：按照计划，路易斯正在修习的这门九个月之内修完的课程是要分三年完成的。通常情况下，一个本科生要花第一年的时间学习基础文学，在后两年进入更具体的研修阶段。路易斯借助他的"高级身份"——他已获得一个牛津学位——得以免修第一年的课程，但他还需将后两年的课程挤到一年内完成；若不然，他将会"荣誉过期"，只能获颁一个及格的学位。他极需获得一等荣誉学位，好突出他的学业成就并谋得一份大学教职。

这时候，在对待英国文学的研究方法上，英国的两所最古老大学发生了巨大分歧。从 20 世纪 20 年代到 30 年代，牛津学部注重历史性、文本性和语言性的问题，而剑桥学部——主要由 I. A. 理查兹和 F. R. 利维斯等学者建构——则采用一种更加理论化的策略，将文学作品作为"文本"或"对象"，运用科学的文学批评方法进行研究。路易斯完全站在牛津语境这一边，如鱼得水。他的焦点集中在文本与作者，他对文学理论表示反感，而这也成为他此后整个学术生涯中学术性作品的一大特色。

路易斯的英语课业把他压到了极限。在 1922～1923 这一学年间，他写的信相对稀少，其中多半提到，他对古英语（即盎格鲁-撒克逊英语）的兴趣越来越浓，以及掌握该门语言带给他的挑战。他还意识到，他古典学专业的同学与英国文学专业的同学之间有着明显的社会学意义上的区别：他在日记中袒露，英国文学专业的学生多半由"妇女、印度人和美国人"组成，与古典学专业的学生相比，带有"某种业余性"。[44] 在1922 年米迦勒学期的日记里，他表达了一种明显的智性上的孤独，这份孤独只有在听到有趣的讲座或激动人心的交谈时才间或有所缓解。大多数时候，路易斯都是从书本上收获精神上的愉悦，为了完成书单上的阅读要求，他时常挑灯夜战。

不过，友谊也在此时产生，补充（却从未替代）了他与亚瑟·格雷夫斯那漫长的情谊。他与两个人的交情尤其深。路易斯在 1919 年初次遇见欧文·巴菲尔德。那时的巴菲尔德正在瓦德汉学院研修英语。路易斯很快就看出巴菲尔德是个又聪明又博学的人，尽管他几乎在每一件事上都与他观念相左。他十分无奈地在日记中说，"巴菲尔德忘掉的恐怕比我知道的还多"。[45]

路易斯称巴菲尔德是"我最智慧、最优秀的业余导师"，[46] 还表示他十分乐意接受巴菲尔德的指正。举个例子：路易斯曾记录他早年的一个错误，即将哲学称为一门"学科"；巴菲尔德反唇相讥道，"对柏拉图来说那可不是一门学科，那是一条道路。"[47] 巴菲尔德对鲁道夫·斯坦纳有关"人智说"（anthroposophy）的哲学颇有兴趣，该学说旨在将科学方法延伸到人类灵性经验的领域。巴菲尔德的这一兴趣开始于 1924 年听到的一场斯坦纳的讲座，后来该话题成为他与路易斯争执的特别焦点。

路易斯那会儿还是个无神论者。路易斯开玩笑地将二人就这事以及其他一些事情展开的论争，称为"世界大战"。"我辛辛苦苦、费尽周折才从我自己的生命中驱逐走的每一件事，似乎全都死灰复燃，并通过我最好的朋友跟我劈面相逢。"[48]路易斯开始感觉到，巴菲尔德提出的问题对他构成了挑战和威胁，他似乎无法给出令自己完全满意的回答。[49]

尽管和巴菲尔德之间有这些分歧，路易斯还是将自己思想中发生的两个最根本的转变归功于巴菲尔德的影响。第一个转变是，路易斯的"时代势利症"（chronological snobbery）被摧毁了。他对"时代势利症"的定义是："不加批评地接受我们自己当前时代普遍的知识潮流，想当然地认为凡是过时的事物仅仅因其过时便不再值得信任。"[50]

第二个转变是，路易斯思考现实的方式。路易斯像同时代的大多数人一样，倾向于假定，"由感官所揭示的宇宙"才构成"雷打不动的现实"。对路易斯来说，这是最经济、最常见的思考问题的方式，他认为这样的方式是完全符合科学的。"我希望自然完全独立于我们的观测；是某种异己的、冷漠的、独自存在的事物。"[51]可是人类的道德判断呢？喜乐的感受呢？对美的体验呢？这类主观性的思考与体验方式如何嵌入这个模式？

这样的思考并非空穴来风。作为牛津的本科生，路易斯深受当时他称之为"新观念"的影响。这是一种理性主义的思考方式，在其引导下，他相信自己必须摒弃任何这样的想法：他那稍纵即逝的对"喜乐"的体验，能导向生命更深层的意义。[52]路易斯与时俱进，让自己完全沉浸在这股在当时相当流行的思潮中。他进而相信，自己儿时的渴望、憧憬、体验都被证明是无稽之谈。他认定自己已经"与所有这一切一刀两断"了，已经"看透这一切"了，"再也不会受欺蒙了"。[53]

可是，巴菲尔德却说服了路易斯，让他看到上述论证思路其实是自相矛盾的。路易斯所倚靠的恰恰是他抛弃的那种思想的内在模式，之所以抛弃，是为了获得他所谓的"客观"世界的知识。仅相信"由感官所揭示出来的宇宙"，其必然的结果便是采用"一种逻辑学、伦理学和美学上的行为主义理论"，而路易斯认为这样的理论是不可信的。取而代之的另外一种观念则对人类的道德和审美直觉予以充分重视，不将它们

P103

排除在外或忽略不计。对路易斯来说，这个观念只能引出一个结论，那就是："我们的逻辑是对一种宇宙性的逻各斯（*Logos*）的参与。"[54]那么，这一思路会把他带往何方呢？

路易斯在一篇题为《生来瞎眼的人》（The Man Born Blind）的短篇故事中，探讨了这一主题。[55]该故事有某种特定意义，因为它被视为成年路易斯留下来的最早的一篇虚构作品。故事写得一般，没怎么表现出路易斯成熟期的风格或宏大的想象力。它是个寓言，全篇不足两千字，是在他接受基督教之前写的。故事的基本情节讲的是一个生来瞎眼的人后来复明了，复明后他希望看见光，但没能认识到，光并非可见之物，而是使看见得以可能的事物。光并非我们看见的事物，而是我们**借之**得以看见事物的事物。

对路易斯来说，人类思维有赖于"宇宙性的逻各斯"，它本身是看不见或不可解的，甚至是不能被看见或被理解的；但无论如何，它却是人类得以看见或理解的必要条件。这一思想可以做柏拉图式的阐释。然而，那些浸润在柏拉图传统中的早期的基督徒作家——如希波的奥古斯丁（Augustine of Hippo，354～430）——却能够表明，上述思想很容易被纳入基督教的思维方式，因为上帝可以被理解为照亮现实、并使人类能够辨识现实之特征的那一位。

路易斯在学习英国文学期间发展的第二份友谊，是和内维尔·科格希尔之间的友情。他是一个爱尔兰学生，也在第一次世界大战中服过役。他先是在艾克塞特学院获得了历史学学位，而后再选择学英语专业。跟路易斯一样，他也试图在一年之内完成整个课程。他们的第一次会面是在乔治·戈登教授主持的一次讨论会上，两人很快就开始互相欣赏对方对所学文本的洞见。科格希尔回忆说，当时那种文本阅读是"接连不断的对于发现的陶醉"，[56]引导他们进入探讨和争论，而讨论时他们的足迹已踏遍牛津郡的乡间。科格希尔对路易斯后期思想的形成起了重要作用。

一年漫长而紧张的学习，终于在 1923 年 6 月告一段落。路易斯去参加期末考试了。这几天的日记中透露出一股挫败感：他的表现没有自己预期的那么好。他去修剪草坪以平复内心。口试定于 7 月 10 日。

那天,路易斯身着"暗黑考试袍"(sub fusc)——黑礼袍、黑西装,外加白领结——与其他候选者一起整装赴考。考官刷掉了一批人,只留下六位。他们要对这六位就其考卷上的答案进一步追问。路易斯列在这留下的名单之中,准备接受那很可能是一场让人难熬的口试。

两个多小时过后,路易斯终于要面对考官了。考官就他的答卷提出一些相关问题。在一道题中他用了"little-est"这个词。他该如何说明自己使用这个怪词的理由?路易斯眼皮都不眨一下,立刻给出了回答。这个词可以在塞缪尔·泰勒·柯勒律治(Samuel Taylor Coleridge)和托马斯·普尔(Thomas Poole)之间的通信中找到。[57]他确定自己对德莱顿(Dryden)不算太苛刻吗?路易斯认为不苛刻,并向考官说明了理由。不到三分钟,路易斯就被打发走了。口试结束了。路易斯离开考场,回到家中。他还有别的事情要操心——比方说,赚钱。那一年夏天剩下的时光,他同意去做高级中学文凭的考官,为几百份大多写得相当没趣的中学生作文打分,与此同时,摩尔太太则靠接待付费的房客来贴补家用。

P105

7月16日,考试结果公布了。九十个参加考试的学生中只有六位获得一等荣誉称号,其中包括:

N. J. A. 科格希尔(艾克塞特学院);以及
C. S. 路易斯(大学学院)。

路易斯至此便获得了"三个一等"(Triple First),这在牛津是少有的荣誉。然而,路易斯的求职前景依旧渺茫。他的资历、学识都绰绰有余,可是正如他后来对父亲所说的那样,他依旧是个"天涯浪人,无业游民"[58]——经济萧条此时正步步紧逼西方世界大部分地区,眼目所及,颇为荒凉。路易斯四处寻觅,拼命寻找可辅导的学生或可写的报刊文章。他需要钱。

那么,大学学院此时为什么不设立一个自己的英语导师职位呢?毕竟,该学院早在1896年就已任命恩斯特·德·塞林库尔特为英语讲师了,在当时是牛津大学的首例。[59]不过,塞林库尔特从未被任命为学院的导师，他最终也在 1908 年被调到了伯明翰大学，赴任新设立的英语系主任之职。第一次世界大战之后，越来越多的学生希望学习这门学科。不过，或许更重要的是，大学学院眼前就有一个路易斯，以他的卓越才能，胜任英语导师这份工作绰绰有余。

那么为什么大学学院当时不聘英语导师呢？答案可以从已故校友罗伯特·麦诺斯遗赠给学院的一笔款项中找到。[60] 麦诺斯曾是一名成功的律师，他留给学院一笔经费，要资助学院"从事社会科学的研究和教学"的教职员工。资金最终在 1920 年发放到学院，并且 1924 年达成决议，设立一个经济学与政治学教师职位。对教师职位做这点小小的拓展，已经是学院所能应付的极限了。直到 1949 年彼得·贝利被任命为英语学科的教师之前，该职位在学院一直没有存在过。

路易斯想在牛津另找一份工作的指望时起时落。圣约翰学院要一个哲学方向的导师。路易斯起先抱有希望，但最终又一无所获。到了 1924 年 5 月，路易斯仍处于无业状态，靠打零工的收入维持生计。他写信对父亲说，自己把开销缩减到维持基本生存的水平了。他希望在三一学院获得研究员职位，但这个希望很可能又要破灭了，正如前几次一样。

接下来，命运终于垂青。1923 年 4 月，雷吉纳德·马坎辞去了大学学院院长一职，由迈克尔·赛德勒爵士继任。[61] 赛德勒在 1923 年夏看过路易斯的答卷，对其颇为赞赏，曾将他推荐给多位文学同仁做备用审稿人。1924 年 5 月 11 日，路易斯写信给父亲，语气颇有点激动。他在大学学院的前哲学导师埃德加·加瑞特，要到密歇根的安娜堡执教一年。学院需要一名临时的代课老师。赛德勒将这份工作给了他，薪水二百英镑。路易斯承认这份薪水的确不高，但聊胜于无。他必须先在前导师法卡尔森手下工作。但随着时间的推移事情或有转机。另外，若是他得到了三一学院的教职，他还会获准辞去大学学院的这个职位。[62]

三一学院看好路易斯。教职员曾请他赴晚餐——这是牛津的一个传统：若他们要认真考虑有潜力的候选人，就用这种方式让全体教职员对其进行评估。可是，他们最后还是更看好另外一个候选人。路易斯再次出局。不过这次他有退路。

　　路易斯现在有了一份工作，尽管就他最深处的期盼而言，不尽如意。他被迫去教哲学，而他真正想当的是诗人。叙事诗《戴默》才是他生命中的激情所在，也是他有可能建立声望的基础。但事态的发展却表明，路易斯当诗人的愿望受挫了，为了生计，他被迫成了哲学教师。路易斯倒不是唯一一个遭此境遇的诗人。T. S. 艾略特（T. S. Eliot，1888～1965）——路易斯相当憎恶他的诗——也曾一边在伦敦劳埃德银行的"殖民地与海外部"工作，一边写诗。

　　因为这份反感，路易斯后来给年长于他的艾略特来了个恶作剧。那时艾略特是《新标准》（New Criterion）杂志的主编。1926 年 6 月，路易斯突发奇想，要寄一组模仿艾略特风格的恶搞诗歌给该杂志，希望这组仿作能够被采纳发表。路易斯的合谋者亨利·约科，想出了这么一句十分高超的开头："我的灵魂是一面无窗的外墙"（My soul is a windowless façade）。[63]不幸的是，路易斯接下来只诌出了一行，结果还露了馅，因为提到了马齐斯·德·萨德（Marquis de Sade）。最终，这场恶作剧不了了之。

　　写诗尽管对路易斯的就业前景无甚助益，但毕竟舒缓了他的紧张情绪。路易斯的诗《戴默》发表于 1926 年，是从他早年的一篇散文改写过来的诗作。它没有带来什么收入，评论界的赞誉也不多。说实在的，它的失败标志着路易斯意欲成为令人瞩目的诗人——无论是英格兰诗人抑或爱尔兰诗人——的梦想破灭了，这么讲似乎并不为过。路易斯本来有可能在诗歌上成为爱尔兰的一个代表性声音，可是他早期在牛津的经历却让他认识到，爱尔兰诗歌的魅力并不具有普世性。他时常疑惑，叶芝（W. B. Yeats）在牛津的文学圈子中为什么没有得到更多青睐呢？路易斯曾说，"也许是因为，他的魅力纯粹只属于爱尔兰。"[64]但路易斯也明白：他自己的声音并不算"爱尔兰"。他是个无神论者——更确切地说，是一个北爱尔兰新教的无神论者。这一点与作为"爱尔兰人"所引发的浓厚的天主教联想并不吻合。不管怎样，他毕竟在少年时期就离开爱尔兰前往英格兰，为换取英式教育卖掉了他的长子权（他的批评者们如是说）。最后，路易斯也并没有特别为爱尔兰所关心的主题动笔。他的偏爱很明显在于古典的和普世性的主题，这些都不是宣称自己是爱尔兰诗人的人所信奉的传统。路易斯作品中的声音可能会受到爱尔兰家乡的影响，但他从未明确谈及这类渊源。

在阅读《戴默》的时候，我感觉自己会时不时因某些单词或诗句中所表现出的优雅文辞和敏锐哲思而兴奋不已，只不过这样愉悦的时刻只是偶尔有之，也不规律，并且诗歌的整体与其局部之间似乎并不相称。偶然的精彩片段并没能持续到底，反而被大片暗淡、平庸的诗行淹没了。《戴默》作为一部诗作，委实是不成功的。欧文·巴菲尔德的一位朋友评论道："韵律的水准不错，词汇也丰富；但作为诗，没有一行可取。"[65]

我们不清楚路易斯终究是在何时接受这个事实，即自己永远不会以诗人扬名了。但他仍继续以写诗自娱，也以此作为理清自己思路的方式。不过，《戴默》在 1926 年问世之际即告失败这一事实，似乎并没有引发任何身份危机或自信心的丧失。他只是重新定位，要做一名散文作家。吊诡的是，《戴默》倒是说明了为何路易斯会在另一方面获得赞誉和名声——他有办法让散文带上诗意的视像和色彩，让精心编织的语汇在记忆中常驻不衰，因为这些语汇都能深深激发想象力。那些与优秀诗歌相关联的品质——比如对字词声音的欣赏，丰富而引发联想的类比与意象，活泼的描写，丰沛的抒情——这些都能在路易斯的散文中找到。

莫德林学院的教职

1924～1925 整个学年，路易斯都在大学学院教本科生哲学，同时也开哲学方面的讲座。他几乎被工作压垮了。1924 年 8 月 3 日至 1925 年 2 月 5 日期间，他没有写一篇日记。他给本科生开了十六场讲座，讲题是"善在诸种价值中的地位"。第一场讲座在大学学院，那天是 10 月 14 日星期二，听众只有四人。（他有一个很强劲的竞争对手 H. A. 普里查德，而且大学的讲座清单又给错了信息，地点完全不对，看到的人以为路易斯的讲座是在彭布罗克学院举行）。[66]

除了上述任务，路易斯还给学院的学生辅导哲学。为了增加收入，他又去兼职——大多是批改学科考试卷。然而忙碌并不能确保他免于失业，前景越来越不乐观。他目前的职位是临时的，而该学年即将结束。从 1925 年夏天开始，他又要失业了。就在这时，路易斯听到了一则事后看来翻转了他人生的消息。

P109

1925 年 4 月，莫德林学院公布说，他们要选聘一名英语方向的导师。"英语专业正式教师与导师职位"这一布告详细指明，求职者若要成功入选，他必须——

为全学院所有就读英国语言文学荣誉学科的本科生担任导师，给予指导；代表学院为英语优等成绩学位课开办跨学院讲座；同时为可能就读英国文学及格级别学位课的任何本科生指导课业。[67]

路易斯已经为莫德林学院所认识，也被他们明确视为符合教师知识水准要求的人选。可是，他有些郁郁寡欢，告诉父亲他的希望不大。[68]他自己的英语导师——弗兰克·威尔森——据说也是其中一名候选人。这也反映了一个事实：莫德林的资源远比牛津大多数学院丰富。与威尔森出众的经验相比，路易斯是不可能有机会的。不过，他也看到了这朵乌云周边一道朦胧的银环：倘若威尔森得到这份工作，他就要放弃大学学院和艾克塞特学院的学生。如果这些学生还必须有人来教，那么这个人为什么不能是路易斯呢？

接下来，一个意想不到的变化又让他有了希望。威尔森不是候选人了！路易斯颇为振奋，大着胆子给威尔森和英国文学的教授乔治·戈登各写了封信，请他们为自己申请莫德林院士职位写推荐信。两位都婉拒了，因为他们已经答应推荐内维尔·科格希尔。他们还告诉他，他们两位都没意识到路易斯会对英国文学感兴趣，都以为他要寻找的是哲学方向的位置。他们都感到非常抱歉，但已经承诺要支持科格希尔了。

P110

4.5 1910 年冬雪中的牛津莫德林学院塔楼。

路易斯失望透顶。要让莫德林认真考虑他，威尔森和戈登的支持实在是至关重要。少了他们的支撑，他的希望就非常渺茫了。这件事"足以让任何一个人绝望"，他跟父亲说。接着，又发生了第二件意想不到的事：内维尔·科格希尔自己的学院——艾克塞特学院——给他提供教职了。科格希尔立刻退出了莫德林的竞争，威尔森和戈登两位于是保证，会全力支持路易斯。莫德林将候选人名单拿给英国文学教授戈登，征求他的意见，戈登明确表态，他认为路易斯是最佳人选。

接下来，莫德林就遵照那个悠久的传统，邀请被看好的候选人共进晚餐，好让全体教师进行评估。路易斯向他的同事法卡尔森询问莫德林的着装要求。法卡尔森自信又笃定地告诉路易斯一个错误信息：莫德林对这种场合的要求极其正式，路易斯应该打白领带，穿燕尾服。

路易斯打扮得极其正式，按时出现了。可让他尴尬的是，在场的其他人都穿戴得随意得多，不过是普通礼服和黑领带。虽然这一身装扮不合时宜，路易斯还是给大家留下了很好的印象。他听到传言说，只剩下两个会被认真考虑：他是其中一位。另一位是约翰·布莱森，也是个爱尔兰人。

接下来的那个星期六，路易斯碰巧在街上遇到了莫德林的院长赫伯特·沃伦爵士，彼此交谈了几句。到了周一，沃伦写信给路易斯，要求第二天上午见一面。沃伦明确告诉他，这次会面"十分重要"。路易斯有点焦虑：出什么差错了吗？他们发现了他什么事，又让他的机会泡汤了？

路易斯惴惴不安地来到院长在莫德林的住所。沃伦通知他，第二天早上要进行遴选工作。路易斯是他们的首选，所以他希望核实，路易斯是否充分明白他作为教师的义务和责任。最重要的是，他要确保路易斯除了教英语，也愿意教哲学。路易斯大大舒了一口气，向院长保证，他本意正是如此。沃伦向他示意会面结束了，并叫路易斯记得第二天下午要在大学学院等着，会有人电话跟他联系。

电话如期而至。路易斯抄近路赶到莫德林，沃伦告诉他，他入选了，工资是五百英镑，学院提供住房、餐贴和生活津贴。合约先签五年，倘若一切顺利，会与他续约。[69]路易斯冲到邮局给父亲发了一封电报："入选莫德林教职。杰克。"一篇更完整的告示出现在 5 月 22 日的《伦敦时报》上：

莫德林学院院长与全体教师选聘克莱夫·斯塔普斯·路易斯（大学学院文学硕士）为学院正式研究员，担任英国语言与文学导师一职，聘期五年，从 6 月 15 日算起。

路易斯先生最初就读于莫尔文中学。1915 年获得大学学院古典学奖学金；1920 年（兵役结束之后）古典学科考试成绩一等；1921 年大学校长奖最优英语论文；1922 年人文学科成绩一等；1923 年英国语言文学优等成绩学位课成绩一等。[70]

P112

路易斯不再需要依赖父亲的支持了。他的生活似乎一下子稳定了下来。他感谢父亲整整六年来的"慷慨资助"，对他没有抱怨，反倒总是鼓励。路易斯如愿以偿，他终于成为牛津大学教师（Oxford don）了。

第5章
教职、家庭与友谊:
莫德林学院的早年生活
【1927～1930】

    牛津的莫德林学院建于1458年,创建者威廉·维恩夫里特是温切斯特的主教兼英格兰大法官。他担任主教的这片教区比较富有,本人又无至亲,因此就将捐建莫德林学院当成他自己的事业。在二十年的时间内,维恩夫里特为他的新学院增添了大批建筑,筹集了大量资金。当维恩夫里特在1480年起草莫德林第一份章程时,学院已经富裕到能支持四十位教职员、三十位学者,还有一个教堂唱诗班了。牛津或剑桥很少有学院能奢望获得这么雄厚的捐资。当路易斯接受他的教职时,莫德林仍被公认为是与圣约翰学院并列的牛津最富有的学院。

教职: 莫德林学院

    路易斯被正式接纳为莫德林教职员的仪式,是在1925年8月举行的。全院教职员工都按照古老的传统,相聚一堂,见证路易斯的加入。路易斯按照要求,跪在院长跟前,有人向他诵读一段很长的拉丁文。读完之后,院长扶他起来,对他说了下面这句话:"愿你喜乐"。这时候,路易斯笨拙地被他的长袍绊了一跤,有点破坏了这个场合的隆重气氛。

幸好，他很快从尴尬中恢复过来，绕着房间徐行一周，以便在场的每一个人都能亲自向他表达"喜乐"（joy）的祝愿，虽然他真希望这些人都不在场。[1] 鉴于"喜乐"一词对路易斯的重要性，或许读者可稍作停留，思考一下这个仪式中不断重复的字眼。

路易斯真正开始这份教职是在 10 月 1 日。他先回贝尔法斯特与父亲住了两个多星期，回到牛津后就搬入莫德林"新楼"（New Building，1733）中的一处套房。"新楼"是一栋 18 世纪帕拉迪奥风格的建筑，原本是要作为一个新四方院的北楼，但最终一直保持着作为独栋独楼的雄伟壮丽。路易斯被安排在 3 号楼道的 3 号房，是一间套房，含有一个卧室和两个起居室。较大的那个起居室朝北，俯瞰莫德林林苑，也就是学院鹿群的苑囿。卧室和稍小的起居室朝南，可以让路易斯将通往学院主楼和那座著名塔楼前的草坪尽收眼底。可以毫不夸张地说，路易斯拥有了一处全牛津最美丽的景观。

这个时期莫德林学院的个性是由赫伯特·沃伦爵士（Sir Herbert Warren）塑造的——他被教员们亲切地称为"黑桑伯"（Sambo）。他在 1885 年三十二岁时就被选为学院的院长，直到 1928 年才退休。在长达四十三年的院长任期内，他按照自己的想法型塑了这个学院。沃伦为莫德林树立的学术文化，最显著的特征之一或许就是莫德林那"近乎夸张的同事关系和团体生活"。[2] 教职员工被极力鼓励要一起共进午餐和晚餐。住在学院里的单身教师——比如路易斯这样的人——连早餐也要在一起吃。[3] 路易斯已经成为这学者团体中的一员了。

P115

虽然有些学院允许他们的教师在各人房间独自享用午餐或晚餐，沃伦则坚持教工们必须一同用膳，他将此看作培养学院的共同身份和强化其社会等级的一个方式。在学院晚餐会上，教师们都被要求穿长袍，从教师交谊厅按照辈分次序鱼贯进入餐厅。他们在高桌旁的座位同样依照辈分资历分配，彼此不得随意以名字互称。教师们都用姓氏或头衔称呼对方——如"副院长先生""资深教师""科学导师"等。[4]

此时的牛津大学，社交和学术体制尽管复杂，却有海量的酒精帮助其运转。莫德林或许可算牛津最嗜酒的学院之一，住在学院里的教师

5.1 莫德林学院院长和教师们，摄于 1928 年 7 月。拍摄该照片是为纪念赫伯特·沃伦爵士（前排中）从院长位置上退休。C.S. 路易斯站在后排，靠沃伦右边。

们经常喝得酩酊大醉。在 1924 至 1925 年间，莫德林的教师交谊厅凭借出售两万四千瓶波特酒凑足了四千英镑，付清了一笔债务。[5] 教师们互相打赌时，都会以干红葡萄酒或波特酒的箱数而非现金做赌资。有一回，有人看到教师交谊厅的仆役长托着一个银盘，里面摆满了白兰地、雪茄，在上午十一点穿过学院的回廊。当被问到要干什么时，仆役长回答，他是去给一位教员送早餐。路易斯在自己的房间里也存着一桶啤酒，用来招待同事和学生。不过，他似乎已经戒掉了战前酗酒的习惯。

沃伦院长要求同事必须彼此合作，这个观念让路易斯每周的生活变得很有规律。到了 1927 年 1 月，路易斯已经养成他自己一套完善的日常工作模式。不是主学期的时候，他会住在黑丁顿的希尔斯伯罗，乘公交到学院，在那里工作一天，午餐也在学院吃。主学期期间，路易斯就在学院过夜，没有课或没有行政事务的下午，他就坐公交回家和"家人"共度午后时光，傍晚时分再回莫德林，和同事们共进晚餐。

路易斯作为正式导师制教师，薪水是每年五百英镑。这是一份颇为丰厚的薪资，在学院的教师中可算是名列前茅了。倘若路易斯是通过考试竞选成为教师的，他便只能享受上述份额一半的工资。[6] 不过，路易斯很快就发现，莫德林学院的日常开销比他预期的要高得多。首先，他的房间既无家具也无地毯。路易斯在房间里找到的两样——也是仅有的两样——现成的摆设，是卧室里的一个洗漱台和小会客室里的一块小油毡。他得完全靠自己的薪水把房间布置起来。到最后，路易斯花了九十英镑——在当时是一笔相当可观的数目——购置地毯、桌椅、床、窗帘、煤炭箱，以及火炉用具。尽管路易斯尽一切可能精打细算，买的都是二手货，这依旧是一笔非常大的开销，而且是在预算之外的。[7]

不仅如此，路易斯还会定期从学院财务办公室那里收到一份要求他支付杂费的账目清单，叫"Battels"，该词是一个牛津暗语，指的是在学院内发生的各项吃喝费用。路易斯在日记中透露，当摩尔太太发现他的收入远低于他促使她预期的数目时，她大为不悦。路易斯与学院的院内财务主管詹姆斯·汤普森进行了几次颇为尴尬的交谈，他终于

5.2 莫德林学院的"新楼"，约摄于 1925 年。

认识到，扣除花费以后，他实际能拿回家的工资是每年三百六十英镑。[8]除此之外，还要支付所得税。

路易斯的日记在 1925 年 9 月 5 日留下长长的一篇之后便中断了，直到 1926 年 4 月 27 日才又续下去。个中缘由并不难猜测。路易斯正在适应新的生活方式，有新同事要见，有新制度需要他了解其中的运作，有新的讲座课程要准备，还有导师的个别指导课要上。他在哲学方向的导师指导工作无甚难度，也无甚趣味。莫德林的哲学教师哈里·威尔登习惯于将比较乏味、比较没能力的学生丢给路易斯，却把最优秀的学生留给自己。但路易斯的工作还包含开英国文学方面的讲座及导师辅导课，外加给从事研究的学生讲授文本批评。这段时间在莫德林攻读英语的学生还相当少，因此要求交学费。但路易斯还被要求在英国文学方面开一门跨学院的新课程，这项任务他觉得十分艰巨。

路易斯以导师个别辅导的方式教莫德林的本科生（其他学院的学生另外安排）。这种教学方式是牛津、剑桥这两所英国"古老大学"的特色，通常是一个学生将他写的一篇文章读给导师听，然后老师与其进行讨论并进行评点。路易斯很快就获得一个既严厉又苛刻的导师的名声，当然，随着时间的推移，他也慢慢柔和了起来。20 世纪 30 年代一般被认为是路易斯在牛津教学的黄金时代，因为这时候他的讲座和个别辅导技巧都达到了炉火纯青的地步。[9]

不过话说回来，路易斯早年的教师生涯突显出的还是他的没耐性，对于像约翰·本雅明（John Betjeman，1906～1984）这样既懒惰又缺乏洞察力的学生，他往往颇不耐烦。有不少学生似乎都把牛津看作中学时光的延续，他们酗酒，作风下流，行为懒散。作家 P. G. 伍德豪斯（P. G. Wodehouse，1881～1975）将他极受欢迎（但同样懒散、迟钝）的角色波第·伍斯特（《贵妇人闺房》杂志中《衣着考究的男人穿什么》的作者），塑造成一个在路易斯来莫德林之前的本科生，这一设计绝非巧合。

5.3 能够找得到的阿尔伯特·路易斯的最后一张照片,摄于 1928 年。

家庭变故：阿尔伯特·路易斯离世

1908 年路易斯母亲的去世，标志着路易斯生命中的一个转折点。路易斯十分崇拜自己的母亲，母亲是他生命中的锚和基石。我们也看到，对于父亲，他既鄙视又欺瞒。1929 年 7 月 26 日，一张 X 光片引起了阿尔伯特·路易斯的医生的关注，路易斯的父亲在随身携带的小本子上写下这么一句话："结果相当令人不安。"[10] 1929 年 9 月初，阿尔伯特·路易斯住进了位于贝尔法斯特上弦月 7 号的疗养院。探查手术表明他已患上癌症，尽管并未严重到需立刻采取行动的地步。

路易斯 8 月 11 日赶回贝尔法斯特陪伴父亲。这件事让路易斯颇觉无聊。他写信给好友欧文·巴菲尔德，直言对父亲的负面感受，言辞直白得有点令人不安："我现在正伺候在一个几乎无甚痛苦的病人的床边，我对此人没多少感情，与他多年来的交往带给我的是诸多不适和不快。"[11] 尽管他对父亲没有感情，但也觉得父亲日益恶化的病情让他支撑不住。他在想，若是他真正爱的人病危，他伺候在床前，情形又将如何？

等到路易斯觉得父亲的状况已经足够稳定了，便在 9 月 21 日回牛津去了。[12] 他没有意愿要跟父亲长久待在一起，而且当时似乎也没那个必要。他在牛津还有工作要做，要为新学年的开学做准备。这一决定可以理解，但却证明是个错误的判断。两天之后，他父亲就昏迷了，之后出现明显的脑出血，随即便去世了。死因可能还不是由于癌症本身，而是手术带来的并发症。路易斯一得到通知说父亲病情恶化，就急忙从牛津赶回贝尔法斯特，但还是迟了。阿尔伯特·路易斯于 1929 年 9 月 25 日星期三，一个人在疗养院里溘然长逝，两个儿子都不在身旁。[13]

两家主要的城市报纸——《贝尔法斯特电讯报》和《贝尔法斯特时事通讯报》——都详尽刊登了阿尔伯特·路易斯的讣告，回顾他杰出的职业声誉和对文学的钟爱。沃尼在他父亲去世时不在场，这容易理解，毕竟，他在军中服役，驻地远在上海。他没有办法从远东及时赶回来。

虽然大多数人认为，路易斯和父亲尽管关系紧张，但他也算孝顺了；可还是有人认定，小儿子令这位德高望重的律师失望，他不仅做出离开爱尔兰这可悲的决定，雪上加霜的是，他没能在父亲生命的最后几小时陪伴在身边。

阿尔伯特·路易斯在经济上支持小儿子长达六年，贝尔法斯特有些人显然认为，他理应得到小儿子更好的对待。曾任邓德拉圣马可教堂——1929 年 9 月 27 日，阿尔伯特·路易斯的葬礼在这间教堂举行——助理牧师的柯南·约翰·巴里回忆说，贝尔法斯特某些圈子的人后来在提到 C. S. 路易斯的名字时，都有"某种心寒"的感觉，显然是由于他们对路易斯对待父亲的方式还存有某种挥之不去的怨恨。[14] 在贝尔法斯特，人们的记忆是很长久的。

毫无疑问，在路易斯余生的大部分日子里，他对父亲的死都感到既痛苦又内疚。他在信中多处流露了这种感受，尤其是 1954 年 3 月的一封信。信中，他以这样一句引人注目的句子开头："我对待我生身父亲的方式极端可恶，而今在我的整个人生中，似乎没有一桩罪比这桩更为严重的了。"[15] 有人对这一自责表示赞同，当然也有人觉得有点言过其实。

关于这件事，有必要放在贝尔法斯特当时的文化背景中来看，尤其是儿子辞别父母远走英格兰谋求发展的背景下。不过，路易斯倒不是自己选择去英格兰受教育；父亲为他做了这个决定，并由此为小儿子奠定了牛津职业生涯的基础。若是带着同理心读这段时期路易斯的信，不难看出，与其说路易斯对父亲缺乏感情，不如说他还是尽力孝顺父亲的。1929 年夏，路易斯与父亲一起整整待了六个星期，远离他"自己的家"，也没法为新学年的工作做什么准备。他需要回到牛津的家中，而且他也有理由相信，父亲已经脱离危险了。后来得知情况逆转，他也第一时间就赶回了爱尔兰。

在父亲葬礼期间，路易斯在贝尔法斯特短暂逗留，并做出了几项决定。虽然他父亲在遗嘱中安排两个儿子为遗嘱执行人兼仅有的受益人,但远在中国的沃尼由于客观原因不在场,所以路易斯必须代表两人行动,做出某些法律上的决议。最为关键的是,小郦苑不得不出售了,尽管这件事路易斯耽延许久。他先把园丁和女佣解雇了,只留下玛丽·卡伦看守空宅,直到宅子卖出为止——路易斯亲切地称玛丽为"隐多珥的女巫"(旧约扫罗王时代以色列国中一位会交鬼招魂的女巫,路易斯以此称呼玛丽,或许是指她看守空房,能与亡者的幽魂相见。见《撒母耳记上》28 章——译者注)。推迟售房的决定颇不明智,尤其是因为房子经过一个冬天会有所毁损,它的潜在售价也随之下跌。可是路易斯觉得他必须等哥哥回来,才好对如何处置房子里的东西做出最终决定。[16]

沃尼终于休假了,于 1930 年 4 月 16 日从上海回来,跟路易斯和摩尔太太一同住在牛津。小郦苑还没找到买主。路易斯和沃尼到贝尔法斯特去看父亲的坟,同时也是最后一次一同重游那负载着累累记忆的故居。兄弟俩发现,这趟故地重游让他们十分伤感,部分原因是看到了家宅败落的光景,还因为与家宅相连的记忆一去不返了。那房间中"极度的沉静"与"彻底的死寂"让他们哑然失语,[17]他们郑重其事地把儿时的玩具埋进了菜园。这是向童年进行一次悲哀而孤独的辞别,他们挥别了自己曾经构筑并住在其中的想象世界。最后,小郦苑在 1931 年 1 月以二千三百英镑的价格出售——很大程度上低于他们的预期。这是一个时代的结束。

阿尔伯特·路易斯: 余影犹存

路易斯与父亲的关系,在法律和经济意义上或许已经画上了句号。然而,有充分理由认为,当路易斯自己步入晚年的时候,他逐渐认识到,自己之前对年迈体衰的父亲的那种态度是可谴责的。路易斯以他特有的方式——写书——来为这件事做了情感上的交代。尽管《惊悦》可作为精神自传来阅读，满载路易斯对自己往事的回忆，以及对内心世界形成过程的追溯，但它同时也很清楚地扮演了另外一个角色：让路易斯与自己的往昔行为进行一次和平的了断。

1956 年，就在《惊悦》出版后不久，路易斯曾写过一封信给多姆·比德·格里弗思斯，信中思考了对一个个体生命来说，能够辨识生命中一些模式的重要性。"一步一步地阅读自我的生命，并观察模式逐步显现，这是我们这个时代一个莫大的启示。"[18]阅读路易斯的自传性反思时，若不将这一点牢记心中，那将会带来不少困难。对路易斯而言，叙述自己的故事，就等于是确认一种意义模式。这么做使他能够把握"大的画面"，辨识出一切事物背后的"宏大故事"，这样一来，他自己生活中的快照和故事便呈现出一份深层的意义。

不过，路易斯在这封信的另一句话里则揭示了更深一层的关注，他也明确看到这一深层关注的重大意义："将过去作为结构去理解，将过去作为过去，并从中解脱。"《惊悦》的细心读者会注意到，路易斯生命中有三个长期的事件，明显使他后半生的大部分时间陷入情感困境，但他在书中却略而不谈，或做边缘化处理了。

第一件，或许也是最著名的一件：他清楚表明，出于名誉考虑，他不得不对摩尔太太绝口不提，尽管她在他的个人历史中扮演了举足轻重的角色。他写道，"即使我可以随心所愿地讲述这个故事，我也怀疑它是否与我这本书的主题有什么关联。"[19]

《惊悦》中第二个引人注目的特点是，相对而言，它对第一次世界大战造成的痛苦和毁坏甚少涉及，而这场大战在知性上对众多人的思想和心灵都是一场浩劫。关于这一点，我们前面已经提请读者注意，它对理解路易斯作为学者和基督教护教家的成长历程颇为重要。尽管有人论证说，路易斯重拾宗教信仰，这一点可以在广义的心理分析叙事线索之内去理解，因为这条线索能够为路易斯的成长提供整体性解释。然而证据表明，这个结论站不住脚。真正的问题在于，对现代战争群体性屠杀的梦魇般的恐怖记忆，将上一代人固有的确定性、价值和理想全都摧毁了——而这正是 20 世纪 20 年代弥漫在英国文学中的主题。

《惊悦》中的第三股弦外之音，与 1929 年阿尔伯特·路易斯的离世

C.S. 路易斯
天赋奇才 勉为先知

C. S. LEWIS
—A LIFE: ECCENTRIC GENIUS RELUCTANT PROPHET

路易斯

P124

有关。路易斯明确表示,这件事"并没有真正进入故事"。[20]或许路易斯认为那不太相关,或许也因为太痛苦,不忍讨论。路易斯曾写过一篇文章叫《论饶恕》(On Forgiveness,1941),其中强调说,即使我们不相信自己是可饶恕的,我们仍需要接受自己已经蒙了饶恕这个事实。这里面有很多值得我们思考的内容!当他邀请听众来思考承认人性的缺陷这个问题时,路易斯举了几个需要不断祈求宽恕的惯性行为的例子,其中一例对所有认识路易斯的人来说都特别醒目:"不诚实的儿子"。"成为基督徒意味着宽恕那不可宽恕的,因为上帝也宽恕了你里面那不可宽恕的。"[21]

《裸颜》(Till We Have Faces,1956)——一般被认为是路易斯所写的最深刻的一部虚构作品——其中一个重要主题就是,按照我们本相认识自我的困难,以及这份认知最终所包含的深切痛苦。当我们阅读《惊悦》时,或许也应该把这一点铭记于心。若是路易斯在叙述自己的成长经历中压制了某些主题,这与其说是不诚实的表现,毋宁说表明了关于它们的回忆是多么痛苦。

阅读路易斯在他父亲去世那段时间写的书信时,有一点让读者尤其觉得蹊跷。路易斯在《惊悦》中告诉我们,他大约是在牛津的"1929年的三一学期"[22]——在他父亲去世之前至少三个月,甚或五个月——开始主动相信上帝。可是他在父亲去世这段时间所写的信中却没有一处——甚至在此后的六个月内也没有——提到信仰,或者谈及从信仰中获得的安慰。

路易斯没有怀着深厚的感情看待父亲,对他而言,父亲的离世似乎更像是一种释怀,而非创痛。然而,这段时间他对上帝之事的缄口不言不仅突兀,而且匪夷所思。这跟路易斯自己所列的悔改归信的年表,并不怎么吻合。是否父亲的死事实上引发了路易斯对上帝的探索,而非路易斯借信仰之光来阐释事情?是否有可能,父亲的死激发路易斯更深地质问人生,虽然未获解答,却想去寻求能让他满意的答案?关于这个问题,我们下一章还会讨论。我们会进一步考察这些事,探讨传统上对路易斯从无神论到基督教信仰之旅程的理解。

家人重聚： 沃尼移居牛津

1930 年,路易斯的家庭发生了重大变化。我们已经看到,随着 1929 年 9 月父亲的去世,路易斯两兄弟就成为小郇苑仅存的继承人了。1930 年 1 月,路易斯给远在上海的哥哥沃尼写信,他说把儿时的家放到市场上去卖,这是一件何等艰难和痛苦的事。沃尼想在房屋出售前再最后看它一眼。路易斯原想尽快把它卖了,但又意识到,房子若早卖出去,哥哥就不能回来做感伤的凭吊了。[23]

很显然,路易斯的脑海中又浮现出另外一种可能性:在牛津重建兄弟俩儿时共享的"小郇苑"中的"尽头小屋"。是否可以让沃尼退役之后搬来和路易斯一起住呢? 或许他可以使用路易斯在莫德林宿舍套间中的一间? 或者与摩尔太太合作,弄一套比希尔斯波罗更大的房子? 必须强调,摩尔太太显然积极支持后一种更为大胆的可能性,而这也是她那天生热情好客的性情带来的自然结果。沃尼将不是作为客人,而是作为整个家——他们的**家人**——中的一个成员和他们住在一起。

在向哥哥提议这种可能性的时候,路易斯特别强调了潜在的缺陷。他会忍受他们那寡淡的"烹饪"吗? 还有摩琳那时不时发作的"闷闷不乐"? 还有"明妥糖那乱七八糟的窝"? 不过,毋庸讳言,路易斯很希望沃尼融入他的家庭生活。"我已经确定选择这样做了,不会后悔了。我所希望的——非常希望的——就是你,在深思熟虑后,也能做出同样的选择,而且不后悔。"[24]

1930 年 5 月,沃尼做了两个决定。首先,他要编辑路易斯家族的文件,以此向父母致敬;其次,他要尽快搬入希尔斯波罗,和弟弟及弟弟的家人住在一起。就在沃尼做此决定的同时,另外一个设想也在酝酿之中——买一套新的、更大点的房子。到目前为止,路易斯和摩尔太太都是一起合租房子住。但路易斯的教职在经过了头五年后已经续聘了,他现在收入稳定,并且今后都能保证有定期收入。他和沃尼还可以期待在小郦苑售出后获得一笔可观的进项,沃尼还有些储蓄,而且摩尔太太从他去世的哥哥约翰·阿斯金斯医生那里也继承了一笔信托基金。如果把所有资金都凑起来,他们有能力买一处足够容纳所有人的房子。

　　1930 年 7 月 6 日,路易斯、沃尼和"家人"第一次去看"连窑"(The Kilns)。房子很不起眼,坐落在黑丁顿采石场的低洼处,靠近肖特弗山脚——路易斯很喜欢在这山上散步。宅地占地八英亩,房子需要扩建才能容纳四个人。可是合作购买这处产业的三方全都主动宣布说,自己对此处房产很满意,尽管需要做的工作有很多。房子的要价是三千五百英镑,经过协商降到三千三百英镑。沃尼以现款支付三百英镑定金,再贡献五百英镑做抵押。摩尔太太的受托人预付她一千五百英镑,路易斯自己加了一千英镑。[25]此后不久,另外两个房间就建起来了,预备给沃尼退役后居住。

　　房子的产权在摩尔太太名下,两兄弟各自拥有终身居住权。严格来说,连窑并非路易斯的家。他住在那儿,但并不拥有它。他拥有的是

5.4　1930 年夏天,C.S.路易斯、摩尔太太和沃尼在连窑家中。

他所需要的一切——一种能够让他和沃尼永久居住直到离世的"终身租住权"。1951 年 1 月摩尔太太离世的时候,房子的所有权被她的女儿摩琳继承,路易斯两兄弟仍继续拥有居住权直到亡故。[26](最后,在沃尼 1973 年去世时,全部产权都归给了摩琳。)

P127

连窑将在整合路易斯的生活方面扮演重要角色,尤其是为他哥哥提供了一个安稳的家。1933 年 10 月 22 日,沃尼搭乘 SS 奥托米顿号客轮离开上海,12 月 15 日到达利物浦城市港口,后再往南辗转抵达牛津。"这一切看起来简直好得令人难以置信!"路易斯在信中对哥哥如是说。"简直难以相信,当你在这儿才脱下鞋子,安顿下来一周左右,你就能对上帝说,求求你,'这一切就是为我预备的——就这样一辈子了。'"[27]沃尼最后从军中正式退役的日子是 12 月 20 日,尽管他还在待命的名单上。[28]兄弟俩的关系再续,不管好坏(绝大多数情况下是好的),都会对路易斯接下去的岁月产生至关重要的影响。[29]

不过,我们还需提及这段日子里冒出来的另外一份情谊,这对路易斯也十分重要,那就是他和 J. R. R. 托尔金日益加深的友情。

友谊： J. R. R. 托尔金

路易斯的教学任务不仅限于莫德林。他也是牛津大学英语语言与文学部的一员,开设英语文学方面的跨学院讲座——比如,"18 世纪浪漫主义运动的一些先驱"。他还参加学部的会议。这些会议的内容大多是对教学与行政安排的讨论,通常是下午茶过后的四点钟在默顿学院举行。默顿学院是牛津两名默顿英语教授的大本营,这些会议也常被称为"英国茶会"。[30]

路易斯第一次与 J. R. R. 托尔金见面,便是在 1926 年 5 月 11 日的一次"英国茶会"上——他是一位"面容光滑、白皙,侃侃而谈、身材瘦小的男子",[31]于一年前加入牛津英语学部,成为盎格鲁-撒克逊语言的罗

P128

5.5 J. R. R. 托尔金，摄于 20 世纪 70 年代默顿学院他自己的寓所。©比利特·波特(Billett Potter)，牛津。

林森与博斯沃思讲席教授。路易斯与托尔金很快就发现，他们要针对牛津的英语课程设置问题展开论战。托尔金坚持一种紧密围绕古代与中世纪英文文本的课程，要求掌握中古英语；路易斯则相信，教授英语的最佳方式是聚焦于杰弗里·乔叟(Geoffrey Chaucer，约 1343～1400)之后的英国文学。

托尔金已经准备好要捍卫自己那一方领地，便不辞辛苦，力倡学习被遗忘的语言。为了推展他的计划，他成立了一个学习小组，取名为"寇拜特"(*Kolbítar*)，培养对古冰岛语及其相关文学的欣赏。路易斯成为这小组的一个成员。[32]"寇拜特"这个奇怪的词来自冰岛语，原意是"咬煤人"(coal-biters)，是一个派生词，意指古代那些拒绝参与狩猎或打仗，宁愿呆在屋里，享受炉火带给他们保护和温暖的北欧人。路易斯解释说，该词——他坚持要将它读成"寇拜厄塔"(*Coal-béet-are*)[33]——指的是那些"亲密地围坐在火堆旁的老朋友们，他们靠炉火那么近，看上去仿佛要咬着煤了"。路易斯发现这个"小冰岛社团"极大地刺激了他的想象力，将他抛回到"一个关于北方天空与瓦尔基里音乐的无边无际的梦幻中"。[34]

路易斯和托尔金的关系，是路易斯个人生活和职业生涯中一段极为重要的关系。不管就文学兴趣还是一战战场上共同的经历而言，他们都有诸多共通之处。然而，路易斯在 1929 年末之前的信件或日记中，对托尔金只是一笔带过。两人关系渐深的证据，在那之后开始浮现。路易斯在给亚瑟·格雷夫斯的信中写道："有个星期一，我直到凌晨两点半还都没睡（跟盎格鲁-撒克逊语教授托尔金聊天，他跟我一道从一个社团回到学院，然后我们坐下来聊起诸神啊，巨人啊，仙宫啊，有三个钟头之久）。"[35]

路易斯那晚所说的话一定有什么打动了托尔金，让他把这个比自己更年青的人接纳为密友了。托尔金请路易斯朗读他自打到牛津后就一直在创作的一部长篇叙事诗，诗的题目叫《露西恩之歌》(*The Lay of Leithian*)。[36] 托尔金是牛津的资深学者，在语文学领域享有盛誉，但他自己却对神话怀有一份不为人知的、强烈的激情。现在，托尔金把这一自我密室的窗帘拉开了，邀请路易斯进入这一圣处。对于这位年纪较长的人来说，这不失为一种个人与职业上的冒险。

路易斯并不知道，托尔金这个时候需要一位"有批判力的朋友"，一位对他的作品既能表示鼓励又能提出批评，既能表达肯定又能提出修正的良师益友——最重要的是，他需要一个能迫使他把这部作品完成的人。托尔金也曾经有过这样的"有批判力的朋友"，他们是他的两位老同学——杰弗里·贝屈·史密斯和克里斯多夫·鲁克·维斯曼。[37] 可是，史密斯加入兰开斯特燧发枪手团，在索姆河战役中受伤牺牲了；维斯曼在 1926 年当上英国西南部郡陶顿城女王学院的校长之后，就与托尔金疏远了。托尔金是个很挑剔的完美主义者，他自己也心知肚明。他后来写的一个故事《尼格尔的叶子》(Leaf by Niggle)，说的就是一位画家要画一棵树，却永远都完不成，因为他想要不断扩充和完善自己的作品。这个故事，可看为托尔金对自己写作难产所做的带有自嘲意味的自我批评。他需要有个人帮助他克服这种完美主义。托尔金在路易斯身上找到了自己所需要的。

我们可以有把握地推想，当路易斯对那部诗作做出热切反应的时候，托尔金长长地舒了一口气。路易斯在给托尔金的信中写道："我可以很诚实地说，我已经有许多年不曾有过这样欢快的夜晚了。"[38] 因为下面还要关注其他事件，对于这个特定故事的讲述，我们不得不暂停。但可以毫不夸张地说，路易斯将要成为 20 世纪文学中一部伟大作品的首席助产士——这部作品就是托尔金的《指环王》。

然而在某种意义上，托尔金也将成为路易斯的助产士。有证据表明，路易斯重拾基督信仰道路上的最后障碍，是托尔金为他除去的——这个故事复杂且重要，需要单辟一章。

第6章
最不情愿的归信者：
一位纯粹基督徒的成长

今天，人们都将路易斯作为一位基督徒作家来纪念。可是若读一读他20世纪20年代早期的作品，其口吻却毫无疑问是无神论的。总的来说，他对宗教若非完全排斥，也是持激烈的批判态度，对基督教尤其如此。那么他的思想是如何转变的？又是因何而转变？这一章中，我们将思考路易斯缓慢的悔改归信过程——他先是在1930年夏天从早期的无神论转向对上帝一种坚定的知性信念，后来到了1932年夏天，最终明确地委身基督信仰。这个故事颇为复杂，值得我们详细道来，不仅因为它本身颇有意味，也因它提供了一条路径，让我们了解路易斯如何在文学研究与大众文化这两个迥异的领域中，作为一位基督徒发声而一举成名。

20世纪20年代英国的文学性宗教复兴

1930年，著名作家伊夫林·沃——其小说《卑贱的身体》(Vile Bodies)在当年早些时候曾被尊为"独一的超现代小说"——在文学圈内投下了一枚炸弹。他宣告自己已经成为天主教徒了。此事件如此出人意料，又意义重大，以至于它当即成为英国一家主要报纸《每日快报》的头版头条。报纸的编辑表示不解：一位以"近乎狂热追随超现代"而驰名的作家何以能够拥抱天主教信仰？随后的一周，报纸专栏充满了对这桩让人既诧异又困惑的事件进行的各种评论和反思。

不过，人们之所以在文化层面关注沃的信仰皈依，只能说部分原因在于他的名人地位，他是一位年青又当红的畅销讽刺小说家。当时有一长串信奉天主教的文学名家名单，沃是其中最新的成员——这名单包括 G. K. 切斯特顿（G. K. Chesterton，1874～1936），他是 1922 年归信的；格雷厄姆·格林（Graham Greene，1904～1991），他是 1926 年归信的。[1] 有人不禁纳闷：是否一场基督教的文学复兴正在酝酿之中。

在基督教复兴的这段简短而紧凑的日子中，归信基督教的文人并非都接受了天主教。1927 年，T. S. 艾略特——因其长诗《荒原》（The Waste Land，1922）而知名，该诗至今仍被公认为 20 世纪最优秀、讨论最多的一部诗作——归信了英国国教。虽然艾略特的归信并没有像沃那样成为报纸的头条新闻，但他作为诗人和批评家的巨大名声，必然使他的归信成为广泛讨论和争议的话题。艾略特在基督教中发现，人的自我之外存在一种有关秩序与恒定的原则，透过这条原则，他得以获得一个安稳有利的位置来应对这个世界。

大约四五年之后，路易斯成为了基督徒。像艾略特一样，他也选择成为英国国教的一员。可是当时没有任何人听说过路易斯，也没有任何人对这个变化给予任何重视——倘若说还有人注意到这个变化的话。我们必须认识到，路易斯在 1931 年几乎是完全不为人知的。他以克莱夫·汉密尔顿为笔名发表过两组诗，但无论就评论界反响还是商业收效而言都不算成功。路易斯声名鹊起，要等到 1940 年——这一年他出版了《痛苦的奥秘》（The Problem of Pain）。如今看来，这部作品可说是启动了他作为战时护教家的系列进程，他的名人地位也由此确立。如果说伊夫林·沃是因他小说家的盛名而引发人们对他宗教信仰的关注，那么，路易斯成名，则是因为他的作品有了信仰根基。

不过，路易斯还是可以被嵌入这一时期比较普遍的模式——文学界学者和作家**透过并因着他们的文学旨趣**而归信基督。路易斯对文学的热爱并非他归信的背景，而是与他的某个发现息息相关：他发现基督教在理性与想象力方面都具有魅力。这一点，路易斯在《惊悦》一书中通篇都有涉及。"一个年青人，他若希望坚持做一个彻底的无神论者，对所读的东西就不可太过仔细。陷阱随处都是。"[2]路易斯在阅读英国古典文学时，不得不直接面对作品所体现和表达出的思想和态度，并要对这些思想和态度进行评估。让路易斯懊恼的是，他开始意识到，那些植根于基督教世界观的作家，他们提供的似乎恰是最有弹性、最有说服力的"与现实的立约"。

在同一时期，有许多重要作家也正是通过思考文学问题而进入信仰。比如格雷厄姆·格林，他批评诸如弗吉尼亚·伍尔夫（Virginia Woolf，1882～1941）和 E. M. 福斯特（E. M. Forster，1879～1970）这类现代主义作家，认为他们创作的角色"像卡纸板做成的符号一般漫游，他们穿越的世界只有一层纸那样薄"。格林认为，他们的作品完全没有**现实感**。缺乏"宗教感"这一视野——他们明显如此——也就失去了任何"对人类行为的重要性的感知"。[3]伟大的文学有赖于对一个真实的世界充满激情的投入——对格林来说，这就要求在事物深层的秩序当中有一个根基，一个建立于上帝的本质和旨意上的根基。

伊夫林·沃也提出过十分相近的观点。离开上帝，作者无法为他的角色赋予现实与深度。"只有将你的人物角色变成纯粹的抽象概念，你才能将上帝剔除出去"。[4]好的小说靠的是对人性一种合理的叙述，而沃认为，这一点，反过来需要靠基督信仰中那份惊人的能量，是这能量赋予广义的世界与具体的人性以意义。基督信仰提供了一副透镜，将周遭扭曲的世界清晰聚焦，使他第一次对它有了一份恰当的了解。沃在 1949 年的一封信中，谈到了发现这种新的参与现实的方式带给他的欢乐：

> 归信就如跨过壁炉架，走出一个一切尽是荒诞漫画的镜中世界，进入上帝创造的那个真实世界；此后便开始无边探索的美妙历程。[5]

在路易斯对基督信仰不断增长的兴趣中，类似的关切似乎也在起着催化作用。在《惊悦》中，路易斯评价他在 20 年代早期就发现的一个事实：建基于基督信仰、由基督信仰所塑造的文学具有惊人的深度。现代主义作家如萧伯纳（Bernard Shaw，1856～1950）、H. G. 威尔斯"似乎都有点浅薄"；在"他们里面找不到深度"；他们都"太简单了"。在他们的作品中，"生命的粗粝与浓稠"无法得到足够的呈现。[6]

基督徒诗人乔治·赫伯特（George Herbert，1593～1633）则完全相反。在路易斯看来，他似乎能够"精妙地……传达出我们实际活出的生活所具有的最根本的品质"；然而，他不是"直接这么做"，而是透过路易斯当时称之为"基督教神话"的东西，"坚持不懈地进行调和"。[7] 在 20 年代早期，路易斯还不能下结论说基督教是真实的。不过，他已经逐渐把握了基督教对于认识世界和认识自我的潜在影响力。可是，他在那一阶段尚不能领会这句话的含义："我的生活理论与我作为一个读者的实际经历之间，有着荒唐的矛盾。"[8]

我们在此是否发现了一条寻获神圣的经典路径？这路径由布莱兹·帕斯卡尔（Blaise Pascal，1623～1662）在 17 世纪提出，人们至今印象深刻。对帕斯卡尔来说，没什么必要试图**说服**任何人相信宗教信仰是真的。他认为重要的是，要使人们在看到信仰所提供的丰富而令人满意的现实图景后，希望这信仰是真的。一旦这样的愿望植根到人类内心，人类的思想最终会追上心灵更深处的直觉。诗人赫伯特和托马斯·特莱赫恩（Thomas Traherne，1636～1674）并没有说服路易斯去相信上帝；反之，他们带领他思考——这信仰提供的是一幅有关人类生活的丰富、健康的图景，并促使他探问，这样的思考方式背后终究是否存在着某种可以言说的事物。

要将路易斯悔改归信的故事拼接起来，首先要探究的是一个内在世界的成长，但很遗憾，这个内在世界是无法透过公开查证而进入的。不过，关于路易斯内在成长的线索倒富富有余，只是需要把它们编织起来，构成一个合乎逻辑的整体。下面，我们将努力理解这个复杂而引人入胜的故事。

想象成为现实： 路易斯重新发现上帝

路易斯写于 20 世纪 30 年代早期的作品显示，他一直在寻找生命秩序中一条根本性的原则，古希腊哲学家可能称之为 *archē*——它不是人类的发明，而是事物之中更深的秩序。这个将现实统归于一的图景，可从何处寻得？

路易斯会被吸引去学习中世纪文学，其中一个原因是他感觉中世纪文学见证了一种对于事物之更宏伟计划的理解，而由于不久之前那场大战造成的创伤，这一宏伟计划在西方已然丧失。在路易斯看来，中世纪文化提供了一幅富于想象力的图景，呈现的是一套同归于一的宇宙秩序和世界秩序，恰如但丁的《神曲》这类诗作所表达的那样。有一幅关于现实的"大画面"，能够涵盖它精巧微妙的细节。路易斯说道，像《神曲》这样的作品，它宣示的是，"中世纪艺术已经达到了最高秩序上的统一，因为它将次一级细节最大的多样性都囊括在内了。"[9] 我们在此看到，这是一种对本质上是神学的观念所进行的文学表达——也就是说，有这样一种看待现实的方式，它能将现实拉到最为清晰的聚焦位置，从而把阴影照亮，让它内在的统一得以呈现。这种方式，对路易斯来说，就是"想象成为现实"——一种看待和"刻画"现实的方式，它能忠实于事物本来的样子。[10]

路易斯在这里的文学思考，也回应了他自己内心深处对于真理与意义的个人寻求。路易斯对中世纪最优秀文学的深爱在某种程度上反映了这一信念，即中世纪文学拾回了现代性所丧失的东西——这东西也是他自己渴望恢复的。第一次世界大战暴露了统一性与连续性的中断，这个中断能得到医治吗？还可能存在什么方式让事物复原归整吗？有什么办法能让他的理性和想象力调和呢？

逐渐地，七巧板的各个零散模块开始各就各位，最终在一个震撼人

P136

心的启示时刻清晰聚焦成像了。在《惊悦》中,路易斯用了一个棋盘的类比,展示他是如何一步一步被带向对于上帝的信仰。[11]当中没有一步是在逻辑或哲学上起决定性作用的;每一步最多只具有暗示意义。可是,这些步骤的力量虽不在于各自的重要性,却在于它们积聚起来的分量。路易斯描述这些,并非**他自己**在采取行动,而是有这些行动被采取来**对付他**。《惊悦》讲述的并非路易斯如何发现了上帝,而是上帝如何耐心地接近路易斯。

路易斯在《惊悦》中所描写的,不是一个逻辑推演的过程:有 A,因此有了 B,又因此有了 C。它更像一个结晶过程,忽然之间,那些到目前为止不相连、不相关的事物被纳入一套更为广大的计划中,而这套计划既肯定每一事物的有效性,又表明它们之间的彼此关联。每一部分都各就各位了。一旦事物能够以正确的方式被看待,理论与观察之间便呈现出根本上的和谐。

这就像一位科学家,面对众多似乎不相干的观测结果,一天半夜醒来,找到理论,可以解释它们了。(伟大的法国物理学家昂利·彭加莱曾经说过,"我们借逻辑来证明,借直觉来发现。"[12])也像一位文学侦探,面对一系列线索,当他让每一条线索都在一个更大的叙事框架内得以定位后,便认识到一定发生过什么情况了。无论哪种情形,我们都发现同样的模式——都有这样的认识:倘若这模式是真的,那么,其他的一切都会顺其自然,各就各位,无需强迫,无需勉为其难。但照其本质,它要求热爱真理者的首肯。路易斯发现自己不得不去接受一幅现实图景,而他实际上并不希望这图景是真的,当然更不会主动促使它成真。

任何人若要讲述路易斯悔改归信的故事,都必须尝试将他外在与内在世界发生的故事都讲述出来。路易斯在《惊悦》中就是把自己表达为这样一位讲述者。他讲的故事关乎两个迥然有别但也互相关联的世界:包含英格兰学校和牛津大学的外在世界,以及渴望"喜乐"、却被理性与想象之间的张力长久折磨的内在世界。

这一边是诗歌与神话之岛星罗棋布的海洋;那一边是诡辩而浅薄

的"理性主义"。我所爱的一切,我相信几乎都是想象性的;我相信是真实的一切,我觉得几乎都是既阴冷无情又了无意义的。[13]

不过,要想将路易斯内在世界发生的事件跟外在世界中的历史事件联系起来,并非总是易事。比如,外在世界中,路易斯从莫德林学院坐公交,上黑丁顿山,回到家中(以前是黑丁顿村,最近并入牛津城了)。而他的内在世界的经历是,用于防御上帝接近他的那套思想机制崩塌了;而他从来没想过要承认这位上帝,更不用说去遇见他了。[14]两种完全不同的旅程,交融在那趟公交途中。

阅读《惊悦》的一个主要问题在于,你很难为路易斯的变化绘制一幅地图,让它能恰当、准确地将路易斯的内心世界与外在世界的事件连接起来。路易斯自己对这两个世界之间关联的讲述,就其可证实性而言,也并非都是准确的。这一章会谈到,几乎可以肯定,他对于上帝的再发现不能从1929年的夏天追溯起,虽然路易斯自己在《惊悦》中是这么说的。事实上,应该追溯自1930年的春末或夏初。但是我们也不应质疑路易斯记忆中的主观现实。路易斯相当清楚自己的惯常思维是如何重整的,也清楚是什么导致了这场重整。困难在于重整发生的历史时间。[15]

信仰上帝的结晶过程看来相当长,最后在一个戏剧性的决志时刻达到顶点。他越来越清楚地认识到何为真实,他的抵抗再也维持不下去了。这不是他在寻找某一位,显然是某一位在寻找他。

路易斯在这里的说法,让人想起帕斯卡尔关于上帝观的一个著名的区分,即镇痛剂般的、寡淡超然的"哲学家的上帝"和烈火般的、又真又活的"亚伯拉罕、以撒和雅各的上帝"之间的区分。路易斯一直认为顶多是个抽象哲学概念的上帝,现今却被证明有自己的生命和意志:

P138

正如以西结在那骇人的平原中,枯干的骸骨一阵摇撼,骨与骨便互相联络(参见《以西结书》37：1-10——译者注),如今,一个在大脑中赏玩的哲学原理也开始萌动,喘息,抛去它的尸衣,昂然挺立起来,成为眼前活生生的存在者。我再也不可能继续玩哲学游戏了。[16]

　　仔细阅读一下路易斯的信件，可以进一步确认上面这段出现在《惊悦》中的话的含义——对于尚未被完全承认的神圣者，他前期已经有了一些涉猎。在 1920 年写给他在牛津的朋友利奥·贝克的一封信中，路易斯说他正在思考"物质的存在"这一哲学问题，当时得出这么一个结论："最不易遭反对的理论"就是，"要假定有某种神的存在"。或许，他自忖，这就是一个"恩典的记号"。他"停止了对天堂的挑战"。[17]这是否就是路易斯当时心里所想的"哲学游戏"？

　　《惊悦》中这段话的要点是，路易斯现在描绘的是一位果断的、主动的、正在寻找人的上帝，并非仅是思维的产物或哲学游戏。上帝正在叩击路易斯的思想与生命之门。现实逼到跟前，活泼有力、带有挑战性地要求他做出回应。"和颜悦色的不可知论者可以高高兴兴地谈论'人对于上帝的寻求'。而对于我，就当时的我而言，倒不如说是老鼠在寻求猫。"[18]

　　在《狮子、女巫和魔衣橱》中，有一个冲击力最强的视觉意象，那就是冰雪融化，它意味着女巫的魔力被破解，阿斯兰眼看就要回来了。路易斯在《惊悦》中，也用这个有力的意象来描写自己渐消渐退的对神圣降临的抵挡。对于自己的归信，他这样回顾道："我感觉自己仿佛一个雪人，终于要融化了。融化首先从我的后背开始——滴啊，滴啊，不久就流啊，流啊。我相当不喜欢那感觉。"[19]

　　路易斯 1916 年那份"与现实的立约"，正在他的周围一点点崩塌；他意识到，在那些联合起来向他进攻的超能力的光照中，他再也无法维持从前的思想防线了，"那完全无法与之达成协定的现实，逼到了我面前"。[20]路易斯在这里所表达的意思，往往很容易被忽略。"与现实立约"这个意象传达了思想上一种激烈又全面分隔的情形，将令人愁烦、躁动的思想关锁起来，使其不至于影响日常生活。我们看到，在对付那场大战造成的恐惧这件事上，路易斯采用的恰恰就是这个计策。现实要臣服于思想，思想就像一张网，抛掷到现实之上，罩住它，驯服它，剥夺它那让人震惊、征服人的能力。路易斯现在发现，他无法再让现实驯服了。就像一头老虎，它拒绝被人为的笼子拘禁。它挣脱了，让从前的捕获者手足无措。

路易斯终于俯伏在他如今认识到是无可逃避的那一位面前。"1929年的三一学期，我降服了，我承认上帝就是上帝，我跪下来祷告；或许，那天晚上，我是全英国最沮丧、最不情愿的归信者。"[21]路易斯现在相信上帝了；但他还不是基督徒。不过，路易斯告诉我们，作为对自己这一有神论信仰的公开表达，他开始上学院的教堂了，还成为当地教区教堂（即黑丁顿采石场的圣三一礼拜堂）的定期礼拜者。那里离他家不远。[22]

这一行为上的转变——路易斯认为，发生在1929年牛津的三一学期（即1929年4月28日至6月22日之间）——具有极其重大的意义，因为它使路易斯的内在世界和外在世界得以关联。路易斯思维方式的变化，带来了他公开的行为上的变化——这标志着他的习惯改变了，而且别人也看到了这种变化。

路易斯新近对礼拜堂的兴趣是出人意料的，此事在30年代早期的莫德林学院教师中间成了一个热门话题和兴奋点。1933年访问莫德林的美国哲学家保罗·艾尔默·摩尔后来写道，围绕路易斯上教堂的新习惯，学院内一时议论纷纷。[23]但是路易斯坚持认为，在这一阶段，那是"纯粹象征性的一时之举"，既没有表明、也没有促使他对基督信仰有特定的委身。[24]但那的确是标示着他转变为有神论者的日期。假若我们能够确定路易斯是什么时候开始上教堂的，那么我们就有了线索，能够发现他是什么时候开始相信上帝的。

P140

更为重要的是，路易斯开始以一种新方式看待自己了。"我转向有神论之后，最初的改变是，我大大减少了……长期以来对自己观点的进展以及自己思想状态的过分挑剔。"[25]决定与这一自恋式的内省决裂之后，便不可避免地产生一个实际效果：自从1927年3月中断记日记以后，路易斯从此便放弃了任何重续日记的念头。"即便有神论对我没起过别的什么作用，我还是要感谢它，因为它医治了我一个既浪费时间又愚蠢的习惯——记日记。"[26]

既然1927年以后路易斯就不再记日记了，他对此后事件的回忆就有点不太可靠。他自己在 1957 年也说,他现在"再也记不住日期了"。[27] 他的哥哥说得更绝对:路易斯"没有能力记住日期,他一辈子都这样"。[28]《惊悦》主要记述的是路易斯内在世界的变化,这些变化与外在世界发生的事件相关联——这关联间或有点松散、不确定。《惊悦》"主观得令人窒息",[29] 作为一部内省性的作品,它主要是针对路易斯内心世界里的思想和经历进行重整。

根据路易斯自己的表述,传统上将路易斯归信上帝的转折点设在 1929 年夏初。但这引发了一些令人困扰的问题。比如,假若路易斯真的大约在这个时候信上帝了,为什么在之后的数月时间里,也就是父亲去世的那段时间里,他在信中对此只字不提——不管这信仰处于怎样的萌芽状态?是否有可能,他父亲的死**反倒**起了这么个作用:这段时间所经历的情感风暴,激发他更深入地思考上帝?

在这部传记的准备过程中,我按照路易斯创作的顺序把他所有已出版的作品全都通读了一遍。我没有在他 1929 年的作品中发现任何相关迹象,这表明那一年他的内在生命没有发生过他所描述的那种戏剧性的变化。甚至,1930 年 1 月之前的所有作品,也没有任何一处暗示语调或节奏上的变化。不仅如此,路易斯已清楚表明,他皈依宗教的一个结果是去教会和学院的礼拜堂。但在他 1929 年的信件中,却完全不曾谈及这一重大又人人皆知的习惯上的改变。就算路易斯不大愿意显露自我,他也不至于在这段时期的写作中对 1929 年的归信经历只字不提。然而我们将看到,在他 1930 年的作品中,他却为我们讲述了一个完全不同的故事。

那么,路易斯在《惊悦》中所说的悔改归信的日期到底对不对呢?路易斯的记忆是否有可能在这点上出错呢?毫无疑问,路易斯回顾了他内心世界中的归信经历,也比较谨慎地描绘了它的表现形式。可是,这一点到底是如何与岁月中外在世界发生的事件相关联的呢?路易斯是否有可能弄错了?毕竟,在《惊悦》的叙事中还有其他时序上的错误出现。(例如,路易斯回忆他第一次读乔治·麦克唐纳的《幻想家》是在 1915 年 8 月,但事实上应该是 1916 年 3 月。)

由于这个问题很重要,有必要对其进行更深入的思考。

路易斯的归信日期： 重新考量

在《惊悦》中，我们已经看到，路易斯将他悔改归信的时刻追溯到
1929 年的三一学期。路易斯在此指的是牛津那为期八个星期的教学
周，从 1929 年的 4 月 28 日到 6 月 22 日。[30] 这个日期在迄今为止的每一
部重要的路易斯传记中都被接受了，而且不断重复。传统上，路易斯归
信基督教的年表，通常是从以下五方面标志性事件进行陈述的：

P142

1. 1929 年 4 月 28 日至 6 月 22 日：路易斯开始相信上帝。

2. 1931 年 9 月 19 日：与托尔金的一席谈话，引导路易斯认识到基
   督教是一个"真实的神话"。

3. 1931 年 9 月 28 日：路易斯在搭车前往维普斯奈德动物园
   (Whipsnade Zoo)的路上，开始相信基督的神性。

4. 1931 年 10 月 1 日：路易斯告诉亚瑟·格雷夫斯，他已经"越过"
   相信上帝，进而信仰基督了。

5. 1932 年 8 月 15 至 29 日：路易斯于这段时间在贝尔法斯特创作
   《天路回程》，描写了他通往上帝的思想之旅。

我不相信这个年表能够最好地解释第一手资料所包含的证据，所
以我提议做一个重要修正。路易斯的灵性旅程，依我的解释，应是比传
统上所相信的短了一年。我所提出的年表，是根据我对第一手资料的
详细解读整理出来的，如下所示：

1. 1930 年 3 月至 6 月：路易斯开始相信上帝。

2. 1931 年 9 月 19 日：与托尔金的一席谈话，引导路易斯认识到基
   督教是一个"真实的神话"。

3. 1931 年 9 月 28 日：路易斯在搭车前往维普斯奈德动物园的路上，开始相信基督的神性。

4. 1931 年 10 月 1 日：路易斯告诉亚瑟·格雷夫斯，他已经"越过"相信上帝，进而信仰基督了。

5. 1932 年 8 月 15 至 29 日：路易斯于这段时间在贝尔法斯特创作《天路回程》，描写了他通往上帝的思想之旅。

对于路易斯在宗教信仰与委身方面的变化所持的传统看法，我提出这一修订，依据在哪里？首先，让我们思考一下路易斯转向有神论的日期——也就是说，他是什么时候开始相信上帝的。自从 1929 年，也就是他父亲去世以来，他的作品中没有任何一处表明在这件事上他的心灵发生过变化。可是到了 1930 年，情况变了。只有两个人被允许得知这一个变化。

在 1931 年给亚瑟·格雷夫斯的一封信中，路易斯谈到他将认识的人划分为"一等"与"二等"朋友。他把欧文·巴菲尔德和格雷夫斯本人归入"一等"，把 J. R. R. 托尔金归入"二等"。[31] 倘若路易斯要告诉他圈中的任何人有关他生活中的新进展，那肯定是他的"一等"朋友：巴菲尔德和格雷夫斯。可是在他 1929 年与这两人的通信中，没有丝毫信息表明，他在那一年的任何节点上发生过什么重要事情。

然而到了 1930 年，情况却大不相同了。路易斯与巴菲尔德和格雷夫斯的通信开始指向一个重大的变化，这变化正对应了路易斯在《惊悦》中所描绘的那个转折点，它是发生在（或略早于）1930 年的三一学期——这比路易斯自己的记录大约晚一年。我们随后会查考路易斯的一封重要信件。他给这两位"一等"朋友各致信一封，署的日期都是 **1930** 年，而不是 **1929** 年。

首先来看看这封日期为 1930 年 2 月 3 日写给欧文·巴菲尔德的信。信很短，却具有浓厚的内省色彩。这封信里，路易斯先有一段简短的介绍，接着写了下面这段话：

有可怕的事情正在我身上发生。"灵"，或者说是"真我"，正以一种令人惊惧的趋势变得更加私人化，而且攻势甚猛，仿佛是上帝在行动。你最好最迟在星期一就来，不然的话，我可能要进修道院了。[32]

　　恰在此时，亨利·维尔德教授来看望路易斯，路易斯的思路因此中断。就像1797年"从坡洛克来的人"（Person from Porlock）打断了塞缪尔·泰勒·柯勒律治正在创作的长诗《忽必烈汗》（Kubla Khan）那样，维尔德也打断了路易斯，路易斯便没有再就这件事对巴菲尔德说些什么了。不过，他说的已经足够了。这正是路易斯后来在《惊悦》中描绘的新情况，尽管他把它定位在**1929年**的三一学期。对他而言，上帝变得真实起来，而且采取了攻势。路易斯感到，他就要被一股更大的力量击倒。他在《惊悦》中是这么说的：他正被"拖拽着通过那道门"。[33]

P144

　　路易斯对巴菲尔德所说的那几句话，一定预示着这场信仰上的转变。倘若它们指的是路易斯已经经历过的事，而这些话又是一年以后才说的，那这些话就没什么意义了。在1998年的一次采访中，巴菲尔德本人也明确表示，这封信对路易斯而言意义十分重大：它标志着"他归信的开端"。[34]可是，巴菲尔德的采访者基姆·基尔耐特却错误地把这封信的日期说成是1929年，从而把该信揉进了路易斯在《惊悦》中所设计的那个框架中——而这却罔顾了该信的日期是随后一年的事实。这封信恰好预示了路易斯描绘的与那摧枯拉朽、迫在眉睫的归信时刻相交汇的主题，而这时刻是**即将来临**的，而不是**已然过去**的。

　　第二封意重大的信，是1930年10月29日写给亚瑟·格雷夫斯的。前面已经提过，路易斯明确表白，他归信之后便开始参加在莫德林学院的小教堂举行的礼拜。他1929年或1930年上半年所有的信，都不曾提到他有规律地参加学院教堂礼拜这件事。可是，在1930年写给格雷夫斯的这封信中，他在很重要的一段中说，他现在"开始参加教堂早上八点的礼拜了"。[35]这也意味着，他上床睡觉的时间必须比往常早很多。很显然，他把这当作**新气象**来呈现，是他日常作息中一项重大转变。从1930～1931学年的开学初起，他的个人作息习惯便因此受到影响。

　　如果路易斯对于自己归信年份的记录是对的话，他应该是**1929年**

6.1 莫德林学院小教堂内部,约摄于1927年。C.S.路易斯从1930年10月开始定期在此做礼拜。

10 月就开始参加学院教堂礼拜了。但他那个时期的通信中，没有任何一处涉及这一习惯的改变。另外，1930 年 10 月的信中提到他上学院教堂参加礼拜的事，也清楚表明路易斯正开始做一件到**那时为止尚未成为他日常惯例的事**。如果路易斯真的是在 1929 年的三一学期就发生了信仰转变，为什么他要等一年多以后才开始参加学院教堂的礼拜呢？这就颇让人费解了。

传统上认定的路易斯归信的日期，看来需要重新推敲。倘若能接受路易斯在内心世界里对这一事件的主观定位，而视他对该事件的年份定位为一种错置，那么这些证据就会得到最好的解读。路易斯归信经历的性质或真实性是毋庸置疑的。问题在于，路易斯对该事件的外部定位——地点与时间——看来是不准确的。最好把他的归信理解为发生在 1930 年的三一学期，而不是 1929 年。1930 年的三一学期，从 4 月 27 日开始到 6 月 21 日结束。

然而，路易斯以此种方式重新发现上帝，他到达的只是一个歇脚处，并非最终的目的地。还有一个里程碑需要越过，他认为这一步十分重要——从对上帝泛泛的相信（通常称为"有神论"），到对基督信仰的特定委身。这一过程似乎相当漫长而复杂，并需要他人作"助产士"。当中有一些——比如乔治·赫伯特——是作为来自过去的鲜活的声音对路易斯说话。但另有一个特别的人则是在当下对路易斯说话。接下来，我们将讲述一个关于路易斯与 J. R. R. 托尔金之间彻夜长谈的故事，而这一夜长谈彻底改变了路易斯对基督信仰的看法。

与托尔金的彻夜长谈： 1931 年 9 月

在《惊悦》的最后一章，路易斯谈到自己从"纯粹而简单"的有神论到基督信仰的过渡，简短却颇吊人胃口。他煞费苦心要澄清的一点是，这场归信跟欲望或渴望没有任何关系。他在 1930 年三一学期向之降服的那位上帝，是"全然非人格的"。他完全不晓得"上帝和喜乐之间曾经有过或将来会有任何关联"。[36]路易斯向有神论的皈依就本质而言是理性的，与他长期着迷的"喜乐"没有关系。"当时完全没有任何一种欲望在场。"[37]就某方面而言，他向有神论的皈依是纯粹理性上的事情。

路易斯的道理可以这样理解：他先发制人地取缔了无神论者长期以来对信仰进行的夸张描述，即信仰无非是"实现愿望"。鉴于西格蒙·弗洛伊德(Sigmund Freud，1856～1939)在其著述中有经典的表述，这种观念具有一个可回溯到时光迷雾中的源远流长的知性血统。从这个观点看来，上帝是为生活中的失败者提供的安慰之梦，是无能者与匮乏者的精神拐杖。[38]路易斯与任何此类思想都势不两立。他坚持说，他可不希望上帝的存在是真有其事；他珍爱自己的独立远胜于希望上帝的存在。"一直以来，我最最想要的东西就是，别来'干涉'我。"[39]事实上，路易斯正面对一件他不**愿意**其为真的，却被迫承认确实**是**真的事情。

这位理性的上帝与路易斯所想象与渴望的世界以及拿撒勒人耶稣，都关联甚微。那么，路易斯是如何、又是何时建立起如他的成熟期作品所突显的那种更深的联系呢？简单的答案是：《惊悦》并没有真正告诉过我们。路易斯辩解说，从"纯粹有神论到基督信仰"这一灵性旅程的最后阶段，对于此，他现在是"知道最少的"，[40]并且他人也不能完全指望他去提供一个完整或准确的记述。

我们所能找到的是一些零散的思想和回忆的书面记录，留给读者的任务则是努力将这些思想和片段组合成一个前后连贯的整体。不过，从路易斯的信件中可以确知一件事：有一次漫长的谈话，对帮助路易斯从相信有神过渡到接受基督信仰起了至为关键的作用。鉴于其重要性，我们要对它进行一番详尽的思考。

1931年9月19日星期六，路易斯做东，在莫德林学院请雨果·戴森和J. R. R. 托尔金吃晚饭。戴森是附近里丁大学的英语讲师，[41]和托尔金早已相识，两人是艾克塞特学院的同学，一同攻读英语专业。那是一个静谧、温暖的夜晚。晚饭过后，他们沿着艾迪生小径漫步了很久。这条小径是学院校园内顺着谢维尔河蜿蜒向前的步行小道，他们一边散步一边讨论隐喻和神话的本质。

6.2　艾迪生小径,以曾在莫德林学院任教的约瑟夫·艾迪生的名字命名,摄于 1937 年。

后来,起风了,树叶飒飒地落在地上,仿佛雨点拍打的声音。三人于是回到路易斯的房间继续谈论。此时,话题已经转到了基督信仰方面。托尔金最后是在凌晨三点才告辞回家的。路易斯和戴森则继续又聊了一个小时。这个晚上与这两位同仁的交谈,对于路易斯的转变起了一个至关重要的作用。那阵风的意象,对他来说似乎暗示着上帝神秘的临在与行动。[42]

尽管路易斯当时已经不写日记了,但在那之后不久,他还是写了两封信给格雷夫斯,说到了那天晚上的事件以及它对自己思考宗教信仰的意义。[43]在他的第一封日期为 10 月 1 日的信中,路易斯告知格雷夫斯那天晚上讨论的结果,但没有说到内容：

我刚刚从相信上帝到明确地相信基督——相信基督教。争取下次跟你详细解释。我和戴森与托尔金一同度过的那个长夜,与此密切相关。[44]

关于这个饶有兴趣的变化,格雷夫斯自然想要知道得更多。路易斯在下一封写于 10 月 18 日的信中，为那晚发生的事提供了一个更长的说明。他解释道，他的困难在于，他不知道"两千年前另外一个人（不管他是谁）的生和死，如何能够帮助此时此刻的我们"。路易斯无法明白这一点，所以又踯躅了"最后一年左右"。他能够承认基督可以是我们的好榜样，但大约也就到此为止了。路易斯认识到，新约圣经采取的观点很不一样，它用"挽回祭"或"献祭"这样的词来指称这个事件的真实含义。但是路易斯称，这些表达方法，在他看来，"不是有点愚蠢，就是令人震惊"。[45]

虽然路易斯的"长夜漫谈"中包含了戴森和托尔金两人，但是，似乎只有托尔金的进路为他开了一扇门，使他得以用全新的方式看待基督信仰。要理解路易斯如何从有神论过渡到基督信仰，我们需要对 J. R. R. 托尔金的思想进行更深入的思考。因为相较于其他人来说，正是托尔金帮助路易斯一路走过了中世纪作家波那文图拉（Bonaventure of Bagnoregio，1221～1274）所谓"心向上帝的旅程"的最后阶段。托尔金帮助路易斯认识到，麻烦不在于他不能在**理性上**理解那个理论，而在于他不能在**想象中**领悟它的意义。首要的问题不是有关**真相**，而是有关**意义**。当涉及基督教叙事的时候，路易斯把自己限制在了理性的范畴内，其实他应该让自己向想象力最深处的直觉敞开。

托尔金论道，路易斯在专业研究中将富于想象力的开放与期待之心带入他对异教神话的阅读，同样，他也应该用同样的方式走进新约圣经。但托尔金也强调，二者有决定性的区别。正如路易斯在给格雷夫斯的第二封信中所表达的那样，"基督的故事纯粹是一个真实的神话：其他神话如何在我们身上起作用，它也如何在我们身上起作用，但是其间巨大的区别是，**它是真的发生过**"。[46]

读者必须领会，这里的**神话**并不是泛指"神话故事"，也没有"为欺骗而有意撒谎"这样的贬义。当然，路易斯曾经就是这么理解这个词的——"透过银笛吹出的谎言"。在路易斯和托尔金的交谈中，所使用的"神话"这个词必须从它技术上的、文学上的含义去理解，如此才能充分领会这场交流的意义。

对托尔金来说，神话是传达"基要性事物"的故事——换言之，神话试图告诉我们的是事物更深层的结构。他认为，最好的神话不是刻意构筑的虚谎之事，而是人们编织出故事为要捕捉更深真理之回声。神话提供的是那一真理的片段，不是它的全部。它们恰如真光洒下来的零星碎片。然而，当那完整、真实的故事得以被讲述之后，它就能将那些零星图景中所包含的一切公正与智慧带入完满的境地。对托尔金来说，把握基督教的**意义**要先于把握它的**真实**。它提供的是一幅整全的画面，既统一也超越了那些零碎与不完满的洞见。

不难看出，托尔金的思维方式厘清了路易斯当时头脑中正为之感到兴奋的那些纷杂的思想，为之带来了某种连贯性。对托尔金来说，神话会在读者心中唤醒一种渴望，这渴望的对象存在于他们不可企及之处。神话拥有一种内在的容量，它能扩充读者的意识，从而使他们超越自身。从最乐观的一面看，神话能提供路易斯后来所说的"散落在人类想象中的虽不集中但却真实的神圣真理之微光"。[47]基督教不是并列于其他众多神话中的一种神话，而是对先于它的所有神话宗教的最终实现。基督教讲述的是一个关于人类的真实故事，因着这个故事，人类讲述的所有关于自己的故事就都获得了意义。

托尔金的思维方式，显然对路易斯极具吸引力。它回答了自从十多岁以来就一直困扰路易斯的一个问题：何以唯独基督教是真实的，而其他一切都是虚假的？路易斯如今意识到，他不必宣告说异教时代的那些伟大神话都是**全然虚假**的；它们是整全真理的回音或先声，它们唯有在基督信仰之内、透过基督信仰，才能为人们所认知。基督教将四散在人类文化中有关现实的局部、不完整的洞见，都带到了完满与完全的地步。托尔金给了路易斯一副透视镜，一种看待事物的方式，使他得以看到，那产生自人类求索、渴慕之心的真理的回音和影子，正是依靠基督教将其带往成全的境地。倘若托尔金是正确的，基督教和异教信仰的相似之处"**一定是在那儿**"。[48]只有当这样的相似性**不存在**的时候，问题才会产生。

或许更为重要的是，托尔金让路易斯得以将理性与想象的世界重新联结。渴望的领域不再被打入冷宫或遭受压抑——这是"新观念"（New Look）的要求，这种可能曾是路易斯对上帝信仰的隐忧。对上帝

P151

的信仰现在可以被编织进——自然而然又令人信服地——托尔金所呈现的对现实更宏大的叙事中。托尔金后来说道，上帝的旨意是，"人类心灵必到世界之外去探寻，而在那里他们却寻不到安息。"[49]

路易斯认识到，基督教允许他在对现实所做的合理解说之内，肯定渴望与向往的重要性。上帝是那真实的"源头，自从儿时起……那些喜乐之箭皆是由此源头发射而出的"。[50]理性与想象二者由此获得同等的确认，并在基督教对现实的图景中得以融合。托尔金就这样帮助路易斯实现了一种"理性的"信仰，而这信仰未必意味着想象与情感的贫瘠。当基督信仰得到正确的理解时，它便能将理性、渴望与想象融为一体。

路易斯对基督神性的信仰

这场与托尔金和戴森交谈的结果是，路易斯能够领悟基督教在想象层面上的吸引力了，但这份领悟还不构成他对基督教具体要素的理解，即对教义中的核心信条的理解。毋宁说，路易斯现在领会到，他在基督信仰中发现了关于现实的总体观念。不过，路易斯对这趟发现之旅的描述，特别提到了他与核心教义之间的角斗，其中包括拿撒勒人耶稣的身份。那么，这场知性探索的历程是何时发生的呢？

路易斯回顾了他所经历的一段知性上的澄清和结晶过程，透过这过程，信仰中更趋神学性的那些方面终于变得明晰起来。他在《惊悦》中讲述这段变化经历的时候清楚地指出，事情发生在他去维普斯奈德动物园的途中，不过他没有指明任何具体日期：

我很清楚知道那最后一步是何时发生的，却几乎不晓得它是如何发生的。一个晴朗的早上，有人驱车带我到维普斯奈德动物园。出发的时候，我还不相信耶稣基督是上帝的儿子，但到达动物园的时候，我信了。不过,确切地说,我也并非全程都在沉思默想中度过。[51]

我们在此看到一个反复出现的模式,就是路易斯时常利用旅途来琢磨心中的问题,结果,磨好的零碎片段就在不是太费脑筋的情况下自然而然地各就各位了。可是,这"最后一步"究竟是何时发生的呢?

路易斯的传记作者们传统上都将这"最后一步"的日期定为1931年9月28日。这天上午雨雾迷蒙,沃尼驾着他那带跨斗的摩托车载路易斯去贝德福郡维普斯奈德动物园。迄今为止,所有路易斯传记的作者们都接受这个说法,即这一天标志着路易斯归信基督教。[52]这一观点又进一步得到沃尼的证实,他说,就是在1931年的这次"出行"中,路易斯决定重返教会。[53]倘若这一解读是正确的,路易斯从相信上帝到委身于基督教的最后几个阶段可以做如下拼接:

1. 1931年9月19日:与托尔金和戴森的交谈,带领路易斯认识到基督教是一个真实的"神话"。

2. 1931年9月28日:路易斯在他哥哥沃尼驾摩托车带他去维普斯奈德动物园的路上,开始相信基督的神性。

3. 1931年10月1日:路易斯告诉亚瑟·格雷夫斯说,他已经"越过"相信上帝,进而相信基督了。

按照这个情节,路易斯归信基督教的过程颇为快捷,其中几个关键要素的发生不过十天(1931年9月19～28日)。传统上都这样理解路易斯逐步重拾基督信仰的过程,而这一理解也相当符合他自己作品中提供的证据。

路易斯与托尔金和戴森之间的谈话使他得以一瞥基督教故事中富于想象力的潜质,为一段时间以来困扰他的那些问题带来了启示的亮光。在经历了基督教"富于想象的拥抱"之后,路易斯开始对它的景观进行理性探索。这种以基督教教义的语汇来表达的理性探索,是从借基督教的意象和故事而捕获的想象力出发,一路往下进行的。

人们常说,路易斯将理论视为次于现实的存在[54]——实际上也就是

P153

说,理论是人们在对事物进行领悟或欣赏之后而产生的知性上的思考,但这份领悟或欣赏则主要借助于想象。路易斯透过他的想象把握了基督教的现实,然后就开始尝试为他的想象所捕捉、所接受的事物寻找理性的意义。传统上对路易斯归信的描述都表明,这个过程基本上完成于十天之内。可是路易斯的信件却意味着它可能是一段更漫长、更复杂的过程,经历了数月而非数天时间。[55] 那么,说路易斯在基督论方面的洞见是 1931 年 9 月去维普斯奈德动物园的路上产生的,我们对此有多大把握呢?

路易斯在《惊悦》中对这趟重要旅程的讲述,传统上都认为指的是 1931 年 9 月 28 日这天,沃尼驾带跨斗的摩托车带他去维普斯奈德动物园。毫无疑问,路易斯的确在这个时候参观了维普斯奈德动物园。可是,路易斯在基督论上的问题是否就是在这个时候得到解决了呢?很重要的一点需要注意:《惊悦》的叙事并没有提到沃尼,也没提到摩托车、9 月份和 1931 年。不仅如此,那次参观过后不久,路易斯就写了一封长信给他哥哥,简要回顾了他们在维普斯奈德度过的那一天——可是,却没有任何一处提及信仰方面的变化,或他自己在神学方面的重大调整。[56]

若更加仔细查考一下沃尼对 1931 年 9 月那天的回忆记录,我们也会对传统解读产生一些疑问。[57] 沃尼关于那一天的回忆,很明显不是基于从弟弟本人那里优先得来的内情披露,而只是沃尼自己为那趟旅途所做的与《惊悦》叙事相关的推导。沃尼的有些记录被有些人解读为是他回忆与路易斯的谈话,但它们显然只是沃尼后来对该事件所做的解读,而我们也将看到,对于该事件的这一解读也具有争议。倘若路易斯是在另一次沃尼**不**在场的时候由**他人**驾车载着前往维普斯奈德呢?倘若**那一回**才是他神学上得以洞明的时机呢?

路易斯在《惊悦》中所呈现的对维普斯奈德动物园的那一关键日子的记忆,包含一段相当抒情的追想:"鸟儿在头顶上欢唱,蓝铃花在脚下盛开"。他接着评论道,这个景致到了"小袋鼠林地",就被动物园里新近的建筑工程给严重破坏了。[58] 可是,英格兰的蓝铃花(*Hyacinthoides non-scripta*)的盛开之季是从 4 月末到 5 月末(依天气而定),它的叶子到夏末便都凋零了。[59]蓝铃花在维普斯奈德的花期会比正常更晚些，因为动物园所处的地势较高的丘陵地区略为寒冷。[60]9 月的维普斯奈德是不会有"蓝铃花在脚下盛开"的。但它们在 5 月和 6 月的早期确实会花繁叶茂。

这一细节的重要性可能会被一些人忽略，或者也可能英格兰的蓝铃花被混同于与它对应的苏格兰的蓝铃花（*Campanula rotundifolia*，在英格兰被称为"harebell"），而那种花会一直开到 9 月。路易斯在《惊悦》中所记录的对于维普斯奈德动物园中小鸟与蓝铃花的"伊甸园般"的回想，显然是对春末或夏初某一天的记忆，而不是初秋的某一天。

路易斯对蓝铃花的高度关注，或许正好反映了这种花与此刻他所获得的洞见之间的象征关系——毕竟，路易斯也告诉我们，他长期以来一直视自己为"蓝花膜拜者"（votary of the Blue Flower，见英文版 16 页）。[61]"蓝花"的主题，在德国浪漫主义那里有着复杂的历史渊源。对它的第一次表述是在诺瓦利斯（Novalis）死后出版的小说《海因利·冯·欧福特丁根》（*Heinrich von Ofterdingen*，1802）的一个片段中，它被用来象征一种渴望，渴望在理性和想象之间、可观测的心外世界和内在主观世界之间达成一种若即若离的和解。欧洲那色彩明丽的蓝色矢车菊，经常被引用来作为这一象征的灵感之源。[62]这个象征很容易向蓝铃花延伸。

仔细考虑之后可以清楚地知道，在《惊悦》中的这一"蓝铃花"段落并非指 1931 年的秋天，而是指对维普斯奈德的**二次造访**。时间发生于 1932 年 6 月的第一周，在这一天，路易斯再次搭车到动物园去——但这是一个"晴朗的天气"，他搭乘的是由爱德华·富尔德-凯尔西开的小车。6 月 14 日，这趟短途旅行结束后不久，路易斯就写信给他哥哥，特别提到他这趟参观维普斯奈德途中所见的"大片大片的蓝铃花"，也对"小袋鼠林地"的状况做了评论。[63]信中这一部分的用语，与《惊悦》中那一关键段落的用语十分相像。是否有可能，这后一个日期才标志着路易斯最终相信道成肉身的时间，或许也是这个时刻，他对基督信仰的探寻之旅才达到顶峰？若真是如此，这次事件才清楚代表了路易斯发自内心地对信仰的进深认识，因为这时候路易斯已经确认自己为基督

P155

137

徒了。如此看来，传统上的事件年表就需要做如下修订：

1. 1931 年 9 月 19 日：与托尔金和戴森的交谈，带领路易斯认识到基督教是一个真实的"神话"。

2. 1931 年 10 月 1 日：路易斯告诉亚瑟·格雷夫斯说，他已经"越过"相信上帝，进而相信基督了。

3. 1932 年 6 月 7 日(?)：路易斯在搭乘爱德华·富尔德-凯尔西的小车往维普斯奈德的路上，开始相信基督的神性。

那么，路易斯那躁动不安、上下求索的心终于在跟托尔金谈话后的一个星期左右，在 1931 年 9 月那次去维普斯奈德的途中一下豁然开朗了吗？还是那反思和结晶的过程其实更久，到了 1932 年 6 月那次前往维普斯奈德的途中才完成？路易斯在 1931 年 10 月 1 日写给格雷夫斯的信中说道，现在他"确定无疑地相信基督了"。当然可以这样解读，即他对于基督意义的认识尚属萌芽阶段，还需要进一步的探究和构想，到了 1932 年 6 月终臻成熟。可是，他在这后一阶段的通信中——包括一封 1932 年 6 月 14 日给沃尼的信——却并没有明确提及这种转变。我们也不能排除另外一个可能性，即路易斯有可能在写《惊悦》的时候，混淆了两次维普斯奈德之旅的见闻。他甚至还可能在记忆中把它们**融合**起来，将两次游历中不同的意象和主题交织叠加成为一体。那么，到底这两次游历中的哪一次才标志着他真正得到了启示的亮光呢？我们之前提到路易斯在日期记忆方面不可靠，所以，《惊悦》的叙事有可能也出现了相似事件之间的界限混淆。

人们时常在涉及路易斯作品这最诱人的一面时止步不前，我们也一样。虽然我们希望获得更多，却又不得不以我们所能获得的为足。现在，最好的解决办法就是让传统上认可的路易斯归信基督教的日期——1931 年 9 月——依然成立，同时注意到围绕着它的各种含混性和不确定性。只有在基督论方面已经踏出决定性的步伐，路易斯在 1931 年 10 月 1 日给格雷夫斯的信才最能显出其意义，尽管这一洞见的充分展开和探究仍然延续到随后的一年。

可是，每当路易斯这一洞见被注明日期时，人们都会将之视为一个总结性时刻，将漫长的思考与委身过程带入终点，但其实它还持续了好几个阶段。我们无法抓住一个单一的时刻——比方上面这个时间点，说它是决定或注明了路易斯"归信"基督教的时刻。反之，我们可以追踪他思考的一个曲线上升的过程，在这过程中，他和托尔金的谈话代表了想象力上一次重要的转折，而到维普斯奈德动物园的短途旅行则是它逻辑上的总结。

在这个向基督委身的上升的弧线中，有一点值得我们做个专门的讨论。路易斯在 1931 年的圣诞节当天，在黑丁顿采石场的圣三一礼拜堂参加了他自童年以来的第一次圣餐礼拜。在写给哥哥的一封长信中，路易斯简要但明确地提到了那一天的"早场敬拜"[64]——换言之，也就是圣餐礼拜。鉴于当时英国国教的传统，路易斯毫不怀疑哥哥会理解自己这一进展的意义。

当时路易斯已经开始参加晨祷了，也就是一种"祷告崇拜"（service of the word）。令教区牧师威尔弗里德·托马斯颇为不悦的是，路易斯

6.3　牛津黑丁顿采石场的圣三一教堂，图为教堂南面的入口处，由亨利·W.汤特摄于 1901 年。

P157

经常在唱最后一首圣诗——礼拜仪式还没有真正结束之前就溜走了。但路易斯明白，晨祷人人都可参加，而圣餐的对象只是那些真正委身的人。当他告知哥哥决定去参加这种圣餐礼拜时，其目的是为了让哥哥知道，他在信仰旅程上已经迈出了意义重大的一步。

路易斯有所不知的是，沃尼也踏上了一场相似的信仰之旅，并在上海的涌泉礼拜堂（Bubbling Well Chapel）[65]领了孩提时代以来的第一次圣餐——也是在 1931 年的圣诞节这一天。兄弟俩在彼此不知情的情况下，刚好在同一天公开承认自己委身基督教。

不过归根结底，最重要的不是路易斯归信基督教的确切日期，而是他的归信对他未来的写作到底意味着什么。毕竟，他的归信可能只是一桩内在事件，对路易斯来说虽然重要，但对他的文学事业可能不会产生明显影响。比如，T. S. 艾略特在 1927 年归信基督教，在公众中引发颇大反响，可是许多人却说，艾略特后来的写作并没有像人们料想的那样，受到信仰转变的明显重塑。

路易斯却迥然不同。路易斯似乎从一开始就认识到，倘若基督教是真实的，它就解决了自从年少以来就一直困扰他的知性与想象方面的谜题。在少年时代的"与现实立约"是他的一己努力，想为混乱的世界强加一个绝对的（虽然也是方便的）秩序。如今，他开始意识到，还有一个更深的秩序存在，而这一秩序建基于上帝的本质，可以被辨识——这个秩序一经把握，就能为文化、历史、科学赋予意义，而且最重要的是，能为他钟爱的、作为终身研习对象的文学创作活动赋予意义。路易斯回归信仰之中，不仅为他的文学阅读带来悟性，也为他自己的文学创作带来推动力和理论支撑——最能表现这一点的是他的后期作品《裸颜》，但在《纳尼亚传奇》中也能明显看到。

要理解作为学者和作者的路易斯的作品，实在不可能不抓住他内心世界的主导性原则。这些原则——经过一段时间的孕育和反思——终于在 1931 年初秋开始有条不紊地呈现，并在 1932 年的夏天完成最后的整合。当路易斯在 1932 年 8 月 15 至 29 日期间到亚瑟·格雷夫斯那里与他度假时，他已经做好准备，要在一部作品中将他新近获得的、基本上已经完成了的关于基督信仰的图景绘制出来，这部作品后来就成了《天路回程》（见英文版 169—174 页的讨论）。虽然路易斯还会继续在信仰领域里探索理性与想象的关系，但他对基督教已经有了确定的认识，并且这一认识的基本特征到此也已成形。

　　我们在这一章探讨了路易斯转向基督信仰那复杂而漫长的归信轨迹，讨论了传统上认定的他归信的日期以及对他归信所做的解读。然而，我们必须避免将路易斯的归信描绘成一种具有代表性或典型性的归信历程。路易斯后来也说过，他走向信仰的特定方式是"一条极少人涉足的路"，[66]无论如何不能被视为范例。在讲述自己的归信过程时，他将其作为一种纯粹个人的事件来呈现——欲言又止，又努力规避任何引人注目的姿态或宣告。不过，路易斯的信仰将逐渐变成一桩既公开又重要的事件。在我们思考路易斯作为战时护教家这个角色时，就能看到这一点了。

　　可是，路易斯作为牛津教师的事，还有许多要说的。其中最重要的，是他对待文学的方式——这就是我们下一章的题目。

P159

第 **7** 章
学者兼文人：
文学研究与批评
【1933～1939】

到 1933 年，路易斯在牛津似乎已经高枕无忧了。他再度当选担任英语方向的导师制教职，直到 1954 年 12 月他去剑桥为止。他的家庭生活也很稳定。连窑扩建了，周遭荒地也开垦改良，种上了新树。沃尼已从部队退役，和路易斯与摩尔太太一同定居在连窑。对路易斯来说，这仿佛是"往日"重建。沃尼到达以后，路易斯越来越将连窑看作小郇苑的再造和延伸。1914 年到 1932 年间发生的一切仿佛都翻转过来了。[1]

这份承继过往日子的感觉，因沃尼的另一个决定而进一步强化了：他决定编辑路易斯家族的信件、文件和日记，按目录归类，最后用他那台老旧的皇家打字机全部打印出来。经过沃尼这番努力，原本只打算作为"普通平凡、默默无闻"之人记录的材料，变成了十一卷的《路易斯家族档案：路易斯家族回忆录，1850～1930》（*The Lewis Papers*：*Memoirs of the Lewis Family*，1850～1930）。这些文件从那以后便成为研究路易斯的学者们最核心的一套工具。

路易斯就这样重建了一个"安全堡垒"，这个堡垒曾因母亲的去世和家人的分散而丧失。1933 年末，路易斯在给格雷夫斯的信中说，"安居乐业"目前是他的重心所在。[2] 路易斯这时已经意识到，自己永远不可能靠当诗人蜚声文坛了，于是开始专注于文学研究，将此看为可能让他做出成绩、甚至功成名就的领域。

当老师的路易斯：牛津的导师制

路易斯在1927～1954年间的首要责任，是导师制教学和大学的讲座。由于他在莫德林学院教书，他同时也成为牛津大学英语学部的成员。作为该学部的成员，他可以为牛津大学的所有学生开设公开讲座。与他的同事 J. R. R. 托尔金不同，路易斯从来都不是牛津大学的"教授"——有"莫德林新楼"楼梯口上油漆的学院名牌为证——他只是"C. S. 路易斯先生"。鉴于导师辅导课和开设讲座在路易斯学术生涯中的重要性，我们不妨在这方面做个回顾。

在19世纪，牛津大学产生了以每周上一次导师辅导课为基础的教学法。各个学院建立起"导师教师制"，目的是为提高学术水准，尤其在**"人文学科"**方面。一般而言，导师辅导课为时一个小时。学生先是出声朗读一篇自己写的文章，然后仔细讨论文中的思想和论点。

路易斯讲述了他在牛津主学期的八个教学周中，是如何度过一个典型的工作日的，其中也显示了他如何在繁重的教学任务中，将信仰糅进自己的日常生活。除了星期一和星期六，他从1931年起一以贯之的工作日全部安排如下：

7：15 a.m.	校监叫醒，早茶一杯
8：00 a.m.	学院礼拜堂敬拜
8：15 a.m.	与学院礼拜堂的主持牧师及其他人共进早餐
9：00 a.m.	导师辅导课开始，持续到下午1：00
1：00 p.m.	搭车回黑丁顿（路易斯不会开车）
下午	花园里劳动，遛狗，跟"家人"相聚
4：45 p.m.	搭车回学院
5：00 p.m.	导师辅导课再度开始，晚上7：00结束

P163

7：15 p．m． 晚餐[3]

在大布克汉姆的时候，路易斯就已经养成一套固定的作息习惯，这习惯除了根据特殊情形做些适时调整外，伴随他一生之久。早上专门用来工作，下午的上半段专门用来独自散步，接下来继续工作，晚上则留作聊天之用。路易斯在连窑的散步，并非严格意义上的独自散步；一般来说，总会有一条狗陪伴他，当时摩尔太太碰巧随意养的什么狗。这样的作息常规似乎挺管用，路易斯看不出有什么理由要改变它。

在 30 年代早期，跟路易斯在莫德林上导师辅导课的学生经常会听到门后传出"咔哒咔哒"的打字机声，这是沃尼正在小客厅里忙着整理《路易斯家族档案》，而他们的辅导课则是在大客厅里进行。路易斯自己从未学过打字，他总是依赖钢笔。他不打字的原因之一也是由于"天生手笨"，因为他的拇指只有一个关节，不能利索地使用打字机。

不过，还有别的原因让路易斯主动地**选择**不打字。他相信这种机械的写作方式会干扰他的创作过程，因为打字机键盘没完没了的咔哒声会使作者对英语语言韵律和节奏感的欣赏迟钝下来。路易斯说，当阅读弥尔顿（Milton）或其他诗人作品的时候，或者当自己写作的时候，最基本的一点是要能欣赏到这篇作品**听起来**怎样。他后来对任何认真思考写作的人都是这么劝导："别用打字机。那杂音会摧毁你对韵律的感觉，而这种感觉是需要多年才能培养起来的。"[4]

到了 30 年代中期，路易斯的导师辅导任务变得相当繁重。我们手头有一些资料，讲述了路易斯那时的导师制工作方法。所有这些材料都强调，路易斯的批评性发问很尖锐，而且他非常不愿意浪费时间，对表现比较差和懒散的学生表露出某种程度上的不耐烦。路易斯认为，自己的责任并不是将信息灌输给他的学生。对于当时被有些人称为"留声机"式的讲授模式，他表示憎恶并抵抗，因为在这种教学模式中，导师传递的不过是那些明摆着可以由学生自己去发现的知识。

路易斯认为自己要帮助学生培养起必要的技能，使他们能够自己去发掘并评价那些知识。比如，乔治·赛尔回忆道，路易斯在 30 年代中期的导师辅导课中，用的是一种激烈的苏格拉底式的方法，这或许是仿效他在大布克汉姆受教于科派崔克门下时的经验。"赛尔先生，你用'感伤'这个词，到底想说什么？……你要是没有把握这个词是什么意思，或者不清楚你想用它表达什么，干脆彻底放掉这个词，难道不是好得多吗？"[5]

一般认为，约翰·罗勒对这段时期路易斯作为导师的讲述最有见地，因为他是 1936 年 10 月在莫德林学院修习英语的仅有的两名学生之一。罗勒这篇颇受好评的对路易斯辅导课的记录，捕捉到了有关路易斯本人及其教学方法的某些重要特征。他回忆道，当身着黑袍的学生紧张地攥着那薄薄一叠的文章，爬上楼梯，敲响路易斯的房门时，他会听到一声欢快而洪亮的吼声："请进！"一位面色红润的秃头男子，穿着松垮肥大的夹克外套和长裤，坐在破旧但相当舒服的扶手椅里，叼着烟，涂涂写写，偶尔记点什么。学生此时朗读自己的文章，持续大约二十分钟。接下来就是那逃不掉的、对这篇文章追根究底的发问。路易斯在文章中挑问题，或者更重要的，在话外之音中挑问题，他挑起问题来毫不手软。[6]

在罗勒看来，不难看出路易斯不大喜欢导师这工作。因此，若有学生能让他的这份经历变得更有趣、更令他投入，他们当然也就特别受到路易斯的欢迎。因为恰如罗勒正确指出的那样，从最乐观的角度来讲，牛津的导师制度提供了"知性愉悦方面无可匹敌的体验——让你一瞥广阔的视野，并产生一种不断增强的……对事物有把握的感觉"。[7] 导师辅导并非仅是知识的积累，它也涉及批判性思维的发展——面对重大的思想或信念，培养一种分析和评判的精神，努力衡量其品质并加以改善，还要找出那些未经检验的预设，并挑战它们。

P165

罗勒对路易斯的感觉，随着学期的进行而改变。他逐渐"从不喜欢和敌意，过渡到顽固的喜爱，而后再到感激，感激这每周一个回合的较量——其间没有任何宽赦可以请求、可以赐予"。尽管路易斯在和学生的互动中言辞犀利，不依不饶，罗勒却提到一件不容小觑的事："在我对他的所有记忆中，有一件事他从来不做，就是他从来不将他的基督教强加到辩论之中。"

到了 20 世纪 40 年代，路易斯已经颇有名气了。约翰·维恩回忆道，那时候学生要穿过一个"带着回音的有名的前厅"，到路易斯的房间去体验那"从纸烟或烟斗中迅速喷出的浓雾"，去感觉那"兴致勃勃的好辩的风格"，尤其是"一种对辩论的热爱"。[8] 不过，或许对路易斯的导师辅导课最具特色的记忆，还是他的外表。诸如"邋遢""不整洁""不修边幅"等词，经常会出现在学生对导师路易斯的记述中。沃尼有一回谈到弟弟对着装的"彻底无视"——比如提到他的旧花呢运动夹克，他的有点破烂的毛绒拖鞋。路易斯烟瘾很大，在辅导课过程中通常都叼着一支烟斗，而整个房间会烟雾缭绕。他还有把地毯当烟灰缸用的习惯，这就进一步加剧了他留给人的极度老朽的总体印象，而这种印象当时通常都是跟打定主意独自生活的老单身汉联系在一起的。

不过，路易斯的不修边幅倒是让他的学生对他爱戴有加——他们将之视为超然于身外世界的表征，而这份超脱又产生于他对更深、更有意义之事的热爱和认识。不仅如此，它还完全吻合那个时期的"牛津典型"形象——单身汉大学教师，唯一的女性陪伴是上了年纪的母亲。以此种方式刻画路易斯让路易斯再满意不过了，因为这就转移了人们的注意力，使人不再关注他那非同寻常的家庭组合的实际性质。

在此需要提及路易斯的一样本领，这本领与他作为作家的天分有着明显的关联：他拥有惊人的记忆力。路易斯对于记忆艺术（*ars memorativa*）这项属于文艺复兴时期技能的掌握，使他能够记诵大量引文，这无疑有助于他牛津讲座的成功。肯尼斯·泰南属于 60 年代"愤怒的一代"，也是 40 年代路易斯辅导过的学生。他回忆起一次与路易斯玩记忆游戏的事。泰南从路易斯的书房里随手抽出一本书，任意选出其中一行，朗读出来，路易斯随口就说出了该书的书名，并指出那句话的上下文是什么。[9]

看来，路易斯之所以能熟记文本，主要是由于他吸收了文本的深层内在逻辑。他习惯于阅读数量惊人的文本，这有他的日记为证。他的私人藏书里面所含的评注，会注明某一本书何时第一次阅读，何时再次阅读。他擅长将复杂的思想解释与人听，因为他首先会对自己解释一遍："我是个职业教师，向人阐释恰巧是我已学会的本事之一。"[10] 路易斯获得这项高超技艺的原因，部分在于他漠视其他的阅读来源——比如报纸。其结果是,他对时事不闻不问,即便是他的朋友对他这点也觉得有点不安。

威廉·燕卜荪(William Empson,1906～1984)是当时居领军地位的文学评论家,他对路易斯论弥尔顿的观点颇不以为然,但仍宣告说,"他是同时代人中最博学的一位,什么都读,所读过的无论什么都过目不忘。"[11]的确如此。听过他讲课的学生都对他印象很深,他不仅对那些伟大的文学作品文本——以弥尔顿的《失乐园》为最——耳熟能详,而且还能从深处把握它们的内在结构。大学讲座很少能兼备知识性与启迪性两者,可这却很快成为路易斯讲座风格的标志。

当老师的路易斯：　牛津的讲座

路易斯拥有惊人的记忆力,因此他做讲座时不看讲稿,也就不足为奇了。路易斯在牛津的第一期讲座是在 1924 年的 10 月。即便是第一期,他也打定主意,决不将讲稿从头到尾读一遍。他对父亲解释说,若只是给听众读讲稿,会"让人睡着的"。他必须学会与听众谈话,而不是向他们背诵自己的讲稿。[12]他必须吸引他们的注意力,而不仅仅是释放信息而已。

P167

到了 30 年代末,路易斯已声名远扬,成为牛津最优秀的讲座教师之一,吸引了众多听众,令其他教师望尘莫及。他充满活力、清晰洪亮的音调——曾有一位听众把它描述为"波特酒和葡萄干布丁的声音"——对大讲座的讲台而言再合适不过了。路易斯的讲稿只是简短的条目,通常标示要用的引文和强调的要点。他流畅的讲演,让大多数听众叹为观止。或许这也恰到好处,因为他并没有在讲座末尾留提问时间。他的讲座是一场雄辩,一场戏剧表演,以其自有的方式独具一格。路易斯就像一位文艺复兴时期的艺术家,打开一扇窗,[13]让他的听众得以放眼远眺更广阔的风景。

毋庸置疑，牛津大学正式认可了路易斯的能力。尽管路易斯只拥有一个学院的职位任命，即莫德林学院英语方向的导师制教师，但大学赋予了他其他头衔，表明对他逐渐扩大的学术影响的认可。从 1935 年起，他以"英国文学学部讲师"[14]之名出现在牛津大学的官方出版物上；从 1936 年起，他被称为"英国文学的大学讲师"。[15]路易斯一方面继续以莫德林学院为基地，一方面也在整个大学范围内获得更广泛的认可。1936 年他的《爱的寓言》(*Allegory of Love*)出版，令他的声望日渐提高。

路易斯最著名的牛津讲座课程是两期共十六次的讲座，题目分别是"中世纪研究绪论"(Prolegomena to Medieval Studies)和"文艺复兴研究绪论"(Prolegomena to Renaissance Studies)。这些讲座展现了他对第一手资料广泛的阅读与涉猎，其编排与讲解所用的语言既明白易懂，又饶有趣味。讲座的内容后来经过多年修订扩充，最终以《废弃的意象》(*The Discarded Image*，1964)一书面世。路易斯毫不隐瞒这一事实：他从这些更古老的思维方式中获得深刻的满足感。"古老的宇宙模式让我心满意足，恰如我相信它也令我们的祖先心满意足一样。"[16]

然而，若就此轻率地以为，路易斯是老古董或只知道怀旧，那便有

7.1 牛津大学考试学院，靠近莫德林学院。C. S. 路易斯在牛津大学执教期间的多场讲座，都是在此举办的。该学院完工于 1892 年，这张照片摄于完工时，当时这里既为大学的考试教室，亦为讲座讲堂。

失公允了。我们将看到,他的意思是,对于往昔时代的学习,有助于我们认识到我们自己这个时代的观念和价值正如已往的观念和价值一样,也是暂时的、稍纵即逝的。以这种知性与反思的态度介入往昔世代的思想,终将对一切染上"时代势利症"的观念产生颠覆作用。阅读过去的文本使我们明白,如今称为"过去"的东西,曾经也是"当前"的,也曾骄傲但却错误地自视为找到了不为前辈所知的正确的知性答案或道德价值。正如路易斯后来所说:"所有不是永恒的,都必永恒地过期。"[17]追寻一种"永恒哲学"(philosophia perennis)——作为历世历代一切事物之根基的有关现实的深层观念——无疑是引导路易斯重新发现基督信仰的因素之一。

可是,有些牛津人却在这段时期对路易斯形成了这么一种印象:他将导师辅导与开讲座的义务,看成是对他真正想做的事情的干扰——他想写书。导师辅导课和讲座或许也能为写书提供信息,但路易斯更喜欢读书,喜欢跟博识多闻的同事讨论所读的书——此处之同事尤指"淡墨会(the Inklings)成员"——而不喜欢听他的学生对书的意义发表些有点业余的、见识短浅的评价。下面,我们来看看路易斯的第一部非韵文作品,探究一下它如何照亮了他的过去,又预示了他的未来。

P169

《天路回程》（1933）： 一幅信仰风景画

1933 年 1 月,路易斯写信给伦敦 J. M. 登特出版公司的编辑盖·波考克,问他们是否有兴趣出版一部他新近写完的书。该书"有点算是班扬的现代版"[18]——他指的是约翰·班扬(John Bunyan)的经典之作《天路历程》(*Pilgrim's Progress*,1678~1684)。路易斯在这封信中语气颇有点犹豫,明显反映出早年诗作《戴默》可怜的销售数字让他感受到的难堪。他也迫不及待地向波考克保证,这本新书将署他的真名出版。三周过后,波考克决定出版《天路回程》。

《天路回程》是路易斯写的第一部小说,是他借着一股高涨的文学活力写成的,写作时间介于1932年8月15日到29日之间,那时他正在知己密友亚瑟·格雷夫斯在贝尔法斯特的家——波纳阁——中做客。(那里正对着路易斯新近卖掉的儿时的房子小郦苑。)关于路易斯的这第一部非韵文作品,我们最好还是将它理解为对信仰图景的想象性描绘。正如书的题目和他给波考克的信表明的那样,该书的灵感可认为是源自班扬的《天路历程》。不过,相当重要的一点是,该书应该按它自身的语境来解读,而不能指望它是现今时代班扬寓言的简单重述,也不可视为路易斯对自身归信的叙事性记录。对路易斯而言,他要探索的关键问题并不是"路易斯遇见上帝"这个个人的故事,而是理性和想象如何在基督教的现实图景之内得到确认和融合这一知性问题。

《天路回程》可以从不同层次来阅读。最合理的读法,似乎是把它看作路易斯理清思想的一次尝试——他要把此前三年间自己固有的知性世界是如何被打碎的整个思想过程,用文字和意象表述出来。路易斯的归信迫使他重新绘制自己的知性地图,重新评估自己"与现实立约"。这部早期作品所呈现的是新的"与现实立约",在一个有序的世界内部为理性与想象创造了空间;它提供了有意义的评价规范与标准,不至于堕入极端浪漫主义形式中的反智主义,也不至于滑向理性主义在原则上取缔超验者而造成的情感贫乏。

路易斯是一个视觉能力很强的思想家,经常使用意象来说明重大的哲学与神学观点——比如,他有一个著名的"黑暗工具房里一束亮光"的意象,以此区分"透视"(looking along)与"直视"(looking at)。《天路回程》并非对信仰所做的哲理性捍卫,而是构筑一幅近乎中世纪风范的"人间地图"(mappa mundi)——一份关于人类生存、斗争之情境的宇宙结构图解。在这一情境中,人类试图找到一条出路,以通向其真实的目标与命运。路易斯认为,这幅地图能够表达出人类体验的意义,而这就意味着这幅地图有它的可靠性。

对于今天的许多读者来说,这部作品显得晦涩庞杂,通篇的引经据典既无必要,又繁复难明。文本的这种令人费解的印象(路易斯后来自己也承认该书"没有必要那么晦涩难懂"[19]),又因该书原先的题目而变本加厉了。该书原名叫《伪班扬之伯里浦鲁斯游记：关于基督教、理性与浪漫主义之寓言性辩护》(*Pseudo-Bunyan's Periplus*：*An Allegorical Apology for Christianity*，*Reason*，*and Romanticism*)。在修正校样稿时，路易斯明智地把这题目压缩了。他本人似乎较晚才意识到读者在接触他这第一本书时所遇到的困难，在后期的作品中他显然吸取了这教训。

大多数现代读者都感觉，《天路回程》像一个秘而不宣的填字游戏，提供了有关20世纪20年代及30年代早期英国知识界与文化界中一些人和运动的线索，但这些线索扑朔迷离，需要有人解开暗语和谜团。当路易斯写到"尼奥-安纠拉先生"(Mr. Neo-Angular)的时候，他心中想到的是谁？事实上，路易斯在此瞄准的靶心是 T. S. 艾略特。可是，大多数读者会纳闷，这番小题大作究竟为的是什么？他让自己的书如此聚焦于同时代的知识与文化运动，以至于后来的读者会觉得作品匪夷所思，因为他们并不认识这些人或运动，也不理解这些为何重要。

P171

路易斯自己也意识到有问题了。1943年，也就是距作品初版十年之后，路易斯承认，思想的模式已经发生了"深刻变化"，[20] 他描述的那些运动对许多读者来说已经很陌生了。世界向前发展了，曾有的威胁遁入了历史，新的挑战应运而生。从某种意义上说，对《天路回程》最感兴趣的恐怕是思想史家。如今，它是路易斯作品中最少有人读的一部。

不过，阅读该作品也不是一定要做上述联系。事实上，路易斯自己也曾这样谴责道："将寓言作为一种仿佛要破解的密码来阅读，这是一种有害的阅读法。"[21] 理解该书的最佳渠道，是将之看为对人类渴求之真实源头、对象与目标的追寻。这种追寻不可避免地涉及对"错误路线"的辨识和批判，但由于路易斯在书中对这些"歧路"的介入过于具体，因此就分散了读者的注意力。下面，让我们避开路易斯分析中那些细枝末节的纠缠，来探讨该作品的主要议题。

《天路回程》的中心角色，是天路客"约翰"。他在异象中看到了一座海岛，这海岛激发起他内心一股强烈的但也是稍纵即逝的渴望。有时候，约翰会在努力去理解这种渴念之情时被这股情感击倒。这渴望从哪里来？它又在渴望什么？与此相关的，是一个附属的但却很重要的有关责任感的主题。我们何以渴望行事正确?这种责任感从何而来?它又意味着什么——倘若它有所意味的话?对路易斯来说,人类经验中——道德的,审美的——遍满了为**理解**这种渴望所做的错误努力,对于此种渴望真正的目标是什么,也充斥着同样错误的理解。《天路回程》基本上就是对生命之路上这些错误转向的探索。

就像他之前的许多人,路易斯也选择从旅程的角度来描述这趟哲学追寻之旅。他使用了道路这一意象,这条路通向一座神秘岛,路的两旁是迷失之地。在北面延伸着基于理性思维的客观道路,南面是基于感性的主观道路。约翰越是远离中央道路,这两种立场就变得越发极端。

很显然,理性与想象的关系对路易斯来说具有至关重要的意义。《天路回程》为理性思想辩护,反对纯粹基于感性的论点,但同时也拒绝接受唯独以理性方式趋近信仰的做法。对路易斯来说,必须存在一种能够调和理性与想象的立场,正如他在 20 年代创作的十四行诗《理性》中所表达的那样。这首诗将理性的清晰度(以"少女"雅典娜为象征)与想象的创造力(以大地母亲德墨忒尔为象征)进行对比。路易斯询问,这两股看似对立的力量如何得以调和?[22]

随着《天路回程》叙事的展开,读者越来越清楚地看到,这样的调和只能由"科克母亲"(Mother Kirk)来提供——这是一位寓言式的角色,有人将其解释为天主教,但路易斯明显想创作一个非宗派的基督教形象。这一基督教形象也就是清教徒作家理查德·巴克斯特(Richard Baxter,1615～1691)描写的、路易斯在 40 年代越来越多阐述的那"纯粹的基督教"。

当约翰朝着路的北面走去时,他遭遇的是那些对情感、直觉和想象力都深怀疑虑的思考方式。那冰冷的、长于客观分析的北方"理性"区域是"刻板制度"的王国,其僵硬死板的正统以"基于**一种先验的**狭隘又草率的选择性"为特征,这种选择性带来的是这样一个错误的结论:"一切感觉……都是可疑的"。可是,在路的南面,他又遇到了"无骨的灵魂,它们的大门日夜敞开",朝向任何人,尤其是那些提供了某种情感"陶醉"或神秘"陶醉"的人。"每种情感都是合理的,仅只因为这个事实：它被感受到了。"[23]启蒙时期的理性主义哲学、浪漫主义艺术、现代艺术、弗洛伊德主义、禁欲主义、虚无主义、享乐主义、古典人文主义，以及宗教自由主义，全都在这幅地图上各据一方，但一经试验，全都不合标准。

这种"北方性"与"南方性"之间的辩证法为路易斯提供了一个框架，帮助探讨理性与想象之间的恰当关系，尤其是聚焦于"渴望"这个主题。路易斯说道，下面这些错误他都犯过："这些错误答案中的每一个，我自己都曾轮番受过它们的蒙蔽，也曾足够仔细地将它们逐一思考过，发现全是骗局。"[24]

那么，何谓渴求——这份"极度渴望"——的终极目标呢？路易斯基督教护教观的核心，即"从欲求而发的论证"在此已初露端倪。十年之后，在战时电台广播中他将这一点做了进一步阐发，并最终结集在《纯粹基督教》一书中。路易斯所展开的这一思路，最初由法国哲学家帕斯卡尔所使用——也就是说，在人类灵魂深处有一道"深渊"，这口深渊如此巨大，只有上帝才能填充它。或者换个意象：在人心之中有一张"座椅"，一直在等候某位尚未到达的客人。"倘若自然中没有一样事物是徒劳无用的，那么，能端坐这张座椅的那一位就一定存在。"[25]

对于这份欲求的体验既揭示了我们真实的身份，也揭示了我们真正的目标。最初，我们将这份欲求理解为对世界中某种可触之物的渴念；后来意识到，这世界上并无任何事物能满足我们的欲求。天路客约翰起初渴想的是那座海岛，但慢慢地认识到，他真正渴望的其实是那位"岛主"——这是路易斯用来指称上帝的方式。对这种渴念之情所做的任何其他解释、所设定的任何目标，都无法在知性或存在意义上满足他。它们都是"虚假目标"，其虚伪最终都要暴露出来，因为它们都不能满足人性最深处的渴念。[26]人心之中的确有一把座椅，它本为上帝而设。

倘若一个人殷勤地跟随这个欲求，去追寻一个个虚假的目标，直到它们的虚伪呈露，然后果断地放弃，那么他最终一定会得到一个清晰的认识，认识到灵魂被造是为着享受某一从未被全然赐予的对象——不，在此世主观和时空的体验模式之中，你甚至无法想象它是一份被赐予之物。[27]

从路易斯更趋成熟的思路来看，还有一个突出要点特别有趣。《天路回程》其实是描写了两趟旅程——去程与回程。当认识到海岛的真正意义后，天路客开始一步步折回。可是，在天路客到达信仰之后的回程之旅中，尽管他又走过同样的景致——即该书题目中的"回程"——他却发现，那景致都发生了变化。他以一种全新的方式来看待它了。他的向导解释说，他现在是"照着大地真实的样子来看待它"。对于事物真实现状的发现，改变了他看待事物的方式。"你的眼睛发生了变化。你现在只见现实，不见他物了。"[28]路易斯此处的说法，预示了他后来作品中一个首要主题：基督信仰让我们得以按照事物真实的样貌来看待事物。我们也看到，此处暗示了新约圣经中的几处意象，比如眼睛蒙开启，面纱被除去。[29]

有一点很重要，就是不要认为《天路回程》就代表了路易斯对信仰、理性和想象力之间关系的一锤定音的理解。尽管有些作家提出，路易斯成熟期的思想在他早期作品中几乎已充分展示，但事实并非如此简单。整个 20 世纪 30 到 40 年代，路易斯都在探究理性和想象，"真实"（the true）和"现实"（the real）之间的联系——其中尤其重要的是理性论证与想象性叙事的运用之间的联系。这个阶段，路易斯还是倾向于认为，若要把个体引领到一个境地，能对基督信仰产生严肃的理性关注，首要的渠道是想象；但是，他并没有认为可以借由这个渠道而进入信仰本身。

路易斯之所以阐发出这些观点，其部分原因得益于他与同事之间的交流。借着他们的帮助，他的思考得到磨砺，变得更加缜密。这之中有一拨人尤其重要，他们帮助他改进并发展了自己的思想，以及这些思想在文学上的表达。这拨人组成了一个小小的文学团体——"淡墨会"。现在，我们要来谈谈这个团体。

淡墨会：友谊、社团与辩论

　　路易斯与托尔金的定期会面可以追溯到 1929 年，这种会面反映了两个男人在职业与友谊方面的关系日益亲密。托尔金养成了每周一上午到好友处串门的习惯（路易斯从不推却），两人一起喝上一杯，聊点闲话（通常是院系政治之类的事），再交换点各自文学创作进展的消息。路易斯称那是"一周中最愉悦的一个时辰"。[30] 随着私交加深，他们甚至梦想各占一个默顿英语讲席，一同来重新定位牛津英语学部的发展方向。[31] 那时托尔金是盎格鲁-撒克逊语言教授，也任彭布罗克学院的教职。两人都在憧憬着一个更美好、更光明的未来。与此同时，也有迹象表明，他们的文学事业之花正在绽放。1933 年 2 月，路易斯告诉格雷夫斯说，他正在"非常愉快地阅读一个儿童故事"，作者正是托尔金。[32] 当然，这个故事就是最终在 1937 年出版的《霍比特人》(The Hobbit)。

　　路易斯和托尔金之间的这份私交，后来被那时活跃在牛津的众多文学协会、社团和社交圈取代了。这些团体有时候是以某个具体的学院为中心（比如，20 年代内维尔·科格希尔和雨果·戴森两人都还是本科生时，就属于艾克塞特学院的散文学社）；有时候也聚焦文学或语言学主题（比如寇拜特社，托尔金成立该学社就是为提高对古代冰岛语言及其文学的欣赏）。虽然路易斯和托尔金都是牛津内部各种文学网络的活跃成员，但是他们两人的友谊却超越这些，并随着路易斯 1931 年末的归信基督而进一步加深。托尔金将《霍比特人》的部分选段读给路易斯听，路易斯也将《天路回程》的片段读给托尔金听。

　　这个小圈子后来扩展成为一个团体——淡墨会，并自此获得一种近乎传奇的身份。淡墨会从未有意成为一个讨论信仰与文学的精英团体。像托普茜(Topsy)那样，它自然地"长"起来了——大多借着偶然和巧合的因素。不过，淡墨会在 1933 年的产生，其必然性恰如每天旭日东升。路易斯和托尔金就是这样扩展他们的视野：通过书籍，通过朋友，也通过和朋友在一起读书讨论。

在路易斯-托尔金轴心之外的第一个加盟者是路易斯的哥哥沃尼，他那时正对法国 17 世纪历史产生浓厚兴趣。[33] 跟路易斯和托尔金一样，沃尼也在第一次世界大战中的英国军队服役。对于让沃尼加入他们的讨论，托尔金似乎是逐步才减少抵触的，后来也就默认了。过了一段时间，又有其他人被吸引过来。大多数早期成员，本来就是路易斯和托尔金圈子里的人——比如欧文·巴菲尔德，雨果·戴森和内维尔·科格希尔。其他人则通过邀请和双方达成共识而加盟。没有正式的会员身份，也没有举荐新成员的议定方案。

该团体也没有隆重的入会仪式——像托尔金"魔戒使者"那传奇性的创立典礼那样。没有誓言，没有效忠的承诺。事实上，该团体形成后许久都还没有名字。正如托尔金所说，它是一个"不确定的、不经选举的朋友圈"。[34] 淡墨会基本上是一群志同道合的朋友。对于不邀自来的"不速之客"，他们也并不鼓励他们再来。这个小组的团体身份慢慢才显露出来，而且随着岁月也有所变化。就其可描述的范围而言，这个团体的身份在于它聚焦基督教与文学——这两个术语都可以做很宽泛的解读。

究竟这个团体是什么时候、由谁起名为"淡墨会"，这一点并不清楚。对托尔金来说，它始终是一个"文学会社"。查尔斯·威廉斯（Charls Williams）是 1939～1945 年间的淡墨会成员，他在与妻子的通信中就没有用"淡墨会"来指称这个团体：它不过是"托尔金-路易斯小组"。[35] "淡墨会"这个名号——托尔金将之归因于路易斯——意味着"一群内心若有所思、略有想法，又略爱舞文弄墨之人"。[36] 该名称亦非首创。路易斯似乎是借用了他曾参加过的一个更早期的文学讨论小组的名字，后来这小组解散了。

P177

原来的淡墨会员是一批大学本科生，他们聚集在爱德华兹·汤耶·林恩——此人是后来的电影导演大卫·林恩的弟弟——在大学学院的寓所里，一同朗读自己未经发表的论文，以供讨论和批评。林恩牵头组织起这个小组，选用了"淡墨会"这个词来表示在写作上初显身手的意思。路易斯和托尔金两人都被邀请去参加这个主要是本科生的聚会。当林恩在 1933 年 6 月离开牛津时,该小组就停止运作了。或许正是出于这个原因,路易斯觉得自己可以用同一个名字来命名当时聚集在他和托尔金周围的这个新团体。

有关淡墨会最早的参考资料,见于路易斯 1936 年 3 月 11 日写给查尔斯·威廉斯的一封信。路易斯刚读完威廉斯的小说《狮子的地位》(*The Place of the Lion*,1931),十分喜爱。显然,这就是他自己也很想写的那一类书———部哲理小说,书中柏拉图式的原型以动物形态降临到地上。当时的牛津大学出版社,将它更具商业性质的经营项目——比如圣经与教育资料的印刷——的基地设在伦敦离圣保罗大教堂不远的阿们书房,而它的学术出版物基地则保留在牛津。路易斯向在阿们书房供职的威廉斯发出邀请,请他到牛津来,并与其他几位读过他这本书的人会面——他本人、哥哥沃尼、托尔金,以及科格希尔,所有这些人"都满怀景仰和激动,喋喋不休"。他们聚在一起,组成"一个算是非正式的会社,起名叫'淡墨会'",[37] 聚焦于与写作和基督信仰相关的一些议题。

实际上,这个聚集在路易斯和托尔金周围的团体是以"批判性朋友"的角色来运作的,目的是为讨论和推进正在创作过程中的作品。淡墨会并非一个严格意义上的"合作团体"。其功能是聆听作者诵读其正在写作的作品,并提出批评意见——并非为了筹划创作。与威廉斯的这一次见面唯一明显的例外是,他们收集了一批论文,结成论文集,以表示对查尔斯·威廉斯的敬意。而这显然是由路易斯本人首倡并推动的一项计划。还有一个值得注意的要点:这套文集涉及的淡墨会的其他成员只有四位,还有一位来自该团体以外的作者:多萝茜·L. 塞耶斯(Dorothy L. Sayers,1893～1957)。(这套文集的高知名度或许会让人以为塞耶斯本人也是淡墨会的成员,其实她不是。)

P178

研究路易斯的学者,可能会在淡墨会成员的问题上存在两个较大的误解:其一,赋予他们一种回顾性的意义和当时他们并不真正具备的内在统一性;其二,以为路易斯的文学接触面与影响面仅限于这一批人。

路易斯还属于淡墨会之外一个远大于它的写作团体,该团体在

1947 年之后又进一步扩展，持续聚会，但发挥的是更明确的文学功能。该团体的重要性在于弥补了淡墨会一个明显的缺憾：没有女性成员。就其历史语境而言，这种情形也不足为奇。20 世纪 30 年代，牛津大学仍然是一个不折不扣的男性机构，虽然女性学者也在渐露头角，但都仅限于纯女子学院中一个小小的团体，比如圣希尔达学院、萨莫维尔学院和玛格丽特夫人学堂。（多萝茜·L. 塞耶斯 1935 年的小说《炫丽夜色》[*Gaudy Night*]就是以一个虚构的纯女子学院为背景，很好地体现了当时大学对女子的普遍态度。）

不过，这里有一些更深的问题，反映了路易斯对妇女的看法，这些看法会让今天许多人觉得有点疑惑。路易斯后期的作品——特别是《四种爱》——表达了这样一种观念，即男性之间的友情表现形式从根本上迥别于其对应的女性友情表现形式。这就表明，淡墨会独有的清一色男性成员有可能是刻意为之，而非出于偶然。

尽管如此，路易斯仍然与一些重要的女性作家拥有文学上的友谊，比如凯瑟琳·法瑞尔（Katharine Farrer）、露丝·皮特（Ruth Pitter）、佩尼罗普修女（Sister Penelope），以及多萝茜·L. 塞耶斯。在一封致简内特·斯彭思——她是玛格丽特夫人学堂教英语的导师——的信中，路易斯详细表达了他对斯彭思《斯宾塞的〈仙后〉》（*Spenser's Faerie Queene*，1934）一书的欣赏，并且在行文之中还不时夹杂一些学术性的双关妙语。这是诸多迹象中的一例，表明路易斯在学术问题上博学慎思和对性别的忽略。[38]

那些实际从事写作的淡墨会成员与那些仅仅进行点评的淡墨会成员之间，存在一个明显的分别——有时这种分别会引发一种紧张关系。同时，也并非所有成员都参加聚会。虽然在淡墨会整个历史上与它挂钩的名字有十九个（清一色男性），[39]但是真正严肃的文学讨论似乎通常只限于五六个人——他们都在星期四晚饭后来路易斯在莫德林学院的寓所内相聚。

我们拥有 30 年代举行过的这些聚会的若干记录，所有记录都强调他们欢快和随意的气氛。当五六个人聚集在路易斯房间的时候，沃尼会沏好一壶浓浓的茶，点上雪茄，接着路易斯问大伙儿有没有人带什么东西来读。没有为讨论而分发文本这样的事，事实上，从表面看来，几乎就没有什么事是预先计划好的。淡墨会成员们只要准备好了，就随时把文章大声朗读出来，发表意见，互相点评。这种做法的确会引起某种程度上不失斯文的尴尬，因为托尔金的朗读不是太好——或许这就解释了为什么他的课上学生出勤率较低。这个问题最终等到他儿子克里斯多弗开始加入时才得到解决——他儿子用又清晰又富有魅力的声音朗读父亲的作品。

除了这些星期四晚间的聚会，他们还在星期二的午餐时间补充了一次聚会，大家边喝边聊。这次聚会，在圣吉尔斯街上"老鹰与小孩"酒馆（Eagle and Child，许多淡墨会成员也把这间公共酒馆称为"鸟儿与婴儿"[Bird and Baby]）后面的一间称为"兔子之屋"（Rabbit Room）的私人休息室里进行。酒吧的主人查尔斯·布拉格拉弗，特意将房间留给他们使用。不言而喻，星期二的聚会首要功能是社交而非文学。到了夏天，除了这些聚会，他们还会时不时地出游，到别的公共场所去，比如坐落在牛津北边哥德斯托的一家叫"鳟鱼"的河边酒吧。

在整个 30 年代，对于谁是该团体的核心人物这个问题，从来没有过任何疑义。淡墨会是一个男性行星系，围绕着两个恒星运转：路易斯和托尔金（后者通常被戏称为"托儿"[Tollers]）。两人中的任何一方都不能说是该团体的主导或指挥者，仿佛拥有对其功能与财产的所有权。然而却有一种心照不宣的、从未被挑战过的假定，这假定随着他们文学名气的增长而越发增强，那就是，他们两人是该团体自然而然的焦点人物。

路易斯在 1944 年的文章《圈内集团》（The Inner Ring）中指出，每一个团体都具有成为"圈内集团"的潜在危险，或者都可能把自己看成是"重要人物"或"知情人物"。淡墨会成员是否也陷入这种陷阱？有人这样怀疑。一桩特别的事件表明，这种怀疑或许有一定道理。

每隔五年，牛津大学都会遴选出一位"诗歌教授"。虽然有时候会有真正够分量的诗人担职——比如马修·阿诺德，但在当时，决定该职位的通常是大学中的政治而非写诗才能。那一年，校方明显倾心埃德蒙·詹伯斯爵士，而其中一位淡墨会成员认为这是个荒唐的选择。亚

P180

7.2 聚在牛津附近哥德斯托"鳟鱼酒吧"的几位淡墨会成员。自左至右：詹姆斯·敦达斯-格兰特，科林·哈迪，罗伯特·E. 哈佛德医生，C. S. 路易斯和彼得·哈弗（此人非淡墨会员）。

当·福克斯一天早上在莫德林学院的早餐会上提了这么一句：论人选，就连他都比此人强。这与其说是个确定的提议，不如说是只图嘴上痛快；福克斯并不是诗人，他只是想批评詹伯斯，而非推销他自己。但出于至今仍不甚清楚的原因，路易斯竟对这个古怪的提议认真起来。福克斯的名字届时出现在了三个候选人之列，提名者是路易斯和托尔金。路易斯站在福克斯一边，动员淡墨会成员及其圈内人士，发起了一场颇具声势的战役，最终让福克斯超过另两位候选人而胜出。托尔金将此看作淡墨会的一次著名胜利。他说道，"我们文学会社**真正写诗的人**"，已经胜过了建制的威力和特权！[40]

然而，这却是一次不明智的行动。福克斯的确写过一首诗——"又长又幼稚"的《科尔老国王》（Old King Cole）。后来，路易斯在听了福克斯的课后似乎意识到，他和同事们做了件太欠考虑的蠢事。他还错误地以为，那只是一次文学上的失误，但其实那酿成了一桩政治上的错误。路易斯从此与牛津的建制疏远了，而牛津的记性可是很长久的。

160

淡墨会终于在 1947 年开始走下坡路——不是由于热火朝天的争吵，也不是由于艺术使命已达成，而是经过商议，高贵地解散；它只是作为一个文学讨论团体而逐渐耗尽，尽管它的成员还继续交往，谈论大学政治和文学等方面的问题。但在它持续存在的期间，它是一个锻造文学创造力和文学能量的熔炉。约翰·维恩说道："在牛津历史上一段十分死寂的时期里，路易斯和他的朋友们掀起了生命的波澜。"[41] 尽管淡墨会有种种问题，可它毕竟有据可证地造就了一部英国文学中的权威性经典之作，以及另外一些短小的作品。这部经典之作是什么？正是托尔金的《指环王》。

关于路易斯的大众作品，有不少对《纳尼亚传奇》的陈述与我以下说法相反：事实上，《纳尼亚传奇》从来没有提交给淡墨会小组正式讨论过。1950 年 6 月 22 日，路易斯将《狮子、女巫和魔衣橱》的校样稿给几个到"老鹰与小孩"碰面、一起喝酒聊天的朋友们看。但这并非一次正式的讨论或辩论，不是对一部尚属草稿期的作品做严肃点评，而更多是对正在校对过程中的作品的"展示和告知"。

但这已经超出我们的叙述范围了。现在我们要来思考另一部作品。这部作品为路易斯建立起了作为一名严肃文学研究者的声望，至今仍被广泛阅读——1936 年的经典之作《爱的寓言》。

P182

《爱的寓言》（1936）

1935 年，路易斯在写给一位老友的信中，用以下三句简短的话概括了他当时的状况："我正在谢顶。我成为基督徒了。职业上我主要是个中世纪学者。"[42] 对于第一点，没有什么值得特别说的，路易斯的照片从那时起也证实了他自己的诊断。关于第二点，我们已经专辟一章谈论了。那么第三点呢？路易斯的《爱的寓言》，是他在专业领域里的第一部重要作品。该作品完全值得讨论，尤其是因为它所展开的文学主题

7.3 汉弗莱公爵分馆,牛津博德利图书馆中最古老的一部分,摄于 1902 年。该阅览室用于收藏手稿及早期印刷作品,从路易斯时代至今,几乎一成不变。

在路易斯许多后期作品中都能找到宗教上的对应。

P183

路易斯计划《爱的寓言》的写作已经有些时日了,但由于他当主考官职责繁忙,写作屡屡受阻,迟迟未能完工。早在 1928 年的 7 月,他就开始第一章的研究了,即"中世纪的情爱诗歌与中世纪的情爱观念"。[43]他好几个小时地泡在博德利图书馆最古老的汉弗莱公爵分馆里,巴不得能获准抽根烟,好帮助他唤回那游移涣散的注意力。可是,就像博德利图书馆所有读者一样,路易斯也被要求承诺,"图书馆内不得携带任何明火,不得点燃火苗,不得在馆内吸烟"。他的写作计划搁浅了。

不过到了 1933 年 2 月,他的进度又明显开始加快。路易斯写信给盖·波考克,请求将他与登特出版公司签的有关《天路回程》的合同做点改动。他希望修改"可选条款"这一项,这样,就能把自己的下一本书交给牛津的克拉伦登出版社出版。[44]他解释说,下一本书是学术性著作,讲寓言这个主题,他估计波考克或他的读者群对这个话题兴趣不大,因此提议要在可选条款中指明是"下一本具有通俗特点的作品",而不是"下一本书"。[45]

波考克看来同意了这个建议。路易斯将《爱的寓言》的打印稿交给肯尼斯·席撒姆,他是位英文学者,在牛津大学出版社任助理秘书。作品被出版社如期接受了,出版社稍后又将一份校样稿送至在伦敦的阿们书房办公室,好让编辑为它整理出推广材料。被委以此项任务的编辑是——这并不为路易斯所知——查尔斯·威廉斯。事实上,路易斯在 1936 年 3 月的某一天决定写信给威廉斯,告诉他自己何等喜欢他的小说《狮子的地位》,而恰恰也正是这一天,威廉斯打定主意要写信给路易斯,告诉对方他何等欣赏《爱的寓言》。"爱与宗教此二者极其独特的同一性到底意味着什么,可以说,自从但丁以来,你这本几乎是我唯一碰到的能对此问题表达出最起码理解的书。"[46]

《爱的寓言》题献给欧文·巴菲尔德。路易斯宣称,巴菲尔德教会了他"不对过去居高临下",并且"将当前本身也看为一个'阶段'"。就在该书的首页,路易斯已点明了下面这个在他作品中不断出现的主题:

> 人类经过各个阶段,并不像列车驶过各个站点:人类是活的,因此便享有特权始终向前,却永远不会将任何东西丢弃在后。[47]

虽然会有人争辩说,人类应该支持当代科学与社会观念的融合,应该将此视为"真理"——这与过去的"迷信"恰成鲜明对比。但路易斯却宣告说,这种观点只会导致人类成为自己时代的副产品,塑造这时代的是其中占主导地位的文化氛围和知识惯例。路易斯认为,我们应该挣脱"时代势利症"造成的浮浅的自鸣得意,认识到我们能从过去有所学习,恰恰是因为它能将我们从当代性的暴政中解放出来。

《爱的寓言》的焦点在于"典雅爱情"(Courtly Love)这一概念。路易斯将此定义为"一种高度特殊化的情爱,其特征可列举如下:谦卑恭敬、殷勤有礼、男女私通以及爱的宗教感".[48]"典雅爱情"的出现反映了 11 世纪末开始的对妇女态度的改变,这改变也受到大约同时期兴起的骑士理想的影响。典雅爱情表达的是一种膜拜之情,是对某种锻造人的精致的理想所怀的高贵的、骑士式的崇拜,而这种理想又具体体现在一个被爱着的妇人身上。

这种爱的行为被看做是能使人高贵、让人更加优雅完善的行为,它给予人性中一些最深层的价值和美德以表达的机会。12世纪包办婚姻盛行，这也可能迫使某些表达浪漫爱情的手法应运而生。这样的爱情在自我表达时，其措辞是封建性与宗教性同时兼具。恰如一个封臣理应尊崇、侍奉他的主人，同样，人们也期待一个恋人以绝对的顺从侍奉他心头所爱，对她唯命是从。典雅爱情肯定了人类之爱令人高贵的潜能以及被爱者居于爱者之上的地位，也描绘了爱作为一种日渐增强、却永远无法得到满足的欲求的本质。

然而，路易斯在此作为历史事实来描绘的，如今已被认为是一种文学虚构。在70年代，许多学者开始将"典雅爱情"解读为本质上19世纪的发明，它反映的是近代人的渴望，但这渴望却被拿回到中世纪早期去解读了。路易斯沉溺于维多利亚时期中世纪复兴家——比如威廉·莫里斯（William Morris，1834～1896）——的作品，因此有人认为他是透过维多利亚时期的视镜来阅读中世纪作品的。[49]然而，更近期的研究又清楚表明，情况并非像这些评论家所认为的那么直截了当。[50]无论如何，路易斯关切的是为表达"典雅爱情"而发展出来的诗歌传统，而非其历史概念本身。路易斯的书真正讲的是文本，而非历史。

《爱的寓言》的巅峰华章，是有关伊丽莎白时代诗人埃德蒙·斯宾塞的那一章。路易斯的书彻底改写了对斯宾塞《仙后》的批评性认知；同时，有关"典雅爱情"和中世纪传统中的寓言文类这两者的角色和意义，他也为其探讨和论争重新注入了活力。路易斯显示了寓言的使用如何是一桩哲学上必要的事件，它反映的是人类语言的本质与限度，而非代表某种自负的欲望——获得风格上的雕饰，或表达对早期文学传统在感情上的依附。路易斯论证道，寓言若用来代表诸如"骄傲""罪"这样复杂的观念，要远比抽象的概念更有优势。寓言为把握这样的现实提供了一柄把手，而没有它，讨论起生活中一些最根本性的主题时，就会显得困难。

从今天的角度看，路易斯《爱的寓言》的成就实际上更多在于他对斯宾塞进行饱含高度洞见的探讨，而不在于他对典雅爱情的论述。他对斯宾塞长达三万四千六百九十五行的宏伟诗作《仙后》的分析——尤其是对其意象的本质和地位的分析——始终引人入胜，让人信服。最近有一部权威著作论及斯宾塞在 20 世纪的接受情况，书中说道："路易斯对斯宾塞《仙后》所做的原创性评述——有关它的源起、韵律、哲理和构思的评述——胜过 19 世纪所有对它的评论。"[51]

有些路易斯的传记，提到《爱的寓言》获得过霍桑登奖。霍桑登奖是最古老的英国文学大奖，每年颁授给一名写出"想象性文学之最佳作品"的英语作家。此说法并不正确。不过，《爱的寓言》的确获过奖，是 1937 年的伊士莱尔·格兰茨爵士纪念奖。[52]这个颇负声望的奖项是由英国人文与社会科学院设立的，颁发给杰出的出版作品，该作品或者是"与盎格鲁-撒克逊语言、早期英国语言与文学、英语语言学或英语语言史相关联的主题"，或者是原创的"与英国文学史或英国作家作品相关联的研究，以早期文学为重"。这是个举足轻重的荣誉，表明《爱的寓言》是一部杰出之作，而它的作者作为一名较年轻的学者具有广阔的学术前景。该作最为突出的则是它那善于概括、阐释、综合和吸引读者的非凡能力。路易斯的牛津同事海伦·嘉德纳后来评论道，那显然是"出自一个热爱文学之人的手笔，他有超凡的能力来激发读者的好奇和热情"。[53]

或许正是由于这一点，当我们将它与路易斯作为一名讲师的明显天分——他善于交流、点燃热情、令人激动的能力——放在一起考虑的时候，我们就可以解释，为什么路易斯 30 至 40 年代的牛津讲座能吸引那么多听众。对于文本（无论是读者熟悉的，还是晦涩难懂的），路易斯都是一边提供充满见识与热情的解读，一边将读者吸引过来与他一同阅读；路易斯试图以此方式"恢复"那些被无知所漠视、被偏见所边缘化的作者、文本和主题。[54]简言之，路易斯可说是一名斗士，他捍卫文学，捍卫文学在人类文化和知识中的地位。

路易斯论文学的地位与目的

纵观其整个职业生涯，路易斯绝大多数的思想和笔墨都着力于对文学地位和目的的描述，无论其关涉的是人类文化的丰富，宗教情感的培养，还是个人智慧与性情的锻造。虽然路易斯某些关于文学的思想在 40 年代到 50 年代之间还有进一步的发展，但大部分到了 1939 年就已经定型了。

路易斯对于文学该如何进入、如何理解的认识，与当代文学理论的主流观点相去甚远。就路易斯而言，阅读文学——尤其是阅读**更古老的**文学——对基于"时代势利症"之上的某些欠成熟的判断是一桩重要的挑战。欧文·巴菲尔德已经教导过路易斯，要对那些宣称当下必然较过去优越的人心存怀疑。

路易斯在《论读古书》(On the Reading of Old Books, 1944)一文中，特别强调了这一点。路易斯在该文中论道，熟悉过往的文学能为读者提供一个立足点，好与他们自己的时代拉开一段批评性的距离。这样，他们就得以"用自己合宜的眼光去看待当下的各种争议"。[55]阅读古书能让"清新的历世历代的海风不断吹拂我们的头脑"，[56]从而使我们免于成为"时代精神"的被动俘虏。

很显然，此时的路易斯正在头脑中进行着基督徒的神学辩论；他特别写到关于过去神学资源的重要性，认为这笔资源能对当前起到丰富和激发的作用。但他的论证还有更广泛的意义。"新书尚处试验阶段，一个外行人没有资格对它进行判断。"[57]既然我们无法阅读未来的文学，我们起码能阅读过往的文学，它对当下的终极权威构成一种强有力的隐含的挑战，我们起码要认识这一点。因为或迟或早，当下总要变成过去，而当下观念所具有的不证自明的权威也将被腐蚀——除非这权威是建基于这些观念本身所固有的美德上，而不仅仅是其年代所处的位置。

路易斯指出，当人们意识到 20 世纪新兴的各种意识形态时，那些"在许多地方生活过的人"就不容易被"他本村本土的当地错谬"所欺骗。路易斯宣告，学者即是"在许多时代生活过的"人，因此能够挑战那种下意识地认为当下的判断与潮流具有内在决定性的先入之见：

我们需要对过去有一种密切的认识。并不是过去有什么魔力所在，而是因为我们无法研究未来，但又需要某种东西作为现在的参照，来提醒我们，不同的时代都有各自不同的基本假设，许多在未蒙教化的人看来确凿无疑的东西，无非只是当时的风潮。[58]

路易斯坚持认为，要理解古典或文艺复兴时期的文学，有必要"搁置大部分的回应，抛掉大部分的积习"，而这些积习都要归因于"现代文学的阅读"[59]——比如，不加怀疑地假定我们自己的处境具有先天的优越性。路易斯用了一个熟悉的文化典型来说明这个问题——出国旅行的英国游客，就像 E. M. 福斯特（E. M. Forster）的《看得见风景的房间》（*Room with a view*，1908）这类作品中不惜笔墨揶揄嘲讽的那些人。路易斯叫我们想象这么一个出国游历的英国人：他深信，自己的英国文化价值远远高过除自己之外的西欧的那些蛮夷之辈。他不是去搜寻当地文化，享受当地美食，容让自己的预设接受挑战，而是只跟其他的英国游客交往，执意要找到英国食物，看到他的"英国性"，把这个当作他不惜代价要去维护的东西。他就这样随身带着自己的"英国性"，"又将它原封不动地带回家"。[60]

还有另一种游览异国的方式，与之相对应，也有另一种阅读早期文本的方式。这一次，旅游者吃着当地的食品，喝着当地的美酒，"以当地人的眼光而不是游客的眼光来观看异国"。路易斯论道，其结果是这位英国游客回到家中，"见识增长了，思考、感觉"的方式与从前不同了。他的旅行扩展了他的视野。

路易斯在此要说的是，文学提供给我们一套不同的看待事物的方式。它打开我们的眼睛，为价值判断与反思提供新的视角：

> 我自己的眼睛不够用，我还要透过他人的眼睛来看……在阅读伟大的文学时，我变成了一千个人，却同时还是我自己。就像希腊诗歌中的夜空，我用一千双眼睛去看，但看的人还是我自己。[61]

P189

对路易斯来说，文学帮助我们去"用他人的眼睛来看，用他人的想象来想象，除了用自己的心，同时还用他人的心一同去感觉"。[62]这就为我们提供了一种对现实想象性的再现，从而挑战我们自己对现实的观感。

因此，阅读文学即是潜在地让自身接受可能的改变：将我们自身敞开在新的思想面前，或者迫使我们重访那些我们一度以为理应拒绝的东西。恰如拉尔夫·瓦尔多·爱默生(Ralph Waldo Emerson)所说，"在每一件天才的作品中，我们都认出了被我们拒绝的思想：它们又以某种令人陌生的威严回到我们面前。"[63] 路易斯因而强调，文本影响我们，它也挑战我们。若一直坚持文本要符合我们的预设以及思维方式，那就等于强迫文本嵌入我们自制的模具中，从而剥夺了它更新、丰富或改变我们的任何机会。阅读文学作品意味着"完全进入［其他人的］意见，从而也就是进入其他人的态度、感受和全副的体验中"。[64] 它意味着柏拉图所说的"心理教育"(psychagogia)——一种"对灵魂的扩充"。

路易斯认为，所说的是**什么**，要比是**谁**说的更重要。他认为，构成文学"批评"的要素是领悟作者的意图、接受作品，以及由此经历到的一种内在的扩充。我们看到，这个观点在他的《〈失乐园〉序》中得到了充分的阐释，这篇文章十分精彩地呈现了弥尔顿史诗的背景，并详究其意义。路易斯有力地论证了一点，即诗歌中真正重要的不是诗人而是诗本身。剑桥学者 E. M. W. 梯利亚德(E. M. W. Tillyard, 1889~1962)则提出与此截然对立的观点。梯利亚德认为，《失乐园》"实际上说的是弥尔顿在写这首诗时真实的心灵状态"。

这就是 30 年代那场著名论争的缘起，它常被冠以"个人异端"(The Personal Heresy)之名。这场复杂的论争简而言之就是，路易斯赞成一种客观的或非个人化的观点，认为诗歌讲的是"在那里"的东西；而梯利亚德则捍卫一种主观的或个人化的观点，认为诗歌讲的是诗人内心的东西。路易斯后来将这个观点称作"主观主义的毒药"。对路易斯而言，诗歌的运作不在于将注意力引向**诗人**，而是引向**诗人之所见**："诗人不是一个要求我去看**他**的人；他是一个说'朝那儿看'，并指向那儿的人。"诗人因而不是一处"场景"(spectacle)，以供观看，而是"一副视镜"(set of spectacles)，透过它可以观看事物。[65] 诗人是一个能够帮助我们以不同方式看事物的人，他指点的事物若非借他指点，我们或许就注意不到。或者还可以说，诗人不是一个要人**朝向**他去看(to be looked at)的人，而是一个要人**透过**他去看（to be looked through）的人。

我们可以这样概括上述这一切：路易斯对文学阅读的理解是，它是一个想象及进入他者世界的过程，它有能力照亮我们真正生活于其中的经验世界。路易斯时常将自己奉献出来，为那些涉足于这趟朝圣之旅的人当旅途向导。对许多人来说，他最擅长的莫过于将斯宾塞和弥尔顿介绍给那些与其初次相逢的人。

然而，路易斯并非仅仅是其他作家想象世界的收录机。他自己也成为这类世界的创造者，并且显然是受到了先于他的那些人的思想和意象的影响。我们绝不要忘记这一点：与伟大的文学相交的一个可能结果便是，我们不仅盼望自己能写出这样的作品，而且也盼望能将属于过去的智慧、机智和高雅吸收进来，融入让当代人也喜闻乐见的形式中。路易斯正是一个在这方面驾轻就熟的人，我们将在探讨纳尼亚的创作时看到这一点，同时也将看到路易斯是如何应用想象的世界来光照我们自身世界的。

不过，纳尼亚还是未来的事。当前现实世界中发生的事件开始出现一种令人不安的转向。1939 年 9 月 1 日，德军侵占波兰。英国首相内维尔·张伯伦起初试图让德国和波兰达成和平协议。当议会否决了这项动议后，张伯伦向希特勒发出最后通牒：阿道夫·希特勒必须从波兰撤军。9 月 3 日，英国没有从阿道夫·希特勒那边获得任何反应，于是英国向德国宣战。第二次世界大战开始了。

第 *8* 章

国内声誉:
战时护教家

【1939～1942】

　　1939 年 10 月 22 日星期天。牛津大学圣母马利亚教堂内,学生与教师济济一堂,座无虚席。听众神情专注,气氛节制肃穆,讲道者的题目是"并无别神:战争时期的文化",讲道人是 C. S. 路易斯。据称,那场讲道是针对冲突、无常和混乱的局面,为学术生活进行的一次强有力的捍卫,听众心中印象深刻。路易斯论道,战争的爆发将事物本原的真相再次显明,这就迫使我们放弃对自己、对世界的乐观幻想。现实主义再次回到它的王座。"我们一直以来生活于其中的宇宙是个什么样的宇宙,如今我们看得一清二楚了,而且还必须面对它。"[1]

　　1914～1918 年一战期间在牛津生活过的人,没有一个会忘记那场大战对大学造成的毁灭性冲击。学生数目锐减,学者加入战争,学院和大学建筑转为战时军用。二战刚刚爆发时,同样的模式又开始重复,尽管规模不尽相同。但新的挑战也接踵而至。纳粹德国连番空袭,威胁不容忽视。战时灯火管制,整个城市陷入中世纪以来从未有过的黑暗;纸张短缺,意味着学生无法再得到上导师辅导课所需要的书籍。

　　连窑也立即遭遇变化。9 月 2 日,就在德国人侵波兰的第二天,沃尼被召回军队。(沃尼自从 1932 年 12 月 21 日退役后,还保持正规军队储备官员的身份。)他接到命令,要立刻奔赴约克郡的卡特瑞克。两星期后，他被委以执行少校头衔，前往法国，为英国远征部队组织军队运输和军用物资供应。

沃尼动身后几小时不到，连窑就迎来了四位新成员——从伦敦疏散出来的四个中小学女生。伦敦的空袭不断为连窑送来"疏散者"，他们一住就是好几月。路易斯这段时间的通信饶有兴味地提到，孩子们时常抱怨他们没事可做。他们就不能读点什么吗？路易斯觉得纳闷。

不过，在战争刚开始的头几周，路易斯心头还压着另外几个更重大的问题。1939 年 9 月 3 日生效的国家服役（武装部队）法案规定，对十八岁到四十一岁之间所有居住在英国的男性进行强制征兵。路易斯当时四十岁，他显然很担心。他会被征召吗？这第二次大战肯定不用他去打吧？波兰被占领后的第二天，他安排和莫德林学院的院长乔治·戈登见了个面，后者解除了他的顾虑。路易斯到 11 月 29 日就满四十一周岁了——只需再过两个月。他没什么可担心的了。[2]

事实证明，路易斯后来不是成为这场战争的积极参与者，而是它的

P193

8.1　1940 年接受检阅的牛津地方军。游行队伍正穿过"平地"，他们将从这里跨过莫德林桥，往牛津市中心去。

旁观者。他在 1940 年夏天当上了一名当地国防志愿者——后来被更名为"地方军",每九天要有一个晚上"在牛津最让人沮丧、最恶臭难闻的街区闲荡"。[3] 当他从凌晨一点半到四点半,肩上背着支来福枪四处巡逻的时候,他自己都觉得有点好笑,自比为莎士比亚《无事生非》中的警吏道格培里。[4] 然而,夏天的清晨,在牛津带着凉意的荒凉街道上巡逻,那份安宁和寂静也让他珍惜。

路易斯在 40 年代早期的通信中,描绘了一幅所有战时的英国学生都熟悉的画面——急需节俭、食物与基本物资短缺、接收无家可归的人,以及对未来深深的忧虑。路易斯自己对付这些问题的方式有时颇具喜剧性——比如,在与朋友讨论但丁时,他的"战时经济"就是,不喝马德拉酒,改喝茶。沃尼走后,路易斯现在在莫德林学院两间起居室中较小的那间工作,这样可以少用一点煤来取暖,节省一点。[5]

路易斯与查尔斯·威廉斯的友情

这场战争的成果之一是路易斯结出了一朵友谊之花,这对他来说至关重要。1939 年 9 月 7 日,牛津大学出版社将它在伦敦的办事处撤离伦敦。整个战争时期,全体员工都迁到牛津,包括查尔斯·威廉斯,但他的妻子和儿子则仍留在汉普斯蒂德。在路易斯的鼓励和支持下,威廉斯融入了牛津,也是淡墨会的常客。英语学部缺讲师,路易斯轻易就说服了他们,让他们相信威廉斯正是不二人选。结果,威廉斯的课果真具有轰动效应,吸引了大批听众,赢得了高度赞赏,叫好又叫座。

在威廉斯到来的一年之内,淡墨会发生了不可逆转的变化。直到那时,主导人物还是路易斯和托尔金。或许是事出必然吧,威廉斯——此时在他名下已有一长列小说、诗歌、剧本和传记了——终将要在这个团体中扮演非同小可的角色,从而打破它原本就有点岌岌可危的平衡状态。托尔金在 1925～1940 年间一直都将路易斯视为自己最亲密的

172

8.2 小说家和诗人查尔斯·威廉斯(1886～1945)。

朋友，他这时意识到威廉斯横插在他们中间，并把这解读为自己和路易斯之间关系疏远的一个标志。[6] 但总的来说，威廉斯无疑是对淡墨会有益的，而淡墨会也惠及威廉斯。

连窟的情形也在发生变化。1940 年 8 月，摩琳与诺丁汉郡沃克沙浦大学的一名音乐教师列奥纳德·布莱克结婚了。路易斯不喜欢布莱克，挖苦说他是"又矮、又黑、又丑、又闷葫芦的一个人，几乎没听他吱过一声"。[7] 可是，列奥纳德和摩琳·布莱克后来在路易斯生命最危急的时刻对他表现了相当的仁爱，尤其在摩尔太太生前的最后几年，以及 50 年代晚期帮忙照顾乔伊的两个儿子方面。

1940 年 8 月 16 日，沃尼——此时正驻扎在卡迪夫温沃营地的物资技术训练与动员中心——被移出了现役军人名单，又回去当常规军队储备官员了。沃尼的军事生涯究竟发生了什么，我们不甚清楚，但似乎爆发了什么事，而那时正值英国军队力图从近乎灭顶之灾的敦刻尔克撤退事件中重振旗鼓，急需更有经验的军官来协助重建的时候。沃尼的军中记录并没有为这次解职提供明确理由，这就让读者感到疑惑，该如何解读那寥寥数语的几句说明。鉴于他后来的个人经历，许多人不免怀疑，酗酒可能是原因之一。沃尼回到了牛津，加入牛津地方军，头衔是二等兵。路易斯两兄弟重聚。

路易斯周围还发生了其他一些变化。由于是"战时"，牛津大学为开设院际间讲座的教师支付薪酬的计划全部中止。路易斯相当懊恼地发现，他每年会少二百英镑的收入。当然，尽管没有报酬，惯常的讲座他还得开。

莫德林学院也进入了战时经济状态，尽一切可能地节省开支。莫德林林地的鹿群被挑出去宰了。教师们分到腰腿部的鹿肉，带回家私用。摩尔太太尝试着煮鹿肉，"整个房子充满了忍无可忍的极度的腥臭"；不过，路易斯宣告最终产品"棒极了"。[8]

1939 年 11 月，他在写给沃尼（那时他还在法国）的一封信中明确提到，淡墨会还在继续聚会，谈论彼此的作品。在东门旅馆（就在莫德林的街对面）一起就餐后，他们会享受"一场真正一流的晚间交谈"，谈的是成员中正在创作的三部作品：

随后的这份精神食粮菜单，包括了托尔金的新书《霍比特人》的部分章节，威廉斯的一部耶稣诞生剧（对于威廉斯而言，该作算是非同寻常地明白易懂了，大家也难得地一致通过了），还有我自己的书《痛苦的奥秘》中的一章。[9]

路易斯提到的第一本书，就是《指环王》中一部分的早期草稿；第二本是查尔斯·威廉斯的剧本《马槽旁的房子》（*The House by the Stable*）；第三本是路易斯的著作《痛苦的奥秘》，他正是在这段时间开始动笔的。

在托尔金写"新霍比特人的书"这件事上，路易斯的角色不容忽视。他通常只是被视为一个独立写作的作家，但这部英国文学经典之作问世的故事却让我们以一种迥然不同的眼光来看待他——他是一位鼓励别人创造杰作的文学助产士。因此有评论家指出，正是由于路易斯的帮助，一部比他自己写的任何作品都更伟大的经典作品诞生了。

文学助产士路易斯： 托尔金的《指环王》

每一个作家的写作都需要他人的鼓励，不仅在于鉴别各种可能性方面，也在于推动作品的完成。比如，查尔斯·威廉斯依靠他的妻子弗洛伦斯来专注于他的写作。他在战时撤退到牛津后，这份写作的激励也随之失去了。1945 年 4 月，威廉斯写信给妻子，哀叹自己在流放牛津期间她没有在场："你为什么不在这里，给我一杯茶，然后迫使我干点活？一股对写作无比生厌的情绪正压在心头。"[10]正如许多在他之前和之后的人一样，威廉斯也需要一个导师来帮助他写作。

托尔金也有同样的问题。他是一个具有强大创造力的人，但仍然需要有人对他所写的东西给予肯定——更重要的是，要说服他把工作完成。托尔金被他主考官的职责弄得焦头烂额，觉得这些都在侵占他的写作时间。托尔金在 1930~1931 年间很快就写好了他的第一部小说

《霍比特人》头几部分的草稿，等写到巨龙史矛革之死那部分时，他就停笔了。这之后，他没有创作精力了——如同理查德·瓦格纳写《尼伯龙根的指环》一样，他把齐格弗里德留在椴树下，就琢磨不出下一步该往哪里走了。托尔金也草拟了一个粗糙的结尾，然后把它搁置一旁。随着他与路易斯友情的发展，托尔金终于鼓足勇气，请路易斯帮他读读，并给他提点意见。路易斯明确表示，他很喜欢，只是对结尾有点疑虑。

《霍比特人》最终得以出版，有赖于一连串幸运的偶发事件。托尔金将他的《霍比特人》打印稿借给他的一个学生依莲·格里弗斯，格里弗斯又使这书稿引起了苏桑·达格纳尔的注意。达格纳尔是牛津毕业生，任职于伦敦的乔治·艾伦与安文出版社。达格纳尔得到一册打印稿后，把它交给出版商斯坦利·安文去评估。安文接下来又请他十岁的儿子雷纳来读一读。雷纳的回应非常热切，安文便当即决定出版。交稿合同的期限给了托尔金急需的完成写作的动力。1936 年 10 月 3 日，作品终于完成。

1937 年 9 月 21 日，《霍比特人》面世。首印一千五百册，很快售罄。出版社意识到《霍比特人》这一始料未及的市场需求后，催促托尔金再写一本"霍比特人-书"——而且要快。由于托尔金原先完全没打算为这卷书再写续集，这要求便成了一个挑战。

开头的一章"意外之旅"，写得还比较轻松，但接下来，托尔金又失去动力和热情了。情节变得愈发复杂，色调显得愈发灰暗。他想写一部更复杂、更精致的神话作品的雄心，不断侵扰着他。最后，写作过程完全搁置下来了。正如他用来指涉自我的角色尼格尔那样，托尔金发现自己更擅长画枝叶，而非画树。精巧的细节令他喜悦，尤其是当这细节关涉到新的神话与生僻词汇的创造时。宏大的叙事结构与其说让他觉得疲倦，不如说是将他**压垮**了。

在忙碌的学术生活中，托尔金根本没有足够的热情来支撑这项写作工程。他的完美主义，他的家庭生活负担和学术责任，以及他喜欢运用自己发明的语言而不喜欢平凡语言，这些因素合起来便耽搁和推延了他的新"霍比特人-书"。灰心丧志后，他便转到别的事务上去了。

只有另外一个人似乎对这项工作仍感兴趣，那就是路易斯。路易

斯去世后,托尔金强调了路易斯在促使他坚持将《指环王》写下去这件事上扮演的关键角色:

> 我欠[路易斯]一笔无法偿清的债,它并非一般人所理解的"影响",而是纯粹的鼓励。有很长一段时间,他是我唯一的读者。唯独从他那里我才得到这么一点想法,即我的"东西"不只是私人癖好。倘若不是他的兴趣和想要知道更多的不懈渴望,《指环王》永远也写不完。[11]

这段时间,路易斯投入了很多个人精力来鼓励托尔金的文学事业。1939 年 12 月的一天晚上,他连夜拜访托尔金在牛津北部的家,那时托尔金的妻子伊迪斯刚动完一次手术,正在阿克兰的疗养院住院康复。战时的灯火管制,使这趟行程颇有些风险。路易斯沿着长墙街和圣泉街往北走,"几乎就像一个人在黑屋子里摸路",艰难地寻找方位。过了基布尔学院后,路才好走些,好不容易到了托尔金在北野路 20 号的家。他们整个晚上一边"喝着杜松子酒和酸橙汁",一边讨论托尔金的"新霍比特人"和路易斯的"痛苦的奥秘"。[12]路易斯返回莫德林时已经半夜了,月色下,他回家的路比去时好走了许多。

到 1944 年初,托尔金的写作又搁浅了。像尼格尔一样,他又陷入了细节。对于这项写作工程以及自己是否有能力完成,托尔金都失去了信心。在这一点上,路易斯与他截然相反。路易斯首先是个说故事的人,但他先构思出纳尼亚的意象,然后用这意象引导他的笔。路易斯下笔流畅,并不过度忧虑如何解决《纳尼亚传奇》里大量前后不一致的地方。尽管托尔金也是个说故事的人,他对待自己作为"次级创造者"的角色却极其认真,他设计的历史和语言都很复杂,他安置在小说中的人物,其根源都要深入到他的中土故事中去。

毫无疑问,为了维持一致性,好确保他那既复杂又精细的背景故事能与他的文字叙事保持恰当的关联,托尔金已经感觉到自己疲于应付,力不从心了。"故事之树"上的每一片叶子都必须不偏不倚,恰到好处——这个过程不可避免地让取得一致性这个目标占据上风,让那些富于想象力的次级创造屈居其下。托尔金被自己繁复的世界纠缠住了，对已经写下的东西的连贯性和一致性的焦虑，使他无法完成创作。他的锚铢必较，正威胁着要吞灭他的创造力。

转折的时刻终于来到。1944 年 3 月 29 日，托尔金和路易斯一同吃午饭。路易斯在通信中一点都没提到这次会面或有关的细节，但它显然为托尔金注入了新的能量和热情。托尔金开始在周一晚上的私人会面中向路易斯逐章读他的书，路易斯的反应深深激励了他——事实上，路易斯听得数度落泪。[13]作品中某些章节开始在淡墨会聚会中成为定期的专题，常常赢得在座不少人的高度赞赏，虽然并非全体。雨果·戴森十分不喜欢这部作品，时不时想阻止在聚会中朗读这本书。最后，路易斯只得出来干涉："闭嘴，雨果！来，托儿！"

倘若我这本书的主角是托尔金，关于《指环王》的起源和创作过程，我还会有许多话要说。但这并非本书的主旨。所以我的要点是：路易斯甘心情愿、竭诚尽力支持别人和鼓励别人——恰如他也得到别人的鼓励一样。我们已经注意到，淡墨会成员们是如何讨论路易斯有关"痛苦的奥秘"的思想的。这本书，被普遍看作标志着路易斯以基督教护教家身份开始扬名的成名之作。那么，这是一本什么样的书？它是如何写成的？

《痛苦的奥秘》（1940）

《痛苦的奥秘》是路易斯在"基督教护教学"（Christian apologetics）方面出版的第一部作品。"基督教护教学"即帮助普通人辨识、理解和解答与基督信仰有关的问题和难题，同时也宣示它有力量对事物作出解释，并满足人心最深处的渴求。书中有一句话最广为流传，但恐怕未必能公正概括书中的总体观点："上帝在我们快乐时喃喃低语，在我们良心中直言不讳，在我们痛苦时则高声呐喊：痛苦是他要唤醒一个装聋作哑的世界所用的扩音器。"[14]尽管这只是个附属的观点，但却时常被不恰当地引述，仿佛这就是路易斯对于痛苦问题的要义总结。

路易斯在这本书的开篇，回顾了他作为无神论者的那段时光。他后来评论道，倘若你要"警告他人什么事"，你必须自己"曾经爱过那件事"。[15]在第一章中，到处都暗示着《被缚的精灵》和叙事诗《戴默》提出来但却没有得到解答的主题——人类在一个似乎失聪的天堂与沉默的上帝面前所受的苦难。路易斯描绘了自己曾经相信过的宇宙——一个充满黑暗与冰冷、不幸与苦难的了无意义的地方。他援引了各种景象：各种文明毫无意义地兴起又逝去；科学宣判人类终将走向灭亡；还有宇宙，那也是注定要死亡的。最后，他以二十年前曾用过的那种口吻下结论道："要不宇宙背后没有灵，要不存在的是一个对善和恶都不闻不顾的灵，再不然就是一个邪恶的灵。"[16]

可是，果真这么绝对吗？他思忖。"倘若宇宙如此败坏，或者算它一半败坏吧，那么，人类又究竟何以一度将它归诸一位智慧、良善的创造主的作为呢？"在论证了信仰的内在合理性后，路易斯转向痛苦造成的问题："倘若上帝是善的，他就会愿意将它的受造物造得全然幸福；倘若上帝是全能的，他就能够达成自己所愿。然而，受造之物并不幸福。因此，上帝若非缺乏善，就是缺乏能力，抑或二者都缺乏。"[17]可是，在应用了这个典型的苏格拉底策略之后，路易斯又注意到，他所使用的术语——比如，**善**，**全能**，**幸福**——都是需要仔细检验的。若这些词承担的是日常语言的意义，那么，问题真的就严重了。可是，若这些词的意义不是这样呢？若我们需认识的是它们的特殊意义，并需从这特殊意义的角度来看事情，那又如何呢？

对路易斯来说，人们太容易将善（goodness）与仁慈（kindness）混同，从而从一个错误的视角出发去看问题。上帝的"善"意味着我们必须将自己看为上帝之爱的真正目标，而不是一场冷漠的神圣福利事业的目标。路易斯表示，关于上帝对我们的这份爱，有四种思考它的方式：艺术家对所创作之物的爱，人类对动物的爱，父亲对儿子的爱，男人对女人的爱。探讨完上帝对人类之爱的概念后，路易斯表达了他的惊异之情："为何随便一个受造之物——更不用说我们这样的受造之物了——都会在他们的造物主眼中拥有这样巨大的价值。"我们的问题是，我们

P202

不想要人管，不想被那么热切地爱着。"你想要一位爱的上帝：你已经有了。"[18]

路易斯坚持认为，这些概念必须在基督教思维方式的前提下来理解——对路易斯来说（对奥古斯丁与弥尔顿亦然），需要对人类犯罪和悖逆有所认识。路易斯自己的灵性历程充盈渗透在他的分析中，其中突显的是他如何征服了自己对个人独立的过分执著。事实上，在许多方面，路易斯觉得所有事物都吻合得天衣无缝，他实在看不出什么必要向读者做更多的细节解释。这一点或许能帮助我们理解，为何他的论证有时候会停顿，还有语气与节奏上的改变、逻辑上的中断，以及没有经过论证来充分过渡的想象性跳跃。

路易斯接着采取了一个基本上是基督论的步骤，这一步骤在他选择放在作品开篇处的隽语中已经有所暗示：乔治·麦克唐纳的引言——"上帝的儿子受难至死，不是为了让人类不再受难，而是为了让他们能如他一般受难。"对路易斯来说，上帝在基督里的道成肉身必须是基督教回答关于痛苦问题的焦点：

> 世界是一场舞蹈，在这场舞蹈中，善从上帝那里降临，受到了从受造物中产生的恶的搅扰。恶导致的冲突，由上帝靠自己承担苦难的本质来解决，而苦难则是由恶产生的。自由的堕落这一教义宣称，恶为此成了次一级的和更加复杂的一种善的燃料或原材料，但它不是上帝造成的，而是人类造成的。[19]

在该书的后半部分，路易斯思考的是可以从苦难中学到什么。这不应被理解为在苦难面前为上帝辩护，而是试图询问，我们如何能与苦难共处。苦难能向我们显明，我们何时走错了方向，或做了坏事。它能让我们看清我们存在的脆弱和短暂，从而挑战我们那凡事靠自己的自信心。痛苦因此有助于摧毁那"万事如意"的幻象，容让上帝"在一颗悖逆灵魂的城堡内［栽植］下真理的旗帜"。它能帮助我们做出善的抉择。这一点可能会让人作出如下解读：路易斯将苦难视为某种让我们变为更好之人的"道德工具"（这就是他的牛津同事奥斯丁·法瑞尔（Austin

该书有许多优点,特别是它那高雅的风格,清晰的阐述,以及苏格拉底式的对概念的分析,并由此引至对"痛苦问题"系统的表述。然而,读者最后不禁会疑惑,这里是否存在着一种智性与情感之间的断裂? 路易斯在创作该书的过程中给哥哥沃尼写过一封信,他在信中暗示说,该书讨论的基本上是智性问题,"现实生活"中的痛苦经验与它没有关系:

> 请注意,假若你正在写一本关于痛苦的书,然后你果真遭遇到某种现实的痛苦……这痛苦经验既不会像愤世嫉俗者料想的那样,会将这学说炸得粉碎,也不会像基督徒盼望的那样,会将它化为实践。两者一直是不太搭界,不太相关的,就如现实生活中的任何一点一滴,其实都与你的读书写作没有关系一样。[20]

路易斯在此想说的似乎是,对痛苦的经验与任何对痛苦意义的讨论都不相干。智性上的思考是作为脱离经验世界的事物来呈现的。这是一个有点稀奇的陈述,反映的也是同样稀奇的想法。路易斯对痛苦问题的这一高度理性的处理方法,似乎跟痛苦的经验完全脱离关系。那么,倘若路易斯本人经历痛苦,或者他所爱之人经历的痛苦就仿佛是发生在他自己身上,那又会怎样呢? 从某种意义上说,《痛苦的奥秘》为《卿卿如晤》(*A Grief Observed*)那巨大的情感漩涡铺垫了基石。这一点我们将在后面的叙述中进一步讲论。

《痛苦的奥秘》是题献给淡墨会的,它逐渐被认可,成为对痛苦问题所做的一种经典的基督教回应。其缺憾也是众所周知的——有些过于夸大,过于简单,过于省略。可是,许多读者仍能从中找到一种声音,与他们的内心关切相共鸣,其回应也使他们的心得到安慰。路易斯因此赢得不少崇拜者,但他并未因此出名。可是,这本书后来被证明是令他声名鹊起的链条中关键的一环。而路易斯也很明智,知道名声有时可能具有毁灭性。

路易斯预料到事态会如此发展吗? 更重要的是,他对此感到**担忧**

P204

吗？他能应付得了步步逼近的名人地位吗——抑或会在"自我主义的狂欢"中毁灭？路易斯这段时期个人生活中的一个重大变化，可能与这份担忧有关。1941 年，路易斯写信给沃尔特·亚当斯神父；亚当斯神父是英国国教高教会的神职人员，以杰出的灵性导师和告解神父身份而享有盛名。路易斯问他是否愿意给他一些灵性上的指导和方向。亚当斯的侍奉地点在圣约翰福音传道者会（常被称为"考利神父会"），与莫德林学院十分钟的步行距离。

1930 年初，路易斯曾宣布说，格雷夫斯是他的"唯一真正的告解神父"。[21]这句评论可能是写于路易斯归信之前，指的是路易斯常年向格雷夫斯吐露个人隐私的这一习惯，他觉得这些隐私其他人没法分担。可是，随着基督信仰在路易斯生命中扮演越来越重要的角色，他很可能觉得自己需要一位更有灵性辨别力的密友。据我了解，格雷夫斯从来没听说过亚当斯。[22]

路易斯在 1941 年 10 月的最后一周向亚当斯做第一次告解，他对"自我主义的狂欢"感到焦虑。[23]自那以后，两人每周五见一次面。对于他们之间的谈话，我们几乎一无所知，只知道亚当斯坚持强调"三种耐心"——"对上帝耐心，对邻舍耐心，对自己耐心"。[24]

亚当斯对路易斯产生了一份微妙而重要的影响，使他逐渐脱离从爱尔兰教会继承下来的低教会派身份，也帮助他发现礼拜仪式和定期诵读圣咏篇在协助个人灵修方面的重要作用。[25]路易斯从一开始就清楚表示，他感到亚当斯"与罗马靠得实在太近了"，而且自己"在某些方向上跟不上"。[26]尽管如此，亚当斯还是成了路易斯一个非常重要的灵性朋友，在幕后帮助路易斯应对起初的名声，以及后来名声带来的后果。

路易斯战时广播讲话

战争给英国的许多机构带来变化，包括国家广播电台——英国广播公司(BBC)。到了1940年中期，BBC显然要在维持国民士气方面扮演重要角色。由于新闻用纸短缺，越来越多的人依赖BBC的广播来获取信息和娱乐。1939年9月1日，BBC停止了它的区域性无线电广播，[27]将所有资源都集中于独一的国内无线电广播服务，现在被称为"国内服务"。宗教信仰被广泛认为是民族构架中不可或缺的环节，而BBC认为自己有义务在战争的黑暗时刻提供信仰上的教导和激励。

无线电收音机的起用使得有些"声音"在战争期间变得深受欢迎，也特别容易辨认。C. H. 米多顿成为BBC的"园艺之声"，他的《挖寻胜利》成为战时畅销书。"收音机医生"查尔斯·希尔博士成为"医学之声"。可是，还没有"信仰之声"——一个理智的、吸引人的、权威的声音来指导信心，激发爱心。

对于这样一种声音的需要，迫在眉睫。部分原因是为了解决节目安排问题：BBC宗教节目部，正在发起一套新的关于宗教主题的系列"广播讲话"。可是，找谁来讲？1941年初，BBC的组稿编辑詹姆斯·韦尔奇博士开始搜寻这样一个人：他能针对战时英国人民灵魂的焦虑与关切而发声。这项任务颇有难度。

P206

其中一个特别的难处是，当时BBC与各个基督教会的领导层之间关系紧张。[28]BBC自视为国家广播公司，面向大不列颠人民发言；它并不将自己视为英国国教的声音。各教会倾向于关心如何捍卫自身利益，关注会众的出席率和他们各自的社会地位问题。虽然国教领导人士——比如坎特伯雷主教威廉·坦普尔——成为BBC广受欢迎的发言人，但BBC显然已开始倾向于那些不从任何宗派动机或立场出发的发言者，他们要做的是单纯地对全体民众呈现跨宗派的基督教观念。可是，谁能胜任呢？

这时，韦尔奇发现了一本牛津教师写的书——令人欣慰的是，作者是个平信徒。他喜欢上了这本名叫《痛苦的奥秘》的书。路易斯当时有所不知：他后来越来越强调的"纯粹的基督教"——尽管那会儿不叫这名字——恰恰正是BBC当时所要寻找的。[29]路易斯是个平信徒，这样人们就会认为他是宗派权力架构（和权力斗争）之外的人物。韦尔奇注意到，路易斯文笔优美。但是，他说话行吗？他在麦克风前会是什么情形呢？他会不会最终又沦为沉闷造作的"教堂版"声音，光语调就让人厌烦，更不消说内容了？

要知究竟只有一个办法。韦尔奇从未见过路易斯，但决定冒个险。他写信给路易斯，对《痛苦的奥秘》美言有加，并邀请他为 BBC 发言，问他是否愿意就诸如"我眼中的基督信仰——一个平信徒的看法"这类主题谈一谈？路易斯一定会有一帮"超过一百万的相当聪明的听众"。[30]

路易斯的答复很谨慎。他愿意做这么一套系列谈话，但要等到大学放假以后。[31]韦尔奇于是就将路易斯的事交给同事埃里克·芬去跟进。[32]

与此同时，路易斯发现自己已经介入了战时工作的另一个领域——到皇家空军电台发言。这项建议，来自伦敦圣保罗大教堂的主任牧师 W. R. 马修斯。他手中握有一笔基金，于是提议用它设立一个访问讲师的职位。皇家空军此时正在吸引一批全英国最优秀的年轻人，马修斯想确保他们有机会接触基督教的教导和勉励。至于要让谁来充当这个角色，他心中已有人选。他提名路易斯来就任这个职位。

莫里斯·爱德华兹是皇家空军的首席随军牧师，他同意向路易斯发出邀请，并前往牛津，与路易斯商讨此事。爱德华兹对路易斯是否此项工作的合适人选，并没有十分的把握。路易斯习惯了教英国最优秀的大学生。他将如何应付这些"后进生"——十六岁就离开学校，不想与学术有任何关系的年轻人？可能路易斯也有类似的顾虑。不过，不管怎样，他还是接受了该项提议。他相信这对他有好处，可以迫使他将自己的观点翻译成"大众语言"。

路易斯承诺的第一次发言是在第十操作训练队，这是一个皇家空军训练基地，驻地在离牛津南部十五分钟车程的阿宾顿，该训练基地是为轰炸机司令部备用的。事后，路易斯自己对这场演讲的感觉相当沮丧。"依我自己的判断，失败得一塌糊涂。"[33]但事实并非如此；皇家空军请他再来。逐渐地，路易斯学会了如何调整自己的风格、语汇，以满足他此前从未遇到过的这类听众的需要。

路易斯关于一个演讲者应该如何"学习听众的语言"的反思，涵盖在 1945 年他给威尔士神职人员和青年领导人所做的一场重要讲座中。

这场讲座充满洞见与智慧，而这些洞见和智慧显然是辛苦得来的教训——从经历中来。路易斯似乎认为有两点特别重要：清楚了解普通人如何说话，以及将你自己的思想翻译成他们那样的说话方式。

我们必须学习我们听众的语言。让我开门见山地说：先验地假定"一般人"明白什么、不明白什么，这一点用处都没有。你必须透过经验去发现。[34]

不难想象，路易斯是如何与一群只凭眼见、绝不废话、出言强硬的空军人员进行探讨与辩论的。他认识到自己的学术风格与他们毫不搭界，并且下定决心要想点招数来对付。

你必须将神学中的一点一滴，都翻译成日常语言。这么做相当麻烦，它意味着你在半小时之内可说的东西非常少，但这又是最根本的。这也是对你自己的思想最有益处的。我现在已经深信，倘若你不能将自己的思想翻译成大众的语言，那么你的思想就是混乱的。翻译的能力就是一项测试，测验你是否真正理解了你自己的意思。[35]

在他的广播讲话中，路易斯正是将自己从给皇家空军演讲而辛苦学来的观念应用到实践中了。

与此同时，为广播讲话所做的安排也在有条不紊地进行。按照路易斯的要求，讲话被安排在1941年8月大学完全放假之后，因为只有那时他才可将心思、时间充分投入其中。[36]

到了5月中旬，路易斯基本理清了思路。谈话将是护教性质的，而不是福音性质的，是为福音铺垫基础，而不是直白地传福音。路易斯决定，他要提供的是**福音预备**（praeparatio evangelica），而不是**福音**（evangelium）；他的谈话要"试图让人们相信，存在着一个道德律，我们违背了这个道德律，而一位道德律的赐予者的存在至少是十分可能的"。[37]此外，路易斯还必须面对麦克风测试这个考验。他的声音在广播中传递的效果好吗？

1941 年 5 月,路易斯坐到了麦克风前,在 BBC 进行"声音测试"。他说道,听自己说话着实有点惊讶。"我没有料到会对自己的声音全然陌生。"[38]不过,BBC 表示满意。听懂路易斯在广播里的声音,没有任何困难。最后,有人对他的"牛津口音"有点抱怨,要求他改一改。路易斯反驳说,他一点也没觉得自己有什么口音。不管怎样,假如他改了,那就变成**另外一种**口音了。为什么要对"鸡毛蒜皮的小事"[39]纠缠不休呢?

当然,改变还是在不断进行中。埃里克·芬提出,路易斯给这一系列谈话起的题目"有点闷"。[40]最后,大家终于对另外一个题目达成了共识:"内部消息"。四场谈话的日期和题目如下:

8 月 6 日:"共通之礼"

8 月 13 日:"科学律与道德律"

8 月 20 日:"唯物主义还是宗教"

8 月 27 日:"对此我们该怎么办?"[41]

可是,还需要做两个改动。首先,谢菲尔德的主教莱斯利·斯坦纳德·汉特本来要继路易斯之后做另外四场谈话。他询问能否将他的系列推迟一周,因为他还有事情尚未完成。这就导致 BBC 会有一周没有常规的宗教谈话节目。芬询问路易斯是否愿意做第五期谈话,好填充这个空档。后来,芬意识到,叫路易斯再写一个谈话已为时太迟,便建议他可否只回答听众的问题。[42]路易斯答应了。

最后一个改动,是有关谈话的题目。在 7 月 BBC 的一份内部备忘录中,"内部消息"遭到了批评,被斥为"相当不得体"。[43]匆匆商讨了几次之后,题目改为"对与错:宇宙意义之线索?"[44]在许多人看来,这个改后的题目比此前的任何一个都强多了。

虽然这些谈话都是路易斯自己起草的,最后的定稿却演变成了他和节目制作人埃里克·芬的对话。有几次,这件事似乎导致了两人之间的某种僵持,尤其是当路易斯觉得芬提出的改动很唐突的时候。不过,路易斯最终还是认识到了芬那富有经验的耳朵的价值。路易斯不太喜欢的是,广播讲话与书本不同,它必须在首次播出时就要让人心领神会。

第一期谈话从伦敦的广播大楼里实时播放,时间是 1941 年 8 月 6 日星期三晚上七点四十五分,紧跟在七点半的十五分钟新闻广播之后。每个播音员都知道,最可能吸引大量听众的"档期"是那些跟在热门节目后的节目——在战时,新闻广播会吸引一批数量可观的听众。倘若路易斯曾因此抱持希望,以为新闻广播历来吸引大批听众,他随后的节目也会得益于这批听众,那么他必然失望。他之前的这个特别的新闻广播的目标听众是在被纳粹占领的挪威,他们会用二百千赫长波收听 BBC,节目语言是挪威语。

然而,尽管开端不十分理想,路易斯还是赢得并保持了一个很大的听众数目,其他的,如他们所说,都是过眼烟云。路易斯成为这个国家的"信仰之声",他的广播讲话取得了经典地位。芬为他们取得的成功而高兴。虽然他评论说第二期的谈话有点"晦涩",芬还是很明智地给这"药片"穿上了"糖衣",邀请路易斯贡献第二系列,准备在 1942 年 1 月和 2 月的每个星期天为"国内服务"广播。[45]

这些谈话节目,再次获得巨大成功。芬读完 1941 年 12 月的草稿脚本后,宣布说它们皆为"一流"之作,尤其赞赏行文的"清楚明晰",以及论证的"不可动摇"。[46]路易斯通过与四位担任神职的同事对话来展开他的节目,他盼望借此保证他是为整体的基督教说话,而不是单纯从他个人的观点出发。神职人员有埃里克·芬(长老会);多姆·比德·格里弗斯(罗马天主教);约瑟夫·多维尔(卫理公会);还有一位不知名的英国国教牧师,很可能是奥斯丁·法瑞尔,他当时是路易斯在牛津的同事。

我们可以看到,路易斯正在实践他的"纯粹的基督教"的思想——一种大公的、非教权主义的、跨宗派的基督信仰版本。[47]不过,在这个阶段,路易斯关于基督信仰的观念显然还是相当个人化的,甚至是孤独的。他在这里几乎不提教会、信仰群体,或基督教与社会的关系。路易斯将基督教描绘成某种塑造个人思维方式、从而也塑造行为方式的东西,但没有多少有关基督教嵌入群体生活的理解。路易斯在谈论罪、自然律或道成肉身时完全得心应手,但对于教会制度则甚少提及——而

P211

8.3 伦敦的广播大楼,约摄于 1950 年。C. S. 路易斯的战时谈话就是从这栋大楼传出的。图片右边的教堂是位于朗豪坊的万灵堂,它在约翰·司托得担任牧师期间颇有名气。

这一点正是罗马天主教听众特别关切和注意的。[48]

在这些谈话中,路易斯先对信仰的合理性进行一番试验性的探索,再转向"基督徒相信什么"这一更具有委身意义的表述。这些谈话引来了大量听众来信,路易斯发现难以招架,特别是因为有众多热情澎湃的崇拜者和同样多的尖锐刻薄的批评者似乎都期待收到即刻的、极其具体的个人回复。

1942 年 7 月 13 日,杰弗里·布雷斯出版了头两期的系列谈话,取名《广播谈话》。路易斯写了一篇短序,是 1942 年 1 月 11 日广播谈话的浓缩版介绍,路易斯在此再一次把自己介绍给听众。

我发表这些谈话,不是因为我是什么特别之人,而是因为我被要求这么做。我想,他们要求我这么做的理由主要有两条:首先,我是个平信徒,不是神职人员;其次,因为有许多年我一直是非基督徒。他们认为,这两个事实都可能帮助我理解普通人在这个话题上感受到的困难。[49]

接下来，路易斯又做了一期共八场的系列谈话。这期是通过 BBC 的部队网络来广播的。[50]多亏他在皇家空军的那段经历，现在路易斯对于如何将谈话调节到适应听众水平已经驾轻就熟了。事实上，在第一场谈话之前，路易斯花了一周时间在康沃尔的皇家空军电台发表讲话。这些谈话以"基督徒的行为"为主题，在 9 月 20 日到 11 月 8 日之间，连续八个星期日下午广播。不过，有一个问题产生了。路易斯原以为八场谈话每一场都持续十五分钟，正如前面的系列一样。当他照此拟好谈话稿后，突然发现，每场谈话其实只分配给他十分钟时间。[51]这下必须做大量删减工作：将一千八百字削减到一千二百字。

后来，由于听众经常要求重播，路易斯最后同意在 BBC"国内服务"台做第四期共七场的系列谈话，时间是从 1944 年 2 月 22 日到 4 月 4 日。这一回，路易斯获准提前录好三场谈话，而这三场谈话两天之后在 BBC 的周刊《听众》上发表。路易斯之所以要求提前录好几场谈话，是因为这些谈话的播放时间都定在晚上十点二十分，这个时间让他没法在当晚赶回牛津。

等到这些系列节目全部播放完毕，路易斯已经成为全国知名人士了。显然，听众的反应天差地别，从近乎追捧到彻底鄙视。但正如他对芬指出的那样，这是对他的话题主旨做出的反应，不是对他作为谈话人的反应。"已经是老生常谈了，不是吗？他们要么爱，要么恨。"[52]

P213

路易斯的四期系列广播讲话后来经过修改，成为了他的经典之作《纯粹基督教》(1952)，并保留了原版广播稿的大部分结构、内容和语气。《纯粹基督教》如今被视为路易斯最好的护教作品。鉴于这部作品的重要性，我们在下一章将更加详细地考察。但现在要先来考察他的另一部广受欢迎的作品，这部作品在大不列颠为路易斯赢得了更多的读者，同时也成功地将他引介给了北美读者——就是那部戏仿撒但之作，名为《魔鬼家书》(*The Screwtape Letters*)。

第9章
国际名望：
纯粹的基督徒
【1942~1945】

战时广播讲话让路易斯一跃成为全国知名人士，成为在大不列颠最受公众认可的声音之一。不过，就在他撰写这些广播稿的同时，另一个念头也在他心头滋生了——就是这一念头最终为他赢得了国际声望。灵感降临时，他似乎正在黑丁顿采石场圣三一教堂中听一场尤其单调的布道，时值1940年7月：

礼拜还没结束——人们都希望这样的事情能在一个更加合宜的时候发生——我忽然间被一个写书的念头抓住，我想这本书大概会既有用又有趣。书名就叫《一个魔鬼致另一个魔鬼》，全书由一个老魔鬼写给一个年青魔鬼的信件组成，这年青魔鬼刚刚开始在他的第一个"病人"身上动工。[1]

他热切地写信给哥哥——此时他已从敦刻尔克安全撤退，回到英国——告诉他自己的这个想法，琢磨掂量着能够表达什么样的观点。那个"退休的老魔鬼"将取名叫"大榔头"（Screwtape）。

《魔鬼家书》（1942）

路易斯回忆道，他"从未如此顺畅地写过任何东西"。[2] 三十一封"魔鬼家书"——一个月内每天一封——于 1941 年 5 月 2 日开始，在一份叫《卫报》（*The Guardian*，不可与同名的英国大报混淆）的教会周刊上发表。

书信将地狱描绘成一个官僚机构（可能路易斯感觉到牛津大学正有这种危险）。将那属恶魔之处描绘成"极权国家的官僚机构，或一个十分龌龊企业的办事处"，这对路易斯来说似乎是再自然不过的事了。路易斯津津乐道于老奸巨猾的大榔头可能给刚出道的蠹木虫（Wormwood）出怎样的主意，好让他的"病人"安全脱离"仇敌"之手。信中遍满诙谐睿智的各种言论（特别是对战时状况的评点），也偶见路易斯明显厌恶的某些类型的人受到无情挖苦与嘲弄，另外还有一步步展开的、涉及如何应对生活中奥秘与难解之谜的宗教智慧。

我们从《魔鬼家书》中能读出多少信息呢？路易斯在书中是否表达了对日益专横的摩尔太太的感受——那种他永远不敢公开表达的感受呢？比如，蠹木虫有一个"病人"就是一个年长的老太太，这个老太太被描述为让"女房东和佣人都大为头痛"。她的众多弱点之一是她那"对精致美食的讲究"。似乎任何呈到她面前的东西，都永远对不上她的口味。她的要求可能是非常适度的；可是她从来得不到满足，永远不会满意。"她所要的**一切**不过是一杯泡得恰到好处的茶，或一个煮得恰到好处的鸡蛋，或一片烤得恰到好处的面包。"[3] 可是，女佣也好，家人也好，似乎没有一人能把这事办好。总有什么地方出错，总是缺了点什么——她也绝不会放过这些让她失望的人。我们知道，路易斯对摩尔太太这段时间以来的吹毛求疵和一意孤行，已经越来越忧惧了。可否认为这些担忧也在此书中反映出来了呢？

路易斯突出强调的一点是,文学让我们以一种新的方式看待事物。可以认为,《魔鬼家书》就是通过在一个高度原创性的框架内再现那传统的、健全的灵性忠告,从而提供了看待这些灵性忠告的新方式。比较缺乏想象力的牧师会鼓励自己的会众不要依靠自己的经验,路易斯则反转了这个视角。大榔头告诉他的徒弟,首先要从病人的经验着手,让他感觉到基督教"不可能真正是真实的"。富有创意、让人耳目一新的是路易斯采取的视角,而不是路易斯所给的劝告。路易斯的属灵智慧,以及呈现这智慧的全新方式,都为《魔鬼家书》获得了一批满心感激和满怀热情的读者群。

亚胥利·桑普森注意到《卫报》上发表的那些信,便请杰弗里·布雷斯关注。布雷斯提议将这些信结集成书出版。《魔鬼家书》于 1942年 2 月出版。这部题献给 J. R. R. 托尔金的作品,成为一本战时畅销书。(顺便一提,托尔金对于将这个轻量级的作品题献给他并没有表示感激,尤其是当他后来得知路易斯"从来没有十分钟爱过它"的时候。[4])

《魔鬼家书》巩固了路易斯作为通俗基督教神学家的声望——通俗基督教神学家即指能够以一种智慧、易解的方式传达基督信仰主题的人。1943 年 7 月,牛津大学的皇家神学教授奥利弗·蔡斯·奎克在写给坎特伯雷大主教威廉·坦普尔的信中指出,为了表彰路易斯神学著作的贡献,路易斯应被授予牛津神学博士学位——牛津所能颁授的最高学位。奎克评价道,路易斯与多萝茜·L. 塞耶斯一样,显然是当时英国作家中少有的、能将"相当正统的基督教形式传达给普通民众"的人。[5] 这封在牛津大学最资深的神学家与英国国教最高层的圣职人员之间的通信,是一个重要的见证,证明了路易斯在具有影响力的英国学术界与教会界中所受的敬重。

当一年以后《魔鬼家书》在美国出版时,路易斯被推上了让自己措手不及的国际地位。一位美国评论家如此说道:这是一本文雅、诙谐、富有想象力,又全然正统的书———颗"在灰暗的天空中升起的璀璨夺目、令人心旷神怡的新星"。美国想要更多了解这颗在他们的宗教天空中出现的新星。他早期的几本书,也很快出了美国版。BBC 纽约办事处与伦敦的广播公司联系,建议在美国多播一些路易斯的节目,因为他的"处理宗教主题的新方式"引发了人们"极大的兴趣"。[6]

对路易斯进行的第一批严肃的学术研究是由美国学者发起的，或许也就不让人惊奇了。研究路易斯作品的第一篇博士论文完成于1948年，作者是芝加哥北方浸信会神学院的学生埃德加·W. 博斯。一年以后，查德·沃尔什（Chad Walsh）的开拓性研究《C. S. 路易斯：怀疑论者的使徒》（*C. S. Lewis：Apostle to the Skeptics*）在纽约出版。

然而，路易斯在牛津的学术名声可就不是如此这般受待见了。他在书的扉页上有失明智地声明自己是"牛津莫德林学院教师"。在莫德林的教师交谊厅里，为此书怨声苛责四起，说这本四处泛滥的庸常之作有损学术含金量。该书让路易斯赢获众多人的心灵与思想，但同时也让他与多人疏远，而将来若想在牛津谋得教授席位，他可能还需要这些人的支持。

《纯粹基督教》（1952）

尽管路易斯在战时就已经出版了稍作编辑后的广播讲话，但是他对该版本并不十分满意。这些谈话以三本分开的小册子出版：《为基督教一辩》（*The Case for Christianity*，1942），《基督徒行为》（*Christian Behaviour*，1943），以及《超越人格》（*Beyond Personality*，1944）。他认为，这些内容还需要表达得更清晰，焦点更集中。读者都把它们看作各自独立的作品，而不是彼此互为关联的不同阶段的论证。不仅如此，其中有一个系列谈话的文本被完全省略掉了。路易斯开始逐渐明白，可以怎样创作一本单行本的书，将他为四套广播讲话组织起来的材料串联起来，为基督教展开一场前后连贯的辩论。《纯粹基督教》——这些战时谈话的最终版本——今天被视为路易斯意义最为重大的基督教作品之一。尽管该书出版于1952年，但因它显然是战时素材经过编辑后的版本，所以理当在本书讲述达此节点时讨论它的主题。

P219

路易斯喜欢给自己的作品取些稀奇古怪的名字，因此他经常、但也是情有可原地遭人诟病。比如，1956年的佳作《裸颜》（*Till We Have Faces*），原来的题目就叫《赤面》（*Bareface*）。不过，为他的四套广播讲话做合集，路易斯倒是取了个非常精彩的书名。他避免了任何与其缘起相关的指涉，选择聚焦于内容主旨。《纯粹基督教》这一题目激起了读者的好奇。那么，路易斯起的这个书名到底是什么意思呢？他为什么选择这个名字呢？

路易斯是从清教徒作家理查德·巴克斯特的作品中发现这个表达法的，而他是在广泛涉猎英国文学的过程中与巴克斯特相遇的。当路易斯在1944年写作该书的时候，他论证道，要修正新近出版的书中碰到的那些神学错误，最佳的疗法是，"呈现一套朴素的、核心的基督教标准（巴克斯特称之为'纯粹的基督教'），它能将当前的争议放到适当的视角下去察看"。[7]

那么，巴克斯特这个古怪的表达又意味着什么呢？巴克斯特在17世纪那充满动荡不安的宗教纷争与暴力的时代生活过——包括英国内战与处决查理一世，他得出的结论是，神学或宗教标签将基督信仰扭曲、毁损了。在后期作品《主教及主教公会议统治的教会史》中，巴克斯特对宗教争议造成的分裂提出抗议。他相信的是"纯粹的基督教、教义和圣经"。[8]他希望人们只认识他是"纯粹的基督徒"；他认为"纯粹的基督教"就等同于"大公基督教"，等同的基点在于基督信仰那普世性的异象，这异象不为论争与神学派别偏见所污染。

至于路易斯如何从巴克斯特那里发现这个词，我们并不十分清楚。我在路易斯二战前的作品中，没有见到任何地方提到巴克斯特的这部作品。尽管如此，这个词还是很清楚地表达了路易斯自己对基本的基督教正统的看法，即剥去教会宗派意识中任何宗派议题或旨趣的基督教正统。路易斯相信，英国国教在其最佳状态下即可代表这一基督教正统——它不是具有狭隘宗派性质的"安立甘宗"（路易斯对此概念向来没有好感），而是历史上的正统基督教信仰在英国的表达（路易斯对此则充满敬意）。正如路易斯正确指出的那样，理查德·胡克——他常被视为英国国教的最佳护教者之一——"从未听说过一个叫'安立甘宗'的宗教"。[9]

路易斯在接受和尊重不同基督教宗派——其中包括他自己的英国国教会——这件事上没有困难。不过,他坚持的是,各宗派必须能被看做是某种更为根基性的存在——"纯粹的基督教"——的独特化身或表现形式。"纯粹的基督教"是一个理想,其运作**要求**宗派性的具体形式。他使用了一个久经时间考验的极好类比来说明这个思想:

> [纯粹的基督教]就像一个大厅,大厅里有很多扇门,是开向各个不同房间的。如果我能把一个人带进这大厅,就算达成本意了。但是,若要享受炉火、桌椅和饮食,你就必须进入房间,而不是光待在大厅里。大厅是一个等候的地方,你可以在这里试试那些不同的门,但它不是你居住的所在。[10]

这个类比使我们得以认识路易斯想要表达的基本要点:基督教有一个概念性的、超越宗派的形式,这一点需要得到重视,并需要当做基督教护教学的根基。但是,要成为基督徒,或者做一名基督徒,就要求对这种根本意义上的基督教所具有的**特定形式**有一个委身。"纯粹的基督教"可以领先于个别宗派;可是,具体宗派却是基督徒生活不可缺少的要素。路易斯并非将"纯粹的基督教"作为唯一真实的基督教形式来倡导。他的论点倒不如说是这样:"纯粹的基督教"奠定并滋养了所有宗派形式。

路易斯希望在这部护教作品中做出解释、为之辩护的,正是这种"纯粹的基督教"。在他 1945 年的讲座"基督教护教学"中,路易斯就强调了护教者的任务不是为他们自己所属的宗派辩护,也不是为他们自己特定的神学观点辩护,而是为基督信仰本身辩护。的确,正是路易斯对这一基督教形式明确的委身,才使他成为全球基督教共同体内部一个具有广泛吸引力的人物。

面向读者,路易斯单单只将自己呈现为一个"纯粹的基督徒"。他们可以将这个身份按各宗派具体的议题和焦点进行调整,也可以在为其辩护时宣告它就是一道门廊,通向各自特定的"房间",唯在房间中

P221

才有"炉火、桌椅和饮食"。路易斯是基督教的护教家；若将他作为"安立甘宗"的护教家来引证，他会惊骇不已——其部分原因在于他本就不喜欢宗派间的吵吵闹闹，但最主要还是因为，他不相信可以将"英国国教"进行概念上的延伸，变成"安立甘宗"这个全球性观念。

路易斯的作品——尤其是《纯粹基督教》——总体而言几乎没有表现出任何有关洗礼、主教或圣经方面的宗派争论的倾向。对路易斯来说，永远不应容许这样的争论超过或遮蔽更大的画面——基督教那超越宗派分歧的关于现实的宏大图景。正是他看待基督教的这一深广的视野，使他能在北美的天主教徒与新教徒中同样获得巨大反响。

有证据表明，路易斯对这一观念的兴趣是在 1940 年代早期发展起来的。1942 年 9 月在康沃尔的纽基访问的时候，他买了一本 W. R. 因基研究新教的书。书中有一个说法——路易斯在那句话下面重重地画了一道横线——很显然引起了他的注意："为一个单纯的、真正的基督教信仰搭起的脚手架"。[11]这个说法，浓缩了路易斯关于"纯粹的基督教"观念的核心。

不过，在这段时期，并非只有路易斯一人意欲捍卫一种免于宗派主义那吹毛求疵、迂腐执拗的基督教形式。1941 年，多萝茜·L. 塞耶斯——也像路易斯一样是个英国国教平信徒——表达了相似的洞见。但她的举措以失败告终，最终陷入宗派政治错综复杂的泥沼中。[12]然而，路易斯却通过忽视宗派而获得成功。他越过宗派领袖的头顶，直接对普通基督徒说话。普通基督徒都听他，因他们没什么别的声音可听的了。

那么，路易斯是如何为这个"纯粹的基督教"进行辩护呢？《纯粹基督教》中的护教策略有点复杂，这或许反映了这样一个事实，即这本书是由四组各自独立的谈话合并而成的。《纯粹基督教》特别突出的一个特点是，它完全不是从任何基督教的预设开始的。路易斯甚至也没有列出几条会引起人们疑问的基督教教义，而后试图去为之辩护。他是从人类的经验出发，说明每一事物看起来都如何环绕着核心概念，并与之吻合。比如，神圣立法者这一观念，就能与基督教信仰相联结。

《纯粹基督教》的出发点，并不旨在为上帝的存在提供演绎性论证。奥斯丁·法瑞尔对《痛苦的奥秘》提出过一个很有见地的评论。他说，路易斯让我们"以为我们是在听一场论证"，而事实上，他"呈现给我们的是一幅图景，而只有图景能令人信服"。[13]这个图景诉诸人类对真、美和善的渴求。路易斯的成就在于，他向我们展示了，我们所观察、所体验的一切都能"嵌入"有关上帝的观念中。他使用的方法是推理，而不是演绎。

对路易斯来讲，基督教是一幅"大画面"，这幅大画面将体验与观察的缕缕线索组织起来，呈现为一种令人信服的模式。《纯粹基督教》第一部分的题目，叫"对与错：宇宙意义之线索"。这个经过深思熟虑挑选出来的字眼"线索"（clue）需要引起特别的注意。路易斯借此强调，世界缀满了这样的"线索"，若将它们一个一个单独来看，则什么也证明不了，但若纵观全局，它却为人类相信上帝提供了一份累积性的证据。这些"线索"就是构成宇宙大图案的那缕缕线条。

P223

恰如原本的广播讲话一样，《纯粹基督教》也开始于一份邀请：邀请人们反思一下两个发生争执的人。路易斯论道，任何要决定谁对谁错的企图，都有赖于对一种规范的认可——争执的双方都认可的、某种具有约束力的权威标准。在他的系列论证步骤中，路易斯首先主张，我们都意识到有某种比我们自身"更高"的东西——一种人们都诉诸、也期待别人遵从的客观规范；一种"我们并未发明，但都知道我们应该遵从的真正的律"。[14]

倘若有一位上帝，那么这将为人类深层的本能和直觉——客观道德价值的实际存在——提供一个更加坚实的根基，也能更坚定地为道德进行辩护，以对抗伦理相对主义那不负责任的种种论调。对路易斯而言，上帝是可以透过我们的深层道德直觉和审美直觉被认知的：

倘若有一个主宰性的力量存在于宇宙之外，它便不可能像宇宙之内的某一桩事实那样向我们显示自身——这就好比一栋房子的建筑师事实上不可能同时也是这栋房子内的墙、楼梯或壁炉一样。我们所能指望的它自我显现的唯一方式是，在我们里面影响我们，命令我们，试图让我们按照某种方式来行事为人。而恰是这一点，我们的确在自身内部发现了。[15]

虽然每个人都知道这个律，但每个人却都无法按照这个律来生活。路易斯因此提出，"要对我们自身，以及我们生活于其中的这个宇宙进行任何清晰的思考，其根基"都在于，我们要认识一条道德律，也要意识到我们无法遵守这个道德律。[16]这种意识理当"唤起我们的怀疑"，怀疑"是否真有某种东西管理整个宇宙，并向我们显现为一种律令，督促我们行事正当，促使我们在行事不当时感到负有责任，心里不舒服"。[17]路易斯指出，这就指向了一位支配宇宙的秩序设立者。

路易斯论证的第二条线索，与我们关于渴望的经验相关。路易斯曾经详尽展开过这一论证方法，那是 1941 年 6 月 8 日在牛津的一场大学布道上，布道题目叫"荣耀的重负"（The Weight of Glory）。为达到他广播讲话的目的，路易斯修改了这一论点，以使它更通俗易懂。该论点概要如下：我们都会对某物怀渴望之情，但当我们实际得到或达到那一目标时，却发现我们的希望破灭了，落空了。"在渴望的最初时刻，我们确实抓住了某样东西，但它却在现实中消逝了。"[18]那么，该如何解读这一人类共通的经验呢？

路易斯首先提到，人们可能会有两种看法，但两种看法明显都是不恰当的：或者认为上述挫败感来自于看错了方向，或者就此认定再探求也是徒劳，只会导致不断的失望，因此没有必要再烦心劳神地试图寻找比现世更好的东西。路易斯论证道，其实还有第三条进路——认识到这些人间的渴望"仅是"我们真正家园的"一份副本、一种回声、一幕幻象"。[19]

接下来，路易斯就展开他那"从欲求出发的论证"，他认为，每一份天然的欲求都有一个与之对应的目标，只有当这目标达到或被体验到之后，该欲求才能得到满足。然而，这种对超验完满的天然欲求在现世没有任何事物可以满足，这就带来一种暗示，即它可能会在现世之外获得满足，在现世的事物秩序所指向的另一个世界中得到满足。

路易斯论道，基督信仰将这种渴望解释为一条线索，它引向人性的真正目标。上帝是人类灵魂的最终目标，是人类幸福和喜乐的唯一源头。恰如身体的饥饿指向一种可以通过食物来满足的真实的人类需求，同样，灵魂的饥渴也对应着另外一种真实的需求，这需求可以通过上帝来满足。"倘若我在自身之内发现一种这个世界所无法满足的欲求，最有可能的解释是，我是为着另外一个世界而造的。"[20]路易斯论道，大多数人都意识到自己内心有一种深刻的渴望感，是任何短暂的或受造的事物无法满足的。就像对与错的感觉一样，这份渴望的感觉因而也是一道"线索"，引向宇宙的意义。

这似乎意味着路易斯是从"规则""律令"方面来描绘基督教的，而基督教的核心主题，诸如对上帝的爱，或者个人生命的改变等，他都没有顾及。事实并非如此。正如路易斯在他对弥尔顿《失乐园》的研究中所指出的那样，对于美德的理解，是由关乎现实的想象来塑造的。绝不要以为，弥尔顿"是在谆谆教诲着一条规则；事实上，他是迷恋于一种完美"。[21]对路易斯来说，爱上帝就会带来行为上的修正，这是根据（也是回应）那一更大的关乎上帝的异象，这异象是借着信心把握且表达在行为中的。

在他从道德和欲求两方面所进行的论证中，路易斯诉诸的是基督教"嵌入"我们所观察与体验之事物的能力。这一进路与路易斯的护教学方法融为一体，而这恰恰是因为路易斯自己发现，该进路对于呈现事物的意义是一个十分具有说服力、十分有益的工具。基督信仰提供了一幅地图，人们发现，这幅地图与我们周遭所观察到的事物以及内心体验都能"契合"得恰到好处。

对路易斯来说，基督教的现实观提供了一种"意义建构"（sense-making），这种意义建构就是要在理论与世界似乎呈现的样貌之间找到一份共鸣。而这也是路易斯对 G. K. 切斯特顿《永恒之人》（*Everlasting Man*, 1925）中所阐明的基督教历史观十分折服的一个因素：它显然为现实所发生的一切道出了意义。虽然路易斯在其出版作品中极少用到音乐方面的类比，却可以说他的这一进路有助于信仰者倾听宇宙的和声，也使他们认识到，这和声在**审美**上是何等契合融洽——即便该进路在逻辑上仍存在一些枝节问题，尚待梳理归整。

路易斯经常强调他自己的归信经历本质上是"智性的"或"哲理性的"，强调基督教有一种能力，能在理性与想象层面上构建现实的意义。我们发现，对于这一意义建构方式最充分、最令人满意的陈述，或许可见于他 1945 年的论文《神学是诗歌吗?》(Is Theology Poetry?)的末尾。在此，路易斯通过太阳照明现实景物这一类比，确证上帝既是基于证据的**解释**，又是提供解释的**证据**。他指出基督教神学能够"嵌入"科学、艺术、道德以及基督教之外的其他宗教。随后，他做了一个总结性的陈述，宣告："我相信基督教，恰如我相信太阳已经升起，那不仅是因为我看见了太阳，还因为我借着太阳看见了其他一切事物。"[22]

要批评《纯粹基督教》思想简单，这并非难事，该书明显需要进一步充实，并提供更加严谨的哲学与神学根基。可是，路易斯写这部作品时的受众是多层面的，而且在此他也很清楚想象中的受众都是哪些人。《纯粹基督教》是通俗而非学术读物，它面向的读者不是学术型的神学家或哲学家。要期待路易斯在此进行详尽的哲学辩论，坦白地说，这是不公平的，这样的辩论只会将他这本清新活泼、可读性很强的书转化成一潭深不可测的哲学辨析的泥沼。《纯粹基督教》是一次非正式的握手，由此才开始一场更加正式的相识与对话。要说的还有太多，太多。

不过，《纯粹基督教》的确有许多地方让路易斯理应受到正当的批评，而且有必要在此点出其中几处。最明显的一处是路易斯那"三元悖论"的观念，他调用这个理论来为基督的神性辩护。对路易斯而言，上帝借基督得以充分揭示，这件事具有里程碑的意义。亚瑟·格雷夫斯是该观点的批评者，路易斯在 1944 年写给亚瑟的信中这么说：

> 有关基督的神性的教义对我来说并非什么贴上去的东西，可以由你把它揭下来；它随时随刻都会探出头来窥视一眼，你非得将整张网拆解，才能摆脱得了它……倘若你将基督的神性拿走了，基督教还剩下什么？ 一个人的死如何能够对所有人产生通篇新约所宣告的那种效果?[23]

可是，许多人觉得路易斯在《纯粹基督教》中对这一教义的辩护缺乏他在其他作品中的那种震撼力和说服力。所谓的"三元悖论"是由路易斯提出来的一种排除歧途的方法，为的是揭示拿撒勒人耶稣的意义。在概念的地图上，耶稣该处在什么位置？ 在检视完几个问题后，路易斯将范畴缩减到三个可能性上：要么疯子，要么恶者，要么上帝的儿子。

一个仅仅是凡人的人会说出耶稣所说的那种话，他便不可能是位伟大的道德教师。他要么是个疯子——跟一个说他自己是荷包蛋的人处于同一层面——要么就是来自地狱的魔鬼。你必须做出选择。要么这个人曾经是，如今还是上帝的儿子，要么是个疯子或者比那更糟。[24]

这番推理相当无力。路易斯在原本的广播讲话中对此所做的讨论要长得多，但为了出版而做修订的时候，他做了大幅度删减。最初版本中包含了对其他可能性的探讨，而且远不如缩略版中这样尖刻。可能会有许多基督教神学家认为，路易斯在这里没有对更近期的新约学术批评所关注的问题做出解释，而且，从对福音书更具批评性的解读角度来看，路易斯的简单化论证也容易产生事与愿违的结果。

然而主要的问题还在于，这番论证并不能产生护教方面的效力。它可能对某些基督徒读者来说很有意义，因为他们已经知道为什么会得出这个结论，因此很乐意让路易斯来巩固他们的立场。可是，这个论证的内在逻辑，却明显预设了一套基督教的论证框架。对于路易斯希望接触的非信徒读者来说，它未必能传达什么意义；他们或许——举个明显的例子——会提出其他的可能性，比如，耶稣是一个广受爱戴的宗教领袖和殉道者，他的追随者们后来将他奉为神明。另一个选项——耶稣有可能既不疯，也不坏，而是对自己的身份有**误解**——也需要认真对待。一般情况下，路易斯十分擅长预先提出反驳，并仔细回应，可他在这里却似乎误判了他的受众。这一部分亟须扩充，也需要更加细致的条件限定。

另一个问题，与路易斯广播讲话中材料"过时"有关。这些材料大多没有改动，就收进了《纯粹基督教》。路易斯的类比、措辞、预设的问题，以及吸引读者的方式，全都基于一个已然消逝的世界——确切地说，是二次世界大战期间英国南部的中产阶级文化。不过，必须指出，现代读者感觉到的困难，往往正反映了路易斯在40年代作为沟通者的成功。他将基督信仰如此精彩地"翻译"出来，植入那个特定的、如今已成往昔的世界里，这同时也意味着，在某种程度上，他已丧失了在另外一些语境获得同等成功的能力，不论是当前还是未来的语境。

P228

不过,《纯粹基督教》最让 21 世纪读者感到困难的方面或许还在于路易斯的社会与个人伦理准则,尤其是他对妇女的先入之见。这些都深植于一个业已消失的社会秩序的根基里。即便从当时的标准来看,路易斯的有些说法也略显怪异。比如,来看看下面这句欠考虑的评论:

> 是什么使一个漂亮女孩儿在她所到之处招蜂惹蝶,借此播撒痛苦?当然不是她的性本能:这类女孩往往是性冷淡。[25]

我想起几年前就这两句话跟同事的一次交谈。我们打开一本《纯粹基督教》,停在有这两句话的那一页。"他干嘛写那个?"我指着第一句话问。"他如何知道那个?"他指着那第二句话的末了。

路易斯想当然地认为,在诸如婚姻与性爱伦理上,他的观点会得到读者的认同——至少会承认其价值,而这些观点在 20 世纪 40 至 50 年代早期确实可能被认为是合情合理的。然而,随着 60 年代的风云跌宕,社会风气的沧桑巨变,这时的路易斯对世俗读者来说就显得十分过时了。倘若《纯粹基督教》的确是一部护教作品,意在向教外之人传达基督信仰的话,那么必须承认,路易斯的社会与道德预设此时就会成为该书意在接触的这批读者的严重障碍。这么说并不一定是对路易斯这位作家或《纯粹基督教》这本书提出批评。只不过是要提请人们注意,迅速发生的社会变化对后人接受路易斯在书中表达的观念究竟意味着什么。

虽说路易斯对婚姻的观念是保守的,但对托尔金来讲,这些观念却自由得不可救药。路易斯在"基督教婚姻"与"法定婚姻"之间划了严格的界限,认为只有前者才有完全委身的要求。[26](路易斯于 1956 年 4 月在牛津登记所与乔伊公证结婚时,他调用的正是这个分界线。)对托尔金而言,这等于全然背叛了基督教婚姻观。1943 年的某个时候,托尔金给路易斯写了一篇疾言厉色的批评文章,只是一直未将它发出去。[27]但读者已经一目了然了:托尔金与路易斯之间正在生成一道巨大的鸿沟。在这件对托尔金来说具有重大个人意义的事上,两人的分歧拉远了彼此间的距离。

其他战时课题

到 1952 年《纯粹基督教》出版之时,路易斯已经以护教家身份在大不列颠拥有一大批忠实的追随者——在北美的名声也日渐隆升。他在该领域的成功,掩盖了他在战时其他方面的重大成就。有三个系列讲座尤其重要:在威尔士班格尔的巴拉德·马修斯讲座,在杜伦大学的里德尔纪念讲座,在剑桥三一学院的克拉克讲座。每一系列讲座都值得简要评述。

1941 年 12 月 1 日星期一晚上,路易斯在北威尔士的大学学院——该学院位于山坡,俯瞰威尔士海滨城镇班格尔——发表了以弥尔顿《失乐园》为主题的巴拉德讲座中的第一场。他将这连续三个晚上发表的三场讲座看作"赛马前的试跑",[28] 为一本更重量级的书做准备。这部篇幅较长(尽管相对而言仍算简约)的作品,由牛津大学出版社于 1942 年 10 月出版,题名为《〈失乐园〉序》,题献给查尔斯·威廉斯。这部作品是弥尔顿研究的经典著作,在为弥尔顿这部杰作所列的阅读书单中今天仍赫然在列。

P230

路易斯将此书明确定位为《失乐园》(1667 年首次出版)的入门介绍。有些读者觉得《失乐园》令人生畏、难以企及,或完全不知所云,该书就是为这些读者写的。该书的前半部分在讨论特定主题之前,先解决几个普遍性问题。第一个问题,路易斯宣布,是需要确定这是一部什么样的作品:"要判断任何一件工艺品,从一个瓶塞钻到一座大教堂,第一条标准就是认识它是什么东西——它要达成什么目的,它将如何发挥作用。"[29] 在路易斯看来,《失乐园》是一部史诗,它要求我们把它当史诗来阅读。

紧接着,路易斯清楚表明了他真正关注的要点:尽管焦点是弥尔顿这部经典作品,他要应对的却是一个带有普遍意义的问题:弥尔顿这部经典以及所有其他文学作品底下是否隐藏着一颗"不变的人类心灵"？路易斯明言，他希望挑战如下观点：

> ……只有当我们从维吉尔那里剥去他的罗马帝国精神，从［菲利普·］锡德尼爵士那里除去他的荣誉准则，从卢克莱修（Lucretius）那里剔去他的伊壁鸠鲁哲学，从所有这些人那里抹去他们的宗教，我们才能看到那"不变的人类心灵"，现在就来集中讨论这一点。[30]

路易斯论道，这意味着文学作品的读者要努力去除作品的各样特殊性，要将作品"扭"成诗人从未想过的那般模样。

路易斯认为，这种做法是不可取的。因为它将文本从其历史与文化根源中剥离出去了；将一种"虚假的显著意义"赋予了那些被视为提供了"普世真理"的文本要素，并且轻率地打发了文本中被视为不是针对当下处境的部分。路易斯针锋相对地论道：必须允许文本对我们的经验进行诘问和拓展，不要试图去掉中世纪骑士的盔甲戎装，好把他们变成与我们一样的人；恰恰相反，应该努力弄清楚，穿上那身铠甲之后会是什么滋味。应该动身去探索，如果我们也接受卢克莱修或维吉尔的信念，那会是什么感觉？文学的目的就在于帮助我们透过其他的视镜来看世界，为我们提供领悟事物的不同方法和渠道。我们会看到，这个主题也成为《纳尼亚传奇》的显著特征。

在开过巴拉德·马修斯讲座两年之后，路易斯又在 1943 年 2 月 24 至 26 日，连续三个晚上在纽卡斯尔杜伦大学的庭尼校园发表了里德尔纪念讲座。[31]这几场精彩的讲座在 1943 年由牛津大学出版社出版，书名为《人的消解》（*The Abolition of Man*）。* 路易斯在书中论道，当代道德反思的根基已经受到一种极端主观主义的破坏——这种趋势他从当时的中小学教科书里都觉察到了。作为对这一发展趋势的回应，路易斯呼吁要重振传统道德。这种传统道德建立在"客观价值信条的基础上，即相信对于宇宙是什么和人是什么，我们能够做出表态，而且这表态有

---

* 中译本翻译为《人之废》。——编者注

些确实是正确的，另一些则确实是错误的"。[32]

路易斯在此批评的是这样一批人：他们认为所有的价值陈述（比如"这条瀑布很漂亮"）[33]无非都是对言说者心情的主观陈述，并非对有关对象的客观陈述。路易斯论道，某些对象和行为是值得对其做出肯定或否定的反应的——换言之，一条瀑布可以是**客观上**漂亮的，就像某人的行为可以是**客观上**善的或者恶的。他论道，有一套客观的价值系统（他称之为"道"[the Tao]），[34]它适用于所有文化，差异只在于细枝末节。虽然如今《人的消解》被视为一本费解的书，其论点却始终具有重大意义。[35]

1944 年，路易斯应邀在剑桥的三一学院发表克拉克讲座。三一学院的院长乔治·麦考莱·特里弗廉在代表学院委员会邀请他时，特别表达了对路易斯早年的作品，尤其是《爱的寓言》的高度赞赏。[36]路易斯在 1944 年 5 月间发表的这些颇具影响的讲座，后来成为《牛津英国文学史》系列中他那卷书的基础——路易斯和他的朋友开玩笑，把该系列简称为"见鬼去吧"（O HEL），他撰写的那卷探讨的是 16 世纪的英国文学（不包含戏剧）。

P232

最后，还需要谈一谈《天渊之别》——路易斯 1944 年创作的一本具有高度想象力的书。托尔金把这书描述为"基于中世纪有关祭奠（Refrigerium）幻想的一个新的道德寓言或'异象'——沉沦的灵魂可以偶尔享受一次在天堂的假日"。[37]路易斯在这一点上对中世纪神学的分析有明显错误，为此，他遭到来自天主教神学家的不少批评。[38]的确，最好还是把《天渊之别》看作是一种"假想"：假若地狱里的居民要造访天堂，那将会发生什么情况？

路易斯最初将这部作品取名为《谁回得了家？》（*Who Goes Home?*），但后来欣然听从劝告，改了书名。这部作品最精彩之处在于，它与《魔鬼家书》颇有几分相似，用富有创意的想象性框架探讨一系列十分传统的问题——比如人类自由意志的限度和骄傲的问题。

不过，该书最重要的特征或许还在于，路易斯依靠叙事的艺术而非辩论向我们示范了：人很容易被一种思维方式拘困，难以脱身得自由。那些从地狱来的人在造访天堂时被证明是安于那已经扭曲了的关于现

P233

实的观点，因此当遇见真理时，他们宁愿选择不去信奉真理。路易斯调用了当时人们熟悉的文化典型——比如，执迷于前卫派的职业艺术家，或者沉迷于自己学界名声的持自由派神学观的主教。他以此来挑战启蒙主义这一怠惰的、并无依据的假设：人类只要看到真理，就能认识并接受它。路易斯暗示道，真实的人性比起这种老套又肤浅的理性主义所认为的要复杂得多。

尽管路易斯的战时作品倾向于使用事实论证来捍卫或探讨基督教的根本观念，我们同时也发现，另一个具有重大意义的主题也正渐渐浮出水面——想象性的叙事所具有的表现与传达真理的能力。这个思想对于理解路易斯的《纳尼亚传奇》是必须的。但为了了解它的重要性，我们要先来思考1938～1945年间问世的系列三部曲。这三部曲一般被称为"空间三部曲"，但更准确地应称之为"救赎三部曲"。

转向小说： 救赎三部曲

《纯粹基督教》代表了路易斯在二战期间发展出的一套极其重要的护教学方法。事实上，路易斯论道，基督信仰所提供的现实"地图"与我们实际上的观察与体验都深相契合。这一类型的书——包括《痛苦的奥秘》与后来的《神迹》（*Miracles*，1947）——从根本上说都是诉诸理性的。虽然路易斯作为一个思想家足够谨慎，绝不相信自己能"证明"上帝的存在——像但丁一样，他知道理性只拥有"短短的翅膀"——但他仍然坚持，基督信仰在根基上的合理性是可以用论证与反思来展示的。

可是，路易斯显然也认识到，要应对涉及基督教信仰的文化焦虑，或挑战基督教信仰的替代品，论证只是多种方式中的一种。大约从1937年开始，路易斯似乎就已经领略到，想象是人类灵魂的守门人。起初，他只是喜欢读奇幻作品——比如乔治·麦克唐纳的小说。后来他开始意识到，小说能够让人们探索世界观中所包含的知性与想象力上的魅力。他自己是否也可以在这类作品上小试牛刀呢？

路易斯还是孩童的时候，就如饥似渴地博览群书，小郇苑家中书架上丰富的藏书被他在消磨时光中"洗劫"了个遍。他就是这样遇到了诸如儒勒·凡尔纳（Jules Verne, 1828～1905）和 H. G. 威尔斯这样的作家。他们的小说讲的都是游历时空的故事，也探讨科学如何改变我们对世界的认识。"那会儿，有关其他星球的思想对我有一种特异的、令人兴奋的吸引力，与我的其他文学兴趣都迥然不同。"[39]

这样的儿时记忆，到了 1935 年左右被赋予了一份新的紧迫感与方向感。那时的路易斯读了大卫·林赛的小说《航向大角星》。虽然林赛的这本书写得不怎么样，但它的想象力却足以补偿其形式上的缺陷。路易斯开始认识到，科幻小说的最佳形式可以被"纯粹地"看为是"在当下时代特殊条件下运作的、与人类一样古老的一种想象力冲动"。[40] 假若做得好——路易斯相当清楚，事情往往不是这样的——它们会扩展我们思维与想象方面的视域。"就像某些罕见的梦境一样，它们给予我们前所未有的感觉，并扩大我们关于经验可能性之范围的理解。"[41] 对路易斯而言，能写出好的科幻小说是件拓展灵魂的事，是一件能够潜在地与过去最优秀的诗歌相媲美的事。

那么，路易斯为什么会对这个叙事形式感到如此兴奋呢？要理解他所关注的焦点，欣赏他所找到的答案，我们还需对 20 世纪 20 年代到 30 年代早期英国的文化世界有更多了解——一言以蔽之，便是我们现今可能会称之为"科学主义"的世界观的兴起。这段时期，"科学主义"观念在 J. B. S. 哈尔丹尼的作品中被大力推崇。哈尔丹尼是一个幻灭了的马克思主义者，他把他那好斗的脾性和热情转移到了对科学之功绩的拥戴上，提倡科学可以医治人类的一切恶疾。路易斯绝不是科学的批判者，但对于将科学的裨益夸大其词、对科学的应用抱天真想法等现象，他则深感忧虑。路易斯担心科学的胜利可能会跑到必要的伦理发展前面，而后者则是为科学提供所需的知识、自律与品格的。

不过，路易斯更关注的，或许还是在 H. G. 威尔斯科幻小说中所隐含的对上述观念的鼓吹；他利用小说叙事来论证科学是人类的先知兼救主，能告诉我们何为真实，并拯救我们脱离困境。对威尔斯来说，科

P234

学就是世俗化的宗教。这样的思想在西方文化中根深蒂固,尽管如今以其他方式出现。但路易斯是通过威尔斯听到这种声音的。倘若威尔斯能利用科幻小说提倡这样的观念,为什么不可以用科幻小说来反驳这样的观念呢? 路易斯将"星际思想"看做一种新型的、激动人心的神话,但担心它正为一种"极度不道德的观点"所主宰。这个文学体裁可以被赎回吗? 它可否变成一种工具,承载关于宇宙的深刻道德观? 甚至可否变成一种媒介,传达有神论的护教思想?

1938 年 12 月,路易斯表达了他日益强烈的一种认识,即科幻小说的形式迄今为止都是用来宣扬形形色色的无神论与唯物主义思想的,但它同样可以很好地被用来批判这些观点,提倡其他观点。[42]为什么不用同样的媒介来主张一种迥异的"神话"呢? (路易斯在此处所指的"神话"是诸如"元叙事"或"世界观"之类的东西。)我们看到,这一技巧在《沉寂的星球》(*Out of the Silent Planet*,1938)、《皮尔兰德拉星》(*Perelandra*,1943)和《黑暗之劫》(1945)中实现了。这些作品的质量有点参差不齐,第三部在某些方面尤其费解。但是,我们所要领略的主要不在于它们的情节和要点,而在于它们表达的媒介——**故事**;是故事抓住了人们的想象力,使思想得以向另一种思维方式打开。

该三部曲最具特色的是它们极富想象力的谋篇布局和知性上的精巧,但要为此做个提纲挈领的概要实无可能。真正需要我们领会的是,他讲出了一个故事,而这个故事颠覆了路易斯时代那更具有竞争性的主题:"科学主义"。为了说明这一点,我们要来思考一下路易斯明显针锋相对的一个主题——哈尔丹尼在其《优生学与社会改良》一文中宣扬的那种社会达尔文主义形式。[43]正如 20 世纪 20 至 30 年代许多进步分子们一样,哈尔丹尼也提倡要通过阻断某些人种的繁殖来优化人类基因库。这一从社会性而言是反自由的褊狭观念,却被看为是以最佳、最严格的科学为基础,具有最美好的动机——目的是为确保人类种族的存活。可是代价是什么呢? 路易斯深表怀疑。

伯特兰·罗素在《婚姻与道德》一书中也步哈尔丹尼后尘,倡导对智障者进行强制绝育。罗素主张,国家必须得到授权,通过合适的专家为所有被视为"心智不全"者强制执行绝育;而且,**尽管**这个方式有它可能导致的缺陷，但仍然应当被采用。他建议说，减少"痴呆的、低能的、弱智的"人群的数目，将为社会带来充足的利益，这利益将远胜过因滥用这一方式而造成的任何危险。

这些观点现今已少见，部分原因是，它们与后来纳粹的优种学理论有染，另外也由于它们被认为与自由民主的理想相抵触。可是，在两次世界大战之间的那段时期，这些观点却广泛地为英美知识界精英所高举。三届世界优生学会议（1912年伦敦会议，1921年纽约会议，1932年纽约会议）都论证支持"生育选择"（有别于"生育控制"），以及对那些被认为不健全的人进行基因淘汰。[44]

路易斯感到必须对这些观点发起挑战。作为回应的元素之一便是他的《黑暗之劫》。虽然路易斯在观点上往往保守，但这部作品却表明他发出了先知式的声音，他向自己那一代人所普遍接受的社会智慧发起了激烈的挑战。

在《黑暗之劫》中，路易斯介绍我们认识一个叫"国立协调实验学会"的组织，这是一个立志于通过科学进步来改善人类条件的超现代机构——比如，对不够好的人群进行强制绝育，消除落后种族，借助活体解剖进行研究。路易斯毫不费力地就揭穿了该机构的道德败坏，指明它所代表的人类未来将是极度失调的前景。这部作品的结尾，包含了这样一幕戏剧性场景：所有关在笼子里打算做活体解剖之用的动物，都被释放得自由了。

在《痛苦的奥秘》中，有一章专讲"动物的痛苦"。读者读到这一章时会看到，路易斯——不同于哈尔丹尼——是活体解剖的反对者。新英格兰反活体解剖协会主席乔治·R. 法纳姆注意到路易斯所作评论的重要价值，于是邀请他就该主题单独撰文。路易斯的文章《活体解剖》一直是对该议题所做的最有意义的一份知性批评，但这篇文章并未得到应有的重视。[45]文章清楚表明，路易斯对活体解剖所发表的直言不讳的反对并非基于多愁善感，而是具有严格的神学根据。倘若对动物残忍，我们就很可能对我们的人类同胞也同样残忍——尤其是那些我们认为比我们低级的人：

活体解剖的胜利标志着，冷酷无情、全无道德的功利主义在取得对于古老的伦理律世界的胜利上跨出了巨大进步；在这场胜利中，动物连同我们已然都是牺牲品，达濠集中营和广岛则标志着更近期的成就。在捍卫对动物实施的残忍时，我们也就将自己放在了动物的水平上。[46]

路易斯在这件事情上的观点使他失去了许多在牛津和别处的朋友，因为当时人们仍普遍认为，就其结果而言，活体解剖在道德上是正当的。动物的痛苦是为人类进步付上的代价。然而，对路易斯来说，这里包含了一个深刻的神学问题，是自然主义所忽略的，即，我们"应该证明自己比畜类强，而这么做，恰恰是要通过如下这个事实：承认我们对它们负有义务，而它们却并不会对我们做这样的承认"。[47]我们将看到，对于动物的这种态度在《纳尼亚传奇》中得到经典的传达。

救赎三部曲中还有许多内容，不可能指望这短短的概述全部包含——特别是它那对神奇世界的抒情性描述，它富有想象力且又引人入胜的情节铺展，以及它在神学上丰饶的主题，比如皮尔兰德拉星这个美丽的、新创造的、未堕落的世界之命运。不过说到底，真正重要的不仅在于表达的内容，同时也在表达的媒介。路易斯宣示了，可以通过讲故事来颠覆某些当下的既定真理，并揭穿其如影如烟的虚幻性。第二次世界大战之后，英国文化精英不再鼓吹优生学了，这表明，曾经风行的观念和价值可以在一代人还未过去时就被抛弃。路易斯本人在多大程度上颠覆了它们，还有待进一步厘清，但他的方法所具有的潜力却是显而易见的。

1938～1945 年这段时期，路易斯从幽闭书斋、默默无闻的学者，一跃而成为一名重量级的宗教、文化与文学人士。但他并没有停止出版具有学术价值的著作，比如他的《〈失乐园〉序》。据此，他为自己奠定了一个公共知识分子的地位，在媒体界颇负盛名，同时也踏上了成为国际名人的道路。这当中会出现什么问题吗？

悲哀的是，答案不久就明朗了。很多方面都可能出问题。而且真的出问题了。

第 *10* 章
不受尊敬的先知？
——战后的紧张与问题

【1945～1954】

到了 1945 年，路易斯已然是个名人了。在英国学术界，学者的地位由多项标准来衡量，包括出版物的数量以及这些出版物被认可的程度。在人文学科领域，学者的最高荣誉是当选英国人文与社会科学院院士。路易斯在 1955 年 7 月获选。但在他的传记作者们看来，这项对他学术成就的认可，却被另一项认可——来自一群全然不同的受众——彻底盖过了。

C. S. 路易斯——超级明星

1947 年 9 月 8 日，路易斯登上《时代》杂志的封面，他被称为"畅销书作者"，同时也是"［牛津］大学最受欢迎的讲师"，有望成为"英语世界最有影响力的基督教发言人之一"。《魔鬼家书》已风靡英美。（必须记住，美国当时并未听过路易斯在 BBC 的广播讲话）。封面文章的首段，奠定了全文基调：一个古怪的、有点不可思议的牛津学者——"一个矮胖、敦实的男人，面色红润，声音洪亮"——不经意间名声大噪。[1] 是否还有更多的畅销书等着出来呢？《时代》告诫热情的读者，他们只能等待：

"他近期还没有出版'大众'读物的计划，不管是奇幻作品还是神学作品。"

1947年的《时代》文章可视为一个引爆点——标志着路易斯到达一片更为广阔的文化场景中，同时，由于他的作品引起了更广泛的关注，他的影响力也在进一步扩大。可是，对于如何应付这从1942年起便日益鼎盛的名声，路易斯在组织上、性情上的装备都颇为欠缺。他目前这引人注目的形象同时招来了追捧与谩骂，二者都朝他涌来；他的私人生活——路易斯直到那时都将它保护得严严实实——也开始进入公共领域。他成为英国报纸讨论的话题，报纸常常以各种莫名其妙的词汇描述他。一家媒体称他为"苦行僧路易斯先生"，这称号着实把托尔金逗乐了——与他所认识的路易斯实在相去甚远。就在那天早上，托尔金还跟儿子说，路易斯可以"在很短的时间内干掉三品脱啤酒"。而托尔金自己则大大减少了酒量，因为那天是大斋节——对许多基督徒来说，那是个自我节制的日子。但路易斯可不在乎，托尔金抱怨道。[2]

此时的路易斯收到的信件可谓泛滥成灾，从仰慕者到批评者都要求他对或大或小或纯粹荒唐的问题做出即刻且完整的答复。沃尼像古时的英勇骑士一样，前来救弟弟了。从1943年起，他就帮弟弟回复那飞速猛增的来信，他用两个指头在他那台破旧的皇家打字机上敲打，回信的内容该写什么，他通常不问路易斯。沃尼后来估摸说，他大概打了一万两千多封这样的回信。沃尼还想出一个很有想象力的招数，对付那些数量不断增长、自以为重要、要求打电话到路易斯家里与他亲自交谈的人。[3] 托尔金后来回忆道，沃尼的办法就是，"提起话筒，自报'牛津污水处理所'，并一遍遍重复这句，直到他们罢休"。[4] 不过，路易斯在美国名声日长，这倒是带来了一个让沃尼十分满意的结果：各种食物包裹，里面塞满了兄弟俩久已淡忘的奢侈品；如今，路易斯有了越来越多富裕的美国支持者，他们源源不断地寄些东西来。

有证据表明，这段时间，路易斯的作品在众多美国基督徒中间引起共鸣，其中既有按立牧师，也有平信徒，这反映了一种民族文化心态的变化。20年代与30年代经济萧条带来的痛楚和焦虑已经过去，但当美国1941年12月加入二战之后，生命中更深的问题再次激起人们的兴趣。上帝再次被人谈论；宗教出版业复兴。就在对宗教问题新一轮的公开讨论中，一个新的声音出现了——这声音让人们觉得既权威又有趣，而且最主要的是，它涉及的正是普通人的宗教问题。

路易斯的作品带有浓烈的护教色彩，这特别受到当时一批牧师的欢迎——比如学院和大学里的专职牧师，他们所服侍的正是那些为战争引发的重大问题而苦苦挣扎的人们。尽管路易斯在美国神学研究界大体不被看好，但有证据表明，他为如何介入宗教问题的讨论，带来了某种新的品质，而这点，美国的神学家还是持广泛欢迎态度的。路易斯提供了一些暂时性的解答，那些解答可以供神学院和大学进一步展开讨论。

可是，路易斯的公众名声的确招致某些学界人士某种程度的愤怒。《时代》文章有一句话特别激怒了几个专业神学家，他们对下面的说法耿耿于怀："这个人能够谈神学，但又不拉长一张脸，不单调乏味，这正是深受战争之苦的众多英国人所需要的。"聪明人保留自己的意见，寄希望于人们很快把路易斯忘了；愚蠢者则发动了神学上的狂轰滥炸，就这样，路易斯的形象与吸引力双双提升了。

此类猛烈抨击中有一种出自一个名不见经传的美国圣公会神学家之笔，此人名叫诺曼·彼腾格。他认为《时代》不可理喻地忽略了他本人远远领先的、美国头号基督教护教家的地位，于是恼羞成怒，宣告路易斯是个神学上的轻量级异端——对于由他本人作为杰出代表的理性的基督教来说，路易斯完全是个累赘。美国对这类自我推销毫不买账，还是回头读路易斯去了。

至1945年夏天二战结束之时，路易斯已经相当出名了。倘若说现代名流文化所提议的那种简单的生活哲学有任何效用的话，路易斯那时应该是一个很幸福、很有成就感的人。然而，在接下来的九年间，路易斯的个人生活却完全是另一番故事。名声可能提高了人们对路易斯的关注，但首先，他成了那些不喜欢他宗教信仰的人更加突显的攻击目标。其次，他的众多学界同事也逐渐认为，他为了猎取名声，卖身给通俗文化了。他将自己的学术长子权卖掉，换得一碗通俗的浓汤。尽管

P242

213

路易斯似乎并未意识到这一变化,但他其实正在踏进一段遭遇拒绝、不幸和个人挣扎的时期。

名誉的另一面

在欧洲,第二次世界大战终于在 1945 年 5 月 8 日结束。托尔金感到局势转向乐观,高兴了颇有一阵子。"鸟儿"——这是他对"老鹰与小孩"的称呼——如今"有一种荣耀的空荡",啤酒"变好喝了",东家又好客了,"戴上了微笑的花冠"。他们的星期二聚会,再度成为"理性的盛宴与心灵的畅流"。[5] 战争结束后,淡墨会的第一次聚会定在 5 月 15 日星期二,地点是"老鹰与小孩"。

查尔斯·威廉斯无法参加。他在前一周病倒了,正在拉德克利夫医院住院治疗。从"老鹰与小孩"往北走,几分钟就能走到这家医院。路易斯决定先拐去探望威廉斯,再去赴淡墨会战后的第一次聚会,以便将朋友最好的祝愿转达给会友们。接下来发生的事他完全料想不到。他极为震惊地被告知,威廉斯刚刚去世了。

虽然所有的淡墨会成员都被这突如其来的消息惊呆了,但受冲击最大的还是路易斯,远超过其他所有人。在整个战争期间,威廉斯是路易斯文学与灵性上的指路之星,在情感上已经取代了托尔金的地位。淡墨会成员原本计划要献给威廉斯一小卷文集,现在成了对他的悼念。对于路易斯,这一次的打击近乎将他压垮。

不过,其他人不久就将这悲哀的事件抛诸脑后了。托尔金曾因战争戒酒,但不久就因一桩好消息而再度开始饮酒:他经选拔,获得了1945 年牛津两个默顿英语教授席位中的一席。能以此确立自己的地位,并让路易斯占另一个位置,这是他长期梦寐以求的事。现在,一个目标实现了,另一个似乎也近在咫尺。托尔金心里明白得很,为了身心健康起见,路易斯也需要一个教授职位。

何以如此？战争一旦结束,牛津大学的学生数量就开始攀升。虽然这对大学总体来说是件好事,会给战争年间资源严重短缺的机构带来它亟须的财力,但它却给学院导师的工作增加了重大压力。路易斯的工作量大增,自己读书、写作的时间却越来越少。若路易斯当上了牛津教授,他就不需要给本科生上个别辅导课了。虽然还要求他为整个科系开本科生层次的讲座,以及指导研究生,但比起战后初期压垮人的导师工作量来说,这算相当适度了。升职对路易斯自然会是好消息。

接下来,机会之窗倒是开启了。1947 年,大卫·尼科尔·史密斯从另一个默顿英语教授席位上退下,路易斯有望填充这个职位,而托尔金也很清楚这位置应该是他的。托尔金是该席位的评委之一,对于支持路易斯当选很有利。但托尔金显然没有意识到,牛津许久以来正积蓄着一股对路易斯的敌意。在托尔金为路易斯竭力陈情之时,他大为吃惊地发现,英语系内部竟然对路易斯表现出"极度的仇视"。[6]他近来的通俗作品与对高等学位的消极态度,被看作是对整个科系潜在的不利因素。托尔金完全无力说服其他几位评委——海伦·达比赛尔、H. G. 加洛德和 C. H. 威尔金森——将路易斯作为候选人加以认真考虑。最后,第二个默顿席位给了 F. P. 威尔森,一个有实力,但有点没趣的莎士比亚学者,他的优点包括他不是 C. S. 路易斯。

可是,更多的坏消息还在后头。1948 年,牛津的英国文学戈尔德史密斯讲席——与新学院的一个研究员职位相关联——刚好空缺。最终,这席位给了著名的文学传记作家大卫·塞西尔勋爵。路易斯又被略过了。

1951 年,牛津大学准备选拔一个新的诗歌教授,路易斯再遭拒绝。选票上只有两个名字,并且十分相似,容易搞混,极有可能出现投票错误。路易斯唯一的对手是塞西尔·戴·路易斯(Cecil Day Lewis,1904～1972),他后来成为英国的桂冠诗人。(第三个候选人退出了,这就让反路易斯的派系占了明显优势。)最后,C. D. 路易斯以 194 票对 173 票胜出。路易斯再一次被拒。

不过,在这一片惨淡之中仍有安慰。1948 年 3 月 17 日,皇家文学

P244

协会投票一致通过让路易斯担任学会研究员。[7]但路易斯心里清楚,他众多的学界同事都是以怀疑和嘲笑的眼光看待他的。看来,他正成为在本城本大学不受尊敬的先知。

这股带刺的对路易斯的敌意有时还会恶化成一种非理性的仇恨,而这一点,在他自己的学院也很明显。A. N. 威尔森回忆道,在为他1990 年的路易斯传记做调研时,他曾与一个那时在莫德林学院任教的老者谈起路易斯。这位牛津老教师宣告说,路易斯"是他见过的最邪恶的一个人"。威尔森自然想知道,这个古怪的衰朽老者的判断依据究竟何在。原来,路易斯的堕落之处在于他相信上帝这件事,而且用他的"聪明来败坏年青人"。威尔森一语中的地评价道,这和当年针对苏格拉底的指控一模一样。[8]

当然,这种荒唐的态度不会成气候,尽管至今仍时常重演。然而,这段时间在牛津内部产生的在学术上对路易斯的敌意,也并非完全是非理性或报复性的。变革之风已经吹起,路易斯逐渐被看做是一个潜在的问题,而不是牛津英语系未来的资源。已经毕业的学生开始蜂拥而至,往往要拿一个英国文学方面的文学士学位(BLitt, Bachelor of Letters),而这为学院和整个大学都带来了亟须的收入。这些学生需要指导——路易斯对此项工作却已毫无热情。人们经常听路易斯说,牛津有三种文化人:有文化的,没文化的,和次文化的(B. Litterate)——他的兴趣完全在于前两种人。战后的牛津英语系开始重建其教学与科研项目,路易斯对高等学位和研究的否定态度越来越被人们看为是无益的,而且与变革中的教育形势脱节。

老年痴呆与嗜酒成性: 路易斯的"母亲"与兄长

路易斯遭遇的问题不只限于他的工作,还延伸到了他的个人生活。尽管战时节衣缩食与资源短缺的阴影已逐渐散去,但是路易斯在连窖

P245

的生活仍不容易。40 年代后期的信件表现出他对摩尔太太健康的关切，也处处暗示家中状况的举步维艰。摩琳已离家日久，留下路易斯来对付困难重重的家境。家中不得不雇女佣来完成家务，而她们与摩尔太太之间的关系又非常紧张。路易斯感到这些都实在难以应付。当苏格兰的圣安德鲁大学在 1946 年 7 月颁发给路易斯一个荣誉学位时，他沮丧地表示，他倒宁愿接到"一箱苏格兰威士忌"。[9]

这个建议倒是会让路易斯的哥哥沃尼高兴。那段时间，沃尼正在与酗酒抗争，不过我们现今知道，他最终失败了。1947 年夏天在爱尔兰度假时，沃尼肆无忌惮地狂饮，整个人都失去知觉，被送到德罗赫达的一家医院，直到最后戒了酒，才被允许回家。可悲的是，这个模式现在又重演了，沃尼的酒瘾不时发作，实在难以收拾。

连窑成了个功能失调的家。路易斯的家庭生活围绕两个人打转：越来越易怒、越来越糊涂、已表现出典型老年痴呆症的摩尔太太，以及越来越暴躁、酒瘾越来越大的哥哥。这实在不是一个快乐的环境，而战后的紧缩措施，包括日常用品继续定量配给，更是令这个家雪上加霜。1947 年，路易斯写信给同事，道歉说他去开会有困难：他的时间"几乎完全地""不可预知地"被他"作为护士与家佣的责任"占据。[10]他说道，他面临的艰难既有物质上的，又有心理上的。在连窑的生活已变得不堪忍受，路易斯既要常常照顾"母亲"，又得不时兼顾兄长，负担实在太重了。

摩琳也注意到，路易斯兄弟照顾她的母亲与老狗布鲁斯，压力实在太大，因此也尽力前来减轻他们的负担。她和丈夫搬进连窑住，让路易斯和沃尼到他们夫妇在马尔文的房子住两个星期。不过，这只是暂时的休息。1949 年 4 月，路易斯为自己拖延回信向欧文·巴菲尔德道歉；他正在努力对付"狗的粪便与人的呕吐物"。[11]

1949 年 6 月 13 日，路易斯带着疲劳过度的症状住院了，后被诊断为是链球菌感染，需要每三小时注射一次盘尼西林。终于捱到 6 月 23 日，他获准回家。沃尼见弟弟因为摩尔太太累得精疲力竭而义愤填膺，要求她给路易斯时间恢复体力。路易斯甚为感激，计划到爱尔兰过一个月，在亚瑟·格雷夫斯身边休息、充电。可是就在路易斯临走之前，

P246

沃尼的酒精过量症复发,且为时甚久。(路易斯急于保护哥哥的自尊心,将哥哥的问题描述为"精神紧张失眠症",只对密友亚瑟·格雷夫斯才透露实情——"酗酒"。)[12]最后,路易斯别无选择,只好取消计划好的爱尔兰行程,一个人独自照顾摩尔太太。

当然,即便在生命中这段黯淡时期,路易斯也并非没有快乐时刻。他欣喜地阅读托尔金10月份终于完稿的《指环王》,可喜悦却被另一个现实冲淡:二人如今很少碰面。路易斯在给老朋友的信中这样写道:"我非常想念你。"[13]其中的悲伤显而易见。虽然两人在同一个城市、同一所大学生活和工作,可他们已不再亲密了。当然,路易斯至少从别处也能寻得某种知性上的安慰,他与小说家多萝茜·L.塞耶斯有段时间通信密切。但是,路易斯的生活已经彻底改变了。旧日的友谊正在萎缩,曾经与这些友谊相伴而来的知性上的刺激与支持也随之萎缩。

在这段困难重重的日子里,摩尔太太变得越来越糊涂、烦躁,最终到了必须送养老院的地步。1950年4月29日,她从床上摔下来三次,路易斯于是决定送她到一家叫雷斯特霍尔姆的特护养老院中,该养老院位于牛津伍斯托克路230号。路易斯每天都去看望她,同时,他自己也陷入新的焦虑。看护费一年五百英镑。他如何能支付得起?等到他退休了,不能再依靠学院这份收入了,又该怎么办?

最后,问题由1950年12月在英国北部港口城市利物浦爆发的一场大流感给解决了。这场流感传播得非常迅速,1951年1月中旬达到高峰。官方数字表明,死亡率比1918～1919的大流感还高约百分之四十,这为正处于战后复原期的英国带来重创。1951年1月12日,染上流感的摩尔太太在流感高发期病逝,享年七十九岁。1月15日,她下葬在圣三一教堂的墓园,与她的老朋友爱丽丝·哈密尔顿·摩尔在同一个坟墓,后者于1939年11月6日葬于此处。(教区的葬礼记录指出,爱丽丝·摩尔在去世前也住在连窑,表明那段时间她也是家中的一分子。)沃尼无法参加葬礼,因为这场带走摩尔太太的流感,他自己同样也被传染上了。

牛津对路易斯的敌意

与此同时，牛津大学内部对路易斯仍有一种由来已久且持续不断的敌视和拒绝，这使路易斯的个人处境雪上加霜。这敌意中有一小部分——也**只有**一小部分——代表的是意料中的偏见，即认为基督教是精神疾病或道德堕落的特征。但问题的真正根源，还在于路易斯的公众声誉和他貌似对传统学术规范的轻看。有人提出，他的大众作品让他偏离了学术研究与写作的路，使他只能处在学术文化的边缘，而不是中心。他的批评者们指出，路易斯自从 1942 年的《〈失乐园〉序》之后，再也没有发表过在学术上严肃、有分量的东西。若要重获学术声誉，路易斯需要弥补这个赤字。

路易斯痛苦地意识到，这类批评并非不值一听。事实上，若读一读路易斯在战后这段时期的通信，你会明显感觉到他被一种不安定、不踏实和不快乐笼罩着。路易斯在 1935 年已经与牛津大学出版社签订了一份合同，要写一卷关于 16 世纪英国文学的书，现在完稿的压力压在心头。可是他的家庭状况如此杂乱，简直找不出时间来阅读要写作这本书所需的大量一手资料。到了 1949 年中期，他已精疲力竭，体力不支，而这部里程碑式的著作需要注意力高度集中的阅读与写作。通俗作品的要求没有那么高，路易斯可以从容完成。但这项工作却大为不同。

摩尔太太在世时，要求路易斯随叫随到，所以他什么事情都干不了。1951 年 1 月她去世后，路易斯终于获得了一年学术休假，放下莫德林学院的教学责任，用 1951～1952 这一整个学年，专心致志从事这项工作。到 1951 年 9 月，路易斯感觉自己可以告诉他的意大利笔友唐·乔奥瓦尼·加来布里埃，他的健康状况改善了。"Iam valeo"——"我好多了。"[14]他的精神状态还将因另一桩事件进一步振作：英国首相温斯顿·丘吉尔来了一封信,提议将路易斯放在 1952 年国王的新年荣誉名单上,授予他不列颠帝国司令勋章(比骑士低一等级)。路易斯谢绝了。[15]然而,这显然鼓舞了他的士气。

他开始全力以赴地投入这项英国文学的新计划。海伦·嘉德纳回忆道,她经常看到路易斯在杜克·汉弗莱图书馆埋头苦干,全力查阅博德利图书馆收藏的这一时代的作家的作品。路易斯从来不是一个信得过二手资料的人,所以他如饥似渴大量阅读原文资料,没用的吐出来,有价值的则汲取。

倘若路易斯的学术声誉有所消退的话,随着 1954 年 9 月这卷七百多页巨著的出版,他的声誉全然复苏。他被选为英国人文与社会科学院院士,与这部卷帙浩繁的学术巨著直接相关。然而,这项荣誉来晚了,牛津对他的看法已积重难返;观念已根深蒂固。40 年代晚期与 50 年代早期,许多人都已把路易斯的才情看作强弩之末。

还有其他的问题压着他。每周四晚都举办的常规淡墨会聚会在战后仍旧进行,路易斯带来他的美国崇拜者捎给他的食品包裹,这往往让聚会者为之一振。路易斯执意将自己的富足与朋友们分享,因为他们都还因战后的节俭措施而遭受食品短缺之苦。然而,淡墨会进展得并不顺利。会员之间会发生摩擦,爆发情绪。热情消减了,人数也下降了。终于,在 1949 年 10 月 27 日,沃尼的日记记载了聚会终结的一天:"没有人来。"尽管成员们星期二还继续在"老鹰与小孩"聚会,淡墨会作为一个严肃的文学研讨团体已经走到尽头。

毫无疑问,由于托尔金与路易斯之间关系日益疏远,使情况变得更加复杂。托尔金将其中不小的原因,归咎于战争期间查尔斯·威廉斯的影响。托尔金觉得——并非没有理由——路易斯对他的情谊被查尔斯代替了。在托尔金看来,这是一个可悲的变化,他甚感惋惜。但这一切还是发生了,而且变本加厉。托尔金觉得路易斯在他的科幻小说三部曲的某些部分借用了他的神话观念,却没做出声明,这让托尔金相当恼怒。1948 年,托尔金写了一封长信给路易斯,显然是为了回应他们之间就一个文学问题产生的重大分歧。[16]不过,尽管他们的关系降温,托尔金还是尽其所能帮助路易斯获取在牛津的学术晋升。对托尔金而言,这纯粹是出于道义。

　　雪上加霜的是,40年代晚期,托尔金和路易斯都面临牛津英语课程设置的重大挑战。对他们来说,学习1832年以后的英国文学没有必要。可是,随着艰苦的战争年代被甩在后头,英语系再次展开了这场讨论。人们越来越清楚地看到,维多利亚时期的确产生了大批意义重大的文学作品。为什么牛津的学生不应涉猎阿尔弗雷德·丁尼生(Alfred, Lord Tennyson)或威廉·萨克雷(William Makepeace Thackeray)? 还有查尔斯·狄更斯(Charles Dickens)或乔治·艾略特(George Eliot)? 年青些的牛津教师敦促进行课程改革,海伦·嘉德纳是提倡改革的主力之一。显然,英语系未来的方向可能会让路易斯感觉不舒服。

　　不过,也有些传记作者认为,路易斯在这段时间面临的最重要的问题还是他的知识权威所遇到的挑战。这挑战来自哲学界一名年青的后起之秀,名叫伊丽莎白·安斯康姆(Elizabeth Anscombe, 1919～2001)。这个故事亦有必要一讲,其隐含的意义值得探究。

伊丽莎白·安斯康姆与苏格拉底协会

　　1893年,英国国教内部有一批福音派基督徒成立了一个牛津牧师团,旨在让牛津的本科生接触到比义务性的学院礼拜更活泼、在知性上更有吸引力的信仰形式。从1921年开始,牧师团将位于牛津市中心南面、紧邻大学心脏地带的圣阿尔达特教堂作为基地。虽然牛津牧师团起初是以牧养与传福音作为方向,但是它的领导层越来越意识到护教的重要性。基督徒如何积极地、批判性地介入知识界当前的重大问题? 基督徒学生如何能找到知性上的参与和确定感,而不只是停留于苍白的属灵空话?

　　1941年,牧师团中负责女学生的牧师斯特拉·阿尔温克尔认为,已经到了成立一个学生论坛来讨论这些问题的时候了。她是在与萨默维尔学院动物系的学生莫妮卡·露丝·索顿交谈之后做出这个决定的。莫妮卡抱怨说,教会和宗教社团"想当然地认为真正的难题已经解决了——比如上帝的存在、基督的神性等这类问题"。可是很明显,人们需要一些帮助才能明白这些信念并为之辩护,因为这些信念在牛津这样具有严格批判性的知识环境下无法简单地默认为真。索顿——后来她成为研究英国灰松鼠的权威——清楚地看到,牛津学生需要护教方面的服事。

于是,阿尔温克尔在萨默维尔学院为不可知论者和无神论者举行了一系列护教讨论之后,就决定在整个大学范围内成立一个这样的论坛。苏格拉底协会就是在这种情况下作为牛津大学的学生社团建立起来的。根据大学的规矩,学生会社或社团都需要一个"高级成员"——指导教师——来负责该组织。阿尔温克尔最初想到的合适人选是小说家多萝茜·L. 塞耶斯,而她曾是萨默维尔学院的学界人士。可是,多萝茜住在伦敦,不能指望她定期参加。[17]显然,他们需要一位在牛津的学界人士。那么,该是谁呢?

阿尔温克尔将所有可靠的人选(诸如学院专职牧师等)都筛过一遍之后,忽然灵机一动,直奔她心目中的牛津护教新星——C. S. 路易斯。到1942年1月社团首次聚会时,路易斯已经跃升为全国知名人士了。苏格拉底协会迅速成为大学内讨论与基督信仰相关问题的最重要的社团,会员在学期间每周一晚上碰面。路易斯虽然通常在场,但很少招来关注,平均一学期发言一次而已。不过,他的在场有很大作用。发言者的名单闪耀着牛津的哲学群星。虽然协会明确是基督教定位,但其发言者的背景很广。证据和论证才是它的专业工具。路易斯自己在《苏格拉底协会摘要》第一期中说道:

正是基督徒建起这个平台并发出了挑战……我们从未声称不偏不倚。但论辩则是不偏不倚的。它具有属于自己的生命。没有人能告知它将往何处去。我们将自己赤裸敞开,以自己最弱的一面迎接你们的炮火,恰如你们也要迎接我们的炮火一样。[18]

　　苏格拉底协会有一个有趣的方面往往被忽略，没有引起注意，那就是它的成员主要是女性。也许这反映了阿尔温克尔的个人影响，又或者协会与萨默维尔学院早有渊源。1944年米迦勒学期中的成员名单记载了一百六十四位成员，其中一百零九位来自牛津的五个全女生学院：玛格丽特夫人学堂（二十位），圣安妮学院，圣希尔达学院（十八位），圣休学院（三十九位），以及萨默维尔学院（十三位）。[19]

　　鉴于路易斯在协会中的显要地位，应邀的客座讲员自然会跟他进行思想交锋，并与他辩论。所以，当路易斯在1947年出版《神迹：一项初步研究》时，可以料想，该书的主题会被拿来作为讨论和论辩的对象。书中最重要的主题，即路易斯的宣告：自然主义是不攻自破的。这一论点的基本思路在《神迹》第三章展开，题名为《自然主义者的自我矛盾》。1948年2月2日，一位年青的天主教哲学家伊丽莎白·安斯康姆请路易斯回应他有关自然主义的批判。

　　那么，路易斯对自然主义的批判到底采取了什么形式呢？路易斯的论点在早期作品中就已有所预示，可以用他在1941年的一篇文章《罪恶与上帝》中的一句话来概括："倘若思想是大脑运动中一种未经设计、不相干的产品，那么我们有什么理由相信它呢？"[20]对于那些主张基督教信念——诸如对于上帝的信念——无非只是环境因素或进化压力使然的人，路易斯在回应他们时坚持说，这样的思考策略到头来无非使他们自己最终倚靠的思考过程失效。那些认为一切人类思考只是一种环境的偶然产物的人，其实是在颠覆所有属于自己的思想——包括思想取决于环境这个信念本身。

　　路易斯的这一思路意味深长，且富有创意，它回应了当时的"自然主义"思想家如J. B. S. 哈尔丹尼等所关心的问题。路易斯曾几次与哈尔丹尼过招。唯物主义者哈尔丹尼发现，自己被路易斯如下的思想弄得颇为难堪：

　　倘若我的思维过程完全是由我头脑中的原子活动决定的，我就没有理由推想我的信念是对的。它们可以从化学角度来说是不错的，但在逻辑上却不然。因此，我就没有理由推想我的脑袋是由原子构成的。

也就是说，为了逃避这种将我自己坐在其上的枝干锯掉的必然性，我就被迫要相信思维并非完全是以物质为条件的。[21]

哈尔丹尼在此已经先用上了路易斯用来反对他立场的立论。在《神迹》中，路易斯指出，倘若自然主义是理性反思的结果，那么，要达到这个结论，就必须设定这一思维过程是有效的。或者，换言之，倘若所有事件都是由"无理性原因"（irrational causes）决定的——路易斯认为自然主义是如此设定的——那么，理性思想本身一定也被认为是此类无理性原因的产物，而这就违背了到达这一自然论立场所涉及的推理过程中的核心假设。"倘若所有思想都可以被充分解释为是无理性原因导致的结果，那么就没有任何思想是有效的。"[22]

这段分析包含了几条重要思路。可是，一个有批评眼光的读者在读到《神迹》这一章时，可能会（并非没有理由地）下一个结论，觉得它写得有些太仓促了。这里存在一些逻辑上走捷径的迹象，或许是因为路易斯对自己的论点太熟悉了，就以为读者也已明了。其实不然。倘若不是伊丽莎白·安斯康姆把路易斯拉出来面对这些薄弱之处，也会有别人这么做的。

问题不在于路易斯拒绝自然主义思想。安斯康姆在她 1948 年 2 月的陈述中，从一开始就明确表示，她同意路易斯，自然主义确实站不住脚。但是，她不认为《神迹》第一版提出的具体论证足够严密，可以证明其结论的合法性。她主要关注的，是路易斯坚持自然主义是"无理性的"这一观点。[23]安斯康姆提出一个完全公平的论点——任何一个有知识的读者在阅读路易斯的那一章时，这论点或许都会划过他的脑际——即并非所有自然的原因都是"无理性的"。安斯康姆正确地指出，有许多（或许还是大多数）自然原因可以被合法地描述为单纯的"非理性"。倘若理性思想是由自然的"非理性"原因产生的，就没有必要为**那个缘故**而怀疑该思想的"有效性"——除非能指出那些原因会使该思想倾向于错误或不合理的信念。

这是一次令路易斯不太舒服的对决。不过，有一件事情很清楚，《神迹》中的那一章确实需要修改——不是因为结论错误，而是因为借以达到那个结论的论证不具备足够说服力。路易斯对安斯康姆的批评予以了恰当的应对，仿佛她是一位属于哲学界的淡墨会成员，并根据她的意见将那段论证重新写过。这一章的修订版本第一次出版是在1960年，重新取名为《自然主义的首要难题》。除了开头六段以外，这一章吸取了安斯康姆的观点，重写了一遍。它在知性层面上变得更加有力，可以看作路易斯在这个重要议题上的最终陈述。

与安斯康姆的这次略有挫败的交锋的真正意义在于，它涉及到如何解读路易斯日后的写作走向。路易斯的某些传记作者——主要是A. N. 威尔森——将此事件看作路易斯的观点发生重大变化的标志，甚至起因。他们认为，在论争失利之后，路易斯对他信仰的理性基础失去了信心，从此放弃了他作为一个领衔护教家的角色。他们宣称，他转而写作奇幻作品——比如《纳尼亚传奇》，反映出他越发认识到，理性论证支持不了基督信仰。

然而，有大量文字证据表明，这一转变可以让我们得出完全不同的结论。路易斯受到了指责，于是意识到他所展开的某一具体论证中存在薄弱之处（必须指出，他那一番论证做得过于匆忙），便下工夫去改进它。路易斯是一个学术型的作家，而学术作品就是要有同行之间的批评和关注，直到论点与证据都能以尽可能好的方式呈现出来。路易斯对于这种提出与接受文学批评的方式已经习以为常了，无论是淡墨会成员之间，还是与托尔金这样的同事进行讨论，无不如此。

P255

安斯康姆认同路易斯的总体立场，将自己视为在知性上促其精进而非激化矛盾的使者。路易斯面对自己论证上的弱点被公开展示，确实有点震惊，也对几位密友吐露了自己的不快。但是，路易斯的尴尬更多是在于这一修正带有的公众性质，而非该知性过程本身。安斯康姆的介入带来了积极和有益的效果，这一点是显然的，路易斯论证的修订版也证实了这一点。

并无证据表明，这次交锋的结果是让路易斯撤退到某种非理性的唯信论或脱离理性的幻象之中。路易斯此后的作品依然显示出对基督信仰在理智上一致性的强烈意识，以及对护教工作在当代文化语境中重要性的认识。他后期的论文——比如《有神论重要吗？》（Is Theism

Important?，1952)和《论信念的执着》(On Obstinacy in Belief，1955)
——都清楚表明,他持续认可护教学中理性论证的重要性。而且,当路
易斯在 1952 年出版《纯粹基督教》时,对于自己在 40 年代广播讲话中所
阐发的理性的护教策略,他并没有加以重大修改,尽管他有机会这
么做。

安斯康姆的批评也不能被当作一个"引爆点",认为它导致路易斯
放弃理性论证,转而拥护想象性与叙事性的护教策略。必须记得,到这
场论战发生时,路易斯已经写了三部或许有理由称为"想象性叙事护教
学"的有分量的作品——即他的救赎三部曲(见本书英文原版 233 - 238
页)。因此可以说,路易斯这时已经相信在护教学中使用叙事手法与诉
诸想象力的重要性。路易斯曾经说过,救赎三部曲跟纳尼亚一样,其源
头来自意象,而非概念。

纳尼亚并非路易斯从失败的理性护教学中出逃的路线,而是他护
教策略中众多思路之一;他调和了基督教现实图景中的理性与想象,并
将众多思路汇集其中。A. N. 威尔森说,"当路易斯在苏格拉底协会败
倒在伊丽莎白·安斯康姆手下后,他便被蜇回他的童年,《狮子、女巫和
魔衣橱》便是从这一经历而生的。"[24]此外,他还提出另一个有趣、但终究
是无据可依的看法,即纳尼亚中那个女巫是以安斯康姆为原型的。遗
憾的是,上述两种说法,威尔森都没有为其提出任何令人信服的证据。
就像斯宾塞仙后之国中的意象一样,路易斯也是将有关纳尼亚的丰富
的想象性线缕编织在一起,这项工作在时间上的安排,或许可以让人不
无道理地将它与安斯康姆进行某种因果关联——但也只能到此为止
了。路易斯在安斯康姆 1948 年发表意见之前,已经在写关于纳尼亚的
故事了。

无论如何,这都不是一场"败仗";这是对一个未曾尽述的合理论点
的批判性评估,它带来的是 1960 年的修订。在 60 年代后期苏格拉底协
会的一次聚会上,牛津哲学家 J. R. 卢卡斯(J. R. Lucas)再次提出路易
斯的论点,以回应那场与安斯康姆间的辩论。他对于原先那场辩论的
评价,至今仍然重要:

10.1 难得的安宁时刻。1949 年夏天，C. S. 路易斯和哥哥沃尼在爱尔兰劳斯郡安纳格森村度假。摩尔太太的教女维拉·亨利在该地区拥有一处度假屋，路易斯和沃尼间或来访。

安斯康姆小姐的论点是基于理由（reasons）与原因（causes）之间的区别，维特根斯坦（Wittgenstein）做过这个区分，且为维氏学派所看重。路易斯在写作《神迹》时并不知道、也不可能知道这个区分，而且这与他的论题是否相关也是可商榷的。[25]

回顾1948年，卢卡斯对于路易斯当时的问题出在哪里并无疑问，也明白他自己为何在后来与她的交手中取胜：

安斯康姆小姐有点欺弱，而路易斯是一位绅士，这使他克制自己，没有以她待他的方式来回应。但我在此之前与她有过几回交锋，我并不克制自己。所以较量就以所引证论点实际上的力度来决定。也就是说，我赢了。

路易斯对自己护教家身份的质疑

一方面，我们要避免夸大安斯康姆对路易斯在牛津岁月后期的影响，但另一方面，也有明确迹象表明，她确实起了一个作用，促使路易斯在这段时间重新思考自己的护教家角色。巴西尔·米歇尔是位专业哲学家，后来当上了牛津诺若斯宗教哲学教授；他在路易斯调去剑桥后，继路易斯担任苏格拉底协会主席。米歇尔所持的观点是，路易斯后来认为，自己对于当代哲学论争方面的知识不够全备——安斯康姆是个维特根斯坦专家——因此他决定，这项工作最好还是留给专家去做。他则专注于自己最熟知的领域。

路易斯的战时护教家角色，可以被看作是对那个时代的回应。战争结束后，路易斯便希望从前沿护教角色撤退下来，有三方面动向表明了这一点。首先，路易斯明显感觉这件事会令人枯竭。这一点在他1945年的演讲《基督教护教学》中有明确表达。他说道："没有什么比一个护教家的工作，更让自己的个人信仰面临危险了。对我来说，这信仰中没有任何教义会比我刚刚在公众辩论中成功捍卫了的那条显得更虚幻，更不真实。"[26]十年之后，路易斯去了剑桥，他依然评论说护教学"非常累人"。[27]路易斯是否只将护教学看作他职业中的一个重要阶段，而非目标和巅峰呢？他在信中确实提到了这一点。事实上，有迹象表明，他相信自己的写作已经失去了先前的能量和活力。

路易斯在与一位杰出的意大利神父唐·乔奥瓦尼·加来布里埃（1999 年 4 月 18 日被教皇约翰·保罗二世册封为圣）的拉丁文通信中，极其清晰和坚定地表达了这份担忧。《魔鬼家书》的意大利文版出版于1947 年，引起了巨大反响。[28]加来布里埃读了这本书，用赞赏的口吻写了一封短笺给作者。他不通晓英文，给路易斯写信用的是拉丁文。他们从 1947 年以来一直用拉丁文通信，直到加来布里埃 1954 年 12 月离世为止。[29]在 1949 年 1 月的一封信中，路易斯披露了对自己写作能力越来越严重的失望情绪，这种情绪似乎到了崩溃的境地："我觉得我对写作的热情，以及曾经拥有过的所谓天资，都在下降。"[30]路易斯或许相信，使用拉丁文比用英文更能勇敢、坦率地表达自己。他甚至表示，倘若失去作为一个作家的技巧，这或许实际上对他是有好处的：这样就能了结对个人荣耀怀有任何虚浮的野心或图谋。1949 年 6 月，路易斯健康遭遇重创，他住院了。四个月后，他的情绪更加黯淡。一直到 1951 年末，路易斯才开始恢复一点信心和动力。可是，1952 年 5 月，他的倾诉对象沃尔特·亚当斯神父的去世又引发了他更深的痛楚：又一位智慧的诤友和伙伴被强行带走了。

或许还有一个原因，使路易斯从护教家的角色逐渐撤离，那就是他敏锐地意识到，对于他最亲近的人——亚瑟·格雷夫斯与摩尔太太——他的护教工作是失败的。摩尔太太终其后半生对基督教一直心怀敌意，而格雷夫斯则从他那有点苦行的阿尔斯特教派（Ulster Protestantism）转向了同样苦行的神体一位论教派（Unitarianism）。甚至沃尼也认为，《痛苦的奥秘》在护教方面并不让人信服。鉴于私底下的失败，路易斯如何能够坦然维护其公共护教家的形象呢？

最后一点，很可能与前面这两个原因相关，路易斯的通信中有明显迹象表明，他相信自己作为护教家的时机已经过去，是让位给年青一代

P259

的时候了。我们可以在信中觉察到两个略为不同的主题：首先，路易斯感到新问题已经产生，而他并未占据最佳位置去应对；其次，路易斯越来越确信，自己作为护教家的能力已经达到顶峰了。罗伯特·沃顿邀请他参加 BBC 关于为宗教信仰提供证据的讨论，他谢绝了。他评论道："就像《丛林奇谭》(*The Jungle Book*) 中那已经失去尖牙的蛇，我也大体上失去我的辩证力量了。"[31]

毋庸置疑，是安斯康姆帮助路易斯得出这个结论的。1950 年 6 月 12 日，斯特拉·阿尔温克尔以苏格拉底协会秘书的身份写信给路易斯，提醒他说，他们需要计划 1950 年米迦勒学期的活动项目。路易斯于是拟了一份发言人候选名单，这名单上都是些刚刚崭露头角的新秀：奥斯丁·法瑞尔讲新约的历史价值；巴西尔·米歇尔讲信心与经验；伊丽莎白·安斯康姆讲"我为何相信上帝"。路易斯明确说，安斯康姆是他的首选："既然她把我从护教家的位置上抹掉了，难道不应该由她来接替吗？"[32]

1955 年 1 月，路易斯去了剑桥。他似乎将此视为一个全新开始的标志。在他人生此后的阶段，令人惊讶的是他的作品极少专门涉及护教主题——倘若对护教的理解角度就是对基督信仰明确的理性捍卫的话。在 1955 年 9 月的一封信中，路易斯谢绝了美国福音派领袖卡尔·F. H. 亨利(Carl F. H. Henry, 1913~2003)要他写几篇护教文章的邀请。他解释说，虽然他曾经"以正面迎击的方式"尽其所能地做过他所做的，但如今他"相当确定"地感觉到，那些日子已经过去了。他现在更愿意用间接的方式来护教，比如诉诸"虚构与象征"。[33]

他对卡尔·亨利——战后美国福音派历史上最重要的人物之一——说的这些话，明显与纳尼亚的创作有关。许多人会将这一有关"虚构与象征"的评论，视作指称《纳尼亚传奇》。这部作品很容易被归类为叙事性或想象性护教作品，代表他已转离战时广播讲话那更具演绎性或归纳性的论证方式。倘若安斯康姆使路易斯心中升起了对自己护教方式的疑问，这些疑问涉及的与其说是内容，不如说是形式。路易斯或许失去了他的"辩证力量"；但是，与其相对应的想象力量又如何呢？

　　我们可以名正言顺地把纳尼亚看作路易斯哲学与神学核心思想的想象性呈现，并以叙述而非说理的方式发表。那些思想自30年代中期就开始逐渐成形了。纳尼亚小说用故事的形式，表达了《神迹》所阐述的哲学与神学论题。虚构成为让读者得以直观——不仅直观，且能**享受**——路易斯早已在其更具护教性的作品中呈现出来的现实图景。

　　现在我们必须来讲讲，路易斯是如何写《纳尼亚传奇》的，并试图理解这些故事何以能够抓住一代人的想象力。

第三部分　纳尼亚

第 *11* 章
重构现实：
纳尼亚诞生

2008 年，伦敦出版商哈珀柯林斯邀请笔迹专家戴安·辛普森为 C. S. 路易斯的一部分笔迹样本做鉴定。辛普森当时并不知道她鉴定的对象是何许人。她发现这是些"小巧、干净的字迹"，表明了书写者是"小心谨慎的"，且具有敏锐的批判力。辛普森还有别的发现。"我很好奇，他是不是有个花园小屋（或是另一个世界），可以随时隐匿其中。"[1]辛普森完全正确。路易斯确实拥有"另一个世界"，他尽可消失其中——这就是纳尼亚，一个被想象出来的世界。

让我们在此稍停片刻。纳尼亚是个**充满想象力的**（imaginative）世界，不是**想象出来的**（imaginary）世界。路易斯很清楚，这些概念须加以甄别。"想象出来的"指向的是某种假想的事物，在现实中并无对应。路易斯认为，如此虚构的现实会将人引入虚幻。"充满想象力的"是经由人类的头脑创造的，它常出现在人类要对某种比自己更伟大的事物做出回应，努力要找到与现实旗鼓相当的意象之时。某个神话越是富于想象力，便越发具有强大的力量，能够"将更深层的现实传达给我们"。[2]路易斯把"充满想象力的"看作合理而积极地运用人类的想象，借此挑战理性的极限，开启深刻理解现实的大门。

那么，路易斯如何构想出这般充满想象的世界？因由何在？是否可理解为，在生活困顿与事业压力面前，路易斯应对不力，趁势退回到给予他安全感的孩童时代？路易斯是否有如彼得·潘——那个情感表达有障碍的小男孩，从未真正长大，而纳尼亚就是路易斯的"梦幻岛"？这些臆测或许不乏真实。我们也已看到，路易斯在备受压力困扰时转向了写作，在写作中求得解脱。不过，显然还有另一因素在发挥作用：路易斯越发意识到，儿童故事为他提供了神奇之道，用以探索哲学、神学问题——恶的根源、信仰的本质以及人类对上帝的渴望，等等。一个好的故事可以把这些母题尽数串联起来，借由想象走向严肃思考。

路易斯告诉我们，纳尼亚故事源自他的想象力。从农牧神撑着雨伞、背着行囊穿越积雪的树林开始，想象的世界就此开启了。众所周知，路易斯对此创造性的过程做过一番描述。他写道，最初只是存于头脑中的意象，后来渐渐铺展开来，有意识地串联成了连贯的情节。这与托尔金的《霍比特人》的缘起，有着明显而重要的暗合。在给 W. H. 奥登的一封信中，托尔金回忆起 20 世纪 30 年代早期的一天，他在批改中学会考试卷（他需要赚外快），正是百无聊赖的时候，他的脑海中突然蹦出一个想法。"我在一张白纸上潦草写下：'地上有个洞，那里住着一个霍比特人。'我当时不知这一切因何而起，现在依然不解。"[3]

不过，路易斯并不认为自己是在"创造"纳尼亚。他曾这样评价道，"创造"是"一个绝对会误导人的词"。路易斯更喜欢把人类的思维看作是"被上帝激发出来的"，[4]写作的过程是在重新编排上帝提供的素材。作家会把"手中的素材"用到新处。作家好比在花园中栽种的园丁，他也只是某条"因果流"中的一支。[5]路易斯取材广泛，多来自他在文学中发现的"素材"。他的技艺并不在于生造这些材料，而是采用某种方式将它们串联起来，创作出一部文学史上的里程碑，也就是广为人知的《纳尼亚传奇》。

纳尼亚的缘起

P265

"我打算写一部关于孩子的书！"大概是在 1939 年 9 月第二次世界

11.1　农牧神吐纳思先生撑着一把伞，抱着包裹，和露西走在大雪纷飞的树林里。这是波琳·贝恩斯为《狮子、女巫和魔衣橱》所作的插图中最有名的一幅。

大战爆发前夕，路易斯在某天吃早餐时出乎意料地宣布了这条消息。摩尔太太和摩琳表示欢迎，[6]但也少不了善意揶揄。[7]路易斯非但自己没有孩子；除了偶尔见见他的教子教女，他几乎没有跟任何其他的孩子有过接触。摩尔太太和摩琳的笑声很快就止住了，但路易斯的念头并未就此打住。纳尼亚正在他的头脑中成形，一些可以追溯到童年时代的观念和意象也开始变得明朗具体。

纳尼亚系列的构思大致上是流畅顺利的。尽管遇上了个人和职业难题，路易斯却能够在 1948 年夏到 1951 年春写完七部小说中的五部。紧接着是相对闲散的时期。路易斯到了 1952 年秋才动笔写《最后的战役》(*The Last Battle*)，并于次年春完工。最后完笔的是《魔法师的外甥》，在纳尼亚传奇中，这本书明显让路易斯更费心力。虽然路易斯在写完《狮子、女巫和魔衣橱》之后不久就开始草拟这最后一部作品，却是直到 1954 年 3 月才写完。

对路易斯来说，构思是件轻松的事，有些人认为这是路易斯的创作天分使然。有些人——其中最抢眼的要数托尔金——却认为这些作品完成如此之迅速，显然很肤浅。这些作品缺少有力的、一贯的背景故事作为支撑，且是神话的杂交品，缺乏连贯性。托尔金很好奇，为什么要把圣诞老人引入故事中？他并不真正属于那里。托尔金心中还藏着更隐秘的想法：他怀疑路易斯借用了自己的创意，编进《纳尼亚传奇》中，却未表达应有的感谢。

托尔金心怀疑虑，倒也不难理解。不过值得指出的是，近期的路易斯研究表明，纳尼亚的故事中有着更为深层的连贯性，这与路易斯对中世纪象征主义的精妙——说**神秘**也不为过——运用相一致。我们会在下一章中加以探讨。

那么，纳尼亚这个名字从何而来？1914～1917 年间，路易斯在大布克汉姆跟随科派崔克研习古典学。当时，路易斯获得了一份 1904 年出版的古典世界的地图册。在某一页上，路易斯在某个意大利古镇的名字下方画了条线，因为他喜欢这个名字的发音。[8] 这个城镇就是纳尼亚(Narnia)——现为意大利的纳尔尼(Narni)镇，位于意大利中部的翁布利亚附近。(路易斯从未到过那里。)纳尔尼镇居民中的名人有位露西亚·布罗卡迪利，她是闻名遐迩的智者、神秘主义者，后来成了那地方的守护神。不过，这些细节，甚至是这位露西之于纳尼亚镇的重要性，都没能引申出特别重要的意义，它们与纳尼亚镇的真实历史、或是纳尼亚镇在古典晚期或中世纪早期的文化角色都无甚关联。路易斯似乎仅是喜欢这个拉丁名字的发音而已，并在他的记忆中定了形——尽管它其实仅代表一座城市，不是一片地区或土地。

发现纳尼亚的过程是儿童文学中最广为人知的场景之一。二战期

P267

间，为了逃避敌军对英国首都的轰炸，四个孩子——彼得、苏珊、埃德蒙与露西从伦敦转移到了其他地方。[9] 他们在与家人分开后，被带到了乡间的一所老房子里。房子的主人是一位和蔼可亲、心肠很好，但又有点古怪的教授（许多人认为这不过是略经伪装的路易斯本人）。因为下了大雨，孩子们不能外出玩耍。他们决定在满是书堆的走廊和房间里"探险"。（路易斯长期以来一直着迷于"外在世界"与"内在世界"的区分，此处明显是与之相呼应。）最后，他们不经意走进了一间"屋子，空荡荡的，只有一个大衣橱"。[10]

露西钻进了衣橱，发现自己来到了一片寒冷的雪地——这是一个"总停留在冬日，但圣诞永远不会到来"的世界。露西与那里的居民有了交流，主要是农牧神和海狸。露西听到了纳尼亚的故事：纳尼亚真正的国王是一头大狮子，名叫阿斯兰，已经多年没了踪迹，但现在"又有了动静"。露西的哥哥埃德蒙从白巫师那里听来了另一个故事。白巫师声称自己才是纳尼亚真正的、也是合法的统治者。

在某种意义上，《狮子、女巫和魔衣橱》是关于对这些人物的考验，以及对他们口中的纳尼亚故事的验证。应该相信谁？哪一个故事才是可信的？孩子们要做出正确的判断，决定应该怎么做，就必须去发现、去信任这个神奇世界中真实的故事主线。他们闯入了这个世界，似乎也注定要在其中扮演重要的角色。

路易斯的作品与先前的儿童故事有着惊人的区别。比如，在《绿野仙踪》中，多萝西被告知哪些巫师是邪恶的，哪些又是善良的。纳尼亚的人物却没有佩戴写有各自道德品行的标签。孩子们（和读者）必须自己解决这个难题。他们遇见的人物都是复杂多面的。他们真实的道德品性也有待发掘。

纳尼亚传奇揭示了人类如何理解自身、如何面对自己的弱点以及如何成为注定要成为的人。这不仅是探索奥秘、收获智慧，更是对意义与美德的探寻。也许这是纳尼亚传奇具有强大吸引力的缘由之一：故事讲述的是做出是非对错的选择，以及必须应对的挑战。然而，作者虽洞悉了良善与高尚之为，却也并不假借理性的逻辑推论之名将其强行塞给读者，而是在讲故事的过程中求证与探索。这是个引人入胜的故事。

11. 2 四个孩子在教授房中的空屋子里发现了一个神秘的大衣橱。波琳·贝恩斯为《狮子、女巫和魔衣橱》绘制的插图。

受查尔斯·威廉斯在 20 世纪 40 年代的影响,路易斯发现了想象具有引领读者去渴望道德之善的力量。他称是威廉斯教会了他"古代的诗人以美德为主题时,他们并不训导,只是表达仰慕,我们误以为说教的,常是被施了魔法的"。[11] 提升道德的关键在于透过强有力的故事,讲述"英勇的骑士、英雄的气概",[12] 抓住读者的想象。这样的故事鼓舞我们,催促我们变得更高尚,也在我们心中孕育渴望,渴望在我们自己的世界中推行同样的壮举。

P269

门槛: 纳尼亚的关键主题之一

《纳尼亚传奇》的中心主题之一是通往另一世界的门——一道可以跨越的门槛,使我们得以走进一个美妙的新领域,开启探索之路。这一观念明显有宗教隐义，而路易斯在 1941 年的布道《荣耀的重负》等早期作品中已有所探讨。路易斯认为，人类的经验表明，有着另外一个更为美妙的世界存在，那里是我们真正的命运所终——但是，我们如今站在"错误"的一边，被关在了门外。

设想通往陌生世界的门槛，是古今儿童文学中人们熟悉的主题。今日的读者也许会想起 J. K. 罗琳(J. K. Rowling)的《九又四分之三站台》，就在伦敦的国王十字车站。早年的读者——包括路易斯本人——会想起 E. 内斯比特(E. Nesbit，1858～1924)的儿童故事。人们如今依然记得内斯比特的爱德华时代经典小说《铁路少年》(*The Railway Children*，1906)和《魔法城堡》(*The Enchanted Castle*，1907)。

路易斯在孩童时代读过内斯比特的作品，大为赞赏。他记得自己尤其着迷艾迪斯·内斯比特的三部曲：《五个孩子和沙精》(*Five Children and It*，1902)、《凤凰与魔毯》(*The Phoenix and the Carpet*，1904)、《护身符的故事》(*The Story of the Amulet*，1906)。路易斯把最后这部作品单列出来，说这本书于他有着重要的意义，他现在依然能"在重读中体验到喜悦"。[13] 这三个故事的主人公是出自同一个家庭的五个孩子。他们出于不同的原因，被迫离家，进入陌生而又神奇的人和生物的世界，去发现激动人心的新奇事物。正是因为远离了熟悉的环境，孩子们才能走进新鲜神秘的世界，体验新奇的观念——这也是纳尼亚传奇中一直再现的主题。

内斯比特探讨的一大中心主题是，两大世界之间存有某种联系或桥梁，而智慧之人能够找到并穿越这座桥梁。和前辈乔治·麦克唐纳一样，内斯比特也书写那道神秘的门槛，它介于庸常与神秘之间，屹立在日常世界与魔幻世界之间。她在《魔法城堡》中这样解释道：

> 那里有道帘幕，薄如细纱，澄澈似玻璃，坚硬堪比钢铁，它永远悬挂在魔幻世界与我们所认定的真实世界之间。这帘幕上却也有些许微小不牢固的点，魔戒、护身符等等便是标记。一旦人们发现了任意一个点，那时候几乎什么事情都有可能发生。[14]

路易斯要感谢内斯比特的，不仅是通往陌生世界的门槛这一概念。

我们在她的故事集《魔法世界》中找到了一系列的情节，与纳尼亚有某种神似。《爱玛贝尔与她的姨妈》中的爱玛贝尔是个小女孩，她无意中把姨妈的花坛给弄乱了，于是被关进楼上的卧室受罚。在那里，她发现了一张床、一个大壁橱和一张火车时刻表。结果，这个大壁橱竟然还藏有一个秘密的火车站，能将她送往其他世界。[15]

穿越门槛这一主题，在《纳尼亚系列》中发挥着重要的想象性功用。它借由主要角色在陌生世界的行动与冒险，也把读者带入了这片陌生之地。波琳·贝恩斯（Pauline Baynes，1922～2008）的插画在此发挥了重要作用。贝恩斯曾为托尔金的《哈莫的农夫吉尔斯》（*Farmer Giles of Ham*，1949）画过插画。托尔金认为，贝恩斯所作的系列线条插画精准地捕捉到了他作品的精髓。他欣喜地给出版商写信，称这些插画真是非常好，他想都不敢想。"它们不仅仅是插画，还构成了并行的主题。"托尔金说，这些插画如此美妙，朋友们甚至觉得他的文字文本沦为"插画的点评"了。[16]作者与插画家之间的互敬互重关系于是展开，历时长久。当路易斯的出版商坚持《狮子、女巫和魔衣橱》要配上插画时，托尔金向路易斯推荐了贝恩斯，也就不足为奇了。

P271

不料，贝恩斯与路易斯的关系却是相当拘谨和疏远。他们似乎只见过两回，其中一次还是敷衍了事，只在伦敦的滑铁卢车站有过简短交谈，且当时路易斯还不时看表，怕误了火车。（据说，贝恩斯在那一天的日记上写道："见到了 C. S. 路易斯。回到家。做小糕饼。"）这段关系有些别扭，尤其是后来贝恩斯得知，路易斯当面对她的插画很赞赏，背地里却对她的艺术天赋有微词——尤其是她画狮子的水平。

路易斯在此似乎犯了个不小的判断错误。他未能意识到，贝恩斯的插画能帮助读者"看到"纳尼亚，特别是高贵、威严的阿斯兰。路易斯在孩童时代能爱上瓦格纳，不就是通过亚瑟·雷克汉姆的插画吗？（见英文版 28—29 页）难道这份经历不能让他意识到插画的重要性——插画有助于攫取想象？路易斯显然没有意识到这一点，但还是寻找到了心目中的想象世界的完美意象——可能最引人遐想的就是这一幅，画中的小女孩与农牧神共撑一把伞，并肩走在雪中的树林里。

2008 年 2 月，《狮子、女巫和魔衣橱》当选最佳儿童读物，活动的主办方是英国图书信托基金会——此教育慈善机构"以鼓励不同年龄、不同文化的人群分享书籍为目标"。路易斯引人入胜的叙事,也许为他赢得该奖项奠定了基础;但许多人会说,是贝恩斯的插画最终一锤定音。也许,路易斯最终也是认同的。总之,《最后的战役》获得 1956 年的卡耐基文学奖最佳儿童图书时,贝恩斯去信祝贺。路易斯回信邀她共享成功的喜悦:"这难道不是'我们的'奖杯吗? 我相信,插画是和文字一起被考虑在内的。"[17]

纳尼亚系列的阅读次序

路易斯最初有意把《狮子、女巫和魔衣橱》作为一部独立的作品——现在依然可以如此品读。其他的纳尼亚小说都是从这部作品中流淌而出,即便是在时间顺序上先于它的《魔法师的外甥》也不例外。路易斯让《狮子、女巫和魔衣橱》带领我们走进在某个历史节点上的纳尼亚的世界,我们也因此更想了解纳尼亚的过去与未来。《魔法师的外甥》采用倒叙写法,在回望往昔之中照亮当下。

这七部作品可以有三种读法: 依据创作的时间、出版的年份,或按卷中所载事件的内在年表。三种方法各异,阅读顺序也各异:

创作顺序	出版顺序	内在年表
1.《狮子、女巫和魔衣橱》	1.《狮子、女巫和魔衣橱》(1950)	1.《魔法师的外甥》
2.《凯斯宾王子》	2.《凯斯宾王子》(1951)	2.《狮子、女巫和魔衣橱》
3.《黎明踏浪号》	3.《黎明踏浪号》(1952)	3.《能言马与男孩》
4.《能言马与男孩》	4.《银椅》(1953)	4.《凯斯宾王子》
5.《银椅》	5.《能言马与男孩》(1954)	5.《黎明踏浪号》
6.《最后的战役》	6.《魔法师的外甥》(1955)	6.《银椅》
7.《魔法师的外甥》	7.《最后的战役》(1956)	7.《最后的战役》

哈珀柯林斯 2005 年出版的《纳尼亚传奇》全集中载有如下声明："虽然《魔法师的外甥》是路易斯开始写纳尼亚传奇的数年之后才动笔的,路易斯却希望将它作为《纳尼亚传奇》的开篇之作。哈珀柯林斯很乐意按照路易斯教授喜欢的方式来呈现这些作品。"这份声明看似直截了当,实际上并非直接引自路易斯的观点,仅是一种阐释而已,甚至是可疑的阐释。[18] 路易斯清楚表示,可以按任何顺序来阅读,而且他谨慎得很,从未规定阅读的次序。

P273

路易斯在后来的《论批评》(On Criticism)一文中,确实强调了在阐释系列作品的过程中确立创作年表的重要性——仅举一例,对托尔金的《指环王》的某些颇有影响力的误读,即是在此问题上的混乱所致。[19] 而且,路易斯坚信,关于如何阅读、阐释一部作品,作者"不一定是最佳的裁判,更不会是完美的裁判"。[20]

这些问题不可小视,因为年表法会给读者造成不小的障碍。例如,《能言马与男孩》(The Horse and His Boy)的故事实际上是与《狮子、女巫和魔衣橱》同时发生的,而非之后。因此,若还是严格按照内在年表来决定阅读的正确顺序,阅读《纳尼亚传奇》就会困难重重,问题多多。

《纳尼亚传奇》中最大的难题就是《魔法师的外甥》,它是最晚写就的,写的却是纳尼亚早期的历史。如先一睹《魔法师的外甥》为快,便会破坏《狮子、女巫和魔衣橱》的文学完整性,因为后者着重强调阿斯兰的神秘性。《狮子、女巫和魔衣橱》以缓慢、谨慎的笔调引入阿斯兰,小心营造某种期许的氛围,但前提明显是读者对这威严的灵物的姓名、身份或是重要性一无所知。在《狮子、女巫和魔衣橱》中,路易斯借叙述者的角色说道,"阿斯兰是谁,孩子们也不比你知道得更多。"[21] 但是,读者在读过《魔法师的外甥》之后,会对阿斯兰知晓更多。纳尼亚的神秘世界是渐次揭开的——《狮子、女巫和魔衣橱》最令人难忘的重要文学特征之一——但若事先阅读了《魔法师的外甥》,神秘气氛冷不防就被破坏了。

而且,《魔法师的外甥》应是要放到后面阅读,才有助于深切领会《纳尼亚传奇》的复杂象征结构。把它放在(按着出版次序)七卷中的第六卷来阅读,把《最后的战役》留至最后,读者会获益匪浅。

P274

读托尔金的《指环王》,却不读他后写的前传《精灵宝钻》(The

Silmarillion），并无大碍；路易斯的《狮子、女巫和魔衣橱》也是同理。读完《狮子、女巫和魔衣橱》，读者自然会期盼未来、回望过去，想要探究纳尼亚的将来，了解纳尼亚如何成形。读者可以自选一种，不受任何强迫。

《纳尼亚传奇》有三部小说的副标题隐藏着一条清晰的——但又常被忽略的——文学线索，直指路易斯的真实意图。这些副标题在近期再版的作品中通常被略去。试举一例。《凯斯宾王子》的全名是《凯斯宾王子：重返纳尼亚》（*Prince Caspian：The Return to Narnia*）。此副标题颇有启发意义，显然暗示这部作品应该紧随《狮子、女巫和魔衣橱》之后阅读。在《纳尼亚传奇》余下的作品中，路易斯仅为其中两部配有副标题——都是"送给孩子们的故事"。这两部作品便是《狮子、女巫和魔衣橱》和《最后的战役》，显然用意颇深。

为什么要关注副标题？身为英国文学的专业学者，路易斯通晓文学与修辞技艺，将副标题作为**首尾呼应**——这种文学手法广泛用于圣经与世俗文学中。首尾呼应的手法使得作家能够将材料"置于括号内"，以表明其中的内容构成一个独立或连贯的整体。[22]重复同一个便于记忆的术语或词组，标志着括号（或封套，envelope）的起始与终结。路易斯在纳尼亚编年史中仅选择了两部作品，冠以同一副标题"送给孩子们的故事"，这两部作品分别是《狮子、女巫和魔衣橱》和《最后的战役》。"送给孩子们的故事"这个词组就是路易斯的首尾呼应。其余的五部作品因此被置于括号之中，被包裹其中，夹在两个挡书板之间，由这两个挡书板界定了纳尼亚系列的起止。《纳尼亚传奇》新近的版本决定不再加注副标题，无疑是遮掩了路易斯对上述文学手法的使用，在某种程度上也遮蔽了他的意图。

纳尼亚中的动物

纳尼亚让人印象深刻的一处，是由动物来扮演叙事的重要角色。

有人对此不屑,认为不过是孩子气的傻话,重现路易斯在伯克森的孩童世界,那里尽是些穿着衣服、会说话的动物。但是,路易斯故事中的蕴意更深。

路易斯在《纳尼亚传奇》中,含蓄地批判了当时所谓的"进步"姿态——实验室中的活体解剖被广为接受,就是一例。路易斯坚定地批判 20 世纪 30 至 40 年代的流行思潮——诸如 H. G. 威尔斯当年竭力宣扬优生学和活体解剖论,在今日定会被贬斥为不人道、不道德。路易斯在 1947 年发表了《活体解剖》(Vivisection)一文,加入了 19 世纪伟大的牛津儿童作家刘易斯·卡罗尔(Lewis Carroll,1832～1898)的阵营,一同抗议折磨动物的行径。在路易斯看来,活体解剖的施行暴露了达尔文自然主义的内在矛盾。原因无它,此理论强调人与动物的生理相近性,但又同时声称人类拥有终极权威,可以对动物为所欲为。[23]

而且,前面已经讨论过(见英文版 235—237 页),路易斯敏锐地注意到,对优生学和活体解剖的支持滋生了一些让人实难心安的论断。20 世纪 30 年代的优生学理论——在当时西欧的社会自由主义圈子中得到广泛支持,着实让人羞愧——假设一些人比另一些人低等,而人类若要存活,则唯有"最优质者"有权繁衍后代。两次世界大战之间,此理念为欧洲的自由主义精英所钟爱追捧。但是,路易斯很惊奇,这样危险的信念会把我们带向何方?

> 古老的基督教信念主张人兽之间存在截然的区别。一旦此信念被抛弃,但凡支持在动物身上做实验的论断,无不被引申为可在低等人身上做实验的理论。[24]

我们轻而易举就能把纳尼亚小说降格为某种幼稚的写作,假装动物能够讲话,能够感受情感。然而,路易斯的故事可是发动了一场不易察觉的巧妙的批判之战,矛头指向关乎人类在自然中的地位的某种达尔文式思维,并对此思维方式加以矫正。有肤浅言论拥戴人类对自然为所欲为的权利,而路易斯在纳尼亚中悉心塑造动物角色,原因之一大概是对此言论发出抗议。

P276

路易斯在《纳尼亚传奇》中对动物的刻画形象生动,部分是受教于中世纪的动物寓言集。寓言集对动物生活的描述经典到位,强调它们在受造秩序中各有独特的身份与角色。动物们被视为自然界相互依赖的复杂关系的见证。路易斯还添入了新鲜元素,把动物刻画为有意识的道德主体。

活体解剖论者将动物——比如老鼠——仅看作是实验室里的实验品,不具任何内在情感或内在价值,路易斯则不然。纳尼亚中的动物是积极、有意识的主体。最显见的例子是雷佩契普。他是只高贵有德的老鼠,教会了尤斯塔斯·斯克罗布荣誉、勇气与忠诚。路易斯此番手笔逆转了达尔文主义的等级制,但也不意味着退化沦为非理性的感伤,也非倒退回路易斯孩童时代的伯克森世界——那里有"穿上了衣服的动物"。在路易斯眼中,人类凌驾于动物之上,其真正的标识是"承认人类对动物的责任,虽然动物并不担当对我们的责任"。[25] **位高则任重**,法国人如是说。人类的尊严要求人类尊重动物。非但如此,动物还可帮助人类培育同情心、积蓄爱心。路易斯在其创世神学的引导下,认定人类与动物的关系有着提升品德、充实人心的效用——对动物和对人类皆然。当然,纳尼亚中有一只动物独居首位——神秘而高贵的阿斯兰。我们在下一章中会详细探讨。

纳尼亚： 敞向现实的窗口

路易斯相信,纳尼亚的叙事拥有某种能力,能把魔法带回已经祛魅的世界,引导我们从不同的角度去想象我们的世界。这并不是在逃避现实,而是在我们已知的世界里探索更深层的意义与价值。路易斯指出,这样一本儿童故事书的读者不会因为他们"阅读过有魔法的森林"就去"鄙视真实的树林";相反,他们看待事物的新方式"使得所有真实的树林都带上了点魔法"。[26]

　　路易斯曾在自己的作品中多次提到过"双视"（double seeing）的过程——最引人注目的一次是1945年在牛津苏格拉底协会的总结陈词："我相信太阳升起，不仅是因为我亲眼所见，而且还因为透过它，我看见了一切。"[27]我们可以看看太阳本身；我们也可以看看它所照亮的一切——我们的智性洞见、道德前景及审美视野因之得以拓展。我们被赠予了一面透镜，把真善美聚焦眼底，看得更加清晰透彻。真善美并不是在我们阅读纳尼亚的过程中虚构而生的，它们是被识别、被照亮、被高度聚焦的。不仅如此，透过合适的透镜，我们还看得**更多**，也看得**更远**。

　　我们读纳尼亚时，需要遵从路易斯的教诲。他希望我们这样阅读文学作品——读着它，我们乐在其中，读着它，我们也拓展了对现实的洞察。路易斯1939年对《霍比特人》的体悟，同样也适用于他本人的纳尼亚作品：它们引领我们走入"一个自在的世界"，而一旦遭遇了那个世界，它"就会变得不可或缺"。"在你抵达之前，你不可能企盼它，而一旦抵达那个地方，你将永不能忘。"[28]

　　纳尼亚的七部传奇，常常被看做（应注意的是，路易斯本人并非如此）一部宗教寓言。把路易斯的早期作品《天路回程》定位为宗教寓言，最是恰当不过。书中的每一因素都有代表意义——换言之，它们经过装扮，另有他指。但是，十年来，路易斯已从此类写作中抽身而出。我们可以把纳尼亚当作寓言，然而路易斯曾说过，"你**可以**把摆在你面前的作品寓言化，但这并不能证明它就是个寓言。"[29]

　　1958年，路易斯在"假想"（supposal）与寓言之间做出了重要区分。假想是邀请读者以另一种方式看待事物，并且设想倘若假想成真，一切会如何发展。为了理解路易斯的用意，我们需要考量路易斯具体是如何阐述的：

　　假若阿斯兰代表了非物质的神性，正如绝望巨人代表了绝望，他就是个寓言式人物。然而，事实上，他是虚构的，这为问题提供了一个富含想象的答案。问题如下，"如果真有像纳尼亚这样的世界存在，基督选择在**那个**世界里成为肉身，受死，并且复活，正如他在我们这个世界

P278

所经历的那样，那么，基督会是以怎样的形象出现？"这根本就不是寓言。[30]

　　路易斯于是邀请他的读者走进假想的世界。假设上帝真的决定在纳尼亚这样的世界中成为肉身。结果会是怎样？一切**看起来**会是怎样？纳尼亚是从叙事上对这一神学假设的探索。路易斯本人对如何理解阿斯兰的角色做了解释，清楚表明《狮子、女巫和魔衣橱》是一种假想——是对某种有趣的可能性的想象性探求。"让我们**假定**有片土地叫纳尼亚，上帝的儿子，他在我们的世界里化身为人，在那里则化身成狮子，然后我们进而想象会发生什么。"[31]

　　在《魔法师的外甥》中，路易斯描述了一片森林，其中遍布通往其他世界的入口。有个入口通往纳尼亚的新世界，那里即将住满有感知力的生物，包括动物和人类。然而，路易斯很清楚，纳尼亚之外还有其他的世界。纳尼亚可以说是神学意义上的个案研究，照亮我们的处境。它并不回答问题，而是触发思考。它要求我们自己去寻得答案，而不是接受简化的答案。路易斯借用纳尼亚向我们**展示**某样事物，而不是在为这样的事物**辩护**。人类的理性只是间接地呈现一切，而路易斯依赖他的文学意象与叙事风格，用我们的想象去填补理性的缺漏。

纳尼亚与宏大叙事的重述

　　如若不能体会故事在塑造我们对现实的理解中所起的作用，以及我们在此现实之中的位置，便不能理解纳尼亚的深切吸引力。《纳尼亚传奇》应和了人类的基本直觉，即我们自身的故事是某种更为宏大的事物的一部分。而一旦对此有所体悟，我们就能以更具新意、更有意义的方式来看待我们的境遇。一袭面纱被撩起，一扇门被打开，一席帘幕被挪去——于是我们进入了新的地域。此时，我们自己的故事成为更宏大故事的一部分。认识到了这一点，我们也更能理解我们如何融入更伟大的安排之中，更能去发现并珍视我们所能创造出的影响。

和托尔金一样，路易斯深切意识到"神话"的想象伟力——这些故事尝试要厘清我们是谁，我们在何方找到自己，这个世界到底哪里出了错，以及我们对此能有何作为。托尔金能够借用神话，将《指环王》浸入一种神秘的"他者性"，凭借其神秘与魔力，指向真实存在但人类理性又不能到达的地域。路易斯意识到，被"浸入了故事里"之后，善恶、危险、苦痛以及快乐都看得更加清楚了。借由故事中的这种"表现形式上的写实手法"，我们得以从想象与理性的层面去把握我们所处世界的深层结构。[32]

路易斯在阅读 G. K. 切斯特顿的《永恒之人》时，也逐渐意识到神话的作用，因为切斯特顿在"想象出来的"与"充满想象力的"之间做出了经典区分，巧妙分析了想象如何超越理性的界限。切斯特顿断言，"每一位真实的艺术家"确实都会感觉到"他是在触碰超验的真理；他所捕获的意象是透过帘幕看到的事物的影子"。[33]

路易斯深受馥郁的中世纪与文艺复兴文学的浸染，深知神话如何奏效，他尽力找出恰当的声音、准确的语词来消除"一个长于逻辑推理的头脑中正在全力觉醒的想象力"的疑忌。[34] 不知不觉中，纳尼亚似乎变成了更为深沉、明亮、美妙的有意义的世界，超越了我们自身经验所感知到的一切。读者虽明知《纳尼亚传奇》是虚构的，但小说本身似乎远比许多所谓的真实作品更忠实于生活。[35]

路易斯总是清醒地认识到，同样一个故事，对一个读者可能是"神话"，对另一个读者却不然。[36] 在一些人看来，纳尼亚故事看似幼稚的胡话。但在另外一些人看来，它们却极具改变人的能力。对后者而言，这些故事很有感染力，也使人深信，在一个黑暗的世界里，弱者与愚人是可以领受崇高召唤的；我们最深的直觉引领我们寻获事物的真正含义；宇宙中心之地确实有着美妙的事物，有待我们去发现、去拥抱、去爱慕。

《纳尼亚传奇》与托尔金的《指环王》有着极为重要的区别。《指环王》的叙事复杂、隐秘，讲述的是寻找一位统领其他指环的指环之王——然后又将其毁灭的故事，因为指环王变得如此危险、极具毁灭力。

P280

P281

路易斯的《纳尼亚传奇》是寻求一个统领其他所有故事的故事之王——然后快乐地拥抱故事之王，因为它能够赋予生命意义与价值。然而，路易斯的故事巧妙地提出了一个更为隐晦的问题。哪一个故事才是真实的？哪些故事又仅仅是影子、回音？哪些故事纯属臆造——是编织出来的故事，只是为了引人落入陷阱、蒙受欺骗？

《狮子、女巫和魔衣橱》故事伊始，四个孩子第一次听到关于纳尼亚的真实起源与命运的故事。他们满是困惑，发现自己必须做出选择，判定自己能信任哪些人，相信哪些故事。纳尼亚**真的**是白女巫的领地吗？或者她只是个篡权者？当亚当的两个儿子与夏娃的两个女儿在卡尔巴拉夫登上四个王座时，她的魔力会尽失吗？纳尼亚**真的**是神秘的阿斯兰的领地吗？他随时可能回归吗？

逐渐地，其中一个故事开始显得越发真实——阿斯兰的故事。纳尼亚中每个单独的故事最后都成为更宏大叙事的一部分。先是《狮子、女巫和魔衣橱》对大图景有所暗示（透露了其中的一部分），之后这一图景在纳尼亚系列的余篇中渐次展开。纵横交错的故事构成了"宏大叙事"，解开了孩子们亲眼所见、亲耳所闻的谜语。孩子们因而能够清晰深刻地理解他们的经历，有如在摄像机高度聚焦的镜头下，一片风景逼到眼前。

然而，路易斯并未虚构纳尼亚的叙事。他借用并改编熟悉的、真实可靠的故事——基督教叙事中的创世、堕落、救赎与终极完满。路易斯在 1931 年 9 月与托尔金和戴森就基督教有过一次深夜长谈。之后，路易斯逐渐掌握道成肉身信仰的阐释力与想象力。如我们所见，路易斯日渐信仰基督教，部分原因在于它具有文学洞见的特点——能够忠实于生活，做出切合现实的阐释。路易斯为基督教所吸引，但更多的不是因为对基督教有利的论据，而是因为基督教对现实的洞见使人着迷。他实在是不能无视——他最终无法抗拒。

《纳尼亚传奇》是对基督教宏大叙事的一种想象性重述，是路易斯从基督教文学传统中汲取养分而写成的。路易斯在《纯粹基督教》中的基本神学主题被移转，写进了纳尼亚的原初叙事。如此一来，世界的深层结构清晰可见，闪耀着光芒：美善的创世因人类的堕落而招致毁损，创世者的权力遭否定、被篡夺。创世者于是进入所造的世界，粉碎篡权者的势力，通过赎罪式的牺牲修复创造的秩序。然而，即便是在救赎者到来之后，与罪恶的斗争依然继续，直到万物经历最终的更新和转变，方能休止。基督教的元叙事——早期的基督教作家称之为"救赎计划"——为路易斯的《纳尼亚传奇》中交错的多重故事提供了叙事框架与神学支柱。

P282

路易斯的《纳尼亚传奇》成效斐然，能够让读者"栖身"于元叙事——抵达故事核心，体验融入故事之中的感觉。《纯粹基督教》帮助我们理解基督教思想；纳尼亚故事引领我们走入其中，去**经历**基督教故事，依据其阐释事物的能力对它做出评判，看它是否"符合"我们关于真美善的最深直觉。倘若读者是按着出版顺序来阅读《纳尼亚传奇》，他们会从《狮子、女巫和魔衣橱》走入叙事，见证救赎者的到来——准确地说是"降临"。《魔法师的外甥》讲述了创世与堕落，《最后的战役》则揭示了旧秩序的告终以及新世界的降临。

《纳尼亚传奇》余下四部小说（《凯斯宾王子》《黎明踏浪号》[*The Voyage of the "Dawn Treader"*]《能言马与男孩》和《银椅》[*The Silver Chair*]）讲述两次降临之间发生的事件。这里，路易斯是在探究处于张力之下的信仰生活，而这个张力介于已逝的过往与阿斯兰来临的未来之间，纠缠撕扯。阿斯兰既是过往记忆，也是希望所向。路易斯谈及对阿斯兰的强烈渴望，那时他还尚未现身；他也谈到坚定高贵的信念，足以抵御犬儒主义与怀疑主义；他还谈到有德之人，在影子大地上心怀信靠，坚定前行，"对镜观看，模糊不清"（林前 13：12），学习抵御世上邪恶与怀疑的攻击。

《魔鬼家书》的叙事围绕一个魔鬼之王与其徒弟而展开，别出心裁，为理解基督徒在诱惑与怀疑中的挣扎提供了新视角（见英文版 217页）。《纳尼亚传奇》的视野则更为开阔，它借用对基督教叙事的想象性重写，帮助读者理解、应对信仰生活中的模棱两可与多重挑战。纳尼亚的想象性叙事是起点，渐渐衍生成为更理智、更成熟的内化了的基督教宏大叙事。极少有文学作品能将如此强大的叙事力、灵性洞见和教育智慧集于一身。

P283

接下来的一章中，我们将去叩开几扇门，打开几扇窗，把探讨的重心放在纳尼亚系列的第一部，也是我认为的这个系列最上乘的作品——《狮子、女巫和魔衣橱》。

第 *12* 章
纳尼亚：
探索想象的世界

　　探索《纳尼亚传奇》主要有两种方式。第一种方式容易一些,也自然得多,就是把单本小说看作一栋房子里的房间,漫步房间中,游走于房中堆盛的器物,乐在其中,思量着房间是如何由走廊与房门连接起来的。我们犹如游客,信步于一座新城镇或乡村中,景致尽收眼底,趣味无穷。这种方法并无错处。纳尼亚像是富丽的风景,值得深挖和了解。和大多数的游客一样,我们可以带上一张纳尼亚地图,帮我们理解沿途景致。

　　然而,还有另一种方式可以走进纳尼亚小说,但须借用想象作为主要的探索工具。我们并不会因为有了它就摒弃第一种方式,它是在第一种方式的基础上深化而成的。我们再一次将纳尼亚小说视为一栋房子里的房间,再一次信步房中,将一切尽收眼底。但是,我们也意识到**这栋房子的房间里有窗户**。当我们向窗外看去时,我们是以一种新的眼光在看待事物。我们比以前看得更远,风景在面前铺展开来。我们看到的,不再是单个事实的合集,而是背后的大图景。如此一来,我们就是怀揣着想象去感知纳尼亚,我们对现实的认知也由此得到了拓展。在这之后,生活在我们的世界里就不再是一样的了。

　　探索纳尼亚,不仅仅是与这片奇异美妙的土地相遇;也是任凭它来塑造我们看待自己的土地与自己的生活方式的视角。借用路易斯的说

12.1 "纳尼亚地图",波琳·贝恩斯所作。

法，我们可以把纳尼亚看作一片**透镜**，可以独立研习，也可以将它视作——此法可作为一个额外的或另外的选择——**一副眼镜**。有了它，我们可以重新看待一切事物，事物以新貌呈现在焦点之下。故事吸引着我们，指引我们按其正道看待它——把凡常放置一旁，直奔非凡的景致。

那么，让我们走入《狮子、女巫和魔衣橱》的世界，依凭它的视野，探索这个奇异的世界，探求看待事物的新视角吧。我们就从主角——那头神奇的狮子阿斯兰开始吧。还有什么是比这更好的开端呢？

阿斯兰： 内心的渴望

路易斯如何起了念头，选择一头高贵的狮子作为主角？路易斯自己似乎并不承认他是得了什么特别的启示。他曾说道，"我不知道狮子从何而来或者因何出现。可一旦他在那里，他就把整个故事串联了起来。"不过，要为阿斯兰如何"蹦进"了路易斯的想象中提出可能的解释，倒也不难。[1] 路易斯的好友查尔斯·威廉斯曾写过一部小说，名曰《狮子的地位》。路易斯读得津津有味，还仔细体味这意象可以如何深化。

对路易斯来说，取狮子的意象作为中心角色具有完美的文学与神学意义。新约将基督指认为"犹大支派中的狮子，大卫的根"（启 5：5），因此，狮子作为基督的意象，已广泛用于基督教神学传统。而且，狮子作为传统象征还与路易斯童年时的礼拜堂有关，那是位于邓德拉的圣马可教堂，坐落在贝尔法斯特郊外。教堂主任牧师的住宅，路易斯在孩提时代是常去的。宅子的门环就是狮子头的形状。如此一来，在小说中采用狮子的意象也就不难理解了。但是，狮子冠以何名呢？

路易斯在爱德华·莱恩所译的《天方夜谭》（1838）的注释中，发现了阿斯兰这一名字。**阿斯兰**一名在奥斯曼殖民历史中意义尤为重大。一战结束之前，土耳其帝国一直在中东许多地方有着相当大的政治与经济影响。虽说路易斯提到他在《天方夜谭》中发现了阿斯兰这个名字,但此事完全可能另有他解。路易斯或许是透过理查德·戴文波特在 1838 年的经典研究《帝国维齐阿里·帕夏·塔帕雷奈传:姓氏阿斯兰,或狮子》中知晓了阿斯兰的存在。戴文波特早前出版了埃德蒙·斯宾塞的重要传记(1822),路易斯在研究斯宾塞时必然会知道这本传记。奥斯曼渊源解释了路易斯为何采用土耳其名"阿斯兰"为狮子命名。"它在土耳其语中是狮子的意思。我自己发音成'Ass-lan'。当然,我指的是犹大的狮子。"[2]

路易斯的阿斯兰最为显著的特征是,他唤起了**敬畏与惊叹**。路易斯在阿斯兰身上铺陈这一主题,强调阿斯兰是**桀骜不驯的**——是能够引人敬畏的伟大灵物,未加驯化,爪子也未被拔除,威力仍在。因此,海狸才对孩子们说道,"你知道的,他是有野性的。和**驯化了**的狮子不一样。"[3]

为了理解路易斯刻画的阿斯兰有着怎样的文学力量,我们须认识到,路易斯早期阅读了鲁道夫·奥托(Rudolf Otto)的经典宗教作品《神圣者的观念》(*The Idea of the Holy*,1923),这段经历很重要。路易斯是在 1936 年第一次阅读此作,后来他常说,这是他读过的最重要的著述之一。[4] 奥托的作品说服了路易斯,让他进而相信"神灵性"(numinow)的重要意义——某些真实或想象的事物或生物具有某种神秘、引人敬畏的品性,路易斯称此为看似"被这世界之外的光亮点燃"。[5]

路易斯在《痛苦的奥秘》的第一章中对奥托的思想做了不短的分析,从文学角度具体阐明其重要性。[6] 路易斯注意到,在肯尼斯·格雷厄姆(Kenneth Graname)的《杨柳风》(*The Wind in the Willows*,1908)中,河鼠和鼹鼠走近潘时:

"河鼠!"[鼹鼠]这才敢发出声来,哆哆嗦嗦:"你害怕吗?"

"害怕?"河鼠嘟囔着,眼里闪着不可言喻的爱意。"害怕?怕**他**吗?哦,从不,从不! 不过,然而——不过,然而——哦,鼹鼠,我是害怕了!"[7]

这一段应是要整体通读的,因为路易斯在刻画阿斯兰对纳尼亚的孩子们和动物产生的震撼时,明显受其影响。例如,格雷厄姆写道,鼹鼠体验到了"一种敬畏,击中了他、抓住了他,他看不见,他知道这只能是意味着令人敬畏的某种存在离他非常非常地近"。[8]

奥托所描述的神灵性体验中,包含着两大不同的主题:**令人敬畏之神秘**（*mysterium tremendum*）,某种神秘感,能唤起恐惧,让人颤抖；**令人向往之神秘**（*mysterium fascinans*）,某种神秘,能使人着迷,吸引人的兴致。奥托认为,神灵性因而能使人感到恐惧,也能给予人力量,唤起或惧或喜的感觉。前面格雷厄姆小说中的对话也有此意。其他作家是从"对天堂的怀念"的角度重构这一理念,唤起某种难以抗拒的归属于别处的感觉。

纳尼亚的故事中有这么一段,海狸悄悄地说,"阿斯兰已开始行动——可能已经上岸"。此时,路易斯描述了孩子们不同的反应。这也是文学作品中对神灵性的震撼力刻画最为到位的场景之一:

> 此时此刻,一件非常奇怪的事情发生了。孩子们和你一样,对阿斯兰一无所知；但是,海狸的话一出口,每个人立刻感觉不一样了。也许你也曾在睡梦中有过类似的经历。某个人说了一些话,你当时并不理解,但到了梦中,这些话似乎具有了某种重大的意义——或是使人恐惧,将这场梦变成了噩梦,或是让人觉着甜美,难以言表,以至于这一生你都记着这场梦,总希望还能再做一次这样的梦。这就是这一刻的感觉。一听到阿斯兰的名字,每个孩子都感觉到有样东西在心中跳动。[9]

P290

路易斯进而描述了这"神灵性"的存在如何对这四个孩子产生不同的震撼。或是恐惧、震颤；或是难以言喻的爱与渴望:

> 埃德蒙感到一阵神秘的恐惧。彼得突然勇敢了起来,有了去冒险的勇气。苏珊感觉到了某种甜蜜或是悦人的音乐在四周回旋。露西的感觉则像是,你在某天早上醒来,发觉假期开始了,或者夏天到了。[10]

苏珊的体验明显是基于路易斯对"渴望"的经典分析，尤其可见于他在1941年的布道《荣耀的重负》。布道中，这种渴望被描述成"未见之花的芬芳"或是"未闻之曲的回响"。[11]

路易斯正是这样竭力铺陈、阐释他的核心主题，阿斯兰即是人心之渴望。阿斯兰唤起了人心的好奇、敬畏以及某种"不可言喻的爱意"。甚至阿斯兰的名字本身都直戳灵魂深处。与他相会，会是怎样的情形？路易斯捕捉到了这种复杂的敬畏感，混杂着渴望，而这从彼得的反应就看得出。在海狸声言这头伟大的狮子是"森林之王、海外大帝"时，彼得说，"我很渴望见到他，即使我确实感到害怕"。[12]

在这里，路易斯把《纯粹基督教》等作品的主题之一转换成了某种想象性的模式。人性之中的确存有深切的空虚，这种渴望除了上帝之外无人可以满足。将阿斯兰作为上帝的代表，路易斯构建了一个怀着憧憬和哀伤的叙事，又带着些许盼望，盼望所愿终会达成。这并非失当之举。20世纪最能言善辩、最具影响力的英国无神论作家伯特兰·罗素，在自己的著述中有这么一段强劲有力的话：

> 我的内心总是在体验一种可怕的疼痛，一直如此……在找寻某样东西，是这个世界所没有的，某种变化了形状的无限延展的事物。极乐的幻象——上帝。我没有找到它，我也不觉得它可以被找到——但对它的爱是我的生命所在……它是我真正的内在生命之源。[13]

在《黎明踏浪号》接近尾声时，露西难过得很，说她无法忍受和阿斯兰的分离。这其实呼应了人心对上帝之渴望的主题。露西和埃德蒙担心，如果他们回到故乡，就再也见不到阿斯兰了。

"不是纳尼亚，你知道的，"露西抽泣道。"是你。我们在那里就再也见不到你了。再也见不到你了，我们怎能活下去？"

"但是你会见到我的，亲爱的，"阿斯兰说道。

"你也会——会在那里吗，先生？"埃德蒙问道。

"我会在的，"阿斯兰答道。"但是，在那里，我有了另外一个名字。

你要学着借由那个名字来认识我。这就是为什么你们被带到了纳尼亚，你们在这里对我略有所知，到了那里就能更好地认识我了。"[14]

路易斯把阿斯兰作为基督式人物或典型，实是继承了在文学和电影中经久不息的基督式人物的传统，欧内斯特·海明威的《老人与海》中的圣地亚哥就是一例。[15]基督式人物可见于各种门类的文学作品，也包括儿童文学。收获了巨大成功的哈利·波特系列小说，也包含了许多这类主题。托尔金的《指环王》中也有众多基督式人物，甘道夫就是一例。在彼得·杰克逊新近的史诗系列电影中，甘道夫的基督式角色及其与基督的关联更是得到了突显。[16]

路易斯在《纳尼亚传奇》中延展了新约中许多有关基督论的经典论述，并将其中的许多汇集于阿斯兰这个角色身上。可能最为有趣的是对经典神学主题的重新加工，这主要见于《狮子、女巫和魔衣橱》中对于阿斯兰的死亡与复活的刻画。那么，路易斯是怎样理解赎罪的？

P292

更深奥的魔法：纳尼亚的赎罪观

基督教神学思考的主题之一是如何解读基督在十字架上的死，尤其是其与拯救人类的关系。对十字架的种种阐释，常被称为"赎罪理论"，长久以来一直在基督教的论辩中占据重要地位。路易斯写到阿斯兰死于白女巫之手，也是在此语境中加以探讨。然而，他又拓展了什么理念？

我们须认识到路易斯并不是专业的神学家。关于在基督教传统内就此问题的历史争论，路易斯并不具备专业的知识。在此举一例。有些人试着将路易斯与坎特伯雷的安瑟伦（Anselm）和彼得·阿伯拉尔（Peter Abelard）之间的中世纪之辩联系起来，结果并不特别理想。路易斯常借文学手法来认知神学观念。因此，我们并不一定要借专业神学

259

家之手来阐释路易斯的赎罪观。也许更为恰当的是在英国文学传统中寻求答案——《农夫皮尔斯》(Piers Plowman)、弥尔顿的《失乐园》或中世纪神秘剧。在这里，我们将发现路易斯所编织进纳尼亚故事中的赎罪论。

路易斯首次讨论赎罪论，是在《痛苦的奥秘》中。他认为，任何关于赎罪的**理论**都依附于赎罪的**实现**。诸种理论也许对一些人有用，路易斯写道，"但它们于我无益，我也不预备再生造出一些"。[17]

路易斯在 20 世纪 40 年代的广播讲话中，再次探讨了这一主题。他写道，在成为基督徒之前，他认为基督徒有义务在一些问题上持有既定的态度，例如，基督死亡的意义，尤其是它如何成就了救恩。有这么一种理论，主张人类应为自己的罪受到惩罚，但是"基督自愿替我们受罚，所以上帝赦免了我们"。然而，路易斯归信之后意识到，各种关于救赎的理论是次要的。

我后来认识到，基督教并不是此理论或者彼理论。基督教的核心信仰是基督的死在某种意义上使得我们与上帝的关系恢复正常，让我们得以重新开始。而关于这一切如何达成的理论，则是另外一回事。[18]

换言之，"赎罪理论"并不是基督教信仰的关键；这些理论不过是在尝试解释赎罪如何奏效。

我们可以看到，路易斯拒绝将理论置于神学或文学现实之上，这是他的特点。"接受基督所做的一切，而不需要知道这一切如何起作用"，这是完全可能的。路易斯坚持道，理论总是从属于它们所代表的现实：

我们被告知，基督是为我们而死，他的死洗净了我们的罪，通过自己的死，他使得死亡本身变得苍白无力。这就是准则。这就是基督教。这就是我们需要相信的。我们关注基督的死如何达成了一切，并构筑了多种理论。但在我看来，这是次要的：任何方法或是图解，如果不能于我们有益，就应搁置一边，或者即使确实有益，也不应把它们与事物本身混淆。[19]

如此反思，却也并不意味着在现实中绝不采纳任何理论；这不过是把理论置于具体语境之下，主张理论像是某种方法或是某个图表，"不可与事物本身混为一谈"。

《狮子、女巫和魔衣橱》中最令人震惊、也最困扰人心的，是阿斯兰的死。新约中说到基督的死是在替人类赎罪，路易斯却这样处理阿斯兰的死：他在最初只让一人得益，一人而已——埃德蒙。这个走入迷途的男孩落入了白女巫之手。白女巫对人类在纳尼亚的出现很是警觉，预感到这是自己的统治行将结束的征兆。她让埃德蒙在不知不觉中成了她的代理人，试图使人类失去能力。埃德蒙想要赢得她的好感（以及更多的土耳其软糖），于是欺骗了同伴。欺骗的举动成为了神学意义上的转折点。

白女巫要求与阿斯兰会面，宣称埃德蒙犯下了出卖之罪，因而受制于她。白女巫掌握着埃德蒙的生死大权，也预备行使这份权力。最初由海外大帝（Emperor-beyond-the-Sea）根植在纳尼亚的深奥魔法规定："每位叛徒都是本王的合法猎物，每一次背叛，本王均有权判处其死刑"。[20]埃德蒙是属于她的了。他的生命被移交了出去。她要求用他的血来偿还。

于是，秘密交易达成，但孩子们对此一无所知。阿斯兰同意当埃德蒙的替代者。他将代为受死，埃德蒙将存活。露西和苏珊并未意识到将要发生什么，她们紧跟着阿斯兰，随他走向石桌山。阿斯兰自愿被缚，死在白女巫手下。这一幕既感人又恐怖，在某些方面——但不是全部——与新约平行。例如，基督在客西马尼园的临终时刻以及随后被钉死在十字架上。阿斯兰被处死，周围是吼叫着的暴徒，嘲笑他临终的痛苦。

纳尼亚系列全集中最触动人心的一幕出现了，苏珊和露西走近已死的狮子，跪在他面前，她们"亲吻他冰冷的脸，轻抚他美丽的皮毛"，不停地哭，"直到哭不出声"。[21]路易斯展示了他的绝妙想象，对中世纪关于虔诚的意象与文本主题重新加工——例如，经典的圣殇（*Pietà*，受难死去的基督倒在母亲马利亚怀中的意象），以及《圣母悼歌》的文本（*Stabat Mater Dolorosa*，描述了在骷髅地的马利亚的悲伤与痛苦，她在基督受难的现场哭泣)。

紧接着，出乎人的预料，一切都改变了。阿斯兰又活了过来。只有露西和苏珊见证了这戏剧性的时刻，而新约中最先见证基督复活的是三个女人。两幕场景恰好呼应。她们又惊又喜，猛地扑到了阿斯兰身上，不住地亲吻他。发生什么事了呢？

"但是，这一切到底意味着什么呢？"待她们稍稍冷静了下来，苏珊问道。

阿斯兰说，"这意味着，虽然白女巫通晓深奥的魔法，但还有另一更深奥的魔法是她所不知的。她所知的仅限于亘古时代。但是，如果她再往后一步看去，走进宇宙诞生之前的宁静与黑暗，她会读出不同的魔法。她便会知道，一旦未犯下任何背叛罪行的无辜者愿意代替叛徒受罪，石桌就会断裂开，死亡本身会开始逆转。"[22]

阿斯兰活了过来，埃德蒙逃离了白女巫对他的合法占有。

好戏还在后头。在白女巫的城堡中，庭院里堆满了石化的纳尼亚人，他们都是被白女巫变成石头的。阿斯兰在复活之后，攻破了城堡大门，轻而易举就来到了城堡的庭院，朝着这堆"石头人"吹气，让他们重获新生。最后，他带领获得自由的军队，踏过曾经固若金汤、现已破败的城堡大门，为纳尼亚的自由而战。结尾充满戏剧性，为故事画上了完美的句号。

但是，这些创作灵感从何而来？它们都取自中世纪的作品——当然不是神学学术著作，因为此类学术著作对高度影像化、戏剧性的手法通常是充满批判的——是一些当时流行的宗教文学作品，乐于以磅礴气势讲述撒旦与基督斗智斗勇，但终不敌基督的故事。[23]根据当时流行的赎罪观，撒旦合法占有有罪的人类。上帝无法通过任何合法途径将人类从撒旦手中救出。然而，假使撒旦想要僭越他的合法权威，索要无罪之人——耶稣基督，他是上帝的化身，是无罪之身——的命，那又会发生什么？

中世纪的伟大神秘剧——诸如 14、15 世纪在约克上演的一系列剧目——戏剧化地刻画了足智多谋的上帝是如何诱使撒但僭越他自己的权利，从而将权利尽数交出的。傲慢的撒但得到了应有的报应，城中的人们欢呼雀跃。这种盛行的赎罪之路的主题是"地狱劫"（Harrowing of Hell）——戏剧化地描述复活了的基督攻破地狱大门，解放所有被囚禁的人。[24]在纳尼亚中，阿斯兰首先救出的是埃德蒙；随后才在白女巫的城堡里对着石像在吹气，救活了那些人。

路易斯的《狮子、女巫和魔衣橱》的故事囊括了中世纪赎罪戏剧中的所有重要主题：撒但有权占有有罪的人类；上帝借由基督的无罪智取撒但；地狱的大门被攻破，全体囚徒得解放。这些意象取自中世纪流行的宗教题材作品，路易斯极为赞赏，甚是喜欢。

那么，我们该如何理解这种赎罪理论？多数神学家带着温和的消遣之意来看待路易斯的赎罪叙事，认为故事乱作一团。若果真如此，便是误解了路易斯所取素材的性质与他创作的意图。中世纪伟大的神秘剧旨在将神学的抽象赎罪理论变得可读、有趣，而最为重要的是**娱乐大众**。路易斯在创作时带入了自己的手法，但其中的历史根基与想象意趣却是显而易见的。

七大星球： 纳尼亚的中世纪象征意义

《纳尼亚传奇》中的七个故事各有各自的文学特点——某种"感觉"或"氛围"赋予了每部小说在七重奏中的独特地位。那么，路易斯如何在赋予每部作品独特性的同时又保持叙事的完整性呢？

这是文学史上的经典问题。路易斯也许知道，理查德·瓦格纳在创作宏大的系列歌剧《尼伯龙根的指环》时，为了保持主题的完整性，让音乐的乐旨在四部歌剧中反复出现，作为线索把各部串联起来。那么，路易斯在自己的作品中又是如何处理的？

路易斯对伊丽莎白时代的文艺复兴诗人埃德蒙·斯宾塞颇有研

P297

究。在阅读斯宾塞的作品的过程中，路易斯发现了斯宾塞惯用的联结复杂多样的情节、人物与冒险经历的整合手法。路易斯也意识到了这一手法的重要性，很是重视。斯宾塞的《仙后》是一部宏大的作品。路易斯发现，《仙后》是借助了高明的文学手法才保持了其完整性与连贯性——路易斯后来在《纳尼亚传奇》中也依样效仿。

整合的具体手法是什么？路易斯说道，很简单，是仙境之地。它提供了"这般辽阔宽广"的土壤，可以海纳所有的冒险经历，又不失其统一性。"'仙境之地'本身赋予了作品完整性——并非情节的完整，是**氛围**的统一。"[25]斯宾塞借一个中心故事串联了七部书，同时又为依附于中心结构的"散乱故事堆"提供了空间。

纳尼亚王国在路易斯的叙事中扮演了重要角色，与斯宾塞的仙境之地类似。路易斯意识到，复杂的故事容易散成一堆毫无关联的故事。无论如何，必须把它们联结在一起。也许，《纳尼亚传奇》中包括了七部书，与斯宾塞的《仙后》在结构上——虽不是内容方面——是平行的，也并非巧合。路易斯借纳尼亚王国赋予了七重奏统一完整的主题。但是，他又如何让每部小说各放异彩？如何确保《纳尼亚传奇》的每个组成部分都自有其连贯性？

路易斯研究的学者们花费了大量精力，致力解读《纳尼亚传奇》七部小说的意义。论辩颇多，而最为有趣的争论是：为什么会是七部小说？各种猜测层出不穷。我们已经提到，斯宾塞的《仙后》是由七部书组成，也许这也表明，路易斯把自己的作品定位为这部伊丽莎白时代经典杰作的呼应之作。也许确实如此。不过，即便假设成真，两部作品也只是在某些非常具体的方面有相似之处，诸如用仙境来统领一个复杂的故事。或许，这也可能暗指七大圣事。这是很有可能的——但路易斯是英国国教徒，并非天主教徒，只认可两大圣礼。也许这是指七宗罪。这也是可能的——但是如果把每部作品与单一的罪联系起来，诸如骄傲或贪欲，似乎又极为牵强、过分造作。试想，《纳尼亚传奇》中哪一部主论**贪食**？撇开这些不大真切的碎片式的猜测，另一种可能性新近崭露头角——路易斯受到了 17 世纪英国的伟大诗人约翰·多恩（John Donne）的"七大王国"（the Heptarchy，七个星球上的七个王国）观念的影响。神奇得很,这种主张似乎很有道理。

这一观点,是由牛津的路易斯研究学者麦克尔·沃德于 2008 年首先提出的。[26]沃德发现,路易斯在研究中世纪文学时很强调七星球的重要性。沃德于是认为,《纳尼亚传奇》反映且体现了某种主旨特征,与"废弃的"中世纪世界观中的七大星球有关。在中世纪,哥白尼时代之前的世界观盛行,地球被认为是静止的;七大"星球"围绕着地球转动。这些中世纪星球包括了太阳、月亮、水星、金星、火星、木星和土星。路易斯未包括在内的是天王星、海王星和冥王星,因为这些星球是到了18、19 以及 20 世纪才分别被发现的。

那么,路易斯做了什么? 沃德并不认为路易斯倒退回了前哥白尼时代的宇宙观,路易斯亦不认同占星术的神秘世界。路易斯的观点更为微妙,留有广博的想象空间。在沃德看来,路易斯是将七个星球视为一个诗意丰沛、饱含愉悦想象的完美象征体系。因此,他汲取了中世纪语境下七大星球各自蕴含的想象性与情感特征,分别应用于七部小说中,具体如下:

P299

1. 《狮子、女巫和魔衣橱》:木星
2. 《凯斯宾王子》:火星
3. 《黎明踏浪号》:太阳
4. 《银椅》:月亮
5. 《能言马与男孩》:水星
6. 《魔法师的外甥》:金星
7. 《最后的战役》:土星

例如,沃德认为,《凯斯宾王子》的主题是受到了火星的影响。[27]主要表现在两个层面。首先,火星是古代的战神玛尔斯·格拉迪维斯(Mars Gradivus)。在小说中,战争的语言、意象和战事占据了主导,与火星有着直接的联系。佩文西家的四个兄弟姐妹来到了纳尼亚,正值纳尼亚"处在战火中"——在纳尼亚传奇系列中,此役后来被称为"拯救大战",路易斯在他的《纳尼亚历史大纲》中称之为"内战"。

然而,在古典传统的早期,火星还指植物神玛尔斯·西尔瓦诺斯(Mars Silvanus),与蓬勃生长的树木、树林和森林有关。北方的阳春三月,草木在冬日之后复苏,因而以此神命名。《凯斯宾王子》中关于植物树木的描述不少,给读者留下深刻印象。沃德认为,原本小说中盘根错节的关系不免让人困惑,而现今置于中世纪传统的框架内,这些概念皆与火星有关联,这样一来,一切都迎刃而解了。

沃德的假设若正确,路易斯便是在中世纪传统内,根据每个行星的相关氛围来创作每一部小说。不过,这也并不意味着这一象征意义完全决定了每部小说或这一传奇系列的情节。但是,这确实有助于我们理解每一部小说的主题与风格。

虽然日后的研究可能还会修正部分细节,但沃德的分析通常被认为是开启了理解纳尼亚系列的重要新思路。路易斯显然有着极高的想象力天分,但早期的路易斯研究学者却未给予充分的肯定。如果沃德是正确的,那么路易斯即是采用了他从中世纪与文艺复兴文学的专业领域中提取的主题,来确保《纳尼亚传奇》的整体连贯性,同时又赋予每部作品各自独特的意义。

影子大地: 修改柏拉图的洞穴概念

"都在柏拉图那里,都在柏拉图那里:天啊,这些学校到底教给了他们什么!"[28]路易斯让《最后的战役》中的迪格雷勋爵说出了这一番话。他试着解释道,"古老的纳尼亚"具有历史性的开端与终结,它"只是真实的纳尼亚的影子或是复制品,而真正的纳尼亚总是在这里,也会一直在这里"。[29]我们所生活的世界是更伟大、更美好的世界的"光亮的影子",这是路易斯许多作品的一大核心主题。现今世界是真实世界的"复制品"或"影子"。这一观念以各种方式散见于新约各处——尤其是《希伯来书》——也根植于伟大的文学与哲学传统中,其灵感得自古希腊哲学家柏拉图（约公元前 424～348）。

这一主题，在纳尼亚史诗的高潮《最后的战役》中铺展开来。路易斯鼓励我们试着想象一个房间，屋内有一扇窗户，向外望去是美丽的山谷或一片广袤的海景。窗户对面的墙上有一方镜子。试着想象一下。我们望向窗外，然后回头，看着镜中映现出同样的风景。路易斯问道，这两种看待事物的方式有什么区别？

> 镜中的大海，或是镜中的峡谷，在某种意义上与真实的事物是同一的；但同时它们又是各异的——更为深沉、更为美妙，更像是故事里出现的地方：这个故事你从未听说过，却又非常渴望知晓。古老的纳尼亚与新生的纳尼亚的区别大抵如此。新生的纳尼亚更为深奥：每一块岩石、每一朵花、每一片叶看起来仿佛都更有意味。[30]

P301

我们生活在影子大地上，我们听到天堂音乐的回响，瞥见天堂的明亮色泽，在我们呼吸的空气里闻到天堂的温润芳香。然而，这些都不是真实的；它们不过是路标，却太轻易被当作是真实的世界。

借助镜子的意象，路易斯解释了古老的纳尼亚（它最终必将消失）与新生的纳尼亚之间的区别。然而，路易斯用过的最为重要的柏拉图式意象大概是在《银椅》中——柏拉图的"洞穴"。在《理想国》的对话中，柏拉图恳请读者想象一个黑暗的洞穴，一群人自出生以来就居住其中。他们的一生都困于此地，对其他的世界一无所知。洞穴的一端，一团火焰在熊熊燃烧，给他们带来温暖和光亮。火焰升起时，洞穴的墙壁上留下了影子。人们看着投射在墙上的这些影子，琢磨它们代表着什么。对那些生活在洞穴里的人而言，影子摇曳的世界就是他们所知的全部。他们对现实的认知，也仅限于他们在这黑暗监牢中所看见、所经历的一切。如果洞穴之外另有一个世界存在，他们亦是无从知晓，难以想象。他们只知道影子。

路易斯在《银椅》中对"地上世界"与"地下世界"做了甄别。地下世界中的居民——有如柏拉图的洞穴中的人们——相信洞穴之外没有其他的现实存在。当纳尼亚王子提到还有一个被太阳照亮的"地上世界"

存在时，女巫争辩道，这只是他杜撰出来的，是模仿"地下世界"生造出来的。王子于是用类比来帮助听众理解他的意思：

"你看着那盏灯。它是圆形的、黄色的，照亮了整间屋子，悬挂在天花板上。我们现在称之为太阳的事物就像是这盏明灯，只是更为巨大、更为明亮。它悬挂于苍穹之上，照亮了整个地上世界。"

"悬挂在哪里，主人？"白女巫问道。这时候大家还在想着怎样回答她的问题，她又问话了，不时发出温柔的、银铃般的笑声，"你明白了吧？当你试着想弄清楚，这个**太阳**究竟是什么，你却也答不上来。你也只能告诉我，它像是一盏明灯。你的**太阳**是个梦；梦中没有一样事物不是从那盏灯复制而来的。那盏灯是真实的存在；**太阳**不过是个故事，儿童故事。"31

这时候吉尔插话了：那么阿斯兰呢？他是头**狮子**！女巫开始有点不那么自信了，让吉尔跟她讲讲狮子的事。他们长什么样？哦，他们就像是只硕大的猫！女巫大笑。狮子成了想象中的猫，只是比真实的猫更大、更好。"你每每要虚构出一样东西，都得从这个属于我的现实世界中取材复制，这是唯一存在的世界。"32

读到这里，多数读者大概都会意一笑，清醒地意识到，看似复杂的哲学论断一经路易斯放进具体的语境，显然就失效了。不过，路易斯也是借用了柏拉图的观念——同时以坎特伯雷的安瑟伦和笛卡儿为媒介——让古典智慧去论证一个基督教观念。

路易斯显然是意识到了，柏拉图已是经由一系列透镜阐释过了的柏拉图——普罗提诺(Plotinus)、奥古斯丁以及路易斯尤为熟悉的文艺复兴时期。读过路易斯的《爱的寓言》《废弃的意象》(*The Discarded Image*)《16 世纪除戏剧之外的英国文学》(*English Literature in the Sixteeth Century，Excluding Drama*)以及《斯宾塞的生命意象》(*Spenser's Images of Life*)的读者会知道，路易斯常常强调柏拉图以及后来的新柏拉图主义者如何影响了中世纪和文艺复兴时期的基督教文学家们。路易斯的贡献是把柏拉图哲学的主旨与意象写入儿童文学中，手法自然而不生硬。年青读者中即便是有，也只有极少人能意识到纳尼亚中隐含的哲学教导，或是纳尼亚源自古代的思想世界。这也是路易斯拓展人心智的一大手法，让读者通过想象的、触手可及的方式去碰触此类思想。

纳尼亚中的往昔问题

初读《狮子、女巫和魔衣橱》，任何人都有可能对其中的中世纪意象印象深刻——皇家宫廷、古堡和谦恭有礼的骑士。这个世界与四个孩子身处的 1939 年的世界联系甚少——与后来的读者的世界也无甚关联。那么，路易斯是不是在鼓励读者逃离现代生活，退回到往昔？

路易斯无疑觉得，往昔在某些方面比当下更合人意。例如，路易斯描写的战斗场面，更为强调个人作战中果敢与勇气的重要性。战斗是高贵威严的对手之间的短兵相接，其中的杀戮令人遗憾，但又是赢得胜利的必要一步。路易斯本人于 1917 年末至 1918 年初在阿拉斯附近的战场上经历的战事显然与此天壤迥异：冷漠的技术从远处轰炸开来，不分敌友，一并粉碎。现代的大炮、机关枪，与勇气、勇敢无关。你几乎不可能看清是谁杀了你。

然而，路易斯也并非希望读者退回到怀旧的、由想象再造的中世纪。他更不是催促我们重建中世纪的价值观念。路易斯是在为我们提供一种思维方式，我们可以据此来评判我们自身的观念，并逐渐意识到，这些观念并不一定因为是新的也就更为"正确"。在纳尼亚系列中，路易斯展示了某种思维方式和生活方式，使万物融入到某种单一又复杂的和谐宇宙模式中——"废弃的意象"，路易斯在后来的学术著述中多有涉及。路易斯也借此提醒我们反思现有的思维方式，细细思量我们是否在行途中丢失了什么，是否能将它找回。

不过，在此尚有一个问题。《纳尼亚传奇》的当代读者须完成想象的双重跳跃——不仅要去想象纳尼亚，还须想象这四位到访者所来自

C.S. LEWIS
—A LIFE: ECCENTRIC GENIUS RELUCTANT PROPHET

C.S.
路易斯
天赋奇才，勉为先知
C.S. LEWIS

P304

的世界。这个世界是由第二次世界大战之后的英国社会催生的种种假设、希望与恐惧所塑造而成的。今日的读者在读《狮子、女巫和魔衣橱》时，会笑看埃德蒙受土耳其软糖的引诱（好奇这神秘的东西是什么），但又有多少读者能意识到，糖果配给制是直到1953年2月才终结的，而当时此书完成已有四年之久。纳尼亚的动物尽管奢华有度，却依然与战后英国的艰苦生活形成鲜明对照，当时甚至连基本食品都是短缺的。我们须尽力走进这已逝的世界，这想象的世界，才能体味到《纳尼亚传奇》对最初读者产生的全面影响。

今日的读者面临着许多问题。问题之首是《狮子、女巫和魔衣橱》中的孩子们是白种人，是英国中产阶级的男孩女孩，言语之间都带着点"天啊天哪"（golly gosh）的矫揉造作。即便是在50年代初的读者看来，路易斯笔下的人物也多少显得有些做作。今日的许多读者都需要一本文化辞典，才能理解彼得那中学男孩的用语，比如，"老兄！"（Old chap），"天啊！"（By Jove）以及"天哪！"（Great Scott）。

更为麻烦的是，20世纪30至40年代英国中产阶级的某些社会态度——偶尔还回溯到路易斯的童年时期，即20世纪前十年——都深深扎根于《纳尼亚传奇》中。最为显见的是女性问题。路易斯着实未能预测到21世纪初西方世界在这一问题上文化态度的转向，但因此对路易斯横加批判，显然也有失公允。然而，也有观点指出，在《纳尼亚传奇》中，路易斯始终给予女性从属性的角色，从而感叹路易斯没能挣脱当时传统的性别角色的束缚。

苏珊的角色经常被特别挑选出来做分析。苏珊在《狮子、女巫和魔衣橱》中固然举足轻重，但读者注意到，她在纳尼亚系列的终卷《最后的战役》中却明显缺席。近期研究路易斯的评论家菲力普·普尔曼最为坦率，他声称苏珊"被送去了地狱，因为她对衣服和男生感兴趣"。[33]普尔曼对路易斯怀有强烈的敌意，这妨碍了他凭已有的证据做出客观严肃的分析。纳尼亚的读者都知道，路易斯从来不曾暗示过苏珊是"下了地狱"，更不消说原因竟然是她对"男生"感兴趣。

然而，苏珊的问题也揭示了新近某些研究者对纳尼亚故事所存的忧虑——亦即，纳尼亚故事似乎允许男性享有特权。倘若路易斯是在

20 世纪的 30 年代遇到了露丝·皮特（Ruth Pitter）或是乔伊·戴维曼（Joy Davidman），纳尼亚故事会不会有所不同？

　　然而，重要的是，我们应该公正地对待路易斯。尽管在路易斯所处的文化背景中，男性在社会中占据主导地位，《纳尼亚传奇》中的性别角色的分量却趋近均衡。事实上，如果《纳尼亚传奇》中有一位主导人物，那也是由女性来担当的。露西是《狮子、女巫和魔衣橱》的主人公。她是走进纳尼亚的第一人，也是和阿斯兰最为亲近的人。她在《凯斯宾王子》中扮演主角，在《最后的战役》结尾处的人类对谈中，她也是最后的发声之人。在 20 世纪 40 年代构思纳尼亚之时，路易斯的性别观已经走在了英国社会前列。他现今的确跟不上时代了——但也并非如批评家们所暗示的那样，差距如此之大。

　　我们现在必须离开纳尼亚的想象世界，返回到 20 世纪 50 年代早期牛津的真实世界中。我们前面曾提到过，路易斯越来越发现自己身陷困境，与世隔绝。但是，他能做些什么？

第四部分 剑桥

第 **13** 章
调往剑桥：
莫德林学院
【1954～1960】

在朋友们眼中，路易斯显然不大乐意、也不大容易融入战后的牛津圈。路易斯自己也痛苦地意识到，20世纪50年代早期他在那里是孤独的。他至少有三次与高级职位失之交臂。他在学院里与人相处时，常有脾气、不甚愉快。路易斯在1954年5月的信中，坦率地提到自己在牛津大学英语系的一次"危机"，说这惹得他"在一天之内多次生出仇恨"。[1]

此前一年，牛津大学英语系进行了投票表决，把本科生的课程范围截止点从1830年延至1914年，以便让牛津学生学习维多利亚时代的文学。今日看来，尤其是考虑到维多利亚时代是文学创作蓬勃发展的重要时代，许多人会觉得这个变化合情合理。路易斯当时却反对这种转变，他的态度虽不如托尔金强硬，却也坚决得很。英语系挑战现存体制，虽以失败收场，但路易斯仍不得安宁，他在牛津更觉得受孤立。英语系越发向"现代化人士们"聚拢，留下路易斯一人孤军奋战。

虽然纳尼亚系列——写于路易斯在牛津的最后岁月，即1949～1954年间——获得了巨大成功，但是路易斯此时的通信却表明，他在1949～1950年间发现自己遭遇了艺术创作的低潮期。从书信中可以看出，路易斯的艺术创造力虽到1951年底至少已部分恢复，但他想象力的低迷实际上持续了一段时间。《纯粹基督教》的确获得了相当的商业成功，让他名声大噪，可那不是一本新书，而是由20世纪40年代早期的四组广播讲话修订而成的。路易斯在这一时期最重要的著述是《16世纪除戏剧之外的英国文学》，那是相当有分量的文学研究著作，却不是富含创意的原创之作。而且，这部巨著让他劳神费心，耗尽了精力与创造力——这可是他年青时的强项。

　　路易斯还操劳过度。战后牛津大学学生人数剧增，给路易斯出了个大难题。他的指导任务变得十分繁重。莫德林学院的学生数量攀升。在20世纪30年代，本科生大概维持在四十名的常量，并且在1939～1945年战争期间滑落至历史最低。1940年，本科生仅有十六名；1944年，只剩下十名。战后，学生数目迅速上升。1948年，学生数多达八十四名；1952年也有七十六名。[2] 路易斯的工作量让他难以承受，明显影响了他的学术研究与写作。英国广播公司提供了制作广播节目的机会，但迫于工作压力，路易斯只得谢绝。[3]

　　但是，路易斯还能做什么？他还能去哪里？他似乎深陷困境，举步维艰。

剑桥的新教授职位

　　路易斯有所不知，牛津大学的学术劲敌剑桥大学已悄然改变，曙光已经在前。1944年5月亚瑟·奎勒-考奇爵士逝世后，剑桥大学的国王爱德华七世英语文学教授一职虚位以待，而路易斯作为合适的候选人已出现在新闻中。1944年晚些时候，传言四起，说他已接到聘书，担此要职。[4] 更有甚者，英国广播公司的上层人物去信询问他何时荣任剑桥教授。[5] 然而，这都是些无由之说。最后，1946年此教职由贝瑟·威利继任，此人是文学研究学者、思想史学家，颇有建树，备受敬重。

　　20世纪50年代早期，剑桥大学英语系已步入世界最优秀的英语系之列。当时的领军人物是F. R. 利维斯，但其文学批评方法为路易斯所憎。不过，利维斯在剑桥也并不受欢迎。他结下了一些夙敌——其中

P311

包括伊曼纽尔学院研究员、剑桥大学英语副教授亨利·斯坦利·班纳特。班纳特长于大学里的政治手腕与精明交易,深信剑桥英语系需要增添一个教授职位,与现有的国王爱德华七世教授职位互为补充。班纳特相信,需添增的职位应是中世纪与文艺复兴英语文学教授。也许更为重要的是,班纳特相当清楚应当由谁来担任第一任教授:牛津的 C. S. 路易斯对利维斯的方法多有批评,且批评有理有据。班纳特很熟悉大学政治的运作手法,知道怎样达成此事。

1954 年 3 月 31 日,招聘告示发出,截止日期是 4 月 24 日。[6]5 月 10 日,班纳特与另外七位资深学者组成了委员会,评选剑桥第一任中世纪与文艺复兴英语文学教授。会议由校长兼莫德林学院院长的亨利·威林克爵士主持。评选人中有两位学者来自牛津:路易斯在大学学院时的导师 F. P. 威尔逊,以及路易斯的亲密同事和(其时仍是)朋友托尔金。[7]然而,路易斯并没有递交申请。委员会虽觉得这在手续上造成了不便,但决定不计较。他们热情满满,一致同意向路易斯发出聘书,并将牛津圣希尔达学院英语系研究员海伦·嘉德纳作为备选。[8]

威林克亲自给路易斯写信,发出了邀请,也强调了此职位的划时代意义。他声称,委员会成员"一致认定此职位对剑桥而言意义非凡,我们怀着前所未有的热忱,诚邀您担任此职位"。[9]好处显而易见:路易斯不仅能借去剑桥跳出困境,还可免去本科生教学的任务,专心从事研究与写作。而且,工资还可翻三倍。

可路易斯立即回信谢绝。[10]回复之快,信中所述缘由,皆让人**不解**。他的回信拒绝得匆忙仓促,近乎失礼,给出的回绝理由看起来也不那么令人信服。路易斯说自己此时不能去剑桥,因为他离不开园丁及杂务工弗莱德·帕克斯福德的帮忙。而且,他年岁过大,不堪此新职重任;剑桥需要的是更为年青、更富活力的学者。

路易斯并不费心去询问关于新职的任何情况——包括他是否必须把家搬到剑桥这个极为重要的问题。他似乎也未意识到,剑桥评审委员会定是考虑过他的年龄因素了,而在他这等年龄就任资深职位也并非不常见。

路易斯谢绝的理由很牵强,威林克并不信服。再则,路易斯如此快

P312

速地拒绝了剑桥的盛情邀约，威林克也觉得有些受伤。不过，他还是再次写信给路易斯，力劝他再考虑一下。[11]这一次，路易斯又谢绝了。除了给海伦·嘉德纳下聘书，威林克再也不能多做什么了。

然而，托尔金是比较坚持的人。5月17日的早晨，托尔金当着沃尼的面，直接问路易斯为什么拒绝这个职位。他随后发现，问题出在路易斯误解了剑桥大学对教授的驻校要求。他以为他需要把所有家当一股脑儿都搬到剑桥，不得不跟挚爱的连窑、帕克斯福德以及沃尼分开。

托尔金判断准确，认为这件事情还有商量的余地。和路易斯见面之后，托尔金立刻写了两封信。首先，他向威林克解释，路易斯必须能够留住牛津的房子，在剑桥要有属于自己的教员宿舍，地方要足够大，能装下他的大部分书。[12]托尔金紧接着给班纳特写了一封密信，信中称他相信虽然事多曲折，剑桥终会聘请到路易斯的。他们只需多些耐心。5月19日，路易斯也给威林克去信，说明了自己的处境。倘若他真可以不必搬家，在工作日时住在剑桥，那么他会考虑接受聘请的。

但是，此时一切为时已晚。5月18日，威林克已经写信给备选人海伦·嘉德纳，邀其就任。[13]虽是有些迟了，威林克还是向路易斯证实，根据剑桥大学的住宿规定，路易斯在学年的主学期可以周末时住在牛津，非主学期则可完全住在牛津。但是，此事现已变成了学术上的问题。威林克告诉路易斯，给"备选人"的信——路易斯一直都不知道此人的身份——已经寄出。[14]这件事已无回旋的余地。

然而，这件事远未就此结束。5月19日，委员会评委之一的贝瑟·威利教授——当时新任教授职位——私下给威林克去信。海伦·嘉德纳似乎"很有可能"会谢绝这个职位。[15]威利并未提及消息来源，也未解释嘉德纳因何极有可能会拒绝剑桥的聘请。[16]但是，他说对了。

海伦·嘉德纳按照惯例，表示自己是认真考虑过的——路易斯显然并未遵守礼数——在过了一定时间之后，于6月3日礼貌地谢绝了担任这一教授职位的邀请。她并未解释缘由。然而，路易斯过世之后，据嘉德纳自己透露，她听到传言，说路易斯当时又有意担任此教授职位，而她本人也相信路易斯是理想人选。[17]嘉德纳谢绝这个职位，也表明她知道最终谁能胜任。嘉德纳的灵活变通让威林克松了一口气，喜不

P313

C.S.
路易斯

天赋奇才，勉为先知

C.S. LEWIS

—A LIFE: ECCENTRIC GENIUS RELUCTANT PROPHET

P314

胜言。威林克又给路易斯去信，写道，"备选人已经谢绝，我极其希望剑桥的聘请会为我们的第一人选所接受"。他还提到，他本人所在的莫德林学院也许能为路易斯提供他所需的房间。[18]

一切安置妥当。路易斯接受聘任。聘任从 1954 年 10 月 1 日起生效，但他直到 1955 年 1 月 1 日才正式上任，以便腾出时间来安排牛津的事宜。[19]路易斯离开莫德林学院，也腾出了一个教职，须尽快填补。路易斯院内的支持者们立刻决定了继任人选。还有谁能比欧文·巴菲尔德更加执著地追随路易斯？[20]然而，此提议最后被否决了，艾莫瑞斯·L. 琼斯最后接任了路易斯的教职。

去剑桥是明智之举吗？有些人不免心存疑虑。路易斯此前的学生约翰·韦因认为，这好比是"离开盛极而衰、少人问津的玫瑰花园，前往西伯利亚平原的园艺研究所"。[21]韦因指的是意识形态层面的问题，无关气象。他想的不是来自乌拉尔山脉的凛冽东风让剑桥的冬天变得刺骨冰冷，而是当时剑桥英语系占主导地位的对文学的淡漠态度。路易斯是进了狮子的洞穴——剑桥英语系以"批评理论"为重，把文本当成解剖分析的"对象"，而不是想从中获取智性快乐或拓展智识。

另一些人可能不免好奇，路易斯在主学期中要奔波于牛津剑桥两地，他会不会累垮？不过，路易斯应对新的生活游刃有余。工作日时，他就住在莫德林学院舒适的木板房中，之后返回牛津过周末，从剑桥坐车直抵牛津的卢威利路站。当时此线路是出了名的，被称为"剑桥爬虫"（因为它逢站必停，三小时才走八十英里［一百二十公里］）或是"脑线"（Brain Line，干线 main line 的双关语，因为这条线路通常是两所大学的学者乘坐的）。该线路与当时的牛津站现均已停用。

有些人觉得，路易斯费力要融入莫德林学院，也许映现出他的紧张心态：他担心自己能否被这个刚刚聘请他的学院接受。理查德·拉德伯拉于 1949～1972 年间是学院教员兼皮普斯图书馆馆长。他认为，路易斯过于想要得到莫德林学院的认可，于是常常刻意声如洪钟，做出"快乐农夫"的和蔼可亲状，以此淡化他腼腆的一面，缓解社交焦虑。路易斯的腼腆是否反而会被误认为是雄心勃勃？不过，路易斯最终发现，

13.1 1955 年，剑河上的剑桥莫德林学院。

人们很乐意接纳他，这原是他想都不敢想的。

在剑桥度过第一个完整的日历年后，路易斯觉得他有底气说"去剑桥是明智之举"了。比之于牛津的莫德林学院，剑桥的莫德林学院是"更为小巧、柔和与优美之地"。与日益工业化的牛津市相比，剑桥是个"赏心悦目的小巧"市镇，因而路易斯能够随时"散步穿行于真正的乡间"。"朋友们都说我看起来年青了许多"。[22]

文艺复兴： 剑桥就职演讲

路易斯身为剑桥第一任中世纪与文艺复兴英语文学教授，就职演讲相当成功，这也许是得益于他的乐天心境。演讲时间是下午五点，地点设在剑桥当天可供使用的最大的人文报告厅。那天是路易斯的五十六岁生日——1954 年 11 月 29 日——当时他还住在牛津。现存的许多关于此次演讲的报道多强调众多听众前往聆听，强调路易斯是位相当能言善辩的演讲者。[23]英国广播公司第三套节目曾认真考虑过播报此次

P316

演说——对于这样一种学术盛事而言，亦是稀罕的荣誉。[24]

路易斯演讲的主题是文学史的分期问题。对此，他在剑桥早些时候的演讲中已有所探讨——他在 1939 年春季学期中做过八次关于文艺复兴时期文学的讲座，为期八周，1944 年 5 月他还在三一学院做过克拉克讲座。路易斯在这些讲座中一直重申一个核心主题："文艺复兴从未发生过。"他对此主题已研究多年。他在 1941 年写给弥尔顿研究专家道格拉斯·布什的信中说，"我的研究专业是界定文艺复兴，视之为'一个虚构的实体，囊括了一个现代作家碰巧会认同的 15、16 世纪中的任何事物'。"[25]

此言大胆不拘，充满挑战意味，值得仔细体会其微妙之处。路易斯从根本上反对的，是某种流传甚广的观念。据此观念，"文艺复兴"时期摒弃了中世纪古老单调的方式，迎来了文学、神学以及哲学的一个新的黄金时期。路易斯认为，这不过是一个神话，除了文艺复兴的拥戴者之外，再无人倡导。路易斯争辩道，如若不能质疑此类神话，学术研究便不过是在重复一种受意识形态驱动的理解英国文学史的方式。为了阐释清楚，路易斯还援引剑桥历史学家乔治·麦考利·特里维廉——此人曾于 1944 年在剑桥三一学院主持过路易斯的克拉克讲座："与日期不同，'时期'并不是事实。它们不过是我们在回望过去时形成的一些概念，有助于聚焦问题，但又常常会引得历史探求迷失了方向。"[26]

至少在一些重要方面，路易斯是完全正确的。近期关于欧洲文艺复兴的研究显示，其"身份叙事"是有意为之，意在强调其自身的议事日程。文艺复兴的学者们杜撰了"中世纪"一词，是为了指代、贬低他们所认为的单调、堕落时期，即介于古典文化的辉煌时期与再生复苏的文艺复兴时期之间的时期。路易斯指出，此类研究极力弱化中世纪与文艺复兴文化之间的连贯性，而历史断然不能服务于此类诡辩的目的，不能任凭其捏造。这显然在理。"即便这多半也不是人文主义阵营的臆造之物，两个时代之间的沟壑也还是被过分夸大了。"[27]中世纪文学应获得同情与尊敬，文艺复兴时期的人文主义将其随意打发，实不可取。

路易斯的讲座主要围绕"文艺复兴"的话题，意义非同一般。路易斯是不是在用这些讲座来重构自我？他从牛津去剑桥，是不是也意味着至少他在思量着改变自身——通过自我的某种再生来"重获新生"，好似"破茧成蝶"？剑桥的路易斯是不是一个**新生的**路易斯？是不是在某些行为及问题上与晚期牛津岁月的路易斯截然不同？试举一例。有一细节相当重要，路易斯在剑桥时未曾写出任何有分量的护教书。他在剑桥时期备受欢迎的著述——诸如《诗篇撷思》(*Reflections on the Psalms*)与《四种爱》——是对已然确定的信仰的探求，而不是在为受到挑战的信仰做出辩护。

路易斯已不再视自己为护教士，不再面对教会之外的批评者为基督教信仰做辩护了。他的重心发生了转移，专注探索、体味基督教信仰的深度，受众是那些已经归信或近乎归信的人。《诗篇撷思》的开篇，清晰地对此新策略做出了解释：

> 这不是所谓的"护教"之作。我绝不是要试图劝服那些不相信基督教真实性的人。我面向的读者是那些已经信仰基督教，或者那些在阅读时愿意"把他们的怀疑悬置"的人。一个人不能总是在为真理做辩护；必定有些时候是要去领受真理的滋养的。[28]

要理解最后一句，必须考虑到路易斯反复重申的结论。路易斯常称，为基督教信念辩护，使他筋疲力尽（见英文版 258 页）。他似乎是在申辩，自己也应被允许**享用**这些信念，而不是被迫一直为信念而战。

P318

然而，我们需要记住，从整体来说，路易斯在剑桥时的关注焦点不过是兴趣点的转变，而非十分明显地——更不用说是根本性地——偏离他基本的委身。路易斯代表了走进基督教信仰的某种方法，头脑、心灵、理智以及想象一齐并用，营造一种创造性的互动，同时兼顾不同的读者和听众。20 世纪 40 年代及 50 年代早期，路易斯写出了理性护教的著作——例如《神迹》与《纯粹基督教》——在非信徒面前为基督教信仰做了理性辩护。但是，到了 50 年代晚期，路易斯似乎更专注于这样的写作——比如《惊悦》——探求信仰的想象性与相关性的维度，假定读者是基督徒。路易斯设想的读者群有所变化，或许也表明他觉察到了当时社会的需要。路易斯对基督教信仰的全面洞察体悟，最早见于

《天路回程》，这一典型特征从未消失。

路易斯在剑桥的就职演讲，当然可被理解为是在熟练构建某种学术"门面"——不是某种薄如蝉翼或者虚伪欺瞒的东西，而是在塑造自身的形象。文艺复兴时期的人文主义形成了自身的身份叙事，但被路易斯巧妙地解构了。路易斯进而也在叙事中塑造了自身形象，期待他人能借此理解自己。路易斯声称，他希望被视为"学术恐龙"，预备挑战当时的"时代势利症"。虽然有些人将路易斯的论断另作他解——将其看作基督教重振威望的宣言，或者至少是基督教在文学研究中的影响力的宣言——但后续的争议很快就销声匿迹了。

自 20 世纪 50 年代以来，学术之风已发生转向，如下观点也不断被巩固：路易斯是只"恐龙"，一头巨型野兽，其价值观与工作方法都不能适应现代的世界。路易斯的个人藏书显示了他阅读之深度。加注解、划底线，有时使用不同颜色的墨汁，这些都表明他反复重读早已熟稔的文本。英国历史学家基思·托马斯，近年来对英国文艺复兴时期的阅读习惯有所研究。他强调注解的重要性，认为这有助于保护长期以来直接与文本互动产生的洞见：

> 文艺复兴时期的读者若要标注关键段落，惯常使用下划线或在空白处画线、画指示符号的方式——黄色荧光笔的近代对应物。据英王詹姆士一世时期的教育作家约翰·布瑞斯里所述，"最为伟大的学者和最出色的学生所精选的书籍"都是被满满标注了的："一条条短线，注于下方或是上方"，或者"刺些小孔，或者用字母或标识，只要是最有助于唤起对知识的记忆的就予以采用"。[29]

托马斯的见解与路易斯相同，主张应坚持广泛地、积极地阅读一手资料。托马斯也提到自己现在"变得有点像恐龙了"。研究者们不再一本一本啃读著述；他们使用搜索引擎来找出字词或段落。这样的方法使得研究者们不再那么敏于发现他们所探讨的文本的深层结构与内在逻辑，更不可能"在不经意间收获新发现"。托马斯不无忧伤地说道，曾需穷尽一生、慢慢辛苦累积的学识，现在却是"一个中等勤奋的学生只要花上一个早上就可以获取的",这着实令人难过。

路易斯在个人藏书上作了密密麻麻的注释,只要读完这些注释,没有人会质疑路易斯对所研究的文本了解之深之广。这正是托马斯所称道的详致的文本互动与概念性把握。不过,托马斯相信,随着技术的兴起,这种阅读习惯已开始走向末路。那么,文学研究也是行将就木的技艺吗? 路易斯把自己譬喻为"恐龙",他所指的不仅是其研究成果,还包括研究方法吗? 这些方法尤以深入阅读一手资料为重,但似乎在路易斯的时代都没能留存下来。路易斯见证了一个种种研究方法消逝的时代。

P320

不过,路易斯还是在剑桥享受了一段为时不短且多产的时光,直到1963 年 10 月因为身体状况不佳,不得不辞去教授职位。据我估算,路易斯在剑桥期间共写了十三本书和四十四篇文章,更不用说他还写了许许多多的书评、诗歌,编撰了三本散文集。当然,还有公开论战,其中影响最广的恐怕是 1960 年与 F. R. 利维斯及其追随者就文学批评的价值展开的辩论。然而,路易斯的剑桥时期丝毫不似班扬的"安逸的平原",而是创造力喷涌勃发的时期,某些著述日后成为他最重要的作品,包括《裸颜》(1956)、《诗篇撷思》(1958)、《四种爱》(1960)、《文艺评论的实验》(*An Experiment in Criticism*,1961)与《废弃的意象》(1964 年,路易斯身后出版)。

不过,路易斯的剑桥时期最为重要的主导事件还是他个人生活的变化,这对路易斯此间的写作产生了重要的影响。路易斯找到了新的——但须付出诸多努力的——文学催生剂:海伦·乔伊·戴维曼。

文坛佳话：乔伊·戴维曼到来

1956 年 4 月 23 日,未经任何事先宣传造势或是礼貌通告,C. S. 路易斯在圣吉尔斯的牛津登记处与海伦·乔伊·戴维曼结婚。后者是美国人，离异，比路易斯小十六岁。到场的见证人只有路易斯的友人罗伯特·E. 哈佛德医生与奥斯丁·M. 法瑞尔。托尔金不在场。事实上，他还是过了一些时候才得知此事的。按路易斯的说法，这场婚姻纯属权宜之计，目的是为了使格雷山姆夫人（即乔伊·戴维曼）和她的两个儿子能获得继续待在牛津的合法权利，因为当时他们在英国的居住许可即将于 1956 年 5 月 31 日到期。

简短的仪式之后，路易斯坐上了开往剑桥的火车，继续他每周既定的授课。似乎婚姻没给他带来什么变化。路易斯的亲密友人中无人知晓此事。他是背着他们的。多数朋友都相信路易斯已经认命，余生就当个单身汉了事。

那么，路易斯遮遮掩掩的这位"格雷山姆夫人"是何许人也？这场婚姻又是怎样成就的？为了了解来龙去脉，我们须慢慢体会路易斯对一个特定的听众和读者群体产生的影响——那些有悟性的文学女性。在这些人眼里，路易斯既是位有说服力的基督教信仰护教士，又是位热情善辩的倡导者，主张用文学来展开和传达信仰的主旨。

听众中就有这么一位，名叫露丝·皮特（Ruth Pitter, 1897～1992），她是位相当有实力的英国诗人，凭借发表于 1936 年的诗集《战利品》（*A Trophy of Arms*）获得了次年的霍桑登奖。第二次世界大战期间，皮特收听了路易斯在英国广播公司的演讲，在精神及思想上都受到了莫大的鼓舞。此时的皮特正深陷绝望，差点在某个寂静的夜里纵身跳下巴特尔西桥。然而，读着路易斯的书，皮特开始相信世界的存在是有意义的。她后来强调，她是因路易斯回归信仰的。[30]

皮特受路易斯影响甚深，于是通过两人共同的朋友约见了路易斯。[31] 她请赫伯特·帕尔默帮忙安排会面。1946 年 10 月 9 日，路易斯邀请她参加了莫德林学院的午餐会。两人第一次见面后，联系不断，最终两人结下了深厚友谊，彼此充满敬意。1953 年，路易斯甚至允许她在信中称他为"杰克"，实是给予她罕见的殊荣。据路易斯的友人、传记作者乔治·赛尔透露，路易斯曾坦言，倘若自己有意结婚，他会想娶露丝·皮特为妻。[32] 但是，虽然有人认定路易斯的心灵伴侣明显是皮特，两人的友谊却终未发展成恋爱关系。[33] 乔伊·戴维曼却不同。

海伦·乔伊·戴维曼于1915年出生于纽约市，父母是东欧裔犹太人，不过当时已经不再信仰犹太教了。1930年9月，年仅十五岁的戴维曼进入纽约市的亨特学院学习，主修英法文学。在亨特学院时，戴维曼与贝尔·考夫曼结下了友谊。后者后来成了小说家，作品以1965年的畅销书《桃李满门》最为有名。据考夫曼回忆，戴维曼喜欢与"年长的男性"约会，尤其是那些"对文学怀有严肃兴趣者"。[34]戴维曼自己身为作家，亦展露出相当的天分，她还在亨特学院时，就凭《背教者》（Apostate）一文获得了伯纳德·科昂短篇小说奖。《背教者》是以戴维曼的母亲跟她讲述的一个19世纪的俄国故事为蓝本的。戴维曼在1935年获得哥伦比亚大学的英国文学硕士之后，以自由撰稿为业。

最初，事情似乎进展顺利。戴维曼凭1938年的诗集《给一位同志的信》（Letter to a Comrade）赢得了耶鲁青年诗人奖。她随后收到了好莱坞的聘请。1939年，米高梅公司正在觅求新人，于是征聘戴维曼作撰稿人，试用期六个月，每周支付五十美元。这段时间，戴维曼创作了四个剧本。米高梅都没看上。戴维曼于是回到了纽约，一心忙于生计，锤炼自己的写作，并为共产党效力。

20世纪30年代经济大萧条时期，许多人都成了无神论者、共产党员，相信激进的社会行动是解救美国经济不景气的唯一出路。戴维曼也是其中一员。她嫁给了同为共产党员且又是作家的比尔·格雷山姆（Bill Gresham）。格雷山姆曾在西班牙内战中站在社会主义一边。这场婚姻很不稳定。格雷山姆易于消沉，有酗酒的恶习。他的生活里还有别的女人。到了1951年2月，两人的婚姻陷入了困境。

这时候，戴维曼的生活出现了意外转机。本来是"吸食着无神论的罐装牛乳"的戴维曼，却在1946年的早春突然间与上帝不期而遇。戴维曼在1951年曾记录过这一戏剧性的事件。她说上帝像是头狮子，"追踪"了她许久，伺机而动，只待她毫无防备时将她击倒。上帝"静静地、慢慢地向我靠近，我从来不知他在那里。然后，突然之间，他一跃而出"。[35]

戴维曼找到了上帝，开始探索信仰的新领地。她的首要引路人即是新近在美国出名的英国作家——C. S. 路易斯。《天渊之别》《神迹》《魔鬼家书》为她打开了智性丰富的、坚定的信仰之路。不过，其他人只是寻求路易斯的劝导，戴维曼则是在追求他的灵魂。

1998 年路易斯诞辰一百周年之际，戴维曼的小儿子道格拉斯·格雷山姆在一系列报道中称，母亲当时远行英国是抱有特定目标的："为了引诱 C. S. 路易斯"。[36]虽然当时有些人对此表示怀疑，可如今越来越多的人认定，道格拉斯·格雷山姆对当时形势的估量也许是相当准确的。[37]

戴维曼怀有引诱路易斯的目的，也因一些文件得以印证。2010 年，戴维曼在英格兰最亲密的朋友珍妮·维克曼将一些文件赠给了玛丽昂·E. 维德中心（Marion E. Wade Center）——这是设在伊利诺伊州惠顿城的惠顿学院内最重要的路易斯研究机构。[38]新公之于众的文件，包括戴维曼在 1951～1954 年间写给路易斯的四十五首十四行诗。唐·金指出，这些十四行诗写到戴维曼在初次与路易斯会面之后打算重返英格兰，预备与他建立更为亲密的关系。其中有二十八首详细记录了戴维曼所作的尝试。路易斯被视为冷若冰霜的人物，好比一座冰川，有待戴维曼用她的内在学识与外在魅力去融化。不过，这虽然有助于我们正确理解两人关系的后续进展，但此刻暂且放下，容待稍后再叙。

戴维曼在美国的一些好友发现了端倪。戴维曼的表亲蕾妮·皮尔斯很笃定，戴维曼不认识路易斯——甚至见都没见过，但她在 1950 年左右就已爱上路易斯了。[39]但是，戴维曼如何才能"引诱"路易斯？首先，她必须与他取得联系，与他见面。她怎样才能做到？

戴维曼高兴得很，她找到了可行之计。当时，查德·沃尔什已是美国学界路易斯研究的权威。在结识了沃尔什之后，戴维曼向其请教如何结识路易斯。最后，戴维曼在 1950 年 1 月写信给路易斯，也收到了大有希望的回复。她坚持给他写信。他也如期回信。

戴维曼得到了鼓励，将两个儿子大卫和道格拉斯留给孩子的父亲照顾，自己坐船于 1952 年 8 月 13 日抵达英格兰。蕾妮前往帮助比尔照顾孩子。戴维曼此行得到了父母的资助。她对外宣称是去拜访笔友菲利斯·威廉斯，并完成她的《山中之雾》（*Smoke on the Mountain*）——一本从当代的角度去阐释十诫的书。然而，她此行真正的目的其实是结识路易斯。

　　戴维曼此次英格兰之行，为期不短，期间她主动给路易斯写信，后来在牛津两次与路易斯及其友人共进午餐。路易斯是否对戴维曼的情感世界有丝毫了解？或者他轻易就被吸引？有意思的是，路易斯每次都带着同事前往。"陪客"这个词从未被提及，但这就是这些人当时的角色。沃尼——本来他应该在莫德林学院的一次午餐会上作陪客——缺席时，路易斯就匆忙换上了乔治·赛尔。戴维曼清楚地断定，这些会面很成功也很有趣。路易斯似乎愿意让友谊进一步发展。戴维曼带动关系的发展，路易斯似乎也很乐意跟随。至此，戴维曼与路易斯的关系，跟露丝·皮特与路易斯的关系旗鼓相当。

　　也许，路易斯当时觉得有位仰慕他的女性做伴，没什么不安全的。他也把她作为"格雷山姆夫人"介绍给朋友们。戴维曼在 12 月初与路易斯在伦敦私下共进午餐，路易斯接着邀请她到连窑与他和沃尼共度圣诞与新年。戴维曼后来对沃尔什谈起此事，说她从此变成了"十足的盎格鲁迷"，不顾一切地想要"移居"。[40] 她是不是把路易斯当成了可能助她移居的工具？路易斯是不是就是那身穿金光闪闪盔甲的骑士，遵循着典雅爱情的高贵之道，将这位女子从她那邪恶丈夫的魔掌中解救出来？种种迹象看来，路易斯准备好要扮演类似的角色，尤其是当戴维曼拿出丈夫的一封信，说他要娶她的表亲蕾妮为妻时。

　　为了应对此事，戴维曼于 1953 年 1 月 3 日回到了美国。同年 2 月底，戴维曼与丈夫协议离婚。她与路易斯一直保持着联系。戴维曼的入境记录显示，她带着八岁的道格拉斯与九岁的大卫于 1953 年 11 月 13 日返回英国。这个决定深深伤了比尔·格雷山姆的心。戴维曼的举动显然值得加以讨论。为什么搬往英格兰，她在那里并无任何亲人？戴维曼的父母当时健在；事实上，他们甚至在 1954 年 10 月还到伦敦看望过她。为什么戴维曼不愿待在美国？那里的生活开销要低得多，她的工作前景也明朗得多。

　　许多人认为，只有一种答案能说明问题：戴维曼显然相信自己会得到路易斯的经济资助。她的入境文件上清楚说明，她待在英国期间不得"从事任何有偿或无偿的工作"。[41] 她把两个儿子送往位于萨里郡皮尔福德的戴恩考特学校(该校于 1981 年关闭)。她需要钱。很有可能(但未经证明)是路易斯支付了戴维曼的大部分生活费及两个儿子的学费,而他是通过"爱德基金"匿名资助的。"爱德基金"是由欧文·巴菲尔德在 1942 年建立的慈善信托机构,旨在管理路易斯的部分版税收入。[42]沃尼显然对此安排毫不知情。

然而,这还不是故事的全部。戴维曼想留在英国,一部分原因是她在美国的就业前景堪忧。冷战热潮横扫美国,而苏联的核试验及朝鲜战争更是火上浇油。戴维曼不可能忘却她曾是个活跃的共产党员,她也从未想要掩藏这一身份,但这将给她在好莱坞或媒体界寻求就业机会投下深深的阴影。反美活动调查委员会是美国众议院下属的一个调查机构,当时正积极着手调查那些亲共且有影响力的人,尤其是在媒体工作的人。最终,三百多名被认为支持共产党或是跟共产党有关联的艺术家——包括电影导演、广播评论员、演员,尤其是编剧——都进了黑名单,遭到好莱坞各公司的抵制。[43]

戴维曼的过去,正拖住她的后腿。谁又能够对她曾是共产党员的事实视而不见? 谁会不介意她曾积极参与共产党的出版宣传,诸如《新大众》杂志? 她不可能在好莱坞找到编剧的工作,也不可能在美国的任何地方以作家的身份产生一定的影响力。戴维曼深信,自己以作家成名的机会是在美国之外。考虑到当时的政治大环境,这种想法是完全合理的。

戴维曼与路易斯的关系在 1955 年有了新的推动力。当时,她带着两个儿子搬到了黑丁顿旧商业大街 10 号的一栋三间卧室的房子里,房子离连窑不远。租约是由路易斯办理的,房租也是他支付的。他每天在戴维曼的家里待上不短的时间,他显然也喜欢她的陪伴。然而,戴维曼对路易斯而言不仅仅是一位好的陪伴者,她还激发了路易斯的文学想象,对此我们须进一步探讨。

最初,戴维曼吸引路易斯的是她的幽默感与洋溢在外的智性天分。但她迅速证明自己远不止如此。路易斯决定启用文学经纪人,而不是直接与出版商交涉,背后可能是受戴维曼的影响。1955 年 2 月 17 日,路易斯通知出版商杰弗里·布雷斯的总经理乔斯林·吉布,他已聘用

13.2　1960 年的乔伊·戴维曼·路易斯。

C.S. 路易斯
天赋奇才，勉为先知

C. S. LEWIS

—A LIFE: ECCENTRIC GENIUS, RELUCTANT PROPHET

C. S. 路易斯
天赋奇才，勉为先知

斯宾塞·柯蒂斯·布朗，代表他与出版商协商出版事宜。⁴⁴这个决定似乎是出于财务，而非文学上的考量。路易斯是突然之间意识到自己需要更多收入了吗？

不过，戴维曼不仅仅为路易斯指引了方向，帮他从著作中赚得更多的钱。她还催生了路易斯后来的三部作品——其中包括《裸颜》，一部公认是路易斯最重要的小说。戴维曼喜欢把自己比作"编辑-合作者"麦克斯韦·珀金斯（Maxwell Perkins，1884～1947）。珀金斯是美国伟大的文学编辑，曾协助欧内斯特·海明威、F. 司各特·菲茨杰拉德（F. Scott Fitzgerald）以及托马斯·沃尔夫（Thomas Wolfe）雕琢出最上乘的小说。珀金斯本人亦是位受人尊敬的作家，拥有不寻常的禀赋，能帮助作家提升和完善技艺。戴维曼已经在比尔·格雷山姆的创作中扮演过这一角色，现在她把同样的技艺用在了路易斯身上。

1955 年 3 月，戴维曼来连窑小住。路易斯对赛姬（Psyche）的古典神话一直怀有兴趣，他在 20 世纪 20 年代曾用诗体重写、阐释过此故事。但是路易斯后来停笔，一时不知如何拓展构思。戴维曼采用了合作的策略。她与路易斯"不断酝酿新想法，直到某个想法最终成形"。⁴⁵

方法奏效，路易斯突然间明白要如何围绕赛姬的主题写一本书了。他热情满满，一头扎进写作中。第二天快要结束的时候，路易斯已经写出了第一章，这本书就是后来的《裸颜》。路易斯将此书献给戴维曼，也认为这是自己写过的最好的书之一。不过，从商业角度看，这本书却有些失败。路易斯在 1959 年时悲伤地说道，他认为此书"无疑是我迄今为止写得最好的一本"，结果却是"我的一大失败，无论是在批评家还是在公众那里"。⁴⁶然而，除了《纳尼亚传奇》之外，《裸颜》成为路易斯的著作中引发最多评论的一部作品。路易斯后来还有另外两本书有赖于戴维曼的鼓励：《诗篇撷思》（1958）与《四种爱》（1960）。

在牛津时，路易斯的许多写作计划都有朋友的参与。虽然淡墨会主要是负责考查和完善已经进入创作过程的作品，路易斯却发现他也从中得到了创作灵感——罗杰·兰思林·格林的影响恐怕是最明显的，他为《纳尼亚传奇》的诞生发挥了重大作用，在《魔法师的外甥》的产生上影响尤其大。戴维曼也可算是扮演了此类角色。不过，戴维曼不仅仅为路易斯的文学想象提供了源泉。她还成为了他的妻子。

与乔伊·戴维曼的"非常奇怪的婚姻"

人们通常认为，路易斯与乔伊·戴维曼的这场"非常奇怪的婚姻"（此说法出自托尔金之口，他毫不掩饰对两人关系的敌意）[47]是因戴维曼遭遇的一场危机而起。当时她刚搬到黑丁顿旧商业大街 10 号，有一场危机亟待解决。多数的传记对此危机的记载常常很含糊，也未有确凿证据，只提到英国内政部于 1956 年 4 月撤销了戴维曼在英国的居住权。此事促使路易斯迅速决定与戴维曼结婚。然而，事情远为复杂得多。

戴维曼最初获准在英国居住到 1955 年 1 月 13 日。但是，内政部后来将戴维曼的居住期限延长到了 1956 年 5 月 31 日。因此，居住资格被"撤销"纯属无稽之谈。戴维曼在英国的居住权 5 月底到期。这场不举行宗教仪式的民事婚姻，可能是她与路易斯一起策划的，是让她与儿子留在英国的最后一步棋。

我们还应注意到另外一种可能性。戴维曼在英国的居住权是有条件的；她不能从事任何有偿或无偿的工作。沃尼以及路易斯的朋友中许多人都以为，戴维曼靠写作或编辑工作能支付生活费用。事实上，按规定她是不能从事这些工作的。路易斯秘密资助戴维曼，小心翼翼地瞒着沃尼，这或许是必要之举，因为她在英国期间没有任何收入来源。与路易斯的民事婚姻即可解决这些难题，让戴维曼能够挣钱维持生计。路易斯可能认为，这场婚姻不过是一道法律手续，是帮戴维曼自立。

不过，这倒也不是突然之间的事。路易斯似乎在 1955 年 9 月到北爱尔兰看望亚瑟·格雷夫斯时，已和他探讨过与戴维曼办理民事婚姻的可能性，而这是婚礼之前数月的事。虽没有任何证据显示格雷夫斯对此令人惊讶的提议具体作何反应，但格雷夫斯明显表达了他的担忧，

P330

而路易斯却也无法消除这份担忧。两人见面后又过了一个月，路易斯在给格雷夫斯的信中尽力为他与戴维曼的民事婚礼的想法辩护：这只是一道"法律手续"，没有任何深层的宗教或亲缘意义。民事婚礼之后，内政部撤销了关于戴维曼在英国居住的任何限制。戴维曼于 1957 年 4 月 24 日申请英国国籍，并于 1957 年 8 月 2 日登记注册为"英国及其所属殖民地的公民"。[48]

路易斯早前先是在广播讲话中，后来是在《纯粹基督教》中对民事婚姻持有自己的看法，这曾让托尔金忧虑不安。路易斯对宗教婚姻持有非常传统的看法，因此宗教婚姻——所谓的"现实"——对路易斯而言是不可能的。从宗教角度看，两人若结成宗教"婚姻"，便是通奸，因为戴维曼是离过婚的人。不过，路易斯强调，这一可能性甚至都不应加以讨论。[49]

在路易斯的多数亲密朋友眼中，戴维曼似乎明显是在利用路易斯，向他施加道德压力，引他走进他不想要的婚姻中，因为戴维曼不仅对他的文学或精神世界感兴趣，还想从他身上图利。他们认为戴维曼就是个掘金者，到英国来为自己及两个儿子寻求未来的保障。戴维曼控制着路易斯，而皮特却不然，她有涵养，绝不会如此强求他人。路易斯对他与戴维曼的关系进展躲躲闪闪，使得他的亲密友人不能给予任何意见和支持，因为他们无从得知事态发展到了何等严重的地步。待路易斯宣布婚讯时，他们除了尽量接受这一团乱麻，也无力再做什么了。路易斯的情感远非他人所能摸透，朋友中无一人知晓他与戴维曼已进展到怎样的程度。

P331

当然，这段关系另有他解，为好莱坞剧作家们所喜爱。这是路易斯生活中迟来的爱情，是一段浪漫的童话故事，但以悲剧告终。众所周知，此类浪漫化的解读出现在电影《影子大地》中，却未受到任何批判。影片将路易斯刻画为性情急躁、不善社交的老单身汉，而这位精力充沛的纽约女子，对真实世界略知一二，把老单身汉的单调生活翻了个底朝天。这位傲慢不羁、热情活泼的纽约来客，给路易斯无趣的生活带来了一缕清风，领着他去发现生活中的美好，摒弃自己那些陈腐的旧习和乏味的社会惯例。

如此阐释这段关系，显然是有问题的。戴维曼本人缺乏社交智慧或是情商，那些被她惹恼的同代人时常能注意到这一点。因而，实在很难想象戴维曼如何帮助路易斯提高社交能力。认定路易斯不善社交亦是无稽之谈；在同事的印象里，他是个喜欢社交的人，有时极为和蔼可亲，尤其是他那放声大笑，让人记忆犹新。

在现实中，路易斯是"一位美国离婚者的甜爹"。[50] 这样的说法虽很直白，却也准确。路易斯似乎甘愿牺牲，无疑也从中受益——可能最为明显的是找回了他的创作动力与灵感——不管过程充满多少可疑之处。路易斯自有自己的忧虑与困扰，而戴维曼帮他应付了一些。

值得一提的是，路易斯此时还积极资助其他的美国女作家。其中最为重要的人物，是诗人及评论家玛丽·威利斯·谢尔本（Mary Willis Shelburne，1895～1975）。谢尔本与路易斯保持了相当长时间的联系，显然也深得路易斯的敬重。[51] 她在经济上有求于路易斯，也未跟路易斯隐瞒实情。最初，路易斯无法在经济上支援她，因为英国当局对外汇实施严格监管，路易斯（作为一个普通的英国公民）不能往美国汇钱。路易斯在1958年圣诞节那天给谢尔本的信中提到，外汇监管有所放宽，现在他可以从爱德基金中定期给她汇寄津贴了。[52]

路易斯将他与戴维曼的婚姻看做是骑士般的慷慨之举，而非纯粹的浪漫激情。我们之所以下此定论，是因为戴维曼并未取代皮特在路易斯生活中的地位。路易斯显然对皮特一直怀有敬意与喜爱之情，这从路易斯在1956年7月的信中可以看出。那是在路易斯秘密结婚数月之后，他在信中邀请皮特（而不是戴维曼）陪他参加在白金汉宫举行的皇家花园宴会。[53] 最终，皮特没能出席，路易斯一人前往。他在一周后再次写信给皮特，跟她诉说宴会"简直糟透了"，并邀请她近期找个时间与他共进午餐，这样他们可以交流一下近况。[54] 路易斯的信件往来与会面情况清楚显示，戴维曼的出现并未促使他把生活中其他的重要女性从身旁推开。

路易斯明显视自己与戴维曼公证结婚仅是一道法律手续，但这实际上却是埋下了一颗定时炸弹，赋予了戴维曼某些特定的法律权利。路易斯似乎想当然地认定，戴维曼不会当真去行使这些权利，这场婚姻不会对两人各自的生活或两人的关系产生任何影响。然而，路易斯对戴维曼和她的两个儿子伸出的援助之手竟成了特洛伊木马。戴维曼迅速行使自己的权利，表示她并不满足于住在黑丁顿的房子里。她使了点计策住进了连窑，并非是受到了路易斯明确的邀请。如果她是路易斯的妻子，正如法律上规定的那样，那么她与两个儿子的合法权利远不止居住在英国。首先，他们有权与她的丈夫住在一起。路易斯别无他法。1956年10月初，他答应让戴维曼与她的两个儿子住进连窑，但是有些不情愿。

沃尼一听说民事婚礼的事，立刻忧心忡忡，准确预见到事态功利的一面。他认为，戴维曼不可避免地会"索要她的权利"——谨慎地暗示，作为路易斯的妻子，她对他的收入及财产抱有兴趣。戴维曼如今把连窑看做是**她的**房子，显然没有意识到，摩尔太太在遗嘱中对这栋房子的合法拥有者做出了复杂安排，路易斯仅是连窑的住户而已。

在与摩琳·布莱克的一次对峙中，戴维曼声称她深信自己的两个儿子在路易斯和她死后会继承连窑。真相这时才明晰起来，这让她感到不悦。摩琳（新近才得知路易斯结婚）即刻更正她的想法，清清楚楚地说明，根据摩尔太太的遗嘱，在路易斯与沃尼过世后，这栋房子的合法拥有者是摩琳。[55]不过，戴维曼全然不顾这些法律细节："这栋房子属于我和我的儿子们。"[56]摩琳当然没有错。在两人的谈话中，戴维曼的功利动机表露无遗，这是更重要的细节，而她对英国法律的不甚了解倒是其次了。戴维曼一直催促摩琳，要求她放弃财产所有权。迫于压力，摩琳同意与丈夫探讨此事。不过，此事并无后续。

在戴维曼的影响之下，连窑进行了一些及时的整修。遮光帘是1940年安装的，到了1952年仍在使用。[57]家具需要重置。木制品需要上漆。摩尔太太病逝后，路易斯与沃尼任由房子老旧下去。戴维曼决定填缺补漏。连窑得到了修缮。房子里有了新家具。

然而，临近末了，故事出现了戏剧化的转折。戴维曼的一条腿一直疼痛不减，路易斯的医生罗伯特·哈佛德误诊为一种相对轻微的纤维组织炎。（哈佛德此处似乎着实不负"无能的庸医"的绰号。[58]）1956年10月18日晚上，当时路易斯在剑桥，戴维曼正要接听凯瑟琳·法瑞尔打来的电话，结果摔了一跤。她住进了附近的维菲尔德·莫里斯整形外科医院，经 X 射线检查后显示股骨断裂。但是，问题不仅仅是股骨断裂。戴维曼的左胸长有一个恶性肿瘤，其他部位也伴有不同症状。她的时日所剩不多。

乔伊·戴维曼离世

戴维曼病重，似乎改变了路易斯对她的态度。一想到戴维曼行将逝去，路易斯便开始以新的眼光看待两人的关系。也许，路易斯思想转变的最重要见证，就是他在 1957 年 6 月写给小说家多萝茜·L. 塞耶斯的信。路易斯提到希腊的死神桑纳托斯(Thanatos)，谈到桑纳托斯的逼近如何激发了他的情感，把友谊变成了爱情：

> 我的情感已经发生变化。人们说，竞争对手常把朋友变成情人。桑纳托斯定然是（他们说）在靠近，速度难以捉摸，他定是促成此事的劲敌了。我们会迅速爱上那些我们知道必将失去的。[59]

路易斯意识到，戴维曼也许很快会被带离他的生活。这个想法挥之不去。路易斯在给一位与他长期通信的女性的信中冷峻地写道，他可能很快"经历连串的变化，先是新郎，后是鳏夫。事实上，这也许是临终前的婚礼"。[60] 不过，路易斯在其他人面前表现得更为乐观一些。11 月晚些时候，他在给亚瑟·格雷夫斯的信里，暗示存在一种"合理的可能性"，即戴维曼还可再享受"数年（还说得过去的）生活"。[61]

路易斯最终意识到，他与戴维曼秘密的民事婚礼——他早前称之为两人"纯真的小秘密"[62]——是时候需要获得公众认可了，尤其是当时还有其他的绯闻谣言牵扯着路易斯。[63] 1956 年 12 月 24 日，《泰晤士报》上刊载了这份迟来的公告：

C.S.路易斯

天赋奇才，勉为先知

C.S. LEWIS

—A LIFE: ECCENTRIC GENIUS RELUCTANT PROPHET

C.S. 路易斯

P335

P336

296

C. S.路易斯，剑桥大学莫德林学院教授，与乔伊·格雷山姆夫人，现牛津丘吉尔医院病人，已举办婚礼。恕不接受任何贺信。[64]

这份极为含糊的公告只字未提婚礼的日期，也未言明这纯属民事婚姻。

与此同时，路易斯一直在秘密筹划一场教会婚礼，他相信这将会使他与戴维曼的关系具备坚实的基督教根基。1956 年 11 月 17 日，路易斯就教会婚礼的可能性请教牛津主教哈里·卡朋特博士。卡朋特曾是基布尔学院的院长。虽然卡朋特很同情路易斯的处境，他却清楚言明他的牛津教区不能批准此事。当时的英国国教尚不允许离异者再婚，卡朋特亦不认为路易斯是名人就应享有特权。不管怎样，路易斯与戴维曼已算是结了婚，因为英国国教作为英国的国立教会，承认世俗婚姻的有效性。路易斯不得在教区内的任何其他牧区再次成婚。路易斯对此裁定极为不满。在他看来，戴维曼与比尔·格雷山姆的婚姻是无效的，因为格雷山姆此前曾有过婚姻。但是，路易斯的牧师友人都不愿为他主持婚礼，不愿公开对抗主教或是藐视英国国教在当时的既定立场。

1957 年 3 月，戴维曼的身体状况似乎开始恶化。路易斯转而想起了 20 世纪 30 年代曾经听过他授课的一位学生。彼得·拜德曾是共产党员，于 1936~1939 年间在牛津学习英语语言及文学，曾听过路易斯的课。拜德在二战期间效命于皇家海军，于 1949 年接受英国国教教会的任命，奉职于奇切斯特教区。1954 年，萨塞克斯地区爆发了小儿麻痹症，拜德当时一心忙于教牧事务。他为一位重病晚期的男孩麦克·加拉格尔祷告之后，男孩竟然康复了。路易斯听闻此奇迹，立即去请求拜德来为他垂危的妻子祷告。[65]

拜德受此邀请，实在有所忧虑。一方面，他不是特别希望自己被看做是"有治病恩赐的牧师"。另一方面，他认为自己欠路易斯"一笔相当大的智性方面的债务"，因为他在牛津时，路易斯对他产生了重要且持久的影响。多番考虑之后，拜德同意给戴维曼"行按手礼"——基督教中向上帝祈求祝福的传统方式。路易斯在三个月后写给多萝茜·L.塞耶斯的一封信中，讲述了事件的经过：

亲爱的拜德牧师（你认识他吗？）前来给乔伊行按手礼——因为他曾有过看似近乎神迹的经历——我们并未开口，只是告知了他情况始末，他即刻表示要为我们主持婚礼。因此，我们有了床边的婚礼，还有婚礼弥撒。[66]

路易斯的描述并不完全真实。拜德肯定是清楚当时英国国教的立场，也知道主持这样的仪式事关教会纪律与个人诚信。路易斯对事件的描述暗示，拜德认为此事并不重要，所以他自愿为路易斯与戴维曼主持婚礼，仿佛这是世界上最自然不过的事情。

我们试着将路易斯对此事的解读与拜德相当不同的回忆稍作比较，或许能有些许启发。[67]据拜德所述，他来到连窑准备为戴维曼行按手礼，这时路易斯突然请求他为两人主持婚礼。"你瞧，彼得，我知道这不公平，但你能为我们主持婚礼吗？"路易斯似乎相信牛津教区之外的英国国教牧师不一定非得服从主教的裁判，且也可能并未意识到，他让拜德陷于两难境地。

拜德请求给他一些时间来做决定，因为他认为路易斯的请求不合适。拜德最终决定，他愿意去做耶稣基督会做的任何事。"这样，内心的挣扎结束了。"他同意为两人举行婚礼。但是，他不是主动提出帮忙的，显然也对自己是被迫而为以及被迫而为的这件事深感不安。

路易斯却似乎深信是拜德主动要为他们举行婚礼的，个中缘由实在难解。拜德清晰的记忆告诉我们，这是两相矛盾的，他是被请去做他认为不合常规、也不恰当的事。权衡双方的说辞，拜德的说法似乎更为可信。路易斯深信戴维曼行将离世，或许这导致他如此理解他与拜德的谈话。

P337

然而，回想路易斯在 1918～1920 年与摩尔太太的关系缺乏透明度（尤其是对他的父亲），我们不能忽视一个事实，即路易斯与戴维曼的关系始终隐匿在遁词之中。这段关系始于 1956 年的民事婚礼，直至 1957 年 3 月的宗教婚礼，路易斯从未把关系的真相告知友人们，着实让人不解。路易斯一些最为亲密的朋友——尤其是托尔金——无疑因路易斯没能坦诚相告，很是受伤。

1957 年 3 月 21 日，这场基督教的婚礼仪式在戴维曼所住的丘吉尔医院病房内举行，沃尼与病房护士为见证人。拜德随后为戴维曼行按手礼，祈祷她康复。对路易斯与戴维曼而言，这显然是极为庄重的重要时刻。对拜德而言，亦非无足轻重。他是在破釜沉舟，公然藐视教会的纪律。他被迫做出的决定，会使他前途堪危。

拜德决定即刻向教会当局和盘托出。他在离开牛津之前拜见了卡朋特，将自己所做之事如实上报。卡朋特对此明目张胆违背礼仪规定

13.3 1960 年 11 月的彼得·拜德。1957 年 3 月 21 日，拜德在牛津的丘吉尔医院为 C.S.路易斯与乔伊·戴维曼主持了"婚礼仪式"。

之举大为生气,命他立刻赶回他所在的教区坦白。拜德回到家中,得知奇切斯特的主教乔治·贝尔已经传话要见他,心中担忧出现最坏的结果,于是第二天就去拜见贝尔,供认了自己的错失。贝尔明确告诉他,此事让他很不满,并要求拜德保证不会再有类似的事情发生。不过,这却不是他召唤拜德前来的原因。他想把教区中最好的一份工作给他——戈林的海牧区。贝尔向他承诺,这个机会现在仍然对他敞开着。他愿意接受吗?[68]

戴维曼在 4 月里回到连窑家中,料想在世之日不过数周。路易斯当时得了骨质疏松症,腿部疼痛不已,只有戴着外科手术带才可走动。不过,路易斯乐于这么想:他的疼痛一旦增加,戴维曼的疼痛便会减轻半分。他称这是"查尔斯·威廉斯的替代法"[69]——一个人可以为所爱之人分担苦痛。威廉斯——以及后来的路易斯——认为"一个人借助基督式的爱,有力量把他人的痛苦迎入自己的体内"。[70]

戴维曼竟然开始康复,到 1957 年 12 月又能走路了,这让路易斯叹为神迹。次年 6 月,经诊断,戴维曼的病情有所好转。1958 年 7 月,路易斯和戴维曼飞往爱尔兰,在那里度过了为期十天的"姗姗来迟的蜜月"。他们走亲访友,把家乡的一草一木尽收眼底,一音一符尽收耳中,品味家乡的芬芳——"蓝蓝的山脉,金黄的海滩,深暗的倒挂金钟,波涛破浪,猴儿嬉笑,泥煤的味道,石楠花正在开放"。[71]

P339

这一年夏末,路易斯确信妻子的健康有了保证,开始再度提笔写作。他的《诗篇撷思》与《四种爱》均是在此期间动笔的,也受到了戴维曼的影响。这些晚近作品的章节及文雅语词,不时映射出路易斯与戴维曼关系的进展——诸如闻名已久的"需求之爱(Need-love)在贫困之中向上帝呼求;赠予之爱(Gift-love)渴望侍奉上帝,甚至是为上帝受苦;欣赏之爱(Appreciative love)说道:'我们为你伟大的荣耀而感谢你。'"[72]

那时的路易斯不谙英国税制,并为此深感头疼。二战后,英国对那些凭借版税获得可观收入的纳税人征收重税,高达百分之九十。[73]路易斯与托尔金因作品出版大获成功,需要支付高额的税款,两人都很惊愕。路易斯并未聘请会计,于是被这些法律义务打了个措手不及。1959 年 3 月,路易斯告诉亚瑟·格雷夫斯,他被"击倒了,需要为两年前收入的版税支付大笔附加税",逼得他与戴维曼两人不得不急剧缩减开支。[74]路易斯开始为钱财焦虑,也越发不愿意购买新家具或是继续修缮连窑了,以防还得再支付税务局的其他征税。

路易斯的经济负担到了 1959 年 9 月似乎有所缓和。路易斯显然是在戴维曼的催促之下,与罗杰·兰思林·格林计划着一次海外游。他们准备双双携妻子前往希腊的一些遗址游玩。但是,数周过后,事态有变,原定的计划被打乱。在 10 月 13 日的例行健康检查中,医生发现戴维曼的癌症复发了。[75]

不过,希腊之行照常进行。[76]1960 年 4 月,《四种爱》出版一周后,路易斯与戴维曼,还有罗杰与君·兰思林·格林,四人一同飞往希腊,参观雅典、罗德斯岛及克里特岛上的古希腊遗迹。这是路易斯在参加一战的法国战事之后第一次走出不列颠岛。这也是路易斯与戴维曼最后一次一起出行。路易斯的这场"非常奇怪的婚姻"行将以悲剧告终。

第 **14** 章
丧亲、患病与辞世：
最后的日子
【1960～1963】

　　1960 年 7 月 13 日，乔伊·戴维曼在牛津的拉德克利夫医院过世，时年四十五岁。路易斯一直陪伴在她身旁。遵其遗愿，戴维曼的葬礼于 7 月 18 日在牛津的火葬场举行。葬礼由奥斯丁·法瑞尔主持，法瑞尔是路易斯的朋友中少有的渐渐喜欢上戴维曼的几位之一。戴维曼的纪念碑时至今日依然在那里，是牛津火葬场最引人注目的去处之一。

　　路易斯被击垮了。他在病榻边照顾妻子，日渐爱上了她。他不仅失去了妻子；他还失去了他的缪斯，失去了文学创作的灵感与源泉。戴维曼对路易斯后来的三部作品——《裸颜》《诗篇撷思》《四种爱》——产生了重大影响。如今，戴维曼还将促成路易斯最晦暗也最具启示意义的著作之一。面对她的死，路易斯最初无法控制自己的思绪，只能听凭其肆意妄为。不过，路易斯最终把思绪付诸笔端，当作应对之计，写出了《卿卿如晤》。这本书是他最凄惨悲切、最扰人心绪的作品之一。

《卿卿如晤》（1961）：信仰经受考验

　　在戴维曼过世后的数月里，路易斯经历了悲伤的历程。其情之切令他肝肠寸断，其智性质疑与探索又是冷酷无情的。路易斯的"与现实立约"，被一波波不加粉饰的情感骚动所淹没。"现实把我的梦想击个粉碎。"[1]堤坝被冲垮。入侵的军队越过了边疆，暂时在曾经的安全地带安营扎寨。"没有人告诉过我，悲伤与恐惧如此相像。"[2]好似一场暴风雨，未得回答、也不可回答的疑问向路易斯奔涌而来，冲击着他的信仰，把他逼到了怀疑、半信半疑的边缘。

面对着这些令人不安的疑问，路易斯采用了他在 1916 年推荐给亚瑟·格雷夫斯的方法："不管何时你厌倦了生活，提起笔来书写：墨汁是治愈人类所有疾病的良药，我在很久以前就已发现了。"[3]1960 年 7 月戴维曼过世数天后，路易斯开始写下他的想法，毫不掩饰自己的怀疑与精神上的痛苦。《卿卿如晤》是路易斯不加约束的情感流露。他不理会朋友和仰慕者们所认为的"应该怎样想"，而是写出了自己的真实想法，从写作中获得了自由，得到了解脱。

路易斯在 1960 年 9 月与好友罗杰·兰思林·格林探讨过这份文稿。他应该做何处理？两人最终一致认为，这本书应该出版。路易斯担心会给朋友们造成尴尬，决定隐瞒自己的作者身份。他采用了以下四种渠道：

1. 他没有选择长期以来一直合作的伦敦出版商杰弗里·布雷斯，而是改用最重要的文学出版商费伯-费伯出版社。路易斯把文稿交给他的经纪人斯宾塞·柯蒂斯·布朗，布朗再把文稿交给费伯-费伯出版社，但未言明路易斯与文稿有任何关系。这是在误导那些文学侦探们，给他们留下一连串的虚假足迹。

2. 使用笔名——"N. W. 克勒克"（N. W. Clerk）。路易斯起先打算用拉丁名迪密蒂尔斯（*Dimidius*，"切成两半"）。费伯-费伯的一位主管 T. S. 艾略特在读完柯蒂斯·布朗呈交的文稿后，立刻猜测出了这位博学作者的真实身份，建议采用一个更为"可信的英语笔名"，认为这将会"比迪密蒂尔斯之名更能抵挡住那些追根究底者"。[4]路易斯曾用过多个笔名来掩盖其诗作的真实作者身份。他最终选定的笔名是 *Nat whilk* 的缩写（这是个古英语词,可译作"我不知是谁")和"克勒克"(Clerk,"能读写的人")。路易斯早前使用过这个名字的拉丁名——*Natwilcius*——称呼他 1943 年的小说《皮尔兰德拉星》(*Perelandra*)中的一位学术权威。

3. 用化名来指代故事的中心人物——"H.",可能是"海伦"的缩写。这是戴维曼的教名,极少使用,但出现在涉及婚姻、移居英国、成为英国公民,以及死亡证明的法律文件中。在死亡证明文件中,她被称为"海伦·乔伊·路易斯","克莱夫·斯特普尔斯·路易斯之妻"。

4. 改变自己的写作风格。《卿卿如晤》有意采用某种样式与写作风格,以防路易斯的老读者自然而然就将此书与路易斯联系起来。路易斯"在书中不时穿插一些微妙的风格上的伪饰",希望摆脱读者的跟踪。[5] 早期读者确实少有能将此书与路易斯联系起来的。

可能还是有些读者在作品中辨认出了路易斯风格的蛛丝马迹(比如清楚明晰),但即便如此,这些人大概还是能觉察到《卿卿如晤》似乎与路易斯的其他作品有着相当大的区别。这本书写的是情感,以及人在将"与现实立约"交付严格考验时,情感所具有的深层意义。这种严格考验本身足以证明"与现实立约"是否能承担情感加诸其上的重负。众所周知,路易斯并不习惯探讨他的个人感情,他甚至在较早的作品《惊悦》中向读者道歉,因为他在某些地方使用了"令人窒息的主观"手法。[6]

《卿卿如晤》怀着执著的热忱去探讨情感,这在路易斯以往和之后的书中都绝无仅有。路易斯先前在《痛苦的奥秘》中讨论过痛苦,倾向于视痛苦为可以客观公正讨论的事物。痛苦的存在被看做是某种智性难题,基督教神学即便不能完全解惑释疑,也是可以充分将其纳入自身体系的。路易斯在写这部作品时很清楚他的意图:"本书的唯一目的旨在解决痛苦所催生的智性问题。"[7] 路易斯之前也许业已遭遇过痛苦与死亡所带来的所有智性问题。然而,戴维曼的死所催生的情感风暴,还

P344

对于那些与痛苦保持着安全距离的人而言,痛苦不过是合乎逻辑的谜语。母亲去世,戴维曼离世,都是毁灭性的打击。此时痛苦被直接且迅速地感受到,成为亲身体验,这就好像是情感的攻城大槌,撞开了信仰城堡的大门。在批评家们看来,《痛苦的奥秘》几乎是在逃避邪恶的现实,躲避痛苦的体验;亲身感受到的现实反而沦为抽象的概念,有待被拼贴进信仰的拼图板中。《卿卿如晤》使人意识到,当痛苦不再是理论层面的温和烦恼,转而成为个人的切身体验时,理性的信仰也可能会土崩瓦解。

路易斯似乎意识到,他早前的探索只停留在人类的表层生活,并未挖至深处:

> 上帝在哪里? ……当你急切需要他时,当其他一切都无济于事时,你去找他,你找到了什么? 一扇门朝你砰地关上了,你听到门闩落定,还加固了双层栓。之后,是一片寂静。[8]

1951 年 6 月,路易斯写信给佩尼罗普修女,恳求她为自己祷告。一切对他都太过容易。"我(像是班扬的天路客)正穿越过'一个名叫安逸的平原'"。他很好奇,倘若境遇有变,他能否更深切地感知自己的信仰? 他现在一知半解的某个宗教信念——如果可能——是否会突然具有新的意义,成为新的现实?"我现在觉得,人从来不应当说自己相信或是理解了某事:我自认为已经了然于心的某种信条,在某天早晨可能会开花结果,结出新的现实。"[9]读到此处,我们很难不去思索,《痛苦的奥秘》中与痛苦的浅层交会如何能"结出"《卿卿如晤》中更为成熟、深入、也更明智的论述?

路易斯在《卿卿如晤》中真诚地描述切身体验,对丧亲之痛的刻画真切感人。这部作品精准地刻画了爱人辞世之后,一个人所历经的剧烈情感波动,因而俘获了广大读者的心。有些人不知晓作者的真实身份,因为见着书中对悲伤体验的精准描述,甚至把书推荐给了路易斯。不过,这本书在另一层面上也很有意义,即揭示出了纯粹理性信仰的脆弱。路易斯在妻子过世之后无疑重新找回了信仰，但《卿卿如晤》却暗示路易斯此时的信仰与《痛苦的奥秘》中冷静理智的信仰保持着一定的距离。

有人对《卿卿如晤》妄下谬论，认为书中默认了基督教在解释上的乏力，认为路易斯在悲伤的体验中变成了不可知论者。这个结论下得匆忙肤浅，显然是不大了解书中的内容，也不甚了解路易斯后来的作品。我们需要记住，《卿卿如晤》描述的是路易斯所谓的考验的过程——不是对**上帝**的考验，而是对**路易斯**的考验。"并非是上帝在检验我的信仰，考验我的爱，想要鉴定它们的品质。他已经心中有数了。是我自己心里没底。"[10]

有些人想要证明路易斯此时已变成了不可知论者，于是有选择地断章取义，寻章摘句，凭着书中的某种框架或用词对路易斯盖棺定论。路易斯清楚表明，深陷痛苦时，他开始探索，穷尽每一项智性选择。他不遗余力，任何方法都尝试过了。也许，上帝就是不存在。也许，上帝是存在的，但他竟是个虐人成性的暴君。也许，信仰只不过是一场梦。与《诗篇》作者一样，路易斯不懈地、彻底地探索绝望的深渊，打定主意要从幽暗中拽拉出深藏的意义。最后，路易斯从此前几周发生的令人震惊的事件中再一次验证了他的神学，逐渐重获灵性上的平衡。

路易斯过世前几周的一封信，充分体现了《卿卿如晤》中的论辩思路，并准确概括了这本书带来的后果。路易斯自 20 世纪 50 年代早期就与马德拉瓦·沃尔夫（Madeleva Wolff, 1887～1964）修女保持着通信联系。沃尔夫是位著名的中世纪文学学者、诗人，当时刚退休，此前是印第安纳州南湾市圣母大学圣玛丽学院的院长。路易斯描述自己的悲伤"日复一日，总是赤裸相见，犯下些罪过，做下些蠢事"。他提醒道，《卿卿如晤》虽是"以信仰告终"，却也"引发了信仰路上最为晦暗的怀疑"。[11]

有些人预设路易斯已经变成了不可知论者，又有些人无暇读完路易斯的作品，紧紧抓住路易斯说过的这些"罪过、蠢事"不放，仿佛路易斯在应对自己的悲伤危机时，不加节制、毫不留情地全面探索有神论的可能性时所说的话，可以代表他的最终结论。然而，这样的论断未免太

P346

武断了。任何人在完整阅读过他的作品之后，得出的结论会与路易斯
对自己作品的评判完全一致。

我们若想抓住某一孤立的时刻，寻出一段单独的声明，来代表路易
斯饱受悲伤折磨的沉思中出现的转折点，并不是件容易的事，或许还是
不当之举。然而，路易斯的思绪中似乎存在着一个清晰可见的分界点，
这个分界点集中于他对能够代替妻子去受苦的渴望："要是我能代她承
受这份痛苦，或者即便只是其中的一部分，那就太好了。"[12]路易斯认为，
这是真正的爱人的标识：为了让所爱之人免于最深的痛苦，我们愿意分
担痛苦。

路易斯接着为这一观念找到了然的、关键性的基督论联系：十字
架上的耶稣正是这样做的。路易斯"叨念"着，我们是不是获准去代他
人受苦，使他人至少免去一些痛苦，免于被遗弃的感觉？答案就在被钉
死在十字架的基督身上：

> 我们被告知，有个人获准如此行事。我发现我如今再次相信一件
> 事了，即他在尽一切力量代人受难。他回应我们的胡言乱语，"你不能，
> 你也不敢。我可以，我也敢。"[13]

这里指涉的，是两个相互联系但又有所不同的要点。首先，路易斯
开始逐渐认识到，虽然他对妻子的爱意极为深厚，但是这份爱却是有限
度的。对自我的爱始终根植于他的灵魂之中，调节着他对他人的爱，限
制着他为他人受苦的限度。其次，路易斯逐渐走向某种认知，准确说
来，不单是对上帝的自我倒空的认知（此神学观念在他早期作品中随处
可见），而是意识到上帝的自我倒空对人类的受苦所具有的实存上的意
义。上帝**可以**承受苦难。上帝**确实**是在承受苦难。这也使我们得以承
受信仰的模糊性与风险，深知最终会安然无恙。《卿卿如晤》讲述的绝
不是信仰的丧失，但也不仅是信仰的恢复，它是关于信仰接受考验，信
仰得以成熟的故事。

那么，路易斯为什么对戴维曼的离世会有如此强烈的反应？显然
有多方因素。无论两人关系的最初缘起多么可疑，戴维曼最终成为了

路易斯的爱人与心灵伴侣，帮助他保有写作的激情与动力。戴维曼扮演着，或者更为准确的是，**被允许**去扮演路易斯的女性朋友中独一无二的角色。因而，她的离去让路易斯深受打击。

最后，风暴归于平静，海浪不再撞击路易斯的信仰之屋。攻势是猛烈的，考验是严峻的。然而，信仰有如金子，经受住了炼金炉的火焰。

路易斯的健康每况愈下，1961～1962

P348

路易斯的信仰经受住了考验，甚至变得更为稳固坚定。但是，他的健康却非如此。1961 年 6 月，路易斯与儿时伙伴亚瑟·格雷夫斯在牛津玩了两日。他后来称这是"一段最快乐的时光"。路易斯感谢格雷夫斯来看望自己，不过，这封信背后却藏着暗淡的一面。路易斯透露他前列腺肿大，即将住院动手术。[14] 格雷夫斯也许不会感到十分惊讶。他在短暂逗留中注意到，路易斯"看起来病得厉害"。这显然有点反常。

手术原计划于 7 月 2 日在阿克兰康复医院进行。此医院靠近牛津市中心，不属于英国国民保健署体系。路易斯的医疗组迅速诊断，认为任何手术都已不大可能。路易斯的肾脏和心脏已开始衰竭。他的身体状况已无法承受任何手术。只能控制病情，没有治愈的希望。到了1961 年夏末，路易斯病重，已经无法在米迦勒学期重返剑桥授课。

路易斯意识到自己可能时日不长，于是草拟了遗嘱。日期为 1961年 11 月 2 日的这份文件，指定欧文·巴菲尔德与塞西尔·哈伍德（Cecil Harwood）作为指定遗嘱执行人与受托人。[15] 路易斯把自己的书和手稿遗赠兄长沃尼，他生前出版的著作所得的一切收入都归沃尼所有。在沃尼去世之后，路易斯所剩余财产将转入两个继子名下。遗嘱中未对遗稿保管人做任何安排。沃尼将会从路易斯的著作出版中获得收入，但是对这些著作没有任何法律权利。

遗嘱还规定，如若在路易斯过世时，其银行账户有足够的钱款，以

下四人将各得一百英镑：摩琳·布莱克及他的三个教子教女，劳伦斯·哈伍德、露西·巴菲尔德与萨拉·尼兰英。[16]不久之后，路易斯似乎意识到他忽略了那些在连窑照顾过他的人。于是，1961 年 12 月 10 日，路易斯在遗嘱修改附录中又添了两个名字：他的园丁、杂活工弗莱德·帕克斯福德（获得一百英镑），他的管家莫莉·米勒（获得五十英镑）。

14.1 　1900 年，牛津班伯利路 25 号的阿克兰康复医院。这家康复医院建于 1882 年，名字取自亨利·阿克兰爵士之妻莎拉·阿克兰。亨利·阿克兰从前是牛津大学的皇家医学教授。这家医院于 1897 年搬到了班伯利路。

　　相较之下，上述金额显得微不足道。1964 年 4 月 1 日遗嘱认证之后，路易斯的财产估价是五万五千八百六十九英镑，遗产税应付一万二千八百二十八英镑。然而，路易斯对自己的个人财产不甚了解，时常顾虑税务局会征收高额税款，担心他可能会因此濒临破产边缘。他还流露出焦虑，担心到时遗产税会超过自己的可变现财产。

　　路易斯原本希望自己在 1962 年 1 月开始的学期能返回莫德林学院，恢复正常授课。然而，数月过后，路易斯知道自己的身体状况是不允许返校授课了。他给原本要指导的一位学生写信，为自己在 1962 年春因故不能授课表示歉意，他这样解释道：

他们在让我的心脏和肾脏恢复正常之前，不能给我做前列腺手术，但是，给我做前列腺手术之前，他们似乎又无法让我的心脏和肾脏恢复正常。所以我们现在正处在受检查者所谓的——因一个愉快的笔误而造成的——"黏稠性循环"（a viscous circle）中。[17]

路易斯在 1962 年 4 月 24 日总算回到了剑桥，继续教书，开始了两周一次的斯宾塞《仙后》讲座。[18]不过，他并未痊愈；他的病情是通过严格注意饮食和锻炼而稳定下来的。5 月份默顿学院为了庆祝献给路易斯的文集的出版，举行了庆祝晚宴，路易斯因病不能出席，他向托尔金表示歉意，告知他自己现在不得不"在身上安插一个导尿管，坚持低蛋白饮食，并早早上床睡觉"。[19]

此处提到的导尿管是个出自外行之手的物件，由一些软木、橡胶管组成，很容易泄漏，效果并不大好。这是由路易斯的朋友罗伯特·哈佛德医生设计的。哈佛德当年未能早点发现戴维曼的癌症而采取干预措施，本应引起路易斯对其专业能力的疑心。路易斯在 1960 年的一封信中抱怨哈佛德的短处，提到"乔伊在婚前几年找他诊断时他能够、也应该诊断出乔伊的病症"。[20]然而，尽管存有疑虑，路易斯仍让哈佛德为其诊断，听从他关于前列腺治疗的建议，其中就包括了让哈佛德设计组装导尿管。这个临时上场的装置屡屡失调，给路易斯的社交生活造成了不便，偶尔还引发了混乱。有一次，路易斯在剑桥的雪利酒会上，尿液喷涌而出，本来无甚趣味的宴会瞬间平添了几分热闹意趣。

路易斯健康每况愈下的最后几年，过得并不平静。沃尼越发沉迷于酗酒，总是喝得酩酊大醉。尽管德罗赫达的露德圣母堂的修女对他伸出援助之手，酗酒的习惯也只是稍微缓解，并未痊愈。修女们的心中总有一片温柔之地，善意宽待这位嗜酒成性的退役少校，但这也许不过是更加助长了他的酗酒习性。连窑急需修整，湿气重，霉菌也趁势长了出来。

更令人担忧的，是托尔金与路易斯持续冷淡的关系。不过，两人变得疏远，主要由于托尔金这一方。他对路易斯抱有晦暗的看法。然而，路易斯一直保有对托尔金的敬意与仰慕。最近刚刚揭晓了这么一个插

> Magdalene College,
> Cambridge,
> England
>
> 16 Jan. 1961
>
> Gentlemen
>
> In reply to your invitation I have the honour of nominating as a candidate for the Nobel Prize in literature for 1961
>
> Professor J. R. R. Tolkien of Oxford in recognition of his now celebrated romantic trilogy The Lord of the Rings.
>
> I remain
>
> your obedient servant
>
> C. S. Lewis
>
> (C. S. LEWIS)

14. 2 这是 C. S. 路易斯写于 1961 年 1 月 16 日的信，未曾公布过。信中提名 J. R. R. 托尔金作为 1961 年诺贝尔文学奖候选人。版权归 C. S. 路易斯私人有限公司所有。

曲，很可以说明问题。早在 1961 年 1 月，路易斯给他以前的一位学生写信，对方是文学学者阿莱斯泰尔·福勒（Alastair Fowler）。福勒跟路易斯征求意见，问自己是否要去应聘埃克塞特大学的英语文学教授一职。路易斯给出了肯定的回答。然后，路易斯又问福勒的意见，谁应当获得 1961 年的诺贝尔文学奖?[21] 路易斯的好奇询问事出有因，如今谜底也揭晓了。

当瑞典文学院 1961 年的档案在 2012 年 1 月对学者开放时，学者们发现路易斯提名托尔金参选诺贝尔文学奖。[22] 身为剑桥大学的英语文学教授，路易斯在 1960 年底应诺贝尔文学委员会的邀请，为 1961 年的奖项提名候选人。在日期为 1961 年 1 月的提名信中，路易斯推荐了托尔金，有鉴于他创作了"著名的浪漫三部曲"《指环王》。[23] 最终，南斯拉夫作家伊沃·安德里奇获奖。评委会认为托尔金的作品与对手相比显得逊色，对手中还包括了格雷厄姆·格林。然而，路易斯提名托尔金参选此至高无上的文学奖项，可见尽管两人之间的隔阂与日俱增，路易斯对友人的创作依然怀着敬意与仰慕之情。假使托尔金曾经知晓此事（托尔金的书信未有证据表明他知道此事），恐怕也无助于修复他与路易斯日益恶化的关系。

仿佛事态还不够混乱，现又新添一桩。戴维曼的两个儿子——现委托路易斯与沃尼照管——遇上了亟待解决的一些问题，尤其与他们的教育有关。大卫明显遭遇了身份认同危机，决定成为虔守传统的犹太人，重申母亲的宗教根系。这逼着路易斯寻找符合犹太教规的洁净食物，以便大卫能遵守新的饮食要求。（路易斯最后在牛津的顶棚市场中，找到了一家帕姆熟食店。）路易斯鼓励大卫重申其犹太根源，还安排他学习希伯来文，而不是在莫德林学院学校（Magdalen College School）学习更为传统的拉丁文。路易斯还向牛津大学的后圣经时期犹太研究领域的副教授塞西尔·罗斯求教，问自己应如何支持继子委身犹太教信仰。[24] 正是在罗斯的推荐下，大卫开始在伦敦高特格林的西北伦敦塔木德学院就学。

1963 年春，路易斯的身体有所恢复，四旬期与复活节学期可以在剑桥授课了。到了 1963 年 5 月，他准备着米迦勒学期的讲座。从 10 月 10 日起，他整个主学期的每周二、四会在剑桥开设中世纪文学课程。[25]

这时，路易斯新认识了一位朋友。此人在路易斯临终前的数月里，是位极为重要的人物。路易斯过世后，他还推动学界恢复了对路易斯的研究兴趣。路易斯在美国有许多仰慕者，与他们通信往来多年。沃尔特·胡珀（Walter Hooper，1931～　）便是其中一位。他是位年轻的美国学者，来自肯塔基大学，一直在研究路易斯的作品，并预备写一本关于他的专著。胡珀在美国陆军服役期间，于 1954 年 11 月 23 日开始

P353

311

与路易斯通信，并在日后的学术生涯中培养了对路易斯著作的持久兴趣。路易斯在《给年青教会的信》(Letters to Young Churches, 1947)中的简短前言，给胡珀留下了尤为深刻的印象。《给年青教会的信》是新约书信的当代译作，由英国牧师作家 J. B. 菲利普斯所译。早在 1957 年，路易斯已应允，待胡珀有机会到访英格兰时，两人便见上一面。[26]

然而，两人的通信虽未间断，但胡珀的到访却是一再拖延。1962 年12 月，胡珀给路易斯寄去他编撰的路易斯已出版作品的目录。路易斯心怀感激，对某些地方加以修改、扩充。他再次与胡珀约定，胡珀来英格兰时，两人安排一次见面，时间地点暂定为 1963 年 6 月在路易斯的牛津家中。[27]两人会面最终定在了 6 月 7 日，胡珀届时会去牛津参加埃克塞特学院的国际夏令营。

路易斯显然乐于与胡珀见面，还邀请他参加下周一淡墨会的聚会。聚会当时是在圣吉尔斯的另一侧举行，淡墨会不情愿地从"老鹰与小孩"酒吧移到了"羔羊与旗帜"，因为修缮工程破坏了"兔子屋"的隐私与亲密氛围。[28]因为路易斯在学期中必须入住莫德林学院，聚会现在定在周一举行，以便路易斯能够乘坐下午的"剑桥爬虫"到剑桥。胡珀当时是圣公会信徒，他在周日的早晨陪伴路易斯去了黑丁顿采石场的圣三一教堂。

老病相催与辞世

在 1963 年 7 月末前，路易斯原打算前往爱尔兰看望亚瑟·格雷夫斯。但他感到体力日趋不支，于是安排道格拉斯·格雷山姆陪伴同行，帮忙提行李。6 月 7 日，剑桥的夏季学期末，路易斯回到牛津。沃尼去了爱尔兰，认定路易斯在 7 月会跟他在那里会合。但事情并非如此。7 月的第一周，路易斯的健康状况急转直下。

7 月 11 日，路易斯给格雷夫斯写信，不大情愿地取消了出行计划。

他"心脏出了大问题"。[29]路易斯觉得很累，不能集中注意力，动辄就睡着了。他的肾脏无法正常工作，毒素在血液中扩散，因而疲惫不堪。唯一的出路是输血以便暂缓病情。（肾透析的普遍应用，还是在数年之后。）

1963年7月14日的星期日早晨，沃尔特·胡珀来到连窑，准备陪路易斯去教堂，这时他才意识到路易斯病得很重。路易斯十分疲倦，几乎连一杯茶都端不起来，精神似乎也陷入错乱状态。沃尼长时间不在家，路易斯不能保持与外界的通信，很是焦灼。路易斯邀请胡珀来担任他的私人秘书。胡珀当时已签订了合约，那一年的秋天会在肯塔基教一门课，但他还是答应在1964年1月去担任路易斯的秘书。不过，也许是头脑混乱以及难以集中注意力，路易斯未能言明他打算给胡珀多少报酬，也没有交待具体希望新帮手能帮他处理哪些事务。

7月15日星期一的早晨，路易斯给玛丽·威利斯·谢尔本写了一封简短的信，告知他已不能集中精神，那天下午将入院接受检查，确诊病情。[30]路易斯在当天下午五点住进了阿克兰康复医院，入院之后旋即心脏病发。他陷入昏迷，医院下了病危通知。阿克兰医院没能联系到路易斯的近亲——沃尼，于是通知了奥斯丁与凯瑟琳·法瑞尔。[31]

第二天，奥斯丁·法瑞尔做出了决定，认为路易斯现在靠输氧维持生命，肯定会想要接受临终圣礼。他为此特地安排了迈克尔·瓦特斯（Michael Watts）来探视路易斯。瓦特斯当时是圣抹大拉的马利亚教堂的助理牧师。教堂离阿克兰康复医院仅几分钟路程。下午两点，瓦特斯主持了临终圣礼。一个小时之后，路易斯从昏迷中苏醒，要了一杯茶喝，显然并未意识到他这大半天都是处于昏迷状态。路易斯的医疗组大为震惊。

路易斯后来写信给朋友们，说他真希望自己在昏迷中就此离开人世。他告诉塞西尔·哈伍德，"整个过程非常温柔"。这真是耻辱，"这般容易就抵达了大门，却未能得到允许，踏入其中"。[32]与拉撒路一样，他不得不再死一次。在给亚瑟·格雷夫斯的最后一封信中，他稍加评论了几句，写道：

虽然我现在也绝非不快乐，我还是忍不住觉得我在7月里又苏醒过来，实在是件憾事。我是说，我已经毫无痛苦地滑翔到了门口，却吃了闭门羹。我知道日后某天还是要再经历一次整个过程，也许还不那么愉悦，每念及此事就难以释怀！可怜的拉撒路！不过，上帝知道怎样的安排最好。[33]

路易斯自 1914 年 6 月以来一直与格雷夫斯定期通信，这是他一生中最为意义重大、最为亲密的一段关系。这段关系起初在路易斯的圈子中鲜为人知，但后来《惊悦》问世后，两人少年时的友谊得以揭晓（两人友谊一直持续至当时，并不为人所知）。知道自己行将离世，两人将从此分离，路易斯深感抱歉："看来，你我此生似乎再也不会相见了。"这是路易斯的作风。

虽然路易斯在从昏迷中醒来后过了两天头脑清楚的日子，紧接着却又掉入了无边的黑暗，充满"梦、幻觉，以及时而的理智紊乱"。[34]7 月 18 日，路易斯开始陷入幻觉。乔治·赛尔前来探视。发现路易斯神志不清，赛尔很是担心。路易斯告诉赛尔，他刚被任命为查尔斯·威廉斯的遗稿保管人，急需找出藏在威廉斯太太床垫下的文稿。问题是，威廉斯太太就文稿索要大笔钱款，路易斯根本拿不出一万英镑的要价。路易斯又开始谈起摩尔太太，仿佛她仍健在。赛尔这才意识到，路易斯原来是陷入了幻觉之中。当路易斯告知赛尔，他已经请沃尔特·胡珀暂时担任自己的秘书，帮忙处理他的信件时，赛尔相信这也是幻觉不无道理。[35]

待赛尔意识到，真有个沃尔特·胡珀，活生生存在于路易斯的黑暗幻想王国之外，并且能够帮着照顾路易斯时，赛尔决定前往爱尔兰，把沃尼找回来。最终，赛尔发现，沃尼当时深受酒精中毒之苦，不能明白路易斯到底出了什么事，更不用说帮着缓解形势了。赛尔一个人回到了牛津。

8 月 6 日，路易斯被允许回到连窖，阿克兰派出了一名护士阿历克斯·罗斯来照看路易斯。罗斯曾照顾过有钱的病人，都是在设备齐全的房子里，所以当他看到连窖的恶劣环境，尤其是那脏乱的厨房时，不禁大吃一惊。大扫除开始了，好让房子能够住人。路易斯不能攀爬楼梯，所以不得不改住在一层。胡珀住进了路易斯原来所居住的楼上卧室，充当路易斯的秘书。这时，胡珀代表路易斯写了不少让人揪心的信函，其中一封就是路易斯的辞职信，辞去剑桥大学的教授职位以及在莫德林学院的教职。

但是，路易斯如何能把所有的书从剑桥搬回牛津？他根本就不能出门。8月12日，路易斯写信给时任莫德林学院财务主任的乔克·伯内特，通知他沃尔特·胡珀将代表他前往剑桥，搬移他房间中所有的物件。第二天，路易斯书写了一封更惹人同情的信函，告知伯内特，他可以变卖房中所剩的物件。沃尔特·胡珀与道格拉斯·格雷山姆于8月14日来到莫德林学院，带着路易斯本人关于财产的七页详细说明书，花了两天时间才把物件整理清楚。8月16日，两人坐着卡车回到了连窑，车上堆了数千册书。这些书后来被成堆地堆到地上，直到书架腾出位置，才都放了上去。

9月，胡珀返回美国继续教书，把路易斯交由帕克斯福德与管家莫莉·米勒太太照顾。路易斯对自己的处境焦虑万分。沃尼在哪里，何时才能回来？路易斯不由得悲伤地想到，沃尼虽知他处境危险，却是"完全遗弃了"他。"他自6月起就一直待在爱尔兰，甚至不曾写信回来，我想他是要把自己给喝死了。"[36]沃尼到了9月20日依然没回来，这时路易斯写了一封有些遮遮掩掩的信给胡珀，意欲理清胡珀将来受雇的性质。

路易斯显然没有考虑清楚他希望胡珀作为私人秘书所需承担的工作，也没有想清楚他将怎样支付他的薪水。[37]胡珀回信讨论他的薪水问题，路易斯有点羞愧，坦言自己没有钱来支付薪水。他给出的理由可能看似有理，但又不够充分：他已辞去教授职位，不再有工资收入。万一格雷山姆兄弟需要钱，那该怎么办？[38]聘请胡珀当"有薪秘书"，是路易斯不能享有的奢侈。但如果胡珀能在1964年6月前来，他会是大受欢迎的。隐含的前提似乎是，胡珀须自己出资。

很明显，路易斯在辞去剑桥教授职位之后，有一样事情一直沉重地压在他的心头——钱。路易斯一直生活在恐惧之中，害怕他不能偿付税收。他的收入仅限于著作的版税。路易斯的版税收入，在当时已是相当可观;不过,路易斯相信随着读者对他作品的兴趣消减,版税也会随之消减。他在 9 月里孤独一人,这无疑又加剧了他对自己经济前景的焦虑。这时,没有任何心灵伴侣可与他分担焦虑。

一个月后,路易斯再次写信给胡珀,带去了沃尼最后终于要回英格兰的好消息。[39] 但是,路易斯依然担心他的经济问题。总之,他不确定自己到底能支付给胡珀什么。路易斯开出的最好条件是,胡珀可以住在连窑,可以共享炉火与食物。不过,还有个问题,沃尼也许会讨厌胡珀的存在。路易斯能支付给胡珀的上限是每周五英镑——十四美元。[40] 这不算吸引人。不过,胡珀最终同意了。他计划于 1964 年 1 月的第一周抵达。[41]

11 月中旬,路易斯收到了牛津大学的一封来信,这可算做某种前兆——如果真的需要前兆的话——预示着他在那里的名誉的恢复。他受邀做罗马尼斯讲座(Romanes Lecture),地点是在谢尔登尼安剧院。这大概是牛津大学最负名望的公共讲演了。虽是满心遗憾,路易斯还是让沃尼写了一封"非常礼貌的回绝信"。[42]

1963 年 11 月 22 日,星期五,路易斯在家一切如常。沃尼后来回忆道:用过早餐,兄弟俩习惯性地回复信件,玩填字游戏。沃尼留意到路易斯午饭后显得很疲惫,建议他上床小憩。下午四点,沃尼给他送去一杯茶,发现他"半睡半醒,但很安适"。五点半,沃尼听到从路易斯的卧室里传来"轰隆一声巨响"。沃尼跑进屋内,发现路易斯已瘫倒在床脚,神志不清。没过多久,路易斯就离世了。[43] 他的死亡证明上列出了多种死因,包括肾脏衰竭、前列腺梗阻、心脏退化。

也是在这时,约翰·F.肯尼迪总统的汽车队离开达拉斯的乐福费尔德机场,驶向市中心。一小时之后,肯尼迪遭狙击手袭击,受致命伤。他在帕克兰纪念医院被宣告死亡。媒体对路易斯逝世的报道,完全被达拉斯那一日更为重大的悲剧遮掩了。

对于路易斯的过世,沃尼深感悲伤,结果他又陷入了新一轮的酗酒中。他拒绝告知任何人葬礼何时举行。[44] 最后,道格拉斯·格雷山姆与其他人电话通知了几位重要朋友,告知了葬礼安排。沃尼在 11 月 26 日这个星期二躺在床上狂饮威士忌的时候,其他人则在这个寒冷、霜

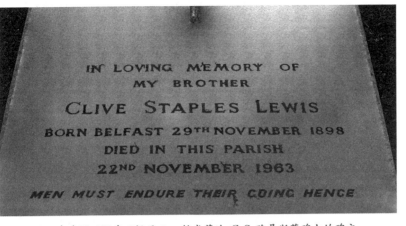

14.3　牛津黑丁顿采石场圣三一教堂墓地，C. S. 路易斯墓碑上的碑文。

冻、阳光四射的早晨，在牛津黑丁顿采石场的圣三一教堂将路易斯安葬。没有送葬队伍走入教堂；路易斯的棺椁在前一夜已被送往那里了。葬礼也没有任何公共告示。葬礼是在私下进行，仅有路易斯的友人前来参加——包括巴菲尔德、托尔金、赛尔以及莫德林学院院长。仪式由圣三一教堂牧师罗纳德·海德主持。奥斯丁·法瑞尔宣读了圣经选段。没有直系亲属参加，从教堂到墓地的小型葬礼队列由摩琳·布莱克[45]与道格拉斯·格雷山姆领头，他们跟随手持蜡烛的人与巡游的十字架走进了教堂墓地。在那里，新掘的坟墓在等着他们。[46]

沃尼为弟弟的墓碑选了相当悲伤的碑文，是 1908 年 8 月他们的母亲在小郦苑过世那天"莎士比亚日历"上的文字："人们必须忍受他们从此的离去。"然而，比起这冷峻的碑文，也许路易斯自己数月前写下的文字，可以更好地捕捉到他在面对不可避免的死亡时的风范与希冀。路易斯写道，我们正如——

一粒种子在土壤里耐心静候：等待着在那位园丁看为好的时辰的到来，开放成一朵花儿，绽放着进入那真实的世界，那是真正的苏醒。我以为，我们全部的现世生活，从那里往回看，都似乎只是昏沉的半睡半醒。我们身处彼岸的梦幻之地。然而，黎明正在到来。[47]

Chapter 14　丧亲、患病与辞世：最后的日子　1960～1963

P360

317

第五部分 路易斯身后

第 *15* 章
路易斯现象

　　在路易斯生命晚期,有一次对沃尔特·胡珀说,他预计在自己死后不出五年就会被人们淡忘。20 世纪 60 年代,确有不少人如是判断,他们的看法是,路易斯是与更早一代人的文化观念结成生死婚契,没什么指望了。时势造英雄——路易斯的时代如今看来已经属于过去。新兴的年青一代,正力求让自己与父辈之间的文化与价值观拉开距离。[1]"高潮的 60 年代"(1960～1973)见证着疾速的文化变迁。路易斯恰巧处在这分水岭错误的那一边。

20 世纪 60 年代： 明星陨落

　　1965 年,查德·沃尔什,这位在 1949 年出版第一部路易斯研究著作的美国文学界学者如此宣布道:路易斯的影响现今"在美国已经衰退了"。[2]路易斯在美国声名鹊起的原因,与战时人们对宗教问题再次萌生兴趣有关。这份联系一直持续到 50 年代末期——但接下来,兴趣开始淡化了。60 年代期间,人们对宗教的兴趣和关注从理论问题转向实际事务,对年青一代来说,路易斯似乎"太过于理论化、抽象化了"。对于那个年代的一些巨大论争——越战、性解放、"上帝之死"——他似乎无话可说。

60年代，随着那股曾将路易斯推向显著位置的浪潮渐渐消退，路易斯搁浅在岸。这是那段躁动时代的智慧。《时代》杂志为路易斯出的讣告称，他是"教会中的小先知"，一位信仰卫士，"他用时尚雅致的风格证明一个并不时尚的正统的合理性，以此对抗他那个时代的异端"。[3] 不过，讣告的语气表明，他已过气，且并不指望他会复苏。路易斯会以一位"令人印象深刻的学者"为后人所知——回首往事的人能记住的也就是这一点了。

15.1　1960年C.S.路易斯在连窑家中。这是后期的路易斯最为人熟知的一个形象，呈现了他坐在书桌前的情景，桌上铺满他写作中用的材料——左边是一大杯茶，一瓶派克墨水，一个烟灰缸，还有一盒火柴；右边是一只烟斗，一罐烟草，还有另外一盒火柴。

那么，前景究竟如何呢？沃尔什的谨慎是有道理的，他提醒说，目前还难以断定路易斯在美国未来的地位将会如何。沃尔什自己的直觉是，路易斯那些更加"直白的书"——比如《纯粹基督教》——吸引力会有所降低。毕竟，这类"宗教新闻式"的作品主要吸引的是当时的时代。

沃尔什自己是一名文学研究者，他提出，路易斯"更具想象性的书"——比如他的"极其精彩的写给儿童的纳尼亚系列七卷小说"——可能会继续保持生命力，并"成为文学与宗教中一份永久的遗产"。不过，这一切即便发生，也是未来的事情了。当前，路易斯确是进入一段"相对默默无闻"的时期。[4]

的确，到了 60 年代，路易斯在北美并没有多少拥护者。那时候，还在读他的书、支持他的，大多是美国圣公会信徒——比如查德·沃尔什和沃尔特·胡珀。尽管有迹象表明，在一些有影响的天主教信徒中，人们对他的兴趣正逐渐兴起。福音派信徒——60 年代在美国日渐壮大的一个宗教阵营——则明显对他持怀疑态度，认为他既违反了他们的社会规范，也背离了他们的宗教旨趣。就神学上而言，福音派与路易斯几乎没什么共同语言，路易斯对圣经之于基督信仰那可观察的中心性进行一种文学性的解释，而不是对圣经理当占有的中心位置做出神学上的捍卫。除了通过苏格拉底协会而跟牛津牧师团有一种松散的联系外，路易斯与英国的——甚至是牛津和剑桥的——福音派并没有什么关联。路易斯去世那年，当时英国最具影响力的福音派牧师之一钟马田（Martyn Lloyd-Jones, 1899～1981）断言说，路易斯在多处问题上的教训不正统，而这些问题主要都与救恩的教义有关。[5]

50 年代末与 60 年代早期，路易斯对美国的福音派信徒而言似乎完全是个外人。那时候，大多数福音派信徒甚至将看电影都视为对灵性有危害。什么样的福音派信徒会愿意与这个烟瘾甚重、酒量甚大，对圣经、救赎和炼狱的观念都与那个时代的福音派团体格格不入的人来往呢？虽然某些福音派信徒仍对路易斯在 60 年代的护教作品抱有热情，但大多数则对他持不信任态度。

倘若说路易斯的影响到了 1970 年就被彻底抹除了，那也有失公允。或许更可靠的一种判断是，那曾经将路易斯推向公众视野的汹涌浪潮如今消退了，仿佛把他冲到岸上，使他搁浅了。但路易斯并不是声誉尽失；他只是被边缘化了。1942～1957 年人们对宗教问题兴趣的复兴，是将路易斯带往显要位置的原初力量。现在，这股力量被一种新的文化心态取代了，这种文化心态倾向于将宗教作为一种过时的思维与实践习惯来拒斥,并急切地要与仍徘徊不去的任何过往影响决裂。60年代普遍的社会预测都设想,宗教要失去其知识上、社会上的牵引力了。一个世俗的时代就横在前面。

60年代高潮期的文化心态在汤姆·沃尔夫1987年的一篇文章中得到很好的刻画,该文题为《伟大的再学习》。一切都要被扫到一边,好让文化得以透过"从零开始的前所未有的起头"来重建。[6] 另类的宗教与文学先知在美国与欧洲兴起,路易斯落到路旁去了。在将临的世俗时代中,路易斯就是一个突出的宗教声音,更重要的是,他还提倡对往昔要认真对待,而此时的大多数人都将往昔视为令人难堪的负累,应当彻底抛弃。

在文学前线,路易斯想象性作品的影响力——包括纳尼亚系列在内——在托尔金《指环王》那令人震惊的成功面前黯然失色。《指环王》在60年代获得被狂热崇拜的地位,尤其是当廉价的平装版开始在美国出现之后。托尔金上升,路易斯陨落。《指环王》中复杂的结构和深刻的背景故事,指向了纳尼亚似乎缺乏的一种精致和深邃。

托尔金对权力的病理学所做的史诗般的叙事,正与那个时代有关核毁灭的焦虑一拍即合。虽然托尔金构思这部作品早在原子弹爆炸到来之前,但他的"一个指环统治一切"似乎是一个强劲的意象,表征了一种具有超级摧毁力量的武器的魔力,这指环的魔力交给了它名义上的主人——他们其实成了这指环的奴隶。令托尔金大为惊讶的是,他如今发现自己正被奉为偶像,而崇拜他的是曾经会被自己撵出牛津课堂的那类学生。

重新发现: 路易斯新热

然而,路易斯再度复苏了。路易斯名声确立的过程相对容易勾勒,首先是40年代早期那段黑暗的战时阶段,然后是纳尼亚施展其想象性魔力的整个 50 年代。可是这不能解释，为何在一代人之后，对路易斯的兴趣又再度复兴。许多 40 年代与 50 年代流行的作家沉寂之后就再无声息了，比如 1947 年的那五个美国最热的畅销小说家：

1. 罗赛尔·詹尼的《钟的奇迹》
2. 托马斯·B. 考斯坦的《金融家》
3. 罗拉·Z. 霍步森的《君子协定》
4. 肯尼斯·罗伯茨的《莉迪亚·贝利》
5. 弗兰克·伊尔比的《雌狐》[7]

上面这几本书今天全都还能买到，一般是从专家或二手书商手中买。尽管它们曾风光一时，现在却都荣光褪尽了。路易斯为何不同呢？

我们可以勾画出几条可能的探寻线索，至少能帮助我们理解——即便不能在严格意义上真正地"解释"——路易斯热的再度复兴。要辨识出这七巧板中的某几块相对来说比较容易；但问题是，我们并不能充分理解它们是如何嵌入一幅更大的画面。

首先，之前未出版或无法获得的路易斯的作品资料已经收集成册，开始问世。这些大多是沃尔特·胡珀兢兢业业编辑工作的成果。他曾在 1963 年的夏天当过路易斯的私人秘书，后来，在塞西尔·哈伍德 1975 年去世后，他就充当了路易斯的文学遗产保管人。胡珀在路易斯生前曾就出一套完整的作品目录这件事，咨询过路易斯。当这套目录首次在 1965 年出版时，它总共涵盖了二百八十二条项目，不包含信件在内。[8]

70 年代早期，英国一家知名的出版社威廉·科林斯及子弟出版社购买了路易斯作品的版权，建起了方特版本（Fount imprint），使路易斯作品成为这个公司的特色出版物。在接下来的十年中，胡珀源源不断地为科林斯送来一系列文集——比如《大魔头提议干杯》（1965）；《关于此在与彼在世界》（1966）；《基督徒的反思》（1967）；《蕨种与大象》（1975）以及《被告席上的上帝》（1979）。[9] 这些新出的文集扩大了已经知道路易斯的人的视野，同时也将他引介给其他人。胡珀坚持，每出一部新的路易斯文集,都要配上他的两本早期著作的重印版,这样就保证了他相对少为人知的作品——比方《天路回程》和《人的消解》——能够保持一直在印行中。[10]

就在近期,或许是最重要的一件事是,胡珀编辑了三千五百页的路易斯信件(2000～2006),这使得路易斯的知性、社交及灵性轨迹都能得到具体的追踪。这些信件对路易斯的学术研究十分重要,它们构成了本传记的叙事主干。

其次,在美国形成了一系列致力于保存对路易斯的记忆及其遗产的重要社团。其中最早的一个是"纽约 C. S. 路易斯学社"(New York C. S. Lewis Society),成立于 1969 年。其他的也很快随之而来,各种学会创立起来,让路易斯的热爱者们聚在一起,讨论他的作品。40 至 50 年代对路易斯满怀热情的人们,都在 70 年代想方设法将这份热情传递给其他人。1974 年,伊利诺伊州惠顿城的惠顿学院建立起了玛丽昂·E. 维德中心,致力于收集路易斯及其圈内人的生平和著作资料,该中心建基于惠顿学院前英语教授克莱德·S. 基尔比早先收集归整起来的一批资料。路易斯自己的家乡则跟进得有点晚,"牛津 C. S. 路易斯学社"(Oxford C. S. Lewis Society)迟至 1982 年才成立。路易斯遗产的制度化过程已经开始了。各种网络建立起来,以促进路易斯遗产的代代相传。

再次,质量上乘的传记开始从路易斯身边人的笔下流出,让读者从中捕捉到他究竟是个什么样的人。第一本传记叫《C. S. 路易斯传》(*C. S. Lewis: A Biography*, 1974),为罗杰·兰思林·格林与沃尔特·胡珀合著。格林是路易斯从前在牛津的学生,他自己也着手写儿童读物,为英国儿童文学作家写过重要传记——其中最有名的是他对 J. M. 巴利和刘易斯·卡罗尔的研究。紧随胡珀与格林传记之后的,是路易斯的另一位密友乔治·赛尔的《杰克》(*Jack*, 1988)。这些始终是路易斯研究的标志性作品。尽管它们不可避免地缺少批评的距离,但两部传记都揭示了路易斯的个人生活细节,这些细节将他作为凡人来描绘,为阅读他的某些作品带来了深度。

最后,我们还可以注意一下,60 年代末 70 年代初在美国掀起的托

P369

尔金热如何间接地让路易斯受惠。人们已经越来越清楚地知道,托尔金并非一个单独的牛津作家,而是跟一组现今一般称为"淡墨会"的人联系在一起,为此,人们也就再一次关注起这个团体的最著名的成员——C. S. 路易斯。来牛津学习的美国研究生历来数目众多,这些学生开始探寻托尔金和路易斯的常去之处,然后将他们的见闻连同他们的热情一同带回家。(也正是因为考虑到这个趋势,目前牛津的导览图都把"老鹰与小孩"的确切位置标示出来。)

一直以来,路易斯都是在美国比在英国得到更多人的赏识,尽管他从未踏上美国本土。部分原因在于牛津大学在美国人眼中的知识和文化优越性。路易斯属于儿童畅销书作者群中精英团体的一分子,是牛津大学导师——还有刘易斯·卡罗尔和 J. R. R. 托尔金。路易斯在剑桥的那段时期常常被许多美国评论者掩盖过去,往往只称他为"牛津导师"。

不过,文化只能部分解释为何路易斯如今又在美国扬名。其实,他的吸引力中还有一个重大的宗教因素。路易斯受到众多美国基督徒的信任和敬重,他们将他视为自己神学和灵性上的导师。路易斯能同时吸引他们的心灵与思想,将基督信仰的知性和想象性深度向他们打开,在这一点上没有任何人能与他匹敌。二战期间,路易斯自己在广播讲话中指出,他不过就是一个受过教育的平信徒,用的是直截了当、明白易懂的方式,越过神职人员对普通基督徒说话。路易斯理想地证明了,他在教学法上深谙平信徒的需要和能力,并且不考虑他们的宗派背景,只要他们愿意更进一步探索自己的信仰。

不考虑宗派。我们必须在此稍作停留。60 年代,在美国新教内部第一次开始出现消解宗派主义的迹象。新教基督徒开始将自己首先界定为基督徒,其次才是宗派名称,这反映了他们对于以宗派来标示宗教身份这件事的坚持越来越松动了。[11]一个长老会信徒搬到另一个镇或州时,可以变成一个卫理公会信徒——倘若当地的卫理公会教会能提供更好的孩童看护或讲道的话。比起布道和牧养关怀的质量,教会的宗派相对被视为次要。神学院也开始脱去具体的宗派名号;弗吉尼亚的新教圣公会神学院因而变成了弗吉尼亚神学院。路易斯关于"纯粹基督教"的观念是对这个趋势强有力的话语支持。他之所以在各个宗派之间都能获得高度接受,恰恰是因为他避免为基督教的任何特定形式代言。路易斯的《纯粹基督教》变成某一种形式的基督教宣言:这种形式高举基本信条,视其他事务为次要。

作为第二次梵蒂冈会议(1962~1965)的余波,美国的天主教信徒开始阅读路易斯。由教皇约翰二十三世(1881~1963)召集的这次具有里程碑意义的会议,其目的是将天主教与其他基督教会联结在一起,倡导对当代文化进行一种更深层次的介入。在此之前,天主教徒倾向于认为,其他基督徒作家的作品在正统与效用方面都是可疑的。该会议为天主教信徒打开思路,让他们也能阅读和尊重非天主教作家——比如 C. S. 路易斯。路易斯现在获得了越来越大的天主教读者群,因为他既是托尔金的密友,又是切斯特顿的仰慕者,而这两位作家的天主教资历都是没有疑义的。美国天主教徒中的领军人物,比如枢机主教艾弗里·达尔斯(Avery Dulles)及彼得·克里夫特(Peter Kreeft)开始力挺路易斯,认为他是能让天主教徒认真对待的"纯粹的基督徒"。许多在最近二十年间归信天主教的人都将路易斯引述为一位重要的影响者,尽管阿尔斯特新教才是路易斯原初的文化根源。[12]

P371

可是,还有一个要点容易被人忽略,但对今天的美国天主教徒尤其重要。"纯粹的基督教"要避免的不只是"宗派霸权主义",也避免权威与特权的滥用,而这在宗派及其领导人将自我保护看得比基督信仰本身更重要时极容易发生。路易斯代表了一种基督教的平信徒形式,并不给教士阶层或教会机构留特别余地。我与美国天主教徒的交谈表明,许多人由于对他们的主教及主教教区的各种缺陷越来越感到幻灭,于是在路易斯身上找到了一种声音,使他们得以重拾信仰,又无需去认同那些他们相信近年来已经让信仰黯然失色的组织机构。对于那些要求对过度教阶化的教会进行改革和更新的人来说,路易斯是否将成为他们的代言人?

显然,路易斯的作品拥有的新受众群体,远超过其原初的仰慕者。他们认为,他在神学与文化上为基督信仰呈现了一幅富有吸引力的景观,是一位在这方面可信任的、智慧的代表,最重要的是,一位**可接近**的代表。路易斯是美国的局外人这一事实也成了他的优势，因为这使得他被看做一位具有联合性的人物，不受美国本土宗派纷争与论辩的影响。路易斯成为一个极为罕见的现象——一位受到所有宗派背景的基督徒敬重和热爱的现代基督徒。

路易斯与美国福音派

70年代，从路易斯的书中获益的美国人数目不断增长，且都是福音派信徒。在他去世之后的世代中，路易斯成为福音运动的文化与宗教方面的标志性人物。有人现在甚至说，路易斯是美国福音派的"守护圣徒"。那么，一场起初对路易斯抱以强烈怀疑的运动，何以最终拥护他，再后乃至崇拜他？要理解路易斯在美国福音派团体中这种多少令人始料未及的陡升的影响力，我们需要回顾一下1945年以降美国福音派的变化风貌。

20年代，基要主义兴起，美国的福音派受其塑造与引导，养成一种与文化严重脱离和隔绝的姿态。在福音派运动内部，这种风气在40年代晚期开始转变，部分归因于葛培理和卡尔·F. H. 亨利这些作家的影响。他们力倡参与美国的主流文化。这一"新福音派"起初只是一股小潮流，后来飞速成长，得到葛培理等人以及《今日基督教》等出版物，还有加州帕萨迪纳市的富勒神学院等机构的带领。[13]美国福音派的这一新形式是一场强烈的平民主义运动，吸引了众多人的心灵与意志。但也有许多人论道，它还需要抓住人的思想，或者说，还需要看到与知识界次文化相联系的重要性。

由于美国福音派寻求思想与灵魂的复兴，他们在英国作家中找到了自己所缺失的东西——尤其是一位来自英国国教内部的作家。50年代到60年代期间，英国福音派领军人物约翰·R. W. 斯托得（John R. W. Stott, 1921～2011)发展了一套知性上严谨的福音派进路，在美国反响热烈。斯托得的方法本身可能缺乏平民主义的吸引力，但它颇富有对信仰进行理性思考的力量。斯托得成为那些希望尽意爱上帝之人心目中的英雄。他的《真理的寻索》（*Basic Christianity*，1958）是一部说理论证的杰作，着重于证明基督信仰"知性上的可敬"。

福音派开始阅读路易斯。这一潮流何时开始难以确切断定，但有传闻证明，它源自 70 年代中期。不过，福音派对路易斯智慧的认可，可追溯到早得多的时期，尤其在几位福音派领袖身上。下面这一点鲜有人知：约翰·斯托得与葛培理在为葛培理 1955 年的剑桥大学宣教之旅做准备时，曾经征询过路易斯的意见。[14] 同年，卡尔·F. H. 亨利邀请路易斯为福音派的旗舰刊物《今日基督教》写几篇护教性文章。[15]

P373

70 年代，那些从世俗背景中皈依信仰的福音派领袖，时常举证路易斯的《纯粹基督教》为其归信的核心影响力——比如查理·"查克"·温德尔·寇尔森（Charles "Chuck" Wendell Colson，1931～2012）。寇尔森是理查德·尼克松总统的特邀顾问，在水门事件中受到牵连，1973 年归信之后成为福音派圈中的著名人物。如今的福音派作家们开始在他们的作品中引用路易斯，尤其是他的《纯粹基督教》，鼓励他们的读者珍视这位重要的作家，更深入地探讨他。

随着福音派对文化使命的进一步强调，护教的重要性变得愈发突出。路易斯迅速被福音派信徒认为是这项艺术的导师。约翰·斯托得《真理的寻索》中的护教策略要依靠这样的前提，读者已经对圣经有所认识，并愿意接受别人对他讲解经文段落。路易斯在《纯粹基督教》中很少做这样的要求，他的护教策略建基于一般性的原则、细微的观察，并诉诸人类共享的体验。

福音派学生组织，比如基督徒校园团契（InterVarsity Christian Fellowship），这时开始将路易斯的作品作为主食的一部分，重视其可读性与修辞力量。那些知道内幕的人，都对路易斯并非福音派表示谅解；但大多数的福音派信徒则干脆将他视为自己人。不管怎样，他不是从无神论中悔改归信了吗？对许多人来说，这一点已足够让路易斯被看做是一个"重生"的基督徒。

美国的福音派信徒阅读路易斯时，会遇见这样一幅有关基督信仰的图景：他们发现它既在知性上强健有力，在想象上引人入胜，又在伦理意义上丰饶富足。那些起初珍视路易斯对基督信仰进行理性捍卫的人，现在发觉自己正在欣赏他那诉诸想象与情感方面的魅力。路易斯对基督教的多重理解使得福音派信徒认识到，他们可以在不稀释信仰的情况下丰富其信仰，可以用理性论证之外的方式来应对世俗文化。

不过，路易斯在福音派内部日益增长的接受度，反映的不止是他对基督信仰所做的引人入胜、通俗易懂的呈现。一场重大的文化转向，让路易斯变得更具吸引力、更加重要。没有人真正知道，现代性最后在美国是何时输给了后现代性——或者是为什么输的。有人认为，它发生在60年代；又有人说是在80年代。但这场文化变迁的结果是没有疑问的：以意象和故事塑造的直觉反思模式，胜过了纯粹基于理性的逻辑论证。

约翰·斯托得在《真理的寻索》中处理信仰的高度辩证方式，拥有许多现代性的优点，可是随着后现代主义的兴起，该方式越来越显得是属于前一个时代了。《真理的寻索》几乎没有任何诉诸想象力的地方，也没有任何对于信仰的情感维度的认可。随着对信仰生活中叙事与想象力的重要性的认识，美国福音派信徒转向路易斯寻求引导。

路易斯允许他的读者在信仰生活中抓住意象和故事的重要性，并从中获益，同时让他们不失去对基督教福音强有力的合理性的把握。如果说老一代的美国福音派信徒在80年代与90年代早期还在耗时费力地对后现代性进行散漫的扫射，路易斯的作品则让青年一代的福音派信徒与这股新的文化倾向发生了联结。老一代的卫士敦促他们年青的跟随者避开这股潮流，路易斯则允许他们以强有力的、令人信服的方式应对它。

1998年，《今日基督教》一篇纪念路易斯诞辰一百周年的文章宣告，路易斯已经"成为当代福音派的阿奎那、奥古斯丁和伊索"。[16]毫无疑问，路易斯在改变美国福音派的文化观念方面，起了相当大的作用。50年代，福音派对文学、电影和艺术都持怀疑态度。[17]福音派对路易斯的仰慕可能始于对他思想的尊重，但不久便发展为对路易斯表达那些思想的模式和方法的尊重。

到了 80 年代中期,福音派学院——比如,在伊利诺伊州惠顿市的旗舰学院惠顿学院——鼓励福音派信徒介入文学,作为丰富其信仰的方式,并将路易斯引为典范。到目前为止,福音派的参与主要聚焦于路易斯周围或历史上与其相关的一组作家——亦即欧文·巴菲尔德,G. K. 切斯特顿、乔治·麦克唐纳、J. R. R. 托尔金、多萝茜·L. 塞耶斯和查尔斯·威廉斯。这一发展趋势将引向何方我们且拭目以待;但目前已有清晰迹象表明,福音派已经开始把握住文学的潜力,用它来丰富、传达与倡导信仰。

自 1985 年以来,有大批年青的美国福音派信徒来参加牛津的暑期班,我为这些暑期班授过课。路易斯一直是整个学习期间大家交谈的话题。到了写作阶段,也没有任何一点失去兴趣的迹象。这样的交谈一直持续了四分之一个世纪,正是基于这些交谈,我自己得出一个结论,即路易斯如此强有力地吸引着美国新兴一代福音派基督徒的原因是:他们看到,路易斯丰富并延展了他们的信仰,而不是稀释了它。换言之,福音派信徒倾向于将路易斯看做一种催化剂,开启了对基督信仰更深邃的视角,让思想、情感、想象力同时参与其中,却又不至于对信仰中根基性的独特要义构成挑战。路易斯补充而非取代了福音派的基本信条。虽然这也意味着要选择性地阅读路易斯,但显然不会造成任何基要性的问题。路易斯被嫁接在福音派的基要真理之上,面对自身的弱点时,不放弃自身的优势。对许多年青的福音派信徒来说,阅读路易斯能为他们在福音派的委身方面增加深度与力度。

可是,在美国还是有一些基要派的新教基督徒,继续将路易斯看作危险的异端。批评路易斯的刺耳口吻可以从下面这段话判断出来:

路易斯是个骗子,他败坏了耶稣基督的福音,用他那魔鬼的教训将成批成批的牺牲者带进地狱的火里。路易斯用亵渎的语言,讲下流的故事,还经常跟自己的学生酩酊大醉。[18]

还有另外一些基要派认为,现代福音派对路易斯的崇敬表明,福音派已经迷失了方向,放弃了它的长子继承权。[19] 尽管这些只是少数人的观点，但也表明了某些老福音派信徒对近来美国福音运动发展方向产生的焦虑。神学在此可能是次要的问题；有人会说，真正的问题在于权力和影响。有人可能会自视为美国福音运动内部当仁不让的权威人物，而路易斯却取代了他们。

路易斯：一道文学里程碑

如今，无论是在整体的美国文化中，还是特定的基督徒圈子内，路易斯的想象性作品，尤其是他的《纳尼亚传奇》，吸引了最多的追随者。查德·沃尔什 1965 年关于路易斯未来可能魅力再现的直觉，现在看来已被证实了。路易斯如今被视为奇幻文学最优秀的作者之一，与以下这些人齐名——且在许多情况下大大超过他们——J. M. 巴利，L. 弗兰克·鲍姆，刘易斯·卡罗尔，内尔·盖曼，肯尼斯·格拉汉姆，鲁迪亚德·吉卜林，玛德琳娜·兰格尔，厄休拉. K. 勒奎因，德里·普拉切特，菲利普·普尔曼，J. K. 罗琳，以及 J. R. R. 托尔金。

奇幻文学的惯例，并不受限于某一具体的意识形态。它可以用来支持——或颠覆——世俗的人文主义或基督教。作为世俗人文主义者的英国作家菲利普·普尔曼憎恶路易斯，他最近出言表示，"总憋不住想把他掘出来，往他身上掷石头"。[20]绝大多数人听到这话可能会感到吃惊，觉得怪异，但此言与普尔曼却是完全吻合的；一位批评家曾描写道，普尔曼对于与他异路的人，会展示出"恶毒的神学上的憎恨"。[21]

事实上，普尔曼（Philip Pullman）的"黑暗物质三部曲"（Dark Materials trilogy）不仅没有抵消路易斯的《纳尼亚传奇》，反而暗中承认了《纳尼亚传奇》所代表的正是对他希望拒绝的那一立场的确定陈述。普尔曼越是批评路易斯，也就越肯定了路易斯的文化意义。说到底，普尔曼的吸引力是寄生性的，依靠的恰恰是他希望颠覆的纳尼亚的文化冲击力。近期的研究表明，普尔曼呈现的是"一种对他的先驱反向的敬意;他刻意创制了一种'反纳尼亚',一种与路易斯的基督教奇幻文学相对照的世俗人文主义替代品"。[22]

文学研究者已经指出,普尔曼在诸多方面广泛吸收路易斯——比如,他对故事的重要性的肯定,对创造过程的描述,对某些文学作品的神话维度的着迷,以及他的"对想象的浪漫主义观点"。[23]具有悖论意义的是,对路易斯最尖刻的批评者,恰恰证明是对路易斯在当今时代影响力和重要性最有力的见证者之一。

路易斯作为一位文学界人物和宗教作家的当代地位,是没有疑问的。90年代早期,路易斯的书开始出现在世俗书店的宗教类畅销书之列,而且自那时始至今,一直如此。1994年,好莱坞版的《影子大地》发行,由安东尼·霍普金斯与狄波拉·温格主演。这部影片引起了对路易斯本人新一轮的兴趣,也为他的著作带来更大的销量。

到了他的百年诞辰——1998年,已经明显看得出,路易斯不仅在商业价值上复归,他的影响力也达到新的高峰。比如,英国的皇家邮政发行了一套以纳尼亚的形象为蓝本的纪念邮票。2011年,他们又发行了一套八张以英国文学中的魔幻形象为主角的邮票,其中有两张选的正是《狮子、女巫和魔衣橱》中的形象——阿斯兰与白女巫。[24]

那取得轰动性成功的纳尼亚小说电影版的出品,先以2005年的《狮子、女巫和魔衣橱》为始,将路易斯的形象进一步提升,使他比以前更深入人心。电影所获得的国际性成功促使路易斯那些更具宗教性的作品被翻译成其他语言,或者以英语以外的其他语言再度出版。在美国,基督徒的民意调查显示,《纯粹基督教》经常被列为20世纪最具影响力的宗教书籍。同样,普通读者的民意调查也一直表明,《狮子、女巫和魔衣橱》长久以来为大众所喜爱,在20世纪儿童文学中稳居经典地位。

P378

结语

那么,在路易斯去世五十年之后的今天,我们该如何评价路易斯呢？路易斯本人对于评判者的身份，或这类评价该使用什么标准，他本身是没有疑问的。对路易斯而言，一个作家价值如何，其唯一可靠的评判者是**时间**，唯一可靠的衡量标准是从阅读该作家作品中所获得的**愉悦**。路易斯自己曾说，没有任何人最终能"压制"一个"有趣得不可救药"的作者。[25]路易斯完成了一个作者企望能完成的最难的穿越——在经历一代人之后，比生前赢得更多的读者。

下一代人将如何看待他，还有待未来的见证。与60年代的预期相反的是，对上帝的信仰并没有消逝，反而在2000年前后，这信仰作为个人与公众生活中的一个元素再度复活。新近兴起的所谓"新无神论"只是增强了公众对宗教问题的兴趣，创造了一种新的对探讨上帝问题的渴慕，而这渴慕是诸如"上帝是个假象"这类简单和浮浅的口号所不能满足的。路易斯因而可能还会是个有争议的人物，因为他现在已经——而且将来仍会——被广泛地应用于这些新的论辩中，既作为胜者，也作为恶人，而这就再一次证明了他的重要性长久不衰。左右两翼基要派对他的批评的数量和语气，最终恰恰反映了他具有标志性的文化地位，却不能拿来作为可靠的标尺，衡量他个人与文学上的瑕疵。

有些人无疑会继续指控路易斯写的是伪装的宗教宣传，用粗糙和冷酷的方式将它乔装成文学的模样。也有人会将他看成一流的、甚至富有先见的护教家，为信仰的理性摇旗呐喊，用强大的想象与逻辑曝露自然主义的浅薄。还有人会高举他来捍卫社会上的回归观念，也就是基于40年代英国那个已然逝去的世界的观念。再有些人会将他看作一个富有先知眼光的批评家，批评在他自己那个时代受到广泛接受、但如今已被公认具有摧毁性、贬损性与破坏性的文化潮流。不过，不管你对路易斯赞成与否，你都无法漠视他所拥有的里程碑式的意义。正如奥斯卡·王尔德(Oscar Wilde)曾十分精辟地说过，"唯一一件比被人说三道四更糟糕的事就是，没有人对你说三道四。"

不管怎样，大多数人还是会单纯地将路易斯看作一位有天分的作家。他为众多人带来巨大的愉悦，为某些人带来内心的启迪——最重要的是，他高举优秀写作的经典技艺作为交流思想、拓展心灵的方式。对路易斯而言，最佳的艺术都隐约指向现实的更深结构，帮助人类坚持不懈地追求真理与意义。

最后，就让那位与路易斯同在 1963 年 11 月 22 日去世的、魅力四射的年青美国总统的话来作为结语吧。就在去世四周前，约翰·F. 肯尼迪在阿默斯特学院的一场演讲中，为了表达对伟大的美国诗人罗伯特·弗罗斯特（Robert Frost，1874～1963）的敬意，他高度赞扬了诗人和作家的工作："我们永远不要忘记，艺术不是宣传的形式；它是真理的形式。"[26]对此，我想，路易斯会认同的。

时间表

(表中日期为 C. S. 路易斯作品英文版出版时间)

1898 年 11 月 29 日	克莱夫·斯特普尔斯·路易斯出生
1899 年 1 月 29 日	在贝尔法斯特的邓德拉的圣马可教堂受洗
1905 年 4 月 18 日	路易斯一家搬进小郦苑
1908 年 8 月 23 日	芙罗拉·路易斯离世
9 月 18 日	就读温亚德中学
1910 年 9 月	就读贝尔法斯特的坎贝尔中学
1911 年 1 月	就读大莫尔文的瑟堡中学
1914 年 9 月 19 日	师从大布克汉姆的威廉·汤普森·科派崔克,接受私人辅导
1916 年 12 月 13 日	得知被牛津大学的大学学院录取
1917 年 4 月 25 日	申请加入牛津大学军官训练团
4 月 29 日	搬入大学学院
5 月 7 日	加入第四军官学员营 E 连,驻扎在牛津大学的基布尔学院,与帕蒂·摩尔相识
9 月 26 日	以少尉身份效命萨默塞特第三轻装步兵队
11 月 17 日	抵达法国,进入阿拉斯附近的英国前线
1918 年 2 月 1 至 28 日	住在迪耶普附近的勒特雷波尔的医院
4 月 15 日	在里耶杜维纳日战役中受伤
5 月 25 日	被送回英国疗养
1919 年 1 月 13 日	返回牛津,继续在大学学院学习

3 月 20 日	《被缚的精灵》出版
1920 年 3 月 31 日	获古典学甲等荣誉学位
1921 年 5 月 24 日	获校长散文奖
1922 年 8 月 4 日	获人文学科甲等荣誉学位
1923 年 7 月 16 日	获英语语言与文学甲等荣誉学位
1925 年 10 月 1 日	进入牛津大学莫德林学院,担任英语语言与文学的导师
1926 年 9 月 18 日	《戴默:诗一首》(Dymer: A Poem)出版
1929 年 9 月 25 日	阿尔伯特·路易斯离世
1930 年 4 月 23 至 24 日	与沃尼最后一次前往小邮苑
10 月 10 日	搬进连窑
10 月 29 日	告知亚瑟·格雷夫斯他开始去学院小教堂做礼拜
1931 年 9 月 19 日	在与托尔金交谈后意识到基督教是一个"真实的神话"
12 月 25 日	成年后第一次领受圣餐,地点是牛津黑丁顿采石场的圣三一教堂
1932 年 8 月 15 至 29 日	与亚瑟·格雷夫斯待在一起,书写《天路回程》
12 月 21 日	沃尼搬进连窑
1933 年 5 月 25 日	《天路回程》出版
1936 年 5 月 21 日	《爱的寓言》出版
1939 年 9 月 2 日	沃尼被召回部队服役
9 月 3 日	英国对德国宣战
1940 年 10 月 18 日	《痛苦的奥秘》出版
1941 年 8 月 6 至 27 日	在英国广播公司国内服务上做了四场现场广播讲演,地点是伦敦的广播大楼
1942 年 1 月 11 至 2 月 15 日	在英国广播公司国内服务上又做了四场现场广播讲演,地点是伦敦的广播大楼
2 月 9 日	《魔鬼家书》出版
7 月 13 日	《广播讲话》出版
9 月 20 至 11 月 8 日	在英国广播公司国内服务上又做了八场现场讲演,地点是伦敦的广播大楼
1943 年 4 月 20 日	《皮尔兰德拉星》出版
1944 年 2 月 22 至 4 月 4 日	在英国广播公司国内服务上又做了七场现场讲演,地点是伦敦的广播大楼
1945 年 5 月 9 日	二战欧洲战事结束

337

	5 月 15 日	查尔斯·威廉斯去世
	8 月 16 日	《黑暗之劫》出版
1946 年	1 月 14 日	《天渊之别》出版
1947 年	5 月 12 日	《神迹》出版
	9 月 8 日	登上《时代》杂志封面
1948 年	2 月 2 日	伊丽莎白·安斯康姆批评路易斯在苏格拉底协会上反对自然主义的论断
	3 月 17 日	当选英国皇家文学协会会员
1950 年	10 月 16 日	《狮子、女巫和魔衣橱》出版
1951 年	1 月 12 日	摩尔太太离世
1954 年	6 月 4 日	接受剑桥大学中世纪与文艺复兴英语文学教授职位
	9 月 16 日	《16 世纪除戏剧之外的英国文学》出版
1955 年	1 月 7 日	进入剑桥大学莫德林学院
	7 月	获选英国人文与社会科学院院士
	9 月 19 日	《惊悦》出版
1956 年	4 月 23 日	在牛津登记处与乔伊·戴维曼举行民事婚礼
1957 年	3 月 21 日	在牛津的丘吉尔医院与乔伊·戴维曼举行婚礼，由彼得·拜德主持
1960 年	3 月 28 日	《四种爱》出版
	7 月 13 日	乔伊·戴维曼离世
		创作《卿卿如晤》
1961 年	6 月 24 日	诊断出前列腺肿大
1963 年	11 月 22 日	C. S. 路易斯辞世

致谢

宣认他人有恩于自己，向为乐事一桩，何况此番宣认所表白的，恰是对学者之间友盟协作的称扬。最该感谢的莫过于为我开启卷宗的那些档案专家们，有些是首次对外公开的文件。尤为感谢如下机构：位于卡弗沙姆公园（Caversham Park）的 BBC 文字卷宗收藏室；牛津大学博德利图书馆；剑桥大学图书馆；克雷加文（Craigavon）历史学会；牛津大学埃克斯特学院；牛津黑丁顿采石场的圣三一教堂；牛津大学基布尔学院；剑桥大学国王学院；伦敦兰贝斯宫图书馆（Lambeth Palace Library）；牛津大学莫德林学院；剑桥大学莫德林学院；牛津大学默顿学院；贝尔法斯特卫理公会学院；位于邱（Kew）的英国国家档案馆（公共史料办公室）；牛津大学军官训练团；牛津郡历史中心；皇家文学学会（the Royal Society of Literature）；瑞典学会（Swedish Academy）；牛津大学大学学院；伊利诺伊州惠顿城惠顿学院玛丽昂·E. 维德中心。

感谢伊利诺伊州惠顿城惠顿学院玛丽昂·E. 维德中心颁发的一笔 2011 年克莱德·S. 基尔比（Clyde S. Kilby）研究基金。我也很感恩能与沃尔特·胡珀（Walter Hooper）、唐·金（Don King）、艾伦·雅各布斯（Alan Jacobs）以及迈克尔·沃德（Michael Ward）这几位引领路易斯研究领域的权威人士进行交谈，这些谈话，尤其是与迈克尔·沃德的谈话，为我提供了诸多帮助与洞见。与本书编辑马克·诺顿（Mark Norton）以及查尔斯·布雷斯勒（Charles Bressler）、乔安娜·克里卡特（Joanna Collicutt）、J. R. 卢卡斯（J. R. Lucas）、罗杰·斯蒂尔（Roger Steer）、罗伯特·托宾（Robert Tobin）和安德鲁·沃克（Andrew Walker）所进行的讨论也让我受益匪浅。在档案方面提供帮助的人，我要特别感谢牛津莫德林学院和大学学院两所学院的档案专家罗宾·达翰尔-

史密斯博士（Dr. Robin Darwall-Smith），以及惠顿学院玛丽昂・E. 维德中心的罗拉・苏密特（Laura Schmidt）和海蒂・特鲁提（Heidi Truty）。同时也感念于帮我核查事实、搜索照片以及其他史料的许多朋友，尤其感谢蕾切尔・丘吉尔（Rachel Churchill），加来海峡旅游部委员会（the Comité Départemental de Tourisme en Pas de Calais），安德里亚・耶克斯特洛姆（Andreas Ekström），米迦拉・霍尔姆斯特罗姆（Michaela Holmström），莫妮卡・沙帕尔（Monica Thapar），阿尔斯特博物馆（the Ulster Museum），以及阿德里安・伍德（Adrian Wood）。乔纳森・辛德勒（Jonathan Schindler）在誊抄编辑阶段提供了不可多得的帮助。任何事实或判断上的讹误，则完全归责于本人。

本书作者与出版者也衷心感谢如下版权机构特许我们再版其中章节的恩惠，它们是：C. S. 路易斯著 COLLECTED LETTERS，版权© C. S. Lewis Pte. Ltd 2004, 2006；C. S. 路易斯著 SURPRISED BY JOY，版权© C. S. Lewis Pte. Ltd 1955；C. S. 路易斯著 ALL MY ROAD BEFORE ME，版权© C. S. Lewis Pte. Ltd 1992；C. S. 路易斯著 ESSAYS by C. S. Lewis，版权© C. S. Lewis Pte. Ltd 2000；C. S. 路易斯著 THE LION, THE WITCH AND THE WARDROBE，版权© C. S. Lewis Pte. Ltd 1950；C. S. 路易斯著 REFLECTIONS ON THE PSALMS，版权© C. S. Lewis Pte. Ltd 1958；C. S. 路易斯著 THE SILVER CHAIR，版权© C. S. Lewis Pte. Ltd 1953；C. S. 路易斯著 THE LAST BATTLE，版权© C. S. Lewis Pte. Ltd 1956；C. S. 路易斯著 THE MAGICIAN'S NEPHEW，版权© C. S. Lewis Pte. Ltd 1955；C. S. 路易斯著 THE PILGRIM'S REGRESS，版权© C. S. Lewis Pte. Ltd 1933；C. S. 路易斯著 THE PROBLEM OF PAIN，版权© C. S. Lewis Pte. Ltd 1940；C. S. 路易斯著 A GRIEF OBSERVED，版权© C. S. Lewis Pte. Ltd 1961；C. S. 路易斯著 REHABILITATIONS，版权© C. S. Lewis Pte. Ltd 1979；C. S. 路易斯著 SPIRITS IN BONDAGE，版权© C. S. Lewis Pte. Ltd 1984；Pauline Baynes 插图，版权© C. S. Lewis Pte. Ltd 1950。C. S. 路易斯未出版的书信，日期 1961 年 1 月 16 日，提名 J. R. R. 托尔金为 1961 年诺贝尔文学奖得主（插图第 14.2），版

权© C. S. Lewis Pte. Ltd。还有，The letters of J. R. R. Tolkien，版权© The J. R. R. Tolkien Copyright Trust 1981，从 HarperCollins Publishers Ltd 获准重印。档案资料的引用，获得如下人员与机构的许可：牛津基布尔学院院长与院士；牛津莫德林学院院长与院士；牛津大学大学学院的院长与院士；以及伊利诺伊州惠顿学院的玛丽昂·E. 维德中心。

衷心感谢下列人员与机构准许重印照片与其他插图：莫德林学院院长及院士（插图 5. 1；5. 2；6. 1）；大学学院院长及院士（插图 3. 1）；牛津郡历史档案馆（Oxfordshire History Collection）（插图 3. 2；4. 1；6. 3；8. 1）；牛津的 Billet Potter（插图 5. 5）；弗朗西斯·弗里斯影像集（the Francis Frith Collection）（插图 1. 1；2. 3；4. 2；4. 3；4. 5；6. 2；7. 1；7. 3；8. 3；13. 1；14. 1）；C. S. Lewis Pte. Ltd（插图 11. 1；11. 2；12. 1；14. 2）；Penelope Bide（13. 3）；牛津黑丁顿采石场圣三一教堂（Holy Trinity Church，Headington Quarry，Oxford）（插图 14. 3）；伊利诺伊州惠顿城惠顿学院的玛丽昂·E. 维德中心（插图 1. 3；1. 5；2. 1；2. 2；3. 3；4. 4；5. 3；5. 4；7. 2；8. 2；10. 1；13. 2；15. 1）。本书中使用的其他插图，采自本书作者的个人收藏。

凡本书所涉及的重印资料，本书作者已尽一切努力确认并联系其版权拥有者。对于任何遗漏或讹误，本书作者与出版社诚表歉意。

参考书目

一、C. S. 路易斯的著作

　　沃尔特·胡珀《C. S. 路易斯：指南与导引》(Walter Hooper, *C. S. Lewis: The Companion and Guide*, 799–883)中包含了已知的路易斯著作的完整目录，是路易斯研究领域的权威资料来源。本书在研究过程中所用版本的详情如下。

(一) 已出版的著作

The Abolition of Man. New York: HarperCollins, 2001.

All My Road before Me: The Diary of C. S. Lewis, 1922–1927. Edited by Walter Hooper. San Diego: Harcourt Brace Jovanovich, 1991.

The Allegory of Love: A Study in Medieval Tradition. London: Oxford University Press, 1936.

Boxen: Childhood Chronicles before Narnia. London: HarperCollins, 2008. [Jointly authored with W. H. Lewis.]

Broadcast Talks. London: Geoffrey Bles, 1943; US edition published as *The Case for Christianity*. New York: Macmillan, 1943.

C. S. Lewis's Lost Aeneid: Arms and the Exile. Edited by A. T. Reyes. New Haven, CT: Yale University Press, 2011.

The Collected Letters of C. S. Lewis. Edited by Walter Hooper. 3 vols. San Francisco: HarperOne, 2004–2006.

The Discarded Image. Cambridge: Cambridge University Press, 1994.

Dymer: A Poem. London: Dent, 1926. [Originally published under the pseudonym "Clive Hamilton."]

English Literature in the Sixteenth Century, Excluding Drama. vol. 3 of *Oxford History of English Literature*. Edited by F. P. Wilson and Bonamy Dobrée. Oxford: Clarendon Press, 1954.

Essay Collection and Other Short Pieces. Edited by Lesley Walmsley. London: HarperCollins, 2000.

An Experiment in Criticism. Cambridge: Cambridge University Press, 1992.

The Four Loves. London: HarperCollins, 2002.

The Great Divorce. London: HarperCollins, 2002.

A Grief Observed. New York: HarperCollins, 1994. [Originally published under the pseudonym "N. W. Clerk."]

The Horse and His Boy. London: HarperCollins, 2002.

The Last Battle. London: HarperCollins, 2002.

Letters to Malcolm: Chiefly on Prayer. London: HarperCollins, 2000.

The Lion, the Witch and the Wardrobe. London: HarperCollins, 2002.

The Magician's Nephew. London: HarperCollins, 2002.

Mere Christianity. London: HarperCollins, 2002.

Miracles. London: HarperCollins, 2002.

Narrative Poems. Edited by Walter Hooper. London: Fount, 1994.

On Stories and Other Essays on Literature. Edited by Walter Hooper. Orlando, FL: Harcourt Brace Jovanovich, 1982.

Out of the Silent Planet. London: HarperCollins, 2005.

Perelandra. London: HarperCollins, 2005.

The Personal Heresy: A Controversy. London: Oxford University Press, 1939. [Jointly authored with E. M. W. Tillyard.]

The Pilgrim's Regress. London: Geoffrey Bles, 1950.

Poems. Edited by Walter Hooper. Orlando, FL: Harcourt, 1992.

A Preface to "Paradise Lost." London: Oxford University Press, 1942.

Prince Caspian. London: HarperCollins, 2002.

The Problem of Pain. London: HarperCollins, 2002.

Reflections on the Psalms. London: Collins, 1975.

Rehabilitations and Other Essays. London: Oxford University Press, 1939.

The Screwtape Letters. London: HarperCollins, 2002.

Selected Literary Essays. Edited by Walter Hooper. Cambridge: Cambridge University Press, 1969.

The Silver Chair. London: HarperCollins, 2002.

Spenser's Images of Life. Edited by Alastair Fowler. Cambridge: Cambridge University Press, 1967.

Spirits in Bondage: A Cycle of Lyrics. London: Heinemann, 1919. [Originally published under the pseudonym "Clive Hamilton."]

Studies in Medieval and Renaissance Literature. Cambridge: Cambridge University Press, 2007.

Surprised by Joy. London: HarperCollins, 2002.

That Hideous Strength. London: HarperCollins, 2005.

Till We Have Faces. Orlando, FL: Harcourt Brace Jovanovich, 1984.

The Voyage of the "Dawn Treader." London: HarperCollins, 2002.

（二）未出版的著作

Lewis, W. H. "C. S. Lewis: A Biography" (1974). Unpublished typescript held in the Wade Center, Wheaton College, Wheaton, IL, and the Bodleian Library, Oxford.

——. ed. "The Lewis Papers: Memoirs of the Lewis Family 1850 – 1930." 11 vols. Unpublished typescript held in the Wade Center, Wheaton College, Wheaton, IL, and the Bodleian Library, Oxford.

二、关于路易斯的辅助研究

Adey, Lionel. *C. S. Lewis's "Great War" with Owen Barfield*. Victoria, BC: University of Victoria, 1978.

Aeschliman, Michael D. *The Restitution of Man: C. S. Lewis and the Case against Scientism*. Grand Rapids, MI: Eerdmans, 1998.

Alexander, Joy. "'The Whole Art and Joy of Words': Aslan's Speech in the Chronicles of Narnia." *Mythlore* 91 (2003): 37 – 48.

Arnell, Carla A. "On Beauty, Justice and the Sublime in C. S. Lewis's *Till We Have Faces*." *Christianity and Literature* 52 (2002): 23 – 34.

Baggett, David, Gary R. Habermas, and Jerry L. Walls, eds. *C. S. Lewis as Philosopher: Truth, Beauty and Goodness*. Downers Grove, IL: InterVarsity Press, 2008.

Barbour, Brian. "Lewis and Cambridge." *Modern Philology* 96 (1999): 439 – 484.

Barker, Nicolas. "C. S. Lewis, Darkly." *Essays in Criticism* 40 (1990): 358 – 367.

Barrett, Justin. "Mostly Right: A Quantitative Analysis of the *Planet Narnia* Thesis." *VII: An Anglo-American Literary Review* 27 (2010), online supplement.

Beversluis, John. *C. S. Lewis and the Search for Rational Religion*. Grand Rapids, MI: Eerdmans, 1985.

Bingham, Derek. *C. S. Lewis: A Shiver of Wonder*. Belfast: Ambassador Publications, 2004.

Bleakley, David. *C. S. Lewis at Home in Ireland: A Centenary Biography*. Bangor, Co. Down: Strandtown Press, 1998.

Bowman, Mary R. "A Darker Ignorance: C. S. Lewis and the Nature of the Fall." *Mythlore* 91 (2003): 64 – 80.

——. "The Story Was Already Written: Narrative Theory in *The Lord of the Rings*." *Narrative* 14, no. 3 (2006): 272 – 293.

Brawley, Chris. "The Ideal and the Shadow: George MacDonald's *Phantastes*." *North Wind* 25 (2006): 91 – 112.

Brazier, P. H. "C. S. Lewis and the Anscombe Debate: From *analogia entis* to *analogia fidei*." *The Journal of Inklings Studies* 1, no. 2 (2011): 69 – 123.

——. "C. S. Lewis and Christological Prefigurement." *Heythrop Journal* 48 (2007): 742 – 775.

——. "'God . . . Or a Bad, or Mad, Man': C. S. Lewis's Argument for Christ— A Systematic Theological, Historical and Philosophical Analysis of *Aut Deus AutMalus Homo.*" *Heythrop Journal* 51, no. 1 (2010): 1 – 30.

——. "Why Father Christmas Appears in Narnia." *Sehnsucht* 3 (2009): 61 – 77.

Brown, Devin. *Inside Narnia: A Guide to Exploring "The Lion, the Witch and the Wardrobe."* Grand Rapids, MI: Baker, 2005.

Brown, Terence. "C. S. Lewis, Irishman?" In *Ireland's Literature: Selected Essays*, 152 – 165. Mullingar: Lilliput Press, 1988.

Campbell, David C. , and Dale E. Hess. "Olympian Detachment: A Critical Look at the World of C. S. Lewis's Characters." *Studies in the Literary Imagination* 22, no. 2 (1989): 199 – 215.

Carnell, Corbin Scott. *Bright Shadow of Reality: Spiritual Longing in C. S. Lewis.* Grand Rapids, MI: Eerdmans, 1999.

Carpenter, Humphrey. *The Inklings: C. S. Lewis, J. R. R. Tolkien, Charles Williams, and Their Friends.* London: Allen & Unwin, 1981.

Caughey, Shanna, ed. *Revisiting Narnia: Fantasy, Myth and Religion in C. S. Lewis's Chronicles.* Dallas, TX: Benbella Books, 2005.

Charles, J. Daryl. "Permanent Things." *Christian Reflection* 11 (2004): 54 – 58.

Christopher, Joe R. "C. S. Lewis: Love Poet." *Studies in the Literary Imagination* 22, no. 2 (1989): 161 – 174.

Clare, David. "C. S. Lewis: An Irish Writer." *Irish Studies Review* 18, no. 1 (2010): 17 – 38.

Collings, Michael R. "Of Lions and Lamp-Posts: C. S. Lewis' *The Lion, the Witch and the Wardrobe* as a Response to Olaf Stapledon's *Sirius.*" *Christianity and Literature* 32, no. 4 (1983): 33 – 38.

Como, James. *Branches to Heaven: The Geniuses of C. S. Lewis.* Dallas, TX: Spence Publishing Company, 1998.

——. ed. *C. S. Lewis at the Breakfast Table, and Other Reminiscences.* San Diego: Harcourt Brace Jovanovich, 1992.

Connolly, Sean. *Inklings of Heaven: C. S. Lewis and Eschatology.* Leominster: Gracewing, 2007.

Constable, John. "C. S. Lewis: From Magdalen to Magdalene." *Magdalene College Magazine and Record* 32 (1988): 42 – 46.

Daigle, Marsha A. "Dante's *Divine Comedy* and C. S. Lewis's *Narnia Chronicles.*" *Christianity and Literature* 34, no. 4 (1985): 41 – 58.

Dorsett, Lyle W. *And God Came In: The Extraordinary Story of Joy*

Davidman: Her Life and Marriage to C. S. Lewis. New York: Macmillan, 1983.

——. *Seeking the Secret Place: The Spiritual Formation of C. S. Lewis.* Grand Rapids, MI: Brazos Press, 2004.

Downing, David C. "From Pillar to Postmodernism: C. S. Lewis and Current Critical Discourse." *Christianity and Literature* 46, no. 2 (1997): 169 – 178.

——. *Into the Wardrobe: C. S. Lewis and the Narnia Chronicles.* San Francisco: Jossey-Bass, 2005.

——. *The Most Reluctant Convert: C. S. Lewis's Journey to Faith.* Downers Grove, IL: InterVarsity Press, 2002.

Duriez, Colin. *Tolkien and C. S. Lewis: The Gift of Friendship.* Mahwah, NJ: HiddenSpring, 2003.

Edwards, Bruce L. , ed. *C. S. Lewis: Life, Works and Legacy.* 4 vols. Westport, CT: Praeger, 2007.

——. *Not a Tame Lion: Unveil Narnia through the Eyes of Lucy, Peter, and Other Characters Created by C. S. Lewis.* Carol Stream, IL: Tyndale House, 2005.

——. *A Rhetoric of Reading: C. S. Lewis's Defense of Western Literacy.* Provo, UT: Brigham Young University Press, 1986.

Edwards, Michael. "C. S. Lewis: Imagining Heaven." *Literature and Theology* 6 (1992): 107 – 124.

Fernandez, Irène. *Mythe, Raison Ardente: Imagination et réalité selon C. S. Lewis.* Geneva: Ad Solem, 2005.

——. "Un rationalism chrétien: le cas de C. S. Lewis." *Revue philosophique de la France et de l'étranger* 178 (1988): 3 – 17.

Fowler, Alastair. "C. S. Lewis: Supervisor." *Yale Review* 91, no. 4 (2003): 64 – 80.

Fredrick, Candice. *Women among the Inklings: Gender, C. S. Lewis, J. R. R. Tolkien, and Charles Williams.* Westport, CT: Greenwood Press, 2001.

Gardner, Helen. "Clive Staples Lewis, 1898 – 1963." *Proceedings of the British Academy* 51 (1965): 417 – 428.

Gibb, Jocelyn, ed. *Light on C. S. Lewis.* London: Geoffrey Bles, 1965.

Gibbs, Lee W. "C. S. Lewis and the Anglican *Via Media.*" *Restoration Quarterly* 32 (1990): 105 – 119.

Gilchrist, K. J. *A Morning after War: C. S. Lewis and WWI.* New York: Peter Lang, 2005.

Glover, Donald E. "The Magician's Book: That's Not Your Story." *Studies in the Literary Imagination* 22 (1989): 217 – 225.

Glyer, Diana. *The Company They Keep: C. S. Lewis and J. R. R. Tolkien as*

Writers in Community. Kent, OH: Kent State University Press, 2007.

Graham, David, ed. *We Remember C. S. Lewis: Essays & Memoirs.* Nashville, TN: Broadman & Holman, 2001.

Gray, William. "Death, Myth and Reality in C. S. Lewis." *Journal of Beliefs & Values* 18 (1997): 147 – 154.

——. *Fantasy, Myth and the Measure of Truth : Tales of Pullman, Lewis, Tolkien, MacDonald, and Hoffman.* London: Palgrave, 2009.

Green, Roger Lancelyn, and Walter Hooper. *C. S. Lewis: A Biography*, rev. ed. London: HarperCollins, 2002.

Griffin, William. *Clive Staples Lewis: A Dramatic Life.* New York: Harper & Row, 1986.

Hardy, Elizabeth Baird. *Milton, Spenser and the Chronicles of Narnia: Literary Sources for the C. S. Lewis Novels.* Jefferson, NC: McFarland & Co. , 2007.

Harwood, Laurence. *C. S. Lewis, My Godfather: Letters, Photos and Recollections.* Downers Grove, IL: InterVarsity Press, 2007.

Hauerwas, Stanley. "Aslan and the New Morality." *Religious Education* 67 (1972): 419 – 429.

Heck, Joel D. *Irrigating Deserts: C. S. Lewis on Education.* St. Louis, MO: Concordia, 2005.

Hein, David, and Edward Henderson, eds. *C. S. Lewis and Friends: Faith and the Power of Imagination.* London: SPCK, 2011.

Holmer, Paul L. *C. S. Lewis: The Shape of His Faith and Thought.* New York: Harper & Row, 1976.

Holyer, Robert. "The Epistemology of C. S. Lewis's *Till We Have Faces.*" *Anglican Theological Review* 70 (1988): 233 – 255.

Honda, Mineko. *The Imaginative World of C. S. Lewis.* New York: University Press of America, 2000.

Hooper, Walter. *C. S. Lewis: The Companion and Guide.* London: HarperCollins, 2005.

Huttar, Charles A. "C. S. Lewis, T. S. Eliot, and the Milton Legacy: The Nativity Ode Revisited." *Texas Studies in Literature and Language* 44 (2002): 324 – 348.

Jacobs, Alan. *The Narnian: The Life and Imagination of C. S. Lewis.* New York: HarperCollins, 2005.

——. "The Second Coming of C. S. Lewis." *First Things* 47 (1994): 27 – 30.

Johnson, William G. , and Marcia K. Houtman. "Platonic Shadows in C. S. Lewis' Narnia Chronicles." *Modern Fiction Studies* 32 (1986): 75 – 87.

Johnston, Robert K. "Image and Content: The Tension in C. S. Lewis' Chronicles of Narnia." *Journal of the Evangelical Theological Society* 20 (1977): 253 – 264.

Keeble, N. H. "C. S. Lewis, Richard Baxter, and 'Mere Christianity. '" *Christianity and Literature* 30 (1981): 27 – 44.

Kilby, Clyde S. *The Christian World of C. S. Lewis*. Grand Rapids, MI: Eerdmans, 1964.

King, Don W. "The Anatomy of a Friendship: The Correspondence of Ruth Pitter and C. S. Lewis, 1946 – 1962." *Mythlore* 24, no. 1 (2003): 2 – 24.

——. *C. S. Lewis, Poet: The Legacy of His Poetic Impulse*. Kent, OH: Kent State University Press, 2001.

——. "The Distant Voice in C. S. Lewis's Poems." *Studies in the Literary Imagination* 22, no. 2 (1989): 175 – 184.

——. "Lost but Found: The 'Missing' Poems of C. S. Lewis's *Spirits in Bondage*." *Christianity and Literature* 53 (2004): 163 – 201.

——. "The Poetry of Prose: C. S. Lewis, Ruth Pitter, and *Perelandra*." *Christianity and Literature* 49, no. 3 (2000): 331 – 356.

Knight, Gareth. *The Magical World of the Inklings*. Longmead, Dorset: Element Books, 1990.

Kort, Wesley A. *C. S. Lewis Then and Now*. New York: Oxford University Press, 2001.

Kreeft, Peter. *C. S. Lewis for the Third Millennium: Six Essays on the "Abolition of Man."* San Francisco: Ignatius Press, 1994.

——. "C. S. Lewis's Argument from Desire." In *G. K. Chesterton and C. S. Lewis: The Riddle of Joy*, edited by Michael H. MacDonald and Andrew A. Tadie, 249 – 272. Grand Rapids, MI: Eerdmans, 1989.

Lacoste, Jean-Yves. "Théologie anonyme et christologie pseudonyme: C. S. Lewis, *Les Chroniques de Narnia*." *Nouvelle Revue Théologique* 3 (1990): 381 – 393.

Lawlor, John. *C. S. Lewis: Memories and Reflections*. Dallas, TX: Spence Publishing Co. , 1998.

Lawyer, John E. "Three Celtic Voyages: Brendan, Lewis, and Buechner." *Anglican Theological Review* 84, no. 2 (2002): 319 – 343.

Leiva-Merikakis, Erasmo. *Love's Sacred Order: The Four Loves Revisited*. San Francisco: Ignatius Press, 2000.

Lewis, W. H. "Memoir of C. S. Lewis." In *The Letters of C. S. Lewis*, edited by W. H. Lewis, 1 – 26. London: Geoffrey Bles, 1966.

Lindskoog, Kathryn. *Finding the Landlord: A Guidebook to C. S. Lewis's "Pilgrim's Regress."* Chicago: Cornerstone Press, 1995.

Lindskoog, Kathryn Ann, and Gracia Fay Ellwood. "C. S. Lewis: Natural Law, the Law in Our Hearts." *Christian Century* 101, no. 35 (1984): 1059 – 1062.

Linzey, Andrew. "C. S. Lewis's Theology of Animals." *Anglican Theological Review* 80, no. 1 (1998): 60 – 81.

Loades, Ann. "C. S. Lewis: Grief Observed, Rationality Abandoned, Faith

Regained. " *Literature and Theology* 3 (1989): 107 – 121.

———. "The Grief of C. S. Lewis. " *Theology Today* 46, no. 3 (1989): 269 – 276.

Lobdell, Jared. *The Scientifiction Novels of C. S. Lewis: Space and Time in the Ransom Stories.* Jefferson, NC: McFarland, 2004.

Loomis, Steven R. , and Jacob P. Rodriguez. *C. S. Lewis: A Philosophy of Education.* New York: Palgrave Macmillan, 2009.

Lucas, John. "The Restoration of Man. " *Theology* 58 (1995): 445 – 456.

Lundin, Anne. "On the Shores of Lethe: C. S. Lewis and the Romantics. " *Children's Literature in Education* 21 (1990): 53 – 59.

MacSwain, Robert, and Michael Ward, eds. *The Cambridge Companion to C. S. Lewis.* Cambridge: Cambridge University Press, 2010.

Manley, David. "Shadows That Fall: The Immanence of Heaven in the Fiction of C. S. Lewis and George MacDonald. " *North Wind* 17 (1998): 43 – 49.

McBride, Sam. "The Company They Didn't Keep: Collaborative Women in the Letters of C. S. Lewis. " *Mythlore* 29 (2010): 69 – 86.

McGrath, Alister E. *The Intellectual World of C. S. Lewis.* Oxford and Malden, MA: Wiley-Blackwell, 2013.

Meilander, Gilbert. "Psychoanalyzing C. S. Lewis. " *Christian Century* 107, no. 17 (1990): 525 – 529.

———. *The Taste for the Other: The Social and Ethical Thought of C. S. Lewis.* Grand Rapids, MI: Eerdmans, 1998.

———. " Theology in Stories: C. S. Lewis and the Narrative Quality of Experience. " *Word and World* 1, no. 3 (1981): 222 – 230.

Menuge, Angus J. L. "Fellow Patients in the Same Hospital: Law and Gospel in the Works of C. S. Lewis. " *Concordia Journal* 25, no. 2 (1999): 151 – 163.

Miller, Laura. *The Magician's Book: A Skeptic's Adventures in Narnia.* New York: Little, Brown and Co. , 2008.

Mills, David, ed. *The Pilgrim's Guide: C. S. Lewis and the Art of Witness.* Grand Rapids, MI: Eerdmans, 1998.

Morris, Francis J. , and Ronald C. Wendling. " C. S. Lewis: A Critic Recriticized. " *Studies in the Literary Imagination* 22, no. 2 (1989): 149 – 160.

———. "Coleridge and 'the Great Divide' between C. S. Lewis and Owen Barfield. " *Studies in the Literary Imagination* 22, no. 2 (1989): 149 – 159.

Morris, Richard M. " C. S. Lewis as a Christian Apologist. " *Anglican Theological Review* 33, no. 1 (1951): 158 – 168.

Mueller, Steven P. "C. S. Lewis and the Atonement. " *Concordia Journal* 25, no. 2 (1999): 164 – 178.

Myers, Doris T. "The Compleat Anglican: Spiritual Style in the Chronicles of Narnia." *Anglican Theological Review* 66 (1984): 148 – 180.

———. *Bareface: A Guide to C. S. Lewis's Last Novel*. Columbia, MO: University of Missouri Press, 2004.

Nelson, Michael. "C. S. Lewis and His Critics." *Virginia Quarterly Review* 64 (1988): 1 – 19.

———. "'One Mythology among Many': The Spiritual Odyssey of C. S. Lewis." *Virginia Quarterly Review* 72, no. 4 (1996): 619 – 633.

Nicholi, Armand M. *The Question of God: C. S. Lewis and Sigmund Freud Debate God, Love, Sex, and the Meaning of Life*. New York: Free Press, 2002.

Nicholson, Mervyn. "C. S. Lewis and the Scholarship of Imagination in E. Nesbit and Rider Haggard." *Renascence: Essays on Values in Literature* 51 (1998): 41 – 62.

———. "What C. S. Lewis Took from E. Nesbit." *Children's Literature Association Quarterly* 16, no. 1 (1991): 16 – 22.

Noll, Mark A. "C. S. Lewis's 'Mere Christianity' (the Book and the Ideal) at the Start of the Twenty-First Century." *Seven: An Anglo-American Literary Review* 19 (2002): 31 – 44.

Odero, Dolores. "La 'experiencia' como lugar antropológico en C. S. Lewis." *Scripta Theologica* 26, no. 2 (1994): 403 – 482.

Osborn, Marijane. "Deeper Realms: C. S. Lewis' Re-Visions of Joseph O'Neill's *Land under England*." *Journal of Modern Literature* 25 (2001): 115 – 120.

Oziewicz, Marek, and Daniel Hade. "The Marriage of Heaven and Hell? Philip Pullman, C. S. Lewis, and the Fantasy Tradition." *Mythlore* 28, no. 109 (2010): 39 – 54.

Patrick, James. *The Magdalen Metaphysicals: Idealism and Orthodoxy at Oxford*, 1901 – 1945. Macon, GA: Mercer University Press, 1985.

Pearce, Joseph. *C. S. Lewis and the Catholic Church*. Fort Collins, CO: Ignatius Press, 2003.

Phillips, Justin. *C. S. Lewis in a Time of War*. San Francisco: HarperSanFrancisco, 2006.

Poe, Harry L., ed. *C. S. Lewis Remembered*. Grand Rapids, MI: Zondervan, 2006.

———. "Shedding Light on the Dark Tower: A C. S. Lewis Mystery Is Solved." *Christianity Today* 51, no. 2 (2007): 44 – 45.

Prothero, Jim. "The Flash and the Grandeur: A Short Study of the Relation among MacDonald, Lewis, and Wordsworth." *North Wind* 17 (1998): 35 – 39.

Purtill, Richard L. *C. S. Lewis's Case for the Christian Faith*. San Francisco: Harper & Row, 1985.

——. *Lord of the Elves and Eldils: Fantasy and Philosophy in C. S. Lewis and J. R. R. Tolkien*. 2nd ed. San Francisco: Ignatius Press, 2006.

Reppert, Victor. *C. S. Lewis's Dangerous Idea: In Defense of the Argument from Reason*. Downers Grove, IL: InterVarsity Press, 2003.

Root, Jerry. *C. S. Lewis and a Problem of Evil*. Cambridge: James Clarke, 2009.

Rossow, Francis C. "Giving Christian Doctrine a New Translation: Selected Examples from the Novels of C. S. Lewis." *Concordia Journal* 21, no. 3 (1995): 281 – 297.

——. "Problems in Prayer and Their Gospel Solutions in Four Poems by C. S. Lewis." *Concordia Journal* 20, no. 2 (1994): 106 – 114.

Sayer, George. *Jack: A Life of C. S. Lewis*. London: Hodder & Stoughton, 1997.

Schakel, Peter J. "Irrigating Deserts with Moral Imagination." *Christian Reflection* 11 (2004): 21 – 29.

——. *Reading with the Heart: The Way into Narnia*. Grand Rapids, MI: Eerdmans, 1979.

——. *Reason and Imagination in C. S. Lewis: A Study of "Till We Have Faces."* Grand Rapids, MI: Eerdmans, 1984.

——. "The Satiric Imagination of C. S. Lewis." *Studies in the Literary Imagination* 22, no. 2 (1989): 129 – 148.

Schakel, Peter J., and Charles A. Huttar, eds. *Word and Story in C. S. Lewis: Language and Narrative in Theory and Practice*. Columbia, MO: University of Missouri Press, 1991.

Schwartz, Sanford. *C. S. Lewis on the Final Frontier: Science and the Supernatural in the Space Trilogy*. New York: Oxford University Press, 2009.

——. "Paradise Reframed: Lewis, Bergson, and Changing Times on Perelandra." *Christianity and Literature* 51, no. 4 (2002): 569 – 602.

Seachris, Joshua, and Linda Zagzebski. "Weighing Evils: The C. S. Lewis Approach." *International Journal for Philosophy of Religion* 62 (2007): 81 – 88.

Segura, Eduardo, and Thomas Honegger, eds. *Myth and Magic: Art According to the Inklings*. Zollikofen, Switzerland: Walking Tree, 2007.

Smietana, Bob. "C. S. Lewis Superstar: How a Reserved British Intellectual with a Checkered Pedigree Became a Rock Star for Evangelicals." *Christianity Today* 49, no. 12 (2005): 28 – 32.

Smith, Robert Houston. *Patches of Godlight: The Pattern of Thought of C. S. Lewis*. Athens, GA: University of Georgia Press, 1981.

Stock, Robert Douglas. "Dionysus, Christ, and C. S. Lewis." *Christianity and*

Literature 34, no. 2 (1985): 7 – 13.

Taliaferro, Charles. "A Narnian Theory of the Atonement." *Scottish Journal of Theology* 41 (1988): 75 – 92.

Tennyson, G. B., ed. *Owen Barfield on C. S. Lewis*. Middletown, CT: Wesleyan University Press, 1989.

Terrasa Messuti, Eduardo. "Imagen y misterio: Sobre el conocimiento metafórico en C. S. Lewis." *Scripta Theologica* 25, no. 1 (1993): 95 – 132.

Tynan, Kenneth. "My Tutor, C. S. Lewis." *Third Way* (June 1979): 15 – 16.

Van Leeuwen, Mary Stewart. *A Sword between the Sexes?: C. S. Lewis and the Gender Debates*. Grand Rapids, MI: Brazos Press, 2010.

Walker, Andrew. "Scripture, Revelation and Platonism in C. S. Lewis." *Scottish Journal of Theology* 55 (2002): 19 – 35.

Walker, Andrew, and James Patrick, eds. *A Christian for All Christians: Essays in Honor of C. S. Lewis*. Washington, DC: Regnery Gateway, 1992.

Walsh, Chad. *C. S. Lewis: Apostle to the Skeptics*. New York: Macmillan, 1949.

——. *The Literary Legacy of C. S. Lewis*. London: Sheldon, 1979.

Ward, Michael. "The Current State of C. S. Lewis Scholarship." *Sewanee Theological Review* 55, no. 2 (2012): 123 – 144.

——. *Planet Narnia: The Seven Heavens in the Imagination of C. S. Lewis*. Oxford: Oxford University Press, 2008.

Watson, George. "The Art of Disagreement: C. S. Lewis (1898 – 1963)." *Hudson Review* 48, no. 2 (1995): 229 – 239.

Wheat, Andrew. "The Road before Him: Allegory, Reason, and Romanticism in C. S. Lewis' *The Pilgrim's Regress*." *Renascence: Essays on Values in Literature* 51, no. 1 (1998): 21 – 39.

Williams, Donald T. *Mere Humanity: G. K. Chesterton, C. S. Lewis, and J. R. R. Tolkien on the Human Condition*. Nashville, TN: B & H Publishing Group, 2006.

Williams, Rowan. *The Lion's World: A Journey into the Heart of Narnia*. London: SPCK, 2012.

Wilson, A. N. *C. S. Lewis: A Biography*. London: Collins, 1990.

Wolfe, Judith, and Brendan N. Wolfe, eds. *C. S. Lewis and the Church*. London: T & T Clark, 2011.

Wood, Naomi. "Paradise Lost and Found: Obedience, Disobedience, and Storytelling in? C. S. Lewis and Phillip Pullman." *Children's Literature in Education* 32, no. 4 (2001): 237 – 259.

Wood, Ralph C. "The Baptized Imagination: C. S. Lewis's Fictional Apologetics." *Christian Century* 112, no. 25 (1995): 812 – 815.

——. "C. S. Lewis and the Ordering of Our Loves." *Christianity and Literature* 51, no. 1 (2001): 109 - 117.

———. "Conflict and Convergence on Fundamental Matters in C. S. Lewis and J. R. R. Tolkien." *Renascence: Essays on Values in Literature* 55 (2003): 315 - 338.

Yancey, Philip. "Found in Space: How C. S. Lewis Has Shaped My Faith and Writing." *Christianity Today* 57, no. 7 (2008): 62.

三、 其他参考书目

Aston, T. S., ed. *The History of the University of Oxford*. 8 vols. Oxford: Oxford University Press, 1984 - 1994.

Bartlett, Robert. *The Natural and the Supernatural in the Middle Ages*. Cambridge: Cambridge University Press, 2008.

Brockliss, Laurence W. B., ed. *Magdalen College Oxford: A History*. Oxford: Magdalen College, 2008.

Cantor, Norman F. *Inventing the Middle Ages: The Lives, Works and Ideas of the Great Medievalists of the Twentieth Century*. New York: William Morrow, 1991.

Carpenter, Humphrey. *J. R. R. Tolkien: A Biography*. London: Allen &Unwin, 1977.

Ceplair, Larry, and Steven Englund. *The Inquisition in Hollywood: Politics in the Film Community*, 1930 - 1960. Urbana, IL: University of Illinois Press, 2003.

Chance, Jane, ed. *Tolkien and the Invention of Myth*. Lexington, KY: University Press of Kentucky, 2004.

Collins, John Churton. *The Study of English Literature: A Plea for Its Recognition and Organization at the Universities*. London: Macmillan, 1891.

Cunich, Peter, David Hoyle, Eamon Duffy, and Ronald Hyam. *A History of Magdalene College Cambridge* 1428 - 1988. Cambridge: Magdalene College Publications, 1994.

Dal Corso, Eugenio. *Il Servo di Dio: Don Giovanni Calabria e i fratelli separati*. Rome: Pontificia Università Lateranense, 1974.

Darwall-Smith, Robin. *A History of University College, Oxford*. Oxford: Oxford University Press, 2008.

Davidman, Joy. "The Longest Way Round." In *These Found the Way: Thirteen Converts to Christianity*, edited by David Wesley Soper, 13 - 26. Philadelphia: Westminster Press, 1951.

———. *Out of My Bone: The Letters of Joy Davidman*. Edited by Don W. King. Grand Rapids, MI: Eerdmans, 2009.

Dearborn, Kerry. "The Baptized Imagination." *Christian Reflection* 11 (2004): 11 - 20.

———. "Bridge over the River Why: The Imagination as a Way to Meaning." *North Wind* 16 (1997): 29 - 40, 45 - 46.

Drout, Michael D. C. "J. R. R. Tolkien's Medieval Scholarship and Its Significance."
    Tolkien Studies 4 (2007): 113 – 176.

Eagleton, Terry. *Literary Theory: An Introduction*. Oxford: Blackwell, 2008.

Fitzgerald, Jill. "A 'Clerkes Compleinte': Tolkien and the Division of Lit. and Lang."
    Tolkien Studies 6 (2009): 41 – 57.

Flieger, Verlyn. *Splintered Light: Logos and Language in Tolkien's World*. Kent,
    OH: Kent State University, 2002.

Foster, Roy. *The Irish Story: Telling Tales and Making It Up in Ireland*. London:
    Allen Lane, 2001.

Freeden, Michael. "Eugenics and Progressive Thought: A Study in Ideological
    Affinity." *Historical Journal* 22 (1979): 645 – 671.

Garth, John. *Tolkien and the Great War*. London: HarperCollins, 2004.

Goebel, Stefan. *The Great War and Medieval Memory: War, Remembrance and
    Medievalism in Britain and Germany*, 1914 – 1940. Cambridge: Cambridge
    University Press, 2008.

Haldane, J. B. S. *Possible Worlds*. London: Chatto &.Windus, 1927.

Harford, Judith. *The Opening of University Education to Women in Ireland*.
    Dublin: Irish Academic Press, 2008.

Hart, Trevor, and Ivan Khovacs, eds. *Tree of Tales: Tolkien, Literature, and
    Theology*. Waco, TX: Baylor University Press, 2007.

Hassig, Debra. *Medieval Bestiaries: Text, Image, Ideology*. Cambridge:
    Cambridge University Press, 1995.

Hatlen, Burton. "Pullman's *His Dark Materials*: A Challenge to Fantasies of J.
    R. R. Tolkien and C. S. Lewis, with an Epilogue on Pullman's Neo-Romantic
    Reading of *Paradise Lost*." In His *Dark Materials Illuminated: Critical
    Essays on Philip Pullman's Trilogy*, edited by Millicent Lenz and Carole
    Scott, 75 – 94. Detroit: Wayne State University Press, 2005.

Hennessey, Thomas. *Dividing Ireland: World War I and Partition*. London:
    Routledge, 1998.

Herford, C. H. *The Bearing of English Studies upon the National Life*.
    Oxford: Oxford University Press, 1910.

James, William. *The Varieties of Religious Experience: A Study in Human
    Nature*. New York: Longmans Green, 1902.

Jeffery, Keith. *Ireland and the Great War*. Cambridge: Cambridge University
    Press, 2000.

Ker, Ian. *G. K. Chesterton*. Oxford: Oxford University Press, 2011.

Kerry, Paul E. , ed. *The Ring and the Cross: Christianity and the Writings of
    J. R. R. Tolkien*. Madison, NJ: Fairleigh Dickinson University Press, 2011.

King, Don W. *Hunting the Unicorn: A Critical Biography of Ruth Pitter*.

Kent, OH: Kent State University Press, 2008.

Littledale, R. F. "The Oxford Solar Myth." In *Echoes from Kottabos*, edited by R. Y. Tyrrell and Sir Edward Sullivan, 279 – 290. London: E. Grant Richards, 1906.

Majendie, V. H. B. *A History of the 1st Battalion Somerset Light Infantry (Prince Albert's)*. Taunton, Somerset: Phoenix Press, 1921.

Mangan, J. A. *Athleticism in the Victorian and Edwardian Public School: The Emergence and Consolidation of an Educational Ideology*. London: Frank Cass, 2000.

McGarry, John. *Northern Ireland and the Divided World*. Oxford: Oxford University Press, 2001.

McMurtry, Jo. *English Language, English Literature: The Creation of an Academic Discipline*. Hamden, CT: Archon Books, 1985.

O'Brien, Conor Cruise. *Ancestral Voices: Religion and Nationalism in Ireland*. Chicago: University of Chicago Press, 1995.

Oddie, William. *Chesterton and the Romance of Orthodoxy*. Oxford: Oxford University Press, 2008.

Padley, Jonathan, and Kenneth Padley. "'From Mirrored Truth the Likeness of the True': J. R . R. Tolkien and Reflections of Jesus Christ in Middle-Earth." *English* 59, no. 224 (2010): 70 – 92.

Parsons, Wendy, and Catriona Nicholson. "Talking to Philip Pullman: An Interview." *The Lion and the Unicorn* 23, no. 1 (1999): 116 – 134.

Rhode, Deborah L. *In Pursuit of Knowledge: Scholars, Status, and Academic Culture*. Stanford, CA: Stanford University Press, 2006.

Roberts, Nathan. "Character in the Mind: Citizenship, Education and Psychology in Britain, 1880 – 1914." *History of Education* 33 (2004): 177 – 197.

Shaw, Christopher. "Eliminating the Yahoo: Eugenics, Social Darwinism and Five Fabians." *History of Political Thought* 8 (1987): 521 – 544.

Shippey, Tom. *Roots and Branches: Selected Papers on Tolkien*. Zollikofen, Switzerland: Walking Tree, 2007.

Teichmann, Roger. *The Philosophy of Elizabeth Anscombe*. Oxford: Oxford University Press, 2008.

Thomson, G. Ian F. *The Oxford Pastorate: The First Half Century*. London: The Canterbury Press, 1946.

Tolkien, J. R. R. *The Letters of J . R . R. Tolkien*. Edited by Humphrey Carpenter. London: HarperCollins, 1981.

Townshend, Charles. *Easter 1916: The Irish Rebellion*. London: Allen Lane, 2005.

Wain, John. *Sprightly Running: Part of an Autobiography*. London: Macmillan, 1962.

Watson, Giles. "Dorothy L. Sayers and the Oecumenical Penguin. " *Seven*: *An Anglo-American Literary Review* 14 (1997): 17 - 32.

Watson, G. J. *Irish Identity and the Literary Revival*: *Synge, Joyce, Yeats and O'Casey*. 2nd ed. Washington, DC: Catholic University of America Press, 1994.

Werner, Maria Assunta. *Madeleva*: *Sister Mary Madeleva Wolff, CSC*: *A Pictorial Biography*. Notre Dame, IN: Saint Mary's College, 1993.

Williams, Charles. *To Michal from Serge*: *Letters from Charles Williams to his Wife, Florence, 1939 - 45*. Edited by Roma A. King, Jr. Kent, OH: Kent State University Press, 2002.

Wilson, Ian. "William Thompson Kirkpatrick (1848 - 1921). " *Review*: *Journal of the Craigavon Historical Society* 8, no. 1 (2000 - 2001): 33 - 40.

Winter, Jay. *Sites of Memory, Sites of Mourning*: *The Great War in European Cultural History*. Cambridge: Cambridge University Press, 1995.

Wolfe, Kenneth M. *The Churches and the British Broadcasting Corporation 1922 - 1956*: *The Politics of Broadcast Religion*. London: SCM Press, 1984.

Worsley, Howard. "Popularized Atonement Theory Reflected in Children's Literature. " *Expository Times* 115, no. 5 (2004): 149 - 156.

Wyrall, Everard. *The History of the Somerset Light Infantry (Prince Albert's) 1914 -1919*. London: Methuen and Co. , 1927.

注释

序言

1. Edna St. Vincent Millay, *Collected Sonnets*（New York：Harper，1988），140.

2. *Surprised by Joy*，266. 在《惊悦》的其他地方，路易斯将此称作是一次"再归信"（reconversion）：同上，135 页。

3. Alister E. McGrath, *The Intellectual World of C. S. Lewis*（Oxford and Malden, MA：Wiley-Blackwell，2013）.

第 1 章　唐郡的温柔山乡：爱尔兰的童年时光，1898～1908

1. *Surprised by Joy*，1.

2. W. H. Lewis, "C. S. Lewis：A Biography," 27.

3. 见 http://www.census.nationalarchives.ie/reels/nai000721989/ 。"不能读写"一栏是不同的笔迹。

4. *Lloyds Register of Shipping*，No. 93171.

5. Wilson, "William Thompson Kirkpatrick," 33.

6. 自 19 世纪晚期，在美国法律界中，律师的这些角色已被糅合。美国的律师（attorney）可行使其一重职能或身兼双重职能。

7. Harford, *The Opening of University Education to Women in Ireland*，78.

8. J. W. Henderson, *Methodist College，Belfast，1868 - 1938：A Survey and Retrospect*. 2 vols.（Belfast：Governors of Methodist College，1939），vol. 1，120 - 130. 这所学校虽建于 1865 年，却是到了 1868 年才对外开放。

9. Ibid.，vol. 1，127. 甲等荣誉学位（常简称为"甲等"）在英国大学的考试体系中相当于美国大学考试体系的 4.0 的成绩平均绩点（GPA）。

10. *Belfast Telegraph*，28 September 1929.

11. 尤其是路易斯在 1928 年 8 月 2 日给沃伦·路易斯的信；*Letters*, vol. 1，768 - 777，其中多有提及。

12. W. H. Lewis, "Memoir of C. S. Lewis," 2.

13. 1915 年 3 月 30 日给亚瑟·格雷夫斯的信；*Letters*, vol. 1，114。

14. *All My Road before Me*，105.

15. 1930 年 1 月 12 日给沃伦·路易斯的信；*Letters*, vol. 1，871。

16. Bleakley, *C. S. Lewis at Home in Ireland*，53. 路易斯还在其他场合提议把牛津迁到多尼戈尔郡，而非唐郡。例如，他在 1917 年 6 月 3 日写给亚瑟·格雷夫斯的信；*Letters*，vol. 1,313。

17. *Studies in Medieval and Renaissance Literature*，126.

18. 其他的例子，见 Clare，"C. S. Lewis：An Irish Writer,"20‐21。

19. 1917 年 7 月 8 日给亚瑟·格雷夫斯的信；*Letters*，vol. 1,325。

20. 1917 年 7 月 24 日给亚瑟·格雷夫斯的信；*Letters*，vol. 1,330。

21. 1918 年 8 月 31 日给亚瑟·格雷夫斯的信；*Letters*，vol. 1,394。

22. *Surprised by Joy*，9.

23. W. H. Lewis，"Memoir of C. S. Lewis,"1.

24. *The Lion*，*the Witch and the Wardrobe*，10‐11.

25. *Surprised by Joy*，6.

26. Ibid.，16.

27. Ibid.，17.

28. Ibid.

29. Ibid.，18.

30. Ibid.

31. James，*The Varieties of Religious Experience*，380‐381.

32. 见托尔金的诗作《神话创造》(Mythopoiea)中的致谢：Tolkien，Tree and Leaf，85。这首诗的上下文显示，诗中提到的是路易斯：见 Carpenter，*J. R. R. Tolkien：A Biography*，192‐199。

33. 1918 年 2 月 16 日给阿尔伯特·路易斯的信；*Letters*，vol. 1,356。

34. 沃尼后来在 1963 年将此引语刻在了路易斯在牛津的墓碑上。

35. *Surprised by Joy*，23.

36. *The Magician's Nephew*，166.

37. *Surprised by Joy*，20.

38. Ibid.，22.

第 2 章　丑陋的英国乡村：学生时代，1908～1917

1. 1962 年 3 月 23 日给弗莱赛·史密斯莱(Francine Smithline)的信；*Letters*，vol. 3,1325。这两所"可怕"的学校是温亚德中学与莫尔文中学。

2. Sayer，*Jack*，86.

3. *Surprised by Joy*，26.

4. 1914 年 6 月 5 日给亚瑟·格雷夫斯的信；*Letters*，vol. 1,60。

5. *Surprised by Joy*，37.

6. "Lewis Papers,"vol. 3,40.

7. *Surprised by Joy*，56.

8. 瑟堡中学于 1992 年并入莫尔文中学。出于发展的考虑，瑟堡旧址被变卖。

9. *Surprised by Joy*，82.

10. Ibid.，82.

11. Richard Wagner，*Siegfried* and *The Twilight of the Gods*，translated by

Margaret Armour, illustrated by Arthur Rackham (London：Heinemann，1911).

12. *Surprised by Joy*，83.

13. Ibid.，38.

14. 1913 年 7 月 8 日给阿尔伯特·路易斯的信；*Letters*，vol. 1,28。

15. *Surprised by Joy*，71.

16. 1913 年 6 月 7 日给阿尔伯特·路易斯的信；*Letters*，vol. 1,23。

17. Ian Wilson，"William Thompson Kirkpatrick，" 39.

18. 此类叙事可见于《惊悦》95－135 页，占全书篇幅的百分之十八。

19. 此理念经常致使那些像路易斯这样的赢弱"才子"成为受害者,时常被欺负：见 Mangan，*Athleticism in the Victorian and Edwardian Public School*，99－121。

20. 见 Roberts，"Character in the Mind"。

21. *Surprised by Joy*，11. 路易斯与沃尼从父亲那里遗传了这一缺陷。是掌指骨融合症的一种,现因其与路易斯有关,有时称为指关节粘连(路易斯型)：见 Alessandro Castriota-Scanderbeg and Bruno Dallapiccola，*Abnormal Skeletal Phenotypes：From Simple Signs to Complex Diagnoses*（Berlin：Springer，2006),405。

22. 1914 年 6 月 5 日给亚瑟·格雷夫斯的信；*Letters*，vol. 1,59。

23. *Surprised by Joy*，117.

24. 这首诗作的原文可见于 "Lewis Papers"，vol. 3,262－263。

25. W. H. Lewis，"Memoir of C. S. Lewis，" 5.

26. 1929 年 7 月 17 日给阿尔伯特·路易斯的信；*Letters*，vol. 1,802。

27. 1914 年 3 月 18 日给阿尔伯特·路易斯的信；*Letters*，vol. 1,51。

28. 沃伦·路易斯 1914 年 3 月 29 日给阿尔伯特·路易斯的信；"Lewis Papers，" vol. 4,156。

29. Ibid.，157.

30. *Surprised by Joy*，151.

31. 1907 年 5 月 18 日给沃伦·路易斯的信；*Letters*，vol. 1,3－4。

32. *Surprised by Joy*，151.

33. 1914 年 6 月 5 日给亚瑟·格雷夫斯的信；*Letters*，vol. 1,60。

34. 1914 年 6 月 29 日给阿尔伯特·路易斯的信；*Letters*，vol. 1,64。

35. *Surprised by Joy*，158.

36. 见 Ian Wilson，"William Thompson Kirkpatrick"。

37. 贝尔法斯特女王学院于 1879 年并入爱尔兰皇家大学。根据 1908 年的爱尔兰大学法案,爱尔兰皇家大学解散,取而代之的是爱尔兰国家大学和贝尔法斯特女王大学。贝尔法斯特女王学院再度成为独立机构。

38. *Surprised by Joy*，171.

39. 1917 年 2 月 8 日给阿尔伯特·路易斯的信；*Letters*，vol. 1,275。

40. 1916 年 10 月 12 日（不确定）给亚瑟·格雷夫斯的信；*Letters*，vol. 1，230 - 231。

41. "Lewis Papers，" vol. 10，219. 路易斯的评论可见于他写下的关于格雷夫斯的三页思考性文字，可能写于 1935 年左右，见 218 - 220 页。

42. 1916 年 10 月 18 日写给亚瑟·格雷夫斯的信；*Letters*，vol. 1，235。

43. 路易斯在《惊悦》中将此事发生的时间误认为 1915 年 8 月。见 Hooper，*C. S. Lewis：The Companion and Guide*，568。

44. *Surprised by Joy*，208 - 209.

45. 1915 年 5 月 28 日（不确定）给阿尔伯特·路易斯的信；*Letters*，vol. 1，125。

46. 1916 年 3 月 7 日给亚瑟·格雷夫斯的信；*Letters*，vol. 1，171。

47. 阿尔伯特·路易斯 1916 年 5 月 8 日给威廉·科派崔克的信；"Lewis Papers，" vol. 5，79 - 80。科派崔克更早些的书信，日期为 5 月 5 日，见"Lewis Papers"，vol. 5，78 - 79。

48. *Surprised by Joy*，214.

49. 1916 年 12 月 7 日给阿尔伯特·路易斯的信；*Letters*，vol. 1，262。

50. 1917 年 1 月 28 日给阿尔伯特·路易斯的信；*Letters*，vol. 1，267。

51. Aston，*The History of the University of Oxford*，vol. 6，356.

第 3 章　法国的辽阔战场：战争，1917～1918

1. 1962 年 3 月 23 日给弗莱赛·史密斯莱的信；*Letters*，vol. 3，1325。

2. *Surprised by Joy*，226.

3. Ibid. ，183.

4. 见 Darwall-Smith，*A History of University College，Oxford*，440 - 447。

5. Ibid. ，443.

6. 1917 年 4 月 28 日给阿尔伯特·路易斯的信；*Letters*，vol. 1，296。

7. 1917 年 7 月 8 日给亚瑟·格雷夫斯的信；*Letters*，vol. 1，324。

8. *Surprised by Joy*，216.

9. 路易斯的军事档案存放在英国国家美术馆（公共档案馆）：战争部 339/105408。

10. 1917 年 5 月 3 日给阿尔伯特·路易斯的信；*Letters*，vol. 1，299。

11. 1917 年 5 月 12 日给阿尔伯特·路易斯的信；*Letters*，vol. 1，302。

12. 1917 年 6 月 8 日给阿尔伯特·路易斯的信；*Letters*，vol. 1，316。

13. 1917 年 5 月 17 日给阿尔伯特·路易斯的信；*Letters*，vol. 1，305。

14. 1917 年 5 月 13 日给亚瑟·格雷夫斯的信；*Letters*，vol. 1，304。

15. 1917 年 6 月 3 日（不确定）给阿尔伯特·路易斯的信；*Letters*，vol. 1，315。

16. Winifred Mary Letts，*The Spires of Oxford and Other Poems*（New York：Dutton，1917），3. 雷茨是坐火车"经过"牛津。

17. War Office 372/4 12913.

18. *King Edward VII School Magazine* 15，no. 7（May 1961）.

19. *Surprised by Joy*，217. C 连队的详细资料：见 Oxford University Officers' Training Corps，Archive OT /1/1 – 11；OT 1/2/1 – 4。路易斯服役的 E 连几乎没有什么文件留存下来。

20. Oxford University Officers' Training Corps Archives，Archive OT 1/1/ 1 – 11.

21. 严格意义上说，基布尔学院是一个"新机构"，配有导师，而不是研究员。直到 1930 年，基布尔的内部管理才与牛津的其他学院同步。

22. 1917 年 6 月 10 日(不确定)给阿尔伯特·路易斯的信；*Letters*，vol. 1，317。

23. 摩尔生于 1898 年 11 月 17 日；路易斯生于 1898 年 11 月 29 日。

24. 1918 年 11 月 17 日(不确定)给阿尔伯特·路易斯的信；*Letters*，vol. 1，416。路易斯认定这四人都已阵亡，但他有所不知，这四人中有一人丹尼斯·霍华德·德·帕斯(Denis Howard de Pass)实际上幸存下来，后来还成为萨塞克斯(Sussex)的一名奶牛场主，于 1973 年过世。

25. 1917 年 6 月 10 日(不确定)给阿尔伯特·路易斯的信；*Letters*，vol. 1，317；1917 年 6 月 10 日写给亚瑟·格雷夫斯的信；*Letters*，vol. 1，319。

26. 1917 年 6 月 18 日给阿尔伯特·路易斯的信；*Letters*，vol. 1，322。

27. "Lewis Papers," vol. 5，239.

28. 现存于牛津基布尔学院的档案馆。

29. Battalion Orders No. 30，15 June 1917，sheet 4.

30. 见陆军总司令部轻武器学校在 1917 年发布的列队训练指示：牛津大学军官训练团，Archive OT 1/8。

31. Battalion Orders No. 31，20 June 1917，Part 2，sheet 1.

32. Battalion Orders No. 35，13 July 1917，Part 2，sheet 5.

33. Battalion Orders No. 59，30 November 1917，Part 2，sheet 1.

34. 1917 年 7 月 24 日给阿尔伯特·路易斯的信；*Letters*，vol. 1，329 – 330。

35. "C" Company No. 4 O.C.B. 1916 –19 (Oxford：Keble College，1920)，34. Keble College，KC/JCR H1/1/3.

36. 1917 年 7 月下旬，路易斯写信给父亲，告知战争部终于发现了他的存在，支付了他七先令：见 1917 年 7 月 22 日路易斯写给阿尔伯特·路易斯的信；*Letters*，vol. 1，327。也许这也表明此学员营的文书工作不力。

37. *All My Road before Me*，125.

38. 请尤其注意他在 1917 年 6 月 3 日与 6 月 10 日写给亚瑟·格雷夫斯的信件；*Letters*，vol. 1，313，319 – 320。信中提到"萨德子爵"(文中是萨德侯爵，不知此处为什么变成了子爵。——译者注)之处最初是被格雷夫斯删除了。

39. 1917 年 6 月 10 日给亚瑟·格雷夫斯的信；*Letters*，vol. 1，319。"*s.*"是"先令"(shilling)的缩写。

40. 1917 年 1 月 28 日给亚瑟·格雷夫斯的信；*Letters*，vol. 1，269。这封信的这一部分后来被格雷夫斯删除了。

41. 路易斯在 1917 年 1 月的一封信中暗示，他幻想"惩罚"格雷夫斯家的某人，但未明确指明具体是谁：见 1917 年 1 月 31 日写给亚瑟·格雷夫斯的信；*Letters*，vol.1，271。

42. 1917 年 1 月 31 日、1917 年 2 月 7 日、1917 年 2 月 15 日给亚瑟·格雷夫斯的信；*Letters*，vol.1，272，274，278。这封写于 1917 年 1 月 28 日的重要信件探讨了鞭笞，但签名不是"爱鞭笞者"：*Letters*，vol.1，269。

43. 1917 年 2 月 15 日给亚瑟·格雷夫斯的信；*Letters*，vol.1，276。

44. 格雷夫斯 1917 年 1 月至 1918 年 12 月的口袋日记（长 11.5 厘米，宽 8 厘米）现藏于伊利诺伊州惠顿学院的维德中心。关于此祈祷文，见 1917 年 7 月 8 日的日记；亚瑟·格雷夫斯日记，1-2。

45. 1917 年 7 月 18 日的日记；亚瑟·格雷夫斯日记，1-2。

46. 路易斯在 1918 年 9 月 18 日及 10 月 18 日写给父亲的信中对此更改做了说明：*Letters*，vol.1，399-400，408-409。

47. 对此的评论与分析，见 King，*C.S. Lewis*，*Poet*，52-97。

48. *Spirits in Bondage*，25.

49. 沃尔特·胡珀在编辑这本日记的手稿时，逐渐明白他誊写为字母 D 的实际上是希腊文字母 Delta，Δ。这意味着路易斯私下里给摩尔太太另取了他名，用的是以该字母为首字母的希腊语词。大家知道路易斯在其他场合也采用过这种方法。例如，1940 年路易斯向某牛津社团宣读了一份文件，题目为"传奇故事中的 *Kappa* 元素"。*Kappa* 是希腊语 *kryptos* 的首字母，意为"隐匿的"或"隐藏着的"。

50. 此营队被定为"特别储备"单位，主要负责军事训练，一战期间一直安扎在英国境内。

51. Battalion Orders No.30，15 June 1917，sheet 4. 上文提到（59 页），有误的首字母在一周后改成了"E. F. C."。请注意此条目使用的是英式的日期标注体系，因而顺序应是"日／月／年"，而不是美式的"月／日／年"。

52. "Lewis Papers，" vol.5，239.

53. 1917 年 10 月 22 日给阿尔伯特·路易斯的信；*Letters*，vol.1，338。

54. 1917 年 10 月 3 日给阿尔伯特·路易斯的信；*Letters*，vol.1，337。

55. 1917 年 10 月 28 日（不确定）给亚瑟·格雷夫斯的信；*Letters*，vol.1，339。

56. 1917 年 12 月 14 日给亚瑟·格雷夫斯的信；*Letters*，vol.1，348。

57. 1917 年 11 月 5 日给阿尔伯特·路易斯的信；*Letters*，vol.1，344。

58. 阿尔伯特·路易斯怀疑这是否与路易斯是爱尔兰人有关：见"Lewis Papers"，vol.5，247。1918 年 5 月 22 日的这份文件显示，路易斯被分派到萨默塞特第一轻装步兵队第四分队第十一组。

59. 自 1914 年以来的详细资料，见 Wyrall，*The History of the Somerset Light Infantry*；自 1916 年以来的资料，见 Majendie，*History of the 1st Battalion Somerset Light Infantry*。一战期间，萨默塞特轻装步兵队第二营队一直驻扎在印度。

60. 1917 年 11 月 15 日给阿尔伯特·路易斯的电报；*Letters*，vol.1，345。

61. "Lewis Papers," vol. 5,247.

62. 1917 年 12 月 13 日给阿尔伯特·路易斯的信；*Letters*, vol. 1,347 – 348。

63. 1918 年 1 月 4 日给阿尔伯特·路易斯的信；*Letters*, vol. 1,352。

64. *Surprised by Joy*, 227.

65. 1918 年 6 月 3 日给亚瑟·格雷夫斯的信；*Letters*, vol. 1,378。

66. Darwall-Smith, *History of University College, Oxford*, 437。

67. 1916 年 5 月 30 日给亚瑟·格雷夫斯的信；*Letters*, vol. 1,187。

68. 1918 年 2 月 16 日给阿尔伯特·路易斯的信；*Letters*, vol. 1,356。

69. 1918 年 2 月 21 日给亚瑟·格雷夫斯的信；*Letters*, vol. 1,358 – 360。

70. 1918 年 3 月 17 至 23 日这一周的日记上的"备忘录"条目；见 亚瑟·格雷夫斯日记，1 - 4。

71. 1918 年 4 月 11 日的日记；亚瑟·格雷夫斯日记，1 - 4。

72. 1918 年 4 月 31 日(英文原著如此，但按照正文推断，似应为 4 月 13 日——译者注)的日记；亚瑟·格雷夫斯日记，1 - 4。

73. 关于这次突袭，见 Majendie, *History of the 1st Battalion Somerset Light Infantry*, 76 – 81; Wyrall, *History of the Somerset Light Infantry*, 293 - 295。

74. 1917 年 11 月 4 日(不确定)给亚瑟·格雷夫斯的信；*Letters*, vol. 1,341 - 342。

75. *Surprised by Joy*, 229.

76. Majendie, *History of the 1st Battalion Somerset Light Infantry*, 81; Wyrall, *History of the Somerset Light Infantry*, 295.

77. "Lewis Papers," vol. 5,308. 在后来给战争部的一封信中，路易斯声称他这次"受了重伤"：见 1918 年 1 月 18 日给战争部的信；*Letters*, vol. 1,424。

78. 沃尼在 1917 年 11 月 29 日晋升为上尉，直到 1932 年退役前仍是上尉，这表明也许他在后来的军事生涯中并不卓越超群。

79. "Lewis Papers," vol. 5,309.

80. 例如，他认为格雷夫斯的笔迹"跟女生的像极了"：1916 年 6 月 14 日给亚瑟·格雷夫斯的信；*Letters*, vol. 1,193。

81. 1918 年 5 月 23 日给亚瑟·格雷夫斯的信；*Letters*, vol. 1,371. "〈〉"号之内的内容原先被格雷夫斯删去了，后来沃尔特·胡珀在编辑时又还原了这部分的内容。

82. 1918 年 5 月 27 日的日记；亚瑟·格雷夫斯日记，1 - 5。

83. 1918 年 5 月 5 日至 11 日这一周日记上的"备忘录"条目；亚瑟·格雷夫斯日记，1 - 5。

84. 1918 年 12 月 31 日的日记；亚瑟·格雷夫斯日记，1 - 6。

85. 格雷夫斯在日记里记载了他在 1922 年到牛津看望路易斯时的情形，语调轻快，在听到路易斯提议他多待上一段时间时，更是快乐。见他 1922 年 6 月 28 日至 8 月 28 日的日记；亚瑟·格雷夫斯日记，1 - 7。这份日记是写在名为

"牛津系列"的笔记中,格雷夫斯详细记载了自己的艺术创作与思考,但只字未提 1917 至 1918 年如此困扰他的事情。

86. 1918 年 6 月 20 日（不确定）给阿尔伯特·路易斯的信;*Letters*, vol. 1, 384 – 387。

87. 评论见 W. H. Lewis, "Memoir of C. S. Lewis," 9 – 10。

88. *Poems*, 81. 这首诗的具体创作日期不详。

89. *Surprised by Joy*, 197.

90. Sayer, *Jack*, xvii – xviii.

91. 1918 年 6 月 29 日给阿尔伯特·路易斯的信;*Letters*, vol. 1, 387。

92. 1918 年 10 月 18 日给阿尔伯特·路易斯的信;*Letters*, vol. 1, 409。

93. "Lewis Papers," vol. 6, 79.

第 4 章　蒙蔽与开启：一位牛津教师的成长, 1919～1927

1. 见 Fred Bickerton, *Fred of Oxford*: *Being the Memoirs of Fred Bickerton* (London: Evans Bros, 1953)。

2. 1919 年 1 月 27 日给阿尔伯特·路易斯的信;*Letters*, vol. 1, 428。

3. *Spirits in Bondage*, 82 – 83.

4. 请注意路易斯很快就明确表示他"希望成为研究员"。见 1919 年 1 月 27 日给阿尔伯特·路易斯的信; *Letters*, vol. 1, 428。

5. 牛津大学在 20 世纪 90 年代之前都没有将二等学位分为"低级二等（2∶2）"和"高级二等（2∶1）"。牛津颁发第四级荣誉学位的做法一直延续到 20 世纪 60 年代末。

6. *Oxford University Calendar* 1918 (Oxford: Oxford University Press, 1918), xiv.

7. 1919 年 1 月 26 日给亚瑟·格雷夫斯的信：*Letters*, vol. 1, 425 – 426。一战过后,大部分牛津的学院引进的战后改革之一是废除了礼拜义务;路易斯参与强制性的礼拜没有持续多久。

8. Bickerton, *Fred of Oxford*, 5 – 9.

9. 黑丁顿村在 1929 年成为牛津市的一部分。

10. 例如,见 1919 年 2 月 9 日路易斯给亚瑟·格雷夫斯的信;*Letters*, vol. 1, 433: "'家人'被你的照片深深吸引。"或见 1919 年 9 月 18 日给亚瑟·格雷夫斯的信;*Letters*, vol. 1, 467: "家人向你致以爱的问候。"

11. 早期的信件使用更为正式的"摩尔太太";例如,见 1918 年 10 月 6 日（不确定）及 1919 年 1 月 26 日给亚瑟·格雷夫斯的信;*Letters*, vol. 1, 404, 425。该昵称的首次使用（未作解释）见于 1919 年 7 月 14 日给格雷夫斯的信;*Letters*, vol. 1, 460。此后便经常使用:例如,见 *Letters*, vol. 1, 463, 465, 469, 473。到了 1920 年代早期,"The Minto"就干脆变成了"Minto"。

12. Lady Maureen Dunbar, OH/SR – 8, fol. 11, Wade Center Oral History Collection, Wheaton College, Wheaton, IL. 至于"the Minto"的历史,见

Doncaster Gazette, 8 May 1934。

13. 1919 年 6 月 2 日给亚瑟·格雷夫斯的信；*Letters*, vol. 1,454。

14. 见沃伦和阿尔伯特·路易斯之间就这件事情的通信："Lewis Papers," vol. 6, 118，124 - 125，129。

15. "Lewis Papers," vol. 6,161.

16. 1917 年 2 月 20 日给亚瑟·格雷夫斯的信；*Letters*, vol. 1,280。

17. 1920 年 4 月 4 日给阿尔伯特·路易斯的信；*Letters*, vol. 1,479。

18. 1920 年 12 月 8 日给阿尔伯特·路易斯的信；*Letters*, vol. 1,512。

19. 1921 年 7 月 1 日给沃伦·路易斯的信；*Letters*, vol. 1,556 - 557。

20. 1921 年 6 月 17 日给阿尔伯特·路易斯的信；*Letters*, vol. 1,551。

21. 本人十分感谢牛津大学档案馆和牛津博德利图书馆"特殊库藏馆"(Special Collections)的同事们,他们对这份文件是否存在做了彻底的翻查。

22. 1921 年 7 月 9 日给阿尔伯特·路易斯的信；*Letters*, vol. 1,569。

23. 1921 年 8 月 7 日给沃伦·路易斯的信；*Letters*, vol. 1,570 - 573。

24. 1922 年 5 月 18 日给阿尔伯特·路易斯的信；*Letters*, vol. 1,591。

25. Darwall-Smith, *History of University College Oxford*, 447. 这些改革在 1926 年实施。

26. 1922 年 5 月 18 日给阿尔伯特·路易斯的信；*Letters*, vol. 1,591 - 592。

27. 1922 年 7 月 20 日给阿尔伯特·路易斯的信；*Letters*, vol. 1,595。

28. 随着 1929 年黑丁顿并入牛津市,这条路最终在 1959 年被重命名为"圣橡树路"(Holyoake Road),以便与牛津南部郊区格兰庞特(Grandpont)的"西街"区分开来。房子的门牌号也随之改变,"西斯波罗"(Hillsboro)的新地址是圣橡树路 14 号。

29. *All My Road before Me*, 123.

30. 某些传记表示,这是一份哲学方向的研究员职位。但莫德林学院的档案清楚表明,它是"古典学研究员职位"。见 *The President's Notebooks*, vol. 20, fols. 99 - 100。Magdalen College Oxford：MS PR 2/20。

31. 十一位候选人名单,见 President's Notebook for 1922：*The President's Notebooks*,vol. 20, fol. 99。

32. *All My Road before Me*, 110.

33. Ibid., 117.

34. 1922 年 11 月 4 日赫伯特·沃伦爵士给路易斯的信；Magdalen College Oxford, MS 1026/III/3.

35. *All My Road before Me*, 151.

36. 见 John Bowlby, *Maternal Care and Mental Health* (Geneva：World Health Organization, 1952)。更完整的叙述,见 John Bowlby, *A Secure Base: Parent-Child Attachment and Healthy Human Development* (New York：Basic Books, 1988)。波尔比的个人故事,也表明他在某些重大方面与路易斯的相似之处。见 Suzan van Dijken, *John Bowlby：His Early Life；A*

注释

Biographical Journey into the Roots of Attachment Theory （London：Free Association Books，1998）。

37. *Surprised by Joy*，22.

38. *Allegory of Love*，7.

39. 1921 年 6 月 27 日给阿尔伯特·路易斯的信；*Letters*，vol. 1，554。

40. *All My Road before Me*，240.

41. 诸如 John Churton Collins, *The Study of English Literature：A Plea for Its Recognition and Organization at the Universities* （London：Macmillan，1891）。

42. 这是 1887 年牛津皇家历史学教授爱德华·奥古斯都·弗里曼（Edward Augustus Freeman，1823～1892）的观点：见 Alvin Kernan，*The Death of Literature* （New Haven，CT：Yale University Press，1990），38。

43. Eagleton，*Literary Theory*，15 - 46.

44. *All My Road before Me*，120.

45. Ibid.，53.

46. *The Allegory of Love*，v.

47. *Surprised by Joy*，262.

48. Ibid.，239. 关于"世界大战"的完整信件及插图，见 *Letters*，vol. 3，1600 - 1646。

49. 对路易斯这一阶段生活的最佳研究，见 Adey，*C. S. Lewis's "Great War" with Owen Barfield*。

50. *Surprised by Joy*，241.

51. Ibid.，243.

52. 有关这一思考方式的具体分析，见 McGrath，"The 'New Look'：Lewis's Philosophical Context at Oxford in the 1920s," in *The Intellectual World of C. S. Lewis*。

53. Ibid.，237.

54. Ibid.，243.

55. "The Man Born Blind," in *Essay Collection*，783 - 786.

56. Gibb，*Light on C. S. Lewis*，52.

57. *All My Road before Me*，256.

58. 1923 年 7 月 1 日给阿尔伯特·路易斯的信；*Letters*，vol. 1，610。

59. Peter Bayley，"Family Matters III：The English Rising," *University College Record* 14 （2006）：115 - 116.

60. Darwell-Smith，*History of University College*，449.

61. Ibid.，447 - 452.

62. 1924 年 5 月 11 日给阿尔伯特·路易斯的信；*Letters*，vol. 1，627 - 630。

63. *All My Road before Me*，409 - 410. 几天后，恶作剧又有进展：413 - 414。

64. 1917 年 11 月 4 日（不确定）给亚瑟·格雷夫斯的信；*Letters*，vol. 1，342。

65. 路易斯在 1927 年 1 月 26 日的日记中提到了这句评语：*All My Road before Me*，438。

66. 1924 年 10 月 15 日（不确定）给阿尔伯特·路易斯的信；*Letters*，vol. 1，635。

67. 一份原版的告示，附于 1927 年院长手册中：*The President's Notebooks*，vol. 21，fol. 11. Magdalen College Oxford：MS PR 2/21。

68. 见 1925 年 4 月和 1925 年 5 月 26 日给阿尔伯特·路易斯的信；*Letters*，vol. 1，640，642 - 646。

69. 事实表明，即便是高级研究员，只要疏于履行他们承诺的责任，沃伦院长也会毫不客气地解雇他们。

70. "University News：New Fellow of Magdalen College," *Times*，22 May 1925. 该报道有失误。从前一章我们知道，路易斯事实上是在 1916 年（而非 1915 年）获大学学院奖学金，1917 年开始在该学院上学。

第 5 章 教职、家庭与友谊：莫德林学院的早年生活，1927～1930

1. 1925 年 8 月 14 日给阿尔伯特·路易斯的信；*Letters*，vol. 1，647 - 648。

2. Brockliss，*Magdalen College Oxford*，593 - 594。

3. 路易斯在到达莫德林不久之后给父亲的一封信中对此做了一些评论。见 1925 年 10 月 21 日给阿尔伯特·路易斯的信；*Letters*，vol. 1，651。

4. Brockliss，*Magdalen College Oxford*，601。"论资排辈列队行进"的做法一直到 1958 年路易斯离开该学院几年之后才废止。

5. Ibid.，602.

6. 有关这一时期院士们的薪水，见 Brockliss，*Magdalen College Oxford*，597。

7. 1925 年 10 月 21 日给阿尔伯特·路易斯的信；*Letters*，vol. 1，650。

8. 见路易斯 1926 年 6 月 23 日及 7 月 1 日的日记：*All My Road before Me*，416，420。

9. 有关路易斯如何形成对教育的价值的理解，见 Heck，*Irrigating Deserts*，23 - 48。

10. W. H. Lewis，*C. S. Lewis：A Biography*，213.

11. 1929 年 9 月 9 日给欧文·巴菲尔德的信；*Letters*，vol. 1，820。

12. 路易斯与他哥哥的通信中，关于父亲之死的日期问题显得比较混乱。见沃尔特·胡珀对 1929 年 9 月 29 日给沃伦·路易斯的信的注释；*Letters*，vol. 1，823 - 824。

13. 沃尼在中国上海服兵役；路易斯在获得父亲近期没有危险的确认后，于 9 月 22 日回到牛津。

14. Cromlyn［John Barry］，in *Church of Ireland Gazette*，5 February 1999. "Cromlyn"是 Barry 为该报写文章时用的笔名。

15. 1954 年 3 月 24 日给罗娜·博德尔（Rhona Bodle）的信；*Letters*，vol. 3，445。

16. 1929 年 9 月 29 日给沃伦·路易斯的信；*Letters*，vol. 1，824 - 825。

17. 沃尼在 1930 年 4 月 23 日写下的日记。见 "Lewis Papers," vol. 11，5。

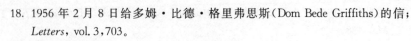

18. 1956 年 2 月 8 日给多姆·比德·格里弗思斯(Dom Bede Griffiths)的信；*Letters*，vol. 3，703。

19. *Surprised by Joy*，231.

20. Ibid.，251.

21. "On Forgiveness," in *Essay Collection*，184 - 186.

22. *Surprised by Joy*，266.

23. 1930 年 1 月 12 日给沃伦·路易斯的信；*Letters*，vol. 1，865。

24. Ibid.，870.

25. 见沃伦·路易斯于 1931 年 12 月 9 日给路易斯的信，此信证实了这些细节：Bodleian Library, Oxford, MS. Eng. Lett. c. 200/7 fol. 5。该房产的联合王国土地注册登记号为 ON90127。

26. 摩尔太太的遗嘱由 Barfield & Barfield Solicitors 于 1945 年 5 月 13 日拟定，摩琳与路易斯为其执行人。那时，摩琳已经结婚，她丈夫也列入遗产继承人之中。

27. 1932 年 12 月 12 日给沃伦·路易斯的信；*Letters*，vol. 2，90。该信寄往法国的勒阿弗尔，因奥托米号在最后一程驶往利物浦之前在此停泊。

28. 摩琳·摩尔的观点是，沃尼并未"退休"，而是因酗酒问题被军中开除了。Wade Center Oral History Collection：Lady Maureen Dunbar, OH/SR - 8, fol. 19。

29. 沃尼表示，他因时常与摩尔太太的关系陷入僵局而准备采取"撤退策略"，包括迁往爱尔兰。不过，这一举措从未付诸实施。W. H. Lewis, "Memoir of C. S. Lewis," 24。

30. 1925 年，默顿英语语言与文学教授之职由 H. C. K. 维尔德(H. C. K. Wyld, 1870~1945)担任，默顿英国文学教授之职则由乔治·斯图亚特·戈登(George Stuart Gordon, 1881~1942)担任。

31. *All My Road before Me*，392 - 393.

32. 路易斯的私人藏书如今由伊利诺伊州惠顿大学的维德中心保管，其中包括一本 1926 年版的 Geir T. Zoëga 的《古冰岛语简明词典》(*A Concise Dictionary of Old Icelandic*)，路易斯在其中加上有关不规则动词的变位注解；还有一本 Guðbrandur Vigfússon 的《古冰岛语散文读本》(1879)。

33. 1930 年 1 月 30 日给亚瑟·格雷夫斯的信；*Letters*，vol. 1，880。

34. 1927 年 6 月 26 日给亚瑟·格雷夫斯的信；*Letters*，vol. 1，701。

35. 1929 年 10 月 17 日给亚瑟·格雷夫斯的信；*Letters*，vol. 1，838。这部分的信其实是写于 12 月 3 日。

36. 托尔金后来于 1931 年 9 月放弃了该诗的写作，一直到 20 世纪 50 年代才重新开始。

37. TCBC 会社(Tea Club, Barrovian Society)成员。该会社与托尔金的文学事业融为一体，从某些方面讲也是淡墨会的前身：见 Carpenter, *J. R. R. Tolkien*, 67 - 76; Garth, *Tolkien and the Great War*, 3 - 138。

38. 引自 J. R. R. Tolkien, *The Lays of Beleriand* (Boston: Houghton Mifflin, 1985), 151。

第 6 章 最不情愿的归信者：一位纯粹基督徒的成长，1930～1932

1. Joseph Pearce, *Literary Converts: Spiritual Inspiration in an Age of Unbelief* (London: HarperCollins, 1999).

2. *Surprised by Joy*, 221 - 222.

3. Graham Greene, *Collected Essays* (New York: Penguin, 1966), 91 - 92.

4. Donat Gallagher, ed., *The Essays, Articles and Reviews of Evelyn Waugh* (London: Methuen, 1983), 300 - 304.

5. 致 Edward Sackville-West 的信，引自 Michael de-la-Noy, *Eddy: The Life of Edward Sackville-West* (London: Bodley Head, 1988), 237。

6. *Surprised by Joy*, 249.

7. Ibid.

8. Ibid., 248.

9. *Allegory of Love*, 142.

10. *The Discarded Image*, 206.

11. *Surprised by Joy*, 252 - 260.

12. Henri Poincaré, *Science and Method* (London: Nelson, 1914), 129.

13. *Surprised by Joy*, 197.

14. Ibid., 260 - 261.

15. 关于这个问题的产生，见 McGrath, "The Enigma of Autobiography: Critical Reflections on *Surprised by Joy*," in *The Intellectual World of C. S. Lewis*。

16. *Surprised by Joy*, 264.

17. 1920 年 9 月 25 日给利奥·贝克(Leo Baker)的信；*Letters*, vol. 1, 509。

18. *Surprised by Joy*, 265.

19. Ibid., 261.

20. Ibid., 265. 有关"与现实立约"的进一步讨论，见 McGrath, "The 'New Look': Lewis's Philosophical Context at Oxford in the 1920s," in *The Intellectual World of C. S. Lewis*。

21. Ibid., 266.

22. Ibid., 271.

23. 1935 年 4 月 26 日保罗·艾尔默·摩尔(Paul Elmer More)给路易斯的信；引自 *Letters*, vol. 2, 164 n. 37。

24. *Surprised by Joy*, 272.

25. Ibid., 270.

26. Ibid.

27. 1957 年 4 月 21 日给劳伦斯·克里格(Laurence Krieg)的信；*Letters*, vol. 3, 848。

28. W. H. Lewis, "C. S. Lewis：A Biography," 43.

29. *Surprised by Joy*, x.

30. 这些日期有该时期官方大学刊物为证：见 *Oxford University Calendar*，*1928*（Oxford：Oxford University Press，1928），xx‐xxii；*Oxford University Calendar*，*1929*（Oxford：Oxford University Press，1929），viii‐x。注意路易斯不断提及开设导师辅导课和讲座的为期八周的"主学期"。

31. 1931 年 9 月 22 日给亚瑟·格雷夫斯的信；*Letters*，vol. 1，969‐972。

32. 1930 年 2 月 3 日（不确定）给欧文·巴菲尔德的信；*Letters*，vol. 1，882‐883。

33. *Surprised by Joy*，268.

34. Owen Barfield, in Poe, *C. S. Lewis Remembered*，25‐35.

35. 1930 年 10 月 29 日给亚瑟·格雷夫斯的信；*Letters*，vol. 1，942。

36. *Surprised by Joy*，267.

37. Ibid.，268.

38. 有关路易斯与弗洛伊德在这点上颇为有趣的对比，见 Nicholi，*The Question of God*。

39. *Surprised by Joy*，265.

40. Ibid.，270.

41. 1931 年 9 月 22 日给亚瑟·格雷夫斯的信；*Letters*，vol. 1，969‐972。

42. 路易斯后来在回顾这一归信经历时，心中似乎有一幅尼哥底母半夜与基督对话的意象（《约翰福音》3 章）。

43. 1931 年 10 月 1 日和 18 日给亚瑟·格雷夫斯的信；*Letters*，vol. 1，972‐977。

44. 1931 年 10 月 1 日给亚瑟·格雷夫斯的信；*Letters*，vol. 1，974。

45. 1931 年 10 月 18 日给亚瑟·格雷夫斯的信；*Letters*，vol. 1，976。

46. Ibid.，977.

47. *Miracles*，218. 有关这一概念的重要性，见 McGrath，"A Gleam of Divine Truth：The Concept of 'Myth' in Lew is's Thought," in *The Intellectual World of C. S. Lewis*.

48. "Myth Became Fact," in *Essay Collection*，142.

49. J. R. R. Tolkien, *The Silmarillion* (London：Allen & Unwin, 1977),41.

50. *Surprised by Joy*，267.

51. Ibid.，275. 维普斯奈德动物园（Whipsnade Park Zoo），位于距牛津五十英里（八十公里）的贝德福郡登斯塔布尔（Dunstable in Bedfordshire）附近，1931 年 5 月开始对外开放。

52. 例如，Downing, *Most Reluctant Convert*，155。

53. W. H. Lewis, "Memoir of C. S. Lewis," 19。

54. Holmer, *C. S. Lewis：The Shape of His Faith and Thought*，22‐45.

55. 比方，见 1931 年 10 月 24 日给沃伦·路易斯的信；*Letters*，vol. 2，1‐11。该信表明有些神学问题路易斯尚未解决。

56. 1931 年 10 月 24 日沃伦·路易斯的信；*Letters*，vol. 2，2。沃尼因为公务最后

一次中国之旅是在 1931 年 10 月 9 日离开英国,于 11 月 17 日到达上海。

57. W. H. Lewis, "Memoir of C. S. Lewis," 19.

58. *Surprised by Joy*, 276.

59. 大约从 1960 年起,西班牙蓝铃花逐渐开始遍布英国。路易斯很明显指的是传统的英国蓝铃花。

60. ZSL Whipsnade Zoo, "Beautiful Bluebells," press release, 17 May 2004.

61. *Surprised by Joy*, 6.

62. 注意 E. M. 福斯特的名篇《看得见风景的房间》(1908)开头部分有关矢车菊花的主题。

63. 见他 1932 年 6 月 14 日给沃伦·路易斯的信;*Letters*, vol. 2, 84。

64. 1931 年 12 月 25 日给沃伦·路易斯的信;*Letters*, vol. 2, 30。

65. 该教堂名字取自其所在街道名,如今已不存在。"涌泉路"(Bubbling Well Street),旧称"静安寺路",1945 年更名为"南京西路"。

66. *The Pilgrim's Regress*, 5.

第 7 章 学者兼文人:文学研究与批评,1933～1939

1. 1933 年 2 月 4 日给亚瑟·格雷夫斯的信;*Letters*, vol. 2, 95。

2. 1933 年 9 月 12 日给亚瑟·格雷夫斯的信;*Letters*, vol. 2, 125。

3. 1931 年 11 月 22 日给沃伦·路易斯的信;*Letters*, vol. 2, 14 - 16。

4. 1959 年 12 月 14 日给 Thomasine 的信;*Letters*, vol. 3, 1109。

5. Sayer, *Jack*, 198.

6. Lawlor in Gibb, *Light on C. S. Lewis*, 71 - 73. 进一步见 Lawlor, *C. S. Lewis:Memories and Reflections*. 罗勒后来成为基尔大学(University of Keele)的英国语言与文学教授。

7. John Wain in Gibb, *Light on C. S. Lewis*, 72.

8. Wain, *Sprightly Running*, 138.

9. Hooper, *C. S. Lewis:A Companion and Guide*, 42.

10. 1954 年 8 月 14 日给 Cynthia Donnelly 的信;*Letters*, vol. 3, 503。

11. Wilson, *C. S. Lewis:A Biography*, 161.

12. 1924 年 8 月 28 日给阿尔伯特·路易斯的信;*Letters*, vol. 1, 633。

13. 这一形象是约翰·韦恩(John Wain)为路易斯描绘的,见 Roma Gill (ed.), *William Empson* (London:Routledge, 1977), 117。

14. 见《1935 年牛津大学校历》中的"大学讲师名单":*Oxford University Calendar* 1935 (Oxford:Oxford University Press, 1935), 12。

15. *Oxford University Calendar 1936* (Oxford:Oxford University Press, 1936), 423 n. 9.

16. *The Discarded Image*, 216.

17. *The Four Loves*, 166.

18. 1933 年 1 月 17 日给盖·波考克(Guy Pocock)的信;*Letters*, vol. 2, 94。

19. *The Pilgrim's Regress*，5.

20. Ibid.，5.

21. "The Vision of John Bunyan," in *Selected Literary Essays*，149.

22. *Poems*，81.

23. *Pilgrim's Regress*，11 – 12.

24. Ibid.，8.

25. Ibid.，10

26. 关于路易斯对渴望和向往的意义的探讨，见 McGrath，"Arrows of Joy：Lewis's Argument from Desire," in *The Intellectual World of C. S. Lewis*。

27. *The Pilgrim's Regress*，10.

28. Ibid.，177.

29. 《使徒行传》9：9 – 19；《哥林多后书》3：13 – 16。

30. 1931 年 11 月 22 日给沃伦·路易斯的信；*Letters*，vol. 2，16。

31. 托尔金在 1945 年 1 月 30 日给克里斯多弗·托尔金（Christophet Tolkien）的信中谈到这点：Tolkien，*Letters*，108。

32. 1933 年 2 月 4 日给亚瑟·格雷夫斯的信；*Letters*，vol. 2，96。

33. 在我看来，沃尼写得最好的书是 *The Splendid Century：Some Aspects of French Life in the Reign of Louis XIV* (1953) 以及 *Levantine Adventurer：The Travels and Missions of the Chevalier d'Arvieux，1653 – 1697*(1962)。

34. 1967 年 9 月 11 日 J. R. R. 托尔金给 W. L. 怀特的信；Tolkien，*Letters*，388。

35. Williams，*To Michal from Serge*，227.

36. 1967 年 9 月 11 日 J. R. R. 托尔金给 W. L. 怀特（W. L. White）的信；Tolkien，*Letters*，388。

37. 1936 年 3 月 11 日给查尔斯·威廉斯的信；*Letters*，vol. 2，183。

38. 1934 年 11 月 16 日给简内特·斯彭思（Janet Spens）的信；*Letters*，vol. 2，147 – 149。

39. Owen Barfield；J. A. W. Bennett；David Cecil；Nevill Coghill；James Dundas-Grant；Hugo Dyson；Adam Fox；Colin Hardie；Robert E. Havard；C. S. Lewis；Warren Lewis；Gervase Mathew；R. B. McCallum；C. E. Stevens；Christopher Tolkien；J. R. R. Tolkien；John Wain；Charles Williams；C. L. Wrenn.

40. 1938 年 6 月 4 日托尔金给斯坦利·安文（Stanley Unwin）的信；Tolkien，*Letters*，36。不清楚托尔金在此指的是淡墨会还是主要关注英语学部政治关系的一个叫"洞穴"的相关团体。关于"洞穴"，见路易斯 1940 年 3 月 17 日给沃伦·路易斯的信；*Letters*，vol. 2，365。

41. Wain，*Sprightly Running*，185.

42. 1935 年 4 月 28 日给利奥·贝克的信；*Letters*，vol. 2，161。

43. 1928 年 7 月 10 日给阿尔伯特·路易斯的信；*Letters*，vol. 1，766 – 767。

44. The Clarendon Press 是 Oxford University Press 旗下的品牌之一。

45. 1933 年 2 月 27 日给盖·波考克的信；*Letters*, vol. 2, 98。

46. Bodleian Library, Oxford, MS. Eng. c. 6825, fols. 48 - 49.

47. *Allegory of Love*, 1.

48. Ibid., 2. "Courtly Love" 一词是对法语 "*amour courtois*" 一词的传统英译，"*amour courtois*" 似乎又源自普罗旺斯语 "*fin' amors*"。

49. 例如，见 John C. Moore, "'Courtly Love': A Problem of Terminology," *Journal of the History of Ideas* 40, no. 4 (1979): 621 - 632。

50. 例如，见 C. Stephen Jaeger, *The Origins of Courtliness: Civilizing Trends and the Formation of Courtly Ideals, 937 - 1210* (Philadelphia: University of Pennsylvania Press, 1991)。

51. David Hill Radcliffe, *Edmund Spenser: A Reception History* (Columbia, SC: Camden House, 1996), 168.

52. *Oxford University Calendar 1938* (Oxford: Oxford University Press, 1938), 460 n. 12.

53. Gardner, "Clive Staples Lewis, 1898 - 1963," 423.

54. 见路易斯的《论文集》(*Rehabilitations*)。路易斯在此试图复苏个体与流派这两者，对莎士比亚和弥尔顿的风格差异做了特别有趣的品评。

55. "On the Reading of Old Books," in *Essay Collection*, 439.

56. Ibid., 440.

57. Ibid., 439.

58. "Learning in War-Time," in *Essay Collection*, 584.

59. "*De Descriptione Temporum*," in *Selected Literary Essays*, 13.

60. "*De Audiendis Poetis*," in *Studies in Medieval and Renaissance Literature*, 2 - 3.

61. *Experiment in Criticism*, 140 - 141.

62. Ibid., 137.

63. Ralph Waldo Emerson, *Essays and Lectures* (New York: Library of America, 1983), 259.

64. *Experiment in Criticism*, 85.

65. *The Personal Heresy*, 11.

第 8 章　国内声誉：战时护教家，1939～1942

1. 该篇讲道现在的题名改为 "Learning in War-Time," in *Essay Collection*, 579 - 586。引文在 586 页。

2. 1939 年 9 月 2 日给沃伦·路易斯的信；*Letters*, vol. 2, 270 - 271。

3. 1940 年 12 月 27 日给亚瑟·格雷夫斯的信；*Letters*, vol. 3, 1538。

4. 1940 年 8 月 11 日给沃伦·路易斯的信；*Letters*, vol. 2, 433。

5. 1939 年 11 月 24 日给沃伦·路易斯的信；*Letters*, vol. 2, 296。

6. 1964 年 7 月 16 日 J. R. R. 托尔金给 Christopher Bretherton 的信；Tolkien,

Letters，349。

7. 1940 年 12 月 27 日给亚瑟·格雷夫斯的信；*Letters*，vol. 3，1538。

8. 1939 年 11 月 11 日给沃伦·路易斯的信；*Letters*，vol. 2，287。

9. Ibid. , 288 – 289.

10. Williams, *To Michal from Serge*, 253.

11. J. R. R. 托尔金 1965 年 9 月 12 日致雷纳·安文（Rayner Unwin）的信；Tolkien, *Letters*，362。在 1954 年《魔戒同盟》(*The Fellowship of the Ring*) 出版时，他也表述了类似观点：1954 年 9 月 9 日托尔金给雷纳·安文的信；Tolkien, *Letters*，184。两封信都写于托尔金与路易斯的友情开始冷却的时期，由此更见托尔金如此热切赞扬的意义。

12. 1939 年 12 月 3 日给沃伦·路易斯的信；*Letters*，vol. 2，302。

13. 见 1944 年 5 月 31 日 J. R. R. 托尔金给克里斯多夫·托尔金的信；Tolkien, *Letters*，83。

14. *The Problem of Pain*, 91.

15. "On Science Fiction," in *Essay Collection*, 451.

16. *The Problem of Pain*, 3.

17. Ibid. , 16.

18. Ibid. , 39.

19. Ibid. , 80.

20. 1939 年 12 月 3 日给沃伦·路易斯的信；*Letters*，vol. 2，302。重点在原件。

21. 1930 年 4 月 3 日给亚瑟·格雷夫斯的信；*Letters*，vol. 1，889。

22. 路易斯主要是在与玛丽·内兰（Mary Neylan,1908～1997）的通信中讨论过亚当斯。玛丽曾是路易斯的学生，其女萨拉为路易斯的教女。

23. 1940 年 10 月 24 日给佩尼罗普修女的信；*Letters*，vol. 2，452。

24. 1954 年 3 月 31 日给 Mary Willis Shelburne 的信；*Letters*，vol. 3，449。

25. 最佳研究出自多赛特之手：Dorsett, *Seeking the Secret Place*, 85 – 107。

26. 1941 年 4 月 30 日给玛丽·内兰的信；*Letters*，vol. 2，482。

27. BBC 于 1939 年中止了地方无线电广播，直到 1946 年才恢复。

28. 见 Wolfe, *The Churches and the British Broadcasting Corporation* 1922 – 1956。

29. 见 Justin Phillips, *C. S. Lewis at the BBC*（New York：HarperCollins, 2002），77 – 94。

30. BBC 与路易斯之间所有往来信件，都保存在 BBC 文字档案中心（BBC Written Archives Centre [WAC]）。见 1941 年 2 月 7 日詹姆斯·韦尔奇（James Welch）给路易斯的信, file 910/TAL 1a, BBC Written Archives Centre, Caversham Park。

31. 1941 年 2 月 10 日给詹姆斯·韦尔奇的信；*Letters*，vol. 2，470。

32. 1941 年 2 月 11 日埃里克·芬（Eric Fenn）给路易斯的信, 910/TAL 1a, BBC Written Archives Centre, Caversham Park。

33. 1941 年 5 月 15 日给埃里克·芬的信；*Letters*，vol. 2，485。

34. "Christian Apologetics," in *Essay Collection*, 153.

35. Ibid. , 155.

36. 1941 年 2 月 21 日埃里克·芬给路易斯的信，910/TAL 1a，BBC Written Archives Centre，Caversham Park。

37. 1941 年 5 月 15 日给佩尼罗普修女的信；*Letters*，vol. 2，484 – 485。

38. 1941 年 5 月 25 日给亚瑟·格雷夫斯的信；*Letters*，vol. 2，486。

39. 1944 年 3 月 13 日给 J. S. A. Ensor 的信；*Letters*，vol. 2，606。

40. 1941 年 5 月 13 日埃里克·芬给路易斯的信，910/TAL 1a，BBC Written Archives Centre，Caversham Park。

41. 1941 年 6 月 9 日埃里克·芬给路易斯的信，910/TAL 1a，BBC Written Archives Centre，Caversham Park。

42. 1941 年 6 月 24 日埃里克·芬给路易斯的信，910/TAL 1a，BBC Written Archives Centre，Caversham Park。

43. Internal Circulating Memo HG/PVH，15 July 1941，file 910/TAL 1a，BBC Written Archives Centre，Caversham Park.

44. 1941 年 7 月 22 日埃里克·芬给路易斯的信，file 910/TAL 1a，BBC Written Archives Centre，Caversham Park。

45. 1941 年 9 月 4 日埃里克·芬给路易斯的信，file 910/TAL 1a，BBC Written Archives Centre，Caversham Park。

46. 1941 年 12 月 5 日埃里克·芬给路易斯的信，file 910/TAL 1a，BBC Written Archives Centre，Caversham Park。

47. *Miracles*，218. 有关这个概念的重要性，见 McGrath，"A 'Mere Christian'：Anglicanism and Lewis's Religious Identity," in *The Intellectual World of C. S. Lewis*。

48. 有关这一点的探讨，见 Wolfe and Wolfe，*C. S. Lewis and the Church*。

49. *Broadcast Talks*，5.

50. 1942 年 2 月 18 日埃里克·芬给路易斯的信，file 910/TAL 1a，BBC Written Archives Centre，Caversham Park。

51. 1942 年 9 月 15 日埃里克·芬给路易斯的信，file 910/TAL 1a，BBC Written Archives Centre，Caversham Park。

52. 1944 年 3 月 25 日给埃里克·芬的信；*Letters*，vol. 2，609。

第 9 章　国际名望：纯粹的基督徒，1942～1945

1. 1940 年 7 月 20 日给沃伦·路易斯的信；*Letters*，vol. 2，426。

2. 这些评论见于路易斯在 1960 年 5 月为这部作品后来版本写的序言中，当中对其写作过程做了进一步解释。*The Screwtape Letters and Screwtape Proposes a Toast*（London：Geoffrey Bles，1961），xxi。

3. *The Screwtape Letters*，88.

4. 1963 年 11 月（不确定）J. R. R. 托尔金给迈克尔·托尔金的信；Tolkien, *Letters*，342。

5. Oliver Quick to William Temple, 24 July 1943；William Temple Papers, vol. 39, fol. 269, Lambeth Palace Library. 关于路易斯神学方法论的意义，见 McGrath, "Outside the 'Inner Ring'：Lewis as a Theologian," in *The Intellectual World of C. S. Lewis*。

6. 1948 年 6 月 16 日 Lillian Lang 给 J. Warren MacAlpine 的信, file 910/TAL 1b, BBC Written Archives Centre, Caversham Park。

7. "On the Reading of Old Books," in *Essay Collection*，439.

8. Richard Baxter, *The Church History of the Government by Bishops* (London： Thomas Simmons，1681), folio b.

9. *English Literature in the Sixteenth Century*，454.

10. *Mere Christianity*，11 – 12. See further McGrath, "A 'Mere Christian'： Anglicanism and Lewis's Religious Identity," in *The Intellectual World of C. S. Lewis*.

11. W. R. Inge, *Protestantism* (London： Nelson, 1936), 86 (Wade Center, Wheaton College, Wheaton, IL).

12. 较好的分析，见 Giles Watson, "Dorothy L. Sayers and the Oecumenical Penguin"。

13. Farrer, "The Christian Apologist," in Gibb, *Light on C. S. Lewis*，37. 关于路易斯护教学方法的进一步讨论，见 McGrath, "Reason, Experience, and Imagination：Lewis's Apologetic Method," in *The Intellectual World of C. S. Lewis*。

14. *Mere Christianity*，21.

15. Ibid. , 24.

16. Ibid. , 8.

17. Ibid. , 25.

18. Ibid. , 135.

19. Ibid. , 137. 关于对这一论证思路的详细评价，见 McGrath, "Arrows of Joy： Lewis's Argument from Desire," in *The Intellectual World of C. S. Lewis*。

20. Ibid. , 136 – 137.

21. *A Preface to "Paradise Lost*," 80.

22. "Is Theology Poetry?" in *Essay Collection*，21. 关于路易斯对太阳这一意象的使用，见 McGrath, "The Privileging of Vision：Lewis's Metaphors of Light, Sun, and Sight," in *The Intellectual World of C. S. Lewis*。

23. 1944 年 12 月 11 日给亚瑟·格雷夫斯的信；*Letters*，vol. 3，1555。

24. *Mere Christianity*，52.

25. Ibid. , 123.

26. 路易斯关于这件事的观点可见于 *Mere Christianity*，104 – 113。

27. 该文本被发现夹在托尔金保留的一本路易斯的小册子《基督徒行为》中,后收录进托尔金出版的书信集：Tolkien, *Letters*, 59 - 62。

28. 1941 年 10 月 30 日给 Emrys Evans（校长，University College of North Wales）的信；*Letters*, vol. 2,494。

29. *A Preface to "Paradise Lost,"* 1.

30. Ibid. , 62 - 63.

31. 杜伦大学的纽卡斯尔校园在 1963 年成为了一所独立的大学,里德尔纪念讲座的所有权也转归新成立的纽卡斯尔大学。

32. *The Abolition of Man*, 18.

33. Ibid. , 1 - 4.

34. Ibid. , 18.

35. 最好的研究,见 Lucas, "The Restoration of Man"。

36. 1945 年 2 月 2 日乔治·麦考莱·特里弗廉(George Macaulay Trevelyan)给路易斯的信, MS Eng. c. 6825, fol. 602, Bodleian Library, Oxford。

37. 1944 年 4 月 13 日 J. R. R. 托尔金给克里斯多夫·托尔金的信；Tolkien, *Letters*, 71。

38. 例如,Pearce, *C. S. Lewis and the Catholic Church*, 107 - 112。

39. *Surprised by Joy*, 38.

40. "On Science Fiction," in *Essay Collection*, 456 - 457.

41. Ibid. , 459.

42. 1938 年 12 月 28 日给 Roger Lancelyn Green 的信；*Letters*, vol. 2,236 - 237。

43. Haldane, *Possible Worlds*, 190 - 197.

44. 更多细节,见 Harry Bruinius, *Better For All the World: The Secret History of Forced Sterilization and America's Quest for Racial Purity* (New York: Knopf, 2006)。

45. "Vivisection," in *Essay Collection*, 693 - 697.

46. Ibid. , 696.

47. Ibid. , 695.

第 10 章　不受尊敬的先知？——战后的紧张与问题,1945～1954

1. "Religion: Don v. Devil," *Time*, 8 September 1947.

2. 1944 年 3 月 1 日 J. R. R. 托尔金给克里斯多夫·托尔金的信；Tolkien, *Letters*, 68。

3. Lewis made little effort to conceal his home telephone number: Oxford 6963.

4. 1966 年 5 月 10 日 J. R. R. 托尔金给 Joy Hill 的信；Tolkien, *Letters*, 368 - 369。

5. 1944 年 10 月 28 日 J. R. R. 托尔金给克里斯多夫·托尔金的信；Tolkien, *Letters*, 102。

6. 1954 年 9 月 9 日 J. R. R. 托尔金给雷纳·安文的信；Tolkien, *Letters*, 184。

7. MS RSL E2, C. S. Lewis file, Cambridge University Library.

8. A. N. Wilson, *Lewis：A Biography*, 191.

9. 1946 年 4 月 17 日给 Jill Flewett 的信；*Letters*, vol. 2,706。

10. 1947 年 3 月 9 日给 Lord Salisbury 的信；*Letters*, vol. 2,766。

11. 1949 年 4 月 4 日给欧文·巴菲尔德的信；*Letters*, vol. 2,929。

12. 1949 年 7 月 2 日给亚瑟·格雷夫斯的信；*Letters*, vol. 2,952。

13. 1949 年 10 月 27 日给 J. R. R. 托尔金的信；*Letters*, vol. 2,990 – 991。

14. 1951 年 9 月 13 日给唐·乔奥瓦尼·加来布里埃（Don Giovanni Calabria）的信；*Letters*, vol. 3,136。我对路易斯拉丁文的翻译。

15. 1951 年 12 月 4 日给首相秘书的信；*Letters*, vol. 3,147。英国内阁办公室在 2012 年 1 月 26 日响应"信息自由"申请，最终确认了这则信息。

16. Tolkien, *Letters*, 125 – 129.

17. Stella Aldwinckle, OH/SR – 1, fol. 9, Wade Center Oral History Collection, Wheaton College, Wheaton, IL.

18. Per. 267 e. 20, no. 1, fol. 4, Bodleian Library, Oxford.

19. Stella Aldwinckle Papers, 8/380；Wade Center, Wheaton College, Wheaton, IL.

20. "Evil and God," in *Essay Collection*, 93.

21. J. B. S. Haldane, "When I Am Dead," in *Possible Worlds and Other Essays* (London：Chatto andWindus, 1927), 209.

22. 这一结论在第一版原版中以斜体字印刷：C. S. Lewis, *Miracles* (London：Geoffrey Bles, 1947), 27。

23. 她对路易斯的批评文章，见 *Socratic Digest* 4 (1948)：7 – 15。后又重印于 *The Collected Philosophical Papers of G. E. M. Anscombe*, vol. 2 (Oxford：Blackwell, 1981),224 – 232。

24. A. N. Wilson, *C. S. Lewis：A Biography*, 220.

25. 约翰·卢卡斯与笔者的私人交流，日期为 2010 年 10 月 14 日。在与安斯康姆论争的那段时期，卢卡斯（生于 1929 年）正在贝列尔学院（Balliol College）研修人文学科。

26. "Christian Apologetics," in *Essay Collection*, 159.

27. 1956 年 6 月 18 日给 Mary van Deusen 的信；*Letters*, vol. 3,762。

28. 意大利文题目为 *Le Lettere di Berlicche*。书中两个主要角色——大鬼大榔头（Screwtape）与小鬼蠹木虫（Wormwood）被取名为"Berlicche"与"Malacoda"。

29. 对于他们之间的通信的最佳研究，见 Dal Corso, *Il Servo di Dio*, 78 – 83。

30. 1949 年 1 月 14 日给 Don Giovanni Calabria 的信［拉丁文；笔者翻译］；*Letters*, vol. 2,905。虽然路易斯能够阅读但丁的意大利文，但有趣的是他给 Don Giovanni 写信时并不用这个语言。

31. 1951 年 7 月 10 日给罗伯特·C. 沃顿（Robert C. Walton）的信；*Letters*, vol. 3, 129。

32. 1950 年 6 月 12 日给 Stella Aldwinckle 的信;*Letters*, vol. 3,33 - 35。

33. 1955 年 9 月 28 日给卡尔・F. H. 亨利的信;*Letters*, vol. 3,651。有关路易斯的护教学策略,见 McGrath, "Reason, Experience, and Imagination: Lewis's Apologetic Method," in *The Intellectual World of C. S. Lewis*。

第 11 章　重构现实：纳尼亚诞生

1. "C. S. Lewis's Handwriting Analysed," *Times*, 27 February 2008. 路易斯确实有个"花园小屋": 见路易斯的 "Meditation in a Toolshed," in *Essay Collection*, 607 - 610。

2. 1940 年 9 月 25 日给 Eliza Marian Butler 的信;*Letters*, vol. 2,444 - 446。

3. 1955 年 6 月 7 日 J. R. R. 托尔金给 W. H. 奥登的信;Tolkien, *Letters*, 215。

4. *Miracles*, 44.

5. 1943 年 2 月 20 日给佩尼罗普修女的信;*Letters*, vol. 2,555。路易斯所用的希腊词 "*ex hypokeimenōn*" (书信集的编辑誊写有误),虽然最好理解成"在根本的现实之外",但它的字面意思是"在那些触手可及的事物之外"。

6. 这段记忆日期不详,但定是发生在摩琳与李奥纳德・布莱克结婚之前,那是 1940 年 8 月 27 日,之后摩琳搬出了连窑。

7. Lady Maureen Dunbar, OH/SR - 8, fol. 35, Wade Center Oral History Collection, Wheaton College, Wheaton, IL.

8. Green and Hooper, *Lewis: A Biography*, 305 - 306.

9. 我们后来得知他们的姓氏是"佩文西"。《狮子、女巫和魔衣橱》对此并未透露,是在后来的《黎明踏浪号》才揭晓的。

10. *The Lion, the Witch and the Wardrobe*, 11.

11. *A Preface to "Paradise Lost,"* v.

12. "On Three Ways of Writing for Children," in *Essay Collection*, 512.

13. *Surprised by Joy*, 14.

14. E. Nesbit, *The Enchanted Castle* (London: Fisher Unwin, 1907), 250.

15. E. Nesbit, *The Magic World* (London: Macmillan, 1924), 224 - 225.

16. 1949 年 3 月 16 日 J. R. R. 托尔金给 Allen & Unwin 的信;Tolkien, *Letters*, 133。

17. 1957 年 5 月 4 日给,波琳・贝恩斯(Pauline Baynes)的信;*Letters*, vol. 3,850。

18. 哈珀柯林斯的声明,显然是基于——即使未能准确概括其中的内容——路易斯在 1957 年 4 月 21 日写给劳伦斯・克里格的信;见 *Letters*, vol. 3,847 - 848。我们有必要仔细体会这封信中路易斯在下结论时的踌躇不决,尤其要注意,他说:"也许人们按照怎样的顺序去阅读并不太要紧。"

19. "On Criticism," in *Essay Collection*, 543 - 544.

20. Ibid. , 550.

21. *The Lion, the Witch, and the Wardrobe*, 67.

22. 范例可见 Jack R. Lundbom, "The *Inclusio* and Other Framing Devices in

Deuteronomy I - XXVIII," *Vetus Testamentum* 46 (1996)：296 - 315。

23. "Vivisection," in *Essay Collection*，693 - 697.

24. Ibid.，695 - 696.

25. Ibid.，695.

26. "On Three Ways of Writing for Children," in *Essay Collection*，511.

27. "Is Theology Poetry?" in *Essay Collection*，21.

28. "The Hobbit," in *Essay Collection*，485. 另见 Williams，*The Lion's World*，11 - 29。

29. "On Criticism," in *Essay Collection*，550.

30. 1958 年 12 月 29 日给胡克夫人(Mrs. Hook)的信；*Letters*，vol. 3，1004。

31. 1954 年 5 月 24 日给马里兰州一位五年级学生的信；*Letters*，vol. 3，480。

32. "Tolkien's *The Lord of the Rings*," in *Essay Collection*，525.

33. G. K. Chesterton，*The Everlasting Man*（San Francisco：Ignatius Press，1993），105.

34. 见《文学评论的实验》，40 - 49，其中列出了神话的六样特征——皆可见于《纳尼亚传奇》。另见 "The Mythopoeic Gift of Rider Haggard," in *Essay Collection*，559 - 562。

35. 见路易斯在《文学评论的实验》中的解释，57 - 73。关于评论，见 Fernandez，*Mythe*，*Raison Ardente*，174 - 389；Williams，*The Lion's World*，75 - 96。

36. *An Experiment in Criticism*，45.

第 12 章　纳尼亚：探索想象的世界

1. "一切从一幅画开始……"，in *Essay Collection*，529。

2. 1952 年 1 月 22 日给卡洛尔·詹金斯(Carol Jenkins)的信；*Letters*，vol. 3，160.

3. *The Lion*，*the Witch and the Wardrobe*，166.

4. 见路易斯在去世前一年（1962 年）甄选出的十本书：*Christian Century*，6 June 1962。

5. *Surprised by Joy*，274.

6. *The Problem of Pain*，5 - 13.

7. Kenneth Grahame，*The Wind in the Willows*（New York：Charles Scribner，1908），156.

8. Ibid.，154. Grahame 经典故事的某些现代普及版本中略去了这一部分。

9. *The Lion*，*the Witch and the Wardrobe*，65.

10. Ibid.

11. "The Weight of Glory," in *Essay Collection*，98 - 99.

12. *The Lion*，*the Witch and the Wardrobe*，75. 关于这一方面的精彩探讨，见 Williams，*The Lion's World*，49 - 71。

13. 1916 年 10 月 21 日伯特兰·罗素给科莱特·奥尼尔(Colette O'Niel)的信；

Bertrand Russell, *The Selected Letters of Bertrand Russell*, ed. Nicholas Griffin, vol. 2, *The Public Years* 1914－1970 (London: Routledge,2001), 85。

14. *The Voyage of the "Dawn Treader*," 188.

15. 关于电影方面, 见 Christopher Deacy, "Screen Christologies: Evaluation of the Role of Christ-Figures in Film," *Journal of Contemporary Religion* 14 (1999): 325－338。

16. Mark D. Stucky, "Middle Earth's Messianic Mythology Remixed: Gandalf's Death and Resurrection in Novel and Film," *Journal of Religion and Popular Culture* 13 (2006); Padley and Padley, "From Mirrored Truth the Likeness of the True."

17. *The Problem of Pain*, 82.

18. *Broadcast Talks*, 52.

19. Ibid., 53－54.

20. *The Lion, the Witch and the Wardrobe*, 128－129.

21. Ibid., 142.

22. Ibid., 148.

23. 例子参见 C. William Marx, *The Devil's Rights and the Redemption in the Literature of Medieval England* (Cambridge: D. S. Brewer, 1995); John A. Alford, "Jesus the Jouster: The Christ-Knight and Medieval Theories of Atonement in Piers Plowman and the 'Round Table' Sermons," *Yearbook of Langland Studies* 10 (1996): 129－143。

24. Karl Tamburr, *The Harrowing of Hell in Medieval England* (Cambridge: D. S. Brewer, 2007).

25. *English Literature in the Sixteenth Century*, 380.

26. Ward, *Planet Narnia*, 3－41.

27. Ibid., 77－99.

28. *The Last Battle*, 160.

29. Ibid., 159.

30. Ibid., 160.

31. *The Silver Chair*, 141－142.

32. Ibid., 143.

33. John Ezard, "Narnia Books Attacked as Racist and Sexist," *The Guardian*, 3 June 2002. 普尔曼并未特别指明是苏珊, 只是提到纳尼亚故事中的"某个女孩子"。

第 13 章　调往剑桥: 莫德林学院,1954～1960

1. 1954 年 5 月 14 日给 Sheldon Vanauken 的信; *Letters*, vol. 3,473。

2. 修读荣誉学位的学生数来自 Brockliss, *Magdalen College Oxford*, 617。

3. 1945 年 11 月 24 日给詹姆斯・W. 韦尔奇的信; *Letters*, vol. 2,681。

4. 见 1944 年 12 月 11 日给亚瑟·格雷夫斯的信；*Letters*, vol. 3, 1554。

5. 1945 年 8 月 29 日罗伊·S. 李（Roy S. Lee）给路易斯的信, file 910/TAL 1b, BBC Written Archives Centre, Caversham Park。

6. *Cambridge University Reporter* 84, no. 30（31 March 1954）, 986. See Barbour, "Lewis and Cambridge," 459 – 465.

7. 据托尔金记载，他与路易斯两人的亲密关系尽失大致是在这段时间：J. R. R. Tolkien to Michael Tolkien, November 1963?; Tolkien, *Letters*, 341。

8. 三一学院院长 G. M. Trevelyan 后来回忆道，他在剑桥的漫长岁月里，这是评选委员会唯一一次全体一致同意：W. H. Lewis, "Memoir of C. S. Lewis," 22。

9. 1954 年 5 月 11 日亨利·威林克给路易斯的信；Group F, Private Papers, F/CSL/1, Magdalene College, Cambridge。

10. 1954 年 5 月 12 日给亨利·威林克的信；*Letters*, vol. 3, 470 – 471。

11. 1954 年 5 月 14 日亨利·威林克给路易斯的信；Group F, Private Papers, F/CSL/1, Magdalene College, Cambridge。

12. 1954 年 5 月 17 日 J. R. R. 托尔金给亨利·威林克的信；Group F, Private Papers, F/CSL/1, Magdalene College, Cambridge。现有的已出版的托尔金书信集中，并未收录这封信以及他给班纳特的附函。

13. 一收到路易斯在 5 月 19 日的来信，再次商讨此事时，威林克在首页上写道，"我已在 5 月 18 日写信给了嘉德纳小姐。"

14. 1954 年 5 月 24 日亨利·威林克给路易斯的信；Group F, Private Papers, F/CSL/1, Magdalene College, Cambridge。

15. 1954 年 5 月 19 日贝瑟·威利给亨利·威林克的信；Group F, Private Papers, F/CSL/1, Magdalene College, Cambridge。

16. 最为明显的消息来源是嘉德纳的牛津同事托尔金。但是在 1954 年 5 月 17 日给威林克与班纳特分别去信时，托尔金均未曾提到此事。

17. 嘉德纳在她为英国国家学术院所写的路易斯讣闻上，对此事作了清楚说明：Gardner, "Clive Staples Lewis, 1898 - 1963"。读者只有知道嘉德纳是剑桥的第二人选，才能充分体会她那些饶有意思的评论的真正含义。

18. 1954 年 6 月 3 日亨利·威林克给路易斯的信；Group F, Private Papers, F/CSL/1, Magdalene College, Cambridge。牛津的莫德林学院与剑桥的莫德林学院之间已有往来联系：1931 年 3 月两个学院之间达成了一个"友好协议"，根据这个协议，两个学院中任何一方的成员到对方学院用餐都免费：Brockliss, *Magdalen College Oxford*, 601。

19. 两封给亨利·威林克爵士的信函，日期皆为 1954 年 6 月 4 日，分别是针对他作为剑桥大学副校长和莫德林学院院长的身份而写；见 *Letters*, vol. 3, 483 - 484。根据莫德林学院的官方文件记录，路易斯成为莫德林学院研究员的时间是 1953 年。此时间有误：见 Cunich et al., *A History of Magdalene College Cambridge*, 258。

20. Brockliss, *Magdalen College Oxford*, 593.

21. John Wain, *The Observer*, 22 October 1961, 31.

22. 1955 年 12 月 5 日给爱德华·A. 艾伦(Edward A. Allen)的信;*Letters*, vol. 3,677 - 678。

23. Barbara Reynolds, OH/SR - 28, fols. 49 - 50, Wade Center Oral History Collection, Wheaton College, Wheaton, IL.

24. 见 Christopher Holme 与 P. H. Newby 的对谈,3 March 1945, file 910/TAL 1b, BBC Written Archives Centre, Caversham Park。1946 年开播的"第三套节目"针对学术与文化问题作出评论,常遭到调侃,俗称"两位大学教师(尤指牛津剑桥大学)之间的对谈"。

25. 1941 年 3 月 28 日给道格拉斯·布什(Douglas Bush)的信;*Letters*, vol. 2, 475。

26. G. M. Trevelyan, *English Social History: A Survey of Six Centuries from Chaucer to Queen Victoria* (London: Longman, 1944), 92.

27. "*De Descriptione Temporum*," in *Selected Literary Essays*, 2.

28. *Reflections on the Psalms*, 7.

29. Keith Thomas, "Diary," *London Review of Books* 32, no. 11 (10 June 2010), 36 -37.

30. 了解她的见解的最佳方法,是从她未发表的日志入手:见 MS. Eng. lett. c. 220/3, Bodleian Library, Oxford。

31. 此方面的出色研究,见 King, "The Anatomy of a Friendship"。

32. Sayer, *Jack*, 347 - 348.

33. 皮特本人并未意识到她是路易斯心中明显的妻子人选:Ruth Pitter, OH/SR - 27, fol. 30, Wade Center Oral History Collection, Wheaton College, Wheaton, IL。

34. Dorsett, *And God Came In*, 17.

35. Davidman, "The Longest Way Round," 23 - 24.

36. *Observer*, 20 September 1998; *Belfast Telegraph*, 12 October 1998.

37. 戴维曼的通信暴露了实情,尤其是她对"Madame de Maintenon"(婚前姓名是 Francoise d'Aubigné,1635～1719)深怀兴趣。此人是法国国王路易十四的第二任妻子。她虽"生于救济院",却先嫁给了一位诗人,后来嫁给了法国国王,社会地位一飞冲天。见 Davidman, *Out of My Bone*, 197。

38. 对于这些文件的相关讨论,见唐·W. 金(Don W. King)即将出版的新作 *Yet One More Spring: A Critical Study of Joy Davidman* (Grand Rapids, MI: Eerdmans, 2013)。

39. Dorsett, *And God Came In*, 87.

40. Davidman, *Out of My Bone*, 139.

41. 戴维曼的登记证书,NO. A 607299,依据的是 1920 年的《外国人法令》,现存于伊利诺伊州惠顿学院维德中心:Joy Davidman Papers 1 - 14。

42. 一些文件称此基金会为"爱德基金"(Agape Fund)。巴菲尔德在遵照路易斯的大致指示支出全部资金后,于 1968 年终止了此基金。

43. Ceplair and Englund, *The Inquisition in Hollywood*, 361–397.

44. 见吉布 1955 年 2 月 18 日给路易斯的信;MS Facs. B. 90 fol. 2, Bodleian Library, Oxford。

45. Davidman, *Out of My Bone*, 242.

46. 1960 年 8 月 26 日给安妮·斯科特(Anne Scott)的信;*Letters*, vol. 3,1181。

47. 1964 年 7 月 16 日 J. R. R. Tolkien 给克里斯多夫·布雷瑟顿(Christopher Bretherton)的信;Tolkien, *Letters*, 349。

48. Correspondence, Joy Davidman Papers 1–14, Wade Center, Wheaton College, Wheaton, IL.

49. 1955 年 10 月 30 日给亚瑟·格雷夫斯的信;*Letters*, vol. 3,669。

50. Jacobs, *The Narnian*, 275.

51. 路易斯写给谢尔本的信件于 1967 年出版,见 *Letters to an American Lady* (Grand Rapids, MI:Eerdmans, 1967)。

52. 1958 年 12 月 25 日给玛丽·威利斯·谢尔本(Mary Willis Shelburne)的信;*Letters*, vol. 3,1004。关于监管变更问题,见 Paul Addison and Harriet Jones, *A Companion to Contemporary Britain* 1939–2000 (Oxford:Blackwell, 2005), 465.

53. 1956 年 7 月 9 日给露丝·皮特的信;*Letters*, vol. 3,769。

54. 1956 年 7 月 14 日给露丝·皮特的信;*Letters*, vol. 3,771。

55. 摩尔太太的遗嘱于 1951 年 7 月 16 日由 Barfield & Barfield Solicitors 执行。

56. A. N. Wilson, *C. S. Lewis:A Biography*, 266.

57. R. E. Head, OH/SR–15, fols. 14–5, Wade Center Oral History Collection, Wheaton College, Wheaton, IL.

58. 托尔金在 1944 年 4 月 13 日给儿子克里斯多弗的信中使用了该词;Tolkien, *Letters*, 71。

59. 1957 年 6 月 25 日给多萝茜·L. 塞耶斯的信;*Letters*, vol. 3,861–862。路易斯的《四种爱》大概写于这段时期,更为详细地探讨了这一主题。

60. 1956 年 11 月 16 日给玛丽·威利斯·谢尔本的信;*Letters*, vol. 3,808。

61. 1956 年 11 月 25 日给亚瑟·格雷夫斯的信;*Letters*, vol. 3,812。

62. 1956 年 10 月 25 日给 Katharine Farrer 的信;*Letters*, vol. 3,801。

63. 最为有趣的是《每日邮报》在 1956 年 10 月 26 日刊载了一则谣言——但被路易斯迅速否定了——路易斯在第二天将与一位四十六岁的伦敦古董商结婚。

64. 路易斯在当天给多萝茜·L. 塞耶斯的一封信中提到了这份声明:"你可以在《泰晤士报》上读到我与乔伊·戴维曼的结婚声明。"1956 年 12 月 24 日给多萝茜·L. 塞耶斯的信;*Letters*, vol. 3,819。威尔逊将此"声明"日期误载为 1957 年 3 月 22 日:Wilson, *C. S. Lewis:A Biography*, 263–264。

65. 关于这段小插曲,见 Hooper, *C. S. Lewis:A Companion and Guide*, 631–

635。

66. 1957 年 6 月 25 日给多萝茜·L. 塞耶斯的信；*Letters*，vol. 3，861。

67. Hooper，*C. S. Lewis：The Companion and Guide*，82，633. 1978 年拜德在牛津告诉本书作者的大概也是这样的过程。

68. 他接受了。遗憾的是，拜德的妻子玛丽格特在 1960 年 9 月因癌症过世。拜德后来返回牛津，1968 年至 1980 年间在"玛格丽特女士纪念礼堂"(Lady Margaret Hall)担任教士与神学导师。

69. 1957 年 11 月 27 日给 Sheldon Vanauken 的信；*Letters*，vol. 3，901。

70. Nevill Coghill(稍加复杂)的评论，见 Gibb，*Light on C. S. Lewis*，63。

71. 1958 年 8 月 28 日给 Jessie M. Watt 的信；*Letters*，vol. 3，966 - 967。

72. *The Four Loves*，21.

73. Tom Clark and Andrew Dilnot，*Long-Term Trends in British Taxation and Spending* (London：Institute for Fiscal Studies，2002).

74. 1959 年 3 月 25 日给亚瑟·格雷夫斯的信；*Letters*，vol. 3，1033。

75. 1959 年 10 月 22 日给 Chad Walsh 的信；*Letters*，vol. 3，1097。

76. Full details in Green and Hooper，*C. S. Lewis：A Biography*，271 - 276.

第 14 章　丧亲、患病与辞世：最后的日子，1960～1963

1. *A Grief Observed*，38.

2. Ibid.，3.

3. 1916 年 5 月 30 日给亚瑟·格雷夫斯的信；*Letters*，vol. 1，187。

4. 1960 年 10 月 24 日 T. S. 艾略特给斯宾塞·柯蒂斯·布朗(Spencer Curtis Brown)的信；MS Eng. lett. C. 852，fol. 62，Bodleian Library，Oxford。

5. 1962 年 3 月 4 日给劳伦斯·威斯勒(Laurence Whistler)的信；*Letters*，vol. 3，1320。

6. *Surprised by Joy*，x.

7. *The Problem of Pain*，xii.

8. *A Grief Observed*，5 - 6.

9. 1951 年 6 月 5 日给佩尼罗普修女的信；*Letters*，vol. 3，123。

10. *A Grief Observed*，52.

11. 1963 年 10 月 3 日给马德拉瓦修女的信；*Letters*，vol. 3，1460。

12. *A Grief Observed*，44.

13. Ibid.

14. 1961 年 6 月 27 日给亚瑟·格雷夫斯的信；*Letters*，vol. 3，1277。

15. 路易斯自 20 世纪 20 年代起就已认识巴菲尔德与哈伍德，每年还与两人一起徒步旅行。见路易斯在《惊悦》231 - 234 页的评论。《神迹》是献给哈伍德夫妇，《爱的寓言》是献给巴菲尔德。

16. 劳伦斯·哈伍德是塞西尔·哈伍德的次子；露西·巴菲尔德是欧文·巴菲尔德的养女。路易斯早前把《狮子、女巫和魔衣橱》献给了她。萨拉·尼兰英在

1960 年 12 月 31 日与 Christopher Patrick Tisdall 结婚。她是玛丽·尼兰英的女儿，路易斯把他的乔治·麦克唐纳选集献给了玛丽·尼兰英。

17. 1961 年 12 月 6 日给费朗西斯·华纳（Francis Warner）的信；*Letters*, vol. 3, 1301 - 1302。（若无笔误，应该是"a vicious circle"，意为"恶性循环"，而由于笔误，写成了"a viscous circle"，两个单词仅有一两个字母之差。——译者注）

18. 路易斯逝世后这个讲座以《斯宾塞的〈仙后〉》（*Spenser's Images of Life*，1967）一名成书出版。

19. 1962 年 11 月 20 日给 J. R. R. 托尔金的信；*Letters*, vol. 3, 1382。

20. 1960 年 6 月 14 日给菲比·海斯凯茨（Phoebe Hesketh）的信；*Letters*, vol. 3, 1162。

21. 1961 年 1 月 7 日给阿拉斯泰尔·福勒（Alastair Fowler）的信；*Letters*, vol. 3, 1223 - 1224。

22. Andreas Ekström, "Greene tv? a p? listan 1961" *Sydsvenska Dagbladet*, 3 January 2012. 诺贝尔奖档案对公众的保密期是五十年。

23. 路易斯在 1961 年 1 月 16 日写给诺贝尔文学奖委员会的信函，现存于瑞典文学院档案处，应本书作者申请，对本书作者公开。

24. 1962 年 3 月 20 日给塞西尔·罗斯（Cecil Roth）的信；*Letters*, vol. 3, 1323。

25. 1963 年 5 月 23 日给 Evelyn Tackett 的信；*Letters*, vol. 3, 1428。

26. 1957 年 12 月 2 日给沃尔特·胡珀的信；*Letters*, vol. 3, 902 - 903。

27. 1962 年 12 月 15 日给沃尔特·胡珀的信；*Letters*, vol. 3, 1393 - 1394。

28. 关于此次搬迁的原因，见路易斯在 1963 年 1 月 28 日写给 Roger Lancelyn Green 的信；*Letters*, vol. 3, 1408 - 1409。"老鹰与小孩"于 1954 年 12 月登记注册为二级保护建筑，因此不允许对其外观做任何修整，但室内可以有局部变动。

29. 1963 年 7 月 11 日给亚瑟·格雷夫斯的信；*Letters*, vol. 3, 1440。

30. 1963 年 7 月 15 日给 Mary Willis Shelburne 的信；*Letters*, vol. 3, 1442。

31. 沃尔特·胡珀在阿克兰康复医院时写了两份报告，皆提到了具体的日期与次数；1963 年 8 月 5 日沃尔特·胡珀给 Roger Lancelyn Green 的信；*Letters*, vol. 3, 1445 - 1446；1963 年 8 月 10 日沃尔特·胡珀给 Mary Willis Shelburne 的信；*Letters*, vol. 3, 1447 - 1448。

32. 1963 年 8 月 29 日给塞西尔·哈伍德的信；*Letters*, vol. 3, 1452。

33. 1963 年 9 月 11 日给亚瑟·格雷夫斯的信；*Letters*, vol. 3, 1456。

34. 1963 年 8 月 10 日沃尔特·胡珀给 Mary Willis Shelburne 的信；*Letters*, vol. 3, 1448。

35. Sayer, *Jack*, 404 - 405.

36. 1963 年 9 月 11 日给亚瑟·格雷夫斯的信；*Letters*, vol. 3, 1455。

37. 1963 年 9 月 20 日给沃尔特·胡珀的信；*Letters*, vol. 3, 1457。

38. 大卫转学到纽约的某个塔木德学院，曾一度拮据：见 1963 年 10 月 18 日路易斯给珍妮特·霍普金斯(Jeannette Hopkins)的信;*Letters*,vol. 3,1465。

39. 1963 年 10 月 11 日沃尔特·胡珀的信;*Letters*,vol. 3,1461 - 1462。

40. 胡珀提议的雇佣期应是从 1964 年开始,而 1964 年的 1 英镑可兑换 2. 80 美元。1964 至 1967 年,英镑危机尚未到来。

41. 1963 年 10 月 23 日给沃尔特·胡珀的信;*Letters*,vol. 3,1469 - 1470。

42. W. H. Lewis, "C. S. Lewis:A Biography," 468.

43. Ibid. , 470.

44. R. E. Head, OH/SR - 15, fol. 13, Wade Center Oral History Collection, Wheaton College, Wheaton, IL.

45. 在这一年的早些时候,摩琳继承了汉普里格斯女从男爵(Baronetess of Hempriggs)的称号,人们通常称她为"摩琳·邓巴夫人"(Dame Maureen Dunbar)。

46. 与有些描述相反,路易斯的棺椁上并没有蜡烛。罗纳德·海德(Ronald Head)是葬礼的组织人、领头人。他提出,服侍者的蜡烛可能会反射到教堂或墓地里的棺椁上,于是造成了这样的印象。

47. 1963 年 6 月 28 日给玛丽·威利斯·谢尔本的信;*Letters*,vol. 3,1434。

第 15 章　路易斯现象

1. 见 Arthur Marwick, *The Sixties:Cultural Revolution in Britain*, *France*, *Italy*, *and the United States*, *c.* 1958-*c.* 1974 (Oxford:Oxford University Press, 1999); Francis Beckett, *What Did the Baby Boomers Ever Do for Us? Why the Children of the Sixties Lived the Dream and Failed the Future* (London: Biteback, 2010)。

2. Walsh, "Impact on America," in Gibb, *Light on C. S. Lewis*, 106 - 116.

3. "Defender of the Faith," *Time*, 6 December 1963.

4. Chad Walsh in Gibb, *Light on C. S. Lewis*, 115.

5. *Christianity Today*, 20 December 1963.

6. Tom Wolfe, "The Great Relearning," in *Hooking Up* (London:Jonathan Cape, 2000), 140 - 145.

7. 来源:*Publishers Weekly*。

8. Hooper, "A Bibliography of the Writings of C. S. Lewis," in Gibb, *Light on C. S. Lewis*, 117 - 148.

9. 英国版本的名字。

10. 科林斯(Collins)在 1989 年被鲁伯特·默多克(Rupert Murdoch)收购。哈珀科林斯出版社(The Harper Collins imprint,现今路易斯的大部分著作都在其名下出版)于 1990 年成立。

11. 比如, Donald E. Miller, *Reinventing American Protestantism:Christianity in the New Millennium* (Berkeley, CA:University of California Press, 1997)。

387

12. Pearce, *C. S. Lewis and the Catholic Church*.

13. George M. Marsden, *Reforming Fundamentalism: Fuller Seminary and the New Evangelicalism* (Grand Rapids, MI: Eerdmans, 1987).

14. Roger Steer, *Inside Story: The Life of John Stott* (Nottingham: Inter-Varsity Press, 2009), 103 - 104.

15. 前面已经说明过(英文原版 260 页),路易斯谢绝了这个邀请: Letter to Carl F. H. Henry, 28 September 1955; *Letters*, vol. 3, 651。

16. J. I. Packer, "Still Surprised by Lewis," *Christianity Today*, 7 September 1998.

17. 有关其历史背景,见 Alister E. McGrath, *Christianity's Dangerous Idea: The Protestant Revolution* (San Francisco: HarperOne, 2009), 351 - 372。

18. David J. Stewart, "C. S. Lewis Was No Christian!" http://www.jesus-is-savior.com/Wolves/cs_lewis.htm.

19. John W. Robbins, "Did C. S. Lewis Go to Heaven?" *The Trinity Review*, November/December 2003, http://www.trinityfoundation.org/journal.php?id = 103.

20. Parsons and Nicholson, "Talking to Philip Pullman."

21. Gray, *Fantasy, Myth and the Measure of Truth*, 171.

22. Hatlen, "Pullman's *His Dark Materials*," 82.

23. Oziewicz and Hade, "The Marriage of Heaven and Hell?"

24. 皇家邮政委托英国民俗与文化历史专家从事研究,以确定八个最为合适的形象供其使用。最后,两个形象取自《哈利·波特》系列,两个取自《纳尼亚传奇》,两个取自英国传统民间故事,还有两个取自特里·普拉切特(Terry Pratchett)的《碟形世界》(*Discworld*)。

25. *Selected Literary Essays*, 219 - 220.

26. John F. Kennedy, address at Amherst College, 26 October 1963, transcript at the John F. Kennedy Presidential Library, http://www.jfklibrary.org/Research/Ready-Reference/JFK-Speeches/Remarks-at-Amherst-College-October-26-1963.aspx.

索引

（索引中的页码为原书页码，即本书的边码）

图书在版编目(CIP)数据

C. S. 路易斯/(英)麦格拉思(McGrath，A.)著；苏欲晓，
傅燕晖译. 一上海：上海三联书店，2022. 8 重印
ISBN 978 - 7 - 5426 - 5469 - 4

Ⅰ. ①C… Ⅱ. ①麦… ②苏… ③傅… Ⅲ. 路易斯，C. S.
(1898~1963)—传记 Ⅳ. ①I356. 156

中国版本图书馆 CIP 数据核字(2016)第 015902 号

C. S. 路易斯

著　者／阿利斯特·麦格拉思

译　者／苏欲晓　傅燕晖

策　划／徐志跃

责任编辑／邱　红　李天伟

特约编辑／橡树文字工作室

丛书策划／橡树文字工作室

整体设计／周周设计局

监　制／姚　军

责任校对／张大伟

出版发行／上海三联书店

　　　　(200030)中国上海市漕溪北路 331 号 A 座 6 楼

邮　箱／sdxsanlian@sina.com

邮购电话／021 - 22895540

印　刷／上海展强印刷有限公司

版　次／2018 年 5 月第 1 版

印　次／2022 年 8 月第 3 次印刷

开　本／640mm×960mm　1/16

字　数／360 千字

印　张／26.25

书　号／ISBN 978 - 7 - 5426 - 5469 - 4/I · 1104

定　价／68.00 元

敬启读者，如发现本书有印装质量问题，请与印刷厂联系 021 - 66366565